Mark Twain
Die Abenteuer
des Huckleberry Finn

Mark Twain

Die Abenteuer des Huckleberry Finn

Aus dem Amerikanischen
neu übersetzt von
Ekkehard Schöller

Nachwort von
Douglas W. Jefferson

Philipp Reclam jun. Stuttgart

Originaltitel:
The Adventures of Huckleberry Finn

Universal-Bibliothek Nr. 3749 [5]

Umschlagabbildung der kartonierten Ausgabe:
Ausschnitt aus dem Gemälde »Boatmen on the Missouri« (1846)
von George Caleb Bingham
Gesamtherstellung: Reclam, Ditzingen. Printed in Germany 1991
RECLAM und UNIVERSAL-BIBLIOTHEK sind eingetragene
Warenzeichen der Philipp Reclam jun. GmbH & Co., Stuttgart
ISBN 3-15-003749-2 (kart.) ISBN 3-15-023749-1 (geb.)

Warnung

Wer versucht, in dieser Erzählung ein Motiv zu finden, wird gerichtlich belangt; wer versucht, eine Moral darin zu finden, wird des Landes verwiesen; wer versucht, eine Handlung darin zu finden, wird erschossen.

Auf Befehl des Autors
durch G. G., Stabschef der Artillerie

Erklärung

In diesem Buch werden eine Reihe von Dialekten benutzt, nämlich: der Missouri-Negerdialekt, die extremste Form des hinterwäldlerischen Südwestdialekts, der gewöhnliche »Pike-County«-Dialekt und vier gemäßigte Varianten des letzteren. Diese Schattierungen sind nicht willkürlich oder auf gut Glück vorgenommen worden, sondern sorgfältig und mit dem zuverlässigen Rat und der Unterstützung, die der Autor aus der persönlichen Vertrautheit mit diesen verschiedenen Sprachformen gewonnen hat.

Ich gebe diese Erklärung deshalb ab, weil sonst manche Leser meinen könnten, daß alle Figuren gleich zu sprechen versuchen und es ihnen nicht gelingt.

Der Autor

Ich verweise auf meine »Kurze Anleitung zum Lesen der Übersetzung« auf S. 399.

Der Übersetzer

Kapitel 1

Ich lerne Moses und die Schilfer kennen

Ihr wißt nichts von mir, außer ihr habt das Buch mit dem Namen *Tom Sawyers Abenteuer*[1] gelesen, aber das macht nichts. Das Buch hat Mark Twain geschrieben, und er hat die Wahrheit erzählt – fast. Es gibt Dinge, die er nicht so genau genommen hat, aber fast immer hat er die Wahrheit gesagt. Da ist nichts dabei. Ich hab noch keinen gesehn, der nicht ab und zu gelogen hat, außer Tante Polly oder die Witwe oder vielleicht Mary. Über Tante Polly – Toms Tante Polly ist das – und Mary und die Witwe Douglas steht alles in dem Buch, das fast immer wahr ist; mit ein paar Schwindeleien, wie ich schon gesagt habe.

Und so hört das Buch auf: Tom und ich fanden das Geld, das die Räuber in der Höhle versteckt hatten, und wir wurden reiche Leute. Wir kriegten sechstausend Dollar pro Kopf – alles in Gold. Es war ne irre Menge Geld, wie's so auf einem Haufen lag. Ja, und der Richter Thatcher, der hat's genommen und für uns angelegt, und das brachte uns das ganze Jahr über 1 Dollar pro Kopf und Tag ein – mehr als ein Mensch weiß, was er mit anfangen soll. Und die Witwe Douglas, die hielt mich wie ihren Sohn und war der Meinung, sie tsiwilisiert mich; aber es war hart, die ganze Zeit im Haus zu bleiben, wo sie in allem so fürchterlich pingelig und ordentlich war; und als ich's nicht mehr aushielt, bin ich abgehauen. Ich bin wieder in meine alten Lumpen und mein großes Zuckerfaß[2]

1 *The Adventures of Tom Sawyer*, erschienen 1876; acht Jahre später – 1884 – folgten *The Adventures of Huckleberry Finn.*

2 Ein *hogshead* ist ein großes Faß, auch altes Hohlmaß, das in den USA 234,5 l entsprach. – In *Tom Sawyer* ist dies Zuckerfaß ein Symbol für Hucks Leben fern von der »Gesellschaft«.

reingekrochen und war frei und zufrieden. Aber Tom Sawyer, der hat mich aufgespürt und gesagt, er will ne Räuberbande gründen, und ich könnt mitmachen, wenn ich wieder zur Witwe zurückgeh und mich anständig benehme. Also bin ich wieder hin.

Die Witwe, die hat über mich geheult und nannte mich ein armes verlornes Schaf und warf mir auch ne Menge Schimpfwörter an den Kopf, aber sie hat's nie bös gemeint. Sie steckte mich wieder in die neuen Klamotten da, und ich bin aus dem Schwitzen nicht mehr rausgekommen und fühlte mich total eingezwängt. Also, dann fing die alte Geschichte wieder an. Die Witwe läutete zum Abendessen, und man mußte pünktlich erscheinen. Wenn man an den Tisch kam, konnte man nicht gleich losessen, sondern mußte warten, bis die Witwe ihren Kopf ins Essen steckte und irgendwas grummelte, obwohl eigentlich nichts Besondres dran war – nichts, außer daß alles einzeln für sich gekocht war. Ein Kübel mit Küchenresten ist da was andres; alles vermischt sich, und der Saft schwappt nur so rum, und es rutscht besser.

Nach dem Abendessen hat sie ihr Buch geholt und lernte mich was über Moses und die Schilfer; und ich war scharf drauf, alles über ihn zu erfahren; aber schon bald ließ sie's raus, daß Moses schon ewig lang tot war; von da an ließ er mich kalt, weil, für Tote interessier ich mich nicht.

Nicht lange, da wollt ich rauchen und hab die Witwe gebeten, mich zu lassen. Aber sie wollte nicht. Sie sagte, das wär ne üble Angewohnheit und wär nicht sauber, und ich müßt versuchen, es nicht wieder zu tun. So sind eben einige Leute. Machen was mies, wenn sie gar nichts davon verstehn. Da hat sie sich über Moses aufgeregt, welcher nicht mal verwandt war mit ihr und keinem was nutzte, weil er ja tot war, und an mir hatte sie riesig was auszusetzen, weil ich was tat, was irgendwo auch sein Gutes hat. Dabei nahm sie selber Schnupftabak; natürlich war das in Ordnung, weil sie selber es tat.

Ihre Schwester, Miss Watson, ne ziemlich dürre alte Jungfer mit ner dicken Brille, war grade bei ihr eingezogen und rückte mir jetzt mit einer Lesefibel auf die Pelle. Sie nahm mich gut ne Stunde ziemlich hart ran, und dann ließ sie's auf Geheiß von der Witwe lockrer angehn. Viel länger hätt ich's nicht ausgehalten. Dann war's ne Stunde todlangweilig, und ich wurde nervös. Miss Watson sagte dann immer: »Leg deine Füße nicht da drauf, Huckleberry«, und: »Zapple nicht so – setz dich grade,« oder: »Sperr den Mund nicht so auf und streck dich nicht so, Huckleberry – versuch doch, dich zu benehmen, ja?« Dann hat sie mir die Hölle in allen Farben ausgemalt, und ich sagte, ich wollt, ich wär dort. Da wurd sie wütend, aber ich wollt sie gar nicht ärgern. Ich wollt bloß weg, irgendwohin; ich wollt bloß ne Abwechslung, ich war gar nicht wählerisch. Sie sagte, es wär böse, so was zu sagen; sie würd das um alles in der Welt nicht sagen; *sie* wollte so leben, daß sie in den Himmel käme. Bloß, ich fand, das lohnte sich nicht, dahin zu kommen, wo sie hinwollte, und so hab ich beschlossen, es gar nicht zu probieren. Aber gesagt hab ich das nie, weil's nur Ärger gegeben und zu nichts geführt hätte.

Jetzt hatte sie mal angefangen und machte weiter und erzählte mir alles übern Himmel. Sie meinte, alles, was dort einer tun muß, wär, den ganzen Tag mit der Harfe rumlaufen und singen, für immer und ewig. Darum hab ich mir nicht viel draus gemacht. Aber gesagt hab ich das nie. Ich fragte sie dann, ob sie glaubte, daß Tom Sawyer hinkommt, und sie meinte, nie und nimmer. Ich war froh drüber, weil ich wollte, daß er und ich zusammenbleiben.

Miss Watson, die hat weiter auf mir rumgehackt, und es

wurde langweilig und öde. Nicht lange, da holten sie die Nigger[3] rein und hielten Andacht, und dann haben sich alle ins Bett verzogen. Ich bin mit nem Kerzenstummel rauf in mein Zimmer und stellte ihn auf den Tisch. Dann hockte ich mich auf einen Stuhl am Fenster und hab versucht, an was Fröhliches zu denken, aber es war zwecklos. Ich hab mich so einsam gefühlt, daß ich mir fast wünschte, ich wär tot. Die Sterne schienen, und die Blätter im Wald raschelten so unheimlich traurig; und weit weg hörte ich ne Eule schu-huhen wegen jemand, der tot war, und ein Schreiender Ziegenmelker und ein Hund klagten über jemand, der gerade im Sterben lag; und der Wind hat versucht, mir was zuzuraunen, und ich konnte nicht verstehn, was es war, und so sind mir kalte Schauer übern Rücken gelaufen. Dann hörte ich draußen im Wald so nen Laut, wie ihn ein Geist macht, wenn er was loswerden will, was ihn bedrückt, und es versteht ihn keiner, und darum kann er nicht ruhig in seinem Grab liegen und muß jede Nacht immer so kummervoll rumirren. Ich wurde so mutlos und bekam Angst, daß ich mir wünschte, jemand wär bei mir. Auf einmal ist mir ne Spinne über die Schulter gekrabbelt, und ich hab sie weggschnippt, und sie ist in der Kerze gelandet; und eh ich mich versah, war sie ganz verschrumpelt. Ich brauchte keinen, der mir sagte, das wär ein fürchterlich schlechtes Vorzeichen und brächt mir bestimmt irgendein Unglück, und so hat mich die Angst gepackt, und alles an mir schlotterte. Ich stand auf und drehte mich dreimal auf dem Absatz und bekreuzigte mich dabei jedesmal; dann hab ich ne kleine Locke von meinem Haar mit einem Faden zusammengebunden, um Hexen abzuhalten. Aber Vertrauen hatte ich keins.

3 Am Anfang des Romans lebt Huck in Missouri, einem Sklavenstaat, für den 1820 die Sklaverei für rechtens erkannt wurde, im Gegensatz zu anderen Gebieten der ehemaligen Louisiana Purchase.

Man macht das, wenn man ein Hufeisen findet und dann verliert, statt es über die Haustür zu nageln, aber ich hab noch keinen sagen hören, daß man damit Unglück abhalten kann, wenn man ne Spinne getötet hat.

Zitternd an allen Gliedern hab ich mich wieder hingesetzt und holte meine Pfeife raus, um zu rauchen; das Haus war nämlich jetzt totenstill, und so würd die Witwe nichts merken. Nach langer Zeit hörte ich drüben im Ort die Turmuhr schlagen – bum – bum – bum – zwölf Schläge, dann war alles wieder still – noch stiller als vorher. Kurz drauf hörte ich nen Zweig knacken, unten im Dunkeln zwischen den Bäumen – irgendwas bewegte sich da. Ich saß still und hab gelauscht. Grade noch konnt ich hören, wie einer von unten »miau! miau!« rief. War das gut! »Miau! miau!« echote ich zurück, so leis ich konnte, dann hab ich die Kerze ausgeblasen und bin zum Fenster rausgeklettert auf den Schuppen. Und ich rutsch runter auf den Boden und schleich zwischen den Bäumen lang, und natürlich!, da hat Tom Sawyer auf mich gewartet.

Kapitel 2

Unsre Bande schwört finstre Rache

Auf Zehenspitzen sind wir nen Pfad lang zwischen den Bäumen ans hintre Ende vom Garten der Witwe, gebückt, damit uns die Zweige nicht das Gesicht zerkratzten. Wie wir an der Küche vorbeikommen, fall ich über ne Wurzel und mach ein Geräusch. Wir haben uns geduckt und flach gelegt. Jim, Miss Watsons großer Nigger, saß in der Küchentür; wir konnten ihn ziemlich deutlich sehn, weil ein Licht hinter ihm an war. Er stand auf, streckte den Kopf vielleicht ne Minute lang raus und hat gelauscht. Dann ruft er:

»Is da wer?«

Er hat nochmal gelauscht; dann kam er auf Zehenspitzen runter und stand genau zwischen uns; beinah hätten wir ihn berühren können. Also, es vergingen viele Minuten, wo sich keiner regte – und wir alle so dicht beisammen. An meinem Knöchel fing ne Stelle an zu jucken; aber ich hab mich nicht getraut zu kratzen; dann fing mein Ohr an zu jucken; und gleich auch mein Rücken, genau zwischen den Schultern. Es war, wie wenn ich sterben müßt, wenn ich mich nicht kratzen konnte. Ich hab das seitdem immer wieder erlebt. Wenn man bei vornehmen Leuten ist, oder bei nem Begräbnis, oder wenn man einzuschlafen versucht und gar nicht schläfrig ist – wenn man irgendwo ist, wo man sich, egal warum, nicht kratzen darf, da juckt's einen am ganzen Körper an mehr als tausend Stellen. Auf einmal sagt Jim:

»Los sag – wer bissen du? Wo bis du? Will verdammt sein, wenn ich net was ghört hab. Na, ich weiß, was ich jetzt tu. Setz mich hierhin und horch, bis ich widder was hör.«

Worauf er sich auf den Boden gesetzt hat, genau zwischen mich und Tom. Mit dem Rücken hat er an nem Baum gelehnt und seine Beine von sich gestreckt, bis er mit dem einen bald meins streifte. Meine Nase fing an zu jucken. Sie hat gejuckt, bis mir die Tränen in die Augen stiegen. Aber ich hab mich nicht getraut zu kratzen. Dann fing sie innen an zu jucken. Und gleich drauf juckte's mich irgendwo unten. Ich wußte nicht, wie ich noch still sitzen sollte. Das Elend hat gut sechs, sieben Minuten gedauert; aber mir kam's viel länger vor. Es juckte mich jetzt an elf verschiednen Stellen. Ich hab geglaubt, länger als ne

Minute könnt ich's nicht mehr aushalten, aber dann hab ich die Zähne zusammengebissen und es trotzdem versucht. Grade da fing Jim an, schwer zu atmen; gleich drauf hat er losgeschnarcht – und da hab ich mich schnell wieder wohl gefühlt.

Tom machte mir ein Zeichen – so ein leises Geräusch mit dem Mund – und wir sind auf allen vieren weggekrochen. Als wir zehn Fuß weit waren, hat Tom mir zugeflüstert, er wollt Jim aus Jux an den Baum fesseln; aber ich sagte nein; er könnt aufwachen und Lärm machen, und dann würden sie rauskriegen, daß ich nicht drin war. Dann sagte Tom, er hätt nicht genug Kerzen mit, und er wollt in die Küche schleichen und noch welche holen. Ich wollte nicht, daß er's probiert. Jim könnt aufwachen und kommen, sagte ich. Trotzdem wollte Tom es riskieren; so sind wir reingeschlichen, holten drei Kerzen, und Tom legte fünf Cent dafür auf den Tisch. Dann kamen wir raus, und ich wollt nichts wie weg; aber Tom hat das immer noch nicht gereicht, er mußte unbedingt auf allen vieren zu Jim kriechen und ihm nen Streich spielen. Ich hab gewartet, ne ganze Weile kam's mir vor, alles war so still und einsam.

Als Tom zurückkam, machten wir uns auf die Socken, den Pfad lang, um den Gartenzaun rum, und bald waren wir oben am Steilhang auf der andern Seite vom Haus. Tom sagte, er hätt Jim den Hut vom Kopf gezogen und an einen Ast direkt über ihm gehängt, und Jim hätt sich ein bißchen gemuckst, wär aber nicht aufgewacht. Später hat Jim erzählt, die Hexen hätten ihn verhext und ihn in Trance versetzt und ihn durch den ganzen Staat geritten und ihn dann wieder unter den Bäumen abgesetzt und seinen Hut an nen Ast gehängt, um zu zeigen, wer's war. Und beim nächsten Mal, wo er's erzählt hat, sagte er, sie wärn bis nach New Orleans runter auf ihm geritten; und jedesmal, wenn er's wieder erzählte, hat er immer dicker aufgetragen, bis er zum Schluß behauptet hat, sie hätten ihn durch die ganze Welt geritten und ihn fast zu Tode gehetzt, und sein Rücken wär voller Beulen vom Sattel. Jim war ungeheuer stolz drauf, und es kam so weit, daß er die andern Nigger kaum mehr beachtet hat. Meilenweit kamen die Nigger her, um zu hören, wie Jim davon erzählte, und er war mehr geachtet als irgendein Nigger in der Gegend. Fremde Nigger standen da mit offnem Mund und haben ihn von oben bis unten begafft, als wär er wunder wer. Die Nigger quasseln im Dunkeln am Herdfeuer immer über Hexen; aber immer wenn einer davon anfing und so tat, als wüßt er alles über solche Dinge, da ist Jim reingeplatzt und sagt: »Hm! Was weißten du von Hexen?«, und dem Nigger war das Maul gestopft, und er hatte nichts mehr zu bestellen. Jim hatte das Fünfcentstück immer an ner Schnur um den Hals und sagte, es wär ein Amulett, das der Teufel ihm eigenhändig gegeben hätte, und er könnte, wie der Teufel ihm gesagt hatte, jeden damit heilen und, wann immer er wollte, Hexen herholen, er bräucht bloß was zu dem Amulett sagen; aber was es war, damit ist er nie rausgerückt. Nigger aus der ganzen Gegend kamen an und gaben Jim bloß für nen Blick auf das Fünfcentstück alles, was sie hatten, aber anfassen wollten sie's nicht, weil der Teufel die Hand drauf hatte. Jim war als Diener so gut wie ruiniert, so hochnäsig wurde er, weil er den Teufel gesehn hatte und die Hexen auf ihm geritten warn.

Also, wie Tom und ich oben auf dem Hügel ankamen, haben wir aufs Dorf runtergeguckt und konnten drei oder vier Lichter blinken sehn, bei kranken Leuten vielleicht; und die Sterne über uns funkelten noch so wunderschön; und unten beim Dorf war der Fluß, eine ganze Meile breit und unheimlich still und herrlich. Wir sind den Hügel wieder runter und fanden Jo Harper und Ben Roger und noch zwei oder drei andre Jungs in der alten Gerberei versteckt. Und so haben wir ein Boot losgemacht, sind zweieinhalb Meilen flußab zu dem großen Steilfelsen am Uferhang gerudert und dann an Land.

Wir sind zu ner Gruppe von Büschen, und Tom ließ alle schwören, das Geheimnis nicht zu verraten, und dann hat er ihnen ein Loch im Hügel gezeigt, mitten im dichtesten Gebüsch. Dann haben wir die Kerzen angezündet und sind auf allen vieren reingekrochen. Wir kamen so ungefähr zweihundert Yard, und dann ist die Höhle breiter geworden. Tom ist in den Gängen rumgetappt und dann auf einmal unter ne Wand getaucht, wo keiner was von nem Loch vermutet hätte. Wir passierten dann ne enge Stelle und kamen in so'ne Art Zimmer, ganz feucht und klamm und kalt, und da machten wir halt. Da sagt Tom:

»Jetzt gründen wir die Räuberbande und nennen sie Tom-Sawyer-Bande. Jeder, der mitmachen will, muß nen Eid schwören und seinen Namen mit Blut schreiben.«

Alle wollten. Und da hat Tom ein Blatt Papier rausgeholt, wo er den Eid draufgeschrieben hatte, und las ihn vor. Der Eid hat jeden verpflichtet, zur Bande zu halten und nie eins von ihren Geheimnissen zu verraten; und wenn irgendwer einem von der Bande was antat, so mußte jeder, der das befohlen bekam, denjenigen und seine Familie töten und hat nicht essen und nicht schlafen dürfen, bis er die alle getötet und ihnen ein Kreuz in die Brust gekerbt hatte, was das Zeichen der Bande war. Und keiner, der nicht zur Bande gehört hat, durfte das Zeichen verwenden, und wenn er's doch tat, so kam er vor Gericht; und wenn er's nochmal tat, mußte er getötet werden. Und wenn einer aus der Bande die Geheimnisse verriet, mußte ihm die Kehle durchgeschnitten, seine Leiche verbrannt und die Asche ringsrum verstreut werden, und sein Name mußte von der Liste mit Blut gelöscht werden und durfte in der Bande nie wieder genannt werden, sondern sollte für immer verflucht und vergessen sein.

Alle haben gesagt, das wär wirklich ein glänzender Eid, und wollten von Tom wissen, ob er von ganz allein drauf gekommen wär. Tom sagte, teilweise, aber der Rest wär aus Piratenbüchern und Räubergeschichten, und jede Bande mit Grundsätzen hätte so einen.

Ein paar fanden, es wär gut, auch die *Familie* von dem zu töten, der die Geheimnisse verriet. Tom fand das auch ne gute Idee, und er hat nen Bleistift genommen und schrieb's rein. Worauf Ben Rogers sagt:

»Aber Huck Finn, der hat doch gar keine Familie – was willsten mit dem machen?«

»Aber 'n Vater hat er doch, oder?« sagt Tom.

»Ja klar, aber der ist jetzt nicht mehr aufzutreiben. Früher hat er immer betrunken bei den Schweinen in der Gerberei gelegen, aber seit nem Jahr oder noch länger hat er sich hier in der Gegend nicht mehr blicken lassen.«

Sie haben sich beraten und waren drauf und dran, mich auszuschließen, weil sie meinten, jeder müßt ne Familie oder irgendwen zum Töten haben, sonst wär's unfair und ungerecht gegenüber den andern. Keiner kam auf ne Idee, was wir tun konnten – alle waren ratlos und saßen stumm da. Mir war zum Heulen; aber auf einmal fiel mir ein Ausweg ein, und ich hab ihnen Miss Watson angeboten – die konnten sie töten. Alle haben gerufen:

»Klar, die geht! Einverstanden! Bist dabei, Huck.«

Dann haben sich alle mit ner Nadel in den Finger gestochen für Blut zum Unterschreiben, und ich machte mein Zeichen auf das Papier.

»So«, sagt Ben Rogers, »und in was für ner Branche soll die Bande arbeiten?«

»Nur Morden und Rauben, sonst nichts«, sagt Tom Sawyer.

»Aber was solln wir rauben? Häuser – oder Vieh – oder –«

»Quatsch! Vieh und so was stehlen ist nicht Rauben, das ist Stehlen«, sagt Tom. »Wir sind keine Diebe. Das ist unter unsrer Würde. Wir sind Straßenräuber. Wir haben Masken auf und überfallen Kutschen und Wagen auf der Landstraße, wir töten die Leute und nehmen ihnen Uhren und Geld ab.«

»Müssn wir die Leute immer töten?«

»Aber sicher, ist das beste. 'n paar Kapazitäten denken da anders, aber meistens hält man's fürs beste, sie zu töten. Bis auf die paar wenigen, die ihr hierher in die Höhle schafft und erst freilaßt, wenn sie ausgelöst werden.«

»Was issen das – auslösen?«

»Weiß ich nicht. Aber so wird's gemacht. Das hab ich aus Büchern; und so müssen wir's natürlich auch machen.«

»Aber wie denn? – wenn wir gar nicht wissen, was es ist?«

»Verdammt nochmal, wir *müssen*! Ich sag euch doch, so steht's in den Büchern. Wollt ihr wirklich was andres machen, als wie's in den Büchern steht, und 'n Kuddelmuddel am Ende?«

»Das *sagst* du so leicht, Tom Sawyer, aber wie zum Teufel solln die Burschen denn ausgelöst werden, wenn wir gar nicht wissen, wie wir's ihnen antun sollen? Das isses, was *ich* wissen will! So, und jetzt sag mir endlich, wie's geht!«

»Gut, zugegeben, ich weiß es nicht. Aber vleicht – wenn wir sie einsperren, bis sie ausgelöst werden – bedeutet das, daß wir sie gefangenhalten müssen, bis sie tot sind.«

»Na klar, *so was* muß es sein. Klingt gut. Wieso haste das nicht gleich gesagt? – Halten se fest, bis sie fürn Tod ausgelöst werden – bloß sind se dann für uns auch ’n lästiges Pack, fressen uns alles weg und versuchen dauernd abzuhaun.«

»Was redste da für ’n Stuß, Ben Rogers! Wie können die abhauen, wenn ne Wache bei ihnen ist, immer schußbereit, wenn sie bloß nen Mucks machen?«

»Ne Wache – *das* ist gut! Soll einer die ganze Nacht Wache schieben und nicht mal ne Mütze Schlaf kriegen, nur um die zu bewachen? Ich find das verrückt. Wieso kann nicht einer nen Prügel schnappen und se auslösen, wenn se hierherkommen?«

»Weil’s so nicht in den Büchern steht – darum. Also, Ben Rogers, willst du die Dinge richtig machen oder nicht? – Das will ich jetzt mal wissen. Glaubst du, die Leute, die die Bücher geschrieben haben, wissen nicht, wie man korrekt vorgeht? Glaubst du, *du* kannst die was lernen? Nie im Leben! Nee, mein Freund, wir machen’s genau so und lösen sie auf die korrekte Art aus.«

»Gut, einverstanden – is mir auch egal; aber verrückt isses trotzdem. Sag mal, töten wir auch die Weiber?«

»Also, Ben Rogers, wenn ich so ’n Ignorant wär wie du, tät ich’s nicht zeigen. Die Weiber töten? Nee – so was steht nirgendwo in den Büchern. Ihr schafft sie hierher und seid superhöflich zu ihnen; und schon bald verlieben sie sich in euch und haben keine Lust mehr auf zu Hause.«

»Na, wenn’s so ist, hab ich nichts dagegen, aber eigentlich interessiert’s mich gar nicht. Auf ein Schlag haben wir nämlich die Höhle vollgepfercht mit Weibern und Kerlen, die auf ihre Auslöse warten, und für die Räuber ist kein Platz mehr da. Aber mach nur weiter, ich hab ja nichts zu melden.«

Der kleine Tommy Barnes war inzwischen eingepennt,

und als sie ihn geweckt haben, war er erschrocken und hat losgeheult, er wollt heim zu seiner Mama und kein Räuber mehr sein.

Alle haben ihn aufgezogen und ihn nen kleinen Schreihals genannt, und da wurd er wütend und hat gedroht, er würd gleich losrennen und alle Geheimnisse verraten. Aber Tom gibt ihm fünf Cent, damit er die Klappe hält, und sagte, wir würden jetzt alle gleich nach Hause gehen und uns nächste Woche wieder treffen, um irgend jemand auszurauben und ein paar Leute zu töten.

Ben Rogers sagte, er könnt nicht oft weg, nur am Sonntag, und darum wollt er am nächsten Sonntag anfangen; aber alle Jungs sagten, am Sonntag wär's Sünde, und damit war die Sache entschieden. Sie beschlossen, wieder zusammenzukommen und sobald wie möglich einen Tag auszumachen, und dann haben wir Tom Sawyer zum Bandenchef gewählt und Jo Harper zu seinem Vize und sind heim.

Noch eh's hell wurde, bin ich auf den Schuppen geklettert und zum Fenster reingekrochen. Meine neuen Klamotten waren total verschmiert und dreckig, und ich war hundemüde.

Kapitel 3

Wir lauern den A-rabern auf

Also, am Morgen kriegte ich nen Mordsrüffel von der alten Miss Watson wegen meinen Kleidern; aber die Witwe, die hat nicht geschimpft, die hat nur den Lehm und Dreck weggeputzt; sie sah so traurig aus, daß ich fand, ich sollt mich ne Weile benehmen, wenn ich's irgendwie schaffe. Dann nahm mich Miss Watson mit in die Kammer und hat gebetet, aber raus kam nichts dabei. Sie sagte, ich sollt jeden Tag beten, und um was ich auch bitten würde, das würd ich kriegen. Aber das stimmte nicht. Ich hab's probiert. Einmal hab ich ne Angelschnur gekriegt, aber keine Haken. Ohne Haken kann ich nichts anfangen. Ich hab's drei- oder viermal wegen den Haken probiert, aber irgendwie hat's nicht funktioniert. Eines Tages, nicht lang danach, hab ich Miss Watson gebeten, es für mich zu probieren, aber sie sagte, ich wär ein Dummkopf. Wieso, hat sie mir nicht gesagt, und ich bin auch nie dahintergekommen.

Ich hab mich draußen im Wald mal hingesetzt und lange drüber nachgedacht. Wenn einer, sag ich mir, alles bekommen kann, um was er betet, wieso kriegt dann der Diakon Winn das Geld nicht wieder, das er beim Schweinehandel verloren hat? Wieso kriegt die Witwe nicht ihre silberne Schnupftabakdose wieder, die man ihr gestohlen hat? Und warum wird Miss Watson nicht dicker? Nee, sag ich mir, da stimmt was nicht. Ich bin zur Witwe und hab's ihr erzählt, und sie sagte, was einer durch Beten kriegen kann, wärn »geistige Gaben«. Das war zu hoch für mich, aber sie hat mir erklärt, was sie meinte – ich müßt den andern Menschen helfen, und alles, was ich kann, für sie tun, mich die ganze Zeit um sie kümmern und nie an mich selber denken. Einschließlich Miss Watson, soweit ich's verstanden habe. Ich bin in den Wald und ließ mir alles lang durch den Kopf gehn, aber ich fand, das lohnte sich nicht – außer für die andern Menschen – und so hab ich beschlossen, nicht weiter drüber nachzugrübeln und es einfach auf sich beruhn zu lassen. Manchmal nahm mich die Witwe beiseite und hat mir von der Vorsehung erzählt, daß einem der Mund wäßrig wurde; aber dann hat mich am andern Tag vielleicht Miss Watson erwischt und alles wieder kaputtgemacht. Ich fand, daß es zwei Arten von Vorsehung gibt und ein armer Kerl bei der von der Witwe gut wegkommt, aber wenn ihn die von Miss Watson erwischte, dann gab's keine Rettung mehr für ihn. Ich hab mir alles reiflich überlegt und fand, daß ich zu der von der Witwe gehören wollte, wenn die mich haben wollte, obwohl mir nicht klar wurde, wieso die mit mir besser dran war als ohne mich, wo ich doch so unwissend und ziemlich fies und störrisch war.

Pap, der hatte sich über ein Jahr nicht mehr blicken lassen, und das war beruhigend; ich wollt ihn nicht mehr sehn. Er hat mich immer versohlt, wenn er nüchtern war und mich zu fassen kriegte; nur, ich bin meistens in den Wald verduftet, wenn er da war. Um die Zeit fand man ihn ertrunken im Fluß, ungefähr zwölf Meilen oberhalb vom Dorf – so sagten die Leute. Jedenfalls meinten sie, er wär's; dieser ertrunkne Mann wär grad von seiner Größe, zerlumpt und hätte ungewöhnlich langes Haar – genau wie bei Pap –, aber sie konnten sein Gesicht nicht mehr erkennen, weil's so lang im Wasser gelegen hatte, daß es gar nicht mehr aussah wie 'n Gesicht. Er wär auf dem Rücken getrieben, sagten sie. Sie haben ihn rausgezogen und am Ufer begraben. Aber meine Ruhe hielt nicht lang vor, weil mir zufällig was einfiel. Ich wußte haargenau, daß ein ertrunkner Mann nicht auf dem Rücken treibt, sondern auf dem Gesicht. Von daher wußt ich also, daß das nicht Pap war, sondern ne Frau, die Männerkleider anhatte. Da wurd ich wieder unruhig. Ich dachte, der Alte taucht sicher bald wieder auf, obwohl ich wollte, daß er wegblieb.

Wir spielten ab und zu Räuber, ungefähr noch nen Monat, und dann hab ich's aufgegeben. Und die andern Jungs auch. Wir hatten niemand ausgeraubt, wir hatten keine Leute getötet, sondern bloß so getan. Wir sind immer aus den Wäldern rausgeflitzt und auf Schweinetreiber und Weiber losgegangen, die in ihren Karren Gemüse zum Markt brachten, aber eingesammelt haben wir nie jemand. Tom nannte die Schweine Goldbarren und die Rüben und das Gemüse Juwelen, und danach sind wir in die Höhle und haben über unsre Taten palavert und wie viele Leute wir getötet und mit unserm Kreuz gezeichnet hatten. Aber ich fand, das lohnte sich nicht. Einmal hat Tom Sawyer nen Jungen losgeschickt, der mit nem brennenden Stock, was er ne Parole nannte, im Ort rumrennen sollte (was für die Bande das Zeichen zum Versammeln war), und dann hat er erzählt, durch seine Spione hätt er geheime Botschaft bekommen, daß am nächsten Tag ne ganze Kolonne von spanischen Händlern und reichen A-rabern in Cave Hollow kampieren wollte, mit zweihundert Elefanten und sechshundert Kamelen und über tausend Saumtieren, alle voll beladen mit Diamanten, und die hätten bloß ne Wache von vierhundert Soldaten; da sollten wir uns in einen Hinterhalt legen, wie er's nannte, und die ganze Gesellschaft töten und die Dinge abkassieren. Aber vorher müßten wir noch unsre Schwerter und Gewehre polieren und uns fertigmachen. Er konnte nie auch bloß nem Rübenkarren nachlaufen, ohne daß wir dafür unsre Schwerter und Gewehre blank putzen mußten; bloß warn das nur Latten und Besenstiele, und man konnte dran schrubben bis zum Schwarzwerden, und dann warn sie keinen Deut mehr wert als vorher. Ich hab nicht geglaubt, daß wir so nen Haufen Spanier und A-raber schlagen können, aber die Kamele und Elefanten wollt ich sehn, und so war ich am andern Tag, einem Samstag, im Hinterhalt zur Stelle; und als wir das Kommando bekamen, sind wir aus dem Wald gerannt und den Hügel runter. Aber da waren keine Spanier und A-raber, und auch keine Kamele und Elefanten. Es war man grad ein Sonntagsschulpicknick, und dazu noch von Abc-Schützen. Und das haben wir gesprengt und die Kinder das Tal raufgescheucht; erwischt haben wir nichts als ein paar Krapfen und Mus, bloß Ben Rogers hat ne Stoffpuppe erobert und Jo Harper ein Gesangbuch und ein Traktätchen; und dann kam der Lehrer angerannt, und wir haben alles hingeschmissen und sind abgehaun. Ich sah keine Diamanten und sagte das Tom Sawyer auch. Er meinte, es wärn jedenfalls massenhaft welche dagewesen, und auch A-raber und Elefanten und alles wär dagewesen. Ich hab ihn gefragt, warum wir sie dann nicht gesehn hätten? Er sagte, wenn ich nicht so ein Ignorant wär und ein Buch, das *Don Quijote* heißt, gelesen hätte, würd ich nicht fragen, warum. Es wär nämlich alles verzaubert gewesen. Hunderte von Soldaten wärn dagewesen, und Elefanten und Schätze und alles, aber wir hätten Feinde, welche er Magier nannte, und die hätten das Ganze in ne Kindersonntagsschule verwandelt, einfach so aus Bosheit. Na schön, sag ich, dann müssen wir uns halt die Magier vornehmen. Tom Sawyer meinte, ich wär ein Trottel.

»Was denkste«, sagt er, »ein Magier kann ne Menge Geister beschwören, und die würden dir wie nix die Knochen brechen, eh du piep sagen kannst. Die sind so groß wie 'n Baum und so dick wie ne Kirche.«

»Und wenn wir ein paar Geister dazu kriegen könnten, *uns* zu helfen – können wir dann den andern Haufen nicht schlagen?«

»Wie willste welche dazu kriegen?«

»Ich weiß nicht. Wie machen's die *andern*?«

»Also, die reiben an einer alten Blechlampe oder an einem Eisenring, und dann kommen die Geister angerauscht, mit Blitz und Donner, und Rauch quillt auf, und alles, was man ihnen sagt, das machen sie ruckzuck. Mit

Leichtigkeit reißen die 'n Schrotsilo ausm Boden und knallen es nem Sonntagsschulrektor übern Schädel – oder wem auch immer.«

»Und wer bringt die dazu, daß sie anrauschen?«

»Wer grade an der Lampe oder an dem Ring reibt. Die gehören dem, der an der Lampe oder dem Ring reibt, und sie müssen alles tun, was der ihnen sagt. Wenn er ihnen befiehlt, nen vierzig Meilen langen Palast aus Diamanten zu bauen und ihn randvoll zu stopfen mit Kaugummi, oder was du willst, und die Tochter des Kaisers von China für dich zum Heiraten zu holen, dann müssen sie das tun – noch vor Sonnenaufgang am andern Morgen. Und mit dem Palast müssen sie im ganzen Land rumwirbeln, wo du ihn hinhaben willst, verstehst du?«

»Also«, sag ich, »das müssen ja schöne Idioten sein, statt den Palast für sich zu behalten, lassen die sich so an der Nase rumführen. Und außerdem, wenn ich einer von denen wäre, ich würd den Mann zum Teufel jagen, eh ich meine Geschäfte im Stich lasse und zu ihm komm, bloß weil er an altem Blech reibt.«

»Was redste für 'n Stuß, Huck Finn. Du *müßtest* kommen, wenn er dran reibt, ob du willst oder nicht.«

»Was! – Und ich soll so groß wie 'n Baum sein und so dick wie ne Kirche? Na schön; ich *würde* kommen; aber wetten, daß ich den Mann auf den höchsten Baum im ganzen Land jage!«

»Quatsch – hat kein Sinn, mit dir zu reden, Huck Finn. Du hast von nichts nen blassen Schimmer – der letzte Idiot bist du.«

Zwei oder drei Tage habe ich über das Ganze nachgedacht und fand, ich sollt mal probieren, ob da irgendwas dran ist. Ich nahm ne alte Blechlampe und nen Eisenring, bin in den Wald raus und hab gerieben und gerieben, bis ich wie ein Injaner schwitzte, und spekulierte auf nen

Palast, den ich verkaufen wollte; aber es hat nichts genützt, keiner von den Geistern kam. Da hab ich gemerkt, daß der ganze Kram bloß wieder eine von Tom Sawyers Lügen war. Vermutlich glaubte er an die A-raber und die Elefanten, aber ich denk da anders drüber. Das roch alles doch zu sehr nach Sonntagsschule.

Kapitel 4

Jims Haarknäuel sagt mir weis

Drei oder vier Monate gingen rum, und es war schon mitten im Winter. Fast die ganze Zeit war ich in der Schule gewesen, konnte buchstabieren und lesen, auch ein bißchen schreiben und das Einmaleins aufsagen bis 6 mal 7 ist 35, aber ich glaub, weiter als bis dahin werd ich nie kommen, und wenn ich ewig lebe. Ich interessier mich jedenfalls nicht für Mathematik.

Zuerst haßte ich die Schule, aber mit der Zeit hab ich's so weit gebracht, daß ich's aushalten konnte. Immer wenn sie mir zum Hals raushing, hab ich geschwänzt, und die Prügel, die ich am andern Tag bekam, haben mir gut getan und mich aufgemuntert. Und so ist's mir immer leichter gefallen, je länger ich hin bin. Auch an die Art von der Witwe hab ich mich ein wenig gewöhnt, und sie nervte mich jetzt nicht mehr so. In einem Haus wohnen und im Bett schlafen war meistens ne ziemliche Folter für mich, aber eh's kalt wurde, bin ich manchmal rausgeschlichen und hab im Wald geschlafen – *war* das eine Erholung für mich! Am liebsten warn mir die alten Gewohnheiten, aber ich hab's so weit gebracht, daß ich die neuen auch ein klein wenig mochte. Die Witwe sagte, ich würd mich langsam aber sicher machen, und es ginge ganz befriedigend voran mit mir, und sie würd sich jetzt meinetwegen nicht mehr schämen.

Eines Morgens ist mir beim Frühstück das Salzfaß umgekippt. Ich langte nach ein paar Salzkörnern, so schnell ich konnte, um sie über die linke Schulter zu werfen und so Unglück abzuhalten, aber Miss Watson war schneller als ich und ist mir dazwischengefahren. Sie sagte: »Nimm die Hände weg, Huckleberry – was machst du auch immer für einen Schmutz!« Die Witwe legte ein gutes Wort für mich ein, aber das würd das Unglück nicht abhalten, das wußte ich ganz genau. Nach dem Frühstück bin ich raus; ich hab mich unruhig und wacklig gefühlt und mich gefragt, wo es mich treffen würd und was es sein würd. Einige Arten von Unglück kann man abhalten, dazu gibt es Mittel, aber bei dem ging es nicht; deswegen hab ich's gar nicht erst probiert, sondern bin bloß rumgestapft, richtig niedergeschlagen und ständig auf der Hut.

Ich bin zum Vorgarten runter und über den Zauntritt geklettert, wo man durch den hohen Bretterzaun kommt. Es lag ein Zoll Neuschnee auf dem Boden, und ich sah die Fußspur von jemand. Sie kam vom Steinbruch hoch, stand ne Weile am Zauntritt und ging dann weiter um den Gartenzaun rum. Komisch, daß sie nicht reingekommen war, nachdem sie so lang dagestanden hatte. Ich wurd nicht schlau draus. Es war irgendwie sehr seltsam. Ich wollt schon der Spur überallhin nachgehn, aber dann hab ich mich erst mal gebückt, um sie zu untersuchen. Zuerst fiel mir gar nichts auf, aber dann doch. Im linken Stiefelabsatz war ein Kreuz aus dicken Nägeln, um den Teufel abzuhalten.

Und ich nichts wie hoch und den Hügel runtergerast. Ab und zu hab ich über meine linke Schulter zurückgeschaut, aber ich sah niemand. So schnell ich konnte, war ich beim Richter Thatcher. Und er sagte:

»Nanu, mein Junge, bist ja ganz außer Atem! Bist du wegen deinen Zinsen gekommen?«

»Nee, Herr Richter«, sag ich, »sind denn welche für mich gekommen?«

»Ja, die fürs letzte halbe Jahr sind da, seit gestern abend. Über hundertfünfzig Dollar. Ein ganzes Vermögen für dich. Laß sie mich lieber zusammen mit deinen andern sechstausend anlegen, denn wenn du sie mitnimmst, gibst du sie doch aus.«

»Nee, Herr Richter«, sag ich, »ich will se nicht ausgeben. Ich will sie überhaupt nicht – auch die sechstausend nicht, garnix. Ich möcht, daß Sie's nehmen; ich möcht's Ihnen geben – die sechstausend und alles.«

Er sah überrascht aus. Er wurde, scheint's, nicht schlau draus. Und er sagt:

»Nanu, was meinst du denn damit, mein Junge?«

Ich sag: »Bitte stellen Sie mir keine Fragen nich. Sie nehmen's doch – oder?«

Und er sagt:

»Nun, das erstaunt mich. Ist denn irgendwas passiert?«

»Bitte nehmen Sie's«, sag ich, »und fragen Sie mich nich weiter – dann brauch ich keine Lügen erzählen.«

Er überlegte ne Weile und sagt dann:

»Aha. Ich glaube, jetzt versteh ich. Du willst dein Eigentum an mich *verkaufen* – nicht verschenken. So ist es!«

Dann schrieb er was auf ein Papier, las es durch und sagt:

»Hier – siehst du, da steht ›gegen Entgelt‹. Das bedeutet, daß ich es dir abgekauft und dir dafür bezahlt habe. Hier ist ein Dollar für dich. So, nun unterschreib.«

Und so hab ich unterschrieben und bin weg.

Miss Watsons Nigger, der Jim, hatte ein Haarknäuel, so groß wie ne Faust, das jemand nem Ochsen aus seinem vierten Magen rausgeholt hatte, und mit dem zauberte er immer. Innen wär ein Geist drin, sagte er, und der wüßte alles. Und so bin ich am Abend zu ihm und hab ihm erzählt, Pap wär wieder hier, ich hätt seine Spuren im Schnee entdeckt. Ich wollt von Jim wissen, was Pap vorhat und ob er bleibt. Jim holte sein Haarknäuel und sagte seinen Spruch über ihm auf, und dann hielt er's hoch und ließ es fallen. Es fiel ziemlich plump und rollte bloß einen Zoll weit. Jim probierte es nochmal, und dann nochmal, aber es ist jedesmal genau dasselbe passiert. Er kniete sich hin und legte sein Ohr dran und horchte. Aber es hat nichts genützt; der Geist wollte nicht reden, sagte er; manchmal würd er nicht ohne Geld reden. Ich hab ihm erzählt, ich hätt nen alten glatten falschen Vierteldollar, der nichts mehr taugt, weil das Messing schon durchschimmert, aber auch wenn das Messing nicht durchschimmern würde, ginge er nirgendwo mehr durch, weil er so glatt war, daß er sich ganz schmierig anfühlte, und so würd er sich bestimmt jedesmal verraten. (Ich dachte, von dem Dollar, den ich vom Richter Thatcher bekommen hatte, wollt ich lieber nichts sagen.) Es wär ziemlich schlechtes Geld, sagte ich, aber vielleicht würd das Haarknäuel es nehmen, weil's vielleicht den Unterschied nicht merkt. Jim roch dran, biß drauf, rieb es und sagte, er würd's so hinkriegen, daß das Haarknäuel glaubt, er wär echt. Er würd ne rohe irische Kartoffel nehmen und die Münze reinstecken und die ganze Nacht drinlassen, und am nächsten Morgen wär kein Messing mehr zu sehn, und die Münze würd sich nicht mehr schmierig anfühlen, und jeder im Dorf würd sie sofort nehmen, und ein Haarknäuel natürlich sowieso. Daß ne Kartoffel so wirkt, wußte ich schon, ich hatt's aber vergessen.

Jim legte den Vierteldollar unter das Haarknäuel, kniete hin und horchte wieder. Diesmal, sagte er, stimmt alles beim Haarknäuel, und wenn ich wollt, würd es mir mein ganzes Schicksal weissagen. Dann mal los, sag ich. Und da hat das Haarknäuel zu Jim gesprochen, und Jim hat es mir erzählt:

»Dein alter Vadder weiß noch net, was er mache will. Manchmal sagt er, er will weg, und dann widder sagt er, er will bleibn. 's beste is, abwartn un den Alte sein eignen Weg gehn lassen. Da sin zwei Engel, die über ihm rumschwebn. Einer davo is weiß un glitzrig, un dr ander is schwarz. Dr weiße kriegt ihn auffen rechtn Weg, ne kurze Weil, un dann segelt dr schwarze an un macht alls kaputt. 's kann keiner noch net sage, welcher ihn holt zum Schluß. Aber bei dir isses gut. Du wirst ne Menge Ärger ham in deim Lebn, un ne Menge Freude. Manchmal wirste verletzt sein, un manchmal wirste krank sein, aber jedesmal wirste widder heil. Da sin zwei Mädle um dich rum in deim Lebn. Die eine is hell, un die ander is dunkel. Eine is reich, und die ander is ahm. Zuerst wirste die Ahme heiraten, un nacher die Reiche. Un du möchst vom Wasser wegbleim, soviel du kannst, un geh kein Wagnis net ein, von wegen weil's innen Gesetzen steht, daß de sonst wirst aufghängt wern.«

Als ich am Abend meine Kerze angezündet habe und in mein Zimmer rauf bin, saß da Pap höchstselbst.

Kapitel 5

Pap fängt ein neues Leben an

Ich hatte die Tür zugemacht. Dann hab ich mich umgedreht, und da saß er. Ich hab immer Angst vor ihm gehabt, er hat mich so oft durchgebleut. Ich glaub, ich hatt auch diesmal Angst; aber schon bald hab ich gemerkt, daß ich mich getäuscht hatte. Das heißt, nach dem ersten Schock sozusagen, wo mir fast die Luft weggeblieben ist, wie er so unerwartet dasaß; aber dann hab ich im Nu gemerkt, daß ich meine Angst vor ihm glatt vergessen konnte.

Er war an die fünfzig, und man sah's ihm an. Sein Haar war lang und wirr und schmierig und hing runter, und seine Augen funkelten wie hinter Kletterranken vor. Es war ganz schwarz, kein bißchen Grau drin; und so war auch sein langer Zottelbart. Keine Farbe war in seinem Gesicht, wo sein Gesicht noch zu sehn war; es war weiß; kein Weiß wie bei andern Leuten, sondern ein Weiß, daß es einem schlecht davon wurde, ein Weiß, daß es einem kalt übern Rücken lief – ein Baumkrötenweiß, ein Fischbauchweiß. Und seine Kleider – Lumpen, sonst nichts. Den einen Fuß hatte er aufs Knie vom andern gelegt; der Stiefel war an diesem Fuß vorn aufgeplatzt, und zwei Zehen haben sich durchgebohrt, die er ab und zu bewegte. Sein Hut lag auf dem Boden; ein alter schwarzer Schlapphut, oben eingedellt wie ein Topfdeckel.

Ich stand da und sah ihn an; er saß da und sah mich an, den Stuhl ein bißchen nach hinten gekippt. Ich stellte die Kerze ab. Ich sah, daß das Fenster auf war; er war also übern Schuppen reingekommen. Von oben bis unten hat er mich angestiert. Nach ner Weile sagt er:

»Noble Kleider – soso. Denkst wohl, du bist schon bald 'n hohes Tier – was?«

»Vielleicht, vielleicht auch nicht«, sag ich.

»Werd mir ja nich frech!« sagt er. »Tust ganz schön vornehm, seit ich weg bin. *Ich* werd dir nen Dämpfer aufsetzen, eh wir miteinander fertig sind. Und zum Unterricht gehste auch, sagen se; kannst lesen und schreiben. Bildest dir wohl ein, du bist jetzt was Beßres als dein Vadder, weil der's nich kann, was? *Ich* werd dir das austreiben! Wer hat 'n dir gesagt, du sollst dich mit so 'm großkotzigen Blödsinn abgeben, he? – wer hat 'n dir das gesagt?«

»Die Witwe. Die hat's gesagt.«

»Die Witwe, he? – Und wer hat der Witwe gesagt, sie soll ihre Nase in was reinstecken, was sie überhaupt nix angeht?«

»Niemand.«

»Also, der werd ich beibringen, sich einmischen! Und hörmal – mit der Schule da ist jetzt Schluß, verstanden? Ich werd den Leuten lernen, einen Jungen so erziehn, daß er sich vor seim eignen Vater aufspielt und so tut, wie wenn er was Beßres ist als *er*. Lammich dich ja nich erwischen, wenn du dich wieder um die Schule da rumtreibst, verstanden? Deine Mutter hat nich lesen und nich schreiben können, nix, bis sie gestorben ist. *Keiner* aus der Familie hat's können, *bis* sie gestorben sind! Und *ich* auch nich. Ich bin nicht der Mann, der sich das gefallen läßt – verstanden? Sag mal – lammich mal hörn, wie du liest.«

Ich nahm ein Buch und fing mit was an über General Washington und die Kriege. Als ich so ne halbe Minute gelesen hatte, hat er mit der Hand aufs Buch geschlagen und es quer durch die Gegend geschmissen. Er sagt:

»Stimmt. Du kannst's. Ich hatt noch so meine Zweifel. Jetzt hör mal zu: das mit dem Vornehmtun hört auf. Ich duld es nicht. Und ich werd dich abpassen, du Klugscheißer, und wenn ich dich bei der Schule da erwisch, dann versohl ich dich – und wie! Und auf einmal wirste auch noch fromm! So ’n Sohn hab ich noch kein erlebt.«

Er hob ein blau und gelbes Bildchen auf, mit ein paar Kühen und nem Jungen drauf, und fragt:

»Was issen das?«

»Das hab ich dafür gekriegt, weil ich gut gelernt habe.«

Zerrissen hat er’s und sagt:

»Ich geb dir was Beßres – ich geb dir ne Tracht Prügel!«

Eine Weile saß er da, hat gemurmelt und gebrummt, dann sagt er:

»Nee – *so* ein feiner Pinkel! ’n Bett, und Bettzeug, und ’n Spiegel, und ’n Teppich aufm Boden – und dein eigner Vater muß bei den Schweinen in der Gerberei schlafen! So ’n Sohn hab ich noch kein erlebt. Wetten, daß ich dir ’n paar von diesen Flausen wieder austreib, bevor wir mitnander fertig sind! Aber das ist ja noch nich mal alles von deinem großkotzigen Getue – se sagn, du bist reich. He? – Wie kommt das?«

»Sie lügen – daher kommt’s.«

»Nimm dich in acht – überleg dir, was du sagst; ich laß mir allerhand gefallen – also werd nich patzig. Ich bin jetzt zwei Tage hier im Dorf und hab nix andres gehört als, wie reich du bist. Schon weiter unten am Fluß hab ich’s gehört. Deswegen bin ich gekommen. Bis morgen will ich das Geld sehn – ich brauch es.«

»Ich hab aber kein Geld mehr.«

»Lüg nicht. Der Richter Thatcher hat’s. Und du holst’s mir. Ich brauch es.«

»Ich hab kein Geld mehr, wenn ich’s dir sage. Frag den Richter Thatcher; der wird dir ’s gleiche sagen.«

»Gut. Ich frag ihn; und blechen soll er – oder ich erfahr den Grund. Sag mal, wieviel Geld hast du in der Tasche? Ich brauch es.«

»Bloß nen Dollar, und den brauch ich für –«

»Ist mir schnuppe, für was du den brauchst – raus damit!«

Er nahm ihn und biß drauf, um zu sehn, ob er echt war, und dann hat er gesagt, er geh jetzt ins Dorf Whisky holen; er hätt den ganzen Tag noch keinen Tropfen gehabt. Und als er schon auf dem Schuppen draußen war, hat er den Kopf nochmal reingestreckt und mich wegen meiner Vornehmtuerei verflucht und weil ich was Beßres sein wollt als er; und wie ich denk, jetzt ist er endlich weg, kommt er nochmal zurück und hat den Kopf nochmal reingestreckt und hat mir gedroht, ich soll mich bloß in acht nehmen wegen der Schule, er stell mir nämlich nach und bleu mich durch, wenn ich's nicht lasse.

Am nächsten Tag war er besoffen, und er ist zum Richter Thatcher und hat ihn drangsaliert und wollt ihn zwingen, daß er das Geld rausrückt, aber gekriegt hat er's nicht, und da hat er Stein und Bein geschworen, daß er ihn durchs Gericht dazu zwingt.

Der Richter und die Witwe sind selber vor Gericht und haben verlangt, daß man mich meinem Vater wegnimmt und einen von ihnen zu meinem Vormund macht; aber grad war ein neuer Richter ins Amt gekommen, und der kannte den Alten nicht; und deswegen hat er gesagt, Gerichte dürfen sich nicht einmischen und Familien trennen, wenn's vermeidbar ist; und er wollt ein Kind lieber nicht seinem Vater wegnehmen. Und so mußten der Richter Thatcher und die Witwe die Sache aufgeben.

Das gefiel dem Alten, und er gab jetzt keine Ruhe mehr. Er sagte, er würd mich verdreschen, bis ich grün und blau wär, wenn ich kein Geld für ihn auftreibe. Ich lieh mir drei Dollar vom Richter Thatcher, und Pap schnappte sie und ließ sich vollaufen, und dann ist er losgezogen, schnaubend und fluchend und grölend und tobend; und im ganzen Dorf hat er bis bald um Mitternacht auf nem Blechtopf rumgetrommelt; dann haben sie ihn eingesperrt und am andern Tag vor Gericht gestellt und ihn nochmal für ne Woche eingesperrt. Aber er sagte, *er* sei zufrieden: er sei der Herr von seinem Sohn, und *dem* wolle er schon noch einheizen.

Als er rauskam, sagte der neue Richter, er wollt wieder einen Menschen aus ihm machen. Er nahm ihn mit zu sich nach Haus, zog ihn sauber und ordentlich an, ließ ihn mit der Familie frühstücken und mittag- und abendessen und hat ihn überhaupt mit Samthandschuhen angefaßt. Und nach dem Abendessen hat er ihm was über Mäßigkeit und lauter so Zeug erzählt, bis der Alte losheulte, er sei ein Narr gewesen und hab sein Leben vertan; aber jetzt wolle er ne neue Seite aufschlagen und ein Mensch werden, dessen sich niemand zu schämen braucht, und er hoffe, daß ihm der Richter dabei hilft und ihn nicht verachtet. Der Richter sagte, er könnt ihn umarmen für diese Worte; er weinte jetzt selber, und seine Frau auch; Pap sagte, er wär ein Mensch gewesen, der immer mißverstanden worden sei, und der Richter sagte, er glaub ihm das. Und der Alte sagte, was ein Mensch braucht, der am Boden liegt, ist Mitgefühl; und der Richter meinte, so ist es; dann weinten sie wieder. Und als es Zeit zum Schlafengehen war, stand der Alte auf, hat seine Hand ausgestreckt und sagt:

»Seht sie euch an, ihr Herren und Damen alle; faßt sie nur an; schüttelt sie. *Das* war die Hand von einem Schwein; aber sie ist es jetzt nicht mehr; jetzt ist's die Hand eines Menschen, der in ein neues Leben eingetreten ist und lieber sterben will als nochmal wortbrüchig werden. Merkt euch diese Worte – vergeßt nicht, daß ich sie gesprochen habe! Es ist eine saubere Hand jetzt; schüttelt sie nur – habt keine Angst!«

Und so haben sie seine Hand geschüttelt, einer nach dem andern, alle reihum, und weinten. Und die Frau vom

Richter, die hat sie sogar geküßt. Dann unterschrieb der Alte ein Gelöbnis – machte sein Krakel. Der Richter meinte, es wär der schönste Tag in seiner Erinnerung oder irgend so was. Dann haben sie den Alten ins Bett gesteckt in einem wunderschönen Zimmer, das nämlich ihr Gästezimmer war; und irgendwann in der Nacht hat ihn ein fürchterlicher Durst gepackt, und er ist aufs Verandadach rausgeklettert, an nem Pfosten runtergrutscht und hat seine neue Jacke gegen nen Krug Fusel eingetauscht, und dann ist er zurückgeklettert und hat sich vollaufen lassen; und gegen Morgen ist er stockbesoffen wieder rausgekrochen, von der Veranda runtergekugelt, hat sich an zwei Stellen den linken Arm gebrochen und war fast steif gefroren, als ihn jemand nach Sonnenaufgang fand. Und als sie in ihr Gästezimmer reinschauten, mußten sie erst mal Maß nehmen, bevor sie durchkamen.

Der Richter war ganz schön eingeschnappt. Man könnt den Alten vielleicht noch mit ner Schrotflinte bessern, sagte er, er jedenfalls wüßt keinen andern Weg.

Kapitel 6

Pap kämpft mit dem Todesengel

Schon bald war der Alte wieder auf den Beinen, und dann hat er den Richter Thatcher vor Gericht geschleppt, um ihn zu zwingen, daß er das Geld rausgibt, und mich hat er sich auch vorgenommen, weil ich die Schule nicht sein ließ. Ein paarmal hat er mich erwischt und versohlt, aber ich bin trotzdem weiter hin; meistens bin ich ihm ausgewichen oder vor ihm abgehauen. Ich bin vorher nicht grade gern in die Schule gegangen, aber jetzt, glaub ich, bin ich Pap zum Trotz hin. Sein Prozeß kam nur mühsam voran; es schien, wie wenn sie gar nie damit anfangen wollten. Und so hab ich immer wieder mal zwei oder drei Dollar vom Richter für ihn geliehen, damit ich um Prügel rumkam. Jedesmal, wenn er Geld bekam, hat er sich besoffen; und jedesmal, wenn er besoffen war, machte er nen Riesenkrach im Dorf; und jedesmal, wenn er Krach machte, haben sie ihn eingesperrt. Das war ihm grade recht – so ein Leben gefiel ihm.

Er ist jetzt gar zuviel ums Haus von der Witwe rumgelungert, und irgendwann hat sie ihm gedroht, wenn er's nicht sein ließe, mach sie ihm Ärger. Also, *war* der wütend! Er würd ihr zeigen, schimpfte er, wer hier der Herr von Huck Finn ist. Und eines Tags im Frühling lauert er mir auf, packt mich, nimmt mich in nem Boot drei Meilen flußauf und setzt über ans Illinois-Ufer, wo's waldig war und wo's keine Häuser gab bis auf ne alte Blockhütte; und die war an ner Stelle, wo der Wald so dicht stand, daß man sie nicht finden konnte, wenn man nicht wußte, wo sie lag.

Die ganze Zeit behielt er mich bei sich, und nie fand ich ne Gelegenheit, abzuhauen. Wir wohnten in der alten Hütte, und nachts schloß er immer die Tür ab und legte den Schlüssel unter seinen Kopf. Er hatte ne Flinte, die er vermutlich gestohlen hatte, und wir fischten und jagten, und davon haben wir gelebt. Ab und zu hat er mich eingesperrt, fuhr drei Meilen flußab zu dem Laden an der Fähre, tauschte Fisch und Wild gegen Whisky, brachte ihn nach Haus, soff sich genüßlich nen Rausch an, und dann hat er mich versohlt. Die Witwe, die hat dann doch noch rausgefunden, wo ich steckte; sie schickte einen Mann rüber, der mich ergreifen sollte, aber Pap hat ihn mit der Flinte verjagt. Nicht lange, da war ich an mein

Leben hier gewöhnt und hatte Spaß dran – bis auf die Sache mit den Prügeln.

Das war schon lustig und bequem, den ganzen Tag rumzufaulenzen, zu rauchen und zu fischen – ohne Bücher und Büffeln. Zwei Monate oder noch mehr gingen rum, meine Kleider waren jetzt ganz zerlumpt und verdreckt, und ich verstand gar nicht mehr, wie mir's bei der Witwe jemals so gut gefallen konnte, wo man sich waschen und vom Teller essen mußte, sich kämmen und pünktlich ins Bett gehn und aufstehn und sich ewig über nem Buch plagen; und dabei hackte die alte Miss Watson noch ständig auf einem rum. Ich wollte nicht wieder hin. Ich hatte das Fluchen gesteckt, weil die Witwe es nicht gern hörte, aber jetzt hab ich's mir wieder angewöhnt, weil Pap nichts dagegen hatte. Im ganzen war es ne recht schöne Zeit da oben im Wald.

Aber allmählich war Pap immer schneller mit dem Hickorystock bei der Hand, und ich konnt's nicht mehr aushalten. Ich war voller Striemen. Er ging auch immer öfter weg und schloß mich ein. Einmal hat er mich eingeschlossen und blieb drei Tage weg. Es war schrecklich einsam. Ich dachte schon, er wär ertrunken und ich käm nie wieder hier raus. Ich hatte Angst. Ich beschloß, ne Methode auszutüfteln, wie ich hier rauskam. Ich hatte schon oft versucht, aus der Hütte rauszukommen, aber keinen Weg gefunden. Ein Fenster, das groß genug für nen Hund zum Durchkommen war, gab's nicht. Den Kamin raufklettern ging nicht, der war zu eng. Und die Tür war aus dicken, massiven Eichenbohlen. Pap hat sehr drauf geachtet, daß er kein Messer oder so was in der Hütte liegen ließ, wenn er weg war; bestimmt hab ich sie über hundertmal durchsucht; ja, ich war fast die ganze Zeit am Suchen, weil das so gut wie die einzige Möglichkeit war, die Zeit rumzubringen. Aber diesmal hab ich doch noch was gefunden; es war ne alte, rostige Holzsäge ohne Griff; sie lag zwischen einem Dachsparren und den Schindeln. Ich hab sie eingefettet und ging dann an die Arbeit. Hinterm Tisch, an der Rückwand der Hütte, war ne alte Pferdedecke an die Balken genagelt, damit der Wind nicht durch die Ritzen blies und die Kerze auslöschte. Ich kroch untern Tisch, schob die Decke nach oben und fing an, aus dem dicken untern Balken ein Stück auszusägen, groß genug, damit ich durchkam. Also, das war ne ziemlich langwierige Angelegenheit, aber ich war schon fast fertig damit, als ich Paps Flinte im Wald hörte. Ich ließ die Spuren meiner Arbeit verschwinden, zog die Decke runter und versteckte meine Säge, und bald danach kam Pap rein.

Pap war nicht gutgelaunt – so wie er normalerweise immer war. Er wär im Dorf unten gewesen, sagte er, und alles ginge schief. Sein Anwalt hätte zu ihm gesagt, seinen Prozeß würd er vermutlich gewinnen und das Geld kriegen, wenn sie nur mal mit der Verhandlung anfingen; aber es gäbe Mittel und Wege, sie auf die lange Bank zu schieben, und der Richter Thatcher wüßt, wie man so was macht. Und die Leute meinten sogar, es würd noch ne zweite Verhandlung geben, um mich von ihm wegzuholen und mich zur Witwe als mein Vormund zu bringen, und sie meinten, diesmal würd die andre Seite gewinnen. Das hat mir nen Schreck eingejagt, weil ich nicht wieder zur Witwe zurück und mich so einzwängen und tsiwilisieren lassen wollte, wie sie's nannte. Dann fing der Alte an zu fluchen und fluchte auf alles und jeden, der ihm grad einfiel, und dann hat er sie alle nochmal von vorn verflucht, um auch sicherzugehn, daß er keinen ausgelassen hatte, und danach hat er alle zusammen mit so ner Art von Generalfluch weggeputzt, mitsamt nem Haufen von Leuten, von denen er die Namen nicht wußte, und so hat er sie den Dingsbums genannt, wenn er zu ihnen kam, und dann hat er grad so weitergeflucht.

Das wollt er doch mal sehn, wie die Witwe mich kriegte, hat er geschrien. Und er wär auf der Hut, wenn sie versuchten, ihm mit Tricks zu kommen, er wüßt nämlich sechs, sieben Meilen weit von hier ein Versteck, wo sie mich bis zum Umfallen suchen könnten und nie im Leben finden würden. Das hat mich wieder ziemlich unruhig gemacht, aber nur für nen Moment; ich dacht mir, solang bleib ich nicht da, bis er *die* Gelegenheit kriegt.

Der Alte schickte mich zum Boot, die Sachen holen, die er bekommen hatte. Es war ein Fünfpfundsack mit Maismehl, eine Speckseite, Munition, ein Viergallonenkrug voll Whisky, ein altes Buch und zwei Zeitungen zum Zusammenrollen für Ladepropfen, und außerdem etwas Werg. Ich schleppte ne Ladung rauf, bin dann wieder runter und hab mich in den Bug vom Boot gesetzt, um auszuruhn. Ich ließ mir alles durch den Kopf gehn und hab beschlossen, wenn ich abhaue, die Flinte und ein paar Angelleinen mitgehn zu lassen und mich dann in den Wald zu verdrücken. An *einem* Ort, dacht ich mir, will ich nicht bleiben, sondern ich zieh durchs Land, meistens bei Nacht, halt mich mit Jagen und Fischen am Leben und versuch so weit wegzukommen, daß mich weder der Alte noch die Witwe jemals wiederfinden. Und ich beschloß, mich noch diese Nacht rauszusägen und abzuhauen, wenn Pap genug besoffen war, und ich hab fest damit gerechnet, daß er's sein wird. Mein Kopf war so voll von all dem, daß ich gar nicht gemerkt hab, wie lang ich so dasaß, bis der Alte mich angebrüllt hat und fragte, ob ich eingeschlafen oder ersoffen bin.

Ich brachte die Sachen alle in die Hütte rauf, und da war's auch fast dunkel. Während ich uns Abendessen kochte, hat der Alte ein, zwei Schluck runtergekippt und kam dabei so in Stimmung, daß er wieder losgeflucht hat. Er war schon drüben im Dorf besoffen gewesen und hatte die ganze Nacht in der Gosse gelegen – und der hat verboten ausgesehn! Wie wenn er Adam wär, wirklich, so war der mit Dreck vollgeschmiert! Und jedesmal wenn sein Schnaps zu wirken anfing, hat er beinah immer auf die Regierung losgeschimpft. Und diesmal auch:

»Das nennt sich ne Regierung! – Also, sieh dir man bloß an, was das für ne Regierung ist! Bringt's dies Gericht doch glatt fertig, nem Mann seinen Sohn wegzunehmen, sein einzigen Sohn, den er mit all der Mühe, all den Sorgen und Ängsten und Kosten großgezogen hat. Und wenn der Mann endlich sein Sohn mal großgezogen hat und der soweit ist, daß er was arbeiten kann und *für* sein Vater was tun, damit der 'n bißchen Ruhe kriegt, da kommt doch das Gericht und will ihm ans Leder. Und *das* nennen die Regierung! Aber das is noch nichmal alles! Hat doch der alte Richter Thatcher das Gericht auch noch auf seiner Seite, das ihm hilft, daß ich nicht an mein Eigentum rankomm. Zu dem ist das Gericht imstande! Behandelt nen mehr als sechstausend Dollar schweren Mann so, daß es ihn in 'n Rattenloch von Hütte reinquetscht und noch dazu in Kleidern rumrennen läßt, die man nichmal nem Schwein nachwerfen würd! Das nennen die Regierung! Wie soll man bei so ner Regierung zu seim Recht kommen, he? Manchmal hab ich verdammt Lust, dies Land da ein für allemal im Stich zu lassen. Jawoll, und ich hab's denen *gesagt*; mitten ins Gesicht hab ich's dem alten Thatcher gesagt. 'n Haufen von denen hat's gehört und könn's bezeugen, was ich gesagt hab. Für zwei Cent, sag ich, hau ich ab aus diesem beschißnen Land und komm nie mehr in seine Näh. Das sin meine Worte gewesen, genau! Seht euch mein Hut an, sag ich – wenn ihr das noch 'n Hut nennt – aber der Deckel steht schon nach oben, und der Rest hängt runter, daß er mir unters Kinn reicht, und dann ist's eigentlich überhaupt kein Hut mehr, sondern grad wie wenn mein Kopf durch 'n Stück Ofenrohr raufgeschoben ist. Seht euch den Hut an, sag ich, – daß ich so 'n Hut tragen muß – ich, einer vonnen reichsten Männern hier im Ort, wenn ich bloß mal zu meim Recht käm!

Oho! – ne wundervolle Regierung ist das, wirklich! Also hör mal! Kommt da doch 'n freier Nigger an, aus Ohio; ein Mulatt, beinah so weiß wie 'n Weißer. Hat auch das weißeste Hemd an, das es gibt; und nen blitzblanken Hut; und nich einer im Dorf hat so schöne Kleider, wie der welche anhat; und ne goldne Uhr mit Kette hat der, und nen Spazierstock mit Silberknauf – dieser gräßlichste alte grauhaarige Nabob im ganzen Staat. Und was glaubste? Die sagen, der wär 'n Prfessor in nem College und könnt allerhand Sprachen und wüßt alles. Und das schlimmste kommt noch! Die sagen, der könnt *wählen*, wenn er bei sich zu Haus ist. Also, da hat's bei mir ausgesetzt! Wie weit isses bloß mit *dem* Land gekommen! denk ich. Wahltag isses grad, und ich will grad selber wählen gehn, wenn ich nich zu besoffen gewesen wär, um hinzukommen; aber als se mir erzählt ham, 's gäb nen Staat in diesem Land, wo se den Nigger da wählen lassen, da isses mir vergangen. Nie mehr geh ich wieder wählen, sag ich. Das sin meine Worte gewesen, genau; alle haben's gehört; soll doch von mir aus das Land da krepieren – wählen geh ich nie mehr in meim Leben. Und dann noch die unverschämte Art von dem Nigger da – wär der mir doch glatt nich ausm Weg gegangen, wenn ich ihn nich weggschubst hätt. Sag ich zu 'n Leuten, wieso wird dieser Nigger nich auf ne Auktion gebracht und verkauft, he? – das will ich mal wissen! Und was glaubste, ham die gesagt? Also, die ham gesagt, daß er erst verkauft werden kann, wenn er sechs Monat hier im Staat ist, und so lang sei der noch nich hier. Da hast du's – so geht's bei uns zu! Das nennen die Regierung, wo 'n freien Nigger nich verkaufen kann, bevor der nich sechs Monat hier im Staat ist. Da is ne Regierung, die sich selber Regierung nennt, und so tut, wie wenn se ne Regierung wär, und sich einbildet, ne Regierung zu sein, und doch muß die geschlagne sechs Monat lang stocksteif zusehn, bevor se so nen Rumschleicher und Dieb, so nen weißbefrackten Teufel von freiem Nigger sich greifen kann, und –«

Pap war so in Fahrt, daß er gar nicht mehr gemerkt hat, wo ihn seine alten wackligen Beine hintrugen, und so ist er kopfüber über das Faß mit eingepökeltem Schweinefleisch gefallen und hat sich beide Schienbeine aufgeschürft, und seine Rede ging in nem einzigen wüsten Gefluche unter – auf den Nigger vor allem und die Regierung, obwohl auch das Faß ab und zu was abgekriegt hat. Er ist ganz schön in der Hütte rumgehopst, erst aufm einen Bein und dann aufm andern, und hielt sich erst das eine Schienbein und dann 's andre, bis er auf einmal mit dem linken Fuß ausholt und dem Faß nen Mordstritt verpaßt. Aber das war nicht grad klug, weil's der Stiefel war, an dem vorne zwei Zehen rausguckten; und da ist er in ein Geheul ausgebrochen, daß einem die Haare zu Berge standen, und er warf sich in den Dreck und wälzte sich und hielt sich die Zehen; und die Flüche, die er jetzt losließ, haben alles in den Schatten gestellt, was ihm bis dahin über die Lippen gekommen war. Das hat er hinterher selber gesagt. Den alten Sowberry Hagan in seinen besten Tagen hätt er noch gehört, und er prahlte, sogar den hätt er noch abgehängt; aber das war vielleicht doch zu dick aufgetragen, glaub ich.

Nach dem Abendessen hat sich Pap den Krug gelangt und meinte, es wär genug drin für zwei Räusche und ein

Delirium tremens. Das war immer sein Stichwort. In einer Stunde war er vermutlich stockbesoffen, und dann wollt ich ihm den Schlüssel stehlen oder mich raussägen, eins von beiden. Er soff und soff, bis er irgendwann auf seine Decken runtergesackt ist; aber ich hatte kein Glück. Er schlief nicht fest ein, er war so unruhig. Er stöhnte und ächzte und warf sich noch lang von einer Seite auf die andre. Und irgendwann wurd ich so müde, daß ich meine Augen beim besten Willen nicht mehr offenhalten konnte, und noch eh ich wußte, was ich eigentlich tun wollte, war ich tief eingeschlafen, und die Kerze brannte weiter.

Ich weiß nicht, wie lang ich so geschlafen habe, aber plötzlich hör ich einen fürchterlichen Schrei und fahr hoch. Pap steht da, mit wildem Blick, hopst rum und brüllt was von Schlangen. Sie wollen ihm an den Beinen raufkriechen, sagt er; und dann macht er nen Satz und kreischt, eine hätt ihn in die Backe gebissen, aber ich hab nirgendwo Schlangen gesehn. Dann rennt er durch die Hütte, immer im Kreis rum, und brüllt: »Nimm se weg! Nimm se weg! Sie beißt mich in Hals!« Ich hab nie wieder einen Menschen mit so wildem Blick gesehn. Und dann klappt er zusammen und fällt japsend hin; und unglaublich schnell wälzt er sich über und über, stößt alles weg, schlägt um sich und fuchtelt in der Luft rum und schreit und jammert, die Teufel wollten ihn packen. Er war jetzt erschöpft und lag ne Weile still und stöhnte. Dann lag er noch stiller da und gab keinen Laut mehr von sich. Ich konnte die Eulen und die Wölfe im Wald draußen hören, und es kam mir fürchterlich still vor. Er lag in der Ecke drüben. Nach ner Weile richtet er sich wieder halb auf und lauscht, den Kopf auf eine Seite geneigt. Ganz leise sagt er:

»Trapp – trapp – trapp; das sind die Toten; trapp – trapp – trapp; sie kommen mich holen; aber ich will nich mit – oh, da sind se! Faßt mich nich an – nein! Hände weg! – sie sind kalt; laßt mich doch – oh, laßt nen armen Teufel doch in Ruh!«

Dann läßt er sich auf alle viere fallen, kriecht weg und bettelt, sie sollen ihn in Ruh lassen, und immer weiter bettelnd rollt er sich in seine Decke ein und wälzt sich unter den alten Kieferntisch; und dann schluchzt er los. Ich konnte ihn durch die Decke hören.

Bald rollt er sich wieder raus und springt, wild um sich blickend, auf die Füße, sieht mich und geht auf mich los. Dann macht er mit nem Klappmesser Jagd auf mich durch die ganze Hütte, nennt mich den Todesengel und droht, er will mich totstechen, dann könnt ich nicht mehr kommen und ihn holen. Und ich bettle und sag, ich bin doch bloß der Huck, aber er lacht nur solch ein furchtbar gellendes Lachen und tobt und flucht und hetzt mich immer weiter. Einmal, als ich mich geschwind umgedreht habe und unter seinem Arm durchgeschlüpft bin, schnappt er nach mir und erwischt mich an der Jacke zwischen den Schultern, und ich denk mir, jetzt ist es aus; aber blitzschnell schlüpf ich aus der Jacke raus und kann mich retten. Bald war er restlos erledigt, rutschte mit dem Rücken gegen die Tür auf den Boden und sagte, er wollt sich nen Moment ausruhn und mich dann umbringen. Er legte sein Messer unter sich und sagte, er wollt jetzt schlafen und Kraft sammeln, und dann wollt er doch mal sehn, wer da wer ist.

Bald ist er dann eingedöst. Nach ner Weile nahm ich den alten Korbstuhl, stieg so sachte wie möglich rauf, um keinen Lärm zu machen, und holte die Flinte runter. Ich schob den Ladestock rein, um sicherzugehn, daß sie auch geladen war, und dann legte ich die Flinte auf Pap zielend quer übers Rübenfaß und setzte mich dahinter, um zu warten, bis er sich rührte. Und wie langsam und leise ist die Zeit dahingeschlichen!

Kapitel 7

Ich überliste Pap und fliehe

»Steh auf! Was soll das?«

Ich machte die Augen auf, sah mich um und versuchte rauszufinden, wo ich war. Die Sonne war schon heraus, ich hatte also tief geschlafen. Pap stand über mir und sah mürrisch aus – und schlecht auch. Er sagt:

»Was machsten du mit der Flinte da?«

Ich hab gemerkt, daß er nichts mehr davon wußte, was er gemacht hatte, und so sag ich:

»Jemand hat versucht, hier reinzukommen, darum hab ich mich auf die Lauer gelegt.«

»Wieso hast du mich nich geweckt?«

»Ich hab's versucht, aber es ging nicht; hab dich nicht wach gekriegt.«

»Na schön. Aber steh jetzt nich den ganzen Tag rum und quassel – raus mit dir und sieh nach, ob 'n Fisch fürs Frühstück an der Leine hängt. Ich bin gleich wieder da.«

Er schloß die Tür auf, und ich hab mich verdrückt, das Flußufer rauf. Ich sah ein paar Äste und lauter so Zeug flußab treiben, auch ein bißchen Baumrinde; und von daher wußte ich, daß der Fluß zu steigen anfing. Ich dacht mir, daß jetzt ne schöne Zeit für mich käm, wenn ich im Dorf drüben wär. Das Junihochwasser war immer ein Glück für mich; sobald der Fluß ansteigt, kommt hier Klafterholz angetrieben, und auch ganze Floßstücke – manchmal ein Dutzend Baumstämme auf einmal; man braucht sie bloß rausfischen und an die Holzlager und die Sägemühle verkaufen.

Ich bin flußauf am Ufer lang und hab mit einem Auge nach Pap geschielt und mit dem andern nach irgendwas, was das Hochwasser vielleicht mitbrachte. Auf einmal kommt ein Kanu daher, und was für ein Prachtstück, gut dreizehn oder vierzehn Fuß lang und wie ne Ente hoch auf dem Wasser schwimmend. Und ich kopfüber wie ein Frosch ins Wasser, mit Kleidern und allem, und auf das Kanu zugeschwommen. Ich war fast sicher, daß da einer drinliegt, weil oft ein Kerl so die Leute narrt, und wenn man so ein Boot fast rausgezogen hat, springen die Kerle hoch und lachen einen aus. Aber diesmal war's nicht so. Es war ziemlich sicher ein abgedriftetes Kanu, und ich bin reingeklettert und ans Ufer gerudert. Der Alte, denk ich, wird sich freuen, wenn er's sieht – es ist gut seine zehn Dollar wert. Als ich ans Ufer kam, war Pap noch nicht in Sicht. Und wie ich das Kanu in eine kleine Bucht lenk, so ne Wasserrinne, ganz mit Kletterranken und Weiden zugehängt, kommt mir ne andre Idee: lieber versteck ich's gut und, statt mich in den Wald zu verdrücken, wenn ich abhaue, fahr ich so fünfzehn Meilen flußab und kampier ein für allemal an *einem* Ort, und da wird's mir dann nicht so dreckig gehn, wie wenn ich mich zu Fuß durchschlage.

Es war ziemlich nah bei der Hütte, und die ganze Zeit kam's mir vor, wie wenn ich den Alten hörte; aber dann hatte ich das Kanu versteckt. Und ich dann nichts wie raus und um nen Weidenbusch gespäht, und da steht der Alte ein Stück weiter unten am Weg und legt mit der Flinte grad auf nen Vogel an. Er hatte also nichts gesehn.

Als er herkam, hab ich schwitzend ne stramme Angelleine rausgehoben. Er meckerte ein bißchen, weil ich so langsam war, aber ich hab ihm erzählt, ich wär in den Fluß gefallen, deswegen hätt ich so lang gebraucht. Ich wußte, er würd merken, daß ich naß war, und da würd er sowieso nachbohren. Wir nahmen fünf Katzenwelse von den Leinen und gingen heim.

Als wir uns nach dem Frühstück hinlegten, um auszuschlafen – beide waren wir noch ziemlich matt –, hab ich mir überlegt, wenn ich irgendwie Pap und die Witwe davon abhalten kann, mich zu verfolgen, dann ist das bestimmt sichrer, wie wenn ich mich auf mein Glück verlasse, um weit genug von hier wegzukommen, bevor sie mich vermissen; es kann ja immer allerhand passieren. Also, zuerst ist mir ne Weile gar nichts eingefallen, aber auf einmal hat Pap sich kurz aufgestützt, um noch nen Riesenschluck Wasser zu trinken, und sagt:

»Wenn sich wieder mal einer hier rumtreibt, weckst du mich, klar? Der Kerl hatte nix Gutes im Sinn. Ich hätt ihn abgeknallt. Nächstes Mal weckst du mich, verstanden?«

Dann ließ er sich wieder fallen und schlief weiter – aber was er da gesagt hatte, hat mich genau auf die Idee gebracht, die ich suchte. Ich denk mir, jetzt kann ich's so einrichten, daß keiner auf die Idee kommt, mich zu verfolgen.

So gegen zwölf sind wir aufgestanden und flußauf am Ufer lang. Der Fluß stieg jetzt ziemlich schnell, und ne Menge Treibholz schwamm auf den Fluten vorbei. Nach ner Weile kommt ein Floßstück an – neun fest verbundne Stämme. Wir sind mit dem Boot raus und bugsierten sie an Land. Dann aßen wir zu Mittag. Jeder andre als Pap hätte abgewartet und den ganzen Tag durchgehalten, um noch mehr rauszufischen. Aber das war nicht seine Art. Neun Stämme waren ihm genug für einmal; er mußte gleich ins Dorf rüber und sie losschlagen. Und so hat er mich eingeschlossen, nahm das Boot und fuhr gegen halb vier mit dem Floß im Schlepptau los. Vermutlich würd er diese Nacht nicht mehr zurückkommen. Ich hab gewartet, bis er weit genug weg sein mußte, und dann nichts wie raus mit der Säge und wieder an den Balken. Noch bevor er am andern Flußufer war, war ich aus dem Loch draußen; er und sein Floß waren grade noch ein Pünktchen weit drüben auf dem Wasser.

Ich nahm den Sack mit Maismehl und trug ihn zu meinem Kanuversteck, schob die Kletterranken und Äste beiseite und legte ihn in mein Kanu; dann machte ich dasselbe mit der Speckseite, dann mit dem Whiskykrug; ich nahm den ganzen Kaffee und Zucker, der da war, und alle Munition; ich nahm die Ladepropfen; ich nahm den Eimer und die Kürbisflasche; ich nahm nen Schöpflöffel und ne Blechtasse, meine alte Säge und zwei Decken, die Pfanne und den Kaffeetopf. Ich hab die Angelleinen und Streichhölzer und noch andres Zeug genommen – alles, was auch nur einen Cent wert war. Ich hab den Laden ausgeräumt. Fehlte mir noch ne Axt, aber es war keine da, nur die beim Holzhaufen draußen, und ich wußte, warum ich die noch dalassen wollte. Ich holte die Flinte, und dann war ich fertig.

Ich hatte den Boden ganz schön plattgetreten beim Rauskriechen aus dem Loch und dem Rausschleppen von so viel Zeug. Also hab ich ihn, so gut's ging, von außen wieder hergerichtet, indem ich Erde auf die Stelle streute, was den glatten Boden und das Sägmehl zudeckte. Dann hab ich das Balkenstück wieder eingesetzt, zwei Steine darunter gelegt und einen dagegen gelehnt, um's festzuhalten – der Balken war nämlich an der Stelle nach oben gebogen und hat den Boden nicht ganz berührt. Wenn man vier, fünf Fuß weit entfernt stand und nicht wußte, daß er abgesägt war, hätt man's nicht mal geahnt; und außerdem war das die Rückwand von der Hütte, und es war nicht grad wahrscheinlich, daß da einer rumschnüffelt.

Bis zum Kanu stand überall Gras; also hatte ich wohl keine Spur zurückgelassen. Ich bin hin und hab überall nachgeschaut. Ich stand am Ufer und spähte übern Fluß. Alles sicher. Da nahm ich die Flinte und ging ein Stück in den Wald auf die Suche nach ein paar Vögeln, als ich plötzlich ein wildes Schwein seh; Schweine verwildern schnell wieder in den Talauen hier, wenn sie von den Präriefarmen weglaufen. Ich schoß den Burschen und nahm ihn mit ins Lager.

Ich nahm die Axt und schlug die Tür ein – ich hab dabei ziemlich drauflos gehackt und gedroschen. Ich holte das Schwein rein, schleppte es nach hinten, fast bis an den Tisch, hackte ihm mit der Axt in den Hals und hab's zum Ausbluten auf die Erde gelegt – ich sag Erde, weil's Erde *war* – hartgestampft und ohne Dielen. Dann nahm ich nen alten Sack und stopfte ne Menge Steine rein – soviel ich schleppen konnte –, und den hab ich dann, von wo das Schwein lag, zur Tür geschleift und durch den Wald zum Fluß runter und dann ins Wasser gekippt – und runter sank er auf Nimmerwiedersehn. Man konnte leicht sehn, daß was übern Boden geschleift worden war. Wär doch bloß Tom Sawyer da, ging's mir durch den Kopf: ich wußte, daß er sich für solche Art von Unternehmen interessiert und immer mit Extrafeinheiten garniert. Keiner konnte mit solchen Sachen so auftrumpfen wie Tom Sawyer.

Zum Schluß hab ich mir ein paar Haare ausgerissen, schmierte die Axt gut mit Blut ein, klebte die Haare ans stumpfe Ende und warf sie in ne Ecke. Dann hab ich das Schwein genommen und mit der Jacke an meine Brust gehalten (so konnt's nicht tropfen), bis ich ein gutes Stück weit unterhalb von der Hütte war und hab's dann in den Fluß gekippt. Da fiel mir noch was ein. Ich holte den Mehlsack und meine alte Säge aus dem Kanu und trug beide zur Hütte. Dann hab ich den Sack hingestellt, wo er immer stand, und schlitzte ein Loch in den Boden mit der Säge, weil's hier keine Messer und Gabeln gab – beim Kochen machte Pap immer alles mit dem Klappmesser. Dann hab ich den Sack gut hundert Yard über die Wiese getragen und weiter durch die Weiden im Osten von der Hütte bis zu nem seichten See, der fünf Meilen breit war und voller Schilf – und auch voller Enten, möcht ich meinen, in der richtigen Jahreszeit. Am andern Ufer führte ne sumpfige Bucht oder ein Bach aus dem See und lief meilenweit fort – wohin, weiß ich nicht, aber in den Mississippi lief er nicht. Das Mehl ist rausgerieselt und ließ auf dem ganzen Weg zum See ne feine Spur zurück. Ich warf da auch Paps Wetzstein weg, es sollte so aussehn, wie wenn's versehentlich passiert ist. Dann hab ich den Mehlsack mit ner Schnur zugebunden, damit nichts mehr rauslief, und ihn zusammen mit meiner Säge wieder zum Kanu getragen.

Es war jetzt fast dunkel; unter ein paar Weiden, die übers Ufer hingen, hab ich weiter flußab mit dem Kanu angelegt und gewartet, bis der Mond aufging. An einer Weide machte ich fest; dann hab ich nen Bissen zu mir genommen und mich dann ins Kanu gelegt, um ein Pfeifchen zu schmauchen und nen Plan zu machen. Die werden, sag ich mir, die Spur von dem Steinsack ans Ufer verfolgen und den Fluß dann mit nem Schleppnetz nach mir absuchen. Und dann folgen sie wohl der Mehlspur bis an den See und grasen den Bach ab, der aus dem See führt – um die Räuber zu finden, die mich totschlugen und die Sachen alle mitnahmen. Wie verrückt suchen die dann den ganzen Bach ab nach meinem toten Kadaver. Aber das haben sie sicher bald satt und verschwenden dann keinen Gedanken mehr an mich. Gut so; ich kann jetzt haltmachen, wo ich will. Jackson's Island[1] ist allemal gut genug für mich; ich kenn die Insel ziemlich gut, und so gut wie nie kommt da einer hin. Und nachts kann ich rüber zum

1 Kleine Insel im Mississippi (heute vom Fluß weggeschwemmt); war auch Schauplatz wichtiger Abenteuer in *Tom Sawyer*; Twain hat sie umbenannt zu Ehren von Andrew Jackson (1767–1845), dem siebten Präsidenten der USA.

Dorf paddeln und da rumschleichen und mir schnappen, was ich brauche. Jackson's Island ist genau richtig.

Ich war ziemlich müde, und schon beim Gedanken dran bin ich eingeschlafen. Als ich aufwachte, wußt ich nen Moment nicht, wo ich war. Ich setzte mich auf und sah mich um, schon ein bißchen erschrocken. Dann hab ich mich erinnert. Der Fluß kam mir viele Meilen breit vor. Der Mond schien so hell, daß ich die Treibhölzer hätt zählen können, die vorbeiglitten, schwarz und still, Hunderte von Yard vom Ufer weg. Alles war totenstill, und es sah spät aus und *roch* auch spät. Ihr wißt, was ich meine – mir fehlen die Worte, das zu beschreiben.

Ausgiebig hab ich gegähnt und mich gestreckt und wollt grad losmachen und starten, als ich ein Geräusch drüben auf dem Wasser hör. Ich lauschte. Bald kam ich drauf. Es war so ein dumpfes, regelmäßiges Geräusch, wie's Ruder erzeugen, die in den Dollen laufen, wenn die Nacht still ist. Ich hab durch die Weidenzweige gespäht, und da sah ich's – ein Boot auf der andern Seite vom Wasser. Wie viele drinsaßen, konnt ich nicht feststellen. Es kam näher, und als es auf gleicher Höhe war wie ich, seh ich, daß nur einer allein drin ist. Vielleicht, denk ich mir, ist's Pap, obwohl ich ihn noch nicht erwartet habe. Durch die Strömung kam er etwas ab, und im stillen Wasser ist er bald aufs Ufer zugeschwenkt und fuhr da so dicht an mir vorbei, daß ich ihn mit ausgestreckter Flinte hätt berühren können. Ja, es *war* Pap, ganz sicher – und nüchtern auch, so wie er sich in die Riemen legte.

Ich verlor keine Zeit. Im nächsten Augenblick bin ich leise, aber schnell, im Uferschatten flußab geglitten. Ich fuhr zweieinhalb Meilen, und dann hielt ich ne Viertelmeile oder auch mehr Kurs auf die Flußmitte, weil ich bald den Anlegeplatz der Fähre passieren mußte und mich da Leute sehn und anrufen konnten. Ich bin zwischen die

Treibhölzer rausgerudert, legte mich dann auf den Boden vom Kanu und ließ es treiben. Ich lag da, genoß meine Ruhe, hab ein Pfeifchen geschmaucht und in den Himmel hochgeschaut, an dem nicht eine Wolke war. Der Himmel sieht immer so tief aus, wenn man im Mondschein auf dem Rücken liegt; ich hab das vorher gar nicht gewußt. Und wie weit man über das Wasser in solchen Nächten hört! Ich höre, wie Leute sich am Anlegeplatz der Fähre unterhalten. Ich hör auch, was sie sagen, jedes einzelne Wort. Ein Mann sagt grad, daß es jetzt auf die langen Tage und die kurzen Nächte zugeht. Ein andrer sagt, na, *die* da ist bestimmt keine von den zu kurz Gekommnen – und dann haben sie gelacht, und er hat's nochmal gesagt, und sie lachen wieder; dann wecken sie nen andern Kerl und erzählen's dem auch und lachen wieder, aber der lacht nicht; der hat geschäumt und geflucht, solln ihn in Ruh lassen! Und der erste sagt, das wollt er seiner Alten erzählen – der würd's bestimmt gefallen; aber das, sagt er, wär noch gar nichts gegen einige Sachen, die er früher losgelassen hatte. Ich hör, wie ein Mann sagt, es sei jetzt fast drei Uhr, und hoffentlich würd das Tageslicht nicht mehr länger als ne Woche auf sich warten lassen. Danach verloren sich die Stimmen immer mehr, und ich konnt die einzelnen Worte nicht mehr verstehn, bloß ein Gemurmel hab ich noch gehört; und hin und wieder auch ein Lachen, aber das kam mir weit, weit weg vor.

Ich war jetzt unterhalb der Fähre. Ich setzte mich auf – und da war Jackson's Island, so etwa zweieinhalb Meilen stromab; sie war dicht bewaldet und ragte mitten aus dem Fluß, groß und schwarz und massig wie ein Dampfschiff, nur ohne Lichter. Von der Sandbank an der Spitze war keine Spur zu sehn – sie war jetzt ganz unter Wasser.

Es dauerte nicht lang, bis ich dort war. Mit Karacho bin ich an der Inselspitze vorbeigeschossen, so stark war da die Strömung, und dann kam ich in stilles Wasser und bin an der Seite gegenüber dem Illinois-Ufer an Land. Ich lenkte das Kanu in einen tiefen Einschnitt im Ufer, den ich kannte; ich mußte die Weidenbüsche wegschieben, um reinzukommen; und als ich festgemacht hatte, konnte das Kanu von draußen keiner mehr sehn.

Ich stieg aus, setzte mich auf nen Baumstamm an der Inselspitze und sah raus auf den großen Fluß und das schwarze Teibholz, und rüber zum Dorf, drei Meilen weit weg, wo drei oder vier Lichter blinkten. So ne Meile stromauf war ein riesengroßes Holzfloß, das jetzt runterkam, in der Mitte hatte es ne Laterne. Ich sah ihm zu, wie's runtergekrochen ist, und als es bald auf gleicher Höhe war wie ich, hör ich einen Mann sagen: »Achterruder, he! Bug nach steuerbord!« Ich hörte das so deutlich, wie wenn der Mann neben mir gestanden hätte.

Am Himmel zeigte sich jetzt ein bißchen Grau; und so bin ich in den Wald und hab mich zu nem Nickerchen vorm Frühstück hingelegt.

Kapitel 8

Ich lasse Jim davonkommen

Als ich aufwachte, stand die Sonne schon so hoch, daß es mir wie nach acht vorkam. Ich lag im Gras im kühlen Schatten, hab über dies und das nachgedacht und fühlte mich ausgeruht und so richtig wohl und zufrieden. Durch ein, zwei Lücken kam die Sonne durch, aber fast überall standen hohe Bäume, und unten dazwischen war's düster. Es gab gesprenkelte Stellen am Boden, wo das Licht durch die Blätter sickerte, und die Lichtflecken tanzten ein bißchen hin und her, was zeigte, daß oben eine leichte Brise wehte. Zwei Eichhörnchen saßen auf einem Ast und schwatzten sehr freundlich mit mir.

Ich lag unheimlich faul und bequem da – hatte keine Lust aufzustehn und Frühstück zu kochen. Grade war ich wieder am Eindösen, da kommt's mir vor, wie wenn ich weiter flußauf ein dumpfes »Bum!« höre. Ich setz mich auf, stütz mich auf den Ellbogen und horche; bald hör ich's wieder. Und ich saus hoch und lauf zu ner Lücke im Laub, um rauszuschauen, und weit flußauf seh ich zwei Rauchwölkchen auf dem Wasser liegen – etwa in Höhe der Fähre. Und da war auch das Fährboot, es war voller Leute und kam den Fluß runter. Jetzt wußte ich, was los war. »Bum!« Ich seh, wie der weiße Rauch aus der Seite vom Fährboot rausquillt. Aha, sie geben Kanonenschüsse überm Wasser ab, damit meine Leiche an die Oberfläche kommt.

Ich war ziemlich hungrig, aber ein Feuer anzünden ging jetzt nicht, weil sie vielleicht den Rauch gesehn hätten. Und so saß ich da, beobachtete den Kanonenrauch und lauschte auf das Böllern. Der Fluß war hier eine Meile breit, und an einem Sommermorgen sieht er immer schön aus – und so fand ich's ganz lustig zuzusehn, wie sie nach meinen Überresten forschten, wenn ich bloß nen Bissen zu essen gehabt hätte. Da fiel mir auf einmal ein, daß sie immer Quecksilber in Brotlaibe reintun und die losschwimmen lassen, weil die immer schnurstracks zur Leiche von dem Ertrunknen wandern und da halten. Gut, sag ich mir, ich leg mich auf die Lauer, und wenn welche von den Broten mir nachschwimmen, laß ich sie an mich ran. Ich bin rüber ans Illinois-Ufer der Insel, um zu sehn, ob ich da Glück habe, und werd nicht enttäuscht. Ein großer Doppellaib kommt an, und beinah hab ich ihn mit nem langen Stock erwischt, aber ich rutsch mit einem Fuß aus, und er schwimmt weiter. Natürlich hab ich mich da hingestellt, wo die Strömung dem Ufer am nächsten kam – so dumm war ich nicht! Aber nach ner Weile kommt ein andres, und diesmal bin ich Sieger geblieben. Ich zog den Stöpsel raus, schüttelte das Klümpchen Quecksilber raus und biß rein. Es war »Bäckerbrot« – was die vornehmen Leute essen –, kein so mieses Maisbrot.

Ich fand nen guten Platz unterm Laub, setzte mich auf nen Baumstamm und hab das Brot runtergemampft, beobachtete das Fährboot und war restlos zufrieden. Und da ist mir plötzlich was aufgegangen. Jetzt, denk ich mir, hat vermutlich die Witwe oder der Pfarrer oder sonst jemand für mich gebetet, daß das Brot mich finden soll, und hier ist's gekommen und hat mich gefunden. Kein Zweifel, da ist was dran. Das heißt, da ist was dran, wenn jemand wie die Witwe oder der Pfarrer betet, aber bei mir funktioniert's nicht, und vermutlich funktioniert's auch nicht, außer bei den richtigen Leuten.

Ich hab mir ein Pfeifchen angezündet und vor mich hin geschmaucht und weiter zugeschaut. Das Fährboot schwamm jetzt mit dem Strom, und vermutlich würd ich ne Chance kriegen zu sehn, wer an Bord war, wenn es vorbeikam – weil es hier dicht vorbeimußte wie das Brot auch. Als es schon ganz schön nah an mich rankam, hab ich meine Pfeife ausgemacht, bin dahin, wo ich das Brot rausgefischt hatte, und legte mich hinter nen Baumstamm am Ufer, an ne kleine offne Stelle. Wo der Stamm sich gabelte, konnt ich durchlinsen.

Bald kam das Fährboot, und es trieb so dicht ran, daß sie ne Planke hätten auslegen und an Land spazieren können. Fast alle sind an Bord. Pap und der Richter Thatcher und Bessie Thatcher und Jo Harper und Tom Sawyer und seine alte Tante Polly und Sid und Mary und jede Menge andre. Alle reden von dem Mord, aber der Kapitän hat sie unterbrochen und gesagt:

»Aufgepaßt jetzt! hier führt die Strömung am dichtesten vorbei, und vielleicht hat's ihn da an Land geschwemmt, und er hängt irgendwo am Wasserrand im Gestrüpp. Ich hoff es jedenfalls.«

Ich aber nicht! Und alle drängen sich zusammen, lehnen sich über die Reling – fast mir ins Gesicht –, sind still und gaffen sich bald die Augen aus dem Kopf. Ich konnt sie erstklassig sehn, sie mich aber nicht. Dann ruft der Kapitän: »Zurück!« – und direkt vor meiner Nase hat die Kanone so einen Schuß losgelassen, daß ich bald taub vom Lärm und blind vom Rauch wurde, und ich denk, jetzt ist's aus. Wären da ein paar Kugeln drin gewesen, hätten sie vermutlich die Leiche doch noch gekriegt, hinter der sie her waren. Na, ich seh, daß ich Gott sei Dank nicht verletzt bin. Das Fährboot schwamm weiter und verschwand hinter dem Inselvorsprung. Ab und zu konnte ich das Böllern noch hören, dann verlor es sich immer mehr, und dann, so nach ner Stunde, hörte ich's gar nimmer. Die Insel war drei Meilen lang. Sie müssen jetzt, denk ich, am untern Ende sein und werden wohl aufgeben. Aber ne Zeitlang haben sie's noch nicht getan. Sie fuhren ums untre Ende rum und dann unter Dampf die Fahrrinne an der Missouri-Seite hoch und haben unterwegs hin und wieder geböllert. Ich bin auf die Seite rüber und hab sie beobachtet. Als sie auf Höhe der Spitze waren, haben sie mit Schießen aufgehört, sind zum Missouri-Ufer rübergeschwenkt und fuhren heim ins Dorf.

Ich wußte, jetzt war ich in Sicherheit. Niemand würde mehr kommen und nach mir suchen. Ich holte meine Siebensachen aus dem Kanu und machte mir ein schönes Lager im dichten Wald. Aus meinen Decken hab ich mir ne Art Zelt gebaut, um mein Zeug drunterzulegen, damit der Regen nicht drankam. Ich fing einen Katzenwels und hab ihn mit meiner Säge ausgenommen; und als die Sonne unterging, machte ich mir ein Lagerfeuer und aß zu Abend. Dann hab ich ne Leine ausgelegt, um ein paar Fische fürs Frühstück zu fangen.

Als es dunkel war, setzte ich mich an mein Lagerfeuer, rauchte und fühlte mich recht wohl; aber nicht lange, da wurd's mir ein bißchen einsam, und so bin ich los und setz mich ans Ufer und horche, wie die Strömung vorbeispült, zähle die Sterne und die Treibhölzer und die Flöße, die runterkommen, und dann ging ich schlafen; es gibt kein beßres Mittel, sich die Zeit zu vertreiben, wenn man einsam ist; man hält das nicht durch, und so kommt man schnell drüber weg.

Und so ging es drei Tage und drei Nächte. Ohne irgendeine Abwechslung – immer dasselbe. Aber am nächsten Tag hab ich die Insel kreuz und quer durchstreift. Ich war ihr Herr; sie gehörte ganz allein mir, sozusagen, und ich wollte alles über sie erfahren; aber vor allem wollte ich die Zeit rumkriegen. Ich fand jede Menge Erdbeeren, reif und prima, und grüne Sommertrauben und grüne Himbeeren; und die grünen Brombeeren kamen grade raus. Die würden mir alle nach und nach sehr gelegen kommen, dacht ich mir.

Also, ich bin weiter forschend im dichten Wald rumgestreift, bis ich nicht mehr weit vom untern Inselende weg sein konnte. Ich hatte meine Flinte bei mir, aber noch nichts geschossen; es war mehr zur Sicherheit; ich wollt vielleicht noch in Lagernähe ein Stück Wild schießen. Und da wär ich um ein Haar auf ne hübsch große Schlange getreten, und die schlüpft fort durchs Gras und die Blumen, und ich ihr nach, um ihr mal nen Schuß zu verpassen. Ich immer hinter ihr her, bis ich plötzlich in die Asche von einem Lagerfeuer spring, das noch raucht.

Mein Herz hat einen Sprung getan. Ich hab mich nicht mehr groß umgeguckt, sondern meine Flinte entsichert und bin leise und so schnell wie möglich auf Zehenspitzen zurück. Ab und zu blieb ich im dichten Laub stehn und horchte; aber mein Atem ging so schwer, daß ich gar nichts andres mehr hören konnte. Ich schlich ein Stück weiter und horchte wieder; und so immer weiter; und wenn ich nen Baumstumpf sah, hielt ich ihn für nen Mann; wenn ich auf nen Stock trat, und der ist entzweigebrochen, war mir's, wie wenn mir jemand den Atemzug zerschneidet und ich bloß eine Hälfte kriege, und dazu noch die kürzere.

Als ich zum Lager kam, war ich nicht mehr sehr tatendurstig, es war nicht mehr viel Mumm in meinen Knochen; aber jetzt, sag ich mir, ist keine Zeit nicht zum Trödeln. Und so hab ich meine Siebensachen wieder ins Kanu gepackt, damit sie außer Sicht waren, löschte das Feuer und verstreute die Asche, damit's aussah wie ein Lagerfeuer vom letzten Jahr, und bin dann auf einen Baum geklettert.

Ich saß bestimmt zwei Stunden in dem Baum oben; aber ich sah nichts, ich hörte nichts – ich hab mir immer bloß *eingebildet*, wenigstens tausend Sachen zu hören. Also, ewig konnt ich da oben nicht bleiben; so bin ich irgendwann wieder runter, aber ich hielt mich ständig im dichten Wald und war auf der Lauer. Alles, was ich zu essen bekam, warn Beeren und was vom Frühstück noch übrig war.

Als es Nacht wurde, war ich ziemlich hungrig. Und als es stockdunkel war, stieß ich noch vor Mondaufgang vom Ufer ab und bin zum Illinois-Ufer rübergepaddelt – ungefähr eine Viertelmeile. Ich bin in den Wald, hab mir ein Abendessen gekocht und hatte mich so gut wie entschlossen, die ganze Nacht auf der Seite zu bleiben, da hör ich auf einmal ein »planketti-plank, planketti-plank«, und ich sag mir, Pferde kommen; und dann hör ich Menschenstimmen. So schnell wie möglich hab ich alles ins Kanu geschafft und schlich dann durch den Wald, um zu sehn, was ich rausfinden konnte. Ich war noch nicht weit gekommen, da hör ich einen Mann sagen:

»Am besten kampieren wir hier, wenn wir einen guten Platz finden; die Pferde sind ziemlich ausgelaugt. Sehn wir uns hier um.«

Ich hab nicht mehr gewartet, sondern stieß gleich ab und paddelte sachte weg. Ich machte an der alten Stelle wieder fest und beschloß, im Kanu zu schlafen.

Viel hab ich nicht geschlafen. Ich konnte irgendwie nicht, dauernd war ich am Nachdenken. Und jedesmal, wenn ich aufgewacht bin, kam mir's vor, wie wenn mich einer am Genick packt. So hab ich gar nichts von meinem Schlaf gehabt. Irgendwann sag ich mir: so geht's nicht weiter; ich muß ums Verrecken rausfinden, wer mit mir hier auf der Insel ist. Und gleich war's mir auch wieder besser.

So nahm ich mein Paddel, stieß das Kanu ein oder zwei Schritt vom Ufer ab und ließ es dann im Schatten flußab treiben. Der Mond schien jetzt, und außerhalb vom Schatten war es fast so hell wie am Tag. Gut ne Stunde trieb ich so vor mich hin, alles war totenstill und in tiefem Schlaf. Inzwischen war ich fast am untern Ende. Eine kühle Brise kam auf, die das Wasser leicht kräuselte, und das hieß soviel wie: die Nacht war bald um. Ich drehte mit dem Paddel bei und setzte das Kanu mit der Nase ans Ufer; dann nahm ich meine Flinte und schlich zum Waldrand. Ich hockte mich auf nen Baumstamm und hab durch die Blätter rausgespäht. Ich sah, wie der Mond grad seine Wache verließ und wie die Dunkelheit sich gleich auf den Fluß legte. Aber schon bald sah ich einen blassen Streifen über den Baumspitzen und wußte, daß es jetzt Tag wurde. Und so nahm ich meine Flinte und schlich zu der Stelle, wo ich auf das Lagerfeuer gestoßen war; alle ein, zwei Minuten blieb ich stehn und horchte. Aber irgendwie hatte ich kein Glück; ich fand, scheint's, die Stelle nicht wieder. Aber auf einmal, todsicher, seh ich einen winzigen Feuerschein zwischen den Bäumen. Ganz vorsichtig und langsam geh ich hin. Und dann bin ich nah genug dran, um was sehn zu können – und da liegt ein Mann auf dem Boden. Bald hätt ich Panik gekriegt! Hat der um sein Kopf ne Decke gewickelt, und sein Kopf liegt beinahe im Feuer. Ich hock mich, so sechs Fuß von ihm weg, hinter einen Busch und laß ihn nicht aus den Augen. Inzwischen wird es immer heller. Nicht lange, da gähnt er und streckt sich und wirft die Decke weg – und es ist der Jim von Miss Watson! War ich froh, ihn zu sehn – jede Wette! Und ich spring raus und ruf:

»Hallo, Jim!«

Mit einem Satz ist er hoch und starrt mich wild an. Dann fällt er auf die Knie, faltet die Hände und bettelt:

»Tu mir nix – bitte net! Hab noch nie keim Geist was Böses getan. Ich hab tote Leut immer leiden könne, un alls für se getan, was ich kann. Mach, daß de widder innen Fluß reinkommst, wo de hinghörst, un tu 'm alten Jim nix, wo immer dein Freund gwesn is.«

Also, lang hab ich nicht gebraucht, um ihm klarzumachen, daß ich nicht tot war. Ich kann gar nicht sagen, wie froh ich war, Jim hier zu sehn. Jetzt war ich nicht mehr einsam. Ich hätt keine Angst, sagte ich ihm, daß *er* den Leuten erzählt, wo ich war. Und ich hab immer weitergeredet, aber er saß bloß da und hat mich angeschaut; er hat kein Ton rausgebracht. Dann sag ich:

»'s ist jetzt heller Tag. Komm, wir machen uns 'n Frühstück. Mach mal dein Feuer richtig an!«

»Für was 'n Feuer anmache, bloß für Erdbeeren un so 'n Zeug zum Kochen? Aber du hast da ne Flinte, hm? Na, dann könne wir was Beßres kriegn wie Erdbeeren.«

»Erdbeeren und so 'n Zeug«, sag ich, »hast du von dem gelebt?«

»Was andres hab ich net kriegt!« sagt er.

»Nanu, wie lang bisten schon auf der Insel, Jim?«

»In dr Nacht bin ich komme, nachdem se dich tötet ham.«

»Was – so lang bist du schon da?«

»Ja-a, werklich.«

»Und was andres als so 'n Mist haste nicht zu essen gekriegt?«

»Nee, mein Lieber – sonst nix.«

»Was – da mußte ja fast verhungert sein!«

»Ja, ich glaub, ich kann glatt 'n Gaul auffresse. Wirklich – das könnt ich. Wie lang bissen du aufer Insel?«

»Seit der Nacht, wo man mich ermordet hat.«

»Nee! Un von was hasten du glebt? Aber du has ne Flinte. Klar, du has ne Flinte. Das is gut. Also, schieß du irndwas, un ich mach Feuer.«

Wir sind rüber, wo das Kanu lag, und während er an einer grasigen offnen Stelle zwischen den Bäumen ein Feuer machte, holte ich Mehl und Speck und Kaffee, den Kaffeetopf und die Bratpfanne, Zucker und Blechtassen – und der Nigger war ganz entgeistert, weil er glaubte, alles ist hergezaubert. Ich fing auch einen dicken Katzenwels, und Jim putzte ihn mit seinem Messer und hat ihn gebraten.

Als das Frühstück fertig war, haben wir uns ins Gras gelümmelt und es siedend heiß gegessen. Jim hat reingeschlungen, soviel er konnte, er war fast am Verhungern gewesen. Als wir uns die Bäuche vollgeschlagen hatten, ruhten wir uns aus und faulenzten.

Nach ner Weile sagt Jim:

»Hör mal, Huck, wer isses dann gewesn, wo se inner Hütte gemordet ham, wenn du's net gwesn bist?«

Da hab ich ihm die ganze Geschichte erzählt, und er fand's schlau; nicht mal Tom Sawyer hätt sich nen bessern Plan ausdenken können! Dann sag ich:

»Und wegen was bist du hierher gekommen, Jim, und wie hastes gemacht?«

Er sah ziemlich verlegen aus, und ne Zeitlang hat er gar nichts gesagt. Dann seufzt er:

»Vleicht sollt ich's lieber doch net erzähle.«

»Und wieso nicht, Jim?«

»Nun, 's gibt Gründ. Aber du verräts mich doch net, Huck, wenn ich's dir sag, oder?«

»Verdammt, Jim, nie im Leben!«

Also, ich glaub dir, Huck. Ich – ich bin *wegglaufe*!«

»Jim!«

»Aber vergiß ja net, du has gsagt, du verräts mich net – du weißt doch, daß du's gsagt hast, Huck, oder net?«

»Ja, hab ich. Ich hab gesagt, ich tu's nicht, und ich halt mich dran. Bei meiner Injanerehre! Die Leute schimpfen mich bestimmt nen fiesen Ablitionisten[1] und verachten mich, wenn ich den Mund halte – aber das macht nichts. Ich verrat dich bestimmt nicht, und ich geh sowieso nicht zurück. So, und jetzt erzähl mal alles.«

»Also, es is nämlich so gwesn. Die alte Missus – Miss Watson – die hackt dauernd auf mir rum un is ziemlich barsch zu mir, aber trotzdem hat se immer gsagt, se will

1 Abolitionist ist ein Anhänger der Bewegung zur Abschaffung der Sklaverei in England und Nordamerika.

mich net nach Orleans runter verkaufen.[2] Aber neulich seh ich, wie sich 'n Niggerhändler hier rumtreibt, un mir wird's mulmig. Also, annem Abend, ziemlich spät, schleich ich anne Tür, un die war net ganz zu, un ich hör, wie die alte Missus zur Witwe sagt, se will mich nach Orleans runter verkaufn, aber einglich will se doch net, aber achthunnert Dollar könnt se für mich kriegn, un des wär so ne Riesenfuhre Geld, da könnt se net widerstehn. Die Witwe wollt se überrede, daß se sagt, se will's net tun – aber ich hab 's Ende net mehr abgwartet! Bin verdammt schnell abghaun, sag ich dir.

Ich also nix wie raus unnen Hügel runter, un denk, ich stehl mir 'n Boot irndwo am Ufer überm Dorf, aber 's sin noch Leut wach, drum hab ich mich in die alte eingekrachte Faßbinderei am Ufer versteckt un hab gwartet, bis alle weg sin. Na, un da war ich die ganz Nacht. Irndwer hat sich die ganz Zeit da rumtriebn. Am Morgen, so um sechse, komme die erstn Boote vorbeigfahrn, un um achte oder neune ham alle Boote, die ankomme, von deim Pap verzählt, wie er rüber ins Dorf is un gsagt hat, se ham dich gmordet. Un die letztn Boote sin voll Dame un Herrn, die rüberwolln un die Stell ansehn. 'n paarmal lege se am Ufer an, ruhn sich aus, vor se übersetzn, un aus ihrn Redn hab ich alls übern Mord mitkriegt. Hat mir schrecklich leid getan, daß se dich gmordet ham, Huck, aber nu isses ja vorbei.

'n ganzn Tag lieg ich da zwischen Hobelspän. Ich hab wohl Hunger, aber keine Angst, ich hab ja gwußt, die alte Missus un die Witwe gehn gleich nachem Frühstück in die Gmeindeversammlung un sin de ganze Tag weg, un sie wissn ja, ich geh schon im Morgengraun mit 'm Vieh raus,

2 Um 1850 (um die Zeit, in der *Huck Finn* spielt) war es eine Strafe für einen schwarzen Sklaven, wenn er an einen (weißen) Zuckerrohrplantagenbesitzer am unteren Mississippi verkauft wurde.

also wern se net erwarte, mich ums Haus rum zu sehn, un wern mich auch net vermissn, vor's dunkel wird am Abend. Die annern Diener vermissn mich sowieso net, weil die immer ausfliegn un sich 'n schön Tag mache, wenn die alte Herrschafte fort sin.

Also, wie's dunkel wird, bin ich nix wie raus un de Uferweg rauf un lauf so zwei Meile oder mehr, bis wo keine Häuser mehr sin. Ich hab mich entschiede ghabt, was ich machn will. Weißte, wenn ich nämlich immer so weiter zu Fuß weglauf, komme mir die Hund auf d' Spur; und wenn ich mir 'n Boot stehl zum Übersetzn, vermissn se ja des Boot bestimmt, un se kriegn leicht raus, wo ich an Land bin am annern Ufer, un wo se meine Spur aufnehme müssn. Also, sag ich mir, 'n Floß brauch ich, genau; *das* macht keine Spur.

Un dann seh ich auf eimal 'n Licht um nen Ufervorsprung komme, un da wat ich gleich ins Wasser rein, schieb 'n Baumstamm vor mir her, schwimm mit dem halb übern Fluß, mitten ins Treibholz rein, un halt mein Kopf dauernd tief unten un schwimm gegen 'n Strom solang, bisses Floß vorbeikommt. Dann schwimm ich achtern da ran und halt mich fest. Wolken sin jetz aufzogn, un ne kurze Weil war's ganz schön dunkel. Ich kletter jetz rauf un leg mich auf die Planken hin. All die Männer sin inner Mitte vom Floß drübe, wo 's Licht an is. Dr Fluß war grad am Steign, un 's hat ne starke Strömung gebn, so hab ich mir dacht, bis am Morgen um viere bin ich schon fünfundzwanzig Meilen flußab, un dann schlüpf ich, vor's hell wird, ins Wasser, schwimm ans Ufer un versteck mich im Wald auf dr Illinois-Seit.

Aber ich hab doch kein Glück. Wie wir nämlich bald unten anner Inselspitze sin, kommt 'n Mann mit ner Latern nach achtern. Ich seh, 's hat kein Zweck, noch zu warten, so bin ich über Bord un auf die Insel losgschwomme. Also, ich hab mir vorgstellt, ich kann da überall an Land, aber da draus wird nix – Ufer zu steil. Ich bin schon bald am Ende vonner Insel, vor ich ne gute Stell find. Da geh ich innen Wald un denk mir, mit dene Flöß mach ich keine Faxen mehr, solang wie die mit dr Latern so rumfuchteln. Ich hab aber meine Pfeif noch bei mir un 'n Priem Rachenputzer un Streichhölzer in meiner Kapp, un die sin net mal naß – also, was willste mehr?«

»Und die ganze Zeit haste gar kein Fleisch und gar kein Brot zu essen gekriegt? Wieso haste dir nicht 'n paar Sumpfschildkröten gefangen?«

»Ja wie denn? Da kannste ja net ranschleiche un se grapschn; un mach mir mal vor, wie du so eine mit nem Stein totschlägst! Un wie willste so was inner Nacht machn? Am Tag hab ich mich nämlich net am Ufer zeign wolln.«

»Verstehe. Du hast natürlich die ganze Zeit im Wald bleiben müssen. Haste auch gehört, wie sie die Kanonenschüsse abgefeuert haben?«

»Na klar. Ich hab ja gwußt, daß se hinner dir her sin. Hab se hier vorbeikomme sehn – durch die Büsch beobachtet.«

Ein paar Jungvögel kamen vorbei; sie sind immer ein oder zwei Yard weit geflogen und ließen sich dann nieder. Jim sagte, das ist ein Zeichen dafür, daß es bald regnen wird. Wenn Küken nämlich so fliegen, wär's jedenfalls ein Zeichen für Regen, und deswegen wär's bei Jungvögeln bestimmt genauso. Ich wollt schon ein paar fangen, aber Jim ließ mich nicht. Er sagte, das bedeutet Tod. Sein Vater wär mal arg krank gewesen, und einer von ihnen fing nen Vogel, und da sagte seine alte Oma, sein Vater würd sterben, und so kam's dann auch.

Und Jim sagte, man darf die Sachen nicht zählen, die man zum Mittagessen kocht, weil das Unglück bringt.

Und wenn man das Tischtuch nach Sonnenuntergang ausschüttelt auch. Und wenn ein Mann einen Bienenkorb besitzt und er stirbt, muß man das den Bienen vor Sonnenaufgang am andern Morgen sagen, weil sie sonst schwach werden und zu arbeiten aufhören und sterben. Jim sagte auch, Bienen stechen Idioten nicht; aber das hab ich ihm nicht geglaubt, weil ich's selber schon oft probiert hab, und mich wollten sie nicht stechen.

Ich hatte schon vorher was von solchen Dingen gehört, aber nicht von allen. Jim kannte allerhand Vorzeichen. Er sagte, er würd fast alle kennen. Mir käm's so vor, sagte ich, wie wenn alle Vorzeichen Unglück bedeuten; und so hab ich ihn gefragt, ob's überhaupt welche für Glück gibt. Er sagt:

»Ganz, ganz wenig – un mit *denen* kann niemand was anfange. Für was willste auch wissn, wann Glück kommt? Willste's vielleicht abhaltn? Bloß, wenn du viel Haar an Armen un aufer Brust has, dann isses 'n Zeichen dafür, daß du reich wirs. So 'n Zeichen hat nämlich sein Zweck, weil's so lang auf was im voraus zeigt. Weißte, vleicht wirste erst ahm, un da könnste ganz mutlos wern un dich noch selber umbringe, wenn du net weißt von wege dem Zeichn, daß du irndwann doch reich wirst.«

»Hast du viele Haare an den Armen und auf der Brust, Jim?«

»Wieso fragste mich das? Siehste net, daß ich viele hab?«

»So – und bist *du* reich?«

»Nee, bin's aber mal gwesn, un ich werd widder reich. Früher hab ich mal vierzehn Dollar ghabt, un ich nix wie los un spekuliert – un pleite gegangen.«

»Und in was hast du spekuliert?«

»Also, erst hab ich's mit Ware probiert.«

»Mit was für Ware denn?«

»Also, lebende Ware. – Vieh, weißte. Ich hab zehn Dollar in ne Kuh gsteckt. Aber mit Ware riskier ich gwiß kein Geld mehr. Die Kuh is mir nämlich auf ein Schlag unnern Händn gstorbn.«

»Und dabei haste gleich die ganzen zehn Dollar verloren?«

»Nee, alls hab ich net verlorn. Bloß so an de neune. 's Fell un 's Fett vonner Kuh hab ich für 'n Dollar un zehn Cent verkauft.«

»Fünf Dollar und zehn Cent sind dir also noch geblieben. Hast du nachher noch mehr spekuliert?«

»Ja-a. Kennste den einbeinig Nigger, der 'm alten Mista Bradish ghört? Also, der macht ne Bank auf un sagt, jeder, wo 'n Dollar einlegt, kriegt am End vom Jahr vier Dollar mehr. Also, alle Nigger machn mit, aber die ham net viel ghabt. Ich war der einzige mit viel. Deswegen hab ich auf mehr als vier Dollar bstandn und sag, wenn ich die net krieg, gründ ich meine eigne Bank. Natürlich, der Nigger will mich aussem Geschäft raushaltn, von wegen, sagt er, daß für zwei Banke net gnug Geschäft da is, un ich soll ruhig meine fünf Dollar einlegn, un er will mir sogar am End vom Jahr fümfunddreißig auszahln.

Und das hab ich auch gmacht. Weil, denk ich mir, die fümfunddreißig Dollar vestier ich gleich widder un laß die Dinge weiterlauf. Da war nämlich 'n Nigger, Bob hieß er, der hat 'n Flachboot rausgefischt, un sein Herr hat nix davon gwußt; ich hab's ihm abkauft un ihm gsagt, er soll die fümfunddreißig Dollar dafür nehme, wenn 's Jahr um is, aber irndwer hat des Flachboot inner Nacht gstohln, un am annern Tag sagt der einbeinig Nigger, die Bank is pleite. Geld hat also keiner von uns net gsehn.«

»Und was hast du mit den zehn Cent gemacht, Jim?«

»Also, ich wollt se schon ausgebn, aber dann hatt ich 'n Traum, un dr Traum sagt mir, ich soll se nem Nigger namens Bileam gebn – Bileams Esel nenne se ihn kurz, is so 'n Dummkopf, weißte. Aber der hat Glück, sagn se, un ich seh, ich hab keins. Dr Traum sagt mir also, ich soll Bileam die zehn Cent vestiern lassn, un er würd mir mein Geld vermehrn. Nun, dr Bileam, der schnappt sich das Geld, un wie er grad inner Kirch is, hört er 'n Prediger sagn, wer sein Geld den Ahmen gibt, der hat's dem Herrn geliehn un kriegt sein Geld bestimmt hunnertfach widder. Un Bileam nix wie des Geld den Ahmen gebn un drauf gspitzt, was dabei rauskommt.«

»Und was ist dabei rausgekommen, Jim?«

»Rein garnix! Ich hab's nie geschafft, des Geld abzuholn; un Bileam auch net. Ich leih bestimmt kein Geld mehr aus, ohne daß ich irndne Sicherheit hab. Kriegt sein Geld hunnertfach widder, sagt dr Prediger! Wenn ich die zehn *Cent* widderkrieg, denn würd ich das anständig nenne un mich freun auf die Aussicht!«

»Laß man gut sein, Jim, du wirst ja sowieso irgendwann mal reich.«

»Ja-a – un ich bin jetz schon reich, wenn ich mir's genau anseh. Ich besitz mich selber, un ich bin achthunnert Dollar wert. Hätt ich bloß des Geld, mehr brauch ich gar net!«

Kapitel 9

Das Todeshaus treibt vorbei

Ich wollt mir mal nen Platz ansehn, fast genau in der Mitte von der Insel, den ich beim Auskundschaften entdeckt hatte; und so sind wir los und kamen auch bald hin, weil die Insel bloß drei Meilen lang und eine Viertelmeile breit war.

Es war ein ziemlich hoher, steiler Hügel oder Bergrükken, so um die vierzig Fuß hoch. Wir haben ganz schön geschwitzt, um hochzukommen, so steil war der Hang und so dicht standen die Büsche. Oben sind wir dann überall rumgestapft und -gekraxelt, und auf einmal finden wir ne riesengroße Höhle im Felsen, direkt unterm Gipfel auf der Illinois-Seite. Die Höhle war so groß wie zwei oder drei Zimmer zusammen, und Jim konnte aufrecht drin stehen. Es war kühl drin. Jim war dafür, daß wir unsre Sachen alle gleich hier reinholen, aber ich sagte, wir hätten doch sicher keine Lust, dauernd hier rauf- und runterzuklettern.

Jim sagte, wenn wir das Kanu an einer guten Stelle verstecken und unsre Sachen alle in der Höhle drin haben, können wir schnell hierher, wenn irgendeiner mal auf die Insel kommt; und ohne Hunde würden die uns nie finden. Und außerdem hätten diese kleinen Vögel ja Regen vorausgesagt, und ob ich denn wollt, daß unsre Sachen naß werden.

So sind wir also zurück, holten das Kanu, paddelten hoch bis auf Höhe der Höhle und haben unsre Sachen hier raufgeschleppt. Dann haben wir in der Nähe eine Stelle gesucht, wo wir das Kanu verstecken konnten, unter den dichten Weiden. Wir nahmen ein paar Fische von den Leinen, legten die wieder aus und machten uns an die Vorbereitungen fürs Mittagessen.

Der Eingang der Höhle war groß genug, um ein Faß reinzurollen, und auf einer Seite war der Boden ein bißchen höher und flach und gab ne gute Feuerstelle ab. So haben wir da unser Feuer gemacht und das Mittagessen gekocht.

Wir haben die Decken innen als Teppich ausgelegt und da gegessen. Alle andren Sachen hatten wir jetzt griffbereit hinten in der Höhle. Schon bald wurd es dunkel, fing an zu donnern und blitzen; die Vögel hatten also recht gehabt. Und schon fing's auch an zu regnen, und es hat geregnet wie verrückt, und noch nie hab ich den Wind so stürmen sehn. Es war so ein richtiges Sommergewitter. Es wurde so dunkel, daß draußen alles blauschwarz und wundervoll aussah; und es hat so knüppeldick gegossen, daß ein bißchen weiter weg die Bäume schon ganz verschwommen und wie Spinnweben aussahn; dann kam ein Windstoß, der die Bäume runtergedrückt und das helle Blattuntere nach oben gedreht hat; dann ist ne noch wildere Bö hinterhergerast und ließ die Bäume ihre Äste schütteln, als wärn sie ganz wild geworden; und dann, wie's grad am blauesten und schwärzesten war – fst! wird es strahlend hell, und für nen Augenblick sieht man draußen im Sturm die Baumwipfel auf- und abtauchen, noch Hunderte von Yard weiter weg, als wie man vorher sehn konnte; im Nu ist alles wieder stockfinster, und da geht der Donner los mit einem fürchterlichen Krachen und rumpelt dann holterdiepolter den Himmel herab auf die untre Seite der Welt, grad wie wenn leere Fässer treppab rollen – wo's lange treppab geht und wo sie mächtig springen.

»Jim – ist das schön!« sag ich. »Ich möcht nirgendwo anders sein als hier. Lang mir noch 'n Stück Fisch und 'n bißchen heißes Maisbrot rüber.«

»Un dabei wärste gar net hier, wenn's 'n Jim net gäb. Du tätst irndwo unten im Wald sitzn ohne Essen un wärst auch bald ersoffen, das kannste mir glaubn, Kleiner. Die Hühner wissn, wenn's Regen gibt, un die Vögel auch, Kind.«

Der Fluß ist gestiegen und gestiegen – zehn, zwölf Tage lang, bis er zuletzt über die Ufer trat. An den niedern Stellen, und auch am flachen Illinois-Ufer, stand die Insel jetzt drei, vier Fuß hoch unter Wasser. Nach Illinois zu war der Fluß viele Meilen breit; aber auf der Missouri-Seite ist der alte Abstand rüber gleichgeblieben – eine halbe Meile – weil das Missouri-Ufer da wie ne hohe Steilwand ist.

Tagsüber sind wir im Kanu über die ganze Insel gepaddelt. Im Waldesinnern war's herrlich kühl und schattig, sogar wenn draußen die Sonne brannte. Wir haben uns zwischen den Bäumen durchgeschlängelt; und manchmal hingen die Kletterranken so dicht, daß wir umdrehn und einen andern Weg suchen mußten. Und auf jedem alten umgestürzten Baum saßen Karnickel und Schlangen und lauter so Tiere! Und als die Insel ein, zwei Tage überschwemmt war, waren sie so zahm vor Hunger, daß man ganz dicht an sie ranpaddeln und die Hand auf sie legen konnte, wenn man wollte; nur nicht auf die Schlangen und Schildkröten – die sind gleich ins Wasser geschlüpft. Der Hang, an dem unsre Höhle lag, war voll davon. Wir hätten Haustiere zuhauf haben können, wenn wir welche gewollt hätten.

In einer Nacht haben wir mal ein kleines Stück von einem Holzfloß rausgefischt – wunderschöne Kiefernplanken. Es war zwölf Fuß breit und gut fünfzehn oder sechzehn Fuß lang, und oben stand es sechs, sieben Zoll über Wasser, was ne feste, ebene Oberfläche abgab. Tagsüber trieben oft Säghölzer vorbei, aber die haben wir ziehn lassen; bei Tag haben wir uns nicht gezeigt.

In einer andern Nacht, kurz vor Morgengrauen, als wir oben an der Inselspitze waren, kommt auf der Westseite ein Holzhaus runter. Es hatte zwei Stockwerke und krängte stark. Wir sind rausgepaddelt und an Bord – reingeklettert durch ein Fenster im obern Stock. Aber es war noch zu dunkel, um was zu sehn, deswegen machten wir das Kanu fest und setzten uns rein, um zu warten, bis es hell wurde.

Es wurde grad hell, ehe wir die untere Inselspitze erreichten. Dann sahn wir zum Fenster rein. Man konnt ein Bett erkennen und nen Tisch, zwei alte Stühle und nen Haufen Sachen, die auf dem Boden rumlagen; an der Wand hingen Kleider. In der Ecke schräg gegenüber lag was auf dem Boden, das aussah wie ein Mann. Da sagt Jim:

»Hallo, Sie da!«

Aber es hat sich nichts gerührt. Deswegen hab ich nochmal gerufen, und dann sagt Jim:

»Der Mann schläft net – der is tot. Du bleibst da – ich geh un seh mal nach.«

Er ist rein, hat sich runtergebückt, sah hin und sagt:

»Das issen toter Mann. Ganz sicher; un auch noch nackt. Hat 'n Schuß innen Rücken abgekriegt. Bestimmt is der schon zwei oder drei Tag tot. Komm rein, Huck, aber schau ihm net ins Gsicht – 's is gar zu grauslich.«

Ich hab ihn auch überhaupt nicht angesehn. Jim warf ein paar alte Decken über ihn, aber er hätt das nicht tun brauchen; ich wollt ihn nicht sehn. Auf dem Boden lagen Haufen von alten, fettigen Karten verstreut, auch alte Whiskyflaschen und zwei Masken aus schwarzem Stoff; und über die ganzen Wände waren die allerdümmsten Wörter und Bilder mit Holzkohle aufgemalt. Zwei alte, schmutzige Kattunkleider, ein Sonnenhut und ein paar Unterröcke hingen an der Wand, und auch ein paar Männerkleider. Wir packten das ganze Zeug ins Kanu; vielleicht konnten wir ja mal was damit anfangen. Ein alter, buntscheckiger Jungenstrohhut lag auf dem Boden; den hab ich auch mitgenommen. Und ne Flasche lag da, in der mal Milch drin war; ein Saugpropfen zum Saugen für ein Baby steckte noch oben drauf. Wir hätten auch die Flasche mitgenommen, aber die war zerbrochen. Dann war da noch ne schäbige, alte Seemannskiste und ein alter

Fellkoffer mit zerbrochnen Scharnieren. Die standen offen, aber irgendwas von Wert war nicht mehr drin. Aus der Art, wie alles rumlag, haben wir geschlossen, daß die Leute schleunigst wegwollten und nicht vorhatten, viel von ihrem Zeug mitzuschleppen.

Wir haben gekriegt: eine alte Blechlaterne und ein Metzgermesser ohne Griff und ein brandneues Barlowmesser[1], das in jedem Laden seine fünfundzwanzig Cent wert war, und ne Menge Talgkerzen und nen blechernen Kerzenständer und ne Kürbisflasche und ne Blechtasse und ne schäbige alte Bettdecke und ein Retikül[2] mit Nähnadeln, Stecknadeln, Bienenwachs und Knöpfen und Garn und lauter so Zeug, und ein Beil und ein paar Nägel und eine Angelschnur, so dick wie mein kleiner Finger, mit ein paar riesigen Haken dran, und ne Rolle Wildleder und ein ledernes Hundehalsband und ein Hufeisen und ein paar Phiolen mit Medizin ohne Etikett drauf; und als wir schon am Gehn waren, fand ich noch nen halbwegs brauchbaren Pferdestriegel, und Jim, der fand nen schäbigen alten Fiedelbogen und ein Holzbein. Die Riemen waren abgerissen, aber mal davon abgesehn, war's ein ganz brauchbares Bein, obwohl's für mich zu lang und für Jim nicht lang genug war und wir das andre nicht finden konnten, obwohl wir überall gesucht haben.

Alles in allem hatten wir also einen guten Fang getan. Als wir fertig zum Abstoßen waren, lagen wir eine Viertelmeile unterhalb der Insel, und es war schon hellichter Tag; deswegen wollt ich von Jim, daß er sich flach ins Kanu legt und mit der Bettdecke zudeckt, weil man ihn im Sitzen schon von weitem als Nigger erkennen würde. Ich bin ans Illinois-Ufer rübergepaddelt und dabei bald ne

1 Klappmesser mit nur einer Klinge, benannt nach dem Hersteller Barlow.
2 Auch Ridikül, Handarbeitsbeutel.

halbe Meile abgetrieben worden. Ich bin im ruhigen Wasser am Ufer raufgekrochen, es gab keinen Zwischenfall, und ich sah auch niemand. Sicher und heil kamen wir zu Haus an.

Kapitel 10

Was dabei rauskommt, wenn man ne Schlangenhaut anfaßt

Nach dem Frühstück hatte ich Lust, über den Toten zu reden und rumzurätseln, wieso er umgebracht wurde, aber Jim wollte nicht. So was bringt Unglück, sagte er; und außerdem könnt der uns vielleicht als Geist erscheinen; wenn einer nämlich nicht beerdigt wär, würd der viel eher rumspuken als jemand, der zufrieden in die Erde gebettet ist. Das klang ziemlich einleuchtend, deswegen hab ich nichts mehr gesagt; trotzdem mußt ich immer wieder drüber nachdenken und hätt doch zu gern gewußt, wer den Mann erschossen hatte und wieso die's getan hatten.

Wir durchsuchten die Kleider, die wir mitgenommen hatten, und fanden acht Dollar in Silber, die im Futter von nem alten Stoffmantel eingenäht waren. Jim sagte, bestimmt haben die Leute in dem Haus den Mantel gestohlen; wenn die nämlich gewußt hätten, daß da Geld drin war, hätten sie ihn sicher nicht dagelassen. Ich sagte, bestimmt haben die auch den Mann umgebracht; aber Jim wollte nicht drüber reden. Ich sag:

»Jetzt denkst du wohl, das bringt Unglück; aber was haste gesagt, als ich die Schlangenhaut reingeholt hab, die ich auf dem Hügel oben gefunden habe, vorgestern? Das schlimmste Unglück von der Welt wär das, mit der Hand ne Schlangenhaut anzufassen! Hier – da haste dein Unglück! Nehmen den ganzen Krempel da ein und auch noch acht Dollar! Hätten wir doch bloß jeden Tag so ein Unglück, Jim!«

»Schon gut, schon gut, Kleiner! Werd net zu keck, 's kommt noch. Denk an mich, 's kommt noch.«

Und es kam auch. Es war ein Dienstag, als wir uns so unterhielten. Und am Freitag, nach dem Mittagessen, lagen wir ganz oben am Hügel im Gras, und der Tabak ist uns ausgegangen. Ich bin zur Höhle, um welchen zu holen, und fand eine Klapperschlange da drin. Ich hab sie totgeschlagen und wie lebendig am Fußende von Jims Decke zusammengerollt und denk mir, das gibt nen Spaß, wenn Jim die da findet. Am Abend hatte ich die Schlange ganz vergessen, und als Jim sich auf seine Decke warf und ich ein Licht machte, war das Schlangenmännchen da und hat ihn gebissen.

Mit einem Schrei ist er hochgesprungen, und als erstes haben wir im Licht das zusammengeringelte Biest gesehn, wie's grad zu nem neuen Sprung ansetzt. Mit einem Stock hab ich es im Handumdrehn erschlagen, und Jim packte Paps Whiskykrug und hat ihn in sich reingegossen.

Er war barfuß, und die Schlange hatte ihn genau in die Ferse gebissen. Das kommt davon, sag ich mir, wenn man so ein Trottel ist wie du und nicht dran denkt, daß immer, wenn man eine Schlange irgendwo rumliegen läßt, ihr Gefährte kommt und sich um sie rumringelt. Jim sagte, ich soll der Schlange den Kopf abschlagen und ihn fortwerfen, ihr dann die Haut abziehn und ein Stück von ihr rösten. Was ich auch tat, und er aß es und meinte, das würd ihn kurieren helfen. Er wollte auch, daß ich die Klappern abmache und ihm ums Handgelenk binde. Das würd auch helfen. Dann bin ich leise rausgeschlichen und hab alle beide Schlangen fort ins Gebüsch geworfen; weil, ich wollte nicht, daß Jim rausbekam, daß ich an allem schuld war – nicht jedenfalls, wenn ich's verhindern konnte.

Jim nuckelte und nuckelte an dem Krug, und ab und zu hat er den Verstand verloren und ist durch die Gegend getaumelt und hat gebrüllt; aber jedesmal, wenn er wieder zu sich kam, hat er gleich wieder weitergenuckelt. Sein Fuß schwoll ziemlich dick an, und auch sein Bein; aber allmählich fing der Fusel an zu wirken, und so denk ich mir, jetzt ist er überm Berg; trotzdem wär ich lieber von einer Schlange gebissen worden als von Paps Whisky.

Jim mußte vier Tage und vier Nächte liegen. Dann war die Schwellung ganz weg, und er kam wieder auf die Beine. Ich nahm mir vor, nie wieder ne Schlangenhaut mit den Händen anzufassen, jetzt wo ich gesehn hatte, was dabei rauskam. Das nächste Mal würd ich ihm bestimmt glauben, sagte Jim; ne Schlangenhaut berühren wär nämlich so ein fürchterliches Unglück, daß es mit dem vielleicht noch gar nicht zu Ende war. Er jedenfalls würd lieber wenigstens tausendmal über die linke Schulter in den Neumond gucken als ne Schlangenhaut in die Hand nehmen. Also, mit der Zeit hab ich das auch geglaubt, obwohl ich gedacht habe, daß über die linke Schulter in den Neumond gucken das Leichtsinnigste und Dümmste ist, was einer tun kann. Der alte Hank Bunker hat's mal gemacht und damit geprahlt; und kaum zwei Jahre darauf hat er sich besoffen, fiel vom Schrotsilo und hat sich unten plattgelegt wie ein Brett; und sie haben ihn, statt in einen Sarg, hochkant zwischen zwei Scheunentore geschoben und so begraben, sagt man, aber gesehn hab ich's nicht. Pap hat's mir erzählt. Jedenfalls aber ist alles davon gekommen, weil er so in den Mond geguckt hat, wie ein Idiot.

Die Tage gingen rum, und der Fluß fiel wieder in sein altes Bett; und so ziemlich als erstes haben wir an einen von den großen Haken ein abgehäutetes Kaninchen als Köder gehängt und ausgelegt; und damit haben wir einen großen Katzenwels gefangen, der so groß war wie ein Mann, sechs Fuß und zwei Zoll lang und über zweihundert Pfund schwer. Natürlich sind wir mit dem nicht fertig geworden; der hätt uns glatt nach Illinois rübergeschleudert. Wir saßen einfach da und haben zugesehn, wie er rumschoß und -zerrte, bis er ersoffen ist. Wir fanden in seinem Magen einen Messingknopf, einen runden Klumpen und sonst noch ne Menge Plunder. Den Klumpen haben wir mit dem Beil aufgespalten, und da war eine Spule drin. Der Fisch müßt sie lange drin gehabt haben, meinte Jim, sonst hätt er sie nicht so ummanteln und zu einem Klumpen machen können. Ich glaub nicht, daß je schon mal ein größerer Fisch im Mississippi gefangen worden ist. Jim sagte, er hätt auch noch nie einen größern gesehn. Und im Dorf drüben wär er auch ne ganze Menge wert gewesen. Einen Fisch wie den schlagen die in der Markthalle dort pfundweise los; alle kaufen was; sein Fleisch ist schneeweiß und gibt einen prima Braten.

Am nächsten Morgen sagte ich, es würd mir allmählich stinklangweilig, und ich hätt mal Lust auf was Aufregendes; ich wollt mich gern übern Fluß stehlen und rausfinden, was drüben vor sich ging. Jim fand das ne gute Idee; aber ich müßt im Dunkeln fahren und scharf aufpassen. Dann hat er sich's durch den Kopf gehn lassen und gefragt, ob ich nicht ein paar von den alten Klamotten anziehn und mich als Mädchen verkleiden könnte. Das war auch ne gute Idee. Wir machten also eins von den Kattunkleidern kürzer, und ich rollte meine Hosenbeine bis zu den Knien rauf und bin reingeschlüpft. Jim machte hinten die Haken zu, und es saß so einigermaßen. Ich setzte den Sonnenhut auf und band ihn unterm Kinn fest, und wenn mir jetzt einer ins Gesicht gucken wollte, mußt er wie durch ein Stück Ofenrohr runtergucken. Sogar bei Tag würd mich kaum jemand erkennen, meinte Jim. Ich hab den ganzen Tag rumprobiert, um den richtigen Dreh rauszukriegen, und mit der Zeit konnt ich mich ziemlich gut drin bewegen; bloß, meinte Jim, würd ich nicht wie ein Mädchen gehn; und ich müßt aufhören mit dem Kleidhochziehn, um an meine Hosentasche zu kommen. Ich hab's mir gemerkt und besser gemacht.

Gleich nach Dunkelwerden fuhr ich mit dem Kanu am Illinois-Ufer rauf.

Ein wenig unterhalb vom Fährenlandeplatz fuhr ich rüber zum Dorf, und die Strömung hat mich am untern Ortsende an Land getrieben. Ich machte fest und bin am Ufer lang zum Dorf. In einer kleinen Hütte, die lang nicht bewohnt gewesen war, brannte ein Licht, und ich war gespannt, wer sich da wohl einquartiert hatte. Ich bin hingeschlichen und schielte zum Fenster rein. Eine Frau, so um die vierzig, saß da und strickte bei einer Kerze, die auf einem Kieferntisch stand. Ihr Gesicht hab ich nicht gekannt; sie war eine Fremde, weil in dem Kaff nicht mal einer hätt ne Miene verziehn können, die ich nicht kannte. War das jetzt ein Glück, weil meine Kräfte nachließen; ich bekam Angst, weil ich hergekomnmen war; die Leute könnten mich an der Stimme erkennen und entdecken, wer ich bin. Aber wenn diese Frau in dem Kaff bloß zwei Tage gewesen war, konnte sie mir sicher alles sagen, was ich wissen wollte; also hab ich an die Tür geklopft und nahm mir vor, ja nicht zu vergessen, daß ich ein Mädchen bin.

Kapitel 11

Sie sind hinter uns her!

»Herein«, sagt die Frau, und ich ging rein. »Nimm dir 'n Stuhl«, sagt sie.

Ich hab mich gesetzt. Sie guckte mich von oben bis unten mit ihren kleinen, glänzenden Augen an und sagt:

»Wie heißt du denn?«

»Sarah Williams.«

»Und wo wohnst du? Hier in der Gegend?«

»Nee, in Hookerville, sieben Meilen weiter unten. Ich bin den ganzen Weg gelaufen und bin halbtot.«

»Hungrig sicher auch, nehm ich an. Ich hol dir was.«

»Nee, Hunger hab ich keinen. Ich hab so 'n Hunger gehabt, daß ich zwei Meilen weiter unten auf ner Farm anhalten mußte; drum hab ich keinen mehr. Deswegen bin ich auch so spät dran. Meine Mutter liegt krank im Bett und hat kein Geld und nichts, und ich komm, um's meinem Onkel Abner Moore zu sagen. Er wohnt am oberen Dorfende, hat sie gesagt. Ich bin noch nie hier gewesen. Kennen Sie ihn?«

»Nein; aber ich kenn ja noch nicht alle. Ich wohne noch nicht mal zwei Wochen hier. Es ist ziemlich weit bis zum oberen Dorfende. Du bleibst besser die Nacht über hier. Nimm mal deinen Hut runter.«

»Nee«, sag ich, »ich ruh mich nur 'n bißchen aus, denk ich, und geh dann weiter. Ich hab keine Angst vorm Dunkeln.«

Sie sagte, sie wollt mich nicht allein gehn lassen, aber bald müßt ihr Mann hier sein, so in anderthalb Stunden, und den will sie mit mir losschicken. Dann fing sie an, von ihrem Mann zu erzählen, und von ihren Verwandten flußauf und von ihren Verwandten flußab, und wieviel besser sie's früher gehabt haben, und daß sie nicht wüßten, ob sie nicht doch einen Fehler gemacht haben, in unser Dorf zu ziehn, statt die Finger davon zu lassen – und so weiter und so fort, daß ich schon Angst hatte, *ich* hätt einen Fehler gemacht, weil ich zu ihr kam, um zu erfahren, was im Dorf so vor sich ging; aber dann kam sie doch noch auf Pap und den Mord zu sprechen, und da hab ich nichts mehr dagegen gehabt, daß sie weiterplapperte. Sie erzählte dann von mir und Tom Sawyer, wie wir die sechstausend Dollar gefunden hatten (bloß, sie machte zehntausend draus), und alles von Pap, und was für ein Nichtsnutz er wär, und was für einer ich, und endlich war sie dann bei meinem Mord gelandet. Ich frag sie:

»Wer war's denn? Wir haben in Hookerville unten schon einiges von der Geschichte gehört, aber niemand weiß so genau, wer eigentlich den Huck Finn umgebracht hat.«

»Na, ich glaube, *hier* gibt es ne ganze Menge, die gern wüßten, wer den umgebracht hat. Manche denken, der alte Finn ist's selber gewesen.«

»Was – wirklich?«

»Bald alle haben das zuerst gedacht. Er wird gar nicht wissen, wie nah er dran war, daß sie ihn gelyncht hätten. Aber es war noch nicht Abend, da haben sie sich's anders überlegt; ein weggelaufner Nigger namens Jim wär's, meinten sie jetzt.«

»Wieso *der* –«

Ich hab mich gebremst. Lieber bin ich still, denk ich mir. Und sie schwatzte in einem fort und hat gar nicht gemerkt, daß ich sie unterbrochen hatte.

»Ja, der Nigger ist nämlich in der gleichen Nacht weggelaufen, wo man Huck Finn umgebracht hat. Deswegen haben sie eine Belohnung auf ihn ausgesetzt – dreihundert

Dollar. Und auch auf den alten Finn haben sie ne Belohnung ausgesetzt – zweihundert Dollar. Am Morgen nach dem Mord kam er nämlich ins Dorf und hat davon erzählt und war auch bei der Suchaktion auf der Fähre mit draußen, aber dann ist er auch gleich auf und davon. Noch vor Sonnenuntergang wollten sie ihn lynchen, aber jetzt war er ja weg. Und am andern Morgen haben sie entdeckt, daß auch der Nigger verschwunden war; sie haben rausbekommen, daß man ihn seit zehn Uhr in der Nacht, wo der Mord passiert ist, nicht mehr gesehn hat. Also haben sie's auf den geschoben; und als sie schon an nichts andres mehr denken, kommt am andern Tag der alte Finn zurück und rennt jammernd zum Richter Thatcher, der soll ihm Geld geben, damit er ganz Illinois nach diesem Nigger absuchen kann. Und der Richter gibt ihm was, und am Abend hat er sich besoffen und war bis nach Mitternacht unterwegs mit zwei ziemlich verwegen dreinschauenden Burschen; mit denen ist er dann auch abgehauen. Seitdem ist er nicht mehr aufgetaucht, und auch niemand erwartet ihn zurück, bis etwas Gras über die Sache gewachsen ist; sie glauben nämlich jetzt, daß er seinen Jungen umgebracht und das Ganze dann so hingebogen hat, daß man glauben sollte, Räuber seien's gewesen; und dann wollte er wohl an Hucks Geld rankommen, ohne sich noch lange mit einem Prozeß rumschlagen zu müssen. Dem wär das tatsächlich zuzutrauen, sagen sie. Oh, der ist gerissen, glaub ich. Wenn er ein Jahr lang nicht wiederkommt, ist er fein heraus. Man kann ihm ja nichts nachweisen; bis dahin hat sich alles beruhigt, und er kriegt dann Hucks Geld, ohne nen Finger krumm machen zu müssen.«

»Ja, das glaub ich auch, Ma'm. Dann steht ihm nichts mehr im Weg. Sind denn jetzt alle davon abgekommen, daß es der Nigger war?«

»O nein, nicht alle. Noch immer denken einige, der hat's getan. Aber jetzt werden sie ja den Nigger bald fassen, und vielleicht können sie's aus ihm rausquetschen.«

»Wieso – sind sie denn noch immer hinter ihm her?«

»Also – bist du naiv! Nicht alle Tage liegen dreihundert Dollar auf der Straße, und man braucht sie bloß aufheben. Ein paar glauben, der Nigger ist nicht weit von hier. Zu denen gehör ich – aber ich hab's nicht groß erzählt. Vor ein paar Tagen unterhalt ich mich mit nem Ehepaar, das nebenan in der Blockhütte wohnt, und die zwei erzählen mir so nebenbei, daß fast nie einer auf die Insel da drüben kommt, die hier Jackson's Island heißt. Wohnt denn da niemand? frag ich. Nein, niemand, sagen die. Ich hab nichts mehr gesagt, aber ich hab mir so meine Gedanken gemacht. Ich war mir ziemlich sicher, daß ich an der Inselspitze drüben ein, zwei Tage vorher Rauch gesehn habe, also denk ich mir, nicht ausgeschlossen, daß der Nigger sich da drüben versteckt hält; jedenfalls, sag ich mir, lohnt sich wohl der Aufwand, da mal nachzuforschen. Seither hab ich kein Rauch mehr gesehn, also, denk ich, ist er wohl jetzt weg, wenn er's war; aber mein Mann will doch mal rüber und nachsehn – er und noch einer. Er ist unterwegs gewesen, weiter oben am Fluß; aber heute ist er wieder zurück, und ich hab's ihm sofort erzählt, wie er vor zwei Stunden gekommen ist.«

Ich war so unruhig geworden, daß ich nicht mehr stillsitzen konnte. Ich mußte was mit meinen Händen tun; so hab ich ne Nadel genommen und wollt sie einfädeln. Meine Hände haben gezittert – es war hoffnungslos. Als die Frau mit Reden aufhörte, sah sie hoch, und sie guckte mich ganz komisch an und hat ein bißchen gelächelt. Ich hab die Nadel und den Faden weggelegt und tat interessiert – und ich war's auch – und sag:

»Dreihundert Dollar sind ne Stange Geld. Hätt doch

bloß meine Mutter die! Fährt Ihr Mann heut abend noch rüber?«

»Aber sicher. Er ist mit dem Mann, von dem ich dir erzählt habe, in die Stadt und will ein Boot besorgen und schaun, ob sie noch ne Flinte leihen können. Nach Mitternacht wollen sie rüber.«

»Könnten die nicht besser sehn, wenn sie bis am Tag warten?«

»Klar. Aber dann kann der Nigger doch auch besser sehn, oder? Nach Mitternacht schläft er wahrscheinlich, und sie können durch den Wald schleichen und im Dunkeln sein Lagerfeuer um so leichter aufspüren, wenn er noch eins hat.«

»Da hab ich nicht dran gedacht.«

Die Frau guckte mich weiter so komisch an. Ich hab mich kein bißchen mehr wohl gefühlt. Auf einmal sagt sie:

»Was hast du gesagt, wie du heißt, Kleine?«

»M-Mary Williams.«

Irgendwie kam's mir vor, als hätt ich vorher nicht Mary gesagt, deswegen hab ich nicht hochgesehn; kam mir vor, als hätt ich Sarah gesagt; deswegen war ich ziemlich durcheinander und hatte Angst, daß man's mir vielleicht ansah. Hätt doch bloß die Frau noch was gesagt! Endlich sagt sie:

»Kleine, ich denk, du hast Sarah gesagt, wie du reingekommen bist?«

»Hm, ja, hab ich. Sarah Mary Williams. Sarah ist mein erster Name. Einige nennen mich Sarah, einige Mary.«

»Ach – so ist das?«

»Hm-m, Ma'm.«

Ich fühlte mich jetzt wieder wohler, aber trotzdem wär ich lieber aus dem Haus gewesen. Ich hab mich noch immer nicht getraut hochzugucken.

Aber da hat die Frau wieder drauflos geschwätzt, was für schwere Zeiten das sind, und wie ärmlich sie leben müßten, und wie die Ratten hier rumspazieren, als würd denen das Haus gehören und so weiter und so fort, und da war's mir wieder wohler. Mit den Ratten hatte sie recht. Alle Naslang hat eine ihre Schnauze aus einem Loch in der Ecke gesteckt. Sie müßte was griffbereit haben, wenn sie allein war, um nach denen zu werfen, sagte sie, sonst würden die ihr keine Ruhe lassen. Sie zeigte mir eine Bleistange, die zu einem Knoten gekrümmt war; mit der wär sie sonst ne gute Schützin, sagte sie, aber sie hätt sich vor ein, zwei Tagen den Arm verrenkt und wüßt jetzt nicht, ob sie noch richtig werfen kann. Trotzdem hat sie auf ne Gelegenheit gelauert und warf auch gleich nach ner Ratte, aber sie traf weit daneben und schrie »autsch!«, der Arm tät ihr so weh. Dann wollte sie, daß ich es bei der nächsten probiere. Lieber wär ich verschwunden, eh ihr Alter wieder zurück war, aber ich hab's natürlich nicht gezeigt. Ich nehm also das Ding, und bei der ersten Ratte, die ihre Nase rausstreckt, hab ich abgezogen, und wär die geblieben, wo sie war, wär sie ziemlich futsch gewesen. Das war erstklassig, sagt sie, und bestimmt würd ich aus der nächsten Matsch machen. Sie ist zu dem Bleiklumpen hin, schnappt ihn, trägt ihn zurück und bringt einen Strang Garn mit, bei dem ich ihr helfen soll. Ich halt meine beiden Hände hoch, und sie wickelt das Garn drum rum und schwätzt weiter von ihren Angelegenheiten und ihrem Mann seinen. Aber auf einmal hört sie mitten im Satz auf und sagt:

»Hab ein Auge auf die Ratten. Am besten, du legst das Blei in dein Schoß, griffbereit.«

Und genau in dem Moment läßt sie den Klumpen in mein Schoß fallen, und ich klatsch meine Schenkel über ihm zusammen, und sie schwätzt weiter. Aber bloß so ne

Minute. Dann nimmt sie mir das Garn ab und guckt mich fest, aber sehr freundlich an und sagt:

»Komm schon – wie heißt du richtig?«

»Wa-Was?«

»Wie du richtig heißt. Bill oder Tom oder Bob? – oder wie?«

Ich glaube, ich hab gezittert wie Espenlaub und hab kaum mehr gewußt, was tun. Aber ich schaff es noch rauszubringen:

»Bitte machen Sie sich nicht lustig über ein armes Mädchen wie mich. Wenn ich hier störe, geh –«

»Nein, das tust du nicht. Setz dich und bleib, wo du bist. Ich tu dir nichts und erzähl auch niemand was weiter. Erzähl mir einfach dein Geheimnis und vertrau mir. Ich behalt's bestimmt für mich; sogar helfen will ich dir. Und mein Alter auch, wenn du willst. Hör mal, du bist als Lehrling ausgerissen – das ist alles. Da ist doch nichts dabei. Und schon gar nichts Unrechtes. Man hat dich schlecht behandelt, und da hast du beschlossen abzuhauen. So was! – Mein Kind, ich würd dich doch nicht verpetzen! So, und jetzt erzähl mir alles – sei 'n braver Junge!«

Ich hab ihr also gesagt, es hätt kein Zweck, ihr noch länger was vorzuspielen, und ich wollt auch jetzt sofort mein Herz erleichtern und ihr alles erzählen, aber sie dürft nicht von ihrem Versprechen abrücken. Und da hab ich ihr lang und breit erzählt, mein Vater und meine Mutter sind tot, und das Gericht hat mich einem knausrigen alten Farmer in die Lehre gegeben, dreißig Meilen vom Fluß weg auf dem Land, und dieser Farmer hat mich so schlecht behandelt, daß ich's nicht mehr ausgehalten habe; der ist jetzt für zwei Tage verreist, und die Gelegenheit hab ich benutzt und ein paar alte Kleider von seiner Tochter geklaut, und dann bin ich ausgerissen und die dreißig Meilen in drei Nächten hergekommen; nachts bin ich marschiert, und am Tag hab ich mich versteckt und geschlafen, und der Beutel mit Brot und Fleisch, den ich von zu Haus mitgenommen habe, hat mir den ganzen Weg gereicht, es war wirklich genug. Und bestimmt wird sich jetzt mein Onkel Abner Moore um mich kümmern, deswegen hab ich mich ja auch auf den Weg nach Goshen gemacht.

»Goshen – Kind? Das ist doch nicht Goshen. Das hier ist St. Petersburg. Goshen liegt zehn Meilen weiter oben. Wer hat dir denn gesagt, das sei Goshen?«

»'n Mann halt, den ich im Morgengrauen getroffen hab, als ich grad in den Wald reinwollte zum Schlafen, wie sonst auch. Wo der Weg sich gabelt, soll ich nach rechts abbiegen, hat er gesagt, und dann wär ich nach fünf Meilen in Goshen.«

»Der war bestimmt besoffen. Der hat dir genau das Falsche gesagt.«

»Hm, ja, benommen hat er sich schon wie 'n Betrunkner, aber das ist ja jetzt auch egal. Ich muß weiter. Noch vor Tagesanbruch will ich in Goshen sein.«

»Wart nen Moment. Ich geb dir noch was zu essen mit. Vielleicht kannst du's brauchen.«

Sie brachte mir was und fragt mich auf einmal:

»Sag mal – wenn ne Kuh auf dem Boden liegt, mit welchem Teil steht sie dann zuerst auf? Sag schnell was – überleg nicht lange. Mit was steht sie zuerst auf?«

»Mit dem Hintern, Mami.«

»Gut. Und ein Pferd?«

»Mit dem Kopf, Mami.«

»Und wo hat ein Baum am meisten Moos?«

»Auf der Nordseite.«

»Und wenn fünfzehn Küh an einem Hang weiden, wie

viele fressen dann mit dem Kopf in der gleichen Richtung?«

»Alle fünfzehn, Mami.«

»Na, ich glaube, du hast *wirklich* auf dem Land gelebt. Hab schon gedacht, du willst mich wieder verkohlen. Wie heißt du jetzt richtig?«

»George Peters.«

»Also, denk dran, George! Vergiß es nicht und erzähl mir, du heißt Alexander, bevor du gehst, und red dich dann nicht raus, du heißt George-Alexander, wenn ich dich erwische. Und komm ja einer Frau in dem alten Kattunzeug nicht zu nah. Als Mädchen machst du dich ziemlich miserabel, aber vielleicht fallen Männer auf dich rein. Und noch was, Kind – wenn du ne Nadel einfädelst, halt nicht den Faden still und hol die Nadel her; halt die Nadel still und steck den Faden durch – so wie's ne Frau beinah immer macht; bloß Männer machen's immer andersrum. Und wenn du nach ner Ratte oder sonst irgendwas wirfst, klemm ne Zehenspitze nach oben und wirf mit der Hand übern Kopf, so ungeschickt wie du nur kannst, und wirf sechs oder sieben Fuß an deiner Ratte vorbei. Und aus der Schulter mußt du werfen, mit steifem Arm, als wär da eine Angel, in der sie sich dreht – wie ein Mädchen; nicht aus dem Handgelenk und Ellbogen wie ein Junge, der mit dem Arm nach der Seite ausholt. Und merk dir, wenn ein Mädchen was im Schoß auffängt, wirft sie die Knie auseinander; sie klatscht sie nicht so zusammen wie du bei dem Bleiklumpen. Ich hab gemerkt, daß du ein Junge bist, wie du die Nadel eingefädelt hast; alles andre hab ich mir bloß noch ausgedacht, um auch sicherzugehn. Marsch ab jetzt zu deinem Onkel, Sarah Mary George Alexander Peters, und wenn du mal in der Patsche sitzt, läßt du der Mrs. Judith Loftus – das bin ich – ein Wort zukommen, und ich werd tun, was ich kann, um dir rauszuhelfen. Geh jetzt immer den Uferweg lang, und das nächste Mal, wenn du lostrabst, nimm Schuh und Socken mit. Der Uferweg ist steinig, und bestimmt hast du dir die Füße wundgelaufen, wenn du nach Goshen kommst.«

Ungefähr fünfzig Yard bin ich am Ufer flußauf; dann hab ich umgedreht und bin zu meinem Kanu zurückgeschlichen, das ein ganzes Stück unterhalb von dem Haus lag. Mit einem Satz bin ich rein und machte, daß ich wegkam. Ich fuhr so weit stromauf, daß ich gut die Inselspitze erreichte, und bin dann rübergeschwenkt. Den Sonnenhut hab ich ausgezogen, ich wollt jetzt keine Scheuklappen aufhaben. Und wie ich ungefähr in der Flußmitte bin, hör ich, wie die Turmuhr losschlägt; ich halt an und horche; schwach, aber deutlich kommt der Ton übers Wasser – elf Uhr. Als ich an der Inselspitze anschlug, hab ich nicht mehr gewartet, um zu verschnaufen, sondern bin gleich losgerannt in den Wald zu meinem alten Lager und machte an einer Stelle, die hoch und trocken war, ein großes Feuer.

Dann bin ich wieder zum Kanu geflitzt und mit aller Kraft zu unserm Versteck, anderthalb Meilen weiter unten, gepaddelt – und leg da an und spurt durch den Wald und den Hügel rauf und in die Höhle rein. Jim lag in tiefem Schlaf auf dem Boden. Ich hab ihn laut geweckt:

»Steh auf, Jim, Tempo! Wir haben keine Zeit zu verlieren. Sie sind hinter uns her!«

Jim hat nicht mal eine Frage gestellt und auch kein Wort gesagt; aber an der Art, wie er die nächste halbe Stunde geschuftet hat, war zu sehn, was er für ne Angst ausstand. Inzwischen hatten wir unsre ganze Habe auf dem Floß verstaut, und es lag jetzt startbereit unterm Weidendach, wo wir's versteckt hatten. Wir machten dann zuerst das Lagerfeuer in der Höhle aus und ließen danach alle Kerzen draußen verschwinden.

Ich stieß das Kanu ein Stückchen weit vom Ufer weg und hab mich erst mal umgesehn, aber wenn da irgendwo ein Boot war, hätt ich es doch nicht sehn können; weil, bei Sternenlicht und Schatten kann man nicht gut sehn. Dann holten wir das Floß und glitten im Schatten flußab, vorbei an der totenstillen Inselspitze, und keiner sagte ein Wort.

Kapitel 12

»Wir tun vdammt gut dran, es seinzulassen«

Es muß kurz vor eins gewesen sein, als wir endlich die Insel hinter uns hatten; das Floß ging, schien's, mächtig langsam. Falls mal ein Boot vorbeikam, wollten wir uns ins Kanu retten und ans Illinois-Ufer verschwinden; und es war gut, daß keins kam, weil wir nicht mal dran gedacht hatten, die Flinte oder ne Angelleine oder irgendwas zu essen ins Kanu zu packen. Wir hatten uns viel zu irrsinnig abgehetzt, um noch an so viel auf einmal zu denken. Es war wirklich unüberlegt, *alles* aufs Floß zu packen.

Falls die Männer auf die Insel gekommen waren, bin ich mir fast sicher, daß sie mein großes Lagerfeuer entdeckt und die ganze Nacht dort auf Jim gewartet haben. Jedenfalls hatten wir sie vom Hals, und wenn mein Feuer sie nicht hinters Licht geführt hat, so ist's nicht meine Schuld gewesen. Ich hab mich so fies wie möglich zu ihnen benommen.

Als der erste Lichtstreifen sich zeigte, machten wir an einem »Strohkopf« fest, in einer großen Flußbiegung auf der Illinois-Seite, hackten dann mit dem Beil Pappelzweige ab und deckten das Floß damit zu, so daß es aussah, wie wenn das Ufer da eingebrochen wäre. Ein »Strohkopf« ist eine Sandbank im Fluß, auf der die Pappeln so dicht wie Eggenzähne stehn.

Wir hatten am Missouri-Ufer Berge und auf der Illinois-Seite dichten Wald, und die Fahrrinne für die Schiffe lief hier am Missouri-Ufer entlang; so brauchten wir also keine Angst haben, daß uns einer zufällig entdeckt. Und wir liegen da, den ganzen Tag, und beobachten, wie die Flöße und Dampfschiffe das Missouri-Ufer runterspulen, und wie die Dampfschiffe, die flußauf müssen, sich den großen Fluß in der Mitte raufkämpfen. Ich hab Jim alles haarklein erzählt, was ich in der ganzen Zeit mit der Frau geschwatzt hatte; das wär ne Gewiefte, meinte Jim, wenn die uns mal auf den Fersen wäre, *die* würd sich nicht hinsetzen und ein Lagerfeuer bewachen – nee, mein Lieber, die hätt nen Hund dabei. Wieso hat sie dann, frag ich ihn, nicht zu ihrem Mann gesagt, er soll nen Hund mitnehmen? Jim sagte, er möcht wetten, daß die dran gedacht hat, als die Männer startklar waren, und bestimmt hätten die ins Dorf zurückmüssen, nen Hund holen, und dabei die ganze Zeit verloren – sonst säßen wir wohl nicht hier auf nem Strohkopf, sechzehn oder siebzehn Meilen unterhalb vom Dorf – nee, garantiert wärn wir bestimmt längst wieder in unserm alten Kaff. Solang die uns nicht kriegen, wär's mir egal, wieso nicht, hab ich zu ihm gesagt.

Als es grade anfing zu dunkeln, steckten wir unsre Köpfe aus dem Pappeldickicht raus und schaun flußauf und flußab und quer rüber; nichts in Sicht; und da hat Jim ein paar von den obersten Floßplanken genommen und einen gemütlichen Wigwam gebaut, als Unterschlupf bei Hitze und Regen und um unsre Sachen trocken zu halten. Jim machte auch einen Boden für den Wigwam und setzte ihn einen Fuß oder auch mehr über Floßhöhe, so daß die Decken und all unsre andern Sachen außer Reichweite von den Dampferwellen waren. Genau in der Mitte vom Wigwam haben wir Erde aufgeschichtet, gut fünf, sechs Zoll hoch, und mit einem Holzrahmen drum rum, damit sie auch zusammenhielt; hier wollten wir bei nassem Wetter oder Kälte Feuer machen; der Wigwam würd es vor Blikken schützen. Wir machten auch ein Steuerruder in Reserve, weil eins von den andern leicht an einem Baumstumpf im Wasser oder sonst was zerbrechen konnte. Dann stellten wir einen kurzen gegabelten Stock auf, um die alte Laterne dranzuhängen; wenn wir nämlich nen Dampfer stromab fahren sahn, mußten wir die Laterne anzünden, um nicht überfahren zu werden; aber für flußauf fahrende Schiffe brauchten wir keine anzünden, außer wenn wir in einer »Überfahrt« lagen, wie man das nennt; der Fluß war nämlich noch immer sehr hoch, und ganz niedere Ufer standen noch ein wenig unter Wasser; deswegen haben flußauf die Schiffe nicht immer die Fahrrinne benutzt, sondern sich stilles Wasser gesucht.

In der zweiten Nacht trieben wir sieben, acht Stunden mit einer Strömung, die über vier Meilen in der Stunde schnell war. Wir fingen Fische, unterhielten uns und sind ab und zu geschwommen, um den Schlaf zu vertreiben. Es war schon etwas Feierliches, so den großen, stillen Strom runterzutreiben, auf dem Rücken zu liegen und zu den Sternen raufzuschauen; es war uns gar nicht nach lautem Reden, wir lachten auch nicht oft, außer mal so ein leises Kichern. Meistens hatten wir tolles Wetter, und nichts ist uns in der Nacht passiert, und auch in der nächsten und übernächsten nicht.

Und in jeder Nacht kamen wir an Dörfern vorbei, manchmal weit oben auf schwarzen Hügeln – sie waren bloß funkelnde Lichternester, nicht ein Haus war zu sehn. In der fünften Nacht kamen wir an St. Louis vorbei, und es sah aus, wie wenn die ganze Welt leuchtet. In St. Petersburg haben sie immer gesagt, in St. Louis leben zwanzig- oder dreißigtausend Leute, aber ich habe das erst geglaubt, als ich um zwei Uhr in dieser stillen Nacht dieses wundervolle Lichtermeer sah. Nicht ein Laut war zu hören; alle schliefen.

Nachts, so um zehn, bin ich jetzt immer bei nem kleinen Dorf an Land geschlichen und hab da für zehn oder fünfzehn Cent Maismehl zu essen gekauft, oder auch Speck oder sonst irgendwas; manchmal hab ich auch ein Huhn von der Stange gelupft, dem's da nicht wohl war, und ließ es mitgehn. Pap hat immer gesagt, nimm jedes Huhn mit, das du kriegen kannst; wenn du's nicht selber brauchst, findest du leicht einen, der's brauchen kann, und ne gute Tat vergißt dir keiner. Ich hab nie erlebt, daß Pap das Huhn nicht selber wollte, aber das hat er jedenfalls immer gesagt.

Und morgens, eh es hell wurde, bin ich auf die Maisfelder geschlichen und hab mir ne Wassermelone oder ne Honigmelone oder nen Kürbis oder ein bißchen neuen Mais oder irgend so was geborgt. Pap hat immer gesagt, es ist nichts Unrechtes, sich was zu borgen, wenn man's nur irgendwann mal zurückgeben will; aber die Witwe sagte, das wäre bloß ein milderer Name für Stehlen, und kein anständiger Mensch würde so etwas tun. Jim sagte, er glaub, daß die Witwe zum Teil recht hat und zum Teil Pap; es wär deswegen am besten, wenn wir zwei oder drei Dinge weglassen und uns vornehmen, die nicht mehr zu borgen – dann, fand er, sei's nichts Unrechtes, sich die andern zu borgen. Wir haben die ganze Nacht beraten, trieben dabei den Fluß runter und versuchten uns drüber klarzuwerden, ob wir die Wassermelonen oder die Kantalupen[1] oder die Honigmelonen oder was andres weg-

1 Warzenmelonen.

lassen sollen. Aber so gegen Morgen haben wir uns über alles zufriedenstellend geeinigt, und wir beschlossen, die Holzäpfel und Persimonen[2] wegzulassen. Wir fanden vorher das alles nicht so ganz richtig, aber jetzt war's uns wieder wohl. Ich war auch froh drüber, was dabei rauskam, weil Holzäpfel sowieso nie gut schmecken und die Persimonen erst in zwei, drei Monaten reif wurden.

Wir schossen ab und zu auch einen Wasservogel, der morgens zu früh aufgestanden oder abends nicht früh genug ins Bett gegangen war. Im ganzen haben wir gelebt wie im Schlaraffenland.

In der fünften Nacht hinter St. Louis gab's nach Mitternacht einen Mordssturm mit gewaltigem Donner und Blitz, und es goß in Strömen. Wir sind im Wigwam geblieben und haben das Floß sich selbst überlassen. Vor uns sahn wir im grellen Blitzschein den mächtigen, geraden Fluß und links und rechts hohe Steilfelsen. Und auf einmal ruf ich Jim zu: »Hei, schau mal, da drüben!« Es war ein Dampfer, der sich an einem Felsen aufgespießt hatte. Wir trieben jetzt genau auf ihn zu. Der Blitz zeigte ihn ganz deutlich. Er krängte, ein Teil vom Oberdeck war noch überm Wasser, und im Blitzschein sah man jedes noch so kleine Geitau klar und deutlich und auch einen Stuhl neben der großen Glocke mit nem alten Schlapphut an der Lehne.

Also, es war tiefe Nacht und stürmisch und alles so geheimnisvoll, daß mir's erging wie jedem andern Jungen auch, als ich das Wrack so traurig und einsam mitten auf dem Fluß liegen sah. Ich wollt an Bord und ein bißchen da rumschleichen, um mal nachzusehn, was es da gab. Und ich sag zu Jim:

»Komm, wir legen an!«

2 Amerikanische Dattelpflaumen.

Aber Jim war zuerst restlos dagegen. Er sagt:

»Ich hab kein Lust, mich aufem Wrack rumzutreiben. Uns geht's vdammt gut, un wir tun vdammt gut dran, es seinzulassen, wie's inner Bibel steht. Garantiert is da 'n Wächter aufem Wrack.«

»Das erzähl deiner Großmutter!« sag ich; »da gibt's nichts zu bewachen außer der Texas[3] und dem Ruderhaus; und glaubst du denn, jemand riskiert sein Leben wegen ner Texas und nem Ruderhaus in so einer Nacht, wo die Kiste bald jeden Augenblick auseinanderkracht und den Fluß runterrauscht?« Jim wußte nichts dagegen zu sagen, und so hat er's auch nicht versucht. »Und außerdem«, sag ich, »könn wir uns vielleicht was Wertvolles aus der Kapitänskajüte borgen. Tsigarren, jede Wette – fünf Cent das Stück, in barem Geld. Kapitäne von Dampfern sind nämlich immer reich, die kriegen sechzig Dollar im Monat, und *die* fragen den Teufel danach, was ne Sache kostet. Steck ne Kerze ein, Jim; ich hab keine Ruhe, bis wir die Kiste mal auf den Kopf gestellt haben. Glaubst du, Tom Sawyer würd sich so was entgehn lassen? Nee, nich mal im Schlaf! 'n Abenteuer nennt er so was – ja, genau; der landet auf dem Wrack, und wenn's seine letzte Handlung ist! Und wie elegant der das machen würd! – und angeben würd der wie nichts! Der käm dir vor wie Christoph Clumbus, der grad das Jenseits entdeckt hat. Ich wollt, Tom Sawyer *wär* hier!«

Jim, der hat ein bißchen gemurrt, aber er gab dann nach. Wir sollten nicht mehr als unbedingt reden, meinte er, und auch das so leise wie möglich. Der Blitz zeigte uns das Wrack wieder, grad zur rechten Zeit, und wir lenkten zum Steuerladebaum und machten da fest.

Das Deck lag hier hoch überm Wasser. Im Dunkeln

3 Offizierskabine (die größte, daher »Texas«) auf dem Oberdeck eines Dampfers.

sind wir die Schräge nach Backbord runtergeschlichen, auf die Texas zu, tasteten uns dann mit den Füßen langsam voran und streckten die Hände vor, um den Geitauen auszuweichen; es war so finster, daß wir keine Spur von ihnen sahn. Und bald stoßen wir schon auf das vordere Ende der Oberluke und klettern rauf; und der nächste Schritt bringt uns vor die Kapitänskajüte, die offen stand, und ojemine! hinten durch den Texasflur sehn wir Licht! und im gleichen Augenblick kommt's uns vor, wie wenn wir leise Stimmen dahinten hören.

Jim hat mir zugeflüstert, es wär ihm verdammt übel, und ich sollt mit fortkommen. Wie du willst, sag ich, und bin schon auf dem Sprung zum Floß zurück; aber grade da hör ich ne Stimme jammern:

»Oh, bitte Jungs, tut's nicht; ich schwör's euch, ich verrat nichts!«

Und ne andre Stimme sagt ziemlich laut:

»Das ist gelogen, Jim Turner. So hast du's früher schon gemacht. Immer willst du mehr als deinen Anteil haben, und hast's auch immer gekriegt, weil du gedroht hast, du verrätst uns sonst. Aber diesmal, hastes genau einmal zu oft gesagt. Du bist doch der gemeinste und hinterhältigste Hund im ganzen Land.«

Inzwischen war Jim zum Floß zurück. Ich bin vor Neugier fast geplatzt; Tom Sawyer, sag ich zu mir, würd jetzt nicht kneifen, drum mach ich's auch nicht. Ich will doch mal sehn, was da drin vor sich geht. In dem kleinen Durchgang ließ ich mich auf alle viere runter und bin im Dunkeln nach achtern gekrochen, bis nur noch etwa eine Kabine zwischen mir und dem Quergang von der Texas lag. Und da drin liegt ein Mann auf dem Boden ausgestreckt, der an Händen und Füßen gefesselt ist; zwei Männer stehn über ihm, der eine hat ne trübe Funzel in der Hand und der andre eine Pistole. Mit der hat er genau auf den Kopf von dem Mann am Boden gezielt und sagt:

»Ich *hab* gute Lust! Und ich sollt's eigentlich auch tun – so 'n fieses Schwein!«

Der auf dem Boden krümmt sich zusammen und bettelt: »Oh – bitte Bill, tu's nicht – ich verrat's garantiert nie, nie!«

Und jedesmal, wenn er das sagt, lacht ihn der mit der Funzel aus und höhnt:

»Das tust du garantiert *nie mehr*! Was Wahreres hast du in deinem Leben nie gesagt!« Und einmal sagt er: »Hör bloß, wie der bettelt! Dabei hätt der uns beide kaltgemacht, wenn wir ihn nicht überrumpelt und gefesselt hätten! Und für *was*? Für gar nichts! Bloß weil wir auf unsern *Rechten* bestanden haben – deswegen. Aber wetten, daß du keinem mehr drohst, Jim Turner. Steck die Pistole da *weg*, Bill!«

Bill sagt:

»Ich will nicht, Jake Packard. Ich bin dafür, wir legen ihn um – hat er's denn nicht mit dem alten Hatfield genauso gemacht? – Hat er's denn nicht verdient?«

»Aber ich *will* ihn nicht umgelegt haben, und ich hab meine Gründe.«

»Ewig sei dir Dank für diese Worte, Jake Packard! Das vergeß ich dir nie in meinem Leben!« sagt der am Boden schluchzend.

Packard nahm gar keine Notiz davon, sondern hängte seine Funzel an nen Nagel. Er kam jetzt im Dunkeln auf mich zu und winkte Bill mitzukommen. Und ich so schnell wie möglich im Krebsgang etwa zwei Yard zurück, aber das Schiff lag so schräg, daß ich kaum vom Fleck kam; und um nicht überrannt und erwischt zu werden, bin ich in eine Kabine auf der Oberseite gekrochen.

Im Dunkeln kamen die Männer angestampft, und als Packard vor meiner Kabine war, sagt er:

»Hier – komm da rein.«

Und er kam rein, und Bill hinter ihm drein. Aber sie waren noch nicht drin, da lag ich auch schon in der oberen Koje – festgenagelt, und voll Reue, hergekommen zu sein. Sie standen da, die Hände auf dem Kojenrand, und unterhielten sich. Sehn konnte ich sie nicht, aber an dem Whisky, den sie intus hatten, konnt ich riechen, wo sie standen. Ich war froh, daß ich keinen getrunken hatte; aber das hätte jetzt auch nicht mehr viel geändert, sie hätten mich kaum erwischen können, weil ich gar nicht mehr geatmet habe. Meine Angst war viel zu groß. Und außerdem, man *konnte* gar nicht atmen bei so einem Gespräch. Sie sprachen leise und ernst. Bill wollte Turner töten.

»Er hat gedroht, er verrät uns«, sagt Bill, »und das wird er auch. Selbst wenn wir ihm *jetzt* beide unsern Anteil geben, ändert das gar nichts mehr nach unserm Streit und nach dem, wie wir ihn behandelt haben. So wahr ich lebe, der wird noch als Kronzeuge gegen uns aussagen; hör auf *mich*! Ich bin dafür, wir ersparen ihm die Umstände.«

»Ich auch«, sagt Packard ganz ruhig.

»Verdammt, und ich hab schon gedacht, du wärst dagegen. Also, dann ist ja alles in Butter. Komm, wir machen's jetzt sofort.«

»Wart noch; ich bin noch nicht fertig gewesen. Hör zu: Erschießen ist gut, aber es gibt geräuschlosere Mittel, wenn es sein *muß*. Aber was *ich* sagen will: es ist nicht grad 'n Zeichen von Vernunft, sich die Hacken nach nem Galgenstrick abzulaufen, wenn du dein Ziel auf ne andre Weise genausogut erreichen kannst – und das ohne 'n Risiko einzugehn. Hab ich nicht recht?«

»Haargenau. Aber wie hasten dir das vorgestellt?«

»Nun, ich hab mir folgendes gedacht: wir gehn nochmal alles schnell hier durch und schnappen uns, was wir in den Kabinen vielleicht übersehen haben, gehn dann an Land und verstecken den Krempel. Dann warten wir ab. Ich sag dir, es vergehn keine zwei Stunden, und das Wrack hier kracht auseinander und rauscht den Fluß runter. Klar? Dann wird er ersaufen und kann niemand anderm als sich selber nen Vorwurf draus machen. Das ist auf jeden Fall besser, als ihn umlegen, glaub ich. Ich bin gegen 's Umlegen, wenn's nicht sein muß; es ist nicht grad klug und es ist nicht grad vorbildlich. Stimmt's?«

»Doch – schon. Aber was ist, wenn die Kiste hier nicht in die Brüche geht und runterrauscht?«

»Na ja, die zwei Stunden können wir auf jeden Fall abwarten, und dann sehn wir weiter, oder?«

»Gut, gehn wir.«

Sie sind weg, und ich bin abgehauen, gebadet in kalten Schweiß, und nach vorn gekrabbelt. Es war stockfinster da; aber mit so ner rauhen Flüsterstimme hab ich: »Jim!« gerufen, und er antwortet mir direkt neben meinem Ellbogen mit einem Stöhnen.

»Schnell, Jim,« sag ich, »es ist keine Zeit mehr zum Trödeln und Stöhnen; da drin ist ne Mörderbande, und wenn wir ihr Boot nicht auftreiben und den Fluß runterlassen, damit die Kerle nicht mehr wegkommen, ist einer von denen geliefert. Aber wenn wir ihr Boot finden, können wir se *alle* liefern – dann holt sich der Sheriff die. Schnell, Tempo! Ich seh auf der Backbordseite nach und du auf der Steuerbordseite. Fang du beim Floß an, und –«

»Ogottogott! Haste *Floß* gsagt? Da is kein Floß net mehr, des is losgrissen un weg! – un da stehn wir nun!«

Kapitel 13

Ehrliche Beute von der »Walter Scott«

Also ich hab nach Luft geschnappt und wär bald in Ohnmacht gefallen. Mit so einer Bande auf ein Wrack gesperrt! Aber zum Rumjammern war jetzt keine Zeit. Wir *mußten* das Boot jetzt finden – mußten's für uns selber haben. So sind wir zitternd und bebend die Steuerbordseite runter geschlichen, und elend langsam ging's voran – ne Woche schien um, bis wir zum Heck kamen. Von einem Boot keine Spur. Jim sagte, er könnt bald nicht mehr weiter; er hätt so Angst, daß ihm die Kraft bald ausging. »Los, komm«, hab ich ihm zugeredet, »wenn wir auf dem Wrack hier hängenbleiben, sitzen wir todsicher in der Falle.« Und so sind wir wieder weitergeschlichen. Wir wollten auf die Achterseite von der Texas und kamen auch hin, und dann haben wir uns auf der Oberluke, von einem Schieber zum nächsten hangelnd, vorwärts gekämpft; die Kante der Oberluke lag nämlich unter Wasser. Als wir ganz nah bei der Tür vom Quergang waren, lag da doch das Boot! Ich konnt es grad noch sehn. Ich war heilfroh. In der nächsten Sekunde wär ich auch schon an Bord gewesen; aber genau da ging die Tür auf. Einer von den Männern hat seinen Kopf, bloß so zwei Fuß von mir weg, rausgestreckt, und ich denk schon, jetzt ist's aus; aber mit einem Ruck hat er ihn wieder reingezogen und zischt:

»Laß die verdammte Funzel da verschwinden, Bill!«

Er warf einen Sack mit irgendwas ins Boot, stieg dann selber ein und hat sich hingesetzt. Es war Packard. Dann kam Bill raus und stieg ein. Packard sagt mit leiser Stimme:

»Alles klar – stoß ab!«

Ich konnt mich kaum noch an den Schiebern festklammern, so schwach war ich schon. Aber da sagt Bill:

»Halt! – hast du ihn gefilzt?«

»Nee – du?«

»Nee. Also hat er sein Anteil vom Bargeld noch.«

»Dann komm, hat ja kein Zweck, den ganzen Krempel mitzunehmen und das Moos dazulassen.«

»Hör mal – der muß doch Verdacht schöpfen, was wir vorhaben, oder?«

»Vielleicht, vielleicht auch nicht. Aber jedenfalls holen wir's uns. Komm.«

Sie stiegen aus und sind rein.

Die Tür schlug zu, sie lag nämlich auf der Seite, die krängte; im Nu war ich im Boot, und Jim kam hinter mir angetorkelt. Und ich mein Messer raus und das Tau gekappt, und fort warn wir!

Wir rührten kein Ruder an, wir sprachen nicht und flüsterten nicht, und wir haben kaum mal geatmet. Schnell und lautlos sind wir fortgeglitten, vorbei an der Spitze vom Radkasten und vorbei am Achterschiff; in ein, zwei Sekunden waren wir dann hundert Yard unterhalb vom Wrack, und die Dunkelheit hat es aufgesaugt, bis auf den letzten Rest, und wir waren in Sicherheit und wußten das.

Als wir drei-, vierhundert Yard weiter stromab trieben, blitzt für nen Moment ihre Funzel wie ein kleiner Funke an der Texastür auf, und da wußten wir, die Halunken vermissen ihr Boot, und allmählich dämmert's ihnen, daß sie in der gleichen Falle saßen wie Jim Turner.

Dann übernahm Jim die Riemen, und wir jagten unserm Floß nach. Zum ersten Mal hab ich jetzt angefangen, mir Gedanken zu machen wegen der Männer – vorher bin ich wohl gar nicht dazu gekommen. Und mir wird's allmählich klar, wie entsetzlich das sogar für Mörder sein muß, so in der Falle zu sitzen. Und ich sag zu mir, wer weiß, ob aus dir nicht auch nochmal ein Mörder wird, und wie wird *dir* das dann gefallen? Und so sag ich zu Jim:

»Beim ersten Licht, das wir sehn, gehn wir hundert Yard weiter oben oder unten an Land, an irgendner Stelle, wo's für dich und das Boot 'n gutes Versteck gibt; dann geh ich los und spinn irgendein Garn und schick jemand nach der Bande, der sie aus der Falle rausholt, damit man sie hängen kann, wenn ihre Zeit reif ist.«

Aber daraus wurde nichts; schon bald fing's wieder an zu stürmen, und diesmal sogar noch schlimmer als vorher. Es hat in Strömen gegossen, und nirgendwo war ein Licht zu sehn, alle waren, schätz ich, im Bett. Und wir brausten den Fluß runter, suchten nach Lichtern und suchten nach unserm Floß. Nach langer Zeit ließ der Regen nach, aber die Wolken blieben noch, auch die Blitze zuckten noch, und auf einmal zeigt uns ein Blitz ein schwarzes Ding, das vor uns hertreibt und wir steuern drauf zu.

Es war das Floß. Wir waren heilfroh, wieder an Bord zu kommen. Wir sahn jetzt ein Licht, weiter unten rechts am Ufer. Da wollt ich hin, sagte ich. Das Boot war halb voll mit Beute, welche die Bande auf dem Wrack gestohlen hatte. Wir haben alles in nem Haufen aufs Floß gehievt, und ich sagte zu Jim, er soll flußab treiben und ein Licht anzünden, wenn er glaubt, er sei so zwei Meilen weit weg; und er soll's brennen lassen, bis ich komme. Dann übernahm ich die Riemen und bin auf das Licht zugerudert. Wie ich näher hinkam, sind noch drei oder vier weitere aufgetaucht – oben auf einem Hügel. Es war ein Dorf. Ich hab mich rangearbeitet oberhalb von dem Licht am Ufer, hab die Riemen eingelegt und mich treiben lassen. Und als ich rankam, sah ich, daß es ne Laterne war, die am Jackstag von einer Doppelrumpffähre hing. Ich hab überall nach dem Wächter gesucht und mich schon gefragt, wo schläft er bloß; und da saß er vorn auf den Pollern, den Kopf zwischen den Knien. Ich hab ihn ein-, zweimal leicht an die Schulter gestupst und dann losgeheult.

Er fuhr hoch, mehr als nur ein bißchen erschrocken; aber als er sah, daß ich es bloß war, hat er ausgiebig gegähnt und sich gestreckt. Dann fährt er mich an:

»Hei, was issen los? Heul nich so, du Bengel! Wo fehlt's denn?«

»Papa un Mama un 's Schwesterchen un –«

Dann ließ ich meine Tränen schießen. Und er sagt so halb tröstend:

»Herrgott nochmal! Jetzt *hab* dich nich so, wir ham alle was mit uns rumzuschleppen, und das hier wird schon wieder gut. Wo fehlt's denn?«

»Die sind – die sind – sind Sie der Wächter von der Fähre da?«

»Jawoll, der bin ich«, sagt er, beinah so wie wenn er wunschlos glücklich wäre. »Ich bin der Kapitän und der Besitzer und der Maat und der Lotse und der Wächter und der erste Matrose; und manchmal bin ich sogar die Fracht samt Passagieren. Ich bin nich so reich wie der alte Jim Horback, ich kann auch nicht zu Hinz und Kunz so höllisch spendabel und freigebig sein wie der und nich mit dem Geld so rumschmeißen wie der; aber ich hab's ihm hundertmal gesagt, ich möcht nich tauschen mit ihm; weil, sag ich, das Matrosenleben ist genau das Richtige für mich, und nich ums Verrecken möcht *ich* zwei Meilen vorm Ort wohnen, wo überhaupt nie was passiert, für all seine Piepen nich und nochmal soviel obendrein. Ich sag –«

Ich bin ihm ins Wort gefallen:

»Sie sitzen in ner entsetzlich fürchterlichen Klemme, und –«

»Wer?«

»Na, doch Papa un Mama un 's Schwesterchen un Miss Hooker; und wenn Sie vielleicht Ihr Fährboot nehmen könnten und da rauffahren –«

»Wo rauf? Wo sind se denn?«

»Auf dem Wrack.«

»Was für 'n Wrack denn?«

»Aber da ist doch bloß eins!«

»Was? – Du meinst doch noch nicht die ›Walter Scott‹?«

»Doch!«

»Sakrament! Was machen die *dort*, um Himmels willen!«

»Also, die sind da nicht absichtlich hin.«

»Das möcht ich doch stark hoffen! Großer Gott, die sind verlorn, wenn se nich verdammt schnell da runterkommen! Kannst du mir sagen, wie se in so nen Schlamassel geraten sind?«

»Ganz leicht. Miss Hooker hat da oben in dem Dorf 'n Besuch gemacht –«

»Ja, Booth's Landing – weiter!«

»Sie war also zu Besuch da oben in Booth's Landing, und kurz vor Sonnenuntergang ist sie mit ihrer Niggerfrau auf der Pferdefähre rübergefahren, um die Nacht im Haus von ihrer Freundin, der Miss Sowieso – ihren Namen hab ich vergessen – zu bleiben, und da haben sie ihr Steuerruder verloren und haben sich gedreht, sind achtern voraus gut zwei Meilen flußab getrieben und rittlings auf das Wrack aufgelaufen, und der Fährmann und die Niggerfrau und die Pferde kamen alle um, bis auf Miss Hooker, die hat zugepackt und ist an Bord von dem Wrack gekommen. Ungefähr so ne Stunde nach Dunkelwerden sind wir auf unserm Kahn runtergekommen, und's war so finster, daß wir das Wrack erst gesehn haben, als wir schon direkt dran waren; und da sind *wir* rittlings aufgelaufen; aber von uns sind alle gerettet worden bis auf Bill Whipple –

ach, war das ne *Seele* von Mensch! – hätt doch bloß ich dran glauben müssen, ja.«

»Heiliger St. Georg! So eine lausige Geschichte ist mir noch nicht untergekommen. Und *dann*, was habt ihr dann gemacht?«

»Na, wir haben geschrien und gerufen, aber der Fluß ist dort so breit, daß uns keiner gehört hat. Da hat Pap gesagt, einer müßt an Land und Hilfe holen. Ich war der einzige, der schwimmen kann, also bin ich reingesprungen; und Miss Hooker, die hat gesagt, wenn ich nicht vorher Hilfe auftreiben kann, soll ich hierher kommen und ihren Onkel suchen, der würd die Sache schon regeln. Und so ne Meile weiter unten bin ich an Land und verplempre seitdem meine Zeit damit, die Leute rumzukriegen, daß sie was tun, aber die sagen: ›In so einer Nacht und bei der Strömung – hat kein Zweck; hol die Dampffähre!‹ Wenn Sie jetzt vielleicht fahren könnten und –«

»Bei Jackson![1] Ich *will's* ja tun, und ich weiß verdammt genau, daß ich's will; aber wer zum Teufel *bezahlt* mir's denn? Meinst du, dein Papa –«

»Ach, *das* geht in Ordnung. Miss Hooker, die hat mir *ausdrücklich* gesagt, daß ihr Onkel Hornback –«

»Das issen Ding! *Der* ist ihr Onkel? Hör zu, du gehst jetzt zu dem Licht da drüben und drehst nach Westen, wenn du hinkommst, und nach ner Viertelmeile kommst zu der Kneipe; sag denen, se solln dich aufm schnellsten Weg zu Jim Hornback bringen, der bezahlt die Rechnung. Und trödel nicht rum, er will sicher wissen, was los ist. Sag ihm, ich bring ihm seine Nichte in Sicherheit, vor er sein Fuß ins Dorf setzt. Los, lauf jetzt; ich geh mal um 's Eck, meinen Maschinisten rausjagen.«

Ich lief auf das Licht zu, aber sobald er um die Ecke

1 Andrew Jackson, siebter Präsident der USA.

gebogen war, bin ich zurück in mein Boot und hab es leergeschöpft und bin im stillen Wasser rund sechshundert Yard am Ufer raufgerudert und versteckte mich dann zwischen ein paar Holzkähnen; ich hatte nämlich keine Ruhe, bis ich das Fährboot starten sah. Aber insgesamt war ich recht zufrieden mit mir, wo ich mir doch all die Mühe wegen der Bande gemacht hatte; nicht viele nämlich hätten das getan. Wüßt doch bloß die Witwe davon! Ich glaube, sie wär stolz auf mich, daß ich diesen Halunken geholfen hatte, weil die Witwe und die guten Leute sich grade für Halunken und Lumpen am meisten interessieren.

Nicht lange, da kam dunkel und düster das Wrack runtergeschlingert. Mir lief es kalt übern Rücken, aber dann bin ich drauf zugerudert. Es lag sehr tief im Wasser, und ich hab gleich gesehn, daß kaum mehr ne Chance bestand, daß da drin noch einer am Leben war. Ich bin drum herumgerudert und hab auch ein paarmal gerufen, aber es kam keine Antwort; alles totenstill. Da spür ich, wie mir das Herz ein wenig schwer wird um die Bande – nicht sehr, weil, wenn sie's aushalten konnten, schätz ich, konnt ich's auch.

Dann kam die Fähre; da bin ich in einer langen Schräglinie stromab in die Flußmitte gefahren; und als ich meiner Schätzung nach außer Sichtweite war, hab ich die Ruder eingelegt und zurückgeblickt und seh, wie die Fähre um das Wrack herumfährt und nach den Überresten von Miss Hooker schnuppert, weil der Kapitän ja wußte, daß ihr Onkel Hornback die haben wollte; aber dann gab die Fähre bald auf und fuhr an Land, und ich hab mich in die Riemen gelegt und bin den Fluß runtergepeitscht.

Es kam mir wie ne halbe Ewigkeit vor, bis Jims Licht endlich erschien; und als es dann soweit war, sah's aus, wie wenn's noch tausend Meilen weg wäre. Als ich hinkam, wurde der Himmel im Osten grad ein wenig grau; und da sind wir gleich auf eine Insel zugefahren, versteckten das Floß, versenkten das Boot und haben uns dann hingehauen und schliefen wie die Toten.

Kapitel 14

War Salomon weise?

Nachher, als wir wieder aufgestanden waren, haben wir den ganzen Krempel umgedreht, den die Bande aus dem Wrack rausgestohlen hatte, und fanden Stiefel und Dekken und Kleider und sonst noch allerhand Zeugs, ne Menge Bücher und ein Fernglas und auch drei Kistchen Tsigarren. Keiner von uns beiden war jemals so reich in seinem Leben gewesen. Erstklassig warn die Tsigarren. Wir lagen den ganzen Nachmittag klönend im Wald, ich las die Bücher, und wir aalten uns so richtig. Ich hab Jim alles haarklein erzählt, was im Wrack drinnen und auf der Fähre passiert war; so was nennt man Abenteuer, sag ich; aber er sagt, er hätt die Nase voll von Abenteuern, er sei nämlich bald gestorben, wie ich in die Texas rein bin und er zurückgekrochen sei, um aufs Floß zu kommen, und plötzlich merkt, daß es fort war; es wär aus mit *ihm*, hab er sich gedacht, wie immer *das* jetzt ausgehn würde; wenn ihn jetzt nämlich keiner rettet, müßt er ersaufen; und *wenn* ihn einer rettet, würd der ihn doch, egal wer's ist, heimschicken, um an die Belohnung ranzukommen, und dann würd ihn Miss Watson in den Süden verkaufen, garantiert. Also, er hatte recht; er hatte beinah immer recht; für nen Nigger behielt er wirklich nen kühlen Kopf.

Ich hab Jim allerhand vorgelesen über Könige und Herzöge und Grafen und lauter solche Leute, und wie protzig die angezogen sind, und wie vornehm die tun, und wie die sich, statt mit »Mister«, mit »Euer Majestät« und »Euer Gnaden« und »Euer Durchlaucht« und so weiter anreden; Jim sind die Augen rausgekullert, so hat ihn das interessiert. Er sagt:

»Ich hab gar net gwußt, daß es so viel von den gibt. Ich hab von den kaum was ghört, von keim net, außer vom alten König Sallomann – wenn du net die König im Kartenspiel mitzählst. Was kriegt denn so 'n König?«

»Was – kriegen?« sag ich, »hör mal, die kriegen tausend Dollar im Monat, wenn die wolln; die können kriegen, soviel sie wolln, denen gehört alles.«

»*Das* is aber 'n flottes Leben! Und was müssen se machn, Huck?«

»*Die* machen gar nichts. Was redsten da für 'n Stuß! Die sitzen bloß rum.«

»Nee, stimmt das?«

»Aber sicher stimmt das. Die sitzen bloß rum. Außer vielleicht, wenn Krieg ist, dann ziehn sie in den Krieg. Aber sonst faulenzen sie bloß rum; oder gehn mal auf Falkenjagd – einfach so auf Falkenjagd und sp- Psst! – Haste nich was gehört?«

Wir sind rausgesprungen und sahn nach; aber es war bloß das Schaufelgeklapper von nem Dampfer, der unten um den Vorsprung kam; und so sind wir zurück.

»Ja,« sag ich, »und sonst, wenn's ihnen langweilig ist, fangen sie Streit mit dem Parlement an; und wenn einer nicht spurt, wird er nen Kopf kürzer gemacht. Aber die meiste Zeit lungern die im Harem rum.«

»In waas?«

»Im Harem.«

»Was issen des, 'n Harem?«

»Der Platz, wo die ihre Weiber halten. Haste noch nichts von nem Harem gehört? Der Salomon hat einen gehabt; der hat so um ne Million Frauen gehabt.«

»Hmm, ja – stimmt; ich hab des doch glatt vergessn! Ein Harem issen Gästehaus, glaub ich. Garantiert is da 'n Mordstrubel inner Kinderstub. Un ich schätz, die Weiber keifn da auch noch rum; un das macht den Lärm noch schlimmer. Un trotzdem sagn se, Sallomann war der weisest Mann, wo je glebt hat. Mir will des gar net in Kopf rein. Von wegen, daß ein weiser Mann dauernd in so nem Tohuwabohu lebn will! Nee – garantiert net. Ein weiser Mann geht hin un baut sich ne Seifensiederei; un dann könnt er jederzeit zumachn, wenn er sein Ruh ham will.«

»Ja, aber trotzdem, er war bestimmt der weiseste Mann; die Witwe höchstpersönlich hat mir das gesagt.«

»Des is mir egal, was die Witwe sagt, er is kein weiser Mann, nie im Lebn. Der hat doch manchmal so ne gottvfluchte Art an sich ghabt, wie se mir noch net vorkommen is. Haste von dene Kind ghört, wo er mittendurch haun wollt?«

»Ja, die Witwe hat mir doch alles erzählt!«

»*Also*! War des net die lausigst Idee vonner ganzn Welt? Denk mal ne Minute nach. Dr Baumstumpf da – des is eine vonnen Fraun; un hier du – des is die ander; ich bin Sallomann; und dr Dollarschein da isses Kind. Beide von euch wolln ihn haben. Was *mach* ich? Renn ich jetzt bei de Nachbarn rum un find raus, wem von euch dr Schein jetzt gehört, un gib 'n dr Richtigen, heil un ganz, wie's jeder mit nem Funken Verstand macht? Nee – ich geh hin un hau de Schein *mittendurch*, un gib en halben dir un den andre halben dr andern Frau. *So* hat's dr Sallomann nämlich mit dem Kind gmacht. Also – ich frag dich: was is 'n halber Schein wert? – Gar nix kannste nich damit kaufn.

Un was is 'n halbs Kind wert? Net mal nen lumpige Cent geb ich für ne Million davon.«

»Zum Henker! Jim, du hast den Witz von der Geschichte rein gar nicht kapiert – verdammt, du liegst meilenweit daneben!«

»Wer? – Ich? Geh schon. Red *mir* net von deim Witz. Ich glaub, ich weiß, was vernümftig is, wenn ich was seh; un was der gmacht hat, das is net vernümftig. Dr Streit is net um 'n halbs Kind gange – dr Streit is um 'n ganzes Kind gange; un einer, wo glaubt, er kann nen Streit um 'n ganzes Kind mit nem halbn schlichtn, der kann de Tag net vonner Nacht unterscheidn. Red *mir* net von Sallomann, Huck, ich kenn den in- un auswendig.«

»Aber ich sag dir doch, du hast den Witz von der Geschichte nicht kapiert!«

»Geh mir mit deim verdammten Witz! Ich glaub, ich weiß, was ich weiß. Un paß mal auf, dr *wahre* Witz liegt ganz woanders – der liegt viel tiefer. Der liegt inner Art, wie se 'n Sallomann aufgezogn ham. Nimm mal 'n Mann, der ein oder zwei Kinder hat; geht der mit sein Kinder verschwenderisch um? Nee, der net; der kann sich's net leistn. *Der* weiß, was se wert sin. Aber nimm mal 'n Mann, wo so an die fümf Millionen Kinder ums Haus rumrenne hat, dann isses was andres. *Der* haut 'n Kind so schnell mittendurch wie ne Katz. Da sin ja noch jede Menge. Ein Kind oder zwei mehr oder weniger hat dem Sallomann rein gar nix ausgmacht, dr Teufel soll 'n holn!«

So nen Nigger hab ich noch nicht erlebt. Wenn der sich mal was in den Kopf gesetzt hatte, war's nicht wieder aus ihm rauszukriegen. Kein Nigger, den ich kenn, hat Salomon so auf der Latte gehabt. Und so hab ich von andern Königen angefangen und ließ den Salomon sein. Ich hab ihm erzählt von Ludwig dem Sechzehnten, dem die in Frankreich vor langer Zeit den Kopf abgeschnitten haben;

und von seinem kleinen Jungen, dem Dauphin, der nämlich König geworden wär; aber die haben ihn geholt und ins Gefängnis gesperrt, und einige sagen, da sei er auch gestorben.

»Ahmer kleiner Kerl!«

»Aber 'n paar andre sagen, er ist rausgekommen und geflohn, und dann ist er nach Amerika gekommen.«

»Das is gut!! Aber da isses doch ziemlich einsam – hier sin doch keine König, Huck, oder?«

»Nee.«

»Also, dann kriegt er auch keine Stelle. Was macht er denn da?«

»Ich weiß auch nicht. 'n paar gehn zur Polizei, und 'n paar andre lernen die Leute Französisch.«

»Was –? Huck, redn französische Leut net so wie mir?«

»*Nee*, Jim; kein Wort könnste von den verstehn – nich eins!«

»Erzähl mir nix, das is doch unglaublich! Wie kommt denn das?«

»*Weiß* ich nich; aber so ist's, genau. Ich hab was in nem Buch gesehn, wie die reden. Stell dir vor, einer kommt auf dich zu und sagt: ›Paaleh-vuh frangsä‹ – was glaubste, was das heißt?«

»Gar nix glaub ich da net; ich geh hin un brumm ihm eins aufen Schädel! Wenn – ja, wenn's net 'n Weißer is. Eim *Nigger* erlaub ich gar net, mich so was[1] zu nenne.«

»So 'n Quatsch – der nennt dich doch gar nichts! Der fragt dich doch bloß, ob du Französisch kannst!«

»Na, un wieso kann er's dann net sagn?«

»Aber *das* sagt er doch grad! Das ist die *Art*, wie 'n Franzose das sagt!«

»Aber des is ne vflucht lächerliche Art, un ich hab jetzt

1 Im Original: »Polly-voo-franzy« – mit einem Anklang zu »Polly, you're frenzy« (etwa: »Polly, du hast wohl nicht alle Tassen im Schrank!«).

kein Lust mehr, mir so was noch anzuhörn. Dr reinst Unsinn is des, so!«

»Hör mal, Jim, redet ne Katze so wie wir?«

»Nee, natürlich net.«

»Also – und ne Kuh?«

»Nee, die auch net.«

»Und redet ne Katz wie ne Kuh, oder ne Kuh wie ne Katz?«

»Nee, tun se net!«

»Also – dann ist's doch ganz natürlich und richtig, daß die verschieden reden, oder?«

»Freilich.«

»Und ist's dann nicht auch natürlich und richtig, daß ne Katz und ne Kuh anders reden wie *wir*?«

»Abselut!«

»Also – und wieso ist's dann nicht auch natürlich und richtig, daß 'n *Franzose* anders redet wie wir? Das sag mir mal!«

»Hör mal, Huck, is ne Katz 'n Mensch?«

»Nee.«

»Also, dann hat's auch gar kein Sinn für ne Katz, so zu redn wie'n Mensch. Is ne Kuh 'n Mensch? – oder is ne Kuh ne Katz?«

»Nee – weder noch!«

»Also, dann soll se's aber auch sein lassn, so zu redn wie wenn se eins von beiden wär! Is 'n Franzos 'n Mensch?«

»Klar.«

»Hol's dr Teufel! – wieso *redet* der dann net wie 'n Mensch? *Des* will ich mal von dir wissen!«

Klar, es war zwecklos, noch ein Wort zu verlieren – man kann einem Nigger nicht logisch denken beibringen. So hab ich's aufgegeben.

Kapitel 15

Ein böses Spiel mit dem guten alten Jim

Wir schätzten, daß wir's in drei weitern Nächten nach Cairo, ganz unten in Illinois, schaffen, wo der Ohio einmündet, und dort wollten wir auch hin. Wir wollten das Floß verkaufen und auf ein Dampfschiff gehn und den Ohio ganz weit in die freien Staaten rauffahren, und da wärn wir dann aus der Gefahrenzone raus.

Aber in der zweiten Nacht kam Nebel auf, und wir steuerten auf nen Strohkopf zum Anlegen zu; eine Fahrt im Nebel versuchen, ging nämlich nicht; aber als ich mit der Leine im Kanu vorausgepaddelt bin zum Festmachen, gab's da nichts zum Festbinden als kleine Schößlinge. Um eins von denen hab ich die Leine gebunden, direkt am Rand vom abgesunkenen Ufer, aber es ging eine starke Strömung, und das Floß kam so flott angebraust, daß es den Schößling samt Wurzeln ausgerissen hat – und fort war's. Ich seh noch, wie der Nebel es einhüllt, und vor Schreck wurd's mir so flau und angst, daß ich mich bald ne halbe Minute, so kam's mir vor, nicht rühren konnte – und da war auch kein Floß mehr in Sicht; man konnte keine zwanzig Yard weit sehn. Mit einem Satz bin ich ins Kanu und nach hinten zum Heck und packte das Paddel und setzte es einen Schlag zurück. Aber es kam nicht. Ich hatt es in meiner Eile vergessen loszubinden. Ich stand auf und hab versucht, es loszubinden, aber ich war so aufgeregt, und meine Hände zitterten so, daß ich kaum was machen konnte.

Als ich dann flott war, bin ich auf Teufel komm raus dem Floß nachgejagt, immer an dem Strohkopf entlang. Soweit wie der reichte, ging das ganz gut, aber der Strohkopf war keine sechzig Yard lang, und kaum war ich am

Ende vorbei, bin ich auch schon in den dichten weißen Nebel rausgeschossen und hatte nicht mehr Ahnung wie ein Toter, wo ich hinfuhr.

Paddeln geht jetzt nicht, denk ich mir; im Nu sitz ich irgendwo am Ufer oder an nem Strohkopf oder sonstwo fest; ich muß also stillhalten und mich treiben lassen – und dabei juckt's einen doch mächtig in den Fingern, wenn man in so einem Moment die Hände stillhalten muß. Immer wieder hab ich juhu gerufen und gehorcht. Und irgendwo weit flußab hör ich ein leises Juhu, und da ist mein Mut wieder erwacht. Und ich wieder der Stimme nachgejagt und ständig die Ohren gespitzt, ob ich sie nochmal höre. Und als es wieder ruft, seh ich, daß ich nicht drauf zusteure, sondern nach rechts abkam. Und beim nächsten Mal kam ich nach links ab – und holte auch nicht viel auf, weil's mich ständig rumgewirbelt hat, kreuz und quer nach allen Richtungen, und dabei hat sich die Stimme die ganze Zeit gradaus fortbewegt.

Hätt der Dummkopf doch bloß dran gedacht, auf ne Blechpfanne zu trommeln, und das ständig, aber er hat's nie gemacht; grad die Pausen zwischen den Rufen waren's nämlich, die mich so in Bedrängnis brachten. Aber ich hab weiter gekämpft, und plötzlich hör ich das Juhu *hinter* mir. Jetzt war ich restlos verwirrt. Das war das Juhu von jemand anders – oder aber ich hatte mich um mich selber gedreht.

Ich warf das Paddel hin. Wieder hör ich das Juhu; es war noch immer hinter mir, aber diesmal an einer andern Stelle; es kam jetzt immer näher, und immer aus einer andern Richtung, und ich hab ihm immer geantwortet, bis es auf einmal wieder vor mir war; da wußte ich, die Strömung hatte den Bug vom Kanu flußabwärts gedreht, und alles war jetzt gut, wenn das Jim war, der da rief, und nicht irgendein andrer Flößer. Ich konnte im Nebel keine Stimmen unterscheiden, weil im Nebel sieht nichts normal aus und klingt auch nichts normal.

Das Juhuen ging weiter, und nach einer Minute oder so bin ich an einem abgesunkenen Ufer mit qualmenden Gespenstern von Baumriesen langgebraust, und die Strömung warf mich jetzt nach links und ist dann vorbeigeschossen, zwischen einem Riegel von Baumstümpfen durch, die regelrecht krachten, so schnell ist da die Strömung vorbeigerast.

Nach ein, zwei Sekunden war es wieder undurchdringlich weiß und still. Ich saß jetzt da, vollkommen ruhig, und horchte, wie mein Herz pochte, und bestimmt hab ich nicht einen Atemzug getan, solang es hundertmal pochte.

Und da hab ich aufgegeben. Ich wußte nämlich jetzt, was los war. Das abgesunkene Ufer war ne Insel, und Jim war auf der andern Seite runtergefahren. Es war kein Strohkopf, an dem man in zehn Minuten vorbei ist. Und es war ein hoher Wald gewesen, wie bei ner richtigen Insel; und vielleicht war sie fünf, sechs Meilen lang und über eine halbe breit.

Gut eine Viertelstunde hab ich stillgesessen und die Ohren gespitzt. Klar, ich bin mit vier, fünf Meilen in der Stunde weitergetrieben; aber man denkt ja an so was gar nie. Nein, es kommt einem echt so vor, wie wenn man totenstill auf dem Wasser liegt; und wenn dann noch ein Baumstumpf vorbeisaust, denkt man gar nicht, wie schnell *man selber* ist, man hält richtig den Atem an und denkt, Mann-o-mann! hat der aber ein Tempo drauf! Wenn ihr glaubt, es ist nicht grausig und einsam, nachts so allein draußen im Nebel zu sein, probiert's doch mal selber – ihr werdet schon sehn!

Eine halbe Stunde hab ich dann immer wieder gerufen;

dann hör ich doch noch weit weg eine Antwort und versuch, ihr zu folgen, und da war ich auch schon in ein Nest von Strohköpfen reingeraten; auf beiden Seiten sah man sie grade noch vorbeihuschen, manchmal war bloß ein schmaler Kanal dazwischen; und von ein paar, die ich nicht sehn konnte, wußte ich, daß sie da sein mußten, weil ich das Klatschen von der Strömung gegen das alte, tote Buschwerk hörte, das überm Ufer hing. Bald haben sich dann die Rufe unten zwischen den Strohköpfen verloren; ich hab sowieso nur noch kurz versucht, ihnen nachzujagen, es war nämlich schlimmer, wie wenn man einem Irrlicht nachjagt. Ihr wißt überhaupt nicht, wie so ein Ton hin und her springen kann und wie flugs und oft er den Platz wechselt.

Ich mußte vier-, fünfmal ziemlich schnell vom Ufer abhalten, um nicht die Inselchen aus dem Fluß mit rauszureißen; deswegen mußte ja das Floß, denk ich mir, ab und zu das Ufer rammen – oder aber es war schon weit voraus und außer Hörweite – es trieb ja ein wenig schneller wie ich.

Irgendwann, kam's mir vor, war ich dann wieder im offnen Wasser, aber von einem Rufen hab ich nirgendwo mehr was gehört. Vielleicht war Jim auf nen Baumstumpf aufgelaufen, denk ich mir, und es war jetzt aus mit ihm. Ich war fürchterlich müde, und so hab ich mich ins Kanu gelegt und mir gesagt, ich mach mir jetzt keine weitern Gedanken mehr. Ich wollt natürlich nicht einschlafen; aber ich war so schläfrig, daß ich nicht mehr dagegen ankam; und so hab ich beschlossen, mir ein kurzes Nickerchen zu gönnen.

Aber bestimmt war's mehr als ein Nickerchen; als ich aufgewacht bin, schienen die Sterne hell, der Nebel war verschwunden, und ich bin Heck voraus ne große Flußbiegung runtergespult. Zuerst wußte ich nicht, wo ich war; mir war, wie wenn ich träume; und wie alles so nach und nach wieder in mir aufstieg, schien's wie von voriger Woche zu kommen.

Der Fluß war hier ungeheuer breit, und dicht und hoch stand der Wald an beiden Ufern, grad wie ne undurchdringliche Mauer, so schien's mir jedenfalls im Sternenlicht. Ich hab weit stromab gespäht und nen schwarzen Fleck auf dem Wasser entdeckt. Und ich ihm nach; aber als ich hinkam, waren's grade man zwei zusammengebundne Säghölzer. Dann seh ich nen Fleck und jag dem nach; dann noch einen, und diesmal hat's gestimmt. Es war das Floß.

Und wie ich hinkomm, sitzt Jim da, den Kopf zwischen den Knien, und schläft, sein rechter Arm hängt überm Steuerruder. Das andre Ruder war abgekracht, und auf dem Floß lagen überall Blätter und Zweige und Erde rum. Es war ihm also dreckig ergangen, dem Floß.

Ich hab festgemacht und mich aufs Floß unter Jims Nase gelegt, hab dann losgegähnt, meine Fäuste zu ihm hingestreckt und sag:

»Hei! Jim, hab ich geschlafen? Wieso haste mich nich geweckt?«

»Meiner Seel, bis du des, Huck? Un du bis net tot – bis net ertrunkn – du bis widder da! Das is zu schön, um wahr zu sein, Kleiner, echt zu schön, um wahr zu sein. Lammich dich anschaun, Kind, lammich dich fühln. Nee, du bis net tot! Du bis widder da, lebendig un heil, genau dr gleiche alte Huck – dr *gleiche* Huck – Gott sei Dank!«

»Jim, was ist mit dir los? Du hast wohl gesoffen!«

»Gsoffn? – Ich, gsoffn? Wann soll ich zum Saufn komme sein?«

»Aber wieso redste dann so verrückt?«

»Wieso red ich verrückt?«

»*Was*? – Sag bloß, du hast nicht grad davon gesprochen, ich sei wieder da und lauter so 'n Stuß, wie wenn ich weg gewesen wäre!«

»Huck – Huck Finn, sieh mir in die Augen! Sieh mir jetzt in die Augen. Bis du in echt *net* weg gwesn?«

»Ich – und weg? Wie kommst du überhaupt da drauf? *Ich bin* nirgendwo gewesen. Wo hätt ich denn hinsollen?«

»Na, hör mal Boss, da stimmt was net, so! Bin ich *ich*, oder *wer* bin ich sonst? Bin ich hier, oder bin ich *wo anders*? Des will ich jetzt mal wissen!«

»Na, du bist hier, schätz ich, sonnenklar, aber du bist wohl auch 'n verwirrter, alter Trottel, Jim.«

»Ich soll des sein? Also, sag mir mal eins: hast du net die Lein im Kanu mit rausgnomme zum Festmachn annem Strohkopf?«

»Nee. Was für 'n Strohkopf denn? Ich hab nichts von nem Strohkopf gesehn.«

»Du has kein Strohkopf net gsehn? Sag mal, issen net die Lein abgrissn, un des Floß de Fluß runtergsegelt, un du un 's Kanu, ihr seid hinten im Nebel bliebn?«

»Was für 'n Nebel denn?«

»Na dr *Nebel* doch. Dr Nebel, wo inner ganzen Nacht da war. Un has du net juhut, un ich hab auch juhut, bis wir uns innen Inseln ganz konfus gmacht ham, un dr eine sich verirrt hat, un dr ander sich so gut wie verirrt hat, von wege, daß er net weiß, woh er is? Un bin ich net gege 'n Haufe von dene Inseln da gekracht un hab Schrecklichs ausgstande un bin bald versoffn? Gib mir ne Antwort!«

»Also, Jim, ich begreif das nicht. Ich hab nichts von nem Nebel gesehn, und auch keine Inseln und keine Schereien – rein gar nichts. Ich hab nämlich die ganze Nacht hier gesessen und mich mit dir unterhalten, bis du vor zehn Minuten oder so eingeschlafen bist, und ich wohl auch, schätz ich. Klar, in der Zeit haste dich nicht besaufen können, also mußt du wohl geträumt haben.«

»Dr Teufel soll's hole! Wie soll ich des bloß alles in zehn Minute träumn könne?«

»Aber zum Henker! Du mußt es geträumt haben, weil von dem allem überhaupt nichts passiert ist.«

»Aber Huck, ich seh des doch alles so deutlich vor mir, wie –«

»Das ist vollkommen gleichgültig, Jim, wie deutlich du das vor dir siehst, da ist nichts dran. Ich weiß es, ich bin nämlich die ganze Zeit hier gewesen.«

Jim hat fünf Minuten lang gar nichts gesagt, er saß bloß da und hat nachgedacht.

»Na, ich glaub jetzt, ich hab träumt; aber, Donner und Doria!, wenn des net dr stärkste Traum in meim ganze Lebn gwesn is! Un ich hab noch nie nen Traum ghabt, der mich so müd gmacht hat.«

»Ooch, da kannste beruhigt sein, ein Traum macht einen manchmal irrsinnig müde. Aber das muß ja 'n sagenhafter Traum gewesen sein – erzähl ihn doch mal ganz, Jim.«

Jim hat sich also ans Erzählen gemacht und mir die ganze Geschichte von Anfang bis Ende erzählt, wie alles genau passiert ist, bloß, er hat sie ganz schön ausgemalt. Er hat dann gesagt, er müßt sich jetzt ans »Terpretiern« von dem Traum machen, der sei uns nämlich zur Warnung geschickt worden. Er sagte, der erste Strohkopf sei ein Mann, der versuchen will, uns was Gutes zu tun, aber die Strömung, die sei ein andrer Mann, der uns von dem Strohkopf wegbringen will. Die Juhurufe seien Warnzeichen, die wir hin und wieder erhalten, und wenn wir uns nicht große Mühe geben rauszufinden, wie die zu verstehn sind, führten die uns gradewegs ins Unglück, statt es von uns abzuhalten. Und die vielen Strohköpfe, das seien all die Scherereien mit händelsüchtigen Leuten und allerhand andern Banditen, in die wir reingeraten; aber wenn wir uns um unsre eignen Dinge kümmern, nicht widersprechen und die auch nicht reizen, dann kämen wir durch, kämen aus dem Nebel raus und auf den großen, klaren Fluß, welcher die freien Staaten bedeute, und wärn dann all unsre Sorgen los.

Kurze Zeit, nachdem ich aufs Floß gekommen war, warn ziemlich dunkle Wolken aufgezogen, aber jetzt klarte es wieder auf.

»Ooch, Jim«, sag ich, »soweit ist ja alles wunderbar interpretiert, aber was bedeuten denn *die* Dinge da.«

Es waren die Blätter und das ganze Zeugs auf dem Floß, und auch das abgekrachte Ruder. Die konnte man jetzt erstklassig sehn.

Jim sah sich das Zeug an, sah dann mich an und dann wieder das Zeug. Er war so ganz davon eingenommen gewesen, daß es ein Traum war, daß er ihn scheinbar unmöglich gleich abschütteln und die Wirklichkeit wieder an seine Stelle setzen konnte. Aber als ihm alles klar geworden war, sah er mich ruhig an, ohne auch nur mal zu lächeln und sagt:

»Was die bedeuten? Des werd ich dir sagn. Wie ich ganz erschöpft war von dr Arbeit unnem Rufen nach dir, is mir bald 's Herz brochn, weil du verlorn warst, un ich hab mich gar nimmer drum kümmert, was aus mir unnem Floß wird. Un wie ich aufgwacht bin un dich widder hier find, heil un ganz, sin mir die Träne kommn, un ich hätt auf die Knie falln könne un deine Füß küssn, so froh bin ich gwesn. Un du, du hast bloß dran dacht, wie du mit ner Lüge den alte Jim zum Narre haltn kannst. Des Zeugs da is 'n Glump; un 'n Glump sin Leut, die mit Dreck nach ihre Freund werfn un se beschämen.«

Dann ist er aufgestanden und langsam zum Wigwam und drin verschwunden, ohne noch ein weitres Wort zu sagen. Aber das war genug. Ich kam mir so gemein vor, daß ich am liebsten *seinen* Fuß geküßt hätte, damit er mir verzieh.

Eine Viertelstunde ging rum, bis ich mich aufraffen konnte, hinzugehn und mich vor einem Nigger zu demütigen – aber ich hab es getan, und ich hab es auch nie bereut. Ich hab ihm wirklich keine gemeinen Streiche mehr gespielt, und ich hätt ihm auch den nicht gespielt, wenn ich gewußt hätte, wie nah ihm das gehn würde.

Kapitel 16

Die Klapperschlangenhaut zeigt Wirkung

Wir haben bald den ganzen Tag geschlafen, und in der Nacht sind wir dann hinter einem ungeheuer langen Floß losgefahren, das so lang wie ne vorbeiziehende Prozession war. Es hatte vier lange Ruder an beiden Enden, und so schätzten wir, daß es mit wenigstens dreißig Mann besetzt war – wahrscheinlich. Es hatte fünf große Wigwams an Bord, weit auseinandergelegen, und ein offnes Lagerfeuer in der Mitte und auch einen hohen Fahnenmast an beiden Enden. Es hatte schon was kolossal Vornehmes an sich. Und es wollte *was heißen*, Flößer auf so einem Fahrzeug zu sein.

Wir trieben jetzt in ne große Biegung rein; die Nacht wurde heiß, und Wolken zogen auf. Der Fluß war hier sehr breit und an beiden Seiten von dichtem Wald wie eingemauert; kaum daß man mal ne Lücke oder ein Licht dazwischen sah. Wir sprachen von Cairo und warn gespannt, ob wir's erkennen würden, wenn wir hinkämen. Ich sagte, vermutlich nicht, weil ich gehört hatte, daß dort nur so ein Dutzend Häuser standen, und wenn die grade kein Licht brennen hatten, wie sollten wir da erkennen, daß wir an ner Stadt vorbeifuhren? Jim sagte, wenn da die beiden großen Flüsse zusammenströmten, daran würd man's merken. Aber womöglich glauben wir, sagte ich, daß wir am Unterende von ner Insel vorbeikommen und wieder in den gleichen alten Strom reinfahren. Das hat Jim beunruhigt – und mich auch. Die Frage war also, was tun. Beim ersten Licht, das wir sehn, sagte ich, paddle ich an Land und erzähl ihnen, Papa kommt hinter mir auf nem Kahn, und er sei ein Neuling im Geschäft und wollt mal wissen, wie weit es noch bis Cairo sei. Jim fand das ne gute Idee, und so haben wir ein Pfeifchen geschmaucht und abgewartet.

Es gab jetzt gar nichts zu tun, als Ausschau zu halten nach der Stadt, damit wir nicht dran vorbeifuhren, ohne es zu merken. Er würd sie todsicher sehn, sagte Jim, weil er im selben Augenblick noch ein freier Mann wär, wenn er sie aber verpaßt, sei er wieder im Sklavenland[1] und mit der Freiheit wär's dann aus und vorbei. Alle Naslang ist er aufgesprungen und ruft:

»Da isse!«

Aber sie war's nicht. Es warn Irrlichter oder auch Glühwürmchen; und so hat er sich wieder hingesetzt und paßte auf, genau wie vorher. Es mach ihn ganz zittrig und fiebrig, so nah an der Freiheit zu sein, hat er gesagt. Also, ich kann euch sagen, mich hat's auch ganz zittrig und fiebrig gemacht, ihn so reden zu hören, weil mir jetzt erst so richtig dämmerte, daß er wirklich bald frei *war* – und wer war schuld dran? *Ich*. Ich mußte das mit meinem Gewissen abmachen, ich mocht es drehn und wenden wie ich wollte. Es hat mich so sehr gequält, daß ich keine Ruhe

1 Unterhalb von Cairo waren die Staaten zu beiden Seiten des Mississippi Sklavenland.

mehr hatte; ich konnt nicht mehr still auf einem Fleck sitzen. Vorher ist mir gar nie so richtig aufgegangen, was ich eigentlich machte. Aber jetzt ging's mir auf, und es ließ mich nicht mehr los, und mir wurd siedend heiß. Ich hab versucht mir einzureden, daß *ich* mir nichts vorwerfen brauche, weil *ich* Jim seiner rechtmäßigen Besitzerin ja nicht weggenommen habe; aber es war zwecklos, jedesmal hat mir wieder das Gewissen geschlagen und sagte: »Aber du hast doch gewußt, daß er weggelaufen ist, um freizukommen, da hättst du ja an Land paddeln und jemand Bescheid sagen können.« Das stimmte – da kam ich nicht drum'rum, egal wie. Das war's, was mich quälte, genau. Mein Gewissen hat zu mir gesagt: »Was hat dir bloß die arme Miss Watson getan, daß du hast zusehn können, wie ihr Nigger direkt unter deiner Nase abgehaun ist, ohne daß du ein Wort gesagt hast? Und was hat dir die arme alte Frau getan, daß du sie so gemein hast behandeln können? Sie hat doch versucht, dir dein Buch beizubringen, sie hat versucht, dir Manieren beizubringen, sie hat versucht gut zu dir zu sein, so wie sie's halt konnte. *So* war sie zu dir.«

Ich kam mir allmählich so gemein und erbärmlich vor, daß ich mir bald den Tod wünschte. Ich bin das Floß rauf und runter gezappelt und hab mich im stillen selber beschimpft, und Jim ist genauso rauf und runter gezappelt an mir vorbei. Keiner von uns konnte noch stillhalten. Und jedesmal, wenn er rumgetanzt ist und: »Da is Cairo!« ruft, ging's mir wie ein Stich durchs Herz, und mir war, wie wenn ich gleich vor Elend sterben müßte, wenn es wirklich Cairo *war*.

Jim hat die ganze Zeit laut vor sich hin geredet, und ich im stillen mit mir selber. Er sagte, als erstes, wenn er in einen freien Staat kommt, will er Geld sparen und nicht *einen* Cent ausgeben, und wenn er dann genug beisammen hat, will er seine Frau freikaufen, die einer Farm gehört, wo Miss Watson in der Nähe wohnt; und dann wollten sie alle zwei arbeiten, um ihre Kinder freizukaufen, und wenn der ihr Herr sie nicht verkaufte, wollten sie einen Abolitionisten überreden, sie für sie zu stehlen.

Mir wurd es richtig eisig, wie ich ihn so reden hörte. Er hätt sich in seinem ganzen Leben vorher nie getraut, so zu reden. Da kann man sehn, was für ne Veränderung in dem Augenblick in ihm vorging, als er dachte, er sei so gut wie frei! Es war wie in dem alten Sprichwort: »Gib einem Nigger nen Zoll, und er nimmt die Elle.« Das kommt davon, sag ich mir, wenn einer nicht nachdenkt. Sagte doch dieser Nigger, dem ich praktisch beim Weglaufen geholfen hatte, sagt er doch glatt, er will seine Kinder stehlen – Kinder, die einem Mann gehören, den ich nicht mal kenn – jemand, der mir nie was zuleid getan hat.

Es tat mir leid für Jim, daß er das gesagt hatte, er war dadurch so gesunken. Mein Gewissen schlug mir jetzt immer heftiger, bis ich irgendwann zu ihm sag: »Sei nicht zu streng mit mir – noch ist's ja nicht zu spät – sofort beim ersten Licht paddle ich an Land und sag Bescheid.« Und da war ich auch gleich wieder ruhig und froh und fühlte mich federleicht. Ich war meine ganzen Qualen los. Ich hielt jetzt Ausschau nach einem Licht und hab im stillen schon losgesungen. Bald ist eins erschienen. Und Jim jubelt:

»Wir sin gerettet, Huck, wir sin gerettet! Steh auf un mach dich auf die Socken, da is endlich das gute alte Cairo, ich weiß es genau!«

Ich sag:

»Ich nehm mal 's Kanu und seh nach, Jim. Vielleicht stimmt's ja auch nicht.«

Ruck-zuck hat er das Kanu flottgemacht, mir seine alte

Jacke auf den Boden zum Draufsitzen gelegt und mir dann das Paddel gegeben; und wie ich abstoße, sagt er:

»Bald jubel ich vor Freud, un ich werd sagn, 's is alles von wegen Huck; ich bin jetzt 'n freier Mann, un ich wär des nie gworde, wenn Huck net gwesn wär; Huck hat's getan. Jim vergißt dich nie, Huck; du bis dr beste Freund, den Jim je ghabt hat; un du bis jetzt dr *einzigst* Freund, den dr alte Jim hat.«

Ich war schon losgepaddelt und war wie versessen drauf, ihn zu verraten; aber wie er das sagte, hat mich, scheint's, aller Mumm verlassen. Ich bin dann langsam weitergepaddelt, und ich war mir gar nicht mehr so sicher, ob ich froh war, losgefahren zu sein, oder nicht. Als ich fünfzig Yard weit war, ruft Jim:

»Fahr zu, du treuer alter Huck; du bis dr einzige weiße Gentleman, der je 'm alte Jim sein Versprechen ghaltn hat.«

Also, mir war einfach elend zumut. Aber ich denk mir, ich *muß* es jetzt tun – ich kann mich nicht mehr *rausreden*. Grade da kommt ein Boot mit zwei Männern daher, mit Flinten, und sie hielten an, und ich hielt an.

»Was is 'n des da drüben?« sagt der eine.

»'n Stück von nem Floß«, sag ich.

»Gehörst du da drauf?«

»Ja, Sir.«

»Sonst noch irgendeiner drauf?«

»Bloß einer noch, Sir.«

»Soso. Fünf Nigger sind nämlich heut nacht ausgerissen, von da oben über der Flußbiegung. Ist dein Mann weiß oder schwarz?«

Ich hab nicht gleich geantwortet. Ich hab's versucht, aber ich brachte kein Wort raus. Ein, zwei Sekunden lang hab ich meine ganze Kraft zusammenzunehmen versucht, aber ich war nicht Manns genug – hatte nicht mal ein

Hasenherz. Und da werd ich schwach und spür es; so hab ich's aufgegeben und sag wie aus der Pistole geschossen:

»Er ist 'n Weißer.«

»Wir gehn doch mal lieber selber hin und sehn nach.«

»Ach, wenn Sie das wollten! Papa ist nämlich drauf, und vielleicht könnten sie mir das Floß an Land bugsieren helfen, dorthin, wo das Licht ist. Er ist krank – und Mama und Mary Ann auch.«

»Zum Teufel! Wir haben's eilig, Bub. Aber ich schätz, wir müssen's wohl tun. Komm, schnapp dein Paddel, auf geht's.«

Ich schnappte mein Paddel, und die nehmen ihre Ruder. Nach ein paar Schlägen sag ich:

»Papa wird Ihnen sehr verbuhnden sein, das kann ich Ihnen sagen. Die verschwinden nämlich alle, wenn ich möcht, daß sie mir das Floß an Land bugsieren helfen, und allein schaff ich's halt nicht.«

»So? Das ist ja hundsgemein. Hm – komisch. Sag mal, Bub, was hat dein Vater eigentlich?«

»Er hat die – äh – die –, ach, er hat nix Besondres.«

Sie hörten mit Rudern auf. Es war bloß noch ein winziges Stück bis zum Floß.

»Bub«, sagt der eine, »du lügst. Was *hat* dein Vater wirklich? Raus mit der Sprache jetzt, das kann dir nur helfen!«

»Ich will ja, Sir, ehrlich – aber bitte lassen Sie uns nicht im Stich. Er hat – die – wenn Sie, meine Herren, nur vorrudern wollten und mich Ihnen das Seil zuwerfen lassen, Sie brauchen dem Floß ja nicht zu nah kommen – bitte!«

»Zurück, John! Zurück!« sagt der eine. Sie ruderten rückwärts. »Bleib weg, Bub – halt dich luvwärts. Herrgottnochmal, ich glaub, der Wind hat sie schon rübergeweht. Dein Papa hat die Pocken, und du weißt das ganz genau. Wieso bist du nicht gleich raus mit der Sprache? Willst du se denn überall hinschleppen?«

»Ach«, sag ich schluchzend, »ich hab's vorher allen erzählt, und die sind dann einfach weg und haben uns im Stich gelassen.«

»Armer Teufel – da ist was dran. Du tust uns echt leid, aber – zum Henker! – wir wollen doch die Pocken nicht! Hör zu, ich sag dir, was du machen mußt. Versuch ja nicht wieder, allein irgendwo zu landen, sonst vermasselst du dir alles. Du fährst jetzt so rund zwanzig Meilen flußab und kommst an eine Stadt, auf der linken Seite vom Fluß. Bis dahin ist die Sonne längst draußen, und wenn du um Hilfe bittest, sagst du, deine Leute liegen alle mit Fieber und Schüttelfrost krank. Sei ja nicht wieder so blöd und laß die Leute von selbst draufkommen, was los ist. So, und jetzt wollen wir dir doch nen Gefallen tun; und dann bringst du die zwanzig Meilen zwischen uns, sei 'n braver Bub. Es hat nämlich kein Zweck, da drüben zu landen, wo das Licht ist – da ist bloß ein Holzhandel. Hör mal – dein Vater ist doch bestimmt arm, und ich muß schon sagen, er ist ziemlich beschissen dran. Hier – ich leg dir 'n Zwanzigdollargoldstück auf das Brett da, und du nimmst dir's, wenn's vorbeischwimmt. Ich komm mir hundsgemein vor, dich so hängenzulassen, aber – Herrgott! – mit den Pocken ist doch nicht zu spaßen!«

»Wart mal, Parker«, sagt der andre, »hier ist 'n Zwanzigdollarstück, leg das von mir noch dazu. Mach's gut, Bub; tu, was Mr. Parker dir gesagt hat, und alles wird wieder gut.«

»So ist es, Bub – mach's gut und leb wohl. Und wenn du irgendwelche weggelaufnen Nigger siehst, hol Hilfe und schnapp sie, da kannst du Geld mit machen.«

»Leben Sie wohl, Sir«, sag ich, »ich werd garantiert

keine weggelaufnen Nigger an mir vorbeilassen, wenn ich's verhindern kann.«

Sie fuhren weg, und ich bin zum Floß zurück und kam mir schlecht und erbärmlich vor; ich wußt nämlich sehr genau, daß ich was Unrechtes getan hatte, und, logisch, es hatte kein Zweck, mir Mühe zu geben, recht zu handeln: einer, der nicht von klein an auf die richtige Bahn gebracht worden ist, kriegt nie eine Chance – in der höchsten Not hat er nichts, was ihn stützt und auf dem rechten Weg hält, und so geht er unter. Dann hab ich ne Weile nachgedacht und sag mir dann: Halt – mal angenommen, du hättest recht gehandelt und Jim ausgeliefert; ging's dir dann besser, als dir's jetzt geht? Nee, sag ich mir, ich würd mich jämmerlich fühlen – ich würd mich genauso jämmerlich fühlen wie jetzt auch. Also, sag ich mir, was hat's dann für nen Zweck, daß du lernst, recht zu handeln, wenn recht handeln mühsam und unrecht handeln ganz mühelos geht, und der Lohn beidemal der gleiche ist? Ich kam nicht weiter. Ich fand keine Antwort darauf. Und so hab ich mir vorgenommen, mir nicht weiter den Kopf drüber zu zerbrechen und von jetzt an immer das zu tun, was mir grade am nützlichsten schien.

Ich bin in den Wigwam rein; Jim war nicht da. Ich hab mich überall nach ihm umgesehn; er war nirgendwo. Ich hab laut gerufen:

»Jim!«

»Hier bin ich, Huck. Sin se jetzt außer Sicht? Schrei net so laut.«

Er war im Fluß, unterm Achterruder, nur seine Nase hat rausgeguckt. Ja, sie wärn jetzt außer Sicht, sag ich zu ihm, und so kam er wieder an Bord. Und er sagt:

»Ich hab euerm ganze Gspräch zughört; un ich bin in Fluß rein un wollt an Land abhaun, wenn se an Bord kommn. Dann wollt ich widder zum Floß schwimme, wenn se weg sin. Ei, ei! die haste aber angeschmiert, Huck! Des war 'n *echt* schlauer Trick! Ich sag dir, Kindchen, ich glaub, des hat de alte Jim gerett – dr alte Jim wird dir des nie net vergessn, Kleiner.«

Dann unterhielten wir uns über das Geld. Das war ne ganz hübsche Einnahme, zwanzig Dollar pro Kopf. Jim meinte, davon können wir uns jetzt leicht ne Fahrt auf Deck von einem Dampfer leisten, und das Geld reichte uns bestimmt so weit, wie wir in den freien Staaten kommen wollen. Und für das Floß wärn noch zwanzig Meilen nicht weit zu fahren, aber er wär doch am liebsten schon dort.

Gegen Morgen haben wir angelegt, und Jim hat's besonders genau mit dem Floßverstecken genommen. Dann hat er den ganzen Tag dran gearbeitet, unsre Sachen in Bündel zu verpacken und fürs Ende von der Floßfahrt alles fertig zu machen.

In der Nacht, so gegen zehn, kamen die Lichter von einer Stadt in Sicht, weiter unten in einer Linksbiegung.

Ich fuhr im Kanu los, mich erkundigen. Schon bald traf ich einen Mann auf dem Fluß, der ne Angelleine auslegte. Ich bin längs rangefahren und frag ihn:

»Mister, ist die Stadt da Cairo?«

»Cairo? Nee. Du mußt ein verdammter Idiot sein.«

»Und was für ne Stadt ist es dann, Mister?«

»Wenn du's wissen willst, geh doch hin und sieh nach! Wenn du mir hier aber noch ne halbe Minute auf die Nerven gehst, setzt's was ab, was dir bestimmt nicht gefällt.«

Ich bin zum Floß zurückgepaddelt. Jim war furchtbar enttäuscht, aber ich sagte, macht nichts, bestimmt ist der nächste Ort Cairo.

Wir kamen vor Morgen noch an einem andern Ort vorbei, und ich wollt schon wieder los; aber es war ein Steilufer, und so hab ich's gelassen. Um Cairo gibt's nämlich keine Steilufer, sagte Jim. Ich hatte es vergessen gehabt. Wir lagen den ganzen Tag an einem Strohkopf fest, ziemlich nah am linken Ufer. So allmählich ist mir ein Verdacht gekommen. Jim auch.

»Vielleicht«, sag ich, »sind wir in der nebligen Nacht neulich an Cairo vorbei.«

Er sagt:

»Reden wir net mehr drüber, Huck. Ahme Nigger könn kein Glück net habn. Die ganz Zeit hab ich dacht, daß die Klapperschlangenhaut noch net am End von ihrer Wirkung is.«

»Jim, ich wollt, ich hätt diese Schlangenhaut nie gesehn! – garantiert, ich wollt, sie wär mir nie unter die Augen gekommen!«

»Is net deine Schuld; du hassest net besser gwußt. Mußt dir ja kein Vorwurf net machn deswegn.«

Als es dann hell wurde, kam's raus: am Ufer das klare Ohio-Wasser, und weiter draußen der altgewohnte Schlammstrom, der Mississippi. Mit Cairo war's also Sense.

Wir haben uns beraten. An Land gehn, hatte kein Sinn; wir konnten natürlich nicht das Floß den Strom raufziehn. Blieb also nur noch, auf die Dunkelheit warten, im Kanu zurückpaddeln und's riskieren. Und so haben wir den ganzen Tag im Pappeldickicht geschlafen, um für die Arbeit frisch zu sein, und als wir gegen Abend zum Kanu zurück sind, war das Kanu weg!

Eine ganze Weile hat keiner ein Wort gesagt. Es gab nichts zu sagen. Wir wußten beide nur zu gut, daß das wieder ne Wirkung von der Klapperschlangenhaut war; zu was also drüber reden? Das säh doch bloß so aus, wie wenn wir dran rumnörgeln wollten, und das mußte neues Unglück bringen – mehr und immer mehr, bis wir genug eingesteckt hätten, um endlich still zu sein.

Dann sprachen wir drüber, was jetzt am besten zu tun war, und fanden, es gab kein andern Weg, als mit dem Floß flußab zu fahren, bis wir ne Gelegenheit kriegten, ein Kanu zum Zurückrudern zu kaufen. Eins borgen, wenn keiner in der Nähe war, wie Pap es gemacht hätte, wollten wir nicht, weil das uns vielleicht die Leute auf den Hals gehetzt hätte.

Und so fuhren wir nach Dunkelwerden weiter auf dem Floß.

Wer's immer noch nicht glaubt, daß es Dummheit ist, eine Schlangenhaut zu berühren – nach allem, was die Schlangenhaut uns angetan hat –, der wird's jetzt glauben, wenn er weiterliest und sieht, was die uns noch alles angetan hat.

Kanus kauft man am besten da, wo Flöße an Land festliegen. Aber wir sahn nirgendwo Flöße festliegen; so sind wir drei Stunden oder auch mehr weitergefahren. Die Nacht wurde grau und ziemlich trüb, was nach Nebel das Gemeinste ist. Kaum daß man noch die Umrisse erkennen oder die Entfernungen abschätzen kann. Es war wohl sehr spät und still geworden, und da kommt ein Dampfer den Fluß rauf. Wir haben die Laterne angezündet und dachten, er sieht uns. Flußauf fahrende Schiffe fuhren sonst nicht dicht an uns ran; sie schiffen draußen, folgen den Barren und suchen sich ruhiges Wasser unter den Riffen; aber in so einer Nacht kämpfen sie sich richtig gegen die ganze Strömung die Fahrrinne rauf.

Wir hörten, wie er ranstampfte, aber richtig sahn wir ihn erst, als er ganz nah war. Er fuhr direkt auf uns zu. Das tun die oft, wenn sie mal sehn wollen, wie nah sie rankommen, ohne einen zu berühren; manchmal kappt dann die Schaufel ein Ruder, und der Lotse streckt den Kopf raus und lacht und denkt wunder, wie schneidig er wäre. Der Dampfer kommt also an, und wir sagten uns, der will uns wohl rasieren; aber diesmal schien er kein bißchen abzuscheren. Es war ein großer Dampfer, und eilig hatte er's auch; sah aus wie ne schwarze Wolke mit Reihen von Glühwürmchen drum herum; aber plötzlich bläht er sich groß und schrecklich auf, mit einer langen Reihe von weit offnen Feuertüren, die wie rotglühende Zähne funkeln, und sein riesiger Bug und die Wachboote hängen genau über uns. Jemand schreit uns noch was zu, und dann schrillen Glocken, um die Maschinen zu stoppen, Flüche prasseln auf uns runter, und Dampf zischt – und als Jim auf der einen Seite und ich auf der andern Seite über Bord gehn, fährt er krachend mitten durchs Floß.

Ich bin getaucht – und ich hab mich angestrengt, auf Grund zu kommen; eine dreißig Fuß hohe Schaufel mußte nämlich über mich weg, und der wollt ich viel Platz lassen. Ich konnte schon immer eine Minute unter Wasser bleiben; diesmal blieb ich bestimmt eineinhalb Minuten unten. Dann bin ich mit einem Satz nach oben, weil ich fast am Platzen war. Ich sprang bis zu den Achselhöhlen raus, blies das Wasser aus der Nase und keuchte ein bißchen. Natürlich war da ne reißende Strömung; und natürlich hatte der Dampfer zehn Sekunden nach dem Stop seine Maschinen wieder gestartet, sie kümmern sich ja nie viel um Flößer; und so ist er jetzt weiter den Fluß raufgepeitscht, inzwischen schon außer Sicht in dem trüben Wetter, obwohl ich ihn noch hören konnte.

Gut ein dutzendmal hab ich laut nach Jim gerufen, aber es kam keine Antwort; da hab ich ein Brett gepackt, an das ich beim Wassertreten stieß, und bin, es vor mir herschiebend, ans Ufer geschwommen. Aber ich entdeckte noch rechtzeitig, daß die Strömung aufs linke Ufer zutrieb, was bedeutete, daß ich in einer Querströmung war; also hab ich gedreht und bin in die andre Richtung geschwommen.

Es war eine von diesen langen, schrägen Zweimeilen-Querströmungen; deswegen hab ich ziemlich lange gebraucht, um rüberzukommen. Ich bin sicher gelandet und dann das Ufer raufgekraxelt. Man konnte nur ein Stück weit sehn, aber ne Viertelmeile oder auch mehr bin ich über holprigen Boden weitergetappt, bis ich mit der Nase beinah auf ein großes altmodisches Doppelblockhaus gestoßen wäre. Ich wollt schon schnell vorbei und verschwinden, aber da ist ne heulende und kläffende Hundemeute rausgesprungen und hat mich angebellt – und so dumm war ich nicht, mich vom Fleck zu rühren.

Kapitel 17

Die Grangerfords nehmen mich auf

Nach ungefähr ner halben Minute rief jemand aus einem Fenster raus, ohne den Kopf rauszustrecken:

»Aus, ihr Kerle! Wer ist da?«

»Ich bin's«, sag ich.

»Wer ist ich?«

»George Jackson, Sir.«

»Was wollen Sie?«

»Ich will gar nichts, Sir. Ich will nur vorbei, aber die Hunde lassen mich nicht.«

»Was schleichen Sie sich noch um die Nachtzeit hier herum, he – wozu?«

»Ich schleich mich nicht rum, Sir; ich bin vom Dampfschiff über Bord gefallen.«

»Aha, so ist das? Mach einer Licht da. Wie heißen Sie nochmal?«

»George Jackson, Sir. Ich bin nur 'n Junge.«

»Hör zu, wenn du die Wahrheit sagst, brauchst du keine Angst zu haben – keiner tut dir hier was. Aber rühr dich ja nicht; bleib stehn, wo du bist. Weck einer von euch Bob und Tom, und holt die Flinten. George Jackson, ist noch jemand bei dir?«

»Nein, Sir.«

Ich hör die Leute dann im Haus rumgehn und seh ein Licht. Der Mann schreit:

»Nimm das Licht weg, Betsy, du alte Närrin – hast du denn gar keinen Verstand? Stell es auf den Boden hinter der Haustüre. Bob, wenn du und Tom fertig seid, nehmt eure Plätze ein.«

»Alles fertig.«

»So, George Jackson, kennst du die Shepherdsons?«

»Nein, Sir – ich hab noch nie was von ihnen gehört.«

»Na schön. Vielleicht stimmt es, vielleicht auch nicht. So, alles fertig. Vorwärts, George Jackson. Und denk daran, keine Eile – immer schön langsam. Wenn einer bei dir ist, soll er hinten bleiben – wenn er sich zeigt, wird er erschossen. Vorwärts jetzt. Ganz langsam; stoß die Türe selbst auf – gerade so weit, um dich hereinzuquetschen, hörst du?«

Ich hab mich nicht beeilt, ich hätt es nicht gekonnt, auch wenn ich gewollt hätte. Ich ging langsam Schritt für Schritt, und alles war still; bloß mein Herz, glaub ich, konnt ich noch hören. Die Hunde warn so still wie die Menschen, aber sie folgten mir ganz dicht. Als ich zu den drei Holzstufen vor der Haustür kam, hörte ich, wie drin jemand aufschloß und aufriegelte und aufsperrte. Ich legte meine Hand an die Tür und drückte ein bißchen und noch ein bißchen, bis jemand sagte: »So, das reicht – streck deinen Kopf rein.« Das hab ich getan, aber ich dachte, sie reißen ihn mir aus.

Die Kerze stand auf dem Boden, und da standen sie alle und sahn mich an und ich sie, ungefähr eine Viertelminute lang. Drei große Männer, die Flinten auf mich gerichtet – ich bin zusammengezuckt, sag ich euch; der älteste grau und um die sechzig, die andern beiden dreißig oder drüber – alle schön und stattlich – und dann die reizendste alte grauhaarige Dame, und hinter ihr zwei junge Frauen, die ich nicht richtig sehn konnte. Da sagt der alte Herr:

»So – ich glaube, es ist alles in Ordnung. Komm herein.«

Kaum war ich drin, hat der alte Herr die Tür hinter mir verschlossen und verriegelt und versperrt und sagt dann zu den jungen Männern, sie sollten mit ihren Flinten reinkommen; dann sind sie alle in ein großes Wohnzimmer, wo ein neuer Stoffteppich auf dem Boden lag, und kamen in ner Ecke zusammen, die außer Schußweite von den Vorderfenstern lag – an der Seite gab's nämlich keine. Sie hielten die Kerzen hoch, haben mich von oben bis unten betrachtet und sagten dann alle: »Aber *der* ist doch nie ein Shepherdson – nein, der hat absolut nichts von einem Shepherdson an sich!« Dann sagte der Alte, ich hätt doch hoffentlich nichts dagegen, mich nach Waffen durchsuchen zu lassen, er wolle mich nicht verdächtigen – es sei nur, um sicherzugehn. So hat er auch nicht in meinen Taschen geschnüffelt, sondern mich bloß von außen mit den Händen abgetastet. Dann meinte er, es sei alles in Ordnung, und ich sollt's mir jetzt nur bequem machen, mich ganz wie zu Haus fühlen und alles über mich erzählen; aber die alte Dame sagt:

»Wie kannst du bloß, Saul? Der arme Kerl ist doch klatschnaß! Meinst du nicht auch, daß er wohl hungrig ist?«

»Du hast ganz recht, Rachel – ich habe das vergessen.«

Und so sagt die alte Dame:

»Betsy« (das war ne Niggerfrau), »eil dich und hol ihm so schnell wie möglich etwas zu essen – der arme Kerl! Und eine von euch Mädchen geh und weck Buck und sag ihm – ach, da ist er ja schon selbst. Buck, nimm den kleinen Fremdling da mit und zieh ihm seine nassen Kleider aus und gib ihm trockne von dir zum Anziehn.«

Buck sah ungefähr so alt aus wie ich – dreizehn oder vierzehn oder so, auch wenn er ein wenig größer war wie ich. Er hatte bloß ein Hemd an und machte ein ganz muffiges Gesicht. Gähnend ist er reingekommen, hat sich die eine Faust ins Auge gebohrt und in der andern ne Flinte mit sich geschleppt.

»Sind denn gar keine Shepherdson da?« hat er gefragt.

Sie sagten nein, es wär ein falscher Alarm gewesen.

»Na ja«, sagt er, »wenn welche dagewesn wärn, hätt ich sicher ein erwischt.«

Alle haben gelacht, und Bob sagt:

»Hör mal, Buck, die hätten uns alle längst skalpiert, so viel Zeit hast du dir gelassen.«

»Hat mich ja auch keiner geholt, und das is nich richtig. Ich werd immer geduckt; ich krieg auch gar nie ne Chance.«

»Laß gut sein, Buck, mein Junge«, sagt der Alte, »du kriegst noch Chancen genug, alles zu seiner Zeit; laß dir deswegen ja keine grauen Haare wachsen. Geh jetzt und tu, was deine Mutter dich geheißen hat.«

Als wir nach oben in sein Zimmer kamen, hat er mir ein grobes Hemd und ne kurze Jacke und Hosen von sich geholt, und ich hab alles angezogen. Und während ich noch dabei bin, fragt er mich, wie ich heiße, aber ich hab noch gar nichts gesagt, da hat er mir schon von nem jungen Eichelhäher und nem jungen Kaninchen erzählt, die er vorgestern im Wald gefangen hatte. Dann hat er mich gefragt, wo Moses war, als die Kerze ausging. Ich hab gesagt, ich wüßte das nicht, hätt noch nie was davon gehört.

»Rat mal«, sagt er.

»Wie soll ich raten, wenn ich noch nie was davon gehört hab?«

»Aber du kannst doch raten, oder? 's ist kinderleicht.«

»*Was* für ne Kerze denn?« frag ich ihn.

»Irgend ne Kerze«, sagt er.

»Ich weiß nicht, wo er war«, sag ich, »wo war er denn?«

»Na, im *Dunkeln* natürlich, wo sonst!«

»Also, wenn du gewußt hast, wo er war, zu was haste mich dann gefragt?«

»Aber verdammt nochmal, 's ist doch 'n Rätsel, kapierst du das nicht? Sag mal, wie lang willste hier bleiben? Du mußt immer bleiben. Wir können toll was zusammen machen – ist grad keine Schule jetzt. Hast du 'n Hund? Ich hab einen – der springt in den Fluß und holt Stöckchen raus, die du reinschmeißt. Kämmst du dich gern am Sonntag, magst du all den Quatsch? Ich bestimmt nicht. Aber Ma zwingt mich. Diese verfluchte olle Kniebundhose, aber ich glaub, ich zieh sie lieber an, aber eigentlich will ich gar nicht, 's ist so warm. Bist du fertig? Gut, dann komm mit, altes Haus.«

Kaltes Maisbrot, kaltes gepökeltes Rindfleisch, Butter und Buttermilch – das hatten sie unten für mich aufgetischt, und noch nie hab ich was Beßres vorgesetzt bekommen. Buck und seine Mama und alle andern rauchten Maiskolbenpfeifen, bis auf die Niggerfrau, die fort war, und die beiden jungen Frauen. Sie rauchten und schwatzten alle, und ich aß und schwatzte. Die jungen Frauen hatten gesteppte Decken umhängen und die Haare lose auf dem Rücken. Alle stellten mir Fragen, und ich hab ihnen erzählt, wie Papa und ich und die ganze Familie auf einer kleinen Farm in Arkansas gewohnt haben, und wie meine Schwester Mary Ann weggelaufen ist, geheiratet hat und nie wieder von sich hören ließ, und wie Bill sich dann auf die Suche nach ihnen gemacht hat und auch nie wieder von sich hören ließ, und wie dann Tom und Mort gestorben sind, und am Schluß keiner mehr übriggeblieben ist, außer mir und Papa, der immer elender vor Kummer wurde; und als Papa starb, hätt ich alles mitgenommen, was übriggeblieben war, weil uns die Farm ja nicht gehörte, und sei dann als Deckpassagier den Fluß raufgefahren und über Bord gefallen; und so sei ich hierher gekommen. Da sagten sie, ich könnt hier ein Zuhause haben, solang ich will. Es war jetzt bald taghell, und alle sind ins Bett, und ich bin mit in Bucks Bett schlafen gegangen, und als ich am Morgen aufgewacht bin – verdammter Mist! hab ich doch glatt vergessen, wie ich hieß. Gut eine Stunde lag ich da und hab versucht draufzukommen, und als Buck aufgewacht ist, hab ich ihn gefragt:

»Kannst du buchstabieren?«

»Klar.«

»Wetten, daß du meinen Namen nicht buchstabieren kannst!« sag ich.

»Jede Wette, daß ich's kann.«

»Gut«, sag ich, »fang an.«

»G-o-r-g-e J-a-x-o-n – da hast du's.«

»Hm, hast's also doch geschafft; aber ich hätt's dir nie zugetraut. Ist nämlich kein Pappenstiel, so nen Namen zu buchstabieren – einfach so, ohne lang zu überlegen.«

Ich hab ihn mir heimlich aufgeschrieben, weil, einer wollt ihn ja vielleicht von *mir* buchstabiert haben – man kann nie wissen –, und da wollt ich ihn draufhaben und runterrasseln, wie wenn ich's seit eh und je könnte.

Es war eine unheimlich nette Familie und auch ein unheimlich nettes Haus. Auf dem Land hatte ich vorher noch kein Haus gesehn, das so hübsch und vornehm war.

An der Haustür hatte es keine eiserne Klinke, auch keine aus Holz mit nem Wildlederband drum rum, sondern einen Messingknopf zum Drehn, genau wie bei Häusern in der Stadt. Im Wohnzimmer stand auch kein Bett, nicht eine Spur von Bett; aber sogar in der Stadt gab's noch viele Wohnzimmer mit Betten drin. Innen hatte es einen großen, offnen Kamin mit gemauertem Boden, und die Ziegel wurden immer sauber und schön rot gehalten, man hat Wasser drüber gegossen und sie mit nem andern Ziegel abgeschrubbt; und manchmal wurden die Ziegel mit roter Wasserfarbe gestrichen, die hier Spanischbraun heißt, genau wie sie's in der Stadt machen. Sie hatten große messingne Kaminböcke, die ganze Säghölzer tragen konnten. Mitten auf dem Kaminsims stand ne Uhr mit dem Bild von ner Stadt auf der untern Hälfte vom Uhrenglas, und in der Mitte vom Glas war ne runde Stelle als Sonne, wo man's Pendel dahinter schwingen sah. War das schön, diese Uhr ticken zu hören. Und manchmal, wenn so ein Hausierer da war und sie wieder gereinigt und in Ordnung gebracht hatte, nahm sie nen Anlauf und hat hundertfünfzigmal hintereinander geschlagen, bis sie völlig erledigt war. Sie hätten nie im Leben Geld für die genommen.

Links und rechts von der Uhr waren zwei große fremdländische Papageien, aus irgendwas Gipsähnlichem, und bunt bemalt. Neben dem einen Papagei war ne Katze aus Ton, und neben dem andern ein Tonhund; wenn man auf die gedrückt hat, haben sie gequiekt, aber sie machten ihr Maul nicht auf und sahn auch nicht irgendwie anders oder irgendwie beteiligt aus. Die haben durch den Boden gequiekt. Und auf einem Tisch in der Mitte stand so ein hübscher Porzellankorb, in dem Äpfel und Orangen und Pfirsiche und Trauben auf nem Haufen lagen, die viel röter und gelber und schöner waren wie echte, aber sie waren nicht echt, weil man sehn konnte, wo Splitter abgesprungen waren, und der weiße Gips, oder was es sonst war, guckte da raus.

Auf dem Tisch lag eine schöne Wachstuchdecke mit roten und blauen Wappenadlern drauf, und nem gemalten Rand rundrum. Sie kam von weit her, von Philadelphia, sagten sie. Auch ein paar Bücher lagen auf dem Tisch, die peinlich genau an den Ecken aufgestapelt waren. Eins war ne große Familienbibel mit Bildern. Eins hieß *Die Pilgerreise*[1] und ging über einen Mann, der seine Familie verlassen hatte – warum, stand nicht drin. Ab und zu hab ich allerhand drin gelesen. Die Sätze darin waren interessant, aber schwierig. Ein andres hieß *Freundesgabe*[2], mit schönen Sachen und Gedichten drin; die Gedichte hab ich aber nicht gelesen. Ein andres war Henry Clays *Reden*[3], und ein andres Dr. Gunns *Familienheilkunde*, wo alles drin stand, was man tun muß, wenn einer krank oder tot war. Ein Gesangbuch war da und noch viele andre Bücher. Und hübsche Korbstühle standen da, noch dazu ganz heil – nicht in der Mitte durchgesessen und aufgeplatzt wie ein alter Korb.

An den Wänden hatten sie Bilder hängen – meistens Washingtons und Lafayettes[4] und Schlachten und Marien-auf-der-Höh, und eins hieß die »Unterzeichnung der Unabhängigkeitserklärung«. Es warn auch welche drunter, die sie Pastelle nannten, welche eine von den

1 *The Pilgrim's Progress* von John Bunyan (1628–88); vielgelesenes christliches Erbauungsbuch in allegorischer Form; erschien in zwei Teilen 1678 und 1684.

2 *Friendship's Offering*, einer der vielen Almanache, die damals in den USA sehr beliebt waren.

3 Henry Clay (1777–1852), bedeutender Politiker und Redner; bewarb sich, allerdings erfolglos, um die Präsidentschaft der USA; Urheber des nach ihm benannten Kompromisses in der Sklavenfrage von 1850, der jedem Bundesstaat in der Behandlung der Sklaven freie Hand ließ.

4 Marquis de La Fayette (1757–1834), französischer General und Politiker; kämpfte an der Seite Washingtons für die amerikanische Unabhängigkeit; sie wurde am 4. Juli 1776 unterzeichnet.

Töchtern, die gestorben war, eigenhändig gemalt hatte, als sie erst fünfzehn war. Die warn anders als wie alle Bilder, welche ich bisher gesehn hatte – vor allem schwärzer als sonst. Auf einem war ne Frau in einem schmalen schwarzen Kleid, das unter den Achselhöhlen eng geschnürt war und Beulen wie ein Kohlkopf in der Mitte von den Ärmeln hatte; sie hatte eine große, schwarze, schöpflöffelförmige Haube mit einem schwarzen Schleier auf, und ihre weißen, schmalen Fußgelenke waren kreuzweise mit schwarzem Band umwickelt, und an den Füßen hatte sie winzige schwarze Schuhe wie Meißel; sie lehnte nachdenklich mit dem rechten Ellbogen auf einem Grabstein unter ner Trauerweide, und die andre Hand hing an der Seite runter und hielt ein Taschentuch und ein Retikül; und unter dem Bild stand: »Ach – soll ich nimmermehr dich sehn.« Auf einem andern war eine junge Dame, die all ihr Haar straff nach oben gekämmt und vor einem Kamm – wie ne Stuhllehne – zu einem Knoten gebunden hatte, sie weinte in ein Taschentuch, und in ihrer andern Hand lag, mit den Füßen nach oben, ein Vogel auf dem Rücken; und unter dem Bild stand: »Ach – soll ich nimmermehr dein süßes Zwitschern hören.« Und eins hing da, auf dem eine junge Dame am Fenster stand und zum Mond raufguckte, und die Tränen liefen ihr an den Backen runter; in der einen Hand hielt sie einen offnen Brief, bei dem am Rand schwarzer Siegellack zu sehn war; sie drückte ein Medaillon mit ner Kette dran an ihren Mund, und unter dem Bild stand: »Ach – bist du dahin? Ja du bist dahin.« Das waren alles hübsche Bilder, glaub ich, aber irgendwie zog's mich doch nicht zu ihnen hin, weil sie mich immer erschreckten, wenn ich ein wenig niedergeschlagen war. Alle bedauerten, daß sie tot war, sie hatte nämlich vorgehabt, noch viel mehr von solchen Bildern zu machen, und jeder konnte doch an denen, die sie gemacht hatte, sehn, was sie an ihr verloren hatten. Aber bei ihrer Veranlagung, glaub ich, hat sie sich auf dem Friedhof wohler gefühlt. Sie hatte grade an was gearbeitet, von dem die andern meinten, das würd ihr größtes Bild werden; da wurde sie krank, und sie hat Tag und Nacht drum gebetet, noch so lang leben zu dürfen, bis sie damit fertig war, aber sie kam dann doch nicht mehr dazu. Es war ein Bild von einer jungen Frau in einem langen, weißen Gewand, die auf einem Brückengeländer stand und grade abspringen wollte; die Haare hingen ihr übern Rücken, und sie guckte zum Mond rauf, die Tränen liefen ihr übers Gesicht, und zwei Arme hatte sie über ihrer Brust gefaltet, zwei Arme hatte sie nach vorne ausgestreckt, und noch zwei andre Arme zum Himmel hoch – ihr Gedanke dabei war, rauszufinden, welches Paar am besten aussah und die andern dann alle auszukratzen; aber, ich hab's ja schon gesagt, sie ist gestorben, eh sie sich für ein Paar entschieden hatte; jetzt bewahrten sie dieses Bild in ihrem Zimmer überm Kopfende von ihrem Bett auf, und jedesmal an ihrem Geburtstag hängten sie Blumen dran. Die andre Zeit war's mit nem kleinen Vorhang zugedeckt. Die junge Frau auf dem Bild hatte ein ganz hübsches, liebes Gesicht, aber es waren so viele Arme an ihr, daß sie gar zu spinnenhaft aussah, wie mir's vorkam.

Als sie noch lebte, hielt sich das junge Mädchen ein Andenkenbuch, und da klebte sie immer Todesanzeigen und Unfallberichte und Beispiele von geduldigem Leiden aus dem *Presbyterianischen Beobachter* rein und schrieb nach denen Gedichte aus ihrem eignen Kopf. Das folgende schrieb sie über einen Jungen mit Namen Stephen Dowling Bots, der in einen Brunnen runtergefallen und dabei ertrunken war:

Ode auf Stephen Dowling Bots †

Und war Jung-Stephen kränklich,
Und war er todgeweiht?
Und füllt die Seinen endlich
Mit tiefem Herzeleid?

Nein, andres war beschieden
Jung-Stephen Dowling Bots;
Nicht brach das Herz der Lieben
Der Krankheit bös Geschoß.

Nicht Masern wild und andre Glut,
Kein Husten ihn verdroß;
Zuschanden ging auch nicht der Mut
Von Stephen Dowling Bots.

Verschmähter Liebe Ach und Weh
Nicht höhnt des Lockenkopfs,
Kein grimmes Bauchweh stach ihn je,
Jung-Stephen Dowling Bots.

O nein. So lauscht mit Tränenblick,
Wenn ich sein Schicksal euch erzähl:
Sein Seele ließ die Welt zurück,
Sie fiel in einen Brunnenquell.

Man zog ihn raus, man leert ihn aus;
Doch war's zu spät für ihn.
Sein Geist entschwebt jetzt hoch hinaus
Ins Reich des Cherubim.

Wenn Emmeline mit noch nicht mal vierzehn solche Gedichte machen konnte, wer kann da wissen, was sie später noch fertig gebracht hätte! Buck sagte, sie konnte Gedichte runterrasseln wie nie nichts. Sie mußte nie anhalten, um zu überlegen; sie kritzelte immer ne Zeile hin, und wenn sie nichts fand, was sich drauf reimte, hat sie die einfach ausgestrichen und ne andre hingekritzelt und dann weitergemacht. Sie war nicht wählerisch, sie konnte über alles, was einem so grade in den Sinn kam, schreiben, bloß traurig mußte es sein. Immer wenn ein Mann starb, oder eine Frau oder ein Kind, war sie mit ihrer »Liebesgabe« zur Stelle, noch bevor die kalt waren. Sie nannte das »Liebesgabe«. Die Nachbarn sagten, zuerst kam immer der Doktor, dann Emmeline, dann der Leichenbestatter – der Leichenbestatter kam nie vor Emmeline dazu, außer einmal, und da tat sie sich schwer mit nem Reim auf den Namen des Toten, der Whistler hieß. Sie war nachher nie mehr dieselbe; sie hat nie geklagt, aber sie ist so vor sich hin gewelkt und hat nicht mehr lange gelebt. Die Ärmste! wie oft hab ich mich gezwungen, in das kleine Zimmer, das früher ihrs war, raufzugehn und ihr trauriges altes Andenkenbuch rauszuholen und drin zu lesen, wenn ihre Bilder mich grade geärgert hatten und ich ihr das ein wenig übelnahm. Ich hatte die ganze Familie gern, die Toten und alle, und hab mir vorgenommen, nichts zwischen uns kommen zu lassen. Die arme Emmeline machte immer Gedichte über all die Toten, als sie noch lebte, und es kam mir nicht richtig vor, daß gar niemand da war, der auch welche über sie machte, jetzt wo sie tot war; und so hab ich selber versucht, ein paar Verse aus mir rauszuquetschen, aber irgendwie bin ich nicht richtig in Schwung gekommen. Ihr Zimmer hielten sie sauber und hübsch und ließen alles genauso, wie sie's gern gehabt hatte, als sie noch lebte, und es schlief auch nie jemand drin. Die alte Dame pflegte das Zimmer selber, obwohl jede Menge Nigger da waren, und sie nähte da viel und hat auch meistens da ihre Bibel gelesen.

Was ich noch vom Wohnzimmer sagen wollte: Es hatte schöne Vorhänge an den Fenstern, weiße mit aufgemalten

Bildern: von Schlössern mit Mauern voller Kletterranken, und von Vieh, das grade zur Tränke runterkam. Auch ein kleines altes Piano stand da, das scheppernde Pfannen innen drin hatte, schätz ich, und man kann sich nichts Reizvolleres vorstellen, als wie die jungen Damen »Das letzte Glied ist zerbrochen« singen oder »Die Schlacht bei Prag« auf dem Piano spielen zu hören. Die Wände warn in allen Zimmern getüncht, und die meisten hatten auch Teppiche auf dem Boden, und außen war das ganze Haus weiß gestrichen.

Es war ein Doppelhaus, und der große offne Platz zwischen den beiden Hälften war gedielt und überdacht, und manchmal wurde mittags da auch gegessen; es war wirklich ein kühler, angenehmer Platz. Nirgendwo hätt es besser sein können. Und das Essen war gut, und dazu noch in solch rauhen Mengen!

Kapitel 18

Wieso Harney zu seinem Hut zurückgeritten ist

Col. Grangerford war nämlich ein Gentleman. Er war ein Gentleman durch und durch, und seine Familie genauso. Er war von guter Herkunft wie man so sagt, und das war bei nem Menschen genausoviel wert wie bei nem Pferd, wie die Witwe Douglas immer sagte, und keiner hat je bestritten, daß sie zur ersten Aristokratie in unsrer Stadt gehörte; Pap der hat das nämlich auch immer gesagt, obwohl er selbst von keinem vornehmern Stand war als ein Katzenwels[1]. Col. Grangerford war sehr groß und

1 Damals gab es viele Katzenwelse im Mississippi, und offenbar fischte Hucks Vater gern im trüben wie sie; vermutlich war es der charakteristische Fisch

sehr schlank und hatte ne dunkelblasse Gesichtsfarbe, nirgends auch nur ne Spur von einem Rot; er war jeden Morgen überall in seinem magern Gesicht glatt rasiert, und er hatte die schmalsten Lippen, die schmalsten Nasenlöcher, eine hohe Nase, schwere Augenbrauen und die allerschwärzesten Augen, die so tief lagen, wie wenn sie einen, scheint's, grad wie aus Höhlen anschauten, sozusagen. Seine Stirn war hoch, und sein Haar war schwarz und glatt und hing ihm bis zu den Schultern. Seine Hände waren lang und schmal, und jeden Tag in seinem Leben zog er ein saubres Hemd an und auch von Kopf bis Fuß einen ganz neuen Anzug, der aus reinem Leinen war, und so weiß, daß einem schon vom bloßen Hinsehn die Augen weh taten; und sonntags hat er einen blauen Frack mit Messingknöpfen dran getragen. Er hatte immer einen Mahagonistock mit einem Silberknauf bei sich. Es war nichts Leichtfertiges an ihm, nicht eine Spur, und er war nie laut. Er war so freundlich, wie es ihm nur möglich war – man spürte das nämlich und hatte deswegen auch Vertrauen. Manchmal hat er gelächelt, und es tat gut, das zu sehn; aber wenn er sich wie ein Fahnenmast aufgestellt hat und auf einmal Blitze unter seinen Augenbrauen vorgezuckt sind, da wollt jeder erst mal auf nen Baum klettern und lieber erst nachher rausfinden, was los war. Er brauchte nie einem zu sagen, er soll sich anständig benehmen – alle zeigten immer gutes Benehmen, wo er war. Alle hatten ihn gern um sich; er war fast immer der reinste Sonnenschein – ich meine, es war wie schönes Wetter, wenn er in der Nähe war. Aber wenn sich Wolken um ihn zusammenbrauten, war es eine halbe Minute lang unheimlich dunkel, und das war genug; eine Woche lang ist dann nichts wieder schief gegangen.

dort; heute noch spricht man von Mississippi als »Mud-Cat-State« (Katzenwels-Staat).

Wenn er und die alte Dame morgens runterkamen, stand die ganze Familie vom Stuhl auf und sagte ihnen guten Tag und setzte sich erst wieder hin, wenn sie saßen. Dann gingen Tom und Bob zum Büfett, wo die Karaffen standen, und mischten ein Glas Bitter und reichten's ihm, und er hielt's in seiner Hand und wartete, bis Tom und Bob sich ihren gemischt hatten, und dann verbeugten die sich und sagten: »Ergebenst, Sir und Madam«; und jetzt verbeugten *sie* sich eine winzige Spur und sagten danke, und dann tranken sie alle drei, und Bob und Tom gossen einen Löffel Wasser auf den Zucker und das Restchen Whisky oder Apfelschnaps unten in ihren Gläsern und gaben's mir und Buck, und wir tranken auch auf die alten Herrschaften.

Bob war der Älteste, dann kam Tom. Große, schöne Männer mit sehr breiten Schultern und braunen Gesichtern, langem schwarzen Haar und schwarzen Augen. Wie der alte Herr waren sie auch von Kopf bis Fuß in weißes Leinen gekleidet und trugen breite Panamahüte.

Dann kam Miss Charlotte, sie war fünfundzwanzig, groß und stolz und vornehm, aber so gutmütig, wie es ihr nur möglich war, wenn sie nicht gerade erbost war; dann aber hatte sie einen Blick, der einen regelrecht zusammenstauchte, genau wie ihr Vater. Sie war wunderschön.

Das war auch ihre Schwester, Miss Sophia, aber auf eine andre Art. Sie war sanft und zart wie eine Taube, und sie war erst zwanzig.

Alle hatten sie ihren eigenen Nigger, der sie bediente – auch Buck. Mein Nigger konnte es sich ungeheuer leicht machen, weil ich nicht daran gewöhnt war, daß jemand irgendwas für mich machte, aber Buck seiner war fast ständig auf Trab.

Das waren jetzt alle von der Familie; aber früher waren

sie mehr – drei Söhne, die waren getötet worden, und Emmeline, die war gestorben.

Der alte Herr besaß eine Menge Farmen und auch über hundert Nigger. Manchmal kam zu Pferd eine ganze Masse Leute an, aus einem Umkreis von zehn, fünfzehn Meilen, und blieb fünf oder sechs Tage da, und tagsüber gab es dann Festereien rundherum und auf dem Fluß, und in den Wäldern Tanz und Picknicks, und nachts Bälle im Haus. Meistens waren diese Leute Verwandte von der Familie. Die Männer brachten immer ihre Flinte mit. Ein ganz schöner Haufen vornehmer Leute war das, sag ich euch.

Es gab in der Gegend noch eine andre Sippe von Aristokraten – fünf oder sechs Familien – fast alle mit Namen Shepherdson. Sie waren genauso vornehm, von genauso guter Herkunft und genauso reich und glanzvoll wie der Stamm der Grangerfords. Die Shepherdsons und die Grangerfords benutzten die gleiche Dampferlandestelle, die etwa zwei Meilen oberhalb von unserm Haus lag; und so hab ich manchmal, wenn ich mit ein paar von unsern Leuten hinkam, eine Anzahl Shepherdsons dort auf ihren edlen Pferden gesehn.

Eines Tages waren Buck und ich jagen draußen im Wald und hörten ein Pferd kommen. Wir wollten grade übern Weg. Da sagt Buck:

»Schnell! Spring in den Wald rein!«

Das haben wir getan und dann am Waldrand entlang durch die Blätter gespäht. Bald kam auch ein prächtiger junger Reiter angaloppiert, der sein Pferd traben ließ und aussah wie ein Soldat. Seine Flinte hatte er überm Sattelknauf. Ich hatte ihn schon vorher mal gesehn. Es war der junge Harney Shepherdson. Ich hörte neben meinem Ohr Bucks Flinte losgehn, und Harney flog der Hut vom Kopf. Er packte seine Flinte und ritt direkt auf die Stelle zu, wo wir versteckt waren. Aber wir haben nicht gewartet. Wir sind auf und davon durch den Wald. Es war kein dichter Wald, so hab ich über die Schulter geschielt, um vor den Kugeln zur Seite zu springen, und zweimal hab ich Harney mit seiner Flinte auf Buck zielen sehn; dann ritt er den Weg, den er gekommen war, zurück – vermutlich um seinen Hut zu holen, gesehn hab ich's nicht. Wir sind gerannt und gerannt, bis wir nach Hause kamen. Die Augen von dem alten Herrn haben nen Augenblick aufgeblitzt – schätze, vor Vergnügen vor allem – dann hat sich sein Gesicht irgendwie wieder geglättet, und er sagt ganz freundlich:

»Das Schießen aus dem Hinterhalt sehe ich nicht gerne, mein Junge. Warum bist du nicht mutig auf den Weg herausgetreten?«

»Die Shepherdsons tun's auch nicht, Vater. Die nutzen jeden Vorteil.«

Miss Charlotte, die hat ihren Kopf hochgehalten wie ne Königin, während Buck seine Geschichte erzählte, ihre Nasenlöcher haben sich geweitet, und ihre Augen blitzten. Die beiden jungen Männer schauten finster drein, sagten aber kein Ton. Miss Sophia, die ist blaß geworden, aber ihre Farbe kam wieder, als sie hörte, daß der Mann nicht verletzt worden war.

Sobald ich Buck bei den Maiskrippen unter den Bäumen allein erwischt hab, sag ich:

»Hast du ihn denn töten wollen?«

»Aber sicher!«

»Was hat er dir denn getan?«

»Der? Gar nichts.«

»Aber wieso hast du ihn dann töten wollen?«

»Hm, eigentlich wegen nichts – bloß wegen der Fehde.«

»Was ist denn das, ne Fehde?«

»Sag mal, wo kommst denn du her? Du weißt nicht, was ne Fehde ist?«

»Nie was davon gehört – sag's mir schon.«

»Also«, sagt Buck, »eine Fehde geht so. Ein Mann hat nen Streit mit einem andern Mann und tötet ihn; dann tötet der Bruder von dem Mann *ihn*; dann gehn die Brüder von denen aufeinander los; dann hängen sich auch noch die *Vettern* rein – und im Lauf der Zeit werden alle ausgerottet, und die Fehde ist zu Ende. Aber das kann sich hinziehn und dauert ne lange Zeit.«

»Geht die da schon lang, Buck?«

»Das kannste mir *glauben*! Die hat vor dreißig Jahren oder um den Dreh angefangen. Es gab Streit wegen irgendwas und dann nen Prozeß, um ihn zu schlichten; der Prozeß ging gegen einen von den Beteiligten aus, und der ist nichts wie los und hat den Mann erschossen, der den Prozeß gewonnen hat – ist ja ganz normal. Hätt jeder gemacht.«

»Wegen was hat's denn den Streit gegeben, Buck? – Wegen Land?«

»Kann schon sein – ich weiß es nicht.«

»Und wer hat den Schuß abgegeben? – war's ein Grangerford oder ein Shepherdson?«

»Heimatland, woher soll *ich* das wissen? Das ist doch schon so lang her.«

»Weiß es denn überhaupt noch jemand?«

»Klar, Papa weiß es bestimmt, und 'n paar von den Alten; aber die wissen jetzt auch nicht mehr, wegen was der Streit losging.«

»Hat's schon viele Tote gegeben, Buck?«

»Klar – ne ganz schöne Masse Beerdigungen. Aber sie töten nicht immer. Papa hat schon 'n paar Schrotkugeln abgekriegt; aber dem macht es nichts, er wiegt ja sowieso nicht viel. Bob hat sich 'n paar Stiche von nem Jagdmesser eingefangen, und Tom ist auch ein-, oder zweimal verwundet worden.«

»Und ist in diesem Jahr schon einer getötet worden, Buck?«

»Ja, wir haben einen, und sie einen. Vor drei Monaten ist nämlich mein Vetter Bud, er war vierzehn, auf der andern Flußseite durch den Wald geritten und hatte keine Waffe bei sich – was 'n verdammter Schwachsinn war – und an so einem einsamen Fleck hört er ein Pferd hinter sich und sieht, daß der alte Baldy Shepherdson ihm auf den Fersen ist, die Flinte in der Hand und mit wehendem Haar; und statt abzuspringen und sich in die Büsche zu schlagen, meint doch Bud, er kann ihm davonreiten; fünf Meilen oder auch mehr stand's dann Spitz auf Knopf, aber der Alte hat immer mehr aufgeholt; da hat Bud dann gemerkt, daß es zwecklos ist, und er hält und dreht sich um, damit er ja die Kugellöcher vorne abkriegt, und der Alte reitet hin und schießt ihn nieder. Aber dem ist nicht viel Zeit geblieben, unsre Leute haben nämlich innerhalb von einer Woche *ihm* das Licht ausgeblasen.«

»Der Alte, schätz ich, war 'n Feigling, Buck.«

»Ich schätz, daß er *keiner* war. Nie im Leben. Bei den Shepherdsons gibt's keinen Feigling – nicht einen einzigen. Und auch bei den Grangerfords gibt's keine Feiglinge. Hör mal, dieser Alte da hat sich mal an einem Tag eine ganze halbe Stunde im Kampf gegen drei Grangerfords nicht unterkriegen lassen und ist Sieger geblieben. Sie waren alle beritten; er ist vom Pferd gesprungen, hinter nen kleinen Holzstoß gerannt und hielt sein Pferd vor sich, um die Kugeln abzufangen; nur die Grangerfords bleiben auf ihren Pferden, hopsen um ihn rum und ballern auf ihn los, und er auf sie. Er und sein Pferd sind dann ziemlich löchrig und lahm nach Haus getrabt, aber die Grangerfords hat man *heimholen* müssen – und einer davon war schon tot, und ein andrer starb den Tag drauf. Nee, mein Lieber, wenn einer hinter Feiglingen her ist, braucht er seine Zeit nicht bei den Shepherdsons verschwenden, weil die von *der* Sorte keinen großziehn.«

Am nächsten Sonntag sind wir alle in die Kirche, etwa drei Meilen weit, alle beritten. Die Männer nahmen ihre Flinten mit, auch Buck, und hielten sie zwischen ihren Knien oder lehnten sie griffbereit an die Wand. Und die Shepherdsons machten's genauso. Es war so ein üblicher Sermon – dauernd über Nächstenliebe und lauter so langweiligen Kram; aber sie alle sagten, es war ne gute Predigt, und sie sprachen sie auf dem Heimweg durch und hielten unheimlich lange Reden über Glauben und gute Werke und Gnadenwahl und Prävorherdestination und was weiß ich nicht alles, daß mir's zuletzt als einer der ekligsten Sonntage vorkam, die ich bisher erlebt habe.

Ungefähr ne Stunde nach dem Mittagessen lagen alle dösend rum, in ihren Sesseln oder auf ihren Zimmern, und so allmählich wurd es mir ziemlich langweilig. Buck und sein Hund lagen flach auf dem Gras in der Sonne und schliefen fest. Da bin ich rauf in mein Zimmer und wollt mir auch 'n Nickerchen gönnen. Und ich seh diese reizende Miss Sophia in ihrer Tür stehn, sie nimmt mich in ihr Zimmer, schließt die Tür ganz sachte und fragt mich dann, ob ich sie gern habe, und ich sage ja; und sie fragt mich, ob ich was für sie tun will, aber niemand was davon verraten, und ich sage wieder ja. Dann sagt sie, sie hätte ihre Bibel vergessen, sie läge auf ihrem Kirchenstuhl zwischen zwei andern Büchern, und ob ich leise rausschleichen und ihr's holen wollt, aber zu niemand ein Sterbenswörtchen sagen. Und ich sag wieder ja. So bin ich also leise raus und die Straße langgeschlichen; in der Kirche war niemand, außer vielleicht ein oder zwei Schweinen, an der Tür war nämlich kein Schloß, und

Schweine mögen im Sommer einen groben Holzfußboden, weil der so kühl ist. Woraus ihr erkennt, daß die meisten nur in die Kirche gehn, wenn sie müssen; ein Schwein aber macht's anders.

Da stimmt doch was nicht, sag ich mir – das ist doch nicht normal, daß ein Mädchen so versessen auf ihre Bibel ist; so hab ich sie geschüttelt – und raus fällt ein Zettel, auf dem »halb drei« mit Bleistift geschrieben steht. Ich hab sie durchgeblättert, konnt aber sonst nichts finden. Und der Zettel hat mir auch nichts gesagt, deswegen hab ich ihn wieder in das Buch zurückgelegt; und als ich wieder heim- und raufkomm, steht Miss Sophia in der Tür und hat mich erwartet. Sie zieht mich rein und schließt die Tür; dann hat sie in der Bibel gesucht, bis sie den Zettel fand, und als sie ihn gelesen hat, sieht die aber froh aus; im Nu hat sie mich gepackt und an sich gedrückt und gesagt, ich sei der beste Junge von der Welt, und ich sollt niemand was davon sagen. Für nen Augenblick war sie feuerrot im Gesicht, und ihre Augen haben gestrahlt, und das machte sie unheimlich hübsch. Ich war nicht schlecht verblüfft, aber als ich mal wieder zu Atem gekommen war, hab ich sie gefragt, was mit dem Zettel denn sei; und sie hat mich gefragt, ob ich ihn denn gelesen habe, und ich sag nein, und sie fragt mich, ob ich Geschriebnes lesen könnt, und ich sag: »Nee, nur Druckbuchstaben«, und dann sagt sie, der Zettel sei bloß ein Lesezeichen, um die Stelle wiederzufinden, und ich könnt jetzt mal spielen gehn.

Ich bin zum Fluß runter und hab über die Sache nachgedacht; und bald fällt mir auf, daß mein Nigger mir nachläuft. Als wir außer Sicht vom Haus sind, hat er nen Moment zurück- und in der Runde geguckt, kommt dann angerannt und sagt:

»Master Dschodsch, wenn Se mit runner innen Sumpf

kommn wolln, zeig ich Ihn 'n ganz Nest Mokassinschlangen.«

Sehr komisch, denk ich mir, das hat er doch gestern schon gesagt. Er sollt doch wissen, daß keiner Mokassinschlangen so ins Herz geschlossen hat, daß er denen nachsteigt. Trotzdem – irgendwas muß er doch vorhaben. Ich sag also:

»Gut, lauf voran.«

Ne halbe Meile bin ich ihm gefolgt, dann ist er in Richtung Sumpf abgebogen, und wir sind noch wenigstens ne halbe Meile knöcheltief im Morast gewatet. Wir kamen zu einem kleinen, flachen Stückchen Land, das trocken und voller Bäume und Büsche und Kletterranken war, und da sagt er:

»Schiebn Se man grade da rein, bloß 'n paar Schritt, Master Dschodsch, da sin se. Ich hab se schon gesehn, un ich leg kein Wert drauf, se nochmal zu sehn.«

Dann ist er gleich weitergepatscht und ging fort, und bald war er hinter den Bäumen verschwunden. Ich tappte ein Stück weit da rein und kam an nen kleinen Platz, so groß wie ein Schlafzimmer und ringsrum ganz mit Kletterranken zugehängt, und fand da einen Mann, der auf dem Boden liegt und schläft – und ojemine! – es war mein alter Jim!

Ich hab ihn aufgeweckt und denk mir, was wird das für ne tolle Überraschung für ihn sein, mich wiederzusehn, aber 's war gar nicht so. Er hat beinah geweint, so froh war er, aber überrascht war er nicht. Er sagte, er sei in der Nacht neulich hinter mir hergeschwommen und hätt mich auch jedesmal rufen hören, aber sich nicht getraut zu antworten, weil er nicht wollt, daß einer *ihn* rausfischt und wieder in die Sklaverei reinbringt.

»Ich war nämlich ein bißle verwundet«, sagt er, »un hab net so schnell schwimmn könne, deswegn war ich am

Schluß 'n ganz Stück hinter dir; und als du an Land bis, hab ich mir dacht, ich kann dich aufm Land einholn, ohne daß ich nach dir rufn muß, aber als ich das Haus seh, hab ich langsam getan. Ich war zu weit weg, um hörn zu könne, was se zu dir sagn – hab vor dene Hund Angst ghabt – aber wie denn alles widder ruhig war, hab ich gwußt, daß du im Haus bis, drum hab ich mich innen Wald verzogn, bis es Tag wird. Am frühe Morge sin dann 'n paar von dene Nigger kommn, die aufs Feld wolln, un die ham mich mit un mir den Platz da zeigt, wo die Hund net hinkönne von wegem Wasser, un die bringn mir jetzt jede Nacht was zu essen un erzähln mir auch, wie's dir so geht.«

»Warum hast du meinem Jack nicht früher gesagt, er soll mich herbringen, Jim?«

»Nun, 's wär zwecklos gewesn, dich aufzuregn, Huck, bis wir was machn könne – aber jetzt is alles in Ordnung. Ich hab Töpf un Pfann und Eßsache kauft, wie ich ne Gelegenheit dazu gfundn hab, un nachts des Floß gflickt, wie –«

»*Was* für 'n Floß denn, Jim?«

»Unser alts Floß doch.«

»Willst du etwa sagen, unser altes Floß hat's nicht völlig in Stücke zerrissen?«

»Nee, gar net. 's hing scho ziemlich in Fetzen – des eine End – aber viel Schaden hat's doch net gmacht, bloß unsre Sachen sin bald alle verlorn. Wenn wir nämlich net so tief taucht wäre un so weit unders Wasser gschwomme, un wenn die Nacht net so dunkel gwesn wär, un wir net solche Kürbisköpf, wie die Leut sagn, dann hätte wir des Floß sehn müssn. Is aber so genausogut, von wege 's jetzt widder repariert is un bald so gut wie neu, un wir ham auch ne Menge Sachen für die, wo wir verlorn ham.«

»Aber wie bist du denn wieder zu dem Floß gekommen, Jim – hast du's rausgefischt?«

»Wie soll ich denn – ich im Wald hier draußen? Nee, ein paar von dene Nigger ham's aufgspießt annem Baumstumpf gfundn, irndwo hier in dr Flußbiegung, un die ham's innem Bächle under de Weiden versteckt, un se ham soviel drüber gschwätzt, wem's am meisten von ihne ghört, daß ich schon bald drvon erfahrn hab, drum bin ich nix wie hin un schlicht de Streit un sag dene, daß es keim von ihne ghört, sondern vielmehr dir un mir; un ich frag se, ob se sich denn am Eingtum von nem junge weiße Gentleman vergreifn un sich Prügel dafür holn wolle? Dann hab ich jedem zehn Cent gebn, un se warn unheimlich zfriede un wollte, 's kämn noch mehr Flöß un machn se widder reich. Die sin unheimlich gut zu mir, die Nigger, un wenn ich will, daß se was für mich tun, brauch ich se net zweimal bittn, Kleiner. Dr Jack is en guter Nigger, un was für en schlauer!«

»Stimmt. Der hat gar nichts davon gesagt, daß du hier bist; hat bloß gesagt, ich soll mitkommen, und er zeigt mir nen Haufen Mokassinschlangen. Wenn irgendwas passiert, wird *er* nicht reingezogen. Der kann dann sagen, er hätt uns nie zusammen gesehn, und das ist ja auch die Wahrheit.«

Ich will über den nächsten Tag nicht viel Worte verlieren. Ich schätz, ich mach's ganz kurz. Ich bin im Morgengrauen aufgewacht und will mich nochmal umdrehn und weiterschlafen, da fällt mir auf, wie still alles ist – es war, scheint's, noch niemand wach. Das war seltsam. Dann ist mir aufgefallen, daß Buck schon fort war. Ganz erstaunt steh ich auf und bin nach unten – niemand da; alles war mucksmäuschenstill. Draußen genau das gleiche: Was hat denn das zu bedeuten? denk ich bei mir. Unten beim Holzstoß treff ich meinen Jack und frag ihn:

»Was ist denn los?«

Da sagt er:

»Wissen Sie's noch nich, Master Dschodsch?«

»Nee.«

»Nu, Miss Sophia is weggelaufn! Einfach so! Inner Nacht irndwann is se weggelaufn – keiner weiß genau, wann – um sich mit 'm junge Harney Shepherdson zu verheiraten, Se wissen doch, wer – wenigstens glauben des alle. De Familje hat's vor ner halben Stund oder so entdeckt – vielleicht auch en bißle länger – un ich *sag* Ihn, die ham keine Zeit verlorn. Wie die ruck-zuck Flinten un Pferd fertiggemacht ham, so was ham *Sie* noch nich gesehn! De Weibsleut sin weg, de Verwandtschaft wekken, un der alt Master Saul un die Jungs schnappen sich ihre Flinten, reiten 'n Uferweg rauf un versuchen, den junge Mann zu erwischen, vor der mit Miss Sophia übern Fluß is. Ich glaub, daß des noch verdammt schlimm ausgeht.«

»Und Buck ist fort, ohne mich zu wecken!«

»Ja doch. Se wolln Sie nich reinziehn, ham se gesagt. Master Buck der hat seine Flint geladen un geschworn, er will sich en Shepherdson holn oder krepiern. Nu, von den wern ja jede Menge da sein, denk ich mir, un Sie könn sich drauf verlassn, daß er sich ein holt, wenn er ne Chance kriegt.«

Ich bin zum Uferweg rauf und nur noch so gerannt. Schon bald hör ich ziemlich weit weg Schüsse. Als der Holzhandel und die Holzstapel in Sicht kamen, hab ich mir durch die Bäume und die Büsche einen Weg gebahnt, bis ich an einen guten Platz kam, und da bin ich in die Astgabel von ner Pappel raufgeklettert, die außer Schußweite war, und hab mich dann umgesehn. Ein Stück von dem Baum entfernt war ein vier Fuß hoher Holzstapel, und zuerst wollt ich mich hinter dem verstecken; aber zu meinem Glück hab ich's wohl nicht getan.

Auf dem offnen Platz vor dem Holzhandel sind vier oder fünf Männer fluchend und brüllend auf ihren Pferden rumgehopst und haben versucht, an zwei junge Burschen ranzukommen, die hinter dem Holzstapel längs von der Dampferlandestelle lagen, aber sie haben's weder so noch so geschafft. Jedesmal, wenn sich einer von ihnen auf der Flußseite zeigte, kam er unter Feuer. Die beiden Jungen hockten Rücken an Rücken, so konnten sie beide Seiten bewachen.

Schon bald hörten die Männer mit ihrem Rumgaloppieren und ihrem Gebrüll auf. Sie ritten in Richtung Holzhandel los; da steht einer von den Jungen auf, zielt ruhig und sicher über den Holzstapel und schießt einen von ihnen aus dem Sattel. Die Männer sprangen alle vom Pferd, packten den Verwundeten und trugen ihn zum Holzhandel; und im selben Moment sind die beiden Jungen losgerannt. Sie warn schon halb bei dem Baum, auf dem ich saß, eh's den Männern auffiel. Dann sehn die Männer sie, springen auf ihre Pferde und jagen ihnen nach. Sie haben wohl aufgeholt, aber es hat ihnen nichts genutzt, die Jungen hatten einen zu großen Vorsprung; sie kamen zu dem Holzstapel, der vor meinem Baum war, und haben sich dahinter verkrochen, und so waren die beiden wieder im Vorteil gegenüber den Männern. Der eine von den Jungen war Buck, und der andre war ein schlanker junger Kerl um die neunzehn.

Die Männer jagten ne Weile durch die Gegend und ritten dann weg. Sobald sie außer Sicht waren, hab ich Buck zugerufen und Bescheid gesagt. Er wurde zuerst nicht schlau aus meiner Stimme, die aus dem Baum kam. Er war unheimlich überrascht. Ich soll scharf aufpassen und ihm ein Zeichen geben, sagt er, wenn die Männer wieder in

Sicht kommen; die hätten nämlich irgend so ne Teufelei vor – lang würd es nicht mehr dauern. Wär ich doch bloß von dem Baum unten gewesen, aber ich hab mich nicht getraut runterzusteigen. Buck fing an zu weinen und zu fluchen, und er schwor, daß er und sein Vetter Joe (das war der andre junge Kerl) für diesen Tag noch Rache nehmen. Sein Vater und seine beiden Brüder wären erschossen, und auch zwei oder drei von den Feinden. In einem Hinterhalt hätten ihnen die Shepherdsons aufgelauert. Und sein Vater und seine Brüder hätten doch auf die Verwandten warten sollen – die Shepherdsons wärn zu stark für sie gewesen. Ich hab ihn gefragt, was aus dem jungen Harney und Miss Sophia geworden sei. Er sagte, sie seien übern Fluß gekommen und in Sicherheit. Ich war froh darüber; aber wie Buck dann lostobte, weil's ihm neulich, als er auf Harney schoß, nicht gelungen war, ihn zu töten – so was hab ich noch nie gehört.

Plötzlich gingen peng! peng! peng! drei oder vier Flinten los – die Männer waren im Bogen durch den Wald geschlichen und kamen jetzt ohne ihre Pferde von hinten an! Die Jungen rannten zum Fluß – beide waren sie verwundet – und während sie mit dem Strom flußab schwimmen, rennen die Männer am Ufer lang, haben auf sie geschossen und schreien: »Los! Schießt sie tot!« Mir wurd so übel davon, daß ich bald vom Baum runtergefallen bin. Ich will nicht *alles* erzählen, was dann passiert ist – es würd mir übel, wenn ich's nochmal müßte. Wär ich doch bloß in der Nacht neulich nicht an Land gekommen, um das nicht zu erleben! Ich krieg das nie wieder los – immer wieder träum ich davon.

Ich bin vor Angst auf dem Baum geblieben, bis es dunkel wurde. Manchmal hörte ich weit weg in den Wäldern noch Schüsse; und zweimal hab ich kleine Trupps von Männern mit Flinten an dem Holzhandel vorbeigaloppieren sehn; der Kampf geht also noch weiter, denk ich mir. Ich war unheimlich niedergeschlagen; und so hab ich mir vorgenommen, nie wieder in die Nähe von dem Haus zu kommen, ich hab nämlich geglaubt, daß ich irgendwie dran schuld war. Klar, der Zettel hatte bedeutet, Miss Sophia soll Harney irgendwo um halb drei treffen und mit ihm weglaufen; klar, ich hätt ihrem Vater was von dem Zettel erzählen sollen und auch wie komisch sie sich benahm, dann hätt er sie vielleicht eingesperrt, und dies schreckliche Gemetzel wär nie passiert.

Als ich wieder vom Baum unten war, bin ich ein Stück weit am Ufer langgeschlichen, fand die beiden Leichen am Rand im Wasser liegen und zog so lang an ihnen, bis ich sie an Land hatte; dann hab ich ihre Gesichter zugedeckt und bin weg, so schnell ich konnte. Ich hab ein wenig geweint, als ich Bucks Gesicht zudeckte, er war nämlich unheimlich gut zu mir gewesen.

Es war jetzt ganz dunkel. Ich bin nicht wieder in die Nähe von dem Haus, sondern in den Wald, und dann lief ich weiter in Richtung Sumpf. Jim war nicht auf seiner Insel, so bin ich schleunigst zu dem Bächlein und hab mich durch die Weiden gezwängt, um endlich an Bord zu springen und von dieser fürchterlichen Gegend wegzukommen – da war das Floß weg ! O je, war ich erschrokken! Die Luft ist mir bald eine Minute weggeblieben. Dann ließ ich nen Schrei los. Eine Stimme, keine fünfundzwanzig Fuß von mir weg, sagt:

»Himmel! Bis du des, Kleiner? Mach kein so 'n Lärm!«

Es war Jims Stimme – noch nie hat mir was so gut in den Ohren geklungen. Ich bin die paar Schritte am Ufer lang gerannt und an Bord gesprungen, und Jim, der hat mich gepackt und umarmt, so froh war er, mich zu sehn.

»Dr Himmel segne dich, Kind«, sagt er, »ich hab schon fest geglaubt, daß du widder tot bis. Jack is da gewesn; er sagt, se ham dich bestimmt erschossn, von wege daß du net mehr nach Haus gekommn bis; drum wollt ich eben grad mit em Floß zu dr Mündung von dem Bächle, damit ich startklar bin un wegfahrn kann, wenn Jack widderkommt und mir sagt, daß du auch bestimmt tot *bis*. Himmel, was bin ich froh, dich widderzuham, Kleiner.«

»Gut«, sag ich, »das ist prima; die werden mich jetzt nicht finden und denken sicher, ich bin tot und den Fluß runtergetrieben – da oben liegt auch was, daß sie an so was denken – verlier also keine Zeit, Jim, und fahr raus auf den großen Fluß, so schnell du kannst.«

Ich fühlte mich erst wieder wohl, als das Floß zwei Meilen weiter unten mitten auf dem Mississippi trieb. Dann haben wir unsre Signallaterne aufgehängt und kamen uns wieder frei und sicher vor. Seit gestern hatte ich keinen Bissen mehr gegessen; so hat Jim ein paar hartgebackne Maiskuchen und Buttermilch und Schweinefleisch und Kohl und Kräuter rausgeholt – auf der ganzen Welt gibt's nichts Beßres, wenn's richtig gekocht ist – und während ich zu Abend eß, haben wir uns unterhalten und den Abend genossen. Ich war heilfroh, von den Fehden wegzukommen, und Jim war heilfroh, von dem Sumpf wegzukommen. Wir sagten uns, daß es doch nirgends so ein Zuhause gibt wie auf einem Floß. Woanders kommt man sich so eingezwängt und erstickt vor, aber auf einem Floß nicht. Man fühlt sich wunderbar frei und leicht und behaglich auf einem Floß.

Kapitel 19

Der Herzog und der Dauphin kommen an Bord

Zwei oder drei Tage und Nächte gingen rum; schätze, ich könnte auch sagen, sie schwammen vorbei, so ruhig und sanft und schön schwebten sie vorüber. Und so haben wir unsre Zeit zugebracht. Der Fluß war hier unten unheimlich breit – manchmal anderthalb Meilen; wir fuhren nachts, legten tagsüber an und versteckten uns; bevor die Nacht ganz um war, haben wir die Fahrt eingestellt und machten fest – fast immer im stehenden Wasser unterhalb von nem Strohkopf; dann schnitten wir junge Pappeln und Weiden und deckten das Floß damit zu. Dann legten wir die Leinen aus. Danach glitten wir in den Fluß rein und schwammen, um uns zu erfrischen und abzukühlen; dann setzten wir uns auf den sandigen Grund, wo das Wasser ungefähr kniehoch stand, und sahn zu, wie es Tag wurde. Nirgendwo ein Laut – alles vollkommen still – grad wie wenn die ganze Welt schläft, nur manchmal das Gequake von Ochsenfröschen vielleicht. Zuerst sah man, wenn man weit übers Wasser blickte, nur so eine trübe Linie – das war der Wald am andern Ufer – sonst konnte man nichts erkennen; dann ein blasser Fleck am Himmel; dann immer mehr Blässe, die sich ringsum ausdehnte; dann hat sich der Fluß, weit in der Ferne, aufgehellt und war nicht mehr schwarz, sondern grau; und ganz, ganz fern sah man kleine Punkte treiben – Frachtkähne und solche Fahrzeuge; und lange schwarze Striche – Flöße; manchmal hörte man ein langes Ruder quietschen; oder durcheinanderschwirrende Stimmen – es war so still, und die Geräusche kamen von so weit weg; und bald sah man einen Streifen auf dem Wasser und erkannte daran, wie er aussah, daß da ein Baumstumpf in der schnellen Strömung war, die sich an dem Baumstumpf brach und den Streifen deshalb so aussehn ließ; und man sieht jetzt wie der Nebel sich vom Wasser emporkräuselt, und wie der Osten sich rötet, und dann auch der Fluß, und man entdeckt weit drüben, am andern Flußufer, eine Blockhütte am Waldrand, ein Holzhandel vermutlich, wo das Holz von diesen Betrügern da so aufgestapelt wird, daß man überall nen Hund durchwerfen kann; dann kommt die pünktliche Morgenbrise auf und fächelt einen von dort drüben so kühl und frisch und süß duftend nach Wald und Blumen an; manchmal aber auch nicht, weil sie tote Fische haben rumliegen lassen, Hornhechte und andres Fischzeug, und die entwickeln doch einen Heidengestank; und dann ist's hellichter Tag, und alles lächelt in der Sonne, und die Singvögel trällern los.

Ein bißchen Rauch konnte man jetzt nicht sehn, so haben wir ein paar Fische von den Leinen genommen und uns ein warmes Frühstück gekocht. Und nachher sahn wir der Flußeinsamkeit zu, faulenzten vor uns hin und faulenzten uns allmählich wieder in den Schlaf rein. Wachen dann nach ner Weile wieder auf und sehn nach, was uns geweckt hat, und sehn vielleicht ein Dampfschiff, das weit drüben am andern Ufer den Strom raufkeucht, so daß man nichts an ihm erkennen kann, außer ob es eins mit Heck- oder Seitenrad ist; dann war vielleicht ne Stunde lang nichts zu sehn und nichts zu hörn – nichts als Einsamkeit. Dann wieder sieht man doch ein Floß weit drüben vorbeigleiten, vielleicht auch nen halbwüchsigen Matrosen, der grade Holz drauf hackt, weil die das beinah immer auf einem Floß machen; man sieht die Axt blitzen und runtersausen – hören tut man nichts; man sieht die Axt wieder hochgehn, und erst als sie überm Kopf von dem Mann schwebt, hört man das Tschank! – so lang hat's gedauert, bis es übers Wasser kam. So brachten wir also die Tage rum, faulenzend und in die Stille horchend. Einmal war dicker Nebel, und die Flöße und alles, was vorbeifuhr, hat auf Blechpfannen getrommelt, um nicht von den Dampfschiffen überfahren zu werden. Ein Frachtkahn oder ein Floß kam jetzt so dicht an uns vorbei, daß wir reden und fluchen und lachen hörten – ganz deutlich hörten; aber sehn konnten wir keine Spur davon; es wurd einem gruselig, es war, wie wenn Geister in der Luft rumorten. Jim sagte, er glaubt, das wärn Geister; aber ich hab behauptet:

»Nee, Geister sagen doch nicht: ›Vflucht, so 'n vfluchter Nebel!«

Sobald es Nacht wurde, stießen wir ab; und wenn wir das Floß in der Flußmitte hatten, überließen wir es sich selber und ließen's treiben, wo's die Strömung hinhaben wollte; dann haben wir die Pfeifen angezündet, ließen die Beine im Wasser baumeln und plauschten über dies und das – wir waren immer nackt, Tag und Nacht, wenn die Moskitos uns ließen – die neuen Klamotten, die Bucks Leute mir gemacht hatten, waren zu gut, um bequem zu sein, und außerdem gab ich auf Kleider nicht viel, wirklich.

Manchmal hatten wir lange Zeit den ganzen Fluß nur für uns. Drüben, überm Wasser, waren die Ufer und die Inseln, und vielleicht ein Funken – das war ne Kerze in einem Hüttenfenster – und manchmal sah man auch auf dem Wasser ein oder zwei Funken – auf einem Floß oder einem Frachtkahn nämlich; und vielleicht hörte man auch ne Fiedel oder ein Lied von einem von den Fahrzeugen. Es ist herrlich, auf einem Floß zu leben. Wir hatten den Himmel über uns, ganz mit Sternen übersät, und oft lagen wir auf dem Rücken und sahn zu ihnen hoch und diskutierten dann drüber, ob sie erschaffen sind oder einfach so da – Jim, der meinte, sie wärn erschaffen, ich dagegen meinte, sie wärn einfach so da; ich fand, es hätt zu lang gedauert, so viele zu *erschaffen*. Jim sagte, der Mond könnt sie doch *gelegt* haben; ja, das klang ziemlich einleuchtend, drum hab ich nichts dagegen gesagt, ich hab nämlich mal nen Frosch bald ebensoviel legen sehn, also war das natürlich möglich. Wir beobachteten auch immer die Sterne, die herabfielen, und sahn zu, wie sie runtersausten. Jim meinte, die wärn faul und aus ihrem Nest geworfen worden.

Ein- oder zweimal sahn wir in der Nacht ein Dampfschiff sich im Dunkeln vorbeischieben, und ab und zu hat es ne Unmenge Funken aus seinen Schloten gespuckt, und die sind dann in den Fluß geregnet und sahn wunderhübsch aus; dann ist das Schiff um nen Vorsprung gebogen, seine Lichter sind verloschen, das Gekeuche ist verstummt, und der Fluß lag wieder still da; und nach ner Weile, lang nachdem es vorbei war, kamen seine Wellen zu uns, haben das Floß ein bißchen geschaukelt, und danach hat man, ich weiß nicht wie lange, gar nichts mehr gehört, außer vielleicht Frösche oder so Getier.

Nach Mitternacht sind die Leute an Land ins Bett, und dann waren die Ufer zwei oder drei Stunden lang schwarz – keine Funken mehr in den Hüttenfenstern. Diese Funken waren unsre Uhr – der erste, der sich wieder zeigte, hat bedeutet, daß der Morgen jetzt kam, und da haben wir gleich nach einem Versteck gesucht und festgemacht.

An einem Morgen, es dämmerte grade, hab ich ein Kanu gefunden und fuhr mit dem über eine Stromschnelle zum großen Ufer rüber – es waren bloß zweihundert Yard – und bin dann ungefähr ne Meile zwischen Zypressenwäldern raufgepaddelt, um zu sehn, ob ich ein paar Beeren kriegen kann. Und grade, wie ich an ne Stelle kam, wo so ein Kuhpfad das Flüßchen überquerte, da kommen zwei Männer, einer dem andern dicht auf den Fersen, den

Pfad langgewetzt. Jetzt bist du verloren, denk ich mir; jedesmal nämlich, wo irgendeiner hinter jemand her war, hab ich geglaubt, daß es *mich* traf – oder vielleicht Jim. Ich wollt schnell meine Haut retten, aber da waren sie auch schon ziemlich nah bei mir, haben gerufen und gebettelt, ich soll ihr Leben retten – sie hätten nichts getan und würden trotzdem verfolgt – es seien nämlich Männer mit Hunden hinter ihnen her. Sie wollten schon reinspringen, aber ich hab sie gewarnt:

»Tun Sie das ja nicht. Ich höre nämlich die Hunde und Pferde noch nicht; Sie haben genug Zeit, sich durchs Gesträuch zu schlagen und das Flüßchen ein Stück weit hinaufzugehn; dann begeben Sie sich ins Wasser und waten zu mir runter und steigen ein – das wird die Hunde von der Spur ablenken.«

Das haben sie auch getan, und kaum waren sie an Bord, bin ich auf und davon zu unserm Strohkopf, und nach so fünf bis zehn Minuten hörten wir hinter uns die Hunde und die Männer lärmen. Wir hörten sie zum Flüßchen kommen, konnten sie aber nicht sehn; sie hielten, scheint's, da und trieben sich ne Weile rum; dann, als wir uns weiter und weiter entfernt haben, konnten wir sie kaum noch hören; und als wir ne Meile Wald hinter uns hatten und den Fluß erreichten, war wieder alles still, und wir sind zu unserm Strohkopf rübergepaddelt und versteckten uns zwischen den Pappeln und waren in Sicherheit.

Einer von diesen Kerlen war um die siebzig oder aufwärts, hatte nen kahlen Kopf und nen ganz grauen Backenbart. Er hatte nen alten zerbeulten Schlapphut auf, trug ein dreckiges blaues Wollhemd und zerlumpte alte blaue Baumwollhosen, die er in seine Stiefelstulpen reingestopft hatte, und gestrickte Hosenträger – nein, es war bloß einer. Er hatte nen alten blauen langschwänzigen

Baumwollrock überm Arm hängen mit abgewetzten Messingknöpfen, und beide haben sie große pralle, schäbig aussehende Reisetaschen getragen.

Der andre Kerl war um die dreißig und fast genauso widerlich angezogen. Nach dem Frühstück haben wir uns alle ausgeruht und unterhielten uns, und als allererstes kam raus, daß keiner von diesen Knilchen den andern kannte.

»Was hat Sie denn so in Schwierigkeiten gebracht?« hat der Glatzkopf den andern Knilch gefragt.

»Nun ja, ich habe eine Ware verkauft, die den Zahnstein von den Zähnen holt – und sie entfernt ihn auch wirklich, und im allgemeinen den Schmelz gleich mit – aber ich bin wohl eine Nacht länger geblieben, als ich hätte sollen, und war eben im Begriff, mich fortzustehlen, als Sie mir auf dem Trampelpfad auf dieser Seite der Stadt begegnet sind und mir sagten, man sei hinter Ihnen her, und mich baten, Ihnen bei der Flucht zu helfen. Da sagte ich Ihnen, daß ich selbst Schwierigkeiten zu gewärtigen hätte und mich *mit* Ihnen zusammen aus dem Staub machen wollte. Das ist die ganze Geschichte – und die Ihre?«

»Tja, ich hab dort so ne kleine Abstinenzlermission betrieben, ne Woche oder so, und war der Liebling von den Weibsleuten, großen und kleinen, weil ich den Saufbrüdern mächtig eingeheizt hab, kann ich Ihnen *sagen*, und gut und gern fünf, sechs Dollar hab ich pro Abend kassiert – zehn Cent pro Kopf, Kinder und Nigger gratis – und 's Geschäft lief immer besser; aber gestern abend ist aus irgendnem Grund so 'n kleines Gerücht umgegangen, daß ich selber die Angewohnheit hab, mir mit dem eignen Krug die Zeit zu vertreiben – klammheimlich. 'n Nigger hat mich heut morgen geweckt und mir gesagt, die Leut treffen sich heimlich, still und leise, mit Pferden und Hunden, und sie seien bald da und geben mir ne halbe Stunde oder so Vorsprung, und dann wollten sie mich einfangen, wenn sie könnten; und wenn sie mich hätten, würden sie mich teeren und federn und auf der Stange reiten lassen, garantiert. Ich hab nicht mehr aufs Frühstück gewartet – der Hunger war mir vergangen.«

»Alter«, sagt der Jüngere, »ich glaube, wir würden ein gutes Gespann abgeben; was meinen Sie?«

»Bin nicht abgeneigt. Was ist Ihr Fach – so hauptsächlich?«

»Bin Druckergeselle von Beruf; arbeite ein wenig an Patentarzneien; bin Schauspieler – Tragödie, verstehen Sie? Versuche es mit Mesmerismus[1] und Phrenologie[2], wenn sich eine Gelegenheit bietet; gebe zur Abwechslung einen Kurs in Gesangsgeographie[3]; halte manchmal Vorträge – oh, ich tue eine Menge Dinge – fast alles, was sich anbietet, so lange es nicht in Arbeit ausartet. Was ist Ihr Metier?«

»Ich hab seinerzeit viel im Heilberuf praktiert. Handauflegn is meine Spezialität – gegen Krebs und Lahmheit und sowas; und ich kann ziemlich gut wahrsagn, wenn ich jemand bei mir hab, der die Tatsachen für mich rausfindet. Predigen schlägt auch in mein Fach; und religiöse Versammlungen melken; und Rummissionieren.«

Eine Zeitlang sagte keiner einen Ton; dann hat der Jüngere einen Seufzer ausgestoßen:

»Ach!«

»Was ächzen Sie denn so rum?« fragt ihn der Glatzkopf.

1 Lehre von der Heilkraft des animalischen Magnetismus, nach dem deutschen Arzt Franz Mesmer (1734–1815).

2 Wissenschaftlich nicht haltbare Lehre im 18. und 19. Jh., nach der Charakter und Intellekt eines Menschen bereits an der Form seines Kopfes bzw. Schädels durch Rückschlüsse auf die darunterliegenden Rindenfelder des Großhirns zu erkennen seien.

3 Erdkunde in Form gereimter Lieder.

»Nicht zu denken, daß ich gelebt haben sollte, um ein solches Leben zu führen und zu einer solchen Gesellschaft herabgewürdigt zu werden!« Und gleich hat er sich auch mit nem Fummel den Augenwinkel gewischt.

»Sie verdammter Balg, issen diese Gsellschaft nich gut genug für Sie?« sagt der Glatzkopf ziemlich frech und hochnäsig.

»Doch, doch! Sie *ist* so gut wie ich sie verdient habe; denn wer hat mich so tief gestürzt, mich, der ich so hoch stand? *Ich* selbst. Nicht *Ihnen* gebe ich die Schuld, meine Herren – das sei mir fern; ich gebe niemandem die Schuld. Ich habe das alles verdient. Soll doch die kalte Welt so schlecht sein, wie sie will; eines weiß ich – irgendwo ist für mich ein Grab. Mag die Welt sich gebärden, wie sie's immer getan hat, und mir alles wegnehmen – geliebte Menschen, Besitz und alles – aber das kann sie mir nicht nehmen. Eines Tages werde ich mich hineinlegen und das alles vergessen, und mein armes gebrochenes Herz wird dann Ruhe finden.« Er hat weitergewischt.

»Sie könn uns gestohlen bleiben mit Ihrem armen gebrochnen Herzen,« sagt der Glatzkopf, »wieso kotzen Sie grad vor *uns* Ihr armes gebrochnes Herz aus? *Wir* ham nix getan.«

»Nein, ich weiß. Sie nicht. Ihnen mache ich keinen Vorwurf. Ich habe mich selbst zu Fall gebracht – ja, ich war es selbst. Es ist nur gerecht, daß ich leide – vollkommen gerecht – ich jammere nicht.«

»Von wo zu Fall? Von wo sin Se zu Fall gekommen?«

»Ach, Sie würden mir nicht glauben; die Welt glaubt nie – reden wir nicht mehr davon – hat nichts zu bedeuten. Das Geheimnis meiner Geburt –«

»Das Geheimnis von Ihrer Geburt? Wolln Se etwa sagen –«

»Meine Herren«, sagt da der junge Mann sehr feierlich,

»ich will es Ihnen entdecken, ich spüre, ich kann Ihnen vertrauen. Von Rechts wegen bin ich ein Herzog!«

Jim sind die Augen rausgequollen, als er das gehört hat; und ich schätze, mir auch. Dann sagt der Glatzkopf: »Nee, das is doch nich Ihr Ernst!«

»Doch, so ist es. Mein Urgroßvater, der älteste Sohn des Herzogs von Bridgewater, floh gegen Ende des vorigen Jahrhunderts in dies Land, um die reine Luft der Freiheit zu atmen; er heiratete hier und starb, einen Sohn hinterlassend, und sein eigener Vater starb etwa um dieselbe Zeit. Der zweite Sohn des verstorbenen Herzogs riß Titel und Vermögen an sich – der noch kleine, wahre Herzog wurde übergangen. Ich bin der direkte Nachkomme dieses Kindes – ich bin der rechtmäßige Herzog von Bridgewater; und hier stehe ich, verlassen, verstoßen von meinem hohen Stand, verfolgt von den Menschen, verachtet von der kalten Welt, zerlumpt, geschunden, mit gebrochenem Herzen und herabgewürdigt zu der Gesellschaft von Verbrechern auf einem Floß!«

Jim hat ihn zutiefst bedauert, und ich auch. Wir haben versucht, ihn zu trösten, aber er sagte, es hätt nicht mehr viel Zweck, er sei fast untröstlich; aber wenn wir ihn anerkennen wollten, so täte ihm das wohler als fast alles sonst; wir wollten's schon, sagten wir da, er sollt uns nur erklären wie. Er sagte, wir sollten uns verbeugen, wenn wir mit ihm sprechen, und »Euer Gnaden« oder »Mylord« oder »Euer Lordschaft« zu ihm sagen – aber er hätt auch nichts dagegen, wenn wir einfach Bridgewater zu ihm sagten, was nämlich sowieso ein Titel, und kein Name sei; und einer von uns sollte ihn bei Tisch bedienen und jede Kleinigkeit für ihn tun, die er haben wollte.

Das war alles leicht, und so haben wir's getan. Jim ist das ganze Mittagessen über rumgestanden, hat ihn bedient und gesagt: »Wolln Eu'r Gnadn was hiervon oder was davon ham?« und so weiter, und man sah leicht, daß ihm das höchst angenehm war.

Aber der Alte wurde allmählich ziemlich schweigsam – hatte nicht viel zu sagen und sah nicht grad zufrieden aus, wie dieser Herzog so verhätschelt wurde. Er schien was auf dem Herzen zu haben.

»Hör mal, Bilgewater[4]«, sagt er irgendwann am Nachmittag, »du tust mir kolossal leid, aber du bist nich der einzige, der solche Scherereien wie die gehabt hat.«

»Nein?«

»Nee, gar nicht. Du bist auch nich der einzige, den se widerrechtlich vom hohen Roß gestoßn ham.«

»Ach!«

»Nee, du bist auch nich der einzige, der ein Geheimnis von seiner Geburt hat.« Und, ojemine! jetzt fängt *der* an zu heulen.

»Halt! Was meinst du damit?«

»Bilgewater, kann ich dir vertraun?« sagt der Alte immer noch ziemlich schluchzend.

»Bis in den bitteren Tod!« Er hat den Alten an der Hand genommen und die gedrückt und sagt dann: »Das Geheimnis deines Seins: sag an!«

»Bilgewater, ich bin der letzte Dauphin!«

Wetten, daß Jim und ich diesmal nur noch so glotzten! Da sagt der Herzog:

»Was bist du?«

»Ja, mein Freund, es ist nur zu wahr – deine Augen erblicken in eben dem Moment den armen verschwundnen Dauphin Lui den Siebzehnten, den Sohn von Lui dem Sechzehnten und Marie Antonette.«

»Du! Bei deinem Alter! Du meinst wohl, du bist Karl

4 Aus Bridgewater (»Bruckwasser«) wurde Bilgewater (»Bilgenwasser«), d. i. Brackwasser im Kielraum eines Schiffes; umgangssprachlich bedeutet *bilge* auch »Quatsch«.

der Große selig; du mußt doch wenigstens sechs-, siebenhundert Jahre alt sein.«

»Der Kummer hat's gemacht, Bilgewater, der Kummer! Der Kummer hat mir diese grauen Haare und diese vorzeitige Kahlheit beschert. Ja, meine Herren, ihr seht hier vor euch, in blauem Baumwollzeug und Elend, den rumirrenden, verbannten, getretnen und leidenden rechtmäßigen König von Frankreich.«

Also, der hat geflennt und sich aufgeführt, daß ich und Jim uns kaum mehr zu helfen wußten, so leid tat er uns – und so froh und stolz waren wir auch, daß wir ihn bei uns hatten. Wie vorher beim Herzog machten wir uns wieder an den Versuch, diesmal *ihn* zu trösten. Aber er sagte, es hätt kein Zweck mehr, nichts außer tot und mit allem fertig sein, könnt ihm noch wohltun; trotzdem aber würd es ihm oft für ne Weile leichter und wohler, wenn die Leute ihn gemäß seinen Rechten behandeln und sich auf ein Knie runterlassen, wenn sie mit ihm sprechen, ihn stets mit »Euer Majestät« anreden, ihn zuerst bei den Mahlzeiten bedienen und sich in seiner Gegenwart solang nicht hinsetzen, bis er sie dazu auffordert. So haben Jim und ich also angefangen, ihn zu majestätsen, dies und das und jenes für ihn zu machen und aufzustehn, bis er uns sagte, wir dürften uns wieder hinsetzen. Das tat ihm unheimlich gut, und so wurd er wieder heiter und vergnügt. Aber der Herzog nahm's ihm ziemlich krumm und sah kein bißchen zufrieden aus, so wie die Dinge sich entwickelten; trotzdem aber benahm sich der König echt freundlich ihm gegenüber und sagte, vom Urgroßvater des Herzogs und von allen Herzögen von Bilgewater hätte *sein* Vater große Stücke gehalten, und die hätten oft in seinen Palast kommen dürfen; aber der Herzog, der hat noch ne ganze Weile geschmollt, bis der König dann sagt:

»Sieht doch ganz danach aus, Bilgewater, daß wir ne verdammt lange Zeit auf dem Floß da zusammenbleiben müssen, was hat's also für 'n Sinn, beleidigt zu sein? Das macht alles bloß so ongemütlich. Is doch nich meine Schuld, daß ich nich als Herzog geborn bin, und auch nich deine, daß du nich als König geboren bist – zu was also willste dich rumärgern? Mach das Beste ausen Dingen, wie se sind, sag ich immer – das is meine Devise. Is doch gar nich übel, wie wir's hier getroffn ham – jede Menge zu futtern und 'n bequemes Leben – komm, gib uns die Hand, Herzog, und laß uns alle Freunde sein.«

Das hat der Herzog dann auch getan, und Jim und ich waren sehr froh darüber. Die ganze Ungemütlichkeit war wie weggeblasen, und wir fühlten uns richtiggehend erleichtert darüber, weil's doch ne traurige Sache gewesen wäre, irgendeine feindselige Stimmung auf dem Floß zu haben; was man nämlich auf einem Floß vor allem andern haben möchte, ist, daß jeder zufrieden ist und sich mit den andern gut und freundlich stellt.

Es hat nicht lange gedauert, bis mir klar geworden ist, daß diese Lügner gar keine Könige und Herzöge waren, sondern ganz gemeine Hochstapler und Betrüger. Aber ich hab nie was davon gesagt; hab mir nie was anmerken lassen; hab's für mich behalten; das ist das beste; dann hat man keinen Streit und kriegt keinen Ärger. Wenn die wollten, daß wir sie Könige und Herzöge nannten, hatte ich nichts dagegen einzuwenden, sofern das den Familienfrieden erhielt; und das Jim zu erzählen, hatte ja kein Sinn, also hab ich's gelassen. Wenn ich sonst nichts von Pap gelernt habe, so doch das, daß man mit solchen Menschen wie ihm am besten auskommt, wenn man ihnen das Sagen läßt.

Kapitel 20

Wie der König Pokeville ausgenommen hat

Sie stellten uns ne ganz schöne Menge Fragen: wollten zum Beispiel wissen, wieso wir das Floß zudeckten und tagsüber beidrehten, anstatt zu fahren – und war Jim vielleicht ein weggelaufner Nigger?

»Um Himmels willen, nee«, sag ich, »würd denn ein weggelaufner Nigger in den *Süden* fahren?«

Nein, meinten sie, auf gar keinen Fall. Ich mußte also die Dinge irgendwie erklären:

»Meine Leut«, sag ich, »haben in Pike County in Missouri gewohnt, wo ich auch geboren bin, und die sind alle gestorben außer mir und Papa und meinem Bruder Ike. Papa, der hat gemeint, er sollt jetzt alles auflösen und dann flußab fahren und bei Onkel Ben wohnen, der so ne kleine Klitsche am Fluß hat, vierundzwanzig Meilen unterhalb von Orleans. Papa war ziemlich arm und hatte auch einige Schulden; als er dann abgerechnet hatte, sind uns nur noch sechzehn Dollar und unser Nigger Jim geblieben. Das war natürlich nicht genug, um uns als Deckpassagiere oder auch sonstwie vierzehnhundert Meilen weit zu befördern. Na ja, als dann der Fluß anstieg, hatte Papa eines Tages mal ne Glückssträhne; er hat das Floßstück hier erwischt; und so haben wir uns gedacht, fahren wir doch auf dem nach Orleans runter. Aber Paps Glück hat nicht angehalten: ein Dampfer ist uns in einer Nacht mal über die Vorderecke vom Floß gefahren, und wir sind alle grad noch über Bord und unters Schiffsrad getaucht; Jim und ich sind wieder heil hochgekommen, aber Papa war betrunken und Ike erst vier Jahre alt, deswegen sind die nicht mehr hochgekommen. Tja, und in den nächsten zwei, drei Tagen hatten wir allerhand Ärger, die Leute sind nämlich ständig in Booten rausgekommen und haben versucht, mir Jim wegzunehmen; der wär bestimmt ein weggelaufner Nigger, sagten die. Aber jetzt fahren wir nicht mehr tags; nachts belästigen sie uns nicht.«

»Überlaßt das nur mir«, sagt dann der Herzog, »eine Methode auszutüfteln, wie wir am Tag fahren können, wenn wir das wollen. Ich überlege mir mal die Sache – ich werde mir schon einen passenden Plan ausdenken. Lassen wir's für heute; am hellichten Tag wollen wir natürlich nicht an dem Ort dort drüben vorbeifahren – das könnte zu heiß für uns werden.«

Gegen Abend wurd es immer finstrer und sah nach Regen aus; ein Wetterleuchten züngelte tief unten am Himmel rum, und die Blätter fingen an zu zittern – es braute sich was zusammen, das war leicht zu sehn. So haben sich der König und der Herzog an die Untersuchung von unserm Wigwam gemacht; sie wollten sehn, wie die Betten sind. Mein Bett war ein Strohsack – besser als Jim seins, seins war ne Maislieschenmatte: in einer Lieschenmatte stecken immer Kolben drin, die knuffen und wehtun; und wenn man sich umdreht, hören sich die trocknen Lieschen an, wie wenn man sich in nem Haufen dürren Laub umdreht; das macht so ein Geraschel, daß man davon aufwacht. Der Herzog meinte natürlich, er nimmt mein Bett; aber der König meinte, das geht nicht.

»Ich möcht doch meinen«, sagt er, »daß der Unterschied in unserm Rang dir hätt eingeben müssen, daß ein Maislieschenbett sich nicht grad zum drauf Schlafen für mich schickt. Euer Gnaden werden das Lieschenlager selber nehmen.«

Jim und ich schwitzen wieder ne Minute lang, wir hatten Angst, es könnt schon wieder Streit zwischen denen geben; so waren wir heilfroh, als der Herzog sagt:

»Mein Schicksal ist's, stets in den Kot gestreckt zu werden von der Unterdrückung eiserner Knute. Unglück hat meinen einst stolzen Sinn gebrochen; ich weiche; ich gehorche; 's ist mein Schicksal. Ich bin allein in dieser Welt – laßt mich nur leiden; ich kann es ertragen.«

Als es dann stockdunkel war, fuhren wir weiter. Der König sagte, wir sollten zur Flußmitte raussteuern und kein Licht zeigen, bis wir ein gutes Stück unterhalb von dem Ort wären. Schon bald kam das kleine Lichterbündel in Sicht – das war der Ort –, und wir sind ungefähr ne halbe Meile dran vorbeigetrieben, unbehelligt. Als wir ne Dreiviertelmeile unterhalb waren, haben wir unsre Signallaterne aufgezogen; und gegen zehn hat's dann losgeregnet und gestürmt und gedonnert und geblitzt, als wär der Teufel los; der König sagte, wir sollen deshalb beide Wache stehn, bis das Wetter sich wieder bessert; dann sind er und der Herzog in den Wigwam reingekrochen und haben sich für die Nacht hingehauen. Meine Freiwache ging bis zwölf, aber ich hätt mich jetzt sowieso nicht hingehauen, auch wenn ich ein Bett gehabt hätte; man sah nämlich längst nicht alle Tage in der Woche so nen Sturm. Sakrament! wie hat da der Wind geheult! Und alle paar Sekunden kam ein Blitz, der die Schaumkronen um uns rum ne halbe Minute lang aufleuchten ließ, und die Inseln hat man wie Staub durch den Regen schimmern sehn, und die Bäume zappelten im Wind; und dann *zack*! geht's los und – bum! bum! bumbel-umbel-um-bum-bum-bum-bum – rollt der Donner holterdiepolter fort und hört auf – und dann *zisch*! kommt wieder ein Blitz, und wieder so ein Mordskracher. Manchmal haben mich die Wellen bald vom Floß weggespült, aber ich hatte keine Kleider an, und so war's mir egal. Den Ärger mit den Baumstümpfen im Wasser warn wir jetzt los; die Blitze haben geleuchtet und sind nur so um uns rumgezuckt, so daß wir die immer schon längst gesehn hatten und so den Floßbug in die oder jene Richtung rumwerfen konnten, um ihnen auszuweichen.

Ich hatte nämlich die Mittelwache, aber inzwischen war ich ziemlich schläfrig, und da hat Jim gesagt, er nimmt mir die erste Hälfte von meiner Wache ab; er war in so was immer richtig kameradschaftlich, der Jim. Ich bin also in den Wigwam reingekrochen, aber der König und der Herzog streckten ihre Beine so in der Gegend rum, daß für mich nichts mehr übrigblieb; so hab ich mich draußen hingelegt – der Regen hat mir nichts ausgemacht, es war ja warm, und die Wellen schlugen jetzt auch nicht mehr so hoch. Gegen zwei kamen sie aber wieder, und Jim wollt mich schon wecken, aber dann hatte er sich's doch anders überlegt; die Wellen wärn doch nicht hoch genug, um Schaden anzurichten, meinte er. Aber darin hatte er sich getäuscht; nach ner Weile ist urplötzlich ein richtiger Reißer angekommen und hat mich von Bord gefegt. Jim hat sich halbtot gelacht. Es gab sowieso keinen Nigger mehr, der so leicht gelacht hat wie er.

Ich übernahm dann die Wache, und Jim, der hat sich hingelegt und losgeschnarcht; und bald war das Gewitter dann endgültig vorbei; und gleich beim ersten Hüttenlicht, das sich zeigte, hab ich ihn geweckt, und wir steuerten das Floß in ein Tagesversteck wie sonst auch.

Nach dem Frühstück holte der König ein altes, schäbiges Kartenspiel, und er und der Herzog spielten eine Zeitlang Seven-up[1] um fünf Cent pro Spiel. Dann hatten sie genug und sagten, sie wollten jetzt »einen Feldzug planen«, wie sie das nannten. Der Herzog tauchte in seine Reisetasche und hat ne Menge kleine, bedruckte Handzettel rausgefischt. Auf einem stand, »Der berühmte Dr.

1 Beliebtes Kartenspiel in den USA.

Armand de Montalban aus Paris« wird an dem und dem Ort, am Soundsovielten, »einen Vortrag über die Wissenschaft von der Phrenologie halten«, Eintritt zehn Cent, und »Charaktertafeln zu fünfundzwanzig Cent das Stück erstellen«. Der Herzog sagte, *er* sei das. Auf einem andern Zettel war er der »weltberühmte Shakespere-Tragöde Garrick der Jüngere vom Drury Lane Theatre in London«.[2] Auf wieder andern Zetteln hatte er viele andre Namen und noch andre wunderbare Dinge vollbracht, wie Wasser- und Goldschürfen mit einer »Wünschelrute«, »Austreibung von Hexenzauber« und so weiter.

»Aber die Muse der Schauspielkunst«, sagt er nach ner Weile, »ist mir doch die liebste von allen. Hast du je auf den Brettern gestanden, Königreich?«

»Nee«, sagt der König.

»Dann sollst du's, noch eh du drei Tage älter bist, Gefallne Größe«, sagt der Herzog. Im ersten guten Ort, in den wir kommen, mieten wir uns einen Saal und spielen den Schwertkampf aus *Richard III.* und die Balkonszene aus *Romeo und Julia.* Was hältst du davon?«

»Bin absolut dabei, wo was rausspringt, Bilgewater, aber vom Schauspielern versteh ich ja überhaupt nichts und hab auch nie viel davon gesehn. Ich war noch zu klein, als Papa se immer bei sich im Palast hatte. Glaubst du, du kannst's mir beibringen?«

»Mit Leichtigkeit!«

»Sehr gut. Ich suche sowieso schon krampfhaft nach was Neuem. Fangen wir doch gleich an.«

Da erzählte der Herzog dem König ausführlich, wer

2 »Shakespere«, häufige Schreibweise im 19. Jahrhundert. – Einen »Garrick den Jüngeren« gab es in Wirklichkeit nicht. Der Irrtum ist wohl vom Herzog beabsichtigt, da er sicher wußte, daß der wahre David Garrick (1717–89), ein englischer Dramatiker und Shakespeare-Darsteller, im vorigen Jahrhundert gelebt hatte. Am Drury Lane Theatre in London traten der echte David Garrick und der berühmte Edmund Kean der Ältere (1789–1833) auf.

Romeo war, und wer Julia war, und sagte, er sei's gewohnt, den Romeo zu machen, und so könnte der König doch die Julia sein.

»Aber wenn die Julia doch so ein junges Gör ist, Herzog, sieht da mein kahlgeschorner Schädel und mein weißer Backenbart nicht doch zu komisch an ihr aus?«

»Nein, mach dir nur keine Sorgen – diese Bauerntölpel denken doch an so was gar nicht. Außerdem hast du ja ein Kostüm an, und das ist ein Unterschied wie Tag und Nacht; Julia steht auf einem Balkon und genießt das Mondlicht, eh sie zu Bett geht, und sie trägt ihre Nachtrobe und hat ihre Nachthaube mit Rüschen auf. Hier sind die Kostüme für die Rollen.«

Er holte zwei oder drei Anzüge aus Vorhangkattun, was, wie er sagte, die mittelaltertümliche Rüstung für Richard III. und den andern Kerl sei, und ein langes, weißes, baumwollenes Nachthemd und noch ne dazu passende Rüschenhaube. Der König war zufrieden; da holte der Herzog sein Buch und las die Rollen in einem höchst großartig-gestelzten Stil vor und ist dabei rumstolziert und hat Theater gemacht, um zu zeigen, wie's gemacht werden muß; dann hat er dem König das Buch gegeben und sagte, er soll seine Rolle auswendig lernen.

Ungefähr drei Meilen hinter der Flußbiegung lag ein kleines Kaff, und nach dem Essen sagte der Herzog, er hätt seine Idee jetzt ausgetüftelt, wie wir am Tag fahren können, ohne daß es für Jim gefährlich wird; er werde deshalb in den Ort runterfahren und die Sache in Ordnung bringen. Der König meinte, er geht auch mit, um mal zu sehn, ob er nicht ne Quelle zum Anzapfen findet. Der Kaffee war uns ausgegangen, und so sagte Jim, ich soll am besten auch im Kanu mit und welchen holen.

Als wir hinkamen, rührte sich da nichts; die Straßen waren leer und völlig ausgestorben und still wie am Sonntag. Wir fanden einen kranken Nigger, der in einem Garten hinterm Haus sich sonnte, und der sagte, alles, was Beine hatte zu gehn, sei zu der religiösen Versammlung, so zwei Meilen weiter hinten im Wald. Der König ließ sich den Weg zeigen und wollte hin und dieser Versammlung gewaltig das Fell über die Ohren ziehn, und ich könnt auch mit, sagte er.

Der Herzog sagte, er suchte speziell ne Druckerei. Wir fanden eine – ein Witz von einer Druckerei – über einer Zimmermannswerkstatt – die Zimmerleute und Drucker waren alle weg zur Versammlung und die Türen alle unverschlossen. Es war ein Dreckloch, alles lag rum, und die Wände waren vollgeschmiert mit Druckerschwärze, und dazwischen lauter Flugblätter mit Bildern von Pferden und weggelaufnen Niggern. Der Herzog zog seinen Rock aus und sagte, hier sei er genau richtig. Da sind ich und der König ab in die Versammlung.

Nach ner halben Stunde ungefähr kamen wir hin, ziemlich triefend, es war nämlich ein brütend heißer Tag. Aus einem Umkreis von zwanzig Meilen waren wenigstens tausend Leute da. Der Wald stand voller Wagen und Pferdegespanne, die an allen Ecken und Enden festgebunden waren und aus Wagentrögen fraßen und stampften, um die Fliegen zu verjagen. Aus Pfählen hatten sie Schuppen gebaut und die mit Ästen überdacht, und da gab's Limonade und Lebkuchen zu kaufen, Haufen von Wassermelonen und grünen Mais und lauter so Zeug.

Predigen taten sie auch in solchen Schuppen, nur waren die größer und faßten ganze Massen. Die Bänke waren aus Schalbrettern von Baumstämmen, in die auf der runden Seite Löcher gebohrt waren, um Stöcke für die Bankbeine reinzutreiben. Sie hatten keine Lehnen. Die Prediger standen am einen Schuppenende auf hohen Rednertribünen. Die Frauen hatten Sonnenhüte auf; einige trugen grobwollne Kleider, andre buntgewebte aus Baumwolle, und ein paar von den jungen hatten bedruckte Kattunsachen an. Einige von den jungen Männern waren barfuß, und einige von den Kindern hatten außer bloß nem groben Leinenhemd gar nichts an. Einige von den alten Frauen strickten, und einige von den jungen Leuten machten sich heimlich schöne Augen.

Im ersten Schuppen, in den wir kamen, sprach der Prediger grade einen Choral. Er sagte immer zwei Verse vor, alle sangen die nach, und es war schon großartig, ihnen zuzuhören, es waren so viele, und sie sangen auch noch so mitreißend; dann sagte er die nächsten zwei Verse zum Nachsingen vor – und so fort; die Leute wurden immer wacher und sangen immer lauter; und zum Ende hin haben einige losgestöhnt, und andre losgejauchzt. Dann hat der Prediger losgepredigt, und er tat das mit Eifer; er ist hin und hergependelt, erst auf die eine Seite von der Tribüne, dann auf die andre, dann hat er sich nach vorn und runtergelehnt, die Hände und der Körper waren ständig in Bewegung, und mit aller Kraft hat er seine Worte rausgeschleudert; und ab und zu hat er seine Bibel hochgehalten und tat so, als wollt er sie in alle Richtungen rumreichen, und dann brüllte er los: »*Das* ist die eherne Schlange in der Wüste! Blickt auf sie, und ihr werdet leben!« Und die Leute riefen laut: »Hosianna! – A-a-men!« Und während die Leute noch stöhnten und weinten und amen sagten, predigte er weiter:

»Oh, kommt doch zur Büßerbank! Kommt alle, die ihr schwarz vor Sünde seid! (*Amen!*) Kommt, ihr Kranken und Elenden! (*Amen!*) Kommt, ihr Lahmen und Krüppel und Blinden! (*Amen!*) Kommt, ihr Armen und Notleidenden und in Schande Gefallenen! (*A-a-men!*) Kommt, all ihr Mühseligen und Beladenen und ihr Leidtragenden! – kommt mit gebrochenem Geist! Kommt mit einem zerknirschten Herzen! Kommt her in euren Lumpen, in Sünde und Schmutz! Die Wasser, die euch reinwaschen, fließen reichlich, und das Tor zum Himmelreich steht weit offen – oh, tretet ein, und Friede sei mit euch!« (*A-a-amen! Ehre sei Gott dem Allmächtigen! Hallelujah*!).

Und so fort. Man konnte vor lauter Schreien und Weinen nicht mehr verstehn, was der Prediger sagte. Überall in der Menge sind welche aufgestanden und bahnten sich mit aller Gewalt einen Weg zur Büßerbank, die Tränen liefen ihnen übers Gesicht; und als die Büßer alle bei den vordern Bänken versammelt waren, haben sie gesungen und geschrien, und wälzten sich dann wie wild und verrückt auf dem Stroh.

Und mit einemmal hat der König aufgedreht; er überschrie alle andern; und dann ist er auf die Rednertribüne losgestürmt, und der Prediger, der bat ihn, zu den Leuten zu sprechen, und das hat er getan. Er erzählte ihnen, er sei ein Pirat – sei dreißig Jahre lang Pirat draußen auf dem Indischen Ozean gewesen –, seine Mannschaft sei bei einem Gefecht letzten Frühling ziemlich aufgerieben worden, und er sei jetzt heimgekommen, um ein paar neue Männer mit hinauszunehmen, und da, Gott sei's gedankt, wäre er letzte Nacht ausgeraubt und von einem Dampfschiff ohne einen Cent an Land gesetzt worden, aber dessen sei er froh; das sei der größte Segen, der ihm jemals widerfahren sei, weil er jetzt ein anderer Mensch und zum ersten Mal in seinem Leben glücklich wäre; und arm, wie er sei, werde er sich gleich aufmachen und sich die Rückreise in den Indischen Ozean verdienen und den Rest von seinem Leben dran geben, die Piraten dort auf den rechten Weg zu bringen; niemand könne das nämlich besser als er, weil er alle Piratenmannschaften auf diesem Ozean kennt; und wenn er auch lange brauchen werde, um ohne Geld hinzukommen, werde er bestimmt hinkommen, und jedesmal, wenn er einen Piraten bekehrt habe, werde er zu ihm sagen: »Dank es nicht mir, schreib es nicht mir zu; du hast alles den lieben Leuten von der Pokesviller Versammlung zu verdanken, diesen wahren Brüdern und Wohltätern des Menschengeschlechts – und dem lieben Prediger hier, dem treuesten Freund, welchen jemals ein Pirat gehabt.«

Und dann brach er in Tränen aus und alle andern auch. Dann ruft einer: »Los! Macht ne Kollekte für ihn! Macht ne Kollekte!« Und da springt schon ein halbes Dutzend auf und will's machen, aber einer ruft: »Laßt *ihn* mit dem Hut rumgehn!« Dann haben's alle gesagt, auch der Prediger.

Da ist der König mit dem Hut augenwischend durch die ganze Menge, segnete die Leute und pries sie und dankte ihnen, weil sie so gut zu den Piraten draußen auf dem Meer waren; und ab und zu sind die hübschesten Mädchen aufgestanden, denen die Tränen über die Backen liefen, und fragten ihn, ob sie ihn zur Erinnerung küssen dürften; und er ließ sie immer; und einige hat er selber mindestens fünf-, sechsmal geküßt und umarmt – und er wurde eingeladen, eine Woche dazubleiben; und alle wollten, daß er bei ihnen wohnt, und sagten, sie hielten's für ne Ehre; aber er sagte, weil dies der letzte Tag von der Versammlung sei, könnt er doch nichts Gutes mehr tun, und außerdem würd er drauf brennen, sofort wieder in den Indischen Ozean zu kommen und sich an die Arbeit mit den Piraten zu machen.

Als wir zum Floß zurückkamen und er ans Nachzählen ging, fand er raus, daß er siebenundachtzig Dollar und fünfundsiebzig Cent gesammelt hatte. Und dann hatt er noch nen Dreigallonenkrug Whisky mitgehn lassen, den er unter einem Wagen fand, als wir uns auf den Heimweg durch den Wald machten. Insgesamt sei das mehr als an jedem andern Tag, den er ins Missionsfach investiert hatte, sagte er. Und da gäb's nichts dran zu deuteln, gegen Piraten seien Heiden die reinsten Waisenknaben, wenn man ne Versammlung schröpfen will.

Der Herzog dachte schon, *er* hätte nen guten Schnitt gemacht, bis dann der König aufgekreuzt ist, aber danach war er nicht mehr so überzeugt davon. In der Druckerei hatte er zwei kleine Sachen für Farmer gesetzt und dann abgezogen – Pferdelisten für Auktionen – und das Geld kassiert – vier Dollar. Und für zehn Dollar hatte er Anzeigen für die Zeitung reinbekommen, die er für vier Dollar reinsetzen wollt, wie er den Leuten sagte, wenn sie im voraus bezahlen – und so haben sie's gemacht. Der Preis für die Zeitung war zwei Dollar im Jahr, aber er gab drei Jahresabonnements für je einen halben Dollar ab, vorausgesetzt, die Leute bezahlten's ihm im voraus; die wollten wie üblich mit Brennholz und Zwiebeln zahlen, aber er sagte, er wollt sein Geschäft mit Bargeld betreiben, er hätt's nämlich grad erst gekauft und sei mit dem Abonnementpreis so weit runter, wie er sich's eben noch leisten konnte. Er hatte auch ein kleines Gedicht gesetzt, das er selber, von ganz allein, gemacht hatte – drei Strophen, ein bißchen süßlich und schmerzlich – es hieß: »Ja, kalte Welt, zermalm dies brechend Herz« – und das hatte er schon ganz gesetzt und druckfertig für die Zeitung dagelassen und gar nichts dafür berechnet. Neuneinhalb Dollar hatte er eingenommen und meinte, dafür hätt er ne ganz anständige Tagesarbeit geleistet.

Dann zeigte er uns noch ne kleine Sache, die er gedruckt und nicht berechnet hatte, weil sie für uns war. Es war ein Bild von einem weggelaufnen Nigger mit nem Bündel an einem Stock über der Schulter, und darunter »$ 200 Belohnung«. Und der Text dazu war über Jim und beschrieb ihn haargenau. Es stand drin, er sei letzten Winter von der St.-Jacques-Plantage, vierzig Meilen unterhalb von New Orleans, weggelaufen und dann wahrscheinlich nach Norden, und wer ihn einfängt und zurückschickt, kriegt die Belohnung plus Ausgaben.

»So«, sagt der Herzog, »ab heute können wir am Tag fahren, wenn wir das wollen. Wenn wir jemand kommen sehn, fesseln wir Jim an Händen und Füßen mit einem Seil, zeigen diesen Handzettel vor und sagen, wir hätten ihn weiter oben eingefangen; zum Reisen auf einem Dampfschiff seien wir zu arm, deshalb hätten wir von Freunden dies kleine Floß auf Kredit bekommen und wollten jetzt runterfahren, um uns die Belohnung zu holen. Handschellen und Ketten sähn zwar noch besser an Jim aus, aber das würde nicht gut zu der Geschichte passen, daß wir so arm sind. Sieht zu sehr nach Juwelen aus. Seile sind genau das Richtige – wir müssen die Einheiten wahren, wie wir auf den Brettern zu sagen pflegen.«

Wir alle sagten, der Herzog sei ganz schön schlau, und jetzt könnt es keine Probleme mehr geben mit dem Fahren bei Tag. In der Nacht, dachten wir uns, können wir genug Meilen hinter uns bringen, um dem Tumult zu entgehn, den die Arbeit vom Herzog in der kleinen Druckerei in dem Kaff sicher auslösen würde – dann könnten wir sofort weiterbrausen, wenn wir wollten.

Wir gingen in Deckung und rührten uns nicht und stießen erst ab, als es schon beinah zehn war; dann sind wir ziemlich weit draußen leise am Ort vorbei und haben unsre Laternen erst aufgezogen, als er ganz außer Sicht war.

Als Jim mich weckte, damit ich morgens um vier die Wache übernahm, sagt er:

»Huck, glaubs du, wir treffn no meh König auf dr Fahrt?«

»Nee, ich glaub nich«, sag ich.

»Also«, sagt er, »des is dann gut. Hab nix gege ein oder zwei König, aber des is gnug. Dr eine is sternhagelvoll, un dr Herzog is auch net viel besser dran.«

Ich erfuhr, daß Jim ihn dazu bringen wollte, französisch zu reden, damit er wüßte, wie das klingt; aber der König hatte gesagt, er sei jetzt schon so lang in dem Land hier und hätt so viel Kummer erlebt, daß er's ganz vergessen hatte.

Kapitel 21

Ein Arkansas-Problem

Inzwischen war die Sonne draußen, aber wir fuhren gleich weiter und machten nicht fest. So nach und nach standen der König und der Herzog auf und sahn ziemlich verrostet aus; aber als sie mal über Bord gesprungen warn und sich gebadet hatten, wurden sie ganz fidel. Der König, der hat sich nach dem Frühstück in ne Ecke vom Floß gesetzt, die Stiefel ausgezogen, die Hosen hochgerollt, die Beine im Wasser baumeln lassen, um sich's behaglich zu machen, sich ne Pfeife angezündet und sich dann dran gemacht, sein *Romeo und Julia* auswendig zu lernen. Als er's dann ziemlich gut konnte, fingen er und der Herzog an zusammen zu üben. Der Herzog mußte ihm immer und immer wieder beibringen, wie er jede Rede sagen sollte; und er ließ ihn seufzen und sich die Hand aufs Herz legen, und nach ner Zeit sagt er, daß er's ganz gut hinkriegt, »bloß«, sagt er, »darfst du *Romeo*! nicht so rausbrüllen, wie ein Stier – du mußt es sanft und sehnsüchtig, schmachtend sagen, so: ›R-o-o-meo!‹ – so geht das; die Julia ist doch noch ein kleines süßes Ding von einem Mädchen, und sie schreit nicht wie ein Esel.«

Dann holten sie zwei lange Schwerter, die der Herzog aus Eichenlatten gemacht hatte, und fingen an, den Schwertkampf zu üben – der Herzog nannte sich Richard III.; und wie die dann aufeinander eindroschen und auf dem Floß rumhüpften, herrlich war das! Aber auf einmal ist der König gestolpert und über Bord gefallen, und danach haben sie sich ausgeruht und sich gegenseitig allerhand Abenteuer erzählt, die sie früher mal irgendwo am Fluß hatten.

Nach dem Essen sagt der Herzog:

»Nun, Capet[1], wir wollen doch eine erstklassige Vorstellung daraus machen; deswegen werden wir wohl noch eine Kleinigkeit dazugeben müssen. Jedenfalls brauchen wir so was Kleines, um Dakapos zu erfüllen.«

»Was issen des, Kapos, Bilgewater?«

Der Herzog hat es ihm erklärt und sagt dann:

»Ich werde den Schottischen Hochlandtanz oder den Altenglischen Matrosentanz dazugeben; und du – na, laß mich mal überlegen – ach ich hab's – du kannst Hamlets Monolog machen.«

»Hamlets was?«

»Hamlets Monolog, verstehst du, das berühmteste im ganzen Shakespeare. Ah, ist der grandios, gran-di-os! Hält das Haus in Atem. Ich habe ihn nicht in dem Buch hier – ich habe nur den einen Band – aber ich hoffe doch, ihn aus dem Gedächtnis zusammenstoppeln zu können. Ich geh mal eine Minute auf und ab und seh zu, ob ich ihn aus den Grüften der Erinnerung emporheben kann.«

Und so ist er losmarschiert, auf und ab, hat nachgedacht und ab und zu schrecklich die Stirne gerunzelt; dann zieht

1 Gemeint ist das französische Königshaus der Kapetinger.

er die Augenbrauen hoch; danach preßt er seine Hand an die Stirn und ist so leise stöhnend zurückgetaumelt; dann seufzt er, und danach tut er so, als ließ er ne Träne fallen. Es war wunderschön, ihm zuzusehn. Nach ner Weile hatte er's. Wir sollten gut aufpassen, sagt er. Dann wirft er sich in eine höchst edle Pose, das eine Bein vorgeschoben, die Arme nach oben gestreckt und den Kopf nach hinten gekippt, und sieht dabei zum Himmel rauf, und dann tobt er los und rast und knirscht mit den Zähnen, und danach brüllt er seine ganze Rede runter, wirft sich rum und schwellt die Brust und hat glatt alles ausgelöscht, was *ich* je vom Theaterspielen gesehn habe. Hier ist die Rede – ich hab sie ganz leicht gelernt, während er sie dem König beibrachte:

Sein oder Nichtsein; 's ist die Ahle bloß,
Die Elend läßt zu hohen Jahren kommen;
Wer trüge Lasten denn, bis Birnams Wald anrückt auf Dunsinan,
Wenn nicht die Furcht vor etwas nach dem Tod
Mordet den unschuldgen Schlaf,
Den zweiten Gang im Gastmahl der Natur,
Daß lieber wir die Pfeil' des wütenden Geschicks
Noch schleudern, als fliehn zu unbekannten.
Die Rücksicht zwingt uns stillzustehn:
Klopf Duncan aus dem Schlaf! O könntest du's;
Denn wer ertrüg der Zeiten Spott und Geißel,
Des Mächtgen Druck, des Stolzen Mißhandlungen,
Des Rechtes Aufschub und den Ruhstand, den seine Pein annehmen möcht,
In mitternächtlich toter Öd, wo Kirchhöf' gähnen,
Gehüllt in ernstes Schwarz wie üblich –,
Wenn nicht das unentdeckte Land, von des Bezirk kein Wandrer wiederkehrt,
Den Gifthauch bläst in diese Welt,
Und so die angeborne Farbe der Entschließung, der armen Katze in dem Sprichwort gleich,

Von Sorge angekränkelt wird,
Und jede Wolke, die auf unser Dach sich senkt,
Durch diese Rücksicht aus der Bahn gelenkt,
Verliert der Handlung Namen.
's ist ein Ziel aufs innigste zu wünschen. Doch still!
die reizende Ophelia:
Oh, öffne nicht den schweren Marmorrachen,
Geh in ein Kloster – geh![2]

Also dem Alten gefiel die Rede, und er konnte sie unheimlich schnell, so daß er sie erstklassig machte, als wär sie ihm auf den Leib geschrieben; und als er mal Übung drin hatte und ganz aufgeregt wurde, da war's wirklich irre, wie er gebrüllt und getobt und sich aufgebäumt hat, wenn er sie runterspulte.

Bei der ersten Gelegenheit hat der Herzog ein paar Reklameplakate drucken lassen; und dann ging's während der Fahrt in den nächsten zwei, drei Tagen äußerst hoch her auf dem Floß, die ganze Zeit haben sich da nämlich Schwertkämpfe und Proben abgespielt, wie der Herzog das nannte. An einem Morgen, als wir ziemlich weit unten im Staat Arkansas waren, kam in einer großen Biegung ein kleines Kaff in Sicht, und da haben wir etwa ne dreiviertel Meile weiter oben angelegt, an der Mündung von nem Flüßchen, das wie ein Tunnel von den Zypressen eingeschlossen war; alle außer Jim sind ins Kanu und fuhren runter, um zu sehn, ob wir's dort mit unsrer Vorstellung wagen sollten.

Es war ein Volltreffer; am Mittag sollte da ein Zirkus auftreten, und die Leute vom Land kamen schon in allerhand alten, klapprigen Wagen und auf Pferden reinge-

2 Zusammengestoppelt vornehmlich aus *Hamlet* III,1 und *Macbeth* II,1 und V,3 der Übersetzung Schlegel/Tieck. Dieses Potpourri populären Shakespeares lag ganz in der Tradition des »südwestlichen Humors« der USA um 1850.

strömt. Vor dem Abend wollte der Zirkus noch weg, die Aussichten für unsre Vorstellung warn also ziemlich gut. Der Herzog, der hat das Gerichtsgebäude gemietet, und wir gingen rum und haben unsre Plakate angeklebt. Da stand folgendes drauf:

SHAKESPERE-WIEDERAUFFÜHRUNG!!!

Wundervolle Attraktion!

Nur einen Abend!

Die weltberühmten Tragöden
DAVID GARRICK DER JÜNGERE
vom Drury Lane Theatre, London,
und
EDMUND KEAN DER ÄLTERE[3]
vom Royal Haymarket Theatre, Whitechapel,
Pudding Lane, Piccadilly, London und den Königlichen
Theatern des Kontinents

in ihrer herrlichen SHAKESPERE-VORSTELLUNG
mit dem Titel

Die Balkonszene

aus

ROMEO UND JULIA!!!

Romeo . . . . Mr. Garrick
Julia . . . . Mr. Kean

Unterstützt von allen Kräften der Truppe!
Neue Kostüme, neue Dekorationen, Neuausstattung!

3 vgl. Fußnote 2, S. 177.

Außerdem
Der packende, meisterliche und grauenerregende

Säbelzweikampf

aus **RICHARD III.!!!**

Richard III. . . . . Mr. Garrick
Richmond . . . . Mr. Kean

Außerdem
(auf besondern Wunsch)

Hamlets Unsterblicher Monolog!!

Vorgetragen von dem erlauchten Kean!
Von ihm an 300 aufeinanderfolgenden Abenden in Paris gegeben!
Nur einen Abend
wegen bereits fester europäischer Engagements!

Eintritt 25 Cent, Kinder und Dienstboten 10 Cent.

Dann sind wir im Ort rumgebummelt. Die Läden und Häuser waren fast alles alte, wacklige, windschiefe Bretterbuden, die nie nen Anstrich gesehn hatten; sie waren drei, vier Fuß überm Boden auf Pfählen gebaut, damit das Wasser ihnen nichts anhaben konnte, wenn der Fluß überlief. Rund um die Häuser waren kleine Gärten, aber die Leute zogen scheinbar kaum was drin – außer Löwenzahn und Sonnenblumen und Aschenhaufen, alten ausgelatschten Stiefeln und Schuhen und Flaschenscherben und Lumpen und ausgedientem Blechzeug. Die Zäune waren aus verschiednen Brettersorten gemacht und zu verschiednen Zeiten zusammengenagelt; und die hingen in alle Richtungen und hatten Tore, die meistens nur eine Angel hatten – ne lederne. Irgendwann mal waren ein paar von den Zäunen weiß gestrichen worden, aber der Herzog meinte, höchstwahrscheinlich zu Kolumbus' Zeiten. Meistens waren Schweine in den Gärten und Leute, die sie raustrieben.

Alle Läden lagen an einer Straße. Sie hatten vorne weißgebleichte Sonnendächer, und die Landleute haben ihre Pferde an den Sonnendachpfosten festgebunden. Unter den Sonnendächern standen leere Textilkisten, und darauf hockten den ganzen Tag lang Faulenzer, die mit ihren Barlowmessern dran rumschnitzten, die haben Tabak gekaut und dabei gegafft und gegähnt und sich gestreckt – ein verdammt mieses Pack. Meistens hatten sie gelbe Strohhüte auf, bald so breit wie ein Regenschirm, trugen aber weder Jacken noch Westen; sie nannten einander Bill und Buck und Hank und Joe und Andy, und sie sprachen träge und schleppend und fluchten unheimlich oft. Wenigstens ein so Tagedieb hat an jedem Sonnendachpfosten gelehnt, und meistens hatte der seine Hände in den Hosentaschen, wenn er die nicht grade rausholte, um sich nen Priem Tabak zu leihn oder um sich mal zu kratzen. Ständig hörte man bei denen bloß:

»Gimmir 'n Priem Tabak, Hank!«

»Kann nich – hab selber bloß noch ein Priem. Frag Bill.«

Vielleicht gibt Bill ihm nen Priem; vielleicht lügt er und sagt, er hätt keinen mehr. Einige von den Burschen haben in ihrem ganzen Leben noch nie nen Cent gehabt, oder auch nen eignen Priem Tabak. Die pumpen sich ihren ganzen Tabak zusammen – sagen immer zu nem andern: »Kannste mir nich 'n Priem leihn, Jack? Hab grad eben im Moment Ben Thompson mein letzten Priem abgegeben« – was so gut wie immer gelogen ist; bloß ein Fremder fällt da noch drauf rein; aber Jack ist kein Fremder, und so sagt er:

»*Du* wills ihm 'n Priem geben ham, du? Vielleicht

meins du die Großmutter von deiner Schwester ihrer Katze! Gib du mir erstmal die Prieme wieder, die du von mir schon gepumpt hast, Lafe Buckner, dann leih ich dir tonnenweis und verlang nich mal rückständige Zinsen von dir.«

»Du – ich *hab* dir schon mal welche zurückgeben!«

»Ja – vleicht sechs Prieme. Ladentabak haste gepumpt un wiedergeben haste Niggerkraut.«

Ladentabak sind flache, schwarze Tabakstücke, aber diese Typen kauen meistens das rohe Tabakblatt zusammengedreht. Wenn die sich ein Maulvoll leihen, schneiden sie's meistens nicht mit dem Messer ab, sondern nehmen den Priem vielmehr zwischen die Zähne und nagen mit den Zähnen und zerren mit den Händen so lang dran, bis sie ihn auseinander haben – dann macht der, dem der Tabak gehört, manchmal ein langes Gesicht und sagt bissig:

»Da, gimmir 's *Maulvoll*, un nimm du den *Priem*!«

Alle Straßen, Gassen und Wege waren bloß Schlamm, sie waren *nichts* als Schlamm – Schlamm, so schwarz wie Teer, und an einigen Stellen nahezu rund einen Fuß hoch; und sonst, an *allen* andern Stellen zwei bis drei Zoll hoch. Überall grunzten Schweine und streunten rum. Da kam doch ne verdreckte Sau mit nem Wurf Ferkel so richtig faul die Straße langspaziert, ließ sich mitten auf den Weg plumpsen, wo die Leute um sie rum mußten, hat sich dann ausgestreckt, die Augen zugemacht und mit den Ohren gewackelt, und dabei haben die Ferkel an ihr gesaugt, und die sah so glücklich aus, wie wenn sie's im Stundenlohn macht. Aber schon bald schreit so ein Faulenzer: »Hei, Tige! *So* is gut! Faß!«, und die Sau ist fürchterlich quiekend fortgerannt, zwei, drei Hunde hingen ihr an jedem Ohr, und drei, vier Dutzend andre jagten hinterher; und dann standen die Faulenzer alle auf und schauten den Viechern nach, soweit sie konnten, und lachten über den Spaß – dankbar für den Krach, wie man ihnen ansah. Dann haben sie sich wieder hingelümmelt, bis es einen Hundekampf gab. Nichts hat die so restlos wachgekriegt und so restlos zufrieden gemacht wie ein Hundekampf – außer vielleicht noch Terpentin auf nen streunenden Hund schütten und ihn anzünden, oder ne Blechpfanne an seinen Schwanz binden und sehn, wie er sich zu Tode rennt.

Am Fluß standen einige Häuser übers Ufer, und sie waren schief und krumm und kurz vorm Einstürzen. Die Leute drin waren ausgezogen. Bei ein paar andern war das Ufer weggeschwemmt unter einer Ecke, und die stand jetzt über. Da wohnten noch Leute drin, aber es war gefährlich, weil manchmal ein Stück Land, so breit wie ein Haus, auf einmal wegbricht. Und manchmal bricht ein viertelmeilenbreiter Landstreifen erst nur ein bißchen los und bricht dann weiter und immer weiter ab, bis er in einem Sommer ganz in den Fluß wegbricht. So ein Ort muß weiter und weiter nach hinten ziehn, weil dauernd der Fluß an ihm nagt.

Je mehr es an diesem Tag auf Mittag zuging, um so dichter standen die Wagen und Pferde in den Straßen, und ständig kamen immer mehr. Die Landfamilien brachten ihr Essen mit und aßen's im Wagen. In rauhen Mengen wurde Whisky getrunken, und ich hab drei Prügeleien gesehn. Auf einmal ruft einer:

»Da kommt ja der alte Boggs –, ist mal wieder vom Land unterwegs zu seinem geliebten kleinen Monatsrausch – da kommt er, Jungs!«

Die Tagediebe haben sich alle gefreut – sie waren's scheinbar gewohnt, Boggs aufzuziehn.

»Mal sehn«, sagt da einer, »wen er diesmal kaltmachen will. Wenn er nämlich schon alle die kaltgemacht hätte, die er in den letzten zwanzig Jahren kaltmachen wollte, hätte er jetzt nen gewaltigen Ruf.«

»Ich wollt«, sagt dann ein andrer, »der alte Boggs tät mir drohn, dann wüßt ich nämlich, daß ich die negschten tausend Jahr nicht sterbe.«

Boggs kam jetzt johlend und brüllend wie ein Injaner auf seinem Pferd angerauscht und schrie:

»Aus der Bahn, ihr da! Bin aufm Kriegspfad, und die Sargpreis ziehn an!«

Er war besoffen und schwankte im Sattel rum; er war über fünfzig und hatte ein dunkelrotes Gesicht. Alle haben ihm was zugeschrien, haben über ihn gelacht und waren frech zu ihm und er zu ihnen; er wollt's ihnen schon noch besorgen, sagte er, und alle der Reihe nach kaltmachen, aber jetzt hätt er keine Zeit dazu, weil er hergekommen sei, um den alten Colonel Sherburn kaltzumachen; seine Devise sei nämlich: »Erst die Arbeit und dann das Vergnügen!«[4]

»Er sah mich, ritt auf mich zu und sagt:

»Wo kommste her, Jung? Biste bereit zu sterben?«

Dann ist er weitergeritten. Ich war erschrocken; aber da sagt ein Mann:

»Der meint's nicht so; der treibt's immer so, wenn er besoffen ist. Ist aber der gutmütigste alte Narr in ganz Arkansas – hat noch nie einem was getan, ob besoffen oder nüchtern.«

Boggs ritt vor den größten Laden im Ort, beugte den Kopf runter, damit er unter den Vorhang vom Sonnendach sehn konnte, und brüllt:

»Los! Komm raus, Sherburn! Stell dich dem Mann, den du übers Ohr gehaun hast. Du bis der Hund, auf den ich scharf bin, und ich erwisch dich auch noch!«

4 »Meat first and spoon vittels (victuals) to top off on«, also etwa: »Erst das Fleisch und zum Abschluß (zur Krönung) die Löffelspeisen.«

Und so hat er weitergemacht und Sherburn alles mögliche geheißen, was ihm grade auf die Zunge kam, und die Straße füllte sich mit Leuten, die ihm zuhörten, lachten oder auch schwatzten. Nach ner Weile tritt ein stolz aussehender Mann um die fünfundfünfzig – er war auch um Längen der bestangezogne Mann im Ort – aus dem Laden, und die Menschenmenge weicht nach beiden Seiten zurück, damit er durchkommt. Unheimlich ruhig und langsam sagt er zu Boggs:

»Ich hab das jetzt satt; aber ich laß es mir bis ein Uhr noch gefallen. Bis eins, verstanden – länger nicht. Wenn du dann noch einmal dein Maul gegen mich aufreißt, kannst du noch so weit weg sein, ich schnapp dich mir!«

Dann dreht er um und ist wieder rein. Die Menge war auf einen Schlag stocknüchtern; keiner hat sich gerührt, auch die Lacherei hörte auf. Boggs ritt weg und hat Sherburn die ganze Straße lang runtergeputzt, so laut er konnte; aber bald kommt er wieder zurück, hält vor dem Laden und läßt noch immer nicht locker. Ein paar Männer drängen sich um ihn und versuchen, ihn still zu kriegen, aber er will nicht; in bald fünfzehn Minuten wärs eins, sagten sie, deswegen *müßte* er jetzt nach Hause – und zwar sofort. Aber es hat nichts genützt. Aus vollem Hals flucht er weiter, wirft seinen Hut in den Dreck und reitet drüber weg, und dann ist er mit seinen fliegenden grauen Haaren wieder die Straße runtergetobt. Jeder, der an ihn rankam, hat sein Bestes versucht, ihn vom Pferd zu holen, damit man ihn einsperren und ausnüchtern konnte; aber es war zwecklos – er ist wieder die Straße raufgejagt und läßt noch nen Fluch auf Sherburn los. Endlich sagt dann einer:

»Holt seine Tochter! – Schnell, holt sie; manchmal hört er noch auf die. Wenn jemand ihn noch umstimmen kann, dann sie!«

Einer lief los. Ich bin ein Stück die Straße runter und blieb dann stehn. Nach fünf oder zehn Minuten kam Boggs wieder – aber nicht auf seinem Pferd. Er torkelte quer über die Straße auf mich zu, ohne Hut, auf beiden Seiten von einem Freund gestützt, der ihn fortzog. Er war still und sah angespannt aus; aber er hing überhaupt nicht zurück, sondern trieb vielmehr selber mit zur Eile an.

»Boggs!« ruft auf einmal einer laut.

Ich sah rüber, gespannt, wer gerufen hatte – und es war dieser Colonel Sherburn. Er stand vollkommen still auf der Straße und hielt in seiner rechten Hand eine Pistole hoch – er hat nicht gezielt, sondern die Pistole ausgestreckt, den Lauf schräg nach oben zum Himmel. Im selben Augenblick kommt ein junges Mädchen angerannt, und mit ihr zwei Männer. Boggs und die Männer drehn sich um, um zu sehn, wer ihn gerufen hat, und als sie die Pistole sehn, springen die Männer auf die Seite; dann geht langsam und ruhig der Pistolenlauf runter, bis er waagrecht steht – beide Hähne gespannt. Boggs reißt die Arme hoch und schreit: »O Gott, schieß nicht!« Peng! geht der erste Schuß los, und er stolpert in die Luft krallend zurück – peng! geht der zweite los, und er stürzt taumelnd auf den Boden, schwer und dumpf, mit ausgebreiteten Armen. Das junge Mädchen schreit auf, eilt hin, wirft sich weinend über ihren Vater und ruft: »Oh, er hat's also doch getan!« Dann hat sich die Menge um die beiden geschlossen, sie drängten und stießen sich und versuchten mit ausgestreckten Hälsen, was zu sehn, und die Leute ganz innen versuchten die weiter hinten zurückzuschieben und schrien: »Los! zurück! Laßt ihm doch Luft! Los, ihr da!«

Colonel Sherburn, der hat seine Pistole auf den Boden geworfen, hat sich auf dem Absatz umgedreht und ist weg.

Sie trugen Boggs zu einer kleinen Kneipe, und die

Menge drängte sich noch immer so um ihn; die ganze Stadt lief jetzt hinterher. Ich bin losgestürmt und hab nen guten Fensterplatz erwischt, wo ich nah an ihm dran war und reinschaun konnte. Sie legten ihn auf den Boden, schoben ihm ne große Bibel unter den Kopf, schlugen dann noch ne zweite auf und haben die auf seiner Brust ausgebreitet – aber davor haben sie ihm noch das Hemd aufgerissen, und ich seh noch, wo eine von den Kugeln reingegangen war. Er keuchte vielleicht ein dutzendmal lang und schwer, wobei seine Brust, wenn er Atem holte, die Bibel hob, und wenn er ausatmete, wieder runterließ – und danach lag er still. Er war tot. Dann haben sie seine schreiende und weinende Tochter von ihm fortgezogen und brachten sie weg. Sie war ungefähr sechzehn, sehr hübsch und zart, aber unheimlich blaß und voller Angst.

Nicht lange, da war die ganze Stadt da, und die wand sich und kroch und stieß und schob, um ans Fenster zu kommen und auch mal reinzuschaun; aber die, welche schon einen Platz hatten, wollten ihn nicht hergeben, und die hinter ihnen meckerten ständig: »He, ihr da, ihr habt jetzt genug gesehn; das is nich recht un nich richtig, daß ihr die ganze Zeit dasteht und niemand anders hinlaßt; andre haben genauso 'n Recht wie ihr.«

Es wurde viel zurückgekeift, deswegen bin ich still und leise weg, dachte mir, womöglich gibt's noch Streit. Die Straßen waren voll, und alle waren erregt. Jeder, der die Schießerei gesehn hatte, erzählte, wie's passiert war, und in Scharen standen sie um jeden von den Kerlen, machten die Hälse lang und hörten zu. Ein langer, schlaksiger Mann mit langem Haar, einem großen weißen Pelzzylinder auf dem Hinterkopf und einem Stock mit gebogenem Griff markierte jetzt die Stellen auf dem Boden, wo Boggs gestanden und wo Sherburn gestanden hatte; und die Leute liefen ihm von der einen zur andern Stelle überallhin nach und sahn ihm bei allem zu, was er machte; sie nickten mit den Köpfen, um zu zeigen, daß sie kapierten; sie bückten sich ein wenig und stützten sich mit den Händen auf ihre Schenkel, um ihm zuzusehn, wie er die Stellen auf dem Boden mit seinem Stock markierte; und dann stellte der sich kerzengrade auf, stirnrunzelnd und die Hutkrempe direkt über den Augen, genau an der Stelle, wo Boggs gestanden und wo Sherburn gestanden hatte, und schreit »Boggs!«, läßt dann seinen Stock langsam runter, bis er waagrecht steht, und schreit »peng!«, stolpert rückwärts, schreit nochmal »peng!« und fällt flach auf seinen Rücken. Die Leute, die alles gesehn hatten, sagten, er hätt es astrein gemacht, genauso sei alles passiert. Dann haben wenigstens ein Dutzend Leute ihre Flaschen rausgeholt und ihm einen ausgegeben.

Ja, und einer sagte dann noch, man sollte Sherburn lynchen. Und nach ner Minute oder so sagten es alle; und so zogen sie johlend und wild entschlossen los und rissen jede Wäscheleine runter, an der sie vorbeikamen, um die zum Hängen zu verwenden.

Kapitel 22

Warum das Lynchen schiefgegangen ist

In Scharen sind sie die Straße rauf zu Sherburns Haus, schreiend und johlend und tobend wie die Injaner, und alles mußt ihnen aus dem Weg oder wurde überrannt und zu Brei gestampft. Es war unheimlich mitanzusehn. Kinder flitzten dem Mob vorneweg, schrien und versuchten, aus dem Weg zu kommen, und in jedem Fenster an der

Straße hingen Frauenköpfe, in jedem Baum saßen Niggerjungen, und über jeden Zaun guckten Nigger und Niggerinnen; und als der Mob zu ihnen kam, sind sie zurück und haben sich aus dem Staub gemacht. Und manche von den Frauen und Mädchen haben geheult und sich auf die Brust geschlagen, halbtot vor Angst.

Vor Sherburns Lattenzaun kamen sie zusammen, so dicht zusammengequetscht, wie's nur ging, und man konnte vor Lärm sein eignes Wort nicht mehr hören. Es war da so ein kleiner, zwanzig Fuß breiter Vorhof. Ein paar haben geschrien: »Los! Reißt den Zaun runter! Reißt den Zaun runter!« Dann wurde drauflos geschlagen, gerissen und getreten, und runter kam der Zaun, und die vordere Mauer von der Menge hat sich reingerollt wie ne Welle.

Grade da tritt Sherburn aufs Dach von seiner Veranda raus, in der Hand ne doppelläufige Flinte, und stellt sich auf, vollkommen ruhig und gelassen, ohne ein Wort zu sagen. Der Krach hörte auf, und die Welle ebbte wieder zurück.

Sherburn sagte kein Wort – stand bloß da und sah runter. Die Stille war mehr als unheimlich und ungemütlich. Sherburn fuhr mit den Augen langsam über die Menge; und wo sie auch hintrafen, haben die Leute kurz versucht, seinem Blick standzuhalten, aber sie schafften es nicht; sie haben die Augen gesenkt und sahn kriecherisch aus. Nach einer Weile dann hat Sherburn so gelacht: kein angenehmes Lachen, sondern eins, bei dem's einem wird, wie wenn man in Brot beißt, in dem Sand steckt.

Dann sagt er langsam und verächtlich:

»So ein Unsinn, *ihr* und einen lynchen! Daß ich nicht lache. Ihr und Mumm genug, einen *Mann* zu lynchen! Weil ihr den Mut habt, arme verlassene ausgestoßne Frauen, die hier durchkommen, zu teeren und federn, denkt ihr wohl, ihr habt den Schneid, Hand an einen *Mann* anzulegen? Also, ein *Mann* ist unter zehntausend von eurer Sorte so sicher wie in Abrahams Schoß – solang es Tag ist und ihr nicht von hinten kommt.

Ich und euch nicht kennen? Ich kenne euch in- und auswendig. Ich bin hier im Süden geboren und aufgewachsen und habe im Norden gelebt; ich kenne also die große Masse überall. Der Durchschnittsmensch ist ein Feigling. Im Norden läßt er jeden auf sich rumtrampeln, der nur will, geht heim und betet um einen demütigen Sinn, es zu ertragen. Im Süden hat ein einziger Mann ganz allein am hellen Tag eine Postkutsche voller Leute angehalten und die ganze Gesellschaft ausgeraubt. Eure Zeitungen nennen euch so oft ein tapferes Volk, daß ihr glaubt, ihr *seid* auch tapferer als jedes andre – dabei seid ihr *grade so* tapfer, nicht mehr. Warum hängen eure Geschworenengerichte Mörder nicht? Weil sie Angst haben, die Freunde des Mannes schießen ihnen im Dunkeln in den Rücken – und genau *das* würden sie auch tun.

Und so sprechen sie immer frei; und dann geht ein *Mann* in der Nacht hin, mit hundert maskierten Feiglingen im Rücken, und lyncht den Missetäter. Euer Fehler ist es, daß ihr keinen Mann mitgebracht habt; das ist der erste Fehler, und der zweite, daß ihr nicht im Dunkeln gekommen seid und keine Masken dabei habt. Ihr habt einen *halben* Mann mitgebracht – Buck Harkness dort –, und wenn ihr den nicht gehabt hättet, euch aufzustacheln, wäre euer ganzer Zorn im bloßen Rumgemeckre verpufft.

Ihr habt ja gar nicht kommen wollen. Die große Masse scheut doch Mühe und Gefahr. Und *ihr* scheut Mühe und Gefahr. Wenn aber bloß ein *halber* Mann – wie Buck Harkness dort – ›Los! Lyncht ihn!‹ schreit, habt ihr Angst zu kneifen – habt Angst, daß man durchschaut, was ihr seid – *Feiglinge* –, und da brüllt ihr los und hängt euch an die Rockschöße von der halben Portion da, kommt hierher gerannt und schwört, was für große Dinge ihr tun wollt. Das Jämmerlichste, was es gibt, ist ein Mob; und eine Armee ist auch nichts andres – Mob; die kämpft nicht mit dem Mut, der aus dem Innern eines jeden einzelnen kommt, sondern mit dem Mut, der von der Masse und von ihren Offizieren geborgt ist. Aber ein Mob ohne einen *Mann* an der Spitze ist *noch* jämmerlicher als jämmerlich. Für *euch* gibt's jetzt nur eins, den Schwanz einziehn, nach Hause gehn und euch in ein Loch verkriechen. Wenn es wirklich zum Lynchen kommt, dann wird das im Dunkeln passieren nach Art des Südens; und wenn die dann kommen, haben sie Masken dabei und bringen auch einen *Mann* mit. Jetzt *verschwindet* – und nehmt eure halbe Portion von Mann mit«, und bei diesen Worten warf er seine Flinte übern linken Arm und spannte den Hahn.

Die Menge ist plötzlich zurückgeprallt, und dann zerfiel sie ganz und verlief sich nach allen Seiten, und Buck Harkness, der ist hinter ihnen hergeschlichen und sah ziemlich arm aus. Ich hätt bleiben können, wenn ich wollen hätte, aber ich wollte nicht.

Ich ging zu dem Zirkus und bin solang auf der hintren Seite rumgebummelt, bis die Wächter vorbeikamen, und dann unterm Zelt reingekrochen. Ich hatte mein Zwanzigdollargoldstück und etwas andres Geld bei mir, aber ich hielt's für besser, es aufzuheben, man weiß ja nie, wie bald man's braucht, so weit von zu Hause weg und unter Fremden. Man kann nicht vorsichtig genug sein. Ich hab nichts dagegen, Geld für nen Zirkus auszugeben, wenn's gar nicht anders geht, aber es für so was zu *verschwenden*, dafür hab ich nichts übrig.

Es war ein echt toller Zirkus. So was Fabelhaftes sieht man nicht alle Tage, wie die alle reingeritten kamen, immer zwei und zwei, ein Herr und eine Dame nebeneinander, die Männer bloß in Unterhosen und Unterhemden und ohne Schuhe und Steigbügel, die Hände leicht und lässig auf den Schenkeln – es müssen zwanzig gewesen sein; und alle Damen wunderschön geschminkt und einfach bezaubernd und eine wie die andre grad wie ne Bilderbuchkönigin, und alle hatten Kleider an, die Millionen von Dollar gekostet hatten, und mit Diamanten waren die nur so vollgehängt. Es war ein irre schöner Anblick; ich hab noch nie was Herrlicheres gesehn. Und dann hat sich einer nach dem andern erhoben und stand und ritt hin- und herpendelnd um die Manege rum, so weich und wiegend und anmutig, und die Männer sahn dabei noch so groß und lässig und gerade aus, wenn ihre Köpfe dort oben unterm Zeltdach nickten und vorbeiflogen; und allen Damen flatterten ihre rosenblättrigen Röcke weich und seidig um die Hüften, und sie sahn aus wie die allerbezauberndsten Sonnenschirme.

Und dann ritten sie schneller und schneller, alle tanzten und streckten erst den einen Fuß in die Luft und dann den andern; die Pferde legten sich immer schiefer, und der Zirkusdirektor lief im Kreis um den Innenmast, knallte mit der Peitsche und schrie »hei! – hei!«, und hinter ihm hat der Clown seine Witze gerissen; und auf einmal ließen alle Hände die Zügel los, und jede Dame spreizte die Finger auf den Hüften, und jeder Herr faltete die Arme, und wie haben sich da die Pferde schief gelegt und rangehalten! Und dann ist einer nach dem andern in die Manege gehüpft und macht die allerreizendste Verbeugung und hopst dann raus, und alle klatschen in die Hände und johlen wie wild.

Also, die ganze Vorstellung über machten sie die erstaunlichsten Dinge, und die ganze Zeit trieb's dabei noch dieser Clown so bunt, daß die Leute sich kugelten vor Lachen. Der Zirkusdirektor konnt nicht ein Wort sagen, ohne daß der's ihm blitzschnell mit den allerlustigsten Sachen zurückgegeben hat, und wie der sich so viele ausdenken *konnte*, und so plötzlich und schlagfertig, das war mir einfach unbegreiflich. Also, in einem Jahr hätt ich mir nicht so viele ausdenken können. Und auf einmal hat ein Besoffner versucht in die Manege zu kommen – sagte, er will reiten; er könnt so gut reiten wie nur irgendeiner. Sie haben mit ihm gestritten und versucht, ihn draußen zu halten, aber der wollte nicht hören – die ganze Vorstellung war lahmgelegt. Dann haben die Leute ihn angeschrien und machten sich lustig über ihn, und dann fing er an zu toben und fluchen; das fuchste wieder die Leute, und viele Männer sind von ihren Bänken aufgesprungen und in die Manege runtergeschwärmt und schrien: »Schlagt ihn zusammen! Schmeißt ihn raus!« Da hielt der Zirkusdirektor ne kleine Rede und sagte, er hoffe doch, daß es keine weitere Störung gibt, und wenn der Mann versprechen wollte, daß er keinen weitern Ärger mehr macht, würd er ihn reiten lassen, wenn er glaubt, sich auf einem Pferd halten zu können. Da haben alle gelacht und sagten, klasse gemacht, und der Mann ist aufgestiegen. Und kaum war er oben, jagte das Pferd mit Karacho los und bockte und hopste rum, zwei Zirkusleute hängten sich an seine Zügel, um es festzuhalten, und der Besoffne hängte sich an seinen Hals, und seine Hacken flogen bei jedem Sprung in die Luft, und die ganze Menschenmenge stand brüllend und lachend auf, bis ihnen die Tränen runterrollten. Und was immer die Zirkusleute auch versuchten, am Ende hat sich das Pferd doch noch losgerissen und ist wie ein geölter Blitz immer rund um die Manege gerannt mit dem Säufer obendrauf, der sich an seinen Hals klammerte, und erst hing ihm ein Bein auf der einen Seite bald bis auf den Boden, und dann das andre auf der andern Seite. Die

Leute warn ganz aus dem Häuschen. Trotzdem, ich fand's nicht lustig; ich hab richtig gezittert, wie ich ihn so in Gefahr gesehn habe. Aber schon bald rappelt er sich hoch in den Reitersitz und packt, wenn auch noch ein bißchen schwankend, die Zügel; und im nächsten Augenblick springt er auf und läßt die Zügel los und steht! Und das Pferd rast noch immer so wie ein Haus in Flammen! Der stand einfach so da oben und segelte leicht und lässig im Ring rum, wie wenn er im Leben nie besoffen gewesen wäre – und dann fing er an, seine Kleider runterzureißen und sie wegzuschleudern. Der hat die so dicht hintereinander geworfen, daß sie bald die Luft verstopften, und im ganzen zog er siebzehn Anzüge aus. Und dann stand er da, schlank und schön, und aufs allerbunteste und hübscheste angezogen, und mit der Peitsche drosch er auf sein Pferd ein, daß es nur so sprühte – und zum Schluß ist er runtergehüpft, macht seine Verbeugung und tanzt raus in die Garderobe – und alle heulen regelrecht vor Vergnügen und Staunen.

Da merkte der Zirkusdirektor, daß er reingelegt worden war – und *so* nen bleichen Zirkusdirektor hat man, schätz ich, noch nicht gleich gesehn. Das war einer von seinen eignen Leuten gewesen! Ganz allein hatte der sich den Jux ausgedacht und niemand was verraten. Also, ich kam mir ganz schön doof vor, dem so auf den Leim gegangen zu sein, aber an dem Zirkusdirektor seiner Stelle wollt ich nicht gewesen sein, nicht für tausend Dollar. Ich weiß nicht, vielleicht gibt's noch tollere Zirkusse als den, aber bis jetzt hab ich noch keinen getroffen. Für *mich* war der wirklich gut genug; und sollt ich ihm irgendwo nochmal begegnen, kann er jederzeit auf *meine* Kundschaft zählen.

Am Abend war dann *unsre* Vorstellung; aber es waren bloß so zwölf Leute da; grade genug, um die Unkosten reinzuholen. Und die lachten auch noch die ganze Zeit, und das machte den Herzog wütend; und die Vorstellung war noch nicht zu Ende, da gingen sowieso schon alle außer nem eingeschlafnen Jungen. Da sagte der Herzog, diese Arkansaskloben könnten sich eben nicht zu Shakespeare erheben; was die wollten, wär eine Posse – und vielleicht noch was Schlechteres als ne Posse. Deren Geschmack könnt er leicht taksieren. Und so hat er am nächsten Morgen ein paar große Bogen Packpapier und ein bißchen schwarze Farbe besorgt, malte ein paar Plakate und klebte die im Ort überall an. Auf den Plakaten stand:

IM GERICHTSSAAL!

Nur 3 Abende!

Die weltberühmten Tragöden
DAVID GARRICK DER JÜNGERE!
und
EDMUND KEAN DER ÄLTERE!
Von den Theatern Londons und des Kontinents.
In ihrer sensationellen Tragödie

DES KÖNIGS GIRAFFE
oder
PRINZ OHNEGLEICHEN!!!

Eintritt 50 Cent.

Ganz unten stand, in der fettesten Schrift, eine Zeile, und die hieß:

FRAUEN UND KINDER NICHT ZUGELASSEN.

»So«, sagt der Herzog, »wenn das da nicht zieht, kenn ich Arkansas nicht.«

Kapitel 23

Könige sind allesamt widerwärtig

Den ganzen Tag waren er und der König am Rackern, um ne Bühne herzurichten mit Vorhang und ner Reihe Kerzen als Rampenlichter; und am Abend war das Haus dann im Nu gerammelt voll von Männern. Als keiner mehr reinging, hat der Herzog seinen Posten an der Tür aufgegeben, ging hintenrum, kam auf die Bühne, stellte sich vor den Vorhang und hielt ne kleine Rede, in der er die Tragödie anpries und sagte, es sei die allersensationellste, die's überhaupt jemals gegeben hat; und so hat er weitergeprahlt mit der Tragödie und mit Edmund Kean dem Älteren, welcher die größte Hauptrolle darin spielen sollte; und als er endlich die Erwartungen von allen hoch genug geschraubt hat, rollt er den Vorhang auf, und da kommt auch schon der König auf allen vieren reingehüpft, nackt; er war von oben bis unten angemalt, geringelt und gestreift, in allen möglichen Farben, wie ein Regenbogen so prächtig. Und – aber vom Rest seiner Aufmachung mal abgesehn – es war einfach irre, aber unheimlich komisch. Die Leute haben sich halbtot gelacht; und als der König mit seinem Gehopse fertig war und wieder hinter den Kulissen verschwunden ist, haben die losgebrüllt und geklatscht und getobt und gewiehert, bis er zurückkam und das nochmal von vorne machte; und danach ließen sie's ihn nochmal machen. Echt, das hätt ne Kuh zum Lachen gebracht, wenn sie die Faxen gesehn hätte, welche der alte Idiot gemacht hat.

Dann ließ der Herzog den Vorhang runter, verbeugte sich vor den Leuten und sagte, die große Tragödie werde nur noch an zwei Abenden aufgeführt wegen dringender

Londoner Engagements, wo schon alle Plätze im Drury Lane dafür ausverkauft seien; und dann machte er noch ne Verbeugung und sagte, wenn es ihm gelungen sei, sie zu vergnügen und zu belehren, wär er ihnen tief verbuhnden, wenn sie das ihren Freunden gegenüber erwähnen und denen empfehlen wollten, auch herzukommen und sie sich anzusehn.

»Was! – schon aus? Soll *das* alles sein?« schreien zwanzig Leute.

Der Herzog sagte ja. Da wurd es heiter! Alle schrien »Schwindel!«, standen wutentbrannt auf und wollten schon auf die Bühne und die Tragöden los. Aber ein großer, vornehm aussehender Mann springt auf ne Bank und ruft:

»Halt! Ein Wort bloß, meine Herren!« Sie blieben stehn, um ihm zuzuhören. »Wir sind angeschmiert worden – und wie übel angeschmiert! Aber ich denke, zum Gespött im ganzen Ort wollen wir uns nicht machen lassen und uns *das* ein Leben lang auch noch anhören müssen. *Nein.* Wir müssen still hier rausgehn, von dem Stück schwärmen und die andern hier im Ort reinlegen! Dann sitzen wir alle im gleichen Boot. Ist das nicht vernünftig?« (»Absolut! – Der Richter hat recht!« rufen alle.) »Also, kein Wort von irgendeinem Schwindel. Geht nach Haus und empfehlt allen, auch herzukommen und sich die Tragödie anzusehn.«

Am nächsten Tag hat man im ganzen Ort nichts andres gehört als, wie großartig doch diese Vorstellung war. Am Abend dann wieder volles Haus, und wir haben diesen Haufen wieder genauso angeschmiert. Als ich, der König und der Herzog aufs Floß heimkamen, haben wir alle zusammen zu Abend gegessen; nachher, so gegen Mitternacht, wollten sie, daß Jim und ich uns mit dem Floß verdrückten und in die Flußmitte rausfuhren, und so nach zweieinhalb Meilen unterhalb vom Ort sollten wir an Land steuern und es da verstecken.

Am dritten Abend war das Haus wieder brechend voll – und diesmal waren's keine neuen Besucher, sondern vielmehr Leute, die an einem der beiden andern Abende schon in der Vorstellung waren. Ich stand neben dem Herzog an der Tür und seh, daß jeder Mann, der reingeht, vollgestopfte Taschen oder was unterm Rock versteckt hat – und logisch war das alles andre als Parfüm. Es roch faßweise nach faulen Eiern und vergammeltem Kohl und lauter so Fraß; und wenn ich weiß, wie ne tote Katze aus der Nähe riecht – und ich weiß das, garantiert! – dann sind vierundsechzig rein. Ne Minute hab ich mich reingequetscht, aber es ging mir zu bunt zu, ich hielt's nicht aus. Als keiner mehr reinpaßte, hat der Herzog einem Typ nen Vierteldollar gegeben und sagte zu ihm, er soll nen Moment für ihn die Tür bewachen; dann ist er hintenrum zum Bühnenausgang, und ich immer hinterher; aber wir waren kaum um die Ecke und im Dunkeln, da sagt er:

»Lauf los jetzt, schnell, bis du von den Häusern weg bist, und dann ab zum Floß, als säß der Teufel dir im Nacken!«

Und das hab ich getan, und er auch. Wir kamen gleichzeitig beim Floß an, und in nicht mal zwei Sekunden sind wir stromab geglitten, alles war dunkel und still, schoben uns langsam zur Strommitte raus, und keiner sagte ein Wort. Ich hab an den armen König denken müssen, dem das Publikum jetzt wohl ein Lied singen würde; aber keine Spur; nach ner Weile kriecht der aus dem Wigwam und sagt:

»Na, Herzog, wie hat die alte Masche diesmal gezogen?«

Wir haben kein Licht angemacht, bis wir so zehn Meilen unterhalb vom Ort waren. Dann haben wir eins angezündet und zu Abend gegessen, und der König und der Herzog haben sich gebogen vor Lachen, wie sie's den Leuten gegeben hatten.

»Trottel, Idioten!« sagt der Herzog, »*ich* habe es doch gewußt, daß das erste Haus den Mund hält, damit die andern auch reinfallen! Und ich hab doch gewußt, daß sie am dritten Abend etwas im Schilde führen und sich denken, jetzt seien *sie* an der Reihe. Und das *sind* sie auch, und ich gäbe was drum zu erfahren, was es ihnen wert ist. Ich *wüßte* nur zu gern, wie sie diese einmalige Gelegenheit nutzen. Könnten ein Picknick daraus machen, wenn sie wollen – Vorräte haben sie ja jede Menge dabei.«

Diese Ganoven haben an drei Abenden 465 Dollar eingenommen. Noch nie hab ich welche so absahnen sehn.

Nachher, als sie schon geschlafen und geschnarcht haben, sagt Jim:

»Biste net auch überrascht, Huck, wie die König es treibn?«

»Nee, gar nicht.«

»Un wieso net, Huck?«

»Also, darum nich, weil's denen im Blut liegt. Ich glaub, die sind alle gleich.«

»Aber Huck, die König von uns sin doch regelrechte Halunke; des sin se, genau, richtge Halunke!«

»Das wollt ich ja grade sagen, Jim; alle Könige sind meistens Halunken, soweit ich das feststellen kann.«

»Stimmt des?«

»Lies doch mal was über die – dann wirst es sehn. Nimm doch mal Heinrich den Achten – gegen *den* ist der hier 'n Sonntagsschulleiter. Oder nimm Karl den Zweiten oder Ludwig Vierzehn oder Ludwig Fünfzehn oder Jakob den Zweiten oder Eduard den Zweiten oder Richard den Dritten oder zig andre; und dazu noch alle diese englischen Heptarchien, die in alten Zeiten so viel Wirbel gemacht und allen Krach geschlagen haben. Mann, Jim! du hättest den alten Heinrich in seiner Glanzzeit erleben sollen! *Das* war 'n Kaliber! Der hat jeden Tag ne neue Frau geheiratet und ihr am andern Morgen den Kopf abgehackt. Und der hat das so gleichgültig getan, wie wenn er sich grade Eier kommen läßt. ›Holt mir Nell Gwynn!‹ sagt er. Und die holen se her. Und am andern Morgen: ›Hackt ihr den Kopf ab!‹ Und die hacken ihn ab. ›Holt mir Jane Shore!‹ sagt er; und schon kommt die. Und am andern Morgen: ›Hackt ihr den Kopf ab!‹ – und die hakken ihn ab. ›Klingelt Schön-Rosamund.‹ Und Schön-Rosamund gehorcht. Am andern Morgen: ›Hackt ihr den Kopf ab!‹ Und von jeder hat er sich jede Nacht ein Märchen erzählen lassen; und so hat er weitergemacht, bis er sich *so* tausendundein Märchen untern Nagel gerissen hat, und die hat er dann in ein Buch reingepackt und nannte es *Domesday Book*[1] – was ein guter Name ist und den Inhalt genau trifft. Jim, du kennst die Könige nicht, aber ich kenn die; und unser altes Ekel hier ist noch einer von den saubersten, die mir in der ganzen Geschichte begegnet sind. Der Heinrich nämlich, der kommt doch auf die Idee, daß er sich mit unserm Land anlegen will. Und wie fängt er das an? – Gibt er's vorher bekannt? – Gibt er unserm Land ne Chance? Nee! Aus heiterm Himmel schmeißt er den Tee im Bostoner Hafen über Bord und organisiert ne Unabhängigkeitserklärung, um die andern rauszufordern, daß sie anrücken. *Das* war seine Art – der hat nie einem ne Chance gegeben. Gegen seinen Vater, den Herzog von Wellington, hat er mal nen Verdacht gehabt. Aber was macht er? – Läßt er ihn vor sich kommen? Nee – ersäuft ihn in nem Faß Malzbier wie ne Katze.

1 Wörtlich: »Buch des Jüngsten Gerichts«. – Huck verwechselt es mit dem Reichsgrundbuch von England gleichen Namens, das Wilhelm der Eroberer 1086 »anfertigen« ließ.

Und wenn einer Geld hat rumliegen lassen, wo er grad war – was macht er? Steckt's ein. Und wenn er sich durch Vertrag verpflichtet hat, was zu tun; und du hast ihn dafür bezahlt, aber dich nicht neben ihn gesetzt, um zu kontrollieren, ob er's auch macht – was tut er? Immer genau 's Gegenteil. Und wenn er mal den Mund aufgemacht hat – was dann? Wenn er ihn nicht blitzschnell wieder zugemacht hat, ist jedesmal ne Lüge rausgekommen. So eine Kanalje war der Heinrich; und wenn wir den statt unsren Königen bei uns hätten, der hätt das Kaff noch viel, viel schlimmer angeschmiert als wie unsre. Ich behaupt nicht, daß unsre Lämmer sind, das sind die nicht, wenn du dich an die nackten Tatsachen hältst; aber jedenfalls sind sie nichts gegen *den* alten Bock. Was ich sagen will, Jim: Könige sind Könige, und das mußte einkalkeliern. Alle zusammen sind die 'n höllisch mieses Pack. Kommt davon, wie die erzogen sind.«

»Aber der hier *stinkt* doch wie die Pest, Huck!«

»Tun die alle, Jim. *Wir* können nichts dran ändern, wie 'n König riecht; und die Geschichte weiß auch kein Rezept.«

»Also, dr Herzog, der is innen paar Sache 'n ziehmlich vielversprechender Mensch.«

»Klar, 'n Herzog ist anders. Aber auch nicht *so* viel anders. Für 'n Herzog ist der da 'n mittelprächtiger Lump. Aber wenn er besoffen ist, kann ihn auch 'n Kurzsichtiger nicht von nem König unterscheiden.«

»Also, das is mir auch egal, ich sehn mich nach keim mehr von den, Huck. Mehr als die kann ich net vertragn.«

»Geht mir genauso, Jim. Aber wir haben jetzt die zwei da auf dem Hals, und wir müssen dran denken, was sie sind, und das einkalkeliern. Manchmal wollt ich, wir würden von nem Land hören, dem die Könige ausgegangen sind.«

Was hätt es auch genützt, Jim zu erzählen, daß die gar keine richtigen Könige und Herzöge waren? Nichts wär dabei rausgekommen; und außerdem, ich hab's ja schon gesagt: man konnte sie von der richtigen Sorte nicht unterscheiden.

Ich bin schlafen, und Jim hat mich nicht geweckt, als ich an der Reihe war. Er machte das oft so. Als ich grad beim Morgengrauen aufgewacht bin, saß er da, leise vor sich hin stöhnend und jammernd, den Kopf zwischen den Knien. Ich hab's nicht beachtet und mir auch nichts anmerken lassen. Ich wußte, was los war. Er dachte an seine Frau und seine Kinder weiter oben am Fluß, und er war niedergeschlagen und hatte Heimweh; er war ja in seinem ganzen Leben nie von zu Haus weg gewesen; ich glaube wirklich, daß er seine Leute genauso gern hatte wie Weiße die ihren. Wenn es einem auch nicht normal vorkommt, aber das stimmt, schätz ich. Er hat nachts oft so gestöhnt und gejammert, wenn er glaubte, ich schlafe, und sagte dann: »Ahme kleine Lizabeth! Ahmer kleiner Johnny! Es is furchbar schwer; ich glaub, ich seh euch bestimmt nie mehr, nie mehr!« Er war ein herzensguter Nigger, der Jim.

Aber diesmal hat sich irgendwie doch ein Gespräch über seine Frau und seine Kleinen ergeben.

»Wieso ich jetz so niedergschlage bin«, sagt er nach ner Weile, »is von wege, daß ich vor ner Weil drübn am Ufer so was wie Prügel oder ein Schlag hör, un des hat mich an die Zeit erinnert, wo ich mein kleine Lizabeth so ekelhaft behandelt hab. Sie war erst so vier Jahr alt un bekam Scharlach un hatt schrecklich schlimmes Fieber; aber sie is widder gsund worde, un eines Tages steht se rum, un ich sag zu ihr:

›Mach die Tür zu‹, hab ich gsagt.

Sie hat's net getan; steht einfach da un lächelt irndwie zu

mir rauf. Des macht mich wütend; un ich sag widder zu ihr, furchbar laut:

›Hörst du mich net?‹ hab ich gsagt – ›mach die Tür zu!‹

Sie steht immer noch so da un lächelt irndwie zu mir rauf. Ich bin am Kochen! Da sag ich zu ihr:

›Ich wett, *des* vergißte net!‹

Un da hab ich ihr so eine runterghaue, daß se hingeflogn is. Dann bin ich ins andre Zimmer un bleib vleicht zehn Minuten weg; un wie ich zurückkomm, da steht die Tür noch *immer* auf, un des Kind steht bald mittedrin, guckt runter un jammert, un die Träne laufe ihm runter. Mensch, *werd* ich wütend un geh auf des Kind los, aber grad da – 's war ne Tür, die nach innen aufgangn is – grad da kommt ein Wind un knallt se hinter dem Kind zu, *bum*! – un Himmel, des Kind bewegt sich nimmer! Mir isses Herz beinah aus em Leib gsprungn; un mir wird so – so – ich weiß net, *wie* mir wird. Ganz zittrig schleich ich raus un schleich rum, mach die Tür sacht un langsam auf un drück mein Kopf sanft un leis von hinten an des Kind, un auf einmal schrei ich *›buuh!‹*, so laut ich brülln kann: *Sie rührt sich nimmer*! Ach, Huck, die Träne schießn mir raus, un ich pack se in meine Arm un sag zu ihr: ›Ach, du ahmes kleines Ding! Dr allmächtge Gott vergibt dem ahme alte Jim, von wege daß der sich des selber nie vergibt, solang er lebt!‹ Ach, sie war ganz un gar taub un stumm, Huck, ganz un gar – un ich hab se so behandelt!«

Kapitel 24

Der König wird Pfaffe

Am andern Tag, so gegen Abend, haben wir unter einem kleinen Weidenstrohkopf in der Flußmitte angelegt; auf beiden Seiten vom Fluß lag ein Kaff, und der Herzog und der König fingen an, einen Plan zu schmieden, wie sie die Ortschaften hier abkochen könnten. Jim, der hat mit dem Herzog gesprochen und sagte, hoffentlich dauert's nur ein paar Stunden, es sei nämlich unheimlich schwer und lästig, wenn er den ganzen Tag mit einem Seil gefesselt im Wigwam rumliegen müsse. Wir mußten ihn nämlich fesseln, wenn wir ihn allein ließen, weil er doch für jemand, der ihn ganz allein und nicht gefesselt antraf, ja nicht grad wie ein weggelaufner Nigger aussah. Da sagte der Herzog, es *sei* schon hart, den ganzen Tag gefesselt daliegen zu müssen, und er wollt eine Methode austüfteln, wie's sich umgehn ließ.

Er war enorm helle, der Herzog, und bald hatte er's. Er verpackte Jim in ein König-Lear-Kostüm – es war ein langes Gewand aus weißem Vorhangnessel und ne weiße Roßhaarperücke und ein Schnurrbart –, dann hat er seine Theaterschminke genommen und Jims Gesicht und Hände und Ohren und Hals überall mit so einem blassen stumpfen gleichmäßigen Blau angemalt, daß er aussah wie ne neun Tage alte Wasserleiche. Verdammt! wenn das nicht die abscheulichste Fratze war, die mir je begegnet ist. Dann nahm der Herzog ein Holzstückchen und schrieb noch folgendes zur Erklärung drauf:

Kranker Araber – aber harmlos, wenn nicht grade verrückt.

Und das Schildchen hat er an ne Latte genagelt, und die stellte er vier oder fünf Fuß vorm Wigwam auf. Jim war zufrieden. Er meinte, das sei tausendmal besser, als zwei Jahre lang Tag für Tag gefesselt dazuliegen und bei jedem noch so winzigen Geräusch am ganzen Körper zu zittern. Der Herzog sagte zu ihm, er soll sich's bequem und behaglich machen, und wenn irgendeiner hier mal rumschnüffelte, soll er aus dem Wigwam raushopsen, ein bißchen verrückt spielen und ein paarmal losheulen wie ein wildes Tier, dann würden die bestimmt verduften und ihn in Ruh lassen. Womit er zweifellos recht hatte; aber ein normaler Mensch – nee, der hätt nicht gewartet, bis Jim losbrüllte. Wie auch! – Jim sah nicht bloß aus, wie wenn er tot wär, nee, er sah noch ganz, ganz anders aus.

Mit dem Ohnegleichen hätten's diese Gauner gern nochmal probiert, weil so viel Geld in ihm steckte, aber sie meinten, das sei zu riskant, weil die Nachricht inzwischen vielleicht hier runtergesickert war. Sie kamen auf keinen Plan, der ihnen so ganz gefiel; und so hat der Herzog irgendwann gesagt, er gönn sich ne Stunde Ruhe, um mal seinen Grips anzustrengen, wie er das Arkansaskaff drankriegen könnte; und der König, der hat beschlossen, sich ohne irgendnen Plan im andern Dorf drüben abzusetzen und einfach auf die Vorsehung zu vertrauen, daß die ihm den gedeihlichen Weg zeigt – womit er den Teufel meinte, schätz ich. Wir hatten uns alle im Laden Kleider gekauft, als wir beim letzten Mal haltgemacht hatten; und jetzt zog der König seine an und sagte, ich soll meine auch anziehn. Was ich natürlich getan habe. Die Klamotten vom König waren ganz schwarz, und er sah wirklich piekfein und vornehm drin aus. Ich hab vorher gar nicht gewußt, wie Kleider einen verändern können. Vorher hat der doch wie der abgerissenste alte Strolch ausgesehn, den's überhaupt gibt; aber jetzt, wenn er seinen neuen weißen Biberhut abnahm und sich verneigte und lächelte, sah er so würdig und gut und fromm aus, daß man meinen konnte, er sei grade der Arche Noah entsprungen und womöglich der alte Leviticus in Person. Jim machte das Kanu sauber und ich das Paddel flott. Weiter oben am Ufer lag ein großes Dampfschiff, etwa drei Meilen oberhalb vom Ort – lag da seit zwei Stunden und nahm Fracht auf. Da sagt der König:

»So wie ich angezogen bin, ist's vielleicht doch besser, wenn ich von oben aus St. Louis oder Cincinnati ankomm oder von einem andern großen Ort. Rudre zum Dampfer, Huckleberry; wir fahren mit dem zu dem Kaff runter.«

Das ließ ich mir nicht zweimal sagen, daß ich zu ner Dampferfahrt lossollte. Ne halbe Meile oberhalb vom Dorf hab ich die Küste erreicht und flitzte dann im ruhigen Wasser das Steilufer lang. Bald trafen wir nen netten, harmlos aussehenden jungen Bauerntölpel, der auf nem Baumstamm saß und sich den Schweiß aus dem Gesicht wischte; es war nämlich brütend heiß, und er hatte zwei große Reisetaschen bei sich.

»Setz mit der Nase an Land«, sagt der König. Ich folgte. »Wo müssen Se hin, junger Mann?«

»Zum Dampfer, nach Orleans.«

»Kommen Sie an Bord«, sagt der König. »Warten Sie noch 'n Moment, mein Diener hilft Ihnen mit den Taschen da. Spring raus, Adolphus, und hilf dem Herrn« – womit er mich gemeint hat, logisch.

Ich folgte, und dann sind wir alle drei weitergefahren. Der junge Kerl war unheimlich dankbar; sagte, ne Schinderei wär's bei dem Wetter sein Gepäck mit sich rumzuschleppen. Er fragte den König, wo er hinwolle, und der König erzählte ihm, er sei heut morgen den Fluß runtergekommen und beim andern Dorf drüben an Land, und jetzt wollt er ein paar Meilen flußauf, nen alten Freund auf ner Farm da oben besuchen. Der junge Kerl sagt:

»Wie ich Sie zuerst gesehn habe, sag ich zu mir: ›Das ist bestimmt Mr. Wilks, und um 'n Härchen Haar hätt er's doch noch rechtzeitig geschafft.‹ Aber dann sag ich mir wieder: ›Nee, ich glaub, er ist's doch nicht, sonst tät er nicht den Fluß raufwärts paddeln.‹ Sie *sind's* doch nicht, oder?«

»Nein, mein Name ist Blodgett – Alexander Blodgett – *Ehrwürden* Alexander Blodgett muß ich wohl sagen, da ich einer vonnen armseligen Dienern des Herrn bin. Aber trotzdem kann's mir doch genauso leid tun für Mr. Wilks, daß er nicht noch rechtzeitig ankam, falls er dadurch irgendwas verpaßt hat – was ich nicht hoffen will.«

»Nein, irgendwelchen Besitz hat er nicht verpaßt, weil er alles ordnungsgemäß bekommt; aber er hat verpaßt, seinen Bruder Peter sterben zu sehn – falls er darauf überhaupt Wert gelegt hat, wer weiß –, aber sein Bruder hätt alles in der Welt drum gegeben, *ihn* nochmal zu sehn, bevor er das Zeitliche segnete; die ganzen drei Wochen hat er von nichts andrem mehr gesprochen; er hat ihn nämlich seit ihrer Kindheit nicht mehr gesehn – und seinen Bruder William noch gar nie – das ist der Taubstumme – William ist erst so dreißig, fünfunddreißig. Peter und George waren die beiden einzigen, die hier rübergekommen sind; George war der verheiratete von den beiden; er und seine Frau sind beide letztes Jahr gestorben. Jetzt sind allein noch Harvey und William übrig; und, ich hab's ja schon gesagt, die haben's nicht mehr rechtzeitig geschafft.«

»Hat ihnen denn jemand Nachricht gegeben?«

»Doch, ja; vor ein, zwei Monaten, als Peter krank geworden ist; Peter hat damals gesagt, er hätt so 'n Gefühl, wie wenn er diesmal nicht wieder hochkommt. Sehn Sie, er war ziemlich alt, und Georges Mädchen waren zu jung, um viel mit ihm zusammenzusein, bis auf Mary Jane, die Rothaarige; und er war schon ein bißchen einsam, nachdem George und seine Frau gestorben sind, und hing scheinbar nicht mehr am Leben. Er hätt verzweifelt gern nochmal Harvey gesehn – und William natürlich auch –, weil er zu denen gehört hat, die's nicht leiden können, ein Testament machen zu müssen. Für Harvey hat er nen Brief hinterlassen, in dem er ihm mitteilt, so hat er gesagt, wo sein Geld versteckt ist und wie er seinen andern Besitz verteilt haben will, damit Georges Töchter durchkommen – George hat nämlich gar nichts hinterlassen. Und zu mehr als dem Brief haben sie ihn nicht bewegen können.«

»Wieso, glauben Sie, kommt Harvey nicht? Wo wohnt er denn?«

»Ach – der wohnt in England – Sheffield – ist Prediger da drüben – er ist noch gar nie hier im Land gewesen. Hat nie genug Zeit gefunden – und außerdem hat er ja den Brief vielleicht gar nicht bekommen.«

»Schade, schade, daß er's nicht mehr erleben durfte, seine Brüder zu sehn, die arme Seel. Sie reisen nach Orleans, haben Sie gesagt?«

»Ja, aber das ist nur der erste Teil. Nächsten Mittwoch fahr ich auf nem Schiff nach Ryo Janeero, wo mein Onkel lebt.«

»Ne ganz schön lange Reise. Aber bestimmt herrlich; ach, könnt ich doch auch dahin fahren! – Ist Mary Jane die älteste? Und wie alt sind die andern?«

»Mary Jane, die ist neunzehn, Susan fünfzehn und Joanna so vierzehn – das ist die mit der Hasenscharte, die sich guten Werken widmet.«

»Arme Dinger! So allein zu bleiben in dieser kalten Welt!«

»Na ja, sie könnten schlimmer dran sein. Der alte Peter hatte Freunde, und die werden bestimmt nicht zulassen, daß ihnen irgendein Leid zustößt. Da sind nämlich Hobson, der Baptistenprediger; und Diakon Lot Hovey und Ben Rucker und Abner Shackleford und Levi Bell, der Anwalt; und Dr. Robinson, und deren Frauen alle, und die Witwe Bartley und – also, da sind noch ne Menge andre; aber mit denen war Peter am dicksten befreundet, und von denen hat er manchmal was geschrieben, wenn er nach Hause in England geschrieben hat; da wird also Harvey schon wissen, wo er sich nach Freunden umsehn muß, wenn er herkommt.«

Echt, der Alte hat gefragt und gefragt, bis er den jungen Kerl regelrecht ausgequetscht hatte. Verdammt! hat der sich doch nach allem und jedem in dem verflixten Kaff erkundigt, und besonders nach allem über die Wilkses: nach Peters Beruf – der war Gerber; und nach Georges – der war Zimmermann; und nach Harveys – der war Pfarrer bei den Dissenters[1]; und so weiter und so fort. Dann fragt er ihn:

»Wegen was wollten Se eigentlich den ganzen Weg zum Dampfer rauflaufen?«

»Das ist 'n großes Orleans-Schiff, und ich hab Angst gehabt, daß es da unten nicht hält. Wenn die Tiefgang haben, halten die nicht auf Rufen. Ein Cincinnati-Schiff schon, aber das ist eins aus St. Louis.«

»War Peter Wilks eigentlich wohlhabend?«

»Doch, ja, schon. Er hatte Häuser und Land, und man schätzt, daß er drei- bis viertausend in bar hinterlassen hat – irgendwo versteckt.«

»Wann, sagten Sie, ist er gestorben?«

»Gesagt hab ich nichts davon, aber letzte Nacht ist's gewesen.«

»Beerdigung also wahrscheinlich morgen?«

»Ja, so um die Mittagszeit.«

1 Christen in England, die sich nicht zur anglikanischen Staatskirche bekennen.

»Nun, das ist alles furchtbar traurig; aber früher oder später müssen wir alle mal gehn. Darum tun wir gut daran, vorbereitet zu sein; dann kann uns nichts zustoßen.«

»Ja, Ehrwürden, das ist das beste. Meine Mama hat das auch immer gesagt.«

Als wir zu dem Schiff kamen, war es fast fertig mit Laden, und kurz danach ist es abgefahren. Der König hat kein Ton mehr gesagt von an Bord gehn, und so bin ich also doch noch um meine Dampferfahrt gekommen. Als das Schiff fort war, wollte der König, daß ich noch ne Meile flußauf an ne einsame Stelle fahre, und da ist er an Land und sagt:

»Los, mach daß du zurückkommst, und hol den Herzog her und die neuen Reisetaschen auch. Und wenn er schon ans andre Ufer rüber ist, fahr hin und hol ihn. Und sag ihm, er soll sich unbedingt in Schale werfen. Hau ab jetzt!«

Logisch, was *er* vorhatte; aber natürlich hab ich nichts gesagt. Als ich mit dem Herzog zurückkam, versteckten wir das Kanu; dann haben sie sich auf nen Baumstamm gesetzt, und der König erzählte alles genauso, wie's der junge Kerl erzählt hatte – haarklein. Und die ganze Zeit hat er dabei versucht, wie ein Engländer zu reden; und für nen Stümper hat er's auch ganz gut hingekriegt. Ich kann ihn nicht nachmachen; aber er hat's ganz gut hingekriegt, wirklich. Dann sagt er:

»Bilgewater, wie gut hast du 'n Taubstummen drauf?«

Der Herzog sagte, das soll er ruhig ihm überlassen, er hätt nämlich schon nen Taubstummen auf den Brettern gespielt. Und dann haben sie auf ein Dampfschiff gewartet.

So um die Mitte vom Nachmittag kamen zwei kleine Schiffe vorbei, aber die kamen nicht von weit genug oben;

aber dann ist doch noch ein großes aufgetaucht, und das haben sie angerufen. Es hat seine Jolle ausgeschickt, und wir sind an Bord – es kam aus Cincinnati; und wie die erfahren haben, daß wir bloß vier, fünf Meilen weit wollen, sind sie hochgegangen und haben uns angeschrien, sie wollten uns nicht an Land setzen. Aber der König blieb ruhig. Er sagt:

»Wenn Herren sich's leisten können, einen Dollar pro Meile jeder zu zahlen fürs Abholen und Wiederabsetzen in ner Jolle, wird sich's ein Dampfer doch wohl auch leisten können, sie mitzunehmen, möcht ich doch meinen.«

Da haben sie sich wieder abgeregt und sagten, geht in Ordnung; und als wir zu dem Kaff kamen, haben sie uns in der Jolle an Land gerudert. Gut zwei Dutzend Männer sind wie ne Herde zum Ufer runter, wie sie die Jolle kommen sehn; und als der König sagt – »Kann mir einer von den Herren sagen, wo Mr. Peter Wilks wohnt?« werfen sie einander nen Blick zu und nicken mit den Köpfen, als wollten sie sagen: »Was hab ich euch gesagt!« Und dann sagt einer ganz leise und zartfühlend:

»Tut mir leid, mein Herr, aber alles, was wir noch tun können, ist Ihnen sagen, wo er bis gestern abend gewohnt *hat.*«

Blitzschnell ist das widerliche alte Aas in sich zusammengesackt und fiel dem Mann an die Brust und legte ihm das Kinn auf die Schulter und heulte ihm den Rücken naß und flennt:

»Ach, o weh! Unser armer Bruder – tot, und wir haben ihn nicht mehr gesehn; ach, es ist zu – *zu* schwer!«

Dann dreht er sich schluchzend um und macht dem Herzog ne Menge idiotische Zeichen mit den Händen – und hol's der Henker! läßt der doch eine Reisetasche fallen und flennt auch los. Wenn die nicht das lausigste Pack gewesen sind, die zwei Gauner, die mir je übern Weg gelaufen sind!

Also, die Männer standen alle um sie rum, sprachen ihnen ihr Beileid aus, sagten allerhand freundliche Dinge zu ihnen, trugen ihnen ihre Reisetaschen den Hügel rauf, ließen die beiden sich aufstützen und heulen und erzählten dem König alles über die letzten Augenblicke von seinem Bruder; und der König, der hat dem Herzog mit den Händen alles nochmal verklickert, und die beiden führten sich dann auf wegen dem toten Gerber, wie wenn sie die zwölf Jünger Jesu verloren hätten. Echt, wenn ich so was schon je erlebt habe, will ich ein Nigger sein. Es war genug, um sich für die ganze Menschheit zu schämen.

Kapitel 25

Eine einzige Mischung von Tränen und Mumpitz

In zwei Minuten hat sich die Nachricht im ganzen Ort rumgesprochen, und von allen Seiten kamen die Leute angerannt; einige haben sich sogar erst beim Kommen die Jacken angezogen. Im Nu waren wir mitten in ner Menschenmenge, und das Getrampel hörte sich an, wie wenn ein Trupp Soldaten unterwegs wäre. Die Fenster und die Vorgärten hingen voll, und alle Augenblicke hat einer übern Zaun gerufen:

»Sind *sie* es?«

Und aus der mittrabenden Horde hat dann einer spitz zurückgegeben:

»Wetten!«

Als wir zu dem Haus kamen, war die Straße davor vollgestopft, und die drei Mädchen standen in der Tür. Mary Jane *war* rothaarig, aber das machte gar nichts, sie war unglaublich schön, und ihr Gesicht und ihre Augen strahlten ganz selig, sie war so froh, daß ihre Onkel gekommen waren. Der König, der hat seine Arme ausgebreitet, und Mary Jane warf sich rein, und die Hasenscharte stürzte sich auf den Herzog, und dann war's *soweit*! Bald alle, die Frauen wenigstens, haben vor Freude geweint, sie endlich zusammen und so strahlen zu sehn.

Dann stupst der König heimlich den Herzog – ich konnt es leicht sehn – und dann schaut er sich um und entdeckt den Sarg in der Ecke drüben auf zwei Stühlen; und da sind er und der Herzog, eine Hand um die Schulter des andern und die andre vor den Augen, langsam und feierlich rüberstolziert, und alle weichen zurück, um ihnen Platz zu machen; alles Gerede und der Lärm hört auf, und die Leute machen »pst«, und alle Männer nehmen ihren Hut ab und lassen die Köpfe hängen – man hätt ne Stecknadel fallen hören. Und wie die zwei hinkommen, beugen sie sich übern Sarg und werfen kurz nen Blick rein, und dann haben sie ein Geheul losgelassen, daß man's bald bis Orleans gehört hat; und dann legen sie einander den Arm um den Hals und schieben einander das Kinn über die Schulter; und dann hab ich zwei Männer drei, vielleicht auch vier, Minuten lang nie so viel Rotz und Wasser heulen sehn wie die zwei. Und, nein! – alle haben's ihnen nachgemacht! das ganze Zimmer hat nur so getrieft. Dann stellt sich der eine auf die eine Seite vom Sarg und der andre auf die andre Seite, und sie knien hin, legen ihre Stirn auf den Sarg und tun so, wie wenn sie still für sich beten. Und davon war die Menge so gerührt, so was hat man noch nicht gesehn: alle waren ganz aufgelöst und haben laut losgeschluchzt – auch die armen Mädchen;

und fast alle Frauen sind zu den Mädchen rein, ohne ein Wort zu sagen, küßten sie feierlich auf die Stirn, legten ihnen die Hand auf den Kopf und sahn zum Himmel hoch, während ihnen die Tränen runterliefen, und dann platzten sie wieder los und liefen schluchzend und tränenwischend weg, um die nächste dranzulassen. So was Abscheuliches hab ich noch nicht erlebt.

Nicht lange, da steht der König wieder auf und tritt ein bißchen vor, feuert sich an und sabbelt ne Rede raus – eine einzige Mischung von Tränen und Mumpitz; was für ne schlimme Prüfung es für ihn und seinen Bruder sei, den Entschlafnen zu verlieren und ihn nach der langen Reise von viertausend Meilen nicht mehr lebendig sehn zu dürfen, aber es sei auch ne Prüfung, die uns versüßt und geweiht wird durch das innige Mitgefühl und die heilgen Tränen; und so danke er von Herzen und seines Bruders Herzen, weil sie's mit Worten nicht vermöchten, Worte seien zu schwach und zu kalt, und lauter so Quatsch und Stuß, daß es einem richtig übel wurde; und am Ende schluchzt er ein frommes und salbungsvolles Amen raus und heult ungeniert los wie ein Schloßhund.

Und im selben Augenblick, wo er seinen Mund zumachte, hat jemand in der Menge das Glorja angestimmt, und alle fielen voller Inbrunst ein, und das wärmte einen so richtig und gab einem so ein gutes Gefühl wie beim Kirchensegen. Musik *ist* schon ne gute Sache; und nach all dem Seelenschmalz und Geseire hat sie so erfrischend gewirkt und klang so ehrlich und solide, wie's mir mit Musik noch nicht ergangen ist.

Dann fängt der König wieder an mit den Kiefern zu mahlen und sagt, wie sehr er und seine Nichten sich freuen würden, wenn einige der allerinnigsten Freunde der Familie mit ihnen zu Abend speisten und ihnen hülfen, bei der Asche des Entschlafnen zu wachen; er wüßte nämlich sehr wohl, welche Namen sein armer Bruder, der jetzt dort drüben ruht, nennen würde, wofern er noch sprechen könnte, denn es seien Namen, die ihm sehr teuer waren und deren er oft in seinen Briefen gedachte; und so wollte er also dieselben benennen, nämlich als da sind wie folgt: Ehrwürden Mr. Hobson und Diakon Lot Hovey und Mr. Ben Rucker und Abner Shackleford und Levi Bell und Dr. Robinson und deren Frauen sowie die Witwe Bartley.

Ehrwürden Hobson und Dr. Robinson waren am andern Ortsende zusammen auf Jagd – das heißt, ich will sagen, der Doktor schickte einen Kranken in die andre Welt, und der Prediger wies ihm den Weg. Der Anwalt Bell war geschäftlich unterwegs in Louisville. Aber die andern waren alle an Ort und Stelle, und so kamen sie an, schüttelten dem König die Hand, dankten und unterhielten sich mit ihm; und dann haben sie dem Herzog die Hand geschüttelt und sagten gar nichts, sondern haben immer bloß gegrinst und mit dem Kopf genickt wie ein Haufen Idioten, während er allerhand Zeichen mit den Händen machte und die ganze Zeit »Gu-gu – gu-gu-gu« lallte, wie ein Baby, das noch nicht sprechen kann.

Der König, der hat weitergeblökt und es doch geschafft, sich über Hinz und Kunz und sogar noch die Hunde im Ort zu erkundigen, und er hat alle möglichen Lappalien erwähnt, die dann und wann im Ort oder in Georges Familie oder bei Peter passiert waren; und er tat immer so, als hätt Peter ihm das alles geschrieben; aber das war gelogen, er hatte jedes verflixte Fitzelchen aus dem jungen Esel rausgequetscht, den wir zum Dampfschiff raufgepaddelt hatten.

Dann holte Mary Jane den Brief, den ihr der väterliche Freund hinterlassen hatte, und der König las ihn laut vor und weinte drüber. Danach erbten das Wohnhaus und dreitausend Dollar in Gold die Mädchen; und die Gerberei (die gut lief) samt ein paar andern Häusern und Land (im Wert von rund siebentausend Dollar) ging an Harvey und William; und es stand auch drin, wo die sechstausend in bar versteckt waren im Keller. Und da haben die zwei Gauner gesagt, sie wollten runter und das Geld raufholen und alles offen und ehrlich abmachen; und zu mir sagten sie, ich soll ne Kerze nehmen und mitkommen. Wir schlossen die Kellertür hinter uns ab, und als sie den Sack fanden, haben sie ihn auf dem Boden ausgeleert – und es war ein reizender Anblick, all die vielen Glitzerstücke! Sakrament! was haben da die Augen vom König geglänzt! Er klopfte dem Herzog auf die Schulter und sagt:

»Mann, was sagste *dazu*! Is das was! Ich bin baff! Na, Biljy, das schlägt noch den Ohnegleichen, *was*!«

Der Herzog war auch der Meinung. Sie haben die Goldstücke betatscht, ließen sie durch die Finger rieseln und auf den Boden klimpern; und da sagt der König:

»Da kommste nicht drum rum: Brüder vonnem reichen Toten zu sein und zugleich noch die Stellvertreter von sein hinterbliebnen Erben aussem Ausland, das is *die* Masche für dich und mich, Bilge! Das kommt davon, wenn man auf die Vorsehung vertraut! Auf die Dauer ist das der beste Weg. Ich hab se alle ausprobiert, und nen bessern gibt es nicht.«

So gut wie jeder wär mit dem Haufen zufrieden gewesen und hätt ihn in gutem Glauben genommen; aber nein, die müssen's zählen. Und so zählen sie's, und es stellt sich raus, es sind vierhundertfünfzehn Dollar zu wenig. Sagt der König:

»Verdammt! Ich möcht bloß wissen, was er mit den vierhundertfünfzehn Dollar angestellt hat!«

Sie haben ne Weile angestrengt nachgedacht und dann alles durchwühlt. Dann sagt der Herzog:

»Nun, er war ein ziemlich kranker Mann, und wahrscheinlich hat er sich verzählt – so wird's sein, schätz ich. Am besten, wir lassen es sausen und verlieren kein Wort. Wir können's entbehren.«

»So 'n Quatsch! – können's *entbehren*! Das juckt mich überhaupt nicht – ich denk ans *Zählen*. Wir wollen doch brutal offen und ehrlich und sauber vorgehn. Wir wollen doch den Zaster nach oben schleppen und vor allen zählen – daß gar kein Verdacht aufkommt. Aber wenn der Tote behauptet, es sind sechstaus'n Dollar, verstehste, wollen wir doch nicht –«

»Halt«, sagt der Herzog, »dann ersetzen wir eben das Defitsit!« – und er fischt auch gleich Goldstücke aus seiner Tasche.

»Wundervolle Idee, Herzog – du *hast* schon ein sagenhaft schlauen Kopf zwischen den Schultern sitzen«, sagt der König. »Kruzifix! wenn uns da der alte Ohnegleichen nicht wieder rausgerissen hat« – und jetzt fischt *er* auch gleich Goldstücke raus und stapelt sie auf.

Sie gingen dabei bald pleite, aber die sechstausend machten sie sauber und glatt eben.

»Hör zu«, sagt der Herzog, »ich hab noch eine Idee. Wir gehn hinauf, zählen das Geld, nehmen's dann und *geben es den Mädchen*!«

»Mann, Herzog! lammich dich umarmen! Das ist die briljantste Idee, auf die je einer verfallen ist. Du bist wirklich der staunlichste Kopf, der mir je begegnet ist. Mann, das is'n erstklassiger Trick, da gibt's nix auszusetzen. Solln se doch kommen mit ihrm Verdacht, wenn se wolln – das wird se umhaun.«

Als wir raufkamen, haben sich alle um den Tisch gestellt, und der König, der hat alles gezählt und aufgestapelt, immer dreihundert Dollar auf einen Turm – zwanzig hübsche kleine Türmchen. Alle sahn hungrig hin und leckten sich die Lippen. Dann haben sie das Geld wieder in den Sack gerecht, und ich konnt sehn, wie der König sich zu ner neuen Rede aufplustert:

»Ihr Freunde alle, mein armer Bruder, der dort drüben ruht, hat großmütig an denen gehandelt, welche hier im Jammertal zurückgeblieben sind. Er hat großmütig gehandelt an diesen armen Lämmerchen da drüben, die er geliebt und beschützt hat und die nun ohne Vater und Mutter dastehn. Ja, und wir, die wir ihn kannten, wissen, daß er sich *noch* freigebiger erwiesen hätt, wenn er nicht hätt fürchten müssen, seinen lieben William und mich zu kränken. Nun, *ist's* nicht so? Für *mein* Begriff kann's daran gar kein Zweifel geben. Nun denn – was wärn das für Brüder, die ihm zu solcher Stund im Wege stehn? Und was wärn das für Onkel, die solch arme, süße Lämmerchen, die er so geliebt hat, zu solcher Stund berauben – ja, *berauben*? Wie ich William kenne – und ich *glaube*, ich kenn ihn – so wird er – nun, ich frage ihn einfach selber.« Und er dreht sich um und fängt an, dem Herzog ne Menge Zeichen mit den Händen zu machen; und der Herzog der stiert ihn ne Weile blöd und wie vernagelt an; dann scheint er plötzlich zu kapieren und stürzt sich auf den König, vor Freude sein gu-gu krakeelend, und umarmt ihn gut fünfzehnmal, eh er sich wieder einkriegt. Da sagt der König: »Ich hab's doch gewußt; ich glaub, *das* wird alle überzeugen, wie *er* darüber denkt. Hier, Mary Jane, Susan, Joanna, nehmt hin das Geld, nehmt *alles*. Das ist die Gabe von ihm, der dort drüben ruht – kalt, aber frohgemut.«

Mary Jane, die ist zu ihm hingerannt, und Susan und die Hasenscharte zum Herzog, und dann ging wieder so ein Geherze und Geküsse los, wie ich's noch nie gesehn habe. Und alle haben sich mit Tränen in den Augen um die beiden Gauner gedrängt und denen bald die Hand rausgerissen, dabei sagten sie die ganze Zeit:

»Ihr *lieben* guten Seelen! – wie *großzügig*! – wie *konntet* ihr nur!«

Schon bald haben dann alle wieder losgeschwatzt über den Entschlafnen – wie gut er war, und was sie an ihm verloren hätten und lauter so Zeug; aber nicht lange, da hat sich ein Mann mit ner eisernen Kinnlade von draußen reingeschoben, und er stand da und hat zugehört, ohne was zu sagen; und es hat auch keiner was zu ihm gesagt, weil der König ständig weiterlaberte und alle eifrig zuhörten. Der König sagte grad – mitten in nem Satz, den er grad angefangen hatte –

» – weil sie die besondern Freunde des Entschlafnen waren. Darum sind sie hier heute abend eingeladen; aber morgen möchten wir, daß *alle* kommen – alle; denn er achtete jeden, er mochte jeden, und darum ist's nur recht und billig, daß seine Begräbnisorgien öffentlich sind.«

Und so hat er weiter drauflos gelabert, so gern hat er sich reden hören, und dauernd kam er wieder mit seinen Begräbnisorgien an, bis es dem Herzog zuviel wurde; da schreibt er ihm auf so ein Zettelchen: »*Obsequien*, du alter Trottel!«, faltet's zusammen, gu-gu-t los und reicht's ihm über die Köpfe von den Leuten weg. Der König, der liest es, steckt's ein und sagt:

»Der arme William, geschlagen wie er ist, hat er doch immer 'n *gutes* Herz. Bittet mich, alle einzuladen, zum Begräbnis zu kommen – möcht, daß ich se alle willkommen heiß. Aber er hätt sich nicht sorgen brauchen – ich war ja doch grad dabei.«

Dann spinnt er seelenruhig sein Garn weiter und läßt ab und zu seine Begräbnisorgien fallen, genau wie vorher auch. Und als er's zum dritten Mal gemacht hat, sagt er:

»Ich sage Orgien, nicht weil das die übliche Bezeichnung ist – natürlich ist Obsequien die übliche Bezeichnung – sondern weil das die richtige ist. Obsequien wird in England jetzt nicht mehr benutzt – ist aus der Mode gekommen. Wir in England sagen jetzt Orgien. Orgien ist besser, weil es exakter ausdrückt, was wir sagen wollen. Es ist ein Wort, das zusammengesetzt ist aus dem griechischen *orgo* für draußen, offen, im Freien, und dem hebräischen *jenum* für pflanzen, zudecken; daher *beerdigen*. Begräbnisorgien sind also namentlich ein offnes oder öffentliches Begräbnis.«

Das war doch der *übelste Bursche*, der mir je übern Weg lief. Nur, der Mann mit der eisernen Kinnlade hat ihm mitten ins Gesicht gelacht. Alle waren entsetzt. Und alle sagten: »Aber *Doktor*!«, und Abner Shackleford fragt ihn:

»Aber Robinson, haste von der Nachricht noch nich gehört? Das ist doch Harvey Wilks!«

Der König, der hat beflissen gelächelt, seine Flosse vorgestreckt und tut so erstaunt:

»Ist *das* der treue gute Freund und Arzt meines Bruders? Ich –«

»Nehmen Sie die Hände weg von mir!« sagt der Doktor. »*Sie* und wie ein Engländer reden – *Sie*! Das ist die miserabelste Imitation, die ich je gehört habe. *Sie* und Peter Wilks' Bruder? Sie sind ein Schwindler, das sind Sie!«

Echt, was haben die alle für ein Theater gemacht! Sie drängten sich um den Doktor, versuchten ihn zu beruhigen und versuchten ihm alles zu erklären; erzählten ihm, wie Harvey x-mal bewiesen hatte, daß er wirklich Harvey *war*, wie er alle, sogar die Hunde, mit Namen kannte, und sie baten und *bettelten*, er soll doch Harveys Gefühle und die Gefühle von den armen Mädchen nicht verletzen und so weiter; aber es hat alles nichts genutzt, der hat bloß noch weitergetobt und geschrien, wenn einer vorgibt, Engländer zu sein, und deren Aussprache nicht besser imitieren kann als er, dann ist er ein Lügner und Betrüger. Die armen Mädchen haben sich an den König geklammert und weinten; plötzlich steht der Doktor auf und fährt *sie* an:

»Ich war der Freund eures Vaters, und ich bin euer Freund; und als *Freund*, als ein ehrlicher Freund, der euch beschützen und vor Kummer und Schaden bewahren möchte, rate ich euch dringend, diesem Halunken den Rücken zu kehren. Laßt ihn laufen, den unwissenden Vagabunden mit seinem idiotischen Griechisch und Hebräisch, wie er das nennt. Das ist die mickrigste Sorte von Betrüger – kommt hierher mit einem Haufen leerer Namen und Tatsachen, die er irgendwo aufgeschnappt hat, und ihr nehmt das für *bare Münze*; und diese Narren von Freunden, die es besser wissen sollten, helfen euch noch dabei, euch selber zum Narren zu halten. Mary Jane Wilks, du kennst mich als deinen Freund, und auch als einen selbstlosen. Hör jetzt auf mich; jag diesen elenden Lumpen fort – ich *bitte* dich! Willst du's tun?«

Mary Jane hat sich aufgerichtet, und – ah! war die hübsch! Sie sagte:

»*Hier* ist meine Antwort.« Dabei hat sie den Sack aufgehoben und dem König mit den Worten in die Hände gelegt: »Nimm diese sechstausend Dollar und leg sie für mich und meine Schwestern an, so wie du willst, und gib uns ja keine Quittung dafür.«

Dann hat sie dem König ihren Arm auf der einen Seite umgelegt, und Susan und die Hasenscharte taten das gleiche auf der andern. Alle klatschten in die Hände und trampelten wie ein Orkan auf den Boden, während der König den Kopf hochgereckt hat und stolz lächelte.

»Gut«, sagt der Doktor, »*ich* wasche meine Hände in

Unschuld. Aber ich warne euch, die Zeit wird kommen, wo's euch garantiert schlecht wird, sooft ihr an diesen Tag zurückdenkt.« – Und weg war er.

»Gut, Doktor«, sagt der König ziemlich höhnisch, »wolln se dazu kriegen, daß se dann nach Euch um Hilfe schicken«, worauf sie alle schallend lachten und riefen, was für ein Volltreffer das war.

Kapitel 26

Ich stehle dem König seine Beute

Als sie alle fort waren, fragt der König Mary Jane, wie's bei ihnen mit Gästezimmern aussah, und sie sagte, eins hätten sie, das für Onkel William recht wäre, und ihr eignes, das ein bißchen größer sei, wollt sie Onkel Harvey geben, und sie selber würd ins Zimmer zu ihren Schwestern ziehn und da auf nem Feldbett schlafen; und oben auf dem Dachboden wär ne kleine Kammer mit ner Pritsche drin. Der König meinte, die wär grade recht für seinen Diener – für mich, logisch.

Mary Jane hat uns dann mit nach oben genommen und ihnen ihre Zimmer gezeigt, die einfach, aber hübsch waren. Ihre Kleider und alle möglichen andern Sachen würd sie rausnehmen lassen, wenn sie Onkel Harvey im Weg wärn, sagte sie, aber der meinte, das wärn sie nicht. Ihre Kleider hingen an der Wand, und davor war ein Vorhang aus Nessel, der bis zum Boden runterhing. In einer Ecke stand ein alter Fellkoffer und in einer andern ein Gitarrenkasten, und überall lag allerhand Nippes und Krimskrams rum – wie halt Mädchen so ihr Zimmer lebendig machen. Der König sagte, alles wär nochmal so heimelig und freundlich mit den ganzen Sächelchen, und sie sollte es so lassen. Das Zimmer vom Herzog war ziemlich klein, aber allemal gut genug, und meine Kammer auch.

Am Abend haben sie dann ein großes Essen gegeben, und die Männer und Frauen warn alle da, und ich stand hinter den Stühlen vom König und Herzog und bediente sie, und die Nigger haben die andern bedient. Mary Jane, die hat oben am Tisch gesessen, neben ihr Susan, und sie jammerte, wie schlecht doch die Brötchen wärn, wie fad das Eingemachte und wie trocken und zäh die gebratnen Hühner – und lauter so'n Kohl, wie's Frauen immer machen, um Komplimente zu ergattern; und die Leute wußten alle, daß alles prima war, und sagten das auch – sie fragten nämlich: »Wie schaffen Sie's bloß, daß die Brötchen so schön braun werden?« und: »Wo in aller Welt haben sie bloß diese wundervollen Essiggurken her?« und lauter so 'n leeres Gewäsch, wie's eben Leute beim Essen so dreschen.

Und wie alles vorbei war, haben ich und die Hasenscharte in der Küche von den Resten gegessen, während die andern den Niggern beim Aufräumen halfen. Und die Hasenscharte fängt an, mich über England auszufragen – und verflixt! ist mir da doch manchmal das Eis höllisch dünn untern Füßen geworden. Sie hat mich gefragt:

»Hast du schon mal den König gesehn?«

»Wen? Wilhelm den Vierten? Na, klar – der geht doch in unsre Kirche!« Ich wußte, daß er schon jahrelang tot war, hab aber nichts verraten. Und als ich das von Wilhelm und unsrer Kirche gesagt habe, fragt sie mich:

»Was – regelmäßig?«

»Ja klar – regelmäßig. Sein Kirchenstuhl ist genau gegenüber unserm – auf der andern Seite von der Kanzel.«

»Ich denk, der wohnt in London!«

»Klar, wo *soll* er denn sonst wohnen?«

»Aber *ihr* wohnt doch in Sheffield, oder?«

Logisch, daß ich mich in die Nesseln gesetzt hatte. Ich mußte so tun, wie wenn ich an einem Hühnerbein ersticke, um Zeit zum Überlegen zu schinden, wie ich mich wieder rauswinden konnte. Da fiel mir was ein.

»Ich meine, der geht regelmäßig in unsre Kirche, wenn er in Sheffield ist. Das ist nur im Sommer, wenn er kommt, um Seebäder zu nehmen.«

»Aber was redste da – Sheffield liegt doch nich an der See!«

»Wer hat denn das gesagt?«

»Na, du doch!«

»Ich? Auf *kein* Fall.«

»Doch, du hast!«

»Nee, hab ich nicht.«

»Doch!«

»Ich hab nie so was gesagt!«

»Gut, was *hast* du dann gesagt?«

»Daß er kommt, um *Seebäder* zu nehmen – das hab ich gesagt.«

»Siehste! Wie soll er denn Seebäder nehmen, wenn's gar nich an der See liegt?«

»Hör mal«, sag ich, »hast du schon mal Kongreßwasser[1] gesehn?«

»Klar.«

»Und haste da zum Kongreß gehn müssen, um's zu holen?«

»Natürlich nicht.«

»Und genauso muß auch Wilhelm der Vierte nicht an die See, um ein Seebad zu bekommen.«

1 Mineralwasser aus der Kongreßquelle bei Saratoga (New York).

»Wie kommt er dann dazu?«

»Genauso wie die Leute hier Kongreßwasser kriegen – in Fässern. Dort im Palast in Sheffield haben die Öfen, er will sein Wasser nämlich heiß haben. Und so ne Menge können se nicht so weit weg an der See erhitzen. Dafür haben sie keine Vorrichtungen.«

»Aha, jetzt versteh ich. Das hättste aber auch gleich sagen und Zeit sparen können!«

Und wie sie das gesagt hat, logisch, war ich aus dem Gröbsten raus, und da war's mir wieder wohl in meiner Haut. Als nächstes hat sie mich gefragt:

»Gehst du auch in die Kirche?«

»Ja klar – regelmäßig.«

»Und wo sitzt du?«

»Auf unsrer Kirchenbank – wo sonst?«

»Auf wem seiner Kirchenbank?«

»Na, auf unsrer – auf der von deinem Onkel Harvey!«

»Auf dem seiner? Zu was braucht *er* ne Kirchenbank?«

»Zum Draufsitzen. Was glaubst denn du, zu was er die braucht?«

»Aber steht er denn nicht auf der Kanzel?«

Krepieren soll er! Hab ich doch vergessen, daß er Pfarrer war! Wieder war ich aufgeschmissen, also hab ich nochmal Hühnerbein gespielt, um nochmal zu überlegen. Und da hab ich zu ihr gesagt:

»Verdammt! Hast du denn angenommen, die haben bloß *einen* Pfarrer für jede Kirche?«

»Wieso – zu was brauchen sie denn mehr?«

»Zu was?! – Um vor einem König zu predigen! So eine wie du ist mir noch nicht begegnet! Die haben nicht weniger als siebzehn.«

»Siebzehn! Liebe Zeit! Also, so 'n Rattenschwanz wollt ich nicht bis zum Ende aussitzen, und wenn ich *gar nie* in den Himmel komme. Da brauchen se ja ne Woche dazu.«

»Quatsch! Die predigen doch nicht *alle* am gleichen Tag – immer bloß *einer.*«

»Und was machen dann die andern?«

»Ach, nichts Besondres. Sich rumlümmeln, den Teller rumreichen – und so dies und das. Aber meistens machen sie gar nichts.«

»Und *zu was* sind se dann da?«

»Zur *Dekoration* natürlich! Du hast auch von gar nichts ne Ahnung.«

»Also, von so was Verrücktem *will* ich auch keine Ahnung haben. Wie werden denn die Dienstboten bei euch in England behandelt? Behandeln sie se besser wie wir unsre Nigger?«

»*Nee!* Ein Dienstbote ist dort gar nichts. Die behandeln sie schlechter als Hunde.«

»Geben se denen keine Ferien, so wie wir an Weihnachten und in der Neujahrswoche und auch am Vierten Juli?«

»Hör dir bloß das an! Von weitem könnt dir einer sagen, daß *du* noch nie in England gewesen bist! Aber Hasenscha-, aber Joanna, die sehn doch jahraus, jahrein nie nen Ferientag; kommen nie in den Zirkus oder ins Theater oder in ne Niggervorstellung, und auch in überhaupt gar nichts.«

»Auch nicht in die Kirche?«

»Auch nicht in die Kirche.«

»Aber *du* gehst doch immer in die Kirche?«

Wieder war ich aufgeschmissen. Hab ich doch vergessen, daß ich der Diener von dem Alten war. Aber im nächsten Augenblick hab ich mir ne Art Erklärung aus den Fingern gesogen, wie und warum ein Diener was andres ist als ein gewöhnlicher Dienstbote und, ob er will oder nicht, in die Kirche mitgehn und bei der Familie sitzen *muß*, weil das so Gesetz ist. Aber so ganz astrein hab ich's nicht hingekriegt, und als ich fertig war, klar, war sie nicht zufrieden damit. Und so hat sie mich gefragt:

»Ehrenwort jetzt, haste mir da nich nen Haufen Lügen erzählt?«

»Ehrenwort«, sag ich.

»Gar keine?«

»Gar keine. Nicht eine Lüge dabei«, sag ich.

»Leg deine Hand hier aufs Buch und versprich's.«

Also, es war ja bloß ein Wörterbuch, und so hab ich meine Hand draufgelegt und es versprochen. Da sah sie ein bißchen zufriedener aus und sagt:

»Na schön, etwas davon glaub ich dir; aber der Himmel bewahre mich davor, dir alles zu glauben!«

»Was glaubst du nicht, Joe?« fragt Mary Jane, die grade reinkam, und Susan hinter ihr. »Das ist weder recht noch freundlich von dir, so mit ihm zu sprechen, wo er doch fremd hier ist und so weit von seinen Leuten weg. Würd dir das vielleicht gefallen, so behandelt zu werden?«

»So machst du's immer, Maim – immer hängst du dich rein, um jemand zu helfen, eh dem überhaupt was geschieht. Ich hab ihm doch gar nichts getan. Er hat mir was vorgeschwindelt, glaub ich; und ich hab gesagt, daß ich nicht alles schlucke; haargenau *das* hab ich ihm gesagt. Ich denk, so ne Kleinigkeit wird er doch noch vertragen können, oder?«

»Egal, ob klein oder groß, er ist hier in unserm Haus und ist ein Fremder, und es war nicht recht von dir, das zu sagen. Wenn du an seiner Stelle wärst, kämst du dir beschämt vor; und darum solltest du auch zu keinem andern Menschen etwas sagen, was *den* beschämt.«

»Hör mal, Maim, er hat gesagt –«

»Ganz egal, *was* er gesagt hat – darum geht's gar nicht. Daß du ihn *freundlich* behandelst, darum geht's, und daß du nicht Sachen sagen sollst, die ihn dran erinnern, daß er nicht in seiner Heimat ist und bei seinen Leuten.«

Und ich denk mir im stillen: und *das* ist ein Mädchen, der ich von dem alten Reptil ihr Geld rauben laß!

Dann hat sich Susan noch reingehängt; und ihr könnt mir glauben, daß sie der Hasenscharte gezeigt hat, was ne Harke ist.

Wieder denk ich mir im stillen: und das ist *noch* eine, der ich ihr Geld rauben laß von ihm!

Jetzt war Mary Jane nochmal an der Reihe, und sie hat's wieder sanft und gütig gemacht – wie's ihre Art war; aber als sie fertig war, blieb von der armen Hasenscharte kaum noch was übrig. Und da hat sie geheult.

»Ist ja schon gut«, sagen die beiden andern, »bitt ihn halt um Verzeihung.«

Und das hat sie auch getan. Und sie hat's wunderschön gemacht. So wunderschön, daß es einem gut tat, es zu hören; und ich wollt, ich könnt ihr noch tausend Lügen erzählen, daß sie's nochmal tut.

Und ich denk mir im stillen: und hier ist *noch* eine, der ich ihr Geld rauben laß von ihm! Und als sie mit ihrer Abbitte fertig war, haben sich alle drei bald ein Bein ausgerissen, damit ich mich wie zu Haus fühlte und wußte, daß ich bei Freunden war. Ich kam mir so schäbig und fies und gemein vor, daß ich mir im stillen dachte: Mein Entschluß steht fest, ich stibitz das Geld für sie oder will krepieren.

Und dann hab ich mich verdrückt – ins Bett, hab ich gesagt, was heißen sollte, irgendwann mal. Als ich allein war, hab ich mir alles durch den Kopf gehn lassen. Soll ich, hab ich mich gefragt, heimlich zu diesem Doktor gehn und die Betrüger verpfeifen? Nee – das geht nicht!

Der würd vielleicht verraten, wer's ihm erzählt hat; dann würden mir der König und der Herzog die Hölle heiß machen. Oder soll ich heimlich zu Mary Jane gehn und ihr's erzählen? Nee – das getrau ich mich nicht. Die würden's ihr bestimmt am Gesicht ablesen; sie haben das Geld, und sie würden gleich verduften und damit abhauen. Und wenn sie Hilfe holt, werd ich bestimmt reingezogen, noch eh alles vorbei ist. Nee, es gibt bloß *einen* guten Weg. Ich muß das Geld stehlen, irgendwie; und ich muß es so stehlen, daß sie keinen Verdacht schöpfen, daß ich's gewesen bin. Die haben hier ein Ding laufen; und eh die nicht diese Familie und den ganzen Ort auf Teufel komm raus geschröpft haben, ziehn sie hier nicht ab, und so bleibt eigentlich noch Zeit genug. Ich stehl's und versteck's erst mal; und später, wenn ich weit, weit flußab bin, schreib ich Mary Jane einen Brief und sag ihr, wo's versteckt ist. Aber am besten stibitz ich's doch noch heut abend, wenn ich kann, weil sich der Doktor vielleicht doch noch nicht so ganz abgeregt hat, wie er tut: er kann sie noch immer von hier verjagen.

Also durchsuch ich mal ihre Zimmer, sag ich mir. Auf dem Gang oben war's dunkel, aber ich hab das Zimmer vom Herzog gefunden und gleich alles mit den Händen abgetastet; aber da fiel mir ein, daß es dem König gar nicht ähnlich sah, jemand anders als sich selber aufs Geld aufpassen zu lassen; und so bin ich in sein Zimmer und hab dort überall rumgefummelt. Aber klar, ohne Kerze kam ich nicht weiter, und eine anzünden, hab ich mich nicht getraut. Ich muß es also andersrum machen, dacht ich mir: ihnen auflauern und sie belauschen. Grad da hör ich auch ihre Schritte kommen und will unters Bett hopsen; ich hab mit der Hand danach gefaßt, aber es war nicht da, wo ich dachte, statt dessen war ich an den Vorhang geraten, hinter dem Mary Janes Kleider hingen, und mit einem

Satz bin ich dahinter und hab mich zwischen die Kleider gekuschelt und stand da mucksmäuschenstill.

Sie kamen rein und machten die Tür zu; und als allererstes ist der Herzog runter, um unters Bett zu schaun. War ich froh, daß ich das Bett nicht gefunden hatte, als ich's suchte! Und dabei ist's ja ganz normal, sich unterm Bett zu verstecken, wenn man was Heimliches vorhat. Dann haben sie sich hingesetzt und der König sagt:

»Nanu, was hast du? Aber mach's man kurz, weil wir besser das Gemaunze da unten in Schwung halten, als hier oben ihnen Gelegenheit geben, uns durchzuhecheln.«

»Nun, es ist so, Capet. Mir ist nicht wohl in meiner Haut; ich bin unruhig. Dieser Doktor macht mir zu schaffen. Ich möchte wissen, was du für Pläne hast. Ich hab nämlich eine Idee, und ich glaube, die ist vernünftig.«

»Laß hören, Herzog.«

»Daß wir am besten noch vor drei Uhr morgen früh hier verschwinden und den Fluß runtersegeln mit dem, was wir haben. Besonders, wo wir so leicht dazu gekommen sind – *geben* die's uns doch zurück, werfen es uns gradezu in den Rachen! Und wir haben doch geglaubt, wir müssen's zurückstehlen! Ich bin dafür, wir machen hier Schluß und verduften.«

Da war ich richtig niedergeschlagen. Vor ein, zwei Stunden wär's noch ein bißchen anders gewesen, aber jetzt war ich traurig und enttäuscht. Aber dem König ist der Kragen geplatzt:

»Was! Und den Rest vom ganzen Besitz nicht versilbern? Fortrennen wie zwei Idioten und Sachen im Wert von acht-, neuntausend Dollar hier rumliegen lassen, die gradezu danach lechzen, abkassiert zu werden? – und alles auch noch leichtverkäufliches Zeugs!«

Der Herzog, der hat gemurrt; ihm sei der Sack mit Gold genug, und er hätt keine Lust, sich noch tiefer reinziehen zu lassen – er wollt ein paar Waisen nicht um *Hab und Gut* bringen.

»Mach's halblang!« sagt der König. »Wir bringen se um gar nix als bloß des Geld da. Die Leut, die die Sachen *kaufen*, sind doch die Geschädigten; sobald 's nämlich rauskommt, daß sie uns gar nicht gehört haben – und das wird schon bald sein, wenn wir verschwunden sind – ist der Verkauf ungültig und alles geht wieder ins Erbe zurück. Diese Waisen da kriegen ihr Haus wieder, und das ist genug für *die*; die sind jung und flink und könn sich ihr Leben leicht verdienen. *Die* wern bestimmt nich zu knapsen haben! Denk doch mal nach – wie viel Tausnd und Abertausnd gibt's, die längst nich so gut dran sind? Nee, mein Lieber, die brauchen sich wirklich nich beklagen!«

Also, der König, der hat ihn schwindlig geredet; und so hat er am Ende nachgegeben; er sei einverstanden, sagte er, aber er sei felsenfest überzeugt, daß es hirnrissig sei, dazubleiben, wo ihnen dieser Doktor jederzeit auf den Hals kommen konnte.

»Zum Teufel mit dem Doktor! Was soll uns *der*? Ham wir nich alle Narren im Ort auf unsrer Seite? Und die sind doch überall ne genügend große Mehrheit!«

Sie waren fertig und wollten wieder runter. Da sagt der Herzog:

»Ich glaube, wir haben das Geld an keinem guten Platz versteckt.«

Das hat mich wieder aufgemuntert. Ich hatte schon gedacht, es würd überhaupt kein Hinweis mehr für mich abfallen, der mir irgendwie nützlich sein könnte.

»Wieso nich«, fragt ihn der König.

»Weil Mary Jane von jetzt ab Trauer tragen wird, und im Handumdrehn hat sie dem Nigger, der die Zimmer macht, den Befehl gegeben, die Sachen hier einzupacken und rauszuholen; und glaubst du vielleicht, ein Nigger, dem Geld unter die Finger kommt, läßt nichts mitgehn?«

»Aha, dein Grips arbeitet wieder, Herzog«, sagt der König; und da kommt er auch schon und fummelt zwei, drei Fuß von mir weg unterm Vorhang rum. Ich hab mich dicht an die Wand gedrückt und mich mäuschenstill verhalten, obwohl ich zitterte; ich hab mir überlegt, was die Strolche mir wohl erzählen würden, wenn sie mich da erwischten; und ich hab versucht mir auszudenken, was ich am besten tun sollte, wenn sie mich tatsächlich erwischen. Aber ich konnte keinen halben Gedanken fassen, da hatte der König den Sack auch schon draußen; er hatte nicht die leiseste Ahnung, daß ich in der Nähe war. Sie nahmen den Sack und schoben ihn durch nen Riß in den Strohsack, der unterm Federbett lag, stopften ihn ein, zwei Fuß tief ins Stroh rein und meinten, da sei er gut aufgehoben, weil ein Nigger immer bloß das Federbett aufschüttelt und den Strohsack bloß so zweimal im Jahr umdreht; deswegen sei jetzt keine Gefahr mehr, daß er gestohlen wird.

Aber so dumm war ich doch nicht. Ich hatte ihn schon draußen, da waren sie noch nicht mal halb unten. Ich hab mich dann in meine Kammer hochgetastet, und wollt ihn da so lang verstecken, bis ich nen bessern Platz fand. Am besten schien's mir, ihn irgendwo außerhalb vom Haus zu verstecken, weil die es sicher auf den Kopf stellen würden, wenn sie ihn vermißten. Das wußte ich ganz genau. Dann hab ich mich hingehauen, mit allen Kleidern; aber auch wenn ich gewollt hätte, wär ich nicht eingeschlafen, ich wollt nur noch eins: mit der Sache so schnell wie möglich fertig werden. Nach ner Weile hab ich den König und den Herzog raufkommen hören; und da bin ich von meiner Pritsche gerollt, hab mein Kinn oben an die Leiter gelegt und gewartet, ob irgendwas passiert. Aber es tat sich nichts.

Und so hielt ich aus, bis die letzten Geräusche eingeschlafen und die ersten noch nicht erwacht waren; dann bin ich leise die Leiter runter.

Kapitel 27

Der tote Peter hat sein Gold wieder

Ich schlich an ihre Türen und horchte; beide schnarchten, und so bin ich weiter und kam unbehelligt nach unten. Nirgends ein Laut. Ich spähte durch nen Spalt von der Eßzimmertür und seh, daß die Männer, die bei der Leiche Wache hielten, alle fest auf ihren Stühlen schliefen. Die Tür zum Wohnzimmer, wo die Leiche lag, stand offen, und in beiden Zimmern war ne Kerze an. Ich bin durch, und auch die andre Wohnzimmertür stand offen; aber niemand, seh ich, war drin bis auf die sterblichen Überreste von Peter; und so bin ich leise dran vorbei; aber die Haustür war verschlossen, und der Schlüssel steckte nicht. Grade da hör ich, wie jemand die Treppe runterkommt. Ich renn ins Wohnzimmer und seh mich rasch um, und als einziges Versteck für den Sack hab ich nur noch den Sarg entdeckt. Der Deckel war vielleicht ein Fuß weit aufgeschoben, so daß man das Gesicht von dem Toten unter einem feuchten Tuch und sein Leichenhemd sehn konnte. Ich steckte den Geldsack unter den Deckel – genau unter seine gefalteten Hände drunter, daß mich's schauderte, so kalt warn sie, und dann bin ich quer durchs Zimmer hinter die Tür gerannt.

Wer da kam, war Mary Jane. Ganz leise ging sie zum Sarg, kniete hin und sah rein; dann nahm sie ihr Taschentuch an die Augen, und ich seh, wie sie losweint, obwohl ich sie nicht hören konnte – sie hat mit dem Rücken zu mir gekniet. Leise bin ich raus, und wie ich am Eßzimmer vorbeikam, wollt ich mich noch vergewissern, daß die Totenwächter mich nicht gesehn hatten; und so hab ich durch den Spalt geguckt – alles in Ordnung. Sie hatten sich nicht gemuckst.

Ich schlich rauf ins Bett und war richtig traurig, weil die Sache so ausgegangen war, wo ich mir so viel Mühe damit gemacht und so viel riskiert hatte. Ich sag mir, wenn es da bleiben kann, wo's ist, soll's mir recht sein; ich kann ja, wenn wir erst mal ein-, zweihundert Meilen flußab sind, an Mary Jane schreiben, und sie kann ihn dann wieder ausgraben und sich's holen; aber soweit wird's wohl gar nicht kommen; es wird vielmehr so kommen, daß die das Geld finden, wenn es soweit ist, daß der Deckel draufgeschraubt wird. Dann kriegt's der König wieder, und es wird ne Ewigkeit dauern, bis der nochmal jemand ne Chance gibt, es ihm abzuluchsen. Ich *wollt* natürlich nochmal runterschleichen, hab mich aber nicht getraut. Der Morgen kam jetzt näher, und bald würden die Wächter da unten so nach und nach aufwachen, und ich könnt leicht erwischt werden – erwischt mit sechstausend Dollar in den Händen, auf die aufzupassen mich keiner angestellt hatte. Auf so was möcht ich mich nicht einlassen, sag ich mir.

Als ich am Morgen nach unten kam, war das Wohnzimmer abgeschlossen, und die Wächter waren fort. Niemand war da außer der Familie und der Witwe Bartley und unsrer Bande. Ich hab ihre Gesichter beobachtet, um zu sehn, ob irgendwas passiert war, aber entdecken konnt ich nichts.

Gegen Mittag kam der Leichenbestatter mit seinem Gehilfen, und sie stellten den Sarg in der Mitte vom Zimmer auf zwei Stühle, stellten dann alle unsre Stühle in Reihen auf und liehen noch welche bei den Nachbarn aus, bis der Flur und das Wohnzimmer und das Eßzimmer vollstanden. Ich seh, der Sargdeckel liegt noch so wie früher, aber wo jetzt Leute dabei standen, hab ich mich nicht getraut, reinzugucken.

Dann sind die Leute so nach und nach reingeströmt, und die zwei Strolche und die Mädchen setzten sich in die erste Reihe ans obere Ende vom Sarg, und ne halbe Stunde lang sind die Leute im Gänsemarsch langsam dran vorbeimarschiert, sehn kurz auf das Gesicht von dem Toten runter, und einige ließen ne Träne reinfallen, und es war alles ganz still und feierlich, bloß die Mädchen und die Strolche hielten die Köpfe gesenkt, drückten Taschentücher an die Augen und haben ein bißchen geschluchzt. Nicht ein Laut außer scharrenden Füßen auf dem Boden und schneuzenden Nasen – die Leute schneuzen sich nämlich bei einer Trauerfeier immer öfter als sonstwo, außer noch in der Kirche.

Als alles gerammelt voll war, ist der Leichenbestatter mit seinen schwarzen Handschuhen in seiner leise besänftigenden Art rumgehuscht und hat überall letzte Hand angelegt, um's den Leuten und den Sachen ja recht passend und bequem zu machen, und er machte dabei nicht mehr Geräusch als wie ne Katze. Er hat überhaupt nichts gesprochen; er dirigierte die Leute rum, er quetschte Zuspätgekommne rein, er machte Gassen frei – und das alles bloß durch Nicken und Handzeichen. Dann hat er seinen Platz drüben an der Wand eingenommen. So was von leise und samtpfotig und heimlichtuerisch hab ich noch nicht erlebt; und der Kerl hat ein Gesicht gemacht wie drei Tage Regenwetter.

Sie hatten sich ein Harmonium geliehen – ein klappriges; und wie alles bereit war, hat sich ne junge Frau drangesetzt und es traktiert, und es klang ziemlich schrill und ächzend, und alle fielen ein und sangen mit, und nach meiner Meinung war Peter der einzige, dem's dabei noch gut ging. Dann trat Ehrwürden Hobson langsam und feierlich vor und fing mit seiner Rede an; aber da ging auch schon ein Höllenlärm im Keller los, unglaublich war das; es war man grad ein Hund, aber der machte nen irrsinnigen Krach und hat nicht mehr aufgehört; der Pfaffe, der hat vorm Sarg stehn und warten müssen – nicht mal denken hätt man sich hören können! Es war wirklich peinlich, und niemand wußte scheinbar noch, was tun. Aber schon bald machte der langbeinige Leichenbestatter dem Prediger ein Zeichen, als wollt er sagen: »Nur keine Bange – verlassen Sie sich auf mich!« Dann hat er sich gebückt und ist an der Wand langgehuscht, so daß grad seine Schultern über den Köpfen der Leute zu sehn waren. Und er ist weitergehuscht, und der Lärm und Krach wurden die ganze Zeit immer noch abscheulicher; und dann, als er an zwei Seiten von dem Zimmer vorbei war, verschwindet er in den Keller runter. Dann, so nach zwei Sekunden, hat's einen Schlag getan, und der Hund hat noch ein paarmal fürchterlichst aufgejault, und dann war alles totenstill, und der Pfaffe setzte seine feierliche Rede fort, da wo er stehngeblieben war. Nach ein, zwei Minuten kommen Rücken und Schultern von diesem Leichenbestatter wieder an der Wand langgehuscht; und so ist er weiter und immer weiter an drei Seiten von dem Zimmer rumgehuscht, dann hat er sich aufgerichtet, mit den Händen um den Mund nen Trichter gemacht, den Hals über die Köpfe von den Leuten weg zu dem Prediger hingestreckt und sagt dann mit so einer rauhen Flüsterstimme: »*Ne Ratte hat er gehabt*!« Dann hat er sich wieder gebückt und ist an der Wand lang zu seinem Platz gehuscht. Man konnte sehn, was für ne Riesenbefriedigung das für die Leute war – sie hatten's natürlich wissen wollen. Eine Kleinigkeit wie die kostet nichts, und es sind grade diese kleinen Dinge, wegen denen man einen Menschen achtet und gern hat. Niemand war so beliebt im Ort wie dieser Leichenbestatter.

Die Leichenpredigt war sehr gut, aber ekelhaft lang und ermüdend; dann hat sich der König vorgedrängelt und ließ was von seinem üblichen Quatsch los, und irgendwann war alles vorbei, und so allmählich schleicht sich der Leichenbestatter an den Sarg ran mit seinem Schraubenzieher. Ich saß wie auf Kohlen und hab ihn ganz scharf beobachtet. Aber der hat gar nicht dran rumhantiert: schob bloß den Deckel butterweich vor und hat ihn dann schnell und fest zugeschraubt. Da war ich nun! Was, sag ich mir, wenn einer sich das Geld heimlich untern Nagel gerissen hat? – Wie soll *ich* dann wissen, ob ich an Mary Jane schreiben muß oder nicht? Und was, wenn sie ihn ausgräbt und nichts findet, was würd sie dann von mir denken? Verflucht nochmal! sag ich leis, die hängen sich vielleicht noch an meine Fersen und lochen mich ein; am besten steck ich alles, verlier kein Wort drüber und schreib auch nicht; das ist ne höllisch verzwickte Sache; statt was besser zu machen, hab ich alles noch hundertmal verschlimmert und, bei Gott!, ich wollt, ich hätt die Finger davon gelassen – von dieser ganzen gottverdammten Geschichte!

Sie haben ihn begraben, und wir sind nach Haus zurück, und wieder hab ich mich ans Gesichterbeobachten gemacht – ich mußte einfach, es ließ mir keine Ruhe. Aber es kam nichts dabei raus; die Gesichter haben mir rein gar nichts verraten.

Am Abend ist der König bei allen aufgekreuzt und hat sich eingeschmeichelt und tat unheimlich freundlich; und er hat überall ausgestreut, wie sehr seine Gemeinde in England drüben sich nach ihm sehnt, deswegen hätt er's eilig und müßt sofort den Nachlaß regeln und dann nach Haus fahren. Es tat ihm sehr leid, daß er's so eilig hatte, und den andern auch, sagten die; sie hofften doch, er könnt länger bleiben, aber natürlich würden sie einsehn, daß sich's nicht ändern läßt. Und er sagte, er und William würden selbstverständlich die Mädchen mitnehmen; und das hat allen sehr gefallen: die Mädchen wärn dann gut aufgehoben und bei ihren Verwandten; und auch den Mädchen gefiel's – sie warn ganz außer sich vor Freude, daß sie glatt vergessen haben, daß sie je nen Kummer auf der Welt hatten; er sollt nur alles verkaufen, so schnell er wollte, sie wärn bereit. Die armen Dinger waren so froh und glücklich, daß mir's in der Seele weh tat, sie so belogen und betrogen zu sehn, aber einen sichern Weg, wie ich noch eingreifen und das Blatt wenden konnte, hab ich nicht mehr gesehn.

Verdammt! Hat doch der König das Haus und die Nigger und den gesamten Besitz sofort zur Auktion ausschreiben lassen – Verkauf zwei Tage nach der Beerdigung; aber wer wollte, konnte schon vorher unterderhand kaufen.

Am Tag nach dem Begräbnis, so gegen Mittag, ist die Freude von den Mädchen zum erstenmal getrübt worden; zwei Niggerhändler kamen an, und der König hat ihnen die Nigger zu nem annehmbaren Preis verkauft – gegen Dreitagewechsel, wie sie's nannten – und fort warn sie: die zwei Söhne flußauf nach Memphis, und die Mutter flußab nach Orleans. Ich dachte, den armen Mädchen und den Niggern würd vor Kummer das Herz brechen; weinend haben sie einander in den Armen gelegen und sich aufgeführt, daß mir's vom Zusehn bald sterbenselend wurde. Nicht im Traum hätten sie dran gedacht, sagten die Mädchen, daß die Familie auseinandergerissen oder vom Ort weg verkauft würde. Der Anblick wird mich nie mehr loslassen, wie die armen unglücklichen Mädchen und die Nigger einander um den Hals hängen und weinen; und bestimmt hätt ich das alles gar nicht ausgehalten und wär doch noch rausgeplatzt und hätt unsre Bande verraten, wenn ich nicht gewußt hätte, daß der Verkauf ungültig war und die Nigger in ein, zwei Wochen wieder zu Haus waren.

Auch im Dorf hat die Sache viel Staub aufgewirbelt, und so mancher hielt mit seiner Meinung nicht hinterm Berg und sagte, es wär ein Skandal, die Mutter und die Kinder so auseinanderzureißen. Es hat den beiden Betrügern enorm geschadet; aber der alte Trottel ist stur weitermarschiert, egal was der Herzog gesagt oder getan hat; und ich sag euch, dem Herzog wurd's höllisch ungemütlich.

Am nächsten Tag war die Auktion. Am Morgen, es war schon heller Tag, kamen der König und der Herzog rauf in meine Kammer und haben mich geweckt, und ich seh an ihrem Blick, daß irgendwas los ist. Und der König fragt mich:

»Bist du vorgestern abend in meinem Zimmer gewesen?«

»Nee, Euer Majestät« – wie ich ihn immer genannt habe, wenn außer unsrer Bande niemand dabei war.

»Bist du gestern oder heut nacht irgendwann drin gewesen?«

»Nee, Euer Majestät.«

»Ehrenwort jetzt – keine Lügen!«

»Ehrenwort, Euer Majestät, ich sag Euch die Wahrheit. Ich bin gar nicht in die Näh von Eurem Zimmer gekommen, seit Miss Mary Jane Euch und den Herzog mit nach oben genommen und's Euch gezeigt hat.«

Und der Herzog fragt mich:

»Hast du irgend jemand anders hineingehn sehn?«

»Nee, Euer Gnaden, nicht, soweit ich mich erinnern kann, glaub ich.«

»Denk mal scharf nach!«

Ich hab ne Weile überlegt, seh meine Chance und sag dann:

»Na ja, die Nigger seh ich öfter mal reingehn.«

Beide sind ein bißchen zusammengezuckt; sahn aus, wie wenn sie das nie erwartet hätten, und dann eigentlich *doch*. Da fragt der Herzog:

»Was, *alle*?«

»Nee – wenigstens nicht alle auf einmal. Das heißt, ich glaub nicht, daß ich sie mal zusammen hab *rauskommen* sehn, bis auf einmal.«

»Holla – wann war das?«

»Am Tag, wo die Beerdigung war. Am Morgen. Früh war's nicht, weil ich verschlafen habe. Ich wollt grade die Leiter runter und seh sie.«

»Und – weiter, *weiter* – was haben sie gemacht? Wie haben sie sich benommen?«

»Sie haben gar nichts gemacht. Und sie haben sich auch nicht irgendwie besonders benommen, soweit ich sehn konnte. Sie sind auf Zehenspitzen weg; daran hab ich ganz leicht erkannt, daß sie rein sind, um das Zimmer von Euer Majestät aufzuräumen oder irgendsowas, weil sie dachten, Ihr wärt schon auf; und haben gemerkt, daß Ihr noch nicht auf wart, und da haben sie wohl gehofft, sie könnten sich klammheimlich fortstehlen, ohne Euch aufzuwecken – wenn sie's nicht schon getan hatten.«

»Kruzifix, *das* ist 'n dicker Hund!« sagt der König; und alle beide sahn ziemlich kläglich und einigermaßen bescheuert aus. Sie standen da, ne ganze Minute, haben nachgedacht und sich am Kopf gekratzt, und dann läßt der Herzog so ein kleines gereiztes Gekicher los und sagt:

»Haste da noch Töne, wie raffiniert uns die Nigger hinters Licht geführt haben! Tun so, als wären sie *traurig*, daß sie aus der Gegend hier wegmüssen. Und ich hab es ihnen auch noch *geglaubt*! Und du auch – alle. Sag *mir* bloß keiner mehr, ein Nigger hätte kein Schauspielertalent. Und wie die das Ganze gespielt haben, *jeder* wär da drauf reingefallen! In denen steckt ein Vermögen meiner Meinung nach. Wenn ich Kapital und ein Theater hätte, könnt ich mir keine bessere Truppe wünschen wie die – und wir haben sie doch glattweg verkauft für 'n Butterbrot. Ja – und hatten bis jetzt noch nicht die Ehre, dies Butterbrot zu verspeisen. Sag mal, wo *ist* das Butterbrot – dieser Wechsel?»

»Auf der Bank zum Einlösen. Wo soll er sonst sein?«

»Na, dann geht *das* ja klar, Gott sei Dank.«

Ganz schüchtern frag ich sie:

»Ist Euch irgendwas schiefgegangen?«

Der König fährt zu mir rum und faucht:

»Geht dich nichts an! Du hältst die Klappe und kümmerst dich um dein eignen Kram – wenn du welchen hast. Solang du hier im Ort bist – *vergiß* das nicht, kapiert?« Dann sagt er zum Herzog: »Bleibt nix, als die Kröte schlucken und still sein: Mund halten heißt's für *uns*!«

Wie sie die Leiter runterwollen, kichert der Herzog wieder und sagt:

»Schnelle Verkäufe *und* kleine Profite! Ein erstklassiges Geschäft – wirklich!«

Der König dreht sich um und knurrt:

»Ich hab nur's beste gewollt, wie ich se so schnell verkauft hab. Wenn sich der Profit jetzt in nix aufgelöst hat –

wir sogar noch ne Menge drauflegen und null erreicht haben – bin ich nicht mehr dran schuld wie du!«

»Aber *sie* wären noch hier im Haus, und *wir* nicht, wenn mein Rat nicht auf taube Ohren gestoßen wäre.«

Der König fauchte zurück, soviel er sich traute, und dann ließ er den Herzog sein und ist wieder auf *mich* los. Er hat mich zur Schnecke gemacht, weil ich nicht auf der Stelle gekommen war und ihm *erzählt* hatte, wie ich die Nigger mit so nem komischen Benehmen aus seinem Zimmer rauskommen seh – jeder Trottel hätt da doch *wissen* müssen, daß irgendwas im Gange war. Dann hat er den Spieß umgedreht und sich *selber* ne ganze Zeit verflucht: alles käm bloß davon, daß er neulich am Morgen nicht lang genug liegengeblieben sei und seine normale Ruhe nicht gepflegt habe, und zur Hölle wollt er fahren, wenn er's nochmal so machte. Zähneknirschend sind sie abgezogen; und ich war jammerfroh, daß ich alles auf die Nigger abgewälzt hatte, ohne ihnen auch nur ne Spur zu schaden.

Kapitel 28

Man soll nie den Bogen überspannen

Inzwischen war es Zeit zum Aufstehn; und so bin ich die Leiter runter und wollt grad nach unten, aber wie ich zum Zimmer von den Mädchen komm, steht da die Tür offen, und ich seh, wie Mary Jane neben ihrem alten Fellkoffer sitzt, der offen war, und sie hatte schon Sachen reingepackt – sie machte sich fertig für die Englandreise. Aber sie hatte jetzt aufgehört, in ihrem Schoß lag ein zusammengelegtes Kleid, und sie hielt ihr Gesicht in den Händen und weinte. Nen richtigen Stich hat mir das versetzt, sie so zu sehn; natürlich wär's jedem so ergangen. Ich bin rein zu ihr und sag:

»Miss Mary Jane, Sie können's nicht mitansehn, wenn andre Kummer haben, und *ich* auch nicht – meistens jedenfalls. Sagen Sie mir, was Sie haben.«

Da hat sie's mir erzählt. Es war wegen den Niggern – ich hatt's mir schon gedacht. Sie sagte, die schöne Reise nach England wär ihr so gut wie vergällt dadurch; und sie wüßte nicht, *wie* sie je dort glücklich werden sollte, wo sie doch wußte, daß die Mutter und die Kinder sich nie mehr wiedersehn würden – und dann hat sie noch bitterlicher geweint als vorher und die Hände hochgeworfen und sagt:

»O Gott, o Gott, gar nicht zu denken, daß sie einander nie mehr wiedersehn werden!«

»Aber das *werden* sie doch – noch innerhalb von zwei Wochen – ich *weiß* es!« sag ich.

O je, da war's raus, noch eh ich's fassen konnte! Und schon hat sie mir auch die Arme um den Hals geworfen und bettelt, sag's *nochmal*, sag's *nochmal*, sag's *nochmal*!

Klar, ich hatte mich verplappert und zuviel gesagt, und da saß ich jetzt. Ich hab sie gebeten, mich ne Minute nachdenken zu lassen; und sie saß da, sehr ungeduldig und aufgeregt und hübsch, aber sie sah glücklich und erleichtert aus wie jemand, der sich grade nen Zahn hat ziehn lassen. Ich hab also losüberlegt. Ich sag mir, bestimmt geht einer, der mit der Wahrheit rausrückt, wenn er in der Klemme sitzt, ganz schön viele Risiken ein, wenn ich auch keine Erfahrung damit habe und es nicht sicher weiß; aber so kommt's mir jedenfalls vor; und schon ist hier ein Fall, wo's mir verdammt danach aussieht, wie wenn die Wahrheit besser und wirklich auch *sichrer* ist wie eine Lüge. Ich muß mir das im Kopf behalten und irgendwann mal drüber nachdenken, das ist schon irgendwie komisch und seltsam. So was hab ich noch nie erlebt. Na schön, sag ich mir dann, ich laß es mal drauf ankommen; ich rück diesmal mit der Wahrheit raus, auch wenn das fast so ist, wie wenn sich einer auf ein Pulverfaß setzt und es hochgehn läßt, bloß um mal zu sehn, wo er hinfliegt. Dann sag ich:

»Miss Mary Jane, gibt's irgendwo einen Platz, ein bißchen außerhalb vom Ort, wo Sie hingehn und drei oder vier Tage bleiben könnten?«

»Ja – zu Mr. Lothrop. Warum?«

»Ist vorerst egal, warum. Wenn ich Ihnen sage, wieso ich weiß, daß sich die Nigger wiedersehn werden – noch innerhalb von zwei Wochen – hier im Haus – und Ihnen *beweise*, wieso ich's weiß – gehn Sie dann zu Mr. Lothrop und bleiben da vier Tage?«

»Vier Tage!« ruft sie, »ein ganzes Jahr bleibe ich dort!«

»Ist schon gut«, sag ich, »von *Ihnen* will ich nicht mehr haben als bloß Ihr Wort – das ist mir lieber, als wenn ein andrer die Bibel küßt.« Sie lächelte und wurde rot im Gesicht und sehr hübsch dabei; und ich sag: »Wenn Sie nichts dagegen haben, mach ich jetzt die Tür zu – und schieb mal den Riegel vor.«

Dann bin ich zurück, hab mich wieder hingesetzt, und sag:

»Heulen Sie jetzt nicht gleich los! Sitzen Sie einfach still und ertragen Sie's wie ein Mann! Ich muß die Wahrheit sagen, und Sie, Miss Mary, werden all Ihren Mut brauchen, weil's was Schlimmes ist und bestimmt schwer zu ertragen sein wird, aber das läßt sich nun mal nicht ändern. Diese Onkel da von Ihnen sind überhaupt keine Onkel – das sind zwei Betrüger – richtige Schnorrer. So, jetzt sind wir übers Schlimmste weg – den Rest können Sie halbwegs leicht verkraften.«

Natürlich hat ihr das nen gewaltigen Schlag versetzt; aber ich war jetzt über die Klippe weg, und so bin ich gleich weitergesegelt, während ihre Augen immer heftiger funkelten, und hab ihr jedes verdammte Fitzelchen erzählt: von wo an wir den jungen Esel getroffen hatten, der zum Dampfer raufwollte, bis wo sie sich an der Haustür dem König an die Brust geworfen und der sie x-mal geküßt hatte – und da sprang sie hoch, feuerrot im Gesicht wie die untergehende Sonne und schimpft:

»Dieses Scheusal! Komm – verlier keine Minute – nicht eine *Sekunde* – wir lassen sie teeren und federn, und in den Fluß werfen!«

Da sag ich:

»Ja doch! Aber Sie meinen doch nicht, *bevor* Sie zu Mr. Lothrop gehn oder –«

»Oh«, sagt sie, »wo *habe* ich nur meinen Kopf!« und hat sich gleich wieder hingesetzt. »Nimm's mir nicht übel, was ich gesagt habe – bitte – du *tust* es doch nicht, ja?« Dabei hat sie mir ihre seidenweiche Hand so unglaublich sanft auf die meine gelegt, daß ich sagte, lieber wollt ich sterben. »Ich hab gar nimmer dran gedacht, so erbost war ich«, sagt sie; »red jetzt weiter, und ich tu's bestimmt nicht wieder. Sag mir, was ich tun soll, und was es auch ist, ich tu's.«

»Also«, sag ich, »das sind hartgesottne Burschen, diese zwei Betrüger; aber ich hab keine andre Wahl als noch ne Zeitlang mit ihnen reisen, ob ich will oder nicht – warum, möcht ich Ihnen lieber nicht erzählen – und wenn Sie die zwei verpfeifen, holt mich zwar das Dorf hier aus ihren Krallen, und *ich* wär fein heraus, aber da ist noch jemand, den Sie nicht kennen, und der käm dann in arge Bedrängnis. Und *den* müssen wir doch retten, oder? Natürlich. Also, und darum verpfeifen wir sie nicht!«

Und was ich da sagte, hat mich auf ne gute Idee gebracht. Ich seh, wie ich und Jim die Betrüger vielleicht loswerden können: sie hier einlochen lassen und dann wegfahren. Aber am Tag wollt ich nicht das Floß steuern, ohne daß jemand außer mir an Bord war, um Fragen zu beantworten; deswegen wollt ich, daß sich mein Plan erst ganz spät abends anfing auszuwirken. So hab ich ihr gesagt:

»Miss Mary Jane, ich sag Ihnen, was wir tun werden – Sie brauchen dann auch gar nicht so lang bei Mr. Lothrop bleiben. Wie weit ist es denn?«

»Nicht ganz vier Meilen – draußen auf dem Land, gleich hier hinten.«

»Ja, das reicht. Sie gehn jetzt dorthin und warten ab bis um neun oder halb zehn, und dann lassen Sie sich wieder nach Haus bringen – sagen Sie, es wär Ihnen was eingefallen. Wenn sie vor elf wieder hier sind, stellen Sie ne Kerze in dies Fenster, und wenn ich nicht auftauche, warten Sie bis *elf*, und wenn ich *dann* immer noch nicht aufgetaucht bin, heißt das, ich bin fort und außer Reichweite und in Sicherheit. Dann kommen Sie raus und verbreiten die Nachricht und lassen die Strolche da einsperren.«

»Ja«, sagt sie, »so werd ich's machen.«

»Und wenn ich's irgendwie nicht schaffe, wegzukommen, und mit den beiden verhaftet werde, müssen Sie stehenden Fußes sagen, daß ich Ihnen die ganze Geschichte im voraus erzählt habe, und Sie müssen zu mir halten, soviel Sie können!«

»Aber sicher halte ich zu dir! Nicht ein Haar auf deinem Kopf solln sie dir krümmen!« sagt sie, und ich seh, wie dabei ihre Nasenlöcher weiter wurden und ihre Augen blitzten, als sie das sagte.

»Wenn ich mal weg bin«, sag ich, »kann ich nicht mehr beweisen, daß diese Halunken nicht Ihre Onkel sind, aber auch wenn ich hier *wäre*, könnt ich's nicht. Ich könnt dann zwar schwören, daß sie Schnorrer und Strolche sind, das ist alles; immerhin ist das auch was wert. Aber es gibt andre, die das besser können als ich – und das sind Leute, deren Wort man bestimmt nicht so schnell anzweifelt wie meins. Ich will Ihnen sagen, wie Sie die finden. Geben Sie mir nen Bleistift und nen Zettel. Hier – ›*Prinz Ohnegleichen, Bricksville*‹. Stecken Sie's weg und verlieren Sie's nicht! Wenn das Gericht etwas über die beiden rausfinden will, sollen sie jemand nach Bricksville raufschicken, der dort sagt, die Männer, die den Prinz Ohnegleichen gespielt haben, wärn gefaßt, und er soll um 'n paar Zeugen bitten – na, da haben Sie das ganze Kaff hier unten, so schnell können Sie kaum mit der Wimper zucken, Miss Mary. Und werden die am Kochen sein, wenn sie erst mal hier sind!«

Ich fand, wir hatten jetzt alles ungefähr richtig geplant. Ich sag also zu ihr:

»Lassen Sie die Auktion ruhig weiterlaufen, nur keine Sorge! Vor dem Tag nach der Auktion muß gar niemand die gekauften Sachen bezahlen, von wegen der kurzen Frist, und die zwei spazieren nicht von hier weg, bis sie das Geld haben – und so, wie wir alles geplant haben, gilt der Verkauf gar nicht, und sie *sehn* überhaupt kein Geld! Es ist genauso wie mit den Niggern – das war kein richtiger Verkauf – und die Nigger sind schon bald zurück. Und bis jetzt können sie nicht mal das Geld für die *Nigger* abholen – die sind in einer verdammt beschissnen Lage, Miss Mary.«

»Gut«, sagt sie, »ich laufe jetzt mal schnell zum Frühstück hinunter, und dann mache ich mich flugs auf den Weg zu Mr. Lothrop.«

»Aber Miss Mary Jane – *das* geht schief«, sag ich, »das wär's allerverkehrteste; gehn Sie ja *vor* dem Frühstück!«

»Warum?«

»Ja, warum glauben Sie, wollt ich, daß Sie überhaupt weggehn, Miss Mary?«

»Hm, hab noch gar nicht drüber nachgedacht – und auch jetzt, nein, ich weiß wirklich nicht. Warum eigentlich?«

»Na ja, weil Sie nicht grade zu den Leuten gehören, die keine Miene verziehn. Ich kann mir kein beßres Gesicht zum drin Lesen vorstellen. Man kann sich davorsetzen und alles wie Großbuchstaben draus ablesen. Glauben Sie denn, Sie könnten wirklich Ihren Onkeln in die Augen sehn, wenn die zum Gutenmorgenkuß kommen und gar nichts –«

»Laß, laß, bitte! Ja, ich gehe vor dem Frühstück – ich bin froh drum. Und meine Schwestern, soll ich die bei ihnen lassen?«

»Ja – sorgen Sie sich nicht um die! Die müssen's noch ne Zeitlang aushalten. Sonst könnten die zwei Verdacht schöpfen, wenn Sie alle weggehn. Ich möchte nicht, daß Sie die zwei noch sehn, auch Ihre Schwestern nicht und auch sonst niemand im Ort – wenn Sie ein Nachbar fragen sollte, wie's Ihren Onkeln heut morgen geht, würd dem Ihr Gesicht was verraten. Nee, Sie gehn jetzt gleich, Miss Mary Jane – und ich mach das schon mit allen ab. Miss Susan sag ich, sie soll Ihre Onkel von Ihnen grüßen, und erzähl ihr, Sie wärn für 'n paar Stunden weg, um sich 'n bißchen Ruhe und Abwechslung zu gönnen oder um ne Freundin zu besuchen, und heut abend oder morgen in der Früh wärn Sie wieder zurück.«

»Eine Freundin besuchen, ja gut, aber die zwei von mir grüßen lassen, das will ich nicht.«

»Na gut, dann eben nicht.« Es war doch ganz gut, ihr

das zu versprechen – schaden konnt es ihr ja nicht. Es war nur ne Kleinigkeit, und gar nicht schwierig; und grad die kleinen Dinge sind's ja, die den Menschen hier unten über manches hinweghelfen; Mary Jane würd's beruhigen, und kosten würd es gar nichts. Dann sag ich zu ihr: »Da ist noch was – der Sack mit dem Geld.«

»Den haben sie doch; und ich komme mir jetzt ganz schön doof vor, wenn ich dran denke, *wie* sie ihn gekriegt haben.«

»Nee, da sind Sie auf dem Holzweg. Die haben ihn nicht mehr!«

»Aber wer dann?«

»Wenn ich das bloß wüßte! Ich hab ihn *gehabt*, weil ich ihn den beiden gestohlen habe; und das hab ich getan, um ihn Ihnen zu geben; und ich weiß auch noch, wo ich ihn versteckt habe, aber ich fürchte, da ist er nicht mehr. Es tut mir unheimlich leid, Miss Mary Jane, es tut mir so leid, wie's mir nur möglich ist; aber ich hab mein Bestes getan – ehrlich. Und beinah wär ich erwischt worden, und ich mußt ihn am erstbesten Platz verstecken, der mir ins Auge fiel – und das war kein guter!«

»Ach, hör bloß auf, dir dauernd Vorwürfe zu machen – das ist doch zu dumm, und ich laß es nicht zu – du hast nichts dafür können; deine Schuld war's nicht. Wo hast du ihn denn versteckt?«

Ich wollt auf keinen Fall, daß sie wieder an ihren Kummer denken mußte; ich konnte mein Mund scheinbar unmöglich aufkriegen, ihr was zu erzählen, was sie die Leiche vor sich sehn ließ, wie sie mit dem Geldsack auf dem Bauch da im Sarg lag. So hab ich ne Minute lang gar nichts gesagt – dann sag ich zu ihr:

»*Erzählen* möcht ich's Ihnen lieber nicht, wo ich ihn hingetan habe, Miss Mary Jane, wenn Sie so freundlich wärn, mir's zu ersparen; aber ich schreib's Ihnen auf nen

Zettel, und Sie können's lesen auf dem Weg zu Mr. Lothrop, wenn Sie wollen. Meinen Sie, das geht?«

»Aber ja.«

Und so hab ich geschrieben: »Ich hab ihn in den Sarg getan. Er lag da drin, als Sie spät in der Nacht davor geweint haben. Ich war hinter der Tür, und Sie haben mir unheimlich leid getan, Miss Mary Jane.«

Meine Augen wurden ein wenig feucht bei dem Gedanken, wie sie dort so ganz allein in der Nacht weinte, und diese Teufel auch noch unter ihrem eignen Dach schliefen und sie demütigten und beraubten; und wie ich ihn zusammenfalte und ihr gebe, seh ich, daß ihre Augen auch feucht werden; und sie schüttelt mir fest die Hand und sagt:

»Leb *wohl* – ich werde alles so machen, wie du's mir gesagt hast; und wenn ich dich nicht mehr wiedersehe, werd ich dich nie vergessen, und viele, viele Male werd ich an dich denken, und auch für dich *beten* werd ich!« – und da war sie weg.

Für mich beten! Ich schätz, wenn sie mich kennen würde, hätt sie sich bestimmt ne Arbeit ausgesucht, die besser zu ihrer wahren Größe paßte. Aber wetten, sie hätte's trotzdem getan – so war sie! Sie hatte den Mumm, für Juhdas zu beten, wenn's ihr einfiel – nen Rückzieher gab's bei ihr nicht, schätz ich. Ihr könnt sagen, was ihr wollt, aber meiner Meinung nach hatte sie mehr Schneid als irgendein Mädchen, das ich kenn; meiner Meinung nach war sie wirklich voller Schneid. Das hört sich an wie ne Schmeichelei, ist aber keine. Und was Schönheit angeht – und auch Güte – da war sie allen überlegen. Ich hab sie nie mehr gesehn seit damals, wo ich sie zur Tür rausgehn seh; nein, ich hab sie nie mehr gesehn, aber bestimmt hab ich viele, viele Millionen mal an sie gedacht, und auch an ihre Worte, daß sie für mich beten wollte; und wenn ich schon mal geglaubt hätte, daß es was nützen würd, wenn ich für *sie* bete – verdammt, ich hätt's ums Verrecken getan.

Mary Jane, die ist, glaub ich, durch die Hintertür verschwunden, weil sie nämlich niemand weggehn sah. Und als ich Susan und die Hasenscharte traf, sag ich:

»Wie heißen gleich nochmal die Leute drüben auf der andern Seite vom Fluß, die ihr ab und zu besucht?«

»Da gibt's mehrere«, sagen sie; »aber meistens sind's die Proctors.«

»Ja, so heißen sie«, sag ich, »beinah hab ich's vergessen. Miss Mary Jane, die hat mir gesagt, ich soll euch ausrichten, daß sie in ner schrecklichen Eile dort rüber mußte, jemand von denen ist krank.«

»Wer?«

»Ich weiß nicht; wenigstens hab ich's wohl vergessen; aber ich glaub, es ist –«

»Jesses, hoffentlich doch nicht *Hanner*!«

»Leider muß ich euch sagen, aber Hanner ist's genau.«

»Du lieber Himmel – und noch letzte Woche hat sie sich so wohl gefühlt! Hat sie's schlimm erwischt?«

»Schlimm ist gar kein Ausdruck! Die ganze Nacht wachen die bei ihr, hat Miss Mary Jane gesagt, und sie glauben nicht, daß sie's noch lange macht.«

»Stell dir das bloß vor! Was hat sie denn?«

So vom Fleck weg ist mir nichts Vernünftiges eingefallen, drum sag ich:

»Mumps.«

»Mumps? – du spinnst wohl! Wenn jemand Mumps hat, bleibt doch niemand wach bei ihm!«

»Das sagt ihr! Aber bei *dem* Mumps doch, da könnt ihr Gift drauf nehmen! Dieser Mumps ist anders. Ne neue Sorte, hat Miss Mary Jane gesagt.«

»Wieso ne neue Sorte?«

»Weil noch andre Sachen dabei sind.«

»Was für andre Sachen?«

»Na, Masern und Keuchhusten und Wundrose und Schwindsucht und Gelbfieber und Hirnhautentzündung, und was weiß ich nicht alles.«

»Liebe Zeit! Und das nennen die *Mumps*?«

»Das hat jedenfalls Miss Mary Jane gesagt.«

»Aber warum in aller Welt nennen die das *Mumps*?«

»Na, weil's doch Mumps *ist*! Damit fängt's an.«

»Aber das ist doch der reinste Unsinn! Da könnt sich ja einer den Zeh verstauchen und Gift nehmen und in den Brunnen fallen und sich den Schädel einschlagen und ne Kugel durch den Kopf jagen – und dann kommt irgendeiner her und fragt, an was der gestorben ist, und so ein Trottel sagt doch glatt: ›Na, der hat sich den *Zeh* verstaucht.‹ Hätte das irgendeinen Sinn? *Nein.* Und *das* hier ist auch sinnlos. Ist es ansteckend?«

»*Ansteckend*? Hast du ne Ahnung! Ist ne *Egge* ansteckend – im Dunkeln? Wenn du an einer Zinke nicht hängenbleibst, dann bestimmt an der nächsten, oder? Und du kommst mit der Zinke nicht weg, ohne die ganze Egge mitzuschleppen, oder? Und diese Sorte Mumps ist ne Art Egge sozusagen – und die hat's in sich, diese Egge, wenn du dich erst mal richtig drin verhakt hast.«

»Das muß ja schrecklich sein, glaub ich«, sagt die Hasenscharte. »Ich geh gleich zu Onkel Harvey und –«

»Nur zu«, sag ich, »das würd ich auch tun. *Natürlich*! Nicht eine Sekunde würd ich verlieren.«

»Und wieso nicht?«

»Jetzt denk mal ne Minute nach, vielleicht kapierst du's dann. Deine Onkel müssen doch unbedingt so schnell wie möglich nach England heim! Und glaubst du denn, sie sind so gemein, wegzufahren, und lassen euch die ganze Reise allein machen? Du weißt genau, daß sie auf euch warten. So weit, so gut. Dein Onkel Harvey ist doch Prediger, oder? Sehr schön, und weiter: wird ein *Prediger* einen Dampferoffizier täuschen wollen? – oder gar einen *Offizier* von nem *Ozeanschiff*? – bloß damit die Mary Jane unbehelligt an Bord lassen? Du weißt genau, daß er so was nicht tut. Was *tut* er dann? Na, er wird sagen: ›Jammerschade, aber mein Predigtamt muß eben weiterlaufen, so gut's geht; meine Nichte war nämlich dem schrecklichen Pluribus-unum-Mumps[1] ausgesetzt, und darum ist's meine Pflicht und Schuldigkeit, mich hierher zu setzen und die drei Monate abzuwarten, die's dauert, bis sich erweist, ob sie ihn hat.‹ Aber, vergiß es, wenn du meinst, es ist besser, du sagst es deinem Onkel Harvey –«

»Quatsch! Hier die Zeit totschlagen, wo wir uns in England amüsieren könnten – und dabei noch warten müssen, bis sich rausstellt, ob Mary Jane ihn hat oder nicht? Du redest wie der letzte Idiot.«

»Aber trotzdem, vielleicht sagst du's lieber ein paar Nachbarn.«

»Hör dir das an! So ein Blödian wie du läuft nicht nochmal rum! *Begreifst* du denn nicht, daß *die's* prompt weitererzählen würden? Es gibt nichts andres, als es überhaupt niemand erzählen.«

»Gut, vielleicht hast du recht – ja, ich denk, du hast schon recht.«

»Aber ich glaube, wir sollten Onkel Harvey auf alle Fälle Bescheid sagen, daß sie für eine Weile ausgegangen ist, damit er sich nicht sorgt wegen ihr.«

»Ja, Miss Mary Jane, die wollte, daß ihr das tut. Sie hat gesagt: ›Richt ihnen aus, sie sollen Onkel Harvey und William von mir grüßen und küssen und ihnen sagen, ich

1 *E pluribus unum* (Eines aus vielen): Wahlspruch der USA.

wär schnell übern Fluß, um Mr.‹ – Mr. – wie heißt nochmal diese reiche Familie, von der euer Onkel Peter früher so viel gehalten hat? – Ich meine die, die –«

»Ach, du mußt die Apthorps meinen, ja?«

»Natürlich; so 'n Mist auch mit diesen Namen, die halbe Zeit kann man sich die irgendwie nicht merken! Ja, sie hat gesagt, richt ihnen aus, sie wär schnell rüber, die Apthorps bitten, daß sie auch ja zur Auktion kommen und das Haus hier kaufen, weil sie meinte, ihrem Onkel wär's lieber, wenn die's bekämen als irgend jemand anders; und sie wird bestimmt nicht lockerlassen, bis die zu kommen versprechen, und wenn sie dann noch nicht zu müde ist, kommt sie nach Haus; und wenn sie's doch schon ist, will sie jedenfalls morgen früh zu Haus sein. Sie hat gesagt, ihr sollt gar nichts von den Proctors erzählen, bloß von den Apthorps – und das stimmt ja auch vollkommen, weil sie wirklich hingeht und mit ihnen über den Hauskauf reden will; das weiß ich, weil sie mir's selber gesagt hat.«

»Abgemacht«, sagten sie und verschwanden, um ihre Onkel abzupassen und denen die Grüße und die Küsse zu überbringen und die Botschaft zu bestellen.

Jetzt war alles geritzt. Die Mädchen würden keinen Ton sagen, weil sie nach England wollten; und dem König und dem Herzog war's sowieso lieber, wenn Mary Jane fort war, um die Auktion voranzutreiben, und nicht hier in Reichweite von Doktor Robinson. Ich war munter und fidel; ich fand, daß ich alles ziemlich schlau eingefädelt hatte – nicht mal Tom Sawyer, glaub ich, hätt's schlauer hingekriegt. Natürlich hätt er alles mit viel mehr Eleganz ausgeführt, aber in so was bin ich nicht sehr geschickt, weil ich nicht so erzogen bin.

Ja, und so gegen Ende vom Nachmittag fand die Auktion auf dem Marktplatz statt, und sie zog sich hin und zog sich hin, und der Alte, der war dabei und setzte da oben neben dem Auktionator sein frömmstes Gesicht auf; und ab und zu hat er ein paar Bibelbrocken eingeworfen oder irgend so nen kleinen salbungsvollen Spruch; und der Herzog, der war auch da und hat mit seiner ganzen Kunst um Mitleid gu-gu-t und sich die meiste Zeit aufgespielt.

Aber irgendwann hatten sie die Sache dann durchgezogen, und alles war verkauft. Alles bis auf ne kleine, unbedeutende alte Grabstelle auf dem Friedhof. Und auch *die* mußten sie noch losschlagen – so nen Freßsack wie den König hab ich noch keinen gesehn: ratzekahl *alles* wollt der fressen. Und während sie noch am Verhandeln waren, ist ein Dampfer gelandet, und nach rund zwei Minuten kommt brüllend und johlend und lachend und rumfuchtelnd eine Menge rauf und ruft:

»*Hier* kommt die Konkurrenz! hier habt ihr noch ne Garnitur Erben vom alten Peter Wilks – zahlt euer Geld, und ihr dürft sie euch aussuchen!«

Kapitel 29

Ich verdufte im Gewitter

Sie schleppten einen sehr freundlich blickenden alten Herrn an, und mit ihm einen sehr freundlich blickenden jüngern, der den rechten Arm in einer Schlinge trug. Mann-o-mann! haben die Leute gejohlt und gelacht und kriegten nicht genug davon! Aber mir kam's gar nicht lustig vor; und wenn's der König und der Herzog lustig finden wollten, mußten sie sich wohl ein bißchen anstrengen. Die würden bleich werden, dacht ich. Aber keine Spur wurden *die* bleich. Der Herzog, der hat ständig so getan, als hätt er keine Ahnung, was um ihn rum los war, der ist immer bloß gu-gu-end rumgelaufen, glücklich und zufrieden wie ein Krug, aus dem die Buttermilch gluckert; und der König, der hat immer bloß mit kummervoller Miene auf diese Neuankömmlinge runtergeschaut, wie wenn ihm das Herz bluten würde bei der Vorstellung, daß es solche Betrüger und Halunken auf der Welt gibt. Er hat's wundervoll gemacht! Viele von den wichtigsten Leuten haben sich um den König versammelt, um ihn spüren zu lassen, daß sie auf seiner Seite standen. Dem alten Herrn, der grad angekommen war, hat's die Sprache verschlagen. Aber schon bald fand er sie wieder, und ich hör doch gleich, der spricht *wie* ein Engländer – nicht so wie der König, obwohl der's für nen Nachäffer recht *gut* hinkriegte. Ich kann die Worte von dem alten Herrn nicht wiedergeben und kann ihn auch nicht nachmachen; jedenfalls hat er sich zu der Menge umgedreht und etwa folgendes gesagt:

»Das ist eine Überraschung für mich, mit der ich nicht gerechnet habe; und ich gebe offen und ehrlich zu, ich bin nicht so ganz darauf vorbereitet, ihr entgegenzutreten und etwas darauf zu erwidern; denn mein Bruder und ich haben einiges Unglück gehabt; er hat sich den Arm gebrochen, und gestern abend ist unser Gepäck im Dunkeln versehentlich in einem Ort weiter oben ausgeladen worden. Ich bin Peter Wilks' Bruder Harvey, und das hier ist sein Bruder William, der weder hört noch spricht – und jetzt nicht einmal richtig Zeichen machen kann, wo er nur über eine Hand verfügt. Wir sind die, als die wir uns ausgeben; und in ein, zwei Tagen, wenn ich mein Gepäck bekomme, werde ich es beweisen können. Bis dahin aber werde ich gar nichts mehr sagen, ich werde in ein Gasthaus gehen und abwarten.«

Da sind er und der neue Stumme weg; und der König, der lacht und quasselt los:

»Den Arm gebrochen! – *sehr* wahrscheinlich, *was*? – und auch höchst bequem für 'n Betrüger, der Zeichen machen muß und nicht weiß, wie. Das Gepäck verloren! Klingt *großartig*! – und sehr einfallsreich in deren *Lage*!«

Und dann lachte er wieder, und alle andern auch, bis auf drei, vier oder vielleicht auch ein halbes Dutzend. Einer davon war dieser Doktor; ein andrer ein Mann mit einem durchdringenden Blick, der ne altmodische Reisetasche bei sich hatte; er war grad vom Dampfer gekommen und tuschelte jetzt mit dem Doktor; ab und zu schauten sie zum König rüber und nickten mit den Köpfen – es war Levi Bell, der Anwalt, der in Louisville oben war; und dann noch ein großer, grober Stämmiger, der vorbeigekommen war und erst dem alten Mann scharf zugehört hatte und jetzt auch dem König. Und wie der fertig war, sagt der Stämmige plötzlich:

»Hören Se mal her: wenn Sie Harvey Wilks sind, wann sind Se denn dann hierher in Ort gekommen?«

»Am Tag vor der Beerdigung, Freund«, sagt der König.

»Und wann am Tag?«

»Am Abend – so ein, zwei Stunden vor Sonnenuntergang.«

»Und mit *was* sind Se gekommen?«

»Mit der ›Susan Powell‹ von Cincinnati runter.«

»Aha, und was ham Se dann am *Morgen* oben an der Landspitze zu suchen gehabt – in nem Kanu?«

»Ich bin am Morgen nicht an der Landspitze oben gewesen.«

»Das ist gelogen!«

Mehrere Leute sind auf ihn zugesprungen und haben ihn gebeten, doch nicht so mit nem alten Mann und nem Prediger zu reden.

»Von wegen Prediger, 'n Lügner und Betrüger ist der! Er war am Morgen an der Landspitze oben. Wohn ich da oben oder nicht? Also, ich war da oben, und der auch! Ich hab ihn da *gesehn*. In nem Kanu ist er gekommen, zusammen mit Tim Collins und nem Jungen.«

Der Doktor sagt plötzlich:

»Würden Sie den Jungen wiedererkennen, wenn Sie ihn sähen, Hines?«

»Ja, ich denk schon, obwohl – ich weiß nicht. Na, da drüben ist er ja. Ich erkenn ihn ganz leicht wieder.«

Das war ich, auf den er gezeigt hatte. Der Doktor sagt:

»Nachbarn, ich weiß nicht, ob das neue Paar Betrüger sind oder nicht; aber wenn *diese* beiden da keine Betrüger sind, bin ich ein Idiot – und dabei bleibt's! Ich denke, es ist unsre Pflicht, dafür zu sorgen, daß sie nicht von hier verschwinden, bis wir der Sache auf den Grund gegangen sind. Kommen Sie, Hines, und ihr andern auch. Wir nehmen diese Burschen zum Gasthaus mit und stellen sie dem andern Paar gegenüber, und ich bin überzeugt, wir finden *einiges* raus, bevor wir mit ihnen fertig sind.«

Die Menge war ganz wild drauf, wenn auch vielleicht nicht die Freunde vom König; und so sind wir alle los. Die Sonne ging grade unter. Der Doktor, der hat mich an der Hand geführt und war wirklich sehr freundlich, aber meine Hand ließ er nicht mehr los.

Im Gasthaus sind wir alle in ein großes Zimmer, haben einige Kerzen angezündet und dann das neue Paar geholt. Am Anfang sagt der Doktor:

»Ich möchte diesen beiden Männern nicht zu nahe treten, aber *ich* glaube, sie sind Betrüger, und vielleicht haben sie Komplizen, von denen wir gar nichts wissen.

Wenn sie welche haben, könnten die schon über alle Berge sein mit dem Goldsack von Peter Wilks, wie? Unwahrscheinlich ist das nicht. Wenn diese Männer aber keine Betrüger sind, haben sie wohl nichts dagegen einzuwenden, daß man das Geld holt und es uns aufbewahren läßt, bis sie beweisen können, daß sie zu Recht hier sind – ist es nicht so?«

Alle haben ihm zugestimmt. Gleich am Anfang also, fand ich, wurde die Lage für unsre Bande ganz schön brenzlig. Aber der König, der macht bloß ein sorgenvolles Gesicht und sagt:

»Meine Herren, ich wünschte, das Geld wär noch da, denn ich bin nicht im mindesten geneigt, einer offnen und ehrlichen, radikalen Untersuchung dieser elenden Sache irgendwas in den Weg zu legen; doch leider! das Geld ist nicht mehr da; Sie können hinschicken und selber nachsehn, wenn Sie wollen.«

»Wo ist es denn?«

»Nun, wie meine Nichte mir's zum Aufbewahren für sie gibt, hab ich's genommen und im Strohsack von meinem Bett versteckt; ich wollt es nämlich für die paar Tage, die wir hier sind, nicht zur Bank bringen und hielt das Bett für nen sichern Ort; wir sind ja nicht an Nigger gewöhnt und nahmen an, sie wärn – wie die Dienstboten in England – ehrlich. Gleich am andern Morgen haben es die Nigger gestohlen, nachdem ich nach unten gegangen war; und als ich se verkaufte, hatt ich das Geld noch nicht vermißt, und so sind se unbehelligt damit entwischt. Mein Diener hier kann Ihnen was drüber berichten, meine Herren.«

Der Doktor und ein paar andre sagten: »So ein Unsinn!«, und, klar, niemand hat ihm so ganz geglaubt. Ein Mann fragt mich, ob ich sie's hab stehlen sehn. Ich sag nein, aber ich hätt sie aus dem Zimmer rausschleichen und dann forthuschen sehn, mir aber überhaupt nichts dabei gedacht, nur halt eben, daß sie Angst hatten, meinen Herrn aufgeweckt zu haben, und jetzt sich fortstehlen wollten, eh der sich mit ihnen anlegte. Das war alles, was sie mich fragten. Da fährt der Doktor zu mir rum und fragt mich:

»Bist *du* auch ein Engländer?«

Ich sag ja; und da lachten er und einige andre und sagten: »So ein Unsinn!«

Ja, und dann haben sie die Hauptuntersuchung angepackt – und haben die uns durch die Mangel gedreht, von vorn und hinten, Stunde um Stunde, und keiner sagte mehr was von Abendessen oder schien auch bloß dran zu denken – und so haben sie weiter und immer weiter gemacht; so ne höllisch verzwickte Geschichte hat man noch nicht gleich gesehn. Sie ließen den König seine Geschichte erzählen, und dann den alten Herrn seine; und bis auf nen Haufen voreingenommne Deppen hätte jeder *gesehn*, daß der alte Herr die Wahrheit erzählte, und der andre Lügen. Und dann mußte ich schließlich aufstehn und erzählen, was ich wußte. Der König, der hat mir so nen zweifelhaften Blick aus den Augenwinkeln zugeworfen, und da wußte ich genug, um's nicht mit ihm zu verderben. Ich hab loserzählt von Sheffield, wie wir dort lebten, und alles über die englischen Wilkses, und so weiter; aber ich war noch nicht weit gekommen, als der Doktor loslachte; und Levi Bell, der Anwalt, sagt zu mir:

»Setz dich wieder hin, mein Junge, ich würd mich an deiner Stelle nicht überanstrengen. Bist es wohl nicht gewohnt zu lügen, und es scheint dir noch nicht so leicht von den Lippen zu gehn; dir fehlt die Übung. Du machst es ziemlich ungeschickt.«

Aus dem Lob hab ich mir gar nichts gemacht, aber jedenfalls war ich froh, daß sie mich laufen ließen.

Der Doktor wollt noch was sagen, dreht sich dann aber um und sagt:

»Wenn du gleich am Anfang hier gewesen wärst, Levi Bell –«

Der König fiel ihm ins Wort und hat seine Hand ausgestreckt und flötet:

»Ach, ist das der alte Freund meines armen toten Bruders, von dem er so oft geschrieben hat?«

Der Anwalt und er schüttelten sich die Hände, der Anwalt lächelte und sah erfreut aus, sie unterhielten sich gleich ne Weile, und dann sind sie auf die Seite und haben getuschelt; und am Ende sagt der Anwalt laut:

»So wird sich alles aufklären. Ich nehme Ihre Anweisung und schicke sie zusammem mit der Ihres Bruders hin, dann wissen sie, daß alles in Ordnung geht.«

Und so haben sie Papier und Feder geholt, und der König, der hat sich hingesetzt, den Kopf schief gelegt und auf der Zunge gekaut, und dann kritzelte er irgendwas hin; dann gaben sie die Feder dem Herzog – und zum erstenmal sah der Herzog blaß aus. Aber er nahm die Feder und hat geschrieben. Dann hat sich der Anwalt zu dem neuen alten Herrn umgedreht und sagt:

»Schreiben Sie und Ihr Bruder bitte ein, zwei Zeilen und unterzeichnen Sie's.«

Der alte Herr schrieb, aber keiner konnt es lesen. Der Anwalt sah mächtig erstaunt aus und rief:

»Also, da komm *ich* nicht mehr mit!« – und er fischte nen Haufen alte Briefe aus der Tasche, hat sie untersucht, untersuchte dann das Gekritzel von dem Alten und dann wieder die Briefe und sagt dann: »Diese alten Briefe hier sind von Harvey Wilks, und *das* hier sind die Handschriften von den beiden da, und jeder kann sehn, daß *die* sie nicht geschrieben haben« (der König und der Herzog sahn doof und angeschmiert aus, sag ich euch, wie die merkten, daß der Anwalt ihnen ne Falle gestellt hatte), »und *hier* ist die Handschrift *dieses* alten Herrn, und jeder kann ohne weiteres erkennen, daß *der* sie auch nicht geschrieben hat – Tatsache ist, sein Gekritzel ist eigentlich gar nicht *geschrieben*. Und hier sind einige Briefe von –«

Der neue alte Herr sagt:

»Lassen Sie mich das bitte erklären. Niemand kann meine Handschrift lesen außer meinem Bruder dort – deshalb schreibt er sie immer für mich ab. *Seine* Handschrift ist es, die Sie da vor sich haben, nicht meine.«

»Nanu!« sagt der Anwalt, »*das* sind mir Zustände! Ich habe auch einige von Williams Briefen; wenn Sie ihn also bitten wollen, ein, zwei Zeilen zu schreiben, so daß wir verglei-«

»Er *kann* mit der Linken nicht schreiben!« sagt der alte Herr. »Wenn er die Rechte benutzen könnte, würden Sie sehen, daß er seine eigenen Briefe und auch die meinen geschrieben hat. Sehen Sie sich bitte beide an – sie sind von derselben Hand.«

Was der Anwalt tat. Und dann sagt er:

»Ich glaube, das stimmt – und wenn es nicht so ist, sind sie sich jedenfalls weitaus ähnlicher, als wie's mir vorher erschienen war. Ei, ei! Ich dachte, wir wären einer Lösung auf der Spur, aber nun ist's zum Teil wieder in die Hose gegangen. Aber immerhin ist *etwas* bewiesen – *die* da sind beide keine Wilkses« – und er hat mit dem Kopf auf den König und den Herzog gedeutet.

Aber was glaubt ihr? Der sture alte Trottel würd sich *jetzt* geschlagen geben? Nee, keine Spur! Sagte, das wär keine faire Prüfung. Sagte, sein Bruder wär ein Erzschelm, wie's keinen zweiten mehr gibt, der gar nicht *versucht* hätte zu schreiben – *er* hätt es William sofort angemerkt, wie der die Feder ansetzte, daß er wieder einen von seinen Späßen machte. Und so kam er wieder in Schwung und hat weiter und immer weiter geschwafelt, bis er wirklich anfing *selber* zu glauben, was er sagte; aber schon bald hat ihn der neue alte Herr unterbrochen:

»Mir fiel eben etwas ein. Ist jemand hier, der geholfen hat, meinen Bru- äh, geholfen hat, den verstorbenen Peter Wilks zur Beerdigung aufzubahren?«

»Ja«, sagt einer, »ich und Ab Turner haben's gemacht. Wir sind beide da.«

Der alte Mann dreht sich zum König um und sagt:

»Vielleicht kann mir dieser Herr sagen, was auf seiner Brust tätowiert war?«

Sakrament! hat sich da der König höllisch schnell zusammenreißen müssen, sonst wär er wie ein Steilufer abgesackt, das der Fluß ausgehöhlt hat, so plötzlich hat ihn das erwischt – und überhaupt, das war ein Ding, so ganz darauf berechnet, bald *jeden* zu zermalmen, der so ne Satte gewischt bekam ohne jede Vorwarnung – woher sollt *er* denn wissen, was auf dem Mann tätowiert war? Ein bißchen wurd er weiß im Gesicht; das konnt er nicht vermeiden; und es war mäuschenstill da drin, und alle haben sich ein wenig vorgebeugt und starrten ihn an. Ich denk mir, *jetzt* muß er das Handtuch werfen – es hat keinen Zweck mehr. Aber was hat er gemacht? Man würd's kaum glauben, aber er hat nicht aufgegeben. Er wollte, schätz ich, die Sache so lang rauszögern, bis die Leute die Lust verloren hatten, und dann würden sie sich wohl dünne machen, und er und der Herzog konnten ausbrechen und verduften. Wie auch immer, er saß da, und schon bald fängt er an zu lächeln und sagt:

»Phhh! Eine *sehr* knifflige Frage – was? Jawohl, mein Herr, ich kann Ihnen sagen, was auf seiner Brust tätowiert war. Bloß so ’n kleiner, dünner, blauer Pfeil – genau das; und wenn man nicht genau hinguckt, sieht man ihn gar nicht. Was sagen Sie *jetzt* – he?«

So was Rotzfreches wie dieser alte Halunke ist *mir* noch nicht begegnet!

Der neue alte Herr dreht sich mit einem Schwung zu Ab Turner und seinem Kumpel um; und seine Augen haben aufgeleuchtet, als wüßt er, daß er den König *diesmal* drangekriegt hatte. Und er sagt:

»Da! – Sie haben gehört, was er gesagt hat! Befand sich irgendein solches Zeichen auf Peter Wilks’ Brust?«

Und beide sagen laut und deutlich:

»Wir haben so ’n Zeichen nicht gesehn.«

»Sehr gut!« sagt der alte Herr. »Was Sie wirklich auf seiner Brust gesehn haben, war ein kleines, blasses P und ein B (das ist der Anfangsbuchstabe eines Namens, den er in jungen Jahren abgelegt hat) und ein W, mit Bindestrichen dazwischen, so: ›P – B – W‹«, und er hat sie auf nen Zettel gezeichnet. »Nun sagen Sie selbst – ist’s nicht das, was Sie gesehen haben?«

Und wieder sagen beide laut und deutlich:

»Nee, ham wir *nicht*. Haben überhaupt keine Zeichen gesehn!«

Sind da alle in die Luft gegangen! Und sie rufen:

»Ne Lügenbrut ist das – die ganze *Bande*! Untergetaucht gehörn die und ersäuft! Und auf ner Stange solln se reiten!« und alle haben durcheinandergebrüllt und nen Mordsradau gemacht. Aber der Anwalt, der springt auf den Tisch und ruft:

»Meine Herren – meine *Herren*! Hören Sie mich einen Moment an – nur *ein* Wort, *bitte*! Es gibt noch einen Weg – wir gehn hin und graben die Leiche aus und sehn nach!«

Das hat eingeschlagen.

»Hurra!« brüllten alle und wollten gleich los; aber der Anwalt und der Doktor rufen:

»Halt, halt! Schnappt erst diese vier Männer und den Jungen da und nehmt *die* auch mit!«

»Wird gemacht!« rufen alle; »und weh! wir finden diese Zeichen nicht – dann wird die ganze Bande gelyncht!«

Ist's *mir* da angst und bange geworden, sag ich euch! An Abhauen war nämlich nicht zu denken! Sie haben uns allesamt gepackt und ließen uns gleich losmarschieren, schnurstracks zum Friedhof, der anderthalb Meilen weiter flußab lag; und der ganze Ort ist hinterher, weil wir nen Heidenlärm machten und es erst neun am Abend war.

Als wir an unserm Haus vorbeikamen, hab ich mir doch sehr gewünscht, ich hätte Mary Jane nicht weggeschickt; wenn ich ihr jetzt nämlich ein Zeichen geben könnte, käm sie rausgeflitzt und würd mich retten und ließ die zwei Schnorrer auffliegen.

Dann sind wir in Scharen den Uferweg runter und haben gebrüllt wie die Wilden; und um alles noch schauriger zu machen, wurd der Himmel immer dunkler, der Blitz zuckte und huschte hin und her, und der Wind rauschte in den Blättern. Noch nie hab ich in so einer Lage gesteckt, und noch dazu in so einer gefährlichen, ich war wie gelähmt; alles hat sich so ganz anders abgespielt, als wie ich mir's ausgedacht hatte; statt daß alles wie am Schnürchen lief und ich mir beliebig viel Zeit lassen und dem ganzen Spaß zusehn konnte und Mary Jane hinter mir hatte, die mich retten und befreien würde, wenn's Spitz auf Knopf stand, war jetzt nichts mehr in der Welt zwischen mir und dem plötzlichen Tod als bloß die Tätowierungen da. Und wenn sie die nicht finden würden –

Ich konnte den Gedanken daran nicht mehr ertragen; und trotzdem konnt ich irgendwie an nichts andres denken. Es wurde dunkler und dunkler, und es wär jetzt ne wundervolle Zeit gewesen, der Menge zu entwischen; aber der große Stämmige da – dieser Hines – hielt mich am Handgelenk fest – und genausogut hätt ich versuchen können, dem Goliath abzuhauen. Der hat mich immer weiter vorwärtsgeschleift, so aufgeregt war er; und ich mußte rennen, um mitzukommen.

Als sie hinkamen, sind sie in Scharen in den Friedhof rein und haben ihn wie ne Überschwemmung überflutet. Und wie sie zum Grab kamen, merkten sie, daß sie gut hundertmal soviel Schaufeln dabei hatten, wie sie brauchten; aber keiner hatte dran gedacht, ne Laterne mitzunehmen. Trotzdem haben sie im Blitzgeflacker gleich losgegraben und schickten einen Mann ne halbe Meile weit zum nächsten Haus, um eine auszuleihen.

Und dann haben sie wie verrückt gegraben und gegraben; und es wurde unheimlich dunkel und fing an zu regnen, der Wind jagte und fegte vorbei, der Blitz zuckte immer wilder, und der Donner krachte; aber diese Leute haben das gar nicht beachtet, so waren sie mit Graben beschäftigt; und nen Augenblick lang sah man alles und jedes Gesicht in der großen Menge und die Schaufeln voll Erde, die aus dem Grab rausflogen, und im nächsten Augenblick hat die Dunkelheit wieder alles weggewischt, und man hat gar nichts mehr gesehn.

Dann endlich hatten sie den Sarg draußen und haben den Deckel losgeschraubt, und dann ging wieder so ein unglaubliches Gedränge und Gestoße und Geschubse los, weil jeder sich vorquetschen wollte, um mal nen Blick zu erhaschen; und schrecklich war das im Dunkeln. Hines, der hat mir fürchterlich am Handgelenk wehgetan, so hat der gezogen und gezerrt, und ich glaub, der hat glattweg vergessen, daß es mich auf der Welt gab, so hat er vor Aufregung gekeucht.

Und auf einmal ergießt der Blitz eine wahre Flut von gleißendem Licht über alles, und einer ruft:

»Donnerwetter! da liegt ja der Sack Gold auf seiner Brust!«

Hines stieß einen Schrei aus wie alle andern auch, ließ mein Handgelenk los und hat sich nach vorn gewuchtet, um sich nen Weg zu bahnen und um was zu sehn; und wie ich da abgehauen und im Dunkeln zum Weg geprescht bin, das kann ich mit Worten gar nicht sagen.

Ich hatte den Weg ganz für mich allein und bin regelrecht geflogen – wenigstens hatte ich ihn allein bis auf die undurchdringliche Dunkelheit und hie und da die zuckenden Blitze, den prasselnden Regen, den peitschenden Wind und den grollenden Donner; und so wahr ich lebe, ich bin nur so geflogen!

Und wie ich zum Dorf komme, seh ich, daß bei dem Gewitter niemand draußen war, und so hab ich gar nicht erst nach Seitengassen gesucht, sondern bin schnurstracks die Hauptstraße langgewetzt; und wie ich immer näher zu unserm Haus komme, hab ich wie gebannt hingespäht. Kein Licht drin; das ganze Haus dunkel – da war ich traurig und enttäuscht, ich weiß nicht, warum. Aber im Vorbeifliegen, *schwupp*! geht dann doch noch ein Licht in Mary Janes Zimmer an! und mein Herz schwillt plötzlich an, wie wenn's zerspringen wollt; und schon war das Haus und alles hinter mir im Dunkeln, und nie wieder sollt es in dieser Welt vor mir liegen. Wirklich – sie *war* das beste Mädchen, das mir jemals begegnet ist, und keine hatte so viel Schneid wie sie.

Sobald ich weit genug oberhalb vom Dorf war, um unsern Strohkopf zu sichten, hab ich gleich nach einem

Boot zum Borgen gespäht; und als der Blitz mir eins zeigte, das nicht angekettet war, hab ich mir's geschnappt und stieß ab. Es war ein Kanu und mit nichts festgemacht außer einem Seil. Der Strohkopf war noch entsetzlich weit weg, weit draußen in der Mitte vom Fluß, aber ich hab keine Sekunde verloren; und als ich endlich beim Floß ankam, war ich so fertig, daß ich mich grad hingelegt hätte, um nach Luft zu schnappen und zu verschnaufen, wenn ich mir's hätte leisten können. Aber ich hab's nicht getan. Und wie ich an Bord springe, ruf ich:

»Raus mir dir, Jim, mach das Floß flott! Gott sei Dank, wir haben sie vom Hals!«

Jim flog raus und kam mir mit ausgestreckten Armen entgegen, so hat er sich gefreut; aber wie ich ihn im Blitzschein so plötzlich vor mir seh, ist mir fast das Herz stehngeblieben, und ich fiel rückwärts über Bord; ich hatte nämlich vergessen, daß er der alte König Lear und ein ersoffner A-raber in einer Person war, und ich wär bald gestorben vor Angst. Aber Jim hat mich rausgefischt und wollt mich umarmen und segnen und so weiter, so froh war er, daß ich wieder da war und wir den König und den Herzog vom Hals hatten, aber ich sag:

»Schon gut – heb's dir auf zum Frühstück, heb's dir noch auf. Mach los und stoß ab!«

Und ab ging's nach zwei Sekunden, den Fluß runter, und was *hat* das so gut getan, wieder frei und allein auf dem großen Fluß zu sein ohne lästige Kumpane. Ich mußte einfach ein bißchen rumhüpfen und ein paar Luftsprünge machen und die Fersen zusammenschlagen, ich konnte nicht anders; aber so beim dritten Mal hör ich ein Geräusch, das ich verdammt gut kannte – und ich hielt den Atem an und horchte und wartete – und wirklich, wie der nächste Blitz übers Wasser zuckt, kommen sie daher! – und haben die sich in die Riemen gelegt und ihren

Kahn auf Fahrt gebracht! Es waren der König und der Herzog.

Schlapp ließ ich mich auf die Planken sinken und gab's auf; und es hat nicht viel gefehlt, und ich hätt losgeheult.

Kapitel 30

Das Gold rettet die Diebe

Wie sie an Bord kommen, ist der König auf mich los und packt mich am Kragen und sagt:

»Hast uns abhaun wollen, was – du Rotznase! Hast unsre Gesellschaft satt, was?«

»Nee, Euer Majestät, wirklich nicht – *bitte* nicht, Euer Majestät!«

»Dann mal raus damit, was du vorgehabt hast, oder ich schüttle dir die Kutteln aussem Leib!«

»Ehrenwort, ich will Euch alles haargenau erzählen, was passiert ist. Der Mann, der mich festgehalten hat, war sehr gut zu mir, und ständig hat er gesagt, er hätt auch einen Jungen gehabt, ungefähr so groß wie ich, der wär voriges Jahr gestorben, und es tät ihm leid, einen Jungen in so nem Schlamassel zu sehn; und wie alle so verblüfft waren über das wiedergefundne Gold und auf den Sarg zugestürzt sind, läßt er mich los und flüstert: ›Jetzt lauf, sonst hängen sie dich bestimmt!‹ und da bin ich abgehauen. Zu was hätt *ich* noch bleiben sollen? – *ich* konnt ja nichts machen, und gehängt werden wollt ich nicht, wenn ich gradesogut verduften konnte. Und so bin ich gerannt und gerannt, bis ich das Kanu hier fand; und wie ich herkam, hab ich Jim befohlen, er soll sich eilen, sonst würden sie mich doch noch fangen und hängen; und ich hab auch gesagt, ich hätt Angst, daß Ihr und der Herzog nicht mehr am Leben seid, und das tat mir unheimlich leid, und Jim auch, und ich war heilfroh, wie wir Euch haben kommen sehn, Ihr könnt Jim fragen, ob's nicht stimmt.«

Jim sagte, so sei's gewesen; und der König hieß ihn 's Maul halten und sagte: »Soso, klingt ja *verdammt* glaubwürdig!« und hat mich nochmal durchgeschüttelt und sagte, er hätt gute Lust, mich zu ersäufen. Aber der Herzog hat ihm gedroht:

»Laß ja den Jungen los, du alter Idiot! Hättest *du* 's denn anders gemacht? Hast du dich nach *ihm* erkundigt, als du frei gekommen bist? *Ich* kann mich jedenfalls nicht dran erinnern.«

Da ließ mich der König los, und dann hat er den ganzen Ort und alle seine Bewohner beschimpft. Aber der Herzog fährt ihn an:

»Du hast verdammt allen Grund, *dich selber* runterzuputzen – wenn es einer nämlich verdient hat, dann du! Du hast doch von Anfang lauter verrückte Sachen gemacht, bis auf den blauen Phantasiepfeil da, den du so frech und kaltschnäuzig erfunden hast. *Das* war glänzend – einfach klasse! Nur das hat uns gerettet. Ohne das hätten sie uns doch eingelocht, bis diese Engländer ihr Gepäck wiederhatten – und dann, wetten, ab ins Gefängnis. Aber dieser Trick hat se auf den Friedhof gelockt, und das Gold hat uns noch nen größern Gefallen getan; wenn die aufgeregten Idioten nämlich nicht alles losgelassen und so brutal gedrängt hätten, um nen Blick zu ergattern, würden wir heut nacht in unsern Krawatten schlafen – und zwar in Krawatten, die sich garantiert *halten* – länger als *wir* se brauchen würden.«

Eine Zeitlang waren sie still – in Gedanken; dann sagt der König wie geistesabwesend:

»Phhh! Und wir haben geglaubt, die *Nigger* hätten's gestohlen!«

Hab ich mich da gewunden!

»Ja«, sagt der Herzog ganz langsam und gedehnt und bissig, »das haben wir!«

Und nach ner halben Minute ungefähr sagt der König ganz gedehnt:

»Wenigstens *ich* hab das!«

Und im gleichen Ton sagt der Herzog:

»Im Gegenteil – *ich*!«

Der König braust auf:

»Hör mal, Bilgewater, auf was willste eigentlich raus?«

Und darauf der Herzog ziemlich forsch:

»Wenn wir schon mal dabei sind, vielleicht darf ich da fragen, auf was *du* rauswolltest?«

»Laß den Quatsch!« faucht der König bissig; »aber *ich* weiß ja nich – vielleicht haste geschlafen und gar nich gemerkt, was de machst.«

Der Herzog schnaubt jetzt richtig wütend:

»Hör bloß auf mit dem verdammten Unsinn – hältst mich wohl für total meschugge! Meinst du denn, *ich* wüßte, wer das Geld im Sarg versteckt hat?«

»Genau das, mein Freund! Ich weiß, daß *du*'s weißt, weil du's selber gewesen bist!«

»Das ist ne Lüge!« – und der Herzog ist auf ihn los. Da schreit der König:

»Nimm die Händ weg! – Lammeine Kehle los! – Ich nehm ja alles zurück!«

Worauf der Herzog sagt:

»Aber erst mal gibst du zu, daß *du* das Geld da versteckt hast; du hast doch vorgehabt, mich eines schönen Tages zu versetzen, und wolltest zurück, um's auszugraben und ganz für dich allein zu haben.«

»Moment, Herzog – beantwort mir bloß die eine Frage,

offen und ehrlich: wenn du das Geld nich da reingetan hast, sag's, und ich glaub dir und nehm alles zurück.«

»Du alter Halunke, du, ich bin's nicht gewesen, und du weißt das auch. So!«

»Schön, ich glaub dir. Aber beantwort mir bloß das eine noch – dreh nich gleich durch: hast du nich doch *im Sinn* gehabt, das Geld zu stibitzen und zu verstecken?«

Eine Weile hat der Herzog kein Wort gesagt, aber dann fährt's ihm raus:

»Was soll's – interessiert mich doch nicht, *ob* ich's hatte; jedenfalls hab ich's *nicht* getan. Aber du, du hast's nicht bloß im Sinn gehabt, du hast es auch *getan*!«

»Ich will auf der Stelle tot umfallen, Herzog, wenn ich's getan hab, Ehrenwort! Nich, daß ich's nich tun *wollte*, das wollt ich nämlich; aber du – ich mein, irndwer – ist schneller gewesen als ich.«

»Das ist ne Lüge! Du bist's gewesen, und du *gibst* das jetzt auf der Stelle *zu*, sonst –«

Und da hat der König auch schon geröchelt und würgt raus:

»Gnug! – *Ich geb's zu*!«

Ich war heilfroh, als ich ihn das sagen hörte, und gleich war's mir um einiges leichter als vorher. Der Herzog nahm die Hände von ihm weg und sagte:

»Wenn du das noch einmal ableugnest, ersäuf ich dich eigenhändig. Geschieht dir grade *recht*, dazusitzen und wie 'n Baby zu plärren – besser hast du's nicht verdient, nach allem, was du dir rausgenommen hast. So ein alter Vielfraß wie du ist mir noch nie begegnet –, alles willste reinschlingen; und ich, ich hab dir die ganze Zeit vertraut, wie wenn du mein eigner Vater wärst. Schämen solltest du dich, so dabeizustehn und mitanzuhören, wie alles auf 'n paar arme Nigger geschoben wird, und du, du bringst nicht mal 'n Wort für se über die Lippen! Ich komm mir lächerlich vor, wenn ich dran denke, daß ich so bescheuert war, diesen Stuß auch noch zu *glauben*. Verfluchter Hund, du, jetzt kapier ich, warum du so scharf drauf warst, das Defitsit zu ersetzen – an das Geld wollste ran, das ich aus dem Ohnegleichen rausgeholt hab, und den *ganzen* Reibach allein machen!«

Der König sagt schüchtern und immer noch schniefend:

»Hör mal, Herzog, das war doch deine Idee mit dem Defitsit ersetzen – nich meine!«

»Halt die Schnauze! Ich hab die Nase voll von deinen Ideen!« sagt der Herzog. »*Jetzt* siehst du ja, was dabei rauskommt. Die haben ihr ganzes Geld wieder und *unsers* noch dazu, bis auf 'n paar Kröten. Hau ab jetzt in die Falle – und defitsier *mir* ja keine Defitsite mehr, solang du lebst!«

Der König hat sich in den Wigwam verkrümelt und bei seiner Flasche Trost gesucht; und nicht lange, da hat sich der Herzog auch über seine Flasche hergemacht; und ungefähr nach ner halben Stunde waren sie wieder dicke Freunde; und je besoffner sie wurden, um so zärtlicher wurden sie, und bald sind sie schnarchend und eng umschlungen weggepennt. Beide hatten mächtig geladen, aber ich hörte noch, daß der König nicht so blau war, daß er sein Versprechen vergessen hätte, nie wieder abzuleugnen, daß er den Geldsack versteckt hatte. Da war ich erleichtert und zufrieden. Und wie sie losschnarchten, hatten wir natürlich nen langen Plausch, und ich hab Jim alles erzählt.

Kapitel 31

Eine Lüge kann man nicht beten

Noch tagelang trauten wir uns nicht, bei irgendeinem Ort haltzumachen; trieben einfach immer weiter flußab. Wir warn jetzt unten im Süden, in warmen Gegenden und elend weit von zu Haus weg. Immer mehr Bäume kamen uns entgegen mit spanischem Moos[1] dran, das wie lange, graue Bärte von den Ästen runterhing. Ich sah das zum erstenmal wachsen, und der Wald kam mir dadurch so ernst und traurig vor. Und jetzt, dachten die beiden Gauner, seien sie außer Gefahr, und sind auch gleich wieder los, die Dörfer abkochen.

Zuerst hielten sie einen Vortrag über Mäßigkeit; aber dabei sprang nicht genug raus, daß es für beide zu nem Rausch langte. Dann fingen sie in einem andern Dorf ne Tanzschule an, aber vom Tanzen hatten sie so viel Ahnung wie ein Känguruh; und beim ersten Walz, den sie hinlegten, ist ihnen das Publikum dazwischengefahren und hat sie zum Dorf rausgewalzt. Ein andermal probierten sie's mit Rhetoorick, aber sie rhetoorickten nicht lang, da sind die Zuhörer aufgestanden und haben sie mit Schimpf und Schande davongejagt. Sie versuchten's mit Missionieren und Mesmerisieren und Kurieren und Wahrsagen und so ein bißchen von allem; aber das Glück hatte sie scheinbar ganz verlassen. Am Ende waren sie fast total pleite, lagen auf dem Floß rum, wie's so dahintrieb, haben vor sich hin gebrütet und halbe Tage lang kein Ton gesagt und warn schrecklich trübselig und verzweifelt.

Aber dann haben sie sich doch noch aufgerappelt und auch gleich wieder die Köpfe im Wigwam zusammenge-

1 Pflanze (Epiphyt) in den Südstaaten der USA; wächst auf Bäumen, ernährt sich aber selbständig.

steckt und sich stundenlang leise und verschwörerisch unterhalten. Jim und ich wurden unruhig. Das Ganze war uns nicht geheuer. Bestimmt wollten sie noch ne schlimmere Teufelei aushecken als je zuvor. Wir haben hin und her überlegt und warn am Ende überzeugt, daß sie in jemands Haus oder Laden einbrechen wollten – oder es als Geldfälscher versuchen oder irgend so was. Wir sind ziemlich erschrocken und haben unter uns ausgemacht, daß wir um nichts in der Welt mit solchen Unternehmungen zu tun haben wollten; und wenn wir je die geringste Chance bekämen, wollten wir sie loswerden und abhauen und sie sitzenlassen. Früh am Morgen versteckten wir mal das Floß an einer ganz sichern Stelle, so zwei Meilen unterhalb von nem mickrigen, kleinen Nest namens Pikesville; und der König, der wollt an Land und sagte, wir sollten uns versteckt halten, während er ins Dorf raufging, um mal rumzuschnüffeln, ob dort schon irgendeiner Wind bekommen hatte vom Prinz Ohnegleichen. (»Einbrechen, *meinst* du wohl«, denk ich mir; »und wenn du mit deinem Raubzug fertig bist, kommst du hierher zurück und wirst dich wundern, was aus mir und Jim und dem Floß geworden ist – da kannste nämlich in den Mond gucken.«) Und wenn er bis Mittag nicht zurück sei, könnten der Herzog und ich dran erkennen, daß alles in Butter wäre, und wir sollten nachkommen.

So blieben wir erstmal, wo wir waren. Der Herzog, der hat sich grün und blau geärgert und war höllisch sauer. Wegen jedem Mist hat er uns angeschnauzt, und wir konnten ihm, scheint's, nichts recht machen; er hatte an jeder Kleinigkeit was auszusetzen. Irgendwas braute sich sicher zusammen. Ich war heilfroh, als der Mittag kam und kein König; so kriegten wir wenigstens ne Abwechslung – und vielleicht sogar noch ne Chance zu *der* Abwechslung! Ich und der Herzog sind also rauf ins Dorf, suchten überall nach dem König und fanden ihn endlich stinkbesoffen im Hinterzimmer von ner Spelunke, und ne Horde Faulenzer machte sich nen Spaß draus, ihn zu foppen, und er fluchte und drohte ihnen auf Teufel komm raus, aber er war so blau, daß er nicht mal mehr gehn und ihnen kein Haar krümmen konnte. Der Herzog, der hat ihn auch gleich ausgeschimpft, er sei ein alter Narr, und der König fauchte zurück; und wie sie sich so richtig in der Wolle hatten, hab ich mich verdrückt und die Beine untern Arm genommen und bin wie ein Hirsch den Uferweg runtergeflitzt – weil ich unsre Chance gekommen seh; und ich nahm mir fest vor, daß sie mich und Jim so schnell nicht wiedersehn würden. Ganz atemlos, aber glückstrahlend bin ich unten angekommen und rief:

»Mach startklar, Jim, wir haben's geschafft!«

Aber es kam keine Antwort, und niemand kam raus aus dem Wigwam. Jim war weg! Ich ließ einen Mordsschrei los – und dann noch einen – und noch einen; lief kreuz und quer durch den Wald und hab gebrüllt und gejohlt; aber es war umsonst – der alte Jim war weg. Ich hab mich hingesetzt und losgeheult; ich konnte nicht anders. Aber lange konnt ich nicht stillsitzen. Bald bin ich wieder auf den Weg raus, hab hin und her überlegt, und da treff ich einen Jungen, der rumspaziert ist, und frag ihn, ob er nen fremden Nigger gesehn hatte, so und so angezogen, und der sagt:

»Ja.«

»Und wo?« frag ich.

»Runter zu nach dem Haus von Silas Phelps, zwei Meilen weiter flußab. Er ist 'n weggelaufner Nigger, und sie haben ihn wieder. Suchst du ihn denn?«

»Im Leben nicht! Vor ein, zwei Stunden bin ich ihm im Wald begegnet, und er sagte, er will mir den Hals abschneiden, wenn ich schreie – und ich sollt mich ja hinlegen und bleiben, wo ich bin; und das hab ich getan. Und war die ganze Zeit da; hatte Schiß rauszukommen.«

»Na«, sagt er, »Schiß brauchste jetzt keinen mehr haben, sie haben ihn ja. Irgendwo aussem Süden ist er weggelaufen.«

»Nur gut, daß sie ihn haben!«

»Na, *das* glaub ich auch! 's gibt zweihundert Dollar Belohnung für ihn. Liegen wie Geld auf der Straße, das man bloß aufheben braucht.«

»Stimmt, ja – und *ich* hätt's haben können, wenn ich stark genug wär; ich hab ihn *zuerst* gesehn. Wer hat ihn denn geschnappt?«

»So 'n alter Knabe – 'n Fremder – und der hat sein großes Los für vierzig Dollar verramscht, weil er den Fluß rauf muß und nicht warten kann. Stell dir das vor! Wetten, daß *ich* gewartet hätt, und wenn's sieben Jahr wärn!«

»Ich auch, jederzeit!« sag ich. »Aber vielleicht war sein großes Los gar nicht mehr wert als das, wenn er's so billig verkauft hat. Vielleicht stimmt was nicht dran!«

»Doch, doch – alles ist astrein! Ich hab den Handzettel selber gesehn. Haarklein steht da alles über ihn drauf – beschreibt ihn so genau wie 'n Bild, und auch die Plantage steht drauf, von wo er ist, unterhalb von New*rleans*. Nee, nee, mein Lieber, an *der* Spekulation ist nichts faul, wetten! Sag mal, haste 'n Priem Tabak für mich?«

Ich hatte keinen, und so ist er weg. Ich bin zum Floß zurück und setzte mich in den Wigwam, um nachzudenken. Aber mir fiel nichts ein. Ich hab nachgedacht, bis mir der Schädel brummte, aber ich fand keinen Ausweg aus dem Schlamassel. Nach der ganzen langen Fahrt und nach allem, was wir für diese Gauner getan hatten, ist jetzt alles wie ne Seifenblase geplatzt, alles war futsch und kaputt, bloß weil die's übers Herz brachten, Jim so nen Streich zu spielen: machten die ihn doch für lumpige vierzig Dollar für sein Leben lang wieder zum Sklaven, und das auch noch in der Fremde!

Zwischendurch hab ich mir mal gesagt, daß es für Jim tausendmal besser wäre, zu Haus, wo seine Familie war, Sklave zu sein, wenn er nun mal Sklave sein *mußte*, und drum sollt ich lieber einen Brief an Tom Sawyer schreiben und ihm sagen, er soll Miss Watson ausrichten, wo Jim war. Aber diese Idee hab ich bald wieder aufgegeben – wegen zweierlei: Sie wäre sicher wütend und empört, daß Jim sie so niederträchtig und undankbar verlassen konnte, und deswegen würd sie ihn auf der Stelle wieder flußab verkaufen; und wenn nicht, so verachtet doch jeder ganz natürlich nen undankbaren Nigger, und ständig würden sie das Jim spüren lassen, und so käm er sich gemein und schändlich vor. Und gar nicht zu denken an *mich*! Überall würd sich rumsprechen, daß Huck Finn einem Nigger geholfen hat, freizukommen; und wenn ich jemals aus unserm Ort jemand wiedersehe, müßt ich doch glatt vor Scham in die Knie gehn und seine Stiefel küssen. So ist das nun mal: man begeht eine Gemeinheit, und drückt sich dann vor den Folgen. Denkt, solang man's verbergen kann, sei's keine Schande. Genau in so was hatte ich mich reingeritten. Je länger ich drüber nachdachte, um so mehr plagte mich mein Gewissen, und um so schlechter und fieser und widerlicher kam ich mir vor. Und auf einmal ist mir aufgegangen, daß hier offenbar die Hand Gottes mir ins Gesicht schlug und mich wissen ließ, daß ich in meiner Schlechtigkeit ständig von da oben aus dem Himmel beobachtet wurde, während ich ner armen alten Frau, die mir nie was zuleid getan hatte, ihren Nigger stahl; und diese Hand zeigte mir jetzt, daß es Einen gibt, der immer über allem wacht und dafür sorgt, daß solch schlimme Handlungen nur grad so weit und nicht weiter gedeihn –

da hat's mich bald umgehauen, so hat mich die Angst gepackt! Also, ich hab nach Kräften versucht, alles in einem mildern Licht für mich erscheinen zu lassen, indem ich mir sagte, daß ich in Sünde erzogen war und deswegen gar nicht so viel Schuld hatte; aber etwas in mir hat ständig gesagt: »Da war doch die Sonntagsschule, und du hättest hingehn können; und wenn du hin wärst, hätten sie dir dort beigebracht, daß wer so was macht wie ich jetzt mit diesem Nigger, in die ewige Verdammnis eingeht.«

Mich hat's geschaudert. Und da war auch mein Entschluß so gut wie gefaßt, mal zu beten und zu versuchen, ein andrer Junge zu werden, als ich jetzt einer war. Ich bin hingekniet. Aber die Worte wollten nicht kommen. Und warum nicht? Es hatte keinen Zweck, es vor Ihm verbergen zu wollen. Und vor *mir* auch nicht. Ich wußte recht gut, warum sie nicht kommen wollten. Weil's in meinem Herzen nicht stimmte; weil ich nicht ehrlich war; weil ich ein doppeltes Spiel trieb. Ich *tat* so, als wollt ich die Sünde aufgeben, aber tief in meinem Innern wollt ich nicht von der allergrößten lassen. Bloß mit dem Mund wollt ich bekennen, daß ich recht und anständig handeln wollte: nämlich an die Besitzerin von diesem Nigger schreiben und ihr sagen, wo er war; aber tief in meinem Innern wußt ich, das war ne Lüge – und Er wußte das auch. Eine Lüge kann man nicht beten – das ist mir klargeworden.

Meine Not war so groß, wie sie größer nicht sein konnte; und ich wußte mir keinen Rat mehr. Endlich kam mir ne Idee; und ich sag mir, schreib ich doch mal den Brief – und seh *dann*, ob ich beten kann. Und was hab ich gestaunt, wie federleicht ich mich gleich fühlte und meine ganze Not wie weggeblasen war. Ganz froh und aufgeregt nahm ich einen Zettel und einen Stift, setzte mich hin und schrieb:

Miss Watson, Ihr weggelaufner Nigger Jim ist hier unten, zwei Meilen unterhalb von Pikesville, und Mr. Phelps hat ihn und will ihn ausliefern gegen die Belohnung, wenn Sie die schicken.

HUCK FINN

Zum ersten Mal fühlte ich mich gut und reingewaschen von aller Sünde, wie noch nie vorher in meinem Leben und ich wußte, jetzt konnte ich beten. Aber ich tat's nicht gleich, sondern legte den Zettel hin, saß da und dachte nach – dachte nach, wie gut es sei, daß alles so gekommen war, und wie nah ich dran war, verlorenzugehn und in die Hölle zu kommen. Und dachte weiter nach. Und dachte an unsre Fahrt den Fluß runter; und ich seh Jim vor mir, wie wir die ganze Zeit zusammen waren, bei Tag und bei Nacht, manchmal bei Mondschein, manchmal bei Sturm, und wie wir so dahintrieben, schwatzend und singend und lachend. Und irgendwie hab ich nicht die kleinste Kleinigkeit finden können, die mich gegen ihn hätte aufbringen können, sondern immer nur andersrum. Ich seh ihn, wie er, statt mich zu wecken, zusätzlich zu seiner, für mich Wache stand, so daß ich weiterschlafen konnte; ich seh ihn, wie froh er war, als ich aus dem Nebel zurückkam, und auch als ich wieder zu ihm kam in den Sumpf, dort oben, wo sie die Fehde hatten; und lauter solche Erlebnisse; und was hat er mich immer Kleiner genannt, mich gestreichelt und alles Erdenkliche für mich getan, und wie gut war er immer; und zuletzt fiel mir die Geschichte ein, wo ich ihn rettete, indem ich den Männern erzählte, wir hätten die Pocken an Bord, und er war so dankbar und sagte, ich wär der beste Freund, den der alte Jim je auf der Welt gehabt hat, und auch der *einzigste*, den er jetzt noch hat; dann hab ich mich zufällig umgeschaut und seh den Zettel.

Mir wurde angst. Ich hob den Zettel auf und hielt ihn in der Hand – zitternd, weil ich mich für immer zwischen zwei Dingen entscheiden mußte, und ich wußte das. Eine Minute lang hab ich überlegt, fast mit angehaltnem Atem, und dann sag ich zu mir:

»Also gut, dann komm ich eben in die Hölle« – und hab ihn zerrissen.

Fürchterliche Gedanken waren das, und fürchterliche Worte, aber jetzt waren sie raus. Und ich ließ es dabei; und nie wieder hab ich dran gedacht, mich zu bessern. Ich hab mir das Ganze aus dem Kopf geschlagen; und ich hab beschlossen, weiter ein schlechtes Leben zu führen; das lag mir, weil ich so erzogen war, aber das andre nicht. Und gleich als erstes wollt ich mich ans Werk machen und Jim wieder aus der Sklaverei stehlen; und wenn ich mir noch was Schlimmres ausdenken konnte, wollt ich auch das tun; wo ich jetzt ja sowieso dran war – und zwar für immer – konnt ich genausogut alles riskieren.

Dann hab ich gleich überlegt, wie ich das anstellen sollte, und ließ mir allerhand durch den Kopf gehn; und zuletzt hab ich einen Plan geschmiedet, der mir paßte. Ich hab mir die Richtung von einer waldigen Insel, ein Stück weiter flußab, gemerkt, und wie's einigermaßen dunkel war, bin ich leise raus mit meinem Floß und fuhr hin, hab es dort versteckt und mich dann hingehauen. Ich schlief die ganze Nacht durch und stand, eh's hell wurde, auf, aß mein Frühstück, zog meine Kleider aus dem Laden an, packte noch ein paar andre und dies und das zu nem Bündel zusammen; dann stieg ich ins Kanu und nahm Kurs aufs Ufer. Unterhalb von wo ich den Wohnsitz von den Phelps' vermutete, bin ich an Land, versteckte mein Bündel im Wald, füllte das Kanu mit Wasser voll, lud Steine rein und hab's dann an einer Stelle versenkt, wo ich es notfalls wiederfinden würde, ungefähr ne Viertelmeile unterhalb von ner kleinen Dampfsägemühle, die am Ufer lag.

Dann bin ich den Weg rauf, und als ich an der Sägemühle vorbeikam, sah ich ein Schild dran: »Phelps' Sägemühle«, und als ich nach weiteren zwei-, dreihundert Yard zu den Farmgebäuden kam, hab ich meine Augen aufgesperrt, aber ich seh niemand da, obwohl's inzwischen heller Tag war. Aber dagegen hatte ich nichts, weil ich jetzt noch gar niemand sehn wollte – ich wollt nur die Lage erkunden. Nach meinem Plan wollt ich vom Dorf her hier aufkreuzen – nicht von unterhalb. So hab ich mich nur mal umgesehn und bin dann schnurstracks zu dem Ort. Und der allererste Mensch, den ich seh, wie ich hinkomm, ist doch der Herzog! Er klebte grade nen Theaterzettel für den »Prinz Ohnegleichen« an – drei Abendvorstellungen, genau wie damals. Hatten *die* noch die Stirn dazu, diese Gauner! Ich stand schon vor seiner Nase und konnt mich also nicht mehr verdrücken. Und er machte große Augen und sagt:

»Hal-*lo*! Wo kommst denn *du* her?« Dann sagt er halb froh, halb neugierig: »Wo ist das Floß? – Gut versteckt?«

Sag ich:

»Das hab ich grad Euer Gnaden fragen wollen!«

Da sah er nicht mehr so fröhlich aus – und sagt:

»Wie kommst du denn darauf, gerade *mich* das zu fragen?«

»Hm«, sag ich, »wie ich gestern den König in der Spelunke seh, denk ich mir, den kriegen wir noch stundenlang nicht nach Haus – erst muß er mal wieder nüchterner werden; und so bin ich im Ort rumgebummelt, um mir die Zeit beim Warten zu vertreiben. Und da ist ein Mann aufgetaucht, der mir zehn Cent geboten hat, wenn ich ihm helfe, ein Boot übern Fluß und wieder zurück zu rudern, um einen Schafbock zu holen, und da bin ich also mit; aber wie wir den zum Boot schleppen, und wie der Mann mir den Strick zum Halten gibt und selber nach hinten ist, um den Bock anzuschieben, da war der zu stark für mich, hat sich losgerissen und ist auf und davon, und wir immer hinterher. Wir hatten keinen Hund dabei, und so mußten wir ihn durch die ganze Gegend jagen, bis er schlapp gemacht hat. Wir haben ihn erst erwischt, als es schon dunkel war, und haben ihn rübergebracht, und ich bin dann zum Floß runter. Und wie ich hinkomm und seh, das Floß ist weg, sag ich zu mir: ›Vermutlich haben sie Ärger gekriegt und mußten verschwinden; und meinen Nigger haben sie mitgenommen, und das ist auch noch der einzige Nigger, den ich auf der Welt habe, und jetzt bin ich in ner fremden Gegend, hab kein Besitz und gar nichts mehr, mir mein Leben zu verdienen‹; und da hab ich mich hingesetzt und losgeheult. Die ganze Nacht hab ich im Wald geschlafen. Aber *wo* ist denn bloß das Floß hingekommen? – und Jim erst, mein armer Jim!«

»Verdammt, wenn ich *das* wüßte! – ich mein, wo das Floß hin ist. Der alte Narr hatte einen Handel abgeschlossen und vierzig Dollar bekommen, und als wir ihn in der Spelunke fanden, hatten die Tagediebe alle um einen halben Dollar mit ihm geknobelt und ihm jeden Cent abgeluchst, bis auf das, was er für den Whisky ausgegeben hatte; und als ich ihn letzte Nacht spät nach Haus bekam und wir merkten, das Floß ist weg, haben wir uns gesagt: ›Hat doch diese kleine Ratte unser Floß gestohlen und hat uns versetzt und ist dann den Fluß runter verduftet!‹«

»Ich würd doch meinen *Nigger* nicht versetzen – niemals! –, den einzigen Nigger, den ich in der Welt hab, meinen einzigen Besitz!«

»Daran haben wir nicht gedacht. Die Sache ist die,

glaub mir, wir haben ihn mit der Zeit für *unsern* Nigger gehalten; ja, wirklich, das haben wir – Himmel nochmal, wir hatten ja genug Scherereien wegen ihm. Und wie wir merkten, das Floß ist weg, und wir auch noch total pleite, ist uns gar nichts andres übriggeblieben, als den Prinz Ohnegleichen nochmal anzuzapfen. Und seitdem hab ich mich abgerackert – trocken wie 'n Pulverhorn. Wo sind die zehn Cent? Raus damit!«

Ich hatte jede Menge Kohle, so hab ich ihm zehn Cent gegeben, aber ihn gebeten, was zu essen dafür zu kaufen und mir auch was abzugeben, weil das all mein Geld sei und ich seit gestern nichts mehr gegessen hätte. Er hat kein Wort gesagt. Aber auf einmal fährt er zu mir rum und fragt:

»Meinst du, der Nigger verpfeift uns? Die Haut ziehn wir dem ab, wenn er's wagt!«

»Wie soll er denn! Er ist doch weggelaufen.«

»Nein! Der alte Trottel hat ihn verkauft und nicht mal geteilt mit mir, und das Geld ist futsch!«

»Ihn *verkauft*? sag ich und hab losgeheult; »aber das war doch *mein* Nigger – und *mein* Geld. Wo ist er? – Ich will mein Nigger wiederhaben!«

»Du *kannst* deinen Nigger nicht wiederhaben, das ist aus – drum steck dein Geplärr! Hör mal – *untersteh* dich ja nicht, uns zu verpfeifen! Verdammt, wenn ich denk, daß ich dir vertraut habe. Aber das sag ich dir, wenn *du* uns verpfeifst –«

Er hat sich gebremst, aber noch nie hab ich den Herzog so häßlich aus den Augen gucken sehn. Ich hab immer weitergewimmert und dann rausgeschluchzt:

»Aber ich will doch gar niemand verraten; und ich hab auch gar keine Zeit dazu, wirklich nicht. Ich muß jetzt los, meinen Nigger suchen.«

Er sah schon ein bißchen gerührt aus und stand da,

mit seinen flatternden Theaterzetteln auf dem Arm, dachte nach und hat die Stirn gerunzelt. Endlich macht er dann den Mund auf:

»Ich will dir was sagen. Wir sind drei Tage hier. Wenn du mir versprichst, uns nicht zu verpfeifen und auch den Nigger dran hinderst, verrat ich dir, wo du ihn findest.«

Ich hab's versprochen, und er sagt:

»Ein Farmer namens Silas Ph-«, und dann hat er sich gebremst. Er wollt mir also schon die Wahrheit sagen, aber als er mittendrin aufgehört hat und nochmal anfing zu überlegen und nachzudenken, hat er sich vermutlich anders besonnen. Und so war's auch. Er traute mir nicht; er wollte sichergehn, daß ich die ganzen drei Tage von der Bildfläche verschwunden war. Und so sagt er kurz drauf: »Der Mann, der ihn gekauft hat, heißt Abram Foster – Abram G. Foster – und wohnt vierzig Meilen weiter im Hinterland, an der Straße nach Lafayette.«

»Ach so«, sag ich, »das kann ich in drei Tagen schaffen. Ich marschier gleich heut mittag los.«

»Nein, das tust du nicht, du gehst *jetzt* sofort; und trödle ja nicht rum und verplappre dich auch nicht unterwegs! Du hältst brav deine Zunge im Zaum und gehst deiner Wege, dann kriegst du mit *uns* jedenfalls keinen Ärger.«

Das war der Befehl, den ich haben wollte und auf den ich's abgesehn hatte. Ich wollte ungehindert meine Pläne verfolgen.

»Los, hau ab«, sagt er, »und Mr. Foster kannst du von mir aus erzählen, was du willst. Vielleicht kannst du ihm weismachen, daß Jim wirklich dein Nigger ist – es soll ja Idioten geben, die keine Dokumente verlangen – wenigstens hab ich gehört, daß es hier unten im Süden welche gibt. Erzähl ihm nur von dem Handzettel und dem

Schwindel mit der Belohnung – vielleicht glaubt er dir, wenn du ihm erklärst, wozu wir das Ganze ausgetüftelt haben. Zieh Leine jetzt und erzähl ihm von mir aus, was du willst; aber daß du dich ja nicht verplapperst auf dem Weg dorthin!«

Und so bin ich weg und landeinwärts marschiert. Ich hab mich nicht umgesehn, aber irgendwie hab ich gespürt, daß er mich beobachtete. Aber ich wußte, daß ihm die Lust dazu bald vergehn würde. Gut ne Meile bin ich gradaus immer landeinwärts, ohne anzuhalten, und dann zurück durch den Wald zur Farm von den Phelps'. Ich dachte, am besten sollt ich gleich jetzt mit meinem Plan anfangen, ohne noch lang rumzustromern, weil ich Jim den Mund stopfen wollte, bis diese Burschen verschwunden waren. Mit der Sorte wollt ich keinen Ärger mehr haben. Mir hat's gereicht, was ich von denen gesehn hatte, und ich wollt sie endgültig los sein.

Kapitel 32

Ich bekomme einen neuen Namen

Als ich hinkam, war alles still und sonntäglich und heiß und sonnig – die Arbeiter waren draußen auf den Feldern; in der Luft war so ein leises Gesumme von Käfern und Fliegen, wo einem alles immer so einsam vorkommt – wie tot und ausgestorben; und wenn dann noch eine Brise vorbeifächelt und die Blätter zittern läßt, wird man traurig, weil's einen an ein Flüstern von Geistern erinnert – Geister, die schon seit Urzeiten tot sind – und man denkt dann immer, die sprechen über einen *selber*. Und meistens verspürt man da den Wunsch, auch tot zu sein und alles hinter sich zu haben.

Die Phelps-Farm war eine von diesen kleinen, bescheidnen Baumwollplantagen; und die sehn sich alle gleich. Ein Lattenzaun um einen zwei Acre[1] großen Hof; ein Zauntritt aus abgesägten Baumstämmen, die in Stufen aufgestellt waren wie verschieden hohe Fässer, zum Übersteigen vom Zaun und zum Draufstehn für die Frauen, wenn sie auf ein Pferd springen wollen; ein paar kümmerliche Grasflecken in dem großen Hof, aber meistens war er kahl und glatt wie ein alter Hut, von dem der Flor sich abgescheuert hat; großes doppeltes Blockhaus für die Weißen – behauene Balken, die Ritzen dazwischen ausgestopft mit Lehm oder Mörtel, und diese Lehmstreifen früher irgendwann mal geweißt; Rundholzküche, durch einen riesenbreiten offnen, aber überdachten Gang mit dem Haus verbunden; Räucherkammer, auch aus Rundholz, hinter der Küche; drei kleine Niggerblockhütten in einer Reihe, noch hinter der Räucherkammer; eine ganz allein stehende kleine Hütte unten am Hinterzaun, und ein paar Nebengebäude ein Stück weit runter auf der Seite gegenüber; Aschentonne und großer Kessel zum Seifensieden neben der kleinen Hütte; Bank neben der Küchentür mit Wassereimer und Gurde; davor schlafender Hund in der Sonne; noch mehr schlafende Hunde in der Gegend; ungefähr drei schattige Bäume hinten in einer Ecke; ein paar Johannis- und Stachelbeerbüsche an einer Stelle am Zaun; außerhalb vom Zaun ein Garten und ein kleiner Acker mit Wassermelonen; dann fangen die Baumwollfelder an, und nach den Feldern der Wald.

Ich bin außenrum und über den hintren Zauntritt neben der Aschentonne geklettert und dann auf die Küche zu.

1 1 acre = 4047 qm.

Als ich ein Stückchen weit war, hörte ich das leise Surren von einem Spinnrad, das klagend anschwoll und dann wieder absank; und da wußte ich ganz sicher, daß ich am liebsten tot gewesen wäre – weil es nichts mehr gibt in der ganzen Welt, das *so* gottverlassen klingt.

Ich bin gleich weiter, ohne irgendeinen festen Plan, sondern einfach auf die Vorsehung vertrauend, die mir die richtigen Worte schon in den Mund legen würde, wenn die Zeit gekommen war; ich hatte nämlich gemerkt, daß die Vorsehung mir immer die richtigen Worte in den Mund gelegt hatte, wenn ich sie nur machen ließ.

Als ich den halben Weg hatte, ist erst ein Hund aufgestanden und auf mich los und dann einer nach dem andern, und natürlich blieb ich stehn, sah ihnen ins Gesicht und hab mich nicht gemuckst. Was für nen Lärm die machten! In ner Viertelminute war ich so was wie die Nabe von einem Rad sozusagen – die Hunde warn die Speichen – im Kreis standen jetzt fünfzehn dichtgedrängt um mich rum, haben die Hälse und Nasen zu mir raufgestreckt und kläfften und heulten; und immer mehr kamen; von überallher sind sie über die Zäune und um die Ecken geflogen.

Eine Niggerfrau kam mit einem Nudelholz in der Hand aus der Küche gestürzt und ruft: »Fort mit euch, Tige, Spot! Schert euch!« und sie hat erst dem einen eine runtergehauen und dann dem andern, daß er jaulend davonlief, und die übrigen rannten hinterher; aber im Nu war die Hälfte von ihnen wieder da, standen schwanzwedelnd um mich rum und haben Freundschaft mit mir geschlossen. Ein Hund meint's doch nie böse, wirklich!

Und hinter der Frau kommen ein kleines Niggermädchen und zwei kleine Niggerjungen mit nichts am Leib als hanfleinenen Hemden, und sie hängen sich an den Rock von der Mutter und schielen hinter ihr vor zu mir, scheu, so wie sie's immer machen. Und da kommt auch die weiße Frau aus dem Haus gerannt, sie war so um die fünfundvierzig bis fünfzig Jahre alt, ohne Kopfbedeckung und mit ihrem Spinnrocken in der Hand; und hinterher traben ihre kleinen weißen Kinder, die sich genauso benehmen wie die kleinen Nigger. Sie lächelt übers ganze Gesicht, so als ob sie's noch gar nicht fassen könnte – und sagt dann:

»Da bist du ja endlich! – du *bist's* doch, oder?«

Und noch eh ich nachgedacht hab, ist mir ein »Ja, Ma'm« rausgefahren.

Sie hat mich gepackt und fest umarmt; und dann nahm sie meine beiden Hände und hat sie lang und immer wieder geschüttelt, und die Tränen traten ihr in die Augen und liefen ihr runter; und sie konnt, scheint's, gar nicht genug kriegen vom Umarmen und Händeschütteln und sagte in einem fort: »Du siehst deiner Mutter doch nicht so ähnlich, wie ich dachte; aber du lieber Himmel, was soll's, ich bin ja *so* froh, dich zu sehn! Ojerum, ich könnt dich glatt auffressen! Kinder, das ist euer Vetter Tom! – Sagt ihm gutn Tag!«

Aber die duckten sich, steckten ihre Finger in den Mund und haben sich hinter ihr versteckt. Und so hat sie weitergeschwatzt:

»Lisi, beeil dich und mach ihm gleich ein warmes Frühstück – oder hast du schon auf dem Schiff gefrühstückt?«

Ich sagte, ich hätt es schon auf dem Schiff bekommen. Da ist sie wieder ins Haus zurück und nahm mich an der Hand, und die Kinder trotteten hinterdrein. Wie wir reinkommen, setzt sie mich auf einen Korbstuhl, sie selber setzt sich vor mich auf einen kleinen, niedrigen Schemel, hält meine beiden Hände und sagt:

»Jetzt kann ich dich mal *richtig* ansehn; und, lieber Himmel!, wie viele, viele Male hab ich mich in all den langen Jahren danach gesehnt, und endlich ist es soweit! Wir erwarten dich schon seit mindestens zwei Tagen. Was hat dich denn aufgehalten? – Ist 's Schiff aufgelaufen?«

»Ja, Ma'm – es –«

»Sag nicht dauernd ›ja, Ma'm‹ zu mir – sag Tante Sally. Wo ist's aufgelaufen?«

Ich wußte nicht recht, was sagen, weil ich nicht wußte, ob das Schiff den Fluß rauf oder runterkommen mußte. Aber ich verlaß mich sehr viel auf meinen Instinkt; und mein Instinkt hat mir gesagt, daß es raufkommen mußte – von unten aus der Gegend von Orleans. Trotzdem hat mir das nicht viel geholfen; ich kannte nämlich die Namen von den Sandbänken da unten nicht. Logisch, daß ich eine Sandbank erfinden oder aber den Namen von der vergessen haben mußte, auf die wir aufgelaufen waren – oder – da kam mir ne Idee, und die bin ich gleich losgeworden:

»Das Auflaufen war's gar nicht – das hat uns nicht lang aufgehalten. Uns ist 'n Zylinderkopf geplatzt.«

»Um Himmels willen! Jemand verletzt?«

»Nein, Ma'm. Ein Nigger ist tot.«

»Na, zum Glück, weil manchmal jemand dabei verletzt wird. An Weihnachten vor zwei Jahren ist dein Onkel Silas mit der alten ›Lally Rock‹ von Newrleans raufgekommen, und der ist auch ein Zylinderkopf geplatzt und hat einen Mann zum Krüppel gemacht. Und ich glaube, hinterher ist er gestorben. Er war Baptist. Dein Onkel Silas kannte eine Familie in Baton Rouge, die seine Leute recht gut gekannt hat. Ja, ich erinnre mich jetzt wieder, er ist wirklich gestorben. Der Brand ist noch dazugekommen, und sie mußten ihn amputieren. Aber das hat ihn nicht gerettet. Ja, es war der Brand – genau. Er ist ganz blau angelaufen und gestorben in der Hoffnung auf eine glorreiche Wiederauferstehung. Es muß ein schrecklicher

Anblick gewesen sein. Dein Onkel fährt jetzt jeden Tag rauf ins Dorf, um dich abzuholen. Und jetzt ist er auch weg, vor noch nicht mal einer Stunde; er muß jeden Augenblick hier sein. Du mußt ihn doch unterwegs getroffen haben, oder? – Ältlicher Mann mit ei-«

»Nein, hab gar niemand gesehn, Tante Sally. Das Schiff ist grad bei Tagesanbruch gelandet, und ich hab mein Gepäck auf dem Kaiboot gelassen und mich im Ort und 'n bißchen in der Gegend umgesehn, um die Zeit rumzubringen, weil ich nicht zu früh hier sein wollte; deswegen bin ich den hintern Weg lang gekommen.«

»Wem hast du dein Gepäck gegeben?«

»Niemand.«

»Aber Kind, dann wird's dir doch gestohlen!«

»Da wo *ich*'s versteckt hab, bestimmt nicht«, sag ich.

»Und wieso hast du auf dem Schiff schon so bald ein Frühstück gekriegt?«

Das Eis wurde jetzt ganz schön dünn, aber ich hab ihr geantwortet:

»Der Kapitän hat mich rumstehn sehn und mir gesagt, ich soll lieber was essen, bevor ich an Land geh; und so hat er mich in die Texas zum Offiziersfrühstück mitgenommen und mir alles gegeben, was ich wollte.«

Allmählich wurd ich so unruhig, daß ich nicht mehr richtig zuhören konnte. Die ganze Zeit sind mir die Kinder im Kopf rumgeschwirrt; ich wollt sie nach draußen locken, wo ich sie aushorchen konnte, um rauszufinden, wer ich war. Aber dazu kam ich überhaupt nicht. Mrs. Phelps hat kein Ende mehr gefunden und immer weitergeschwatzt. Und auf einmal ist mir's kalt übern Rücken gerieselt, als sie sagt:

»Aber wir schwatzen hier in einem fort, und du hast mir noch kein Wort von der Schwester erzählt, und auch von niemand sonst. Jetzt halt ich mal mein Mundwerk, und du machst deins auf; erzähl mir mal *alles* – erzähl alles von ihnen allen – von jedem einzelnen; und wie's ihnen geht, und was sie machen, und was du mir von ihnen ausrichten sollst; und jede noch so winzige Kleinigkeit, die dir einfällt.«

Also, da saß ich im Schlamassel – und wie! Bisher hatte die Vorsehung mir beigestanden, gut und schön, aber jetzt saß ich unweigerlich auf Grund. Klar, daß es überhaupt keinen Zweck mehr hatte, damit weitermachen zu wollen – ich *mußte* mein Spiel aufgeben. Ich sag zu mir, jetzt ist's wieder mal so weit, daß ich die Wahrheit riskieren muß. Ich hab meinen Mund aufgemacht und wollt schon anfangen; aber da hat sie mich gepackt und hinters Bett verfrachtet und sagt:

»Da kommt er! Halt den Kopf weiter nach unten – so – ja, das reicht; jetzt kann man dich nicht sehn. Verrat ja nicht, daß du hier bist. Ich will ihn mal verkohlen. Kinder, daß ihr mir keinen Ton sagt!«

Da hatte ich mir was eingebrockt! Aber zu was auch noch Angst haben? Es blieb mir gar nichts andres übrig, als stillzuhalten und bereit zu sein zum Wegtauchen, wenn der Blitz einschlug.

Ich konnte den alten Herrn grad noch geschwind sehn, wie er reinkam, dann hat ihn das Bett verdeckt. Mrs. Phelps springt auf ihn zu und fragt:

»Ist er gekommen?«

»Nein«, sagt ihr Mann.

»Um *Himmels* willen«, sagt sie, »was in aller Welt ist bloß aus ihm geworden?«

»Ich kann's mir auch nicht denken«, sagt der alte Herr; »und ich muß sagen, ich bin schrecklich beunruhigt.«

»Beunruhigt?!« sagt sie. »Ich bin schon halb wahnsinnig! Er *muß* doch gekommen sein; bestimmt hast du ihn unterwegs verpaßt. Ich *weiß*, es ist so – etwas *sagt* mir das.«

»Aber Sally, auf dem Weg *kann* ich ihn doch gar nicht verpassen – und du *weißt* das.«

»O Gott, was wird die Schwester sagen? Er muß doch gekommen sein! Du hast ihn bestimmt verpaßt. Er –«

»Ach, mach mich nicht noch mehr besorgt, als ich sowieso schon bin. Ich weiß nicht, was ich noch davon halten soll. Ich bin mit meiner Weisheit am Ende, und ich gebe offen zu, daß mir regelrecht bange ist. Aber es gibt keine Hoffnung, daß er doch gekommen ist – *ausgeschlossen*, daß er gekommen ist und ich ihn verpaßt habe. Sally, es ist schrecklich – einfach schrecklich – irgendwas ist sicher mit dem Schiff passiert.«

»Oh, Silas! Schau doch mal! – auf dem Weg dort! – kommt da nicht grad jemand?«

Mit einem Satz ist er ans Fenster am Kopfende vom Bett, und die Gelegenheit hat Mrs. Phelps beim Schopf gepackt. Sie hat sich am Fußende vom Bett geschwind runtergebückt und mich vorgezogen, und raus war ich; und wie er sich vom Fenster umdreht, steht sie strahlend und lächelnd da, mit feuerrotem Gesicht, und ich steh ziemlich kleinlaut und schwitzend daneben. Der alte Herr starrt mich an und sagt:

»Nanu, wer ist denn das?«

»Wer wohl?«

»Hab keine Ahnung. Wer *ist's* denn?«

»Na, *Tom Sawyer* doch!«

Sakrament, ich wär bald durch den Dielenboden gerasselt. Aber es blieb mir keine Zeit, mich wieder zu fangen; der Alte packte mich an der Hand, hat sie geschüttelt und nicht mehr aufgehört damit; und wie ist die Frau die ganze Zeit rumgetanzt und hat gelacht und geweint! Und was haben die beiden mich dann mit Fragen bombardiert über Sid und Mary und den Rest von der ganzen Sippschaft!

Aber ihre Freude war noch gar nichts gegen meine; mir

war's, wie wenn ich neugeboren wäre, so froh war ich, endlich zu wissen, wer ich war. Also, zwei Stunden haben sie mich festgenagelt; und wie ich am Ende den Schnabel vor Müdigkeit kaum noch auf und zu kriegte, hatte ich ihnen mehr über meine Familie – ich mein die Sawyerfamilie – erzählt, als je sechs Sawyerfamilien zusammen passiert ist. Und ich hab ihnen haargenau erklärt, wie uns ein Zylinderkopf an der Mündung vom White River geplatzt war und wir drei Tage gebraucht hatten, ihn zu reparieren. Das klang überzeugend und hat gezogen; weil, *die* hatten wirklich keine Ahnung, daß man keine drei Tage braucht, um den zu reparieren. Hätt ich Schraubkopf gesagt, hätten sie's genauso geschluckt.

Jetzt war's mir die eine Seite runter ziemlich wohl und die andre Seite rauf ziemlich unwohl. Tom Sawyer zu sein war leicht und bequem; und es ist leicht und bequem geblieben, bis ich auf einmal einen Dampfer den Fluß runterhusten hörte – da sag ich mir, was, wenn auf dem Schiff dort Tom Sawyer runterkommt? – Und was, wenn er plötzlich hier reinstapft und meinen Namen ruft, eh ich ihm zuzwinkern kann, die Klappe zu halten?

Also, *das* konnte ich nicht zulassen – das ging überhaupt nicht! Ich mußte den Weg rauf und ihn abfangen. Und so hab ich den Leuten erzählt, ich müßt jetzt doch mal rauf in den Ort und mein Gepäck holen. Der alte Herr wollte mit mir kommen, aber ich sagte nein, ich könnt ein Pferd selber lenken, und er sollt sich lieber wegen mir keine Umstände machen.

Kapitel 33

Das jämmerliche Ende von Königen

Und so bin ich im Wagen hin, und als ich den halben Weg hatte, seh ich einen Wagen kommen, und ganz sicher war das Tom Sawyer; und ich hielt an und hab gewartet, bis er rankam. Ich sag: »Halt!«, und der Wagen blieb neben meinem stehn, und Tom reißt den Mund sperrangelweit auf und kriegt ihn nicht wieder zu; und er schluckt ein-, zweimal wie jemand, dem die Kehle ausgetrocknet ist, und sagt dann:

»Ich hab dir noch nie was zuleid getan. Und du weißt das auch. Also, zu was willste dann zurückkommen und grade mir spuken?«

»Ich bin nicht zurückgekommen«, sag ich, »ich bin gar nicht *weg* gewesen.«

Wie er meine Stimme hört, hat ihn das wieder ein bißchen aufgerichtet, aber er war noch nicht ganz zufrieden. Er sagt:

»Spiel mir ja keinen Streich, weil ich dir's auch nicht tun würde. Ehrenwort jetzt, bist du wirklich kein Geist?«

»Ehrenwort nicht«, sag ich.

»Hm – ich – ich – hm, dann sollt eigentlich alles klar sein; aber irgendwie kapier ich das nicht, wirklich. Hör mal, bist du denn gar nicht ermordet worden?«

»Nee. Ich bin nicht ermordet worden, nie – ich hab ihnen was vorgegaukelt. Komm nur hier rein und fühl mich an, wenn du mir nicht glaubst.«

Was er tat; und das hat ihn überzeugt; und er war so froh, mich wiederzusehn, daß er gar nicht wußte, wo ihm der Kopf stand. Und auf der Stelle wollt er alles erfahren; weil's so ein tolles Abenteuer sei und so geheimnisvoll, und für so was war er höllisch anfällig. Aber ich sagte, schieben wir's doch bis später auf; dann hab ich seinem Kutscher befohlen zu warten, und wir fuhren ein Stück weit weg, und ich erzählte ihm, in was für nem Schlamassel ich steckte, und was er meinte, sollten wir am besten tun? Er sagte, ich soll ihn ne Weile in Ruh lassen und nicht stören. Er hat nachgedacht und nachgedacht, und nach ner Weile sagt er:

»Alles in Butter, ich hab's. Nimm meinen Koffer in deinen Wagen und tu, wie wenn's deiner wäre; dann drehst du um und tust schön langsam, so daß du ungefähr um die Zeit zu Haus bist, wo du sowieso angekommen wärst; und ich fahr ein Stück weit in Richtung Ort und nehm noch mal einen Anlauf und komm ne viertel oder halbe Stunde nach dir an; und am Anfang darfste nicht verraten, daß du mich kennst.«

Da sag ich:

»Einverstanden; aber wart noch nen Moment. Da ist noch was – nämlich was *niemand* außer mir weiß. Und zwar ist ein Nigger hier, den ich versuchen will, aus der Sklaverei zu stehlen – und sein Name ist *Jim* – der Jim von der alten Miss Watson.«

Da fährt's ihm raus:

»Was! Aber Jim ist doch –«

Er hat gestockt und nachgedacht. Und da fährt's mir raus:

»Ich weiß schon, was du sagen willst. Du willst sagen, das ist ne schmutzige, fiese Lumperei; aber wenn schon! – Ich *bin* ein Lump; und ich stehl ihn ganz bestimmt, und ich will, daß du den Mund hältst und nichts verrätst. Klar?«

Seine Augen haben aufgeleuchtet, und dann sagt er:

»Ich *helf* dir, ihn stehlen!«

Also, ich hab alle Zügel losgelassen, wie wenn ich von einem Schuß getroffen wäre. Was Erstaunlicheres hat mein Ohr nie vernommen – und ich muß schon sagen, Tom Sawyer sank stark in meiner Achtung. Nur, ich konnt es noch nicht glauben. Tom Sawyer ein *Niggerdieb*!

»Ach Quatsch«, sag ich, »du machst Spaß!«

»Ich mach überhaupt kein Spaß!«

»Na schön«, sag ich, »Spaß oder nicht Spaß, wenn du irgendwas über einen weggelaufnen Nigger reden hörst, vergiß ja nicht, daß du nichts über ihn weißt und *ich* auch nicht.«

Dann haben wir den Koffer genommen und in meinen Wagen gestellt, und er fuhr in seine Richtung und ich in meine. Aber natürlich hab ich völlig vergessen, langsam zu fahren, so froh war ich und in Gedanken; für so ne Wegstrecke kam ich deswegen viel zu schnell zu Haus an. Der alte Herr stand in der Tür.

»Das ist ja ein Wunder!« ruft er. »Wer hätte das gedacht, daß in der alten Mähre noch so viel steckt. Und nicht ein Haar verschwitzt – kein einziges! Wirklich, ein Wunder! Nicht für hundert Dollar gäb ich das Pferd jetzt her, ehrlich nicht; und dabei hätt ich's vorher für fünfzehn verkauft, weil's mir nicht mehr wert schien.«

Das war alles, was er sagte. Er war die gutgläubigste und beste alte Seele, die mir je begegnet ist. Aber verwunderlich war das nicht; er war nämlich nicht bloß Farmer, er war auch Prediger und hatte hinten auf seiner Plantage eine bescheidne, kleine Holzkirche, die er selber auf eigne Kosten erbaut hatte, als Kirche und Schulhaus zugleich, und nie hat er was für seine Predigten genommen, dabei waren sie ihr Geld wert. Im Süden unten gibt's jede Menge solche Farmprediger, die's genauso machen.

Nach ner halben Stunde ungefähr ist Toms Wagen vor dem vordern Zauntritt vorgefahren, und Tante Sally, die sieht ihn durchs Fenster, weil's nur etwa fünfzig Yard weit weg war, und sagt:

»Nanu, da kommt jemand! Wer das wohl ist? Ich glaube fast, es ist ein Fremder. Jimmy« (das war eins von den Kindern), »lauf und sag Lisi, sie soll noch einen Teller zum Essen auflegen.«

Alle sind zur Haustür gestürzt, weil natürlich nicht *alle* Jahre ein Fremder auftaucht, und wenn einer mal kommt, interessiert der mehr als wie 's Gelbfieber. Tom war jetzt überm Zauntritt und ging aufs Haus zu; der Wagen ratterte den Weg zum Dorf zurück, und wir hingen wie ne Traube in der Haustür. Tom hatte seine guten Kleider an und ein Publikum – und auf so was war Tom Sawyer immer scharf. Unter den Umständen fiel's ihm gar nicht schwer, soviel Stil aufzubieten, wie's ihm angemessen schien. Er war kein Junge, der wie ein Schaf über den Hof langgeschlichen wäre; nee, er kam ruhig und wichtig daher wie der Schafbock. Und wie er vor uns steht, hebt er seinen Hut noch so anmutig und zierlich, wie wenn's der Deckel von ner Schachtel mit schlafenden Schmetterlingen drin wäre, die er nicht stören wollte, und sagt:

»Mr. Archibald Nichols, nehme ich an?«

»Nein, mein Junge«, sagt der alte Herr, »ich muß dir leider sagen, daß dein Kutscher dich falsch gefahren hat; Nichols' Haus liegt noch etwa drei Meilen weiter unten. Komm rein, komm.«

Tom, der hat kurz über die Schulter zurückgeblickt und sagt: »Zu spät – er ist schon außer Sicht.«

»Ja, der ist weg, mein Sohn, und du mußt schon zu uns reinkommen und mit uns zu Mittag essen; und danach spannen wir dann an und bringen dich zu Nichols runter.«

»Oh, ich *kann* Ihnen doch nicht so viel Umstände machen; das würd mir nicht im Traum einfallen. Ich gehe zu Fuß – *die* Strecke macht mir nichts aus.«

»Aber wir *lassen* dich nicht zu Fuß gehn – das wäre

gegen die Gastfreundschaft des Südens, so etwas zu tun. Komm nur rein.«

»Ach *bitte*«, sagt Tante Sally; »es macht uns wirklich keine Mühe, nicht die geringste. Du *mußt* bleiben. Die drei Meilen sind ein langer, staubiger Weg, und wir *können* dich nicht zu Fuß gehn lassen. Und außerdem hab ich noch einen Teller auflegen lassen, wie ich dich hab kommen sehn; drum darfst du uns nicht enttäuschen. Komm nur rein und mach's dir bequem wie zu Hause.«

Da hat sich Tom sehr herzlich und gewandt bedankt und ließ sich überreden, mit reinzukommen; und wie er drin war, hat er erzählt, er sei ein Fremder aus Hicksville, Ohio, und William Thompson sei sein Name – und dabei machte er noch ne Verbeugung.

Und Tom hat drauflos geschwafelt und geschwafelt und Zeugs, soviel er nur erfinden konnt, zusammengeschwindelt über Hicksville und seine Einwohner, und allmählich wurd ich ein bißchen nervös und hab mich gefragt, wie mir das aus der Klemme raushelfen sollte; und endlich hat er sich mal, noch mitten im Reden, zu Tante Sally rübergebeugt und sie mitten auf den Mund geküßt, ließ sich dann wieder bequem in seinen Sessel zurückfallen und quatschte weiter; aber sie ist mit einem Satz hoch, wischt sich mit dem Handrücken den Mund ab und sagt:

»Du unverschämter Lümmel – du!«

Er hat ein bißchen beleidigt das Gesicht verzogen und sagt dann:

»Ich bin erstaunt über Sie, M'am.«

»Du bist erstau – –, was glaubst du, was *ich* bin? Ich hab gute Lust, dich – sag mal, was hast du dir eigentlich dabei gedacht, mich zu küssen?«

Er schlug ein wenig die Augen nieder und sagt dann:

»Ich habe mir gar nichts dabei gedacht, M'am. Ich

wollte Sie nicht verletzen. Ich – ich – dachte, Sie hätten das gern.«

»Was, du hast sie wohl nicht alle!« Sie riß den Spinnrokken hoch, und es hat scheinbar nicht viel gefehlt, und sie hätt ihm eine übergebraten. »Wie kommst du da drauf, ich hätt das gern?«

»Hm, ich hab keine Ahnung. Nur, man – man hat's mir erzählt.«

»*Man* hat dir's erzählt? Wer dir das erzählt hat, ist *noch* so ein Irrer wie du. Das ist ja unerhört! Wer ist *man*?«

»Na – alle. Jeder hat's gesagt, M'am.«

Mit Ach und Krach konnt sie sich zurückhalten; ihre Augen blitzen, und ihre Finger zuckten, wie wenn sie ihn zerkratzen wollte; und dann hat sie gebebt:

»Wer ist ›alle‹? Raus mit den Namen – sonst gibt's gleich einen Idioten weniger!«

Er stand auf und machte ein gequältes Gesicht, fingerte an seinem Hut rum und sagt:

»Es tut mir leid, und ich war nicht drauf gefaßt. Sie haben's mir doch gesagt. Alle haben das! Alle haben gesagt, ich soll Sie küssen, Sie hätten's gern. Alle – einer wie der andre. Aber es tut mir leid, M'am, und ich werd's nicht wieder tun – bestimmt nicht, ehrlich.«

»Nicht wieder tun, so? Na, das will ich doch stark *hoffen*!«

»Nein, M'am, ich mein es ehrlich; ich werd's nicht wieder tun, bis Sie mich drum bitten.«

»Bis ich dich drum *bitte*! Nein, da hört doch alles auf! So einer wie du ist mir meiner Lebtag noch nicht unter die Augen gekommen. Wetten, daß du eher der Idiotenmethusalem wirst, als daß *ich* dich – oder deinesgleichen – jemals um so etwas bitte!«

»Hm«, sagt er, »das erstaunt mich doch sehr. Irgendwie kann ich's nicht fassen. Alle haben gesagt, Sie hätten's gern, und ich hab's auch gedacht. Aber –« Er hat sich unterbrochen und sich langsam umgesehn, wie wenn er irgendwo einen freundlichen Blick zu finden hoffte; und da ist er bei dem Blick von dem alten Herrn gelandet und fragt den: »Haben nicht wenigstens *Sie* gedacht, sie hätt es gern, wenn ich sie küsse, Sir?«

»Wieso – nein, ich – ich – hm, nein. Ich glaub wirklich nicht.«

Dann hat er sich weiter so umgesehn bis zu mir – und sagt dann:

»Tom, hast nicht wenigstens *du* gedacht, Tante Sally breitet die Arme aus und sagt: ›Sid Sawyer –‹«

»Du lieber Himmel!« hat sie ihn mittendrin unterbrochen und ist auf ihn zugestürzt, »du unverschämter Bengel, du, einen so an der Nase rumführen –«, und sie wollt ihn schon umarmen, aber er hat sie abgewehrt:

»Nein, erst mußt du mich drum bitten!«

Sie hat keine Zeit verloren und ihn drum gebeten und hat ihn dann umarmt und immer und immer wieder geküßt und dann dem alten Herrn übergeben, und der hat sich dann genommen, was übrigblieb. Und als sie sich wieder ein bißchen beruhigt hatten, schwatzt sie wieder los:

»Ach, du mein Gott! so eine Überraschung hab ich noch nie erlebt. *Dich* haben wir gar nicht erwartet, nur Tom. Die Schwester hat mir gar nichts davon geschrieben, daß außer ihm noch einer kommt.«

»Das war auch nicht so *geplant*, daß außer Tom noch einer von uns mitkommt«, sagt er; »aber ich hab gebettelt und gebettelt, und in letzter Minute ließ sie mich dann noch mit; und wie wir so den Fluß runterfahren, haben ich und Tom uns gedacht, was das für ne pfundige Überraschung gibt, wenn er zuerst hier ankommt und ich so nach und nach daherlatsche und irgendwann hier reinschneie und so tu, wie wenn ich 'n Fremder wäre. Aber das war ein Irrtum, Tante Sally. Für Fremde ist es gar kein gesundes Pflaster, wenn die hierher kommen.«

»Nein, für so unverschämte Lümmel nicht, Sid! Ein paar Ohrfeigen hättest du verdient gehabt; so hat mich schon lang keiner mehr auf die Palme gebracht. Aber sei's drum, ich nehm's gern in Kauf – ich laß mir tausend solche Streiche gefallen, wenn ich euch nur hier habe. Aber das war auch ein Benehmen, Sid! Ich muß schon sagen, mir hat's bald die Sprache verschlagen, wie du mir den Schmatz gegeben hast.«

Wir aßen im Freien zu Mittag in dem breiten, offnen Gang zwischen Haus und Küche; und für sieben Familien stand genug auf dem Tisch – und alles auch schön heiß; und nichts von so nem schwammigen, zähen Fleisch, was ne ganze Nacht im feuchten Kellerschrank gelegen hat und am andern Morgen wie 'n Mocken von nem alten kalten Kannibalen schmeckt. Onkel Silas, der hat dann nen ziemlich langen Segen drüber gesprochen, aber den war's auch wert; und kein bißchen ist's davon kalt geworden, wie ich's bei solchen Unterbrechungen schon oft erlebt habe.

Den ganzen Nachmittag wurde endlos geredet und geredet, und ich und Tom hielten dauernd die Ohren gespitzt, aber es hat nichts genutzt, sie haben nicht ein Wörtchen über einen weggelaufnen Nigger fallen lassen, und selber davon anfangen haben wir uns nicht getraut. Aber beim Abendessen fragt dann einer von den kleinen Jungen:

»Papa, dürfen Tom und Sid und ich in die Vorstellung?«

»Nein«, sagt der Alte, »ich glaube, es wird gar keine geben; aber ihr dürftet auch nicht hin, wenn sie wäre; der weggelaufne Nigger hat nämlich Burton und mir erzählt von dieser skandalösen Vorstellung, und Burton hat gesagt, er würd's den Leuten sagen; und so haben sie, nehm ich an, die unverschämten Strolche schon längst zum Dorf rausgejagt.«

So stand's also! – Aber *ich* hab nichts dafürkönnen. Tom und ich sollten im gleichen Zimmer und im gleichen Bett schlafen; und weil wir müde waren, haben wir gute Nacht gesagt, sind gleich nach dem Abendessen ins Bett und zum Fenster rausgeklettert, den Blitzableiter runter und dann losgetrabt in den Ort. Ich hab nämlich nicht geglaubt, daß irgendwer dem König und dem Herzog ein Licht steckt, und wenn ich mich also nicht auf die Socken machte und ihnen eins steckte, würden sie bestimmt Ärger kriegen.

Unterwegs hat mir Tom haarklein erzählt, wieso sie alle dachten, ich wär ermordet, und daß Pap kurz danach verschwunden und nie wieder aufgetaucht ist, und was das für ne Aufregung gab, als Jim weggelaufen ist, und ich hab Tom alles haarklein von unsern Gaunern vom Prinz Ohnegleichen erzählt, und von der Floßfahrt so viel, wie in der kurzen Zeit möglich war; und als wir dann ins Dorf kamen und auf einmal mittendrin standen – es war jetzt mindestens halb neun – da kommt ein tobender Haufen angestürmt, mit Fackeln und Mordsgebrüll und Gejohle, und trommelt auf Blechpfannen und bläst in Hörner; wir springen auf die Seite, um sie vorbeizulassen, und wie sie vorbeimarschieren, seh ich, daß sie den König und den Herzog rittlings auf ner Stange haben – das heißt, ich wußte, es *war* der König und der Herzog, obwohl die über und über voll Teer und Federn waren und keine Spur mehr von irgendwas Menschlichem an sich hatten – sie sahn grad aus wie zwei riesengroße Federbüsche an Soldatenhelmen. Wirklich, mir wurd es schlecht, sie so zu sehn; und es tat mir leid um die armen, jämmerlichen

Strolche, es war mir, wie wenn ich nie mehr im Leben hart und gefühllos gegen sie sein könnte. Es war ein gräßlicher Anblick. Menschen können doch unheimlich grausam zueinander sein.

Klar, wir waren zu spät gekommen – konnten ihnen nicht mehr helfen. Wir fragten ein paar Nachzügler, was passiert war, und die sagten, alle seien mit Unschuldsmienen in die Vorstellung rein und hätten erst mal abgewartet und sich ruhig verhalten, bis der arme, alte König mitten in seinem Gehopse war; dann hätte irgendeiner ein Signal gegeben, und das ganze Publikum sei aufgestanden und auf sie los.

Und so sind wir nach Hause getrabt, und ich war nicht mehr so tatendurstig wie vorher, ich kam mir vielmehr gemein und schurkig und irgendwie schuldig vor – obwohl *ich* doch gar nichts getan hatte. Aber so ist das immer; es ist vollkommen gleichgültig, ob man recht oder unrecht tut, das Gewissen hat keinen Verstand und geht *so oder so* auf einen los. Wenn ich nen Köter hätt, der nicht mehr Ahnung hat wie ein menschliches Gewissen, würd ich ihn glatt vergiften. Das nimmt mehr Platz ein als alle übrigen Eingeweide zusammen und taugt doch nichts, wirklich. Tom Sawyer, der sagt das auch.

Kapitel 34

Wir machen Jim Mut

Wir ließen das Reden und haben nachgedacht. Auf einmal sagt Tom:

»Hör mal, Huck, was sind wir doch für Trottel, daß wir

nicht früher dran gedacht haben! Ich weiß, wo Jim ist, jede Wette.«

»Nee! Wo denn?«

»In der Hütte da unten bei der Aschentonne. Na, überleg mal. Als wir beim Mittagessen waren, hast du da nicht nen Nigger mit Essen dort reingehn sehn?«

»Doch.«

»Und was glaubst du, für wen die Fressalien waren?«

»Für 'n Hund.«

»Hab ich erst auch gedacht. Aber die waren nicht für nen Hund.«

»Wieso nicht?«

»Weil Wassermelone dabei war.«

»Stimmt – hab's auch gesehn. Also, haste Töne, daß ich da nicht dran gedacht hab, daß ein Hund keine Wassermelone frißt. Das zeigt doch, wie man was sehn und doch nicht sehn kann.«

»Ja, und der Nigger hat das Vorhängeschloß aufgeschlossen, als er rein ist, und hat's wieder abgeschlossen, als er raus ist. Er hat dem Onkel den Schlüssel gebracht, so um die Zeit, wo wir vom Tisch aufgestanden sind – denselben Schlüssel, wetten? Wassermelone weist auf Mensch hin, Schloß auf Gefangnen; und es ist unwahrscheinlich, daß es auf so ner kleinen Plantage zwei Gefangne gibt, wo hier die Leute alle so freundlich und gut sind. Jim ist der Gefangne. So weit ist alles klar – und ich bin froh, daß wir das nach Detektivmanier rausgefunden haben; für jede andre Methode würd ich keinen Pfifferling geben. Jetzt streng du mal dein Hirn an und denk dir 'n Plan aus, wie wir Jim stehlen können, und ich denk mir auch einen aus; und den, der uns am besten gefällt, nehmen wir dann.«

Was für 'n Kopf Tom Sawyer doch für nen Jungen hatte! Wenn ich den hätt, ich würd ihn mir nicht abhandeln lassen, und wenn ich dafür Herzog oder Maat auf nem Dampfschiff oder Clown in nem Zirkus oder sonst was Tolles werden könnte. Ich hab mich ans Pläneschmieden gemacht, aber nur, um auch was zu tun; ich wußte genau, von wo der richtige Plan kommen würde. Schon bald sagt dann Tom:

»Fertig?«

»Ja«, sag ich.

»Gut – spuck ihn aus.«

»Mein Plan geht so«, sag ich. »Wir finden leicht raus, ob Jim da drin ist. Dann holen wir morgen nacht mein Kanu rauf und bringen mein Floß von der Insel rüber. Und in der ersten dunklen Nacht klauen wir dem Alten den Schlüssel aus der Hose, wenn er ins Bett ist, und verduften mit Jim flußab auf dem Floß, so wie ich und Jim es vorher auch gemacht haben. Der Plan müßte doch klappen, oder?«

»*Klappen*? Ja, sicher klappt der, wie am Schnürchen. Aber er ist höllisch primitiv; da ist überhaupt nichts dran. Was hat 'n ein Plan für nen Wert, wenn er nicht mehr Mühe macht wie der? Schmeckt so fade wie Gänsewein. Also, Huck, der würd nicht mehr Eindruck schinden wie 'n Einbruch in ne Seifenfabrik.«

Ich hab keinen Ton gesagt, weil ich was andres gar nicht erwartet hatte; aber es war für mich sonnenklar, daß gegen *seinen* Plan, wenn er ihn mal fertig hatte, solche Einwände nicht auftauchen würden.

Und so war's auch. Er erzählte mir seinen, und in Sekundenschnelle war mir klar, daß der zehnmal mehr wert war als meiner, weil er eleganter war und Jim genauso zum freien Mann machte wie meiner, und außerdem gingen wir vielleicht alle drei noch dabei drauf. Ich gab mich also zufrieden und sagte, wir sollten uns gleich ranmachen. Wie sein Plan aussah, brauch ich hier nicht erzählen, weil ich wußte, daß der doch nicht so bleiben würde. Ich wußte, daß Tom laufend an allen Ecken und Enden dran rumändern und neue Schikanen einbauen würde, sooft er ne Gelegenheit fand. Und so hat er's auch gemacht.

Aber eins stand todsicher fest, und zwar, Tom meinte es ehrlich und wollte wirklich diesen Nigger aus der Sklaverei stehlen helfen. Das war's, was mir nicht in den Kopf ging. Er war doch ein Junge, der anständig und wohlerzogen war und nen Ruf zu verlieren hatte; und seine Leute zu Haus hatten auch nen guten Ruf; er war helle, und nicht bekloppt; er wußte was, und war nicht beschränkt; war nicht fies, sondern freundlich; und trotzdem hatte er da kein bißchen Stolz und Anstand und Feingefühl, so daß er sich auf so eine Lumperei einließ und vor aller Welt Schande über sich und auch über seine Familie brachte. Das *konnte* ich nicht begreifen, absolut nicht. Es war ungeheuerlich, und ich wußte, daß ich ihm das auf der Stelle sagen und mich als sein wahrer Freund erweisen sollte, damit er die Finger davon ließ und sich rettete. Und ich hab schon damit angefangen, aber er ist mir übern Mund gefahren:

»Meinst du denn, ich weiß nicht, was ich mache? Ich weiß doch im allgemeinen, was ich mache, oder?«

»Doch.«

»Und hab ich dir nicht *gesagt*, ich helf dir den Nigger stehlen?«

»Doch.«

»*Also*!«

Das war alles, was er sagte, und auch alles, was ich sagte. Es hätte nichts gebracht, noch was zu sagen, weil, wenn er mal gesagt hat, er macht was, dann hat er's auch immer getan. Trotzdem, ich konnte nicht begreifen, warum er sich freiwillig auf so eine Sache einließ; drum hab ich's auf sich beruhn lassen und mir nicht mehr länger den Kopf zerbrochen. Wenn er es unbedingt so haben wollte, dann konnt ich nichts dran ändern.

Als wir heimkamen, war das Haus ganz dunkel und still; so sind wir zu der Hütte neben der Aschentonne runter, um sie zu untersuchen. Wir sind übern Hof, um zu erkunden, was die Hunde machen würden. Sie kannten uns und schlugen nicht mehr Lärm, als wie Landhunde es immer tun, wenn nachts irgendwas vorbeistreicht. Als wir zu der Hütte kamen, haben wir sie uns von vorne und an den beiden Seiten angesehn; und auf der, die ich noch nicht kannte – es war die Nordseite – haben wir ein viereckiges Loch entdeckt, ziemlich weit oben, das bloß mit nem dicken Brett zugenagelt war.

»Das ist genau das Richtige«, sag ich. »Das Loch ist groß genug, daß Jim durchkommt, wenn wir das Brett wegreißen.«

Aber Tom hat protestiert:

»Das ist so leicht wie eene-meene-mu, und raus bist du, und so leicht wie Schuleschwänzen. Ich *hoffe* doch, wir finden eine Methode, die ein bißchen komplizierter ist als *die*, Huck Finn!«

»Na schön«, sag ich, »wie wär's, wenn wir ihn raussägen, so wie ich's damals gemacht habe, eh ich ermordet wurde?«

»Das klingt schon besser«, sagt er. »Das ist echt geheimnisvoll und anstrengend und sauber; aber wetten, wir finden noch ne Methode, die doppelt so lang dauert! Wir brauchen ja nicht hetzen; sehn wir uns doch erst mal um.«

Zwischen der Hütte und dem Zaun, an der Rückwand, war ein Anbau, der bis zur Dachtraufe von der Hütte reichte und aus Brettern gezimmert war. Der war so lang wie die Hütte, aber schmal – nur so sechs Fuß breit. Die Tür dazu war auf der Südseite und hatte ein Vorhängeschloß. Tom, der ist zum Seifenkessel, hat da rumgesucht und die Eisenzange mitgebracht, mit der sie den Deckel hochheben; und mit der hat er eine von den Krampen rausgewuchtet. Die Kette fiel runter, und wir machten die Tür auf und sind rein, schlossen sie wieder, zündeten ein Streichholz an und sehn, daß der Schuppen bloß an die Hütte drangebaut war und gar keine Verbindung mit ihr hatte; ein Boden war auch nicht drin, und auch sonst nichts bis auf ein paar alte rostige, ausgediente Hacken und Spaten und Pickel und ein klappriger Pflug. Das Streichholz ging aus, und auch wir sind wieder raus und haben die Krampe wieder reingedrückt, und die Tür war wieder so gut verschlossen wie eh und je. Tom war begeistert:

»Jetzt hab ich's: Wir *graben* ihn aus. Das dauert gut ne Woche!«

Dann sind wir zum Haus zurück, und ich bin durch die Hintertür rein – man mußte bloß an ner Wildlederschlaufe ziehn, sie sperren die Türen hier nicht ab – aber das war Tom Sawyer nicht romantisch genug; ein normaler Weg tat's ihm nicht, er mußte am Blitzableiter raufklettern. Nachdem er etwa dreimal halb oben war, aber sich jedesmal die Zähne daran ausgebissen hat und runtergefallen ist und sich beim letzten Mal bald den Schädel eingeschlagen hat, wollt er sich schon geschlagen geben; aber nachdem er sich wieder erholt hatte, meinte er, er wollt ihm nochmal ne Chance geben, und diesmal hat er ihn auch gepackt.

Am Morgen waren wir bei Tagesanbruch auf und unten bei den Niggerhütten, um die Hunde zu streicheln und uns mit dem Nigger anzufreunden, der Jim zu essen brachte – falls das wirklich Jim *war*, der was zu essen bekam. Die Nigger warn grad mit dem Frühstück fertig und machten sich auf in die Felder; und Jims Nigger hat Brot und Fleisch und andres Zeug auf nen Blechnapf geladen; und während die andren los sind, ist der Schlüssel aus dem Haus angekommen.

Dieser Nigger hatte ein gutmütiges, dümmliches Gesicht, und sein Wollhaar war überall mit Fäden zu kleinen Büscheln zusammengebunden. Das war, um Hexen abzuhalten. Die Hexen hätten ihn nämlich die letzten Nächte so scheußlich geplagt, sagte er, und ihn allerhand seltsame Dinge und allerhand seltsame Wörter und Geräusche hören lassen, und ganz bestimmt sei er noch nie so lang in seinem Leben verhext gewesen. Er hat sich so reingesteigert und in einem fort über seinen Kummer gequasselt, daß er ganz vergaß, was er eigentlich tun wollte. Da sagt Tom:

»Was haste mit dem Essen da vor? Die Hunde füttern?«

Über das Gesicht von dem Nigger lief ganz langsam ein Grinsen, wie wenn man nen Ziegel in ne Drecklache schmeißt, und dann sagt er:

»Ja, Master Sid, *einen* Hund. Und was für 'n komischen! Wolln Se 'n sich mal angucken?«

»Ja.«

Ich hab Tom gestupst und ihm zugeflüstert:

»Jetzt, im Hellen, willste hier rein? *So* war's nicht geplant!«

»Nee, war's nicht – aber *jetzt*.«

Wir sind also, hol ihn der Teufel, mit rein, aber gern hab ich's nicht grad gemacht. Wie wir reinkamen, konnten wir kaum was sehn, so finster war's; aber, richtig, Jim war drin und konnt uns sehn; und laut ruft er:

»*Du* – Huck! Un Himmel nochmal! – is des net Mr. Tom?«

Ich hab doch gewußt, daß es so kommen würde; genau das hab ich erwartet. Nicht gewußt hab ich, was jetzt tun; und selbst wenn – hätt ich's doch nicht tun können; dieser Nigger ist nämlich sofort rausgeplatzt:

»Was – bei Gott! – kennt der die jungn Herren?«

Wir konnten jetzt ziemlich gut sehn. Tom, der hat den Nigger fest und ein bißchen verwundert angeschaut und sagt:

»*Wer* soll uns kennen?«

»Na, der weggelaufne Nigger da.«

»Ich glaub das nicht; aber *wie* kommsten dadrauf?«

»Wie ich drauf *komm*? Hat er nich grad eben so gerufen, wie wenn er Sie kennt?«

Wie wenn's ihm völlig schleierhaft wäre, sagt Tom:

»Also, das ist schon verdammt komisch. *Wer* hat gerufen? Und *wann* hat einer gerufen? Und *was* hat der gerufen?« Und seelenruhig dreht er sich um zu mir und fragt: »Hast *du* irgend jemand rufen hören?«

Natürlich gab's da bloß eins drauf zu sagen; und so sag ich:

»Nee; *ich* hab niemand was sagen hören.«

Dann dreht er sich um zu Jim und schaut ihn von oben bis unten an, wie wenn er ihn nie vorher gesehn hätte, und sagt:

»Hast du gerufen?«

»Nee, Sir«, sagt Jim; »*ich* hab kein Wort net gsagt, Sir.«

»Kein Wort?«

»Nee, Sir, kein Wort net.«

»Hast du uns schon früher mal gesehn?«

»Nee, Sir; net, soviel ich weiß.«

Da dreht sich Tom zu dem Nigger um, der ganz entgeistert und verdattert dreinsah, und sagt recht streng:

»Was ist denn bloß mit dir los? Wie kommsten du drauf, jemand hätte gerufen?«

»Ach, des sin die gottverfluchtn Hexn, Sir, un ich wollt, ich wär tot. Immer sin se da, un die bringn mich noch bald um, so machn se mir angst. Bitte, sagn Se keim nix davon, Sir, sonst schimpft mich de alte Master Silas aus; von wegn daß er sagt, 's gibt keine Hexn. Ich wollt bei Gott, er wär jetz hier – was würd er *jetz* sagn! Ich wett, *diesmal* käm er nich drum rum, des zuzugebn. Aber so isses halt: Leut, die *blöd* sin, bleibn blöd; die wolln nix nachprüfn un nix selber rausfindn, un wenn man was rausfindet und 's ihn erzählt, glaubn se eim nich.«

Tom hat ihm ein Zehncentstück gegeben und gesagt, wir würden niemand was verraten; er sollt sich noch mehr Faden kaufen, um sein Wollhaar zusammenzubinden; und dann schaut er Jim an und sagt:

»Bin mal gespannt, ob Onkel Silas diesen Nigger aufhängt. Wenn ich einen Nigger fangen würde, der so undankbar war, wegzulaufen, *ich* würd den nicht ausliefern, ich würd ihn aufhängen.« Und während der Nigger zur Tür stolziert ist, um sich seinen Zehner anzusehn und draufzubeißen, weil er sehn wollte, ob er echt war, flüstert Tom Jim zu:

»Verrat ja nimmer, daß du uns kennst. Und wenn du in der Nacht graben hörst, sind wir's; wir wollen dich nämlich befreien.«

Jim hatte grad noch Zeit, uns an der Hand zu packen und sie zu drücken, dann kam der Nigger zurück, und wir sagten zu ihm, wie kämen mal wieder, wenn er das wollte; und der sagte, liebend gern, besonders wenn's dunkel sei, weil die Hexen meistens im Dunkeln auf ihn losgingen, und da sei's gut, jemand um sich zu haben.

Kapitel 35

Finstre, schlau angelegte Pläne

Bis zum Frühstück war's noch fast ne Stunde, und so sind wir los in Richtung Wald; Tom sagte nämlich, beim Graben müßten wir *irgendein* Licht haben, und ne Laterne wär zu hell und könnt uns in Schwierigkeiten bringen; was wir bräuchten, sei ein Haufen vermoderte Holzstrünke, sogenanntes Fuchsfeuer[1], das grade so einen schwachen Schimmer erzeugt, wenn man's ins Dunkel legt. Wir holten einen Armvoll und versteckten's im Gebüsch, und dann setzten wir uns zum Ausruhen hin, und Tom sagte ziemlich unwirsch:

»Verdammt nochmal! leichter und narrensichrer könnt die ganze Sache gar nicht sein! Und deswegen ist's auch so höllisch schwierig, nen schwierigen Plan zu entwickeln. Einen Wächter zum Betäuben gibt's keinen – dabei *müßte* doch 'n Wächter da sein. Nicht mal 'n Hund ist da, um dem 'n Schlafmittel zu geben. Und Jim ist man grade mit *einem* Bein angekettet, mit ner Zehnfußkette, an den Bettpfosten! Da braucht man ja bloß das Bettgestell hochheben und die Kette runterziehn. Und Onkel Silas, der traut auch jedem: schickt dem Niggerdussel den Schlüssel und schickt nicht mal einen mit, der auf den Nigger aufpaßt. Jim hätt längst aus dem Fensterloch raus sein können, nur hätt's keinen Zweck, mit ner Zehnfußkette am Bein losmarschieren zu wollen. Hol's der Geier, Huck, noch nie hab ich erlebt, daß die Dinge so idiotisch liegen. Aber auch *alle* Verwicklungen muß man selber erfinden! Also, wir können nichts dran ändern, wir müssen halt das Beste machen aus dem Material, das wir haben. Jedenfalls, eins

1 Phosphoreszierendes Licht, das von vermoderndem Holz ausgeht.

steht fest – es ist ehrenvoller, ihn durch nen Haufen Verwicklungen und Gefahren rauszuholen, wo dir nicht *eine* von den Leuten geliefert wird, denen ihre Pflicht das eigentlich ist, und du alles selber erfinden mußt. Nimm bloß die Sache mit der Laterne! Wenn du dich an die nackten Tatsachen hältst, dann müssen wir doch *so tun*, wie wenn ne Laterne riskant wäre. Ha! mit nem ganzen Fackelzug könnten wir anrücken, wenn wir wollten, glaub ich. Wo ich grade dabei bin – wir müssen bei nächster Gelegenheit irgendwas organisieren zum ne Säge draus machen.«

»Zu was brauchen wir ne Säge?«

»Zu was wir die *brauchen*? Müssen wir denn nicht den Fuß von Jims Bett absägen, um die Kette loszukriegen?«

»Wieso – grad hast du doch gesagt, man könnt das Bettgestell hochheben und die Kette runterziehn!«

»Also, das sieht dir mal wieder ähnlich, Huck Finn. Was andres wie die primitivsten Kindergartenmethoden, an ne Sache ranzugehn, kannste nicht entwickeln! Haste denn gar keine Bücher gelesen? – Baron Trenck[2] oder Casanova oder Benvenuto Tschellini[3] oder Heinrich IV.[4] oder sonst einen von den Helden? Hat man jemals davon gehört, daß auf so ne altjüngferliche Art ein Gefangner befreit worden ist? Nee; wie's alle großen Kapazitäten machen, geht so: den Fuß vom Bett durchsägen, dann das Ganze so lassen und das Sägmehl schlucken, damit's keiner findet, ein bißchen Dreck und Fett um die durchge-

2 Friedrich Freiherr von der Trenck (1726–94), preußischer Offizier und Abenteurer; als Spion hingerichtet; seine 1787 veröffentlichten Memoiren wurden in ganz Europa gelesen.

3 Benvenuto Cellini (1500–71), italienischer Bildhauer und Goldschmied; schrieb von 1558 an seine berühmte *Autobiographie*.

4 Henri IV. (1553–1610), erster Bourbonenkönig; konvertierte 1593 zum Katholizismus, wurde dann 1594 zum König gekrönt (»Paris ist eine Messe wert«); 1610 ermordet.

sägte Stelle schmieren, damit auch der allerfindigste Seneschall keine Sägspur entdeckt und denkt, der Bettfuß ist völlig heil. Dann, in der Nacht, wo du fertig bist, dem Fuß nen Tritt versetzen, und runter saust das Bett; deine Kette losmachen, und frei biste. Dann ist nichts mehr zu tun, wie deine Strickleiter an den Zinnen einhängen, runterflitzen, dir das Bein im Burggraben brechen – weil ne Strickleiter nämlich immer neunzehn Fuß zu kurz ist – und da stehn schon deine Pferde und deine treuen Wasallen, und die heben dich auf und werfen dich quer übern Sattel, und ab geht's, in dein heimatliches Languedoc oder Navarra oder wohin immer. Das ist ne Wucht, Huck. Hätt doch bloß die Hütte da auch nen Burggraben! Wenn uns die Zeit noch langt in der Fluchtnacht, graben wir einen.«

Ich hab ihn schüchtern gefragt:

»Für was brauchen wir nen Graben, wo wir ihn doch unter der Hütte rauszerren wollen?«

Aber er hat mir gar nimmer zugehört. Hatte mich und alles andre vergessen. Er hielt das Kinn in der Hand und dachte nach. Auf einmal seufzt er und schüttelt den Kopf; dann seufzt er nochmal und sagt:

»Nee, das geht nicht – das ist nicht unbedingt notwendig.«

»Was denn?« frag ich ihn.

»Na, Jims Bein absägen«, sagt er.

»Mann, Tom«, sag ich, »also das ist garantiert nicht notwendig. Und zu was willste ihm eigentlich sein Bein absägen?«

»Na ja, einige von den großen Kapazitäten haben's so gemacht. Haben die Kette nicht losgekriegt, sich deswegen die Hand abgeschnitten und dann aus dem Staub gemacht. Und ein Bein wäre noch besser. Aber darauf müssen wir verzichten. Ist nicht unbedingt notwendig in dem Fall; und außerdem, Jim ist 'n Nigger und würd die Gründe dafür nicht verstehn, und wieso das Sitte in Europa ist; deswegen müssen wir's lassen. Aber etwas klappt – ne Strickleiter kann er haben; wir können unsre Bettücher zerreißen und ihm ganz leicht ne Strickleiter draus machen. Und die können wir ihm in ner Pastete schicken; so wird's meistens gemacht. Und ich hab schon schlechtre Pasteten gegessen.«

»Was redsten da für 'n Stuß, Tom Sawyer«, sag ich; »mit ner Strickleiter kann Jim doch absolut nichts anfangen!«

»Doch, *kann* er! Was redst *du* für 'n Stuß, sollste lieber sagen! Du hast doch keinen blassen Schimmer. Ne Strickleiter *muß* er haben; alle machen's so.«

»Und was, zum Teufel, kann er damit *machen*?«

»Damit *machen*?« In seinem Bett kann er die verstekken, oder? So machen's alle; und *er* muß das auch. Huck, du willst, scheint's, nie was so machen, wie's korrekt ist; am laufenden Band willste was Neues anfangen. Und wenn er wirklich absolut nichts damit macht? – Ist sie da nicht wenigstens als Spur in seinem Bett, wenn er verschwunden ist? Und glaubst du nicht, daß die Spuren haben wollen? Natürlich wollen die welche. Und du willst ihnen keine lassen? Ne *schöne* Bescherung wär das, meinste nicht? Mir ist jedenfalls so was noch nicht zu Ohren gekommen.«

»Von mir aus«, sag ich, »wenn's so Vorschrift ist, und er eine haben muß, einverstanden, soll er sie haben; Vorschriften will ich nämlich bestimmt keine brechen; aber eins ist sicher, Tom Sawyer – wenn wir unsre Bettücher zerreißen, um Jim ne Strickleiter zu machen, kriegen wir Ärger mit Tante Sally, so wahr ich lebe. Ich seh das Ganze so: eine Leiter aus Hickoryrinde kostet uns rein gar nichts, wir verschwenden nichts damit, und die läßt sich gradsogut in ne Pastete reinpacken und in nem Strohsack verstecken wie jede Stoffleiter, die du bauen kannst; und Jim, der hat sowieso keine Erfahrung, und deswegen pfeift *er* drauf, was für ne –«

»So 'n Stuß, Huck Finn, wenn ich so ein Ignorant wär wie du, wär ich still – *ich* jedenfalls. Wer hat schon jemals von einem Staatsgefangnen gehört, der mit ner Leiter aus Hickoryrinde flieht? Hör mal, das ist doch absolut lächerlich!«

»Gut, einverstanden, Tom, mach's so, wie's dir paßt; aber wenn du auf mich hören willst, läßte mich ein Betttuch von der Wäscheleine abstauben.«

Das ginge, meinte er. Und das hat ihn gleich auf ne andre Idee gebracht; und so sagt er:

»Klau auch noch 'n Hemd.«

»Zu was brauchen wir 'n Hemd, Tom?«

»Für Jim, um Tagebuch drauf zu führen.«

»Tagebuch? – Du spinnst wohl – Jim kann doch gar nicht schreiben!«

»Und *wenn* schon – er kann doch Krakel aufs Hemd machen, oder? wenn wir ihm ne Feder aus nem alten Zinnlöffel oder nem Stück von nem alten eisernen Faßreif machen.«

»Aber – Tom, rupfen wir doch ner Gans ne Feder raus und machen ihm ne beßre draus, und dazu noch schneller.«

»*Gefangne* haben keine Gänse, die in ihrem Turmverlies rumlaufen, du Armleuchter! Die machen ihre Federn *immer* aus dem härtesten, widerspenstigsten und vertracktesten Stück von nem alten Messingkerzenhalter oder was sie sonst in die Finger kriegen; und Woche um Woche und Monat um Monat, brauchen sie, um das abzufeilen, weil sie es nur an der Verliesmauer reiben können. *Die* würden nie einen Gänsekiel nehmen, auch wenn sie einen hätten. Das wär nicht korrekt.«

»Gut, und aus was machen wir ihm die Tinte?«

»Viele machen sie aus Eisenrost und Tränen; aber das ist die gewöhnliche Gefangnensorte und die Weiber; die großen Kapazitäten verwenden ihr eignes Blut. So kann's Jim auch machen; und wenn er irgend ne kleine allgemein übliche Geheimbotschaft rausschicken will, um die Welt wissen zu lassen, wo er gefangen ist, kann er die mit ner Gabel auf den Boden von einem Zinnteller schreiben und den zum Fenster rauswerfen. Die Eiserne Maske[5] hat's immer so gemacht, und ne verdammt gute Methode ist das.«

»Jim hat gar keine Zinnteller. Sie bringen ihm in nem Napf zu essen.«

»Macht nichts; wir können ihm welche besorgen.«

»Und kann denn irgendwer seine Teller *lesen*?«

»*Das* hat überhaupt nichts damit zu tun, Huck Finn. Alles, was *er* tun muß, ist, was auf den Teller schreiben, und den zum Fenster rauswerfen. Das brauchst du gar nicht lesen können. Die halbe Zeit kannste ja sowieso nicht lesen, was ein Gefangner auf einen Zinnteller schreibt oder sonstwohin.«

»Gut, und was für 'n Sinn hat's dann, die Teller zu verhunzen?«

»Zum Teufel auch, das sind nicht dem *Gefangnen* seine Teller.«

»Aber *irgendwem* gehören die doch, oder?«

»Und wenn schon! Was juckt das den *Gefangnen*, wem –«

Da hat er sich unterbrochen, weil wir das Frühstücks-

5 Bezieht sich auf die Sage von dem maskierten Gefangenen in der Bastille, die Alexandre Dumas (père, 1802–70) in seinem Roman *Le Vicomte de Bragelonne*, der zweiten Fortsetzung der *Drei Musketiere*, verwendet hat.

horn blasen hörten. So sind wir schnell ins Haus verschwunden.

Irgendwann am Morgen hab ich ein Leintuch und ein weißes Hemd von der Wäscheleine geborgt; und ich fand nen alten Sack zum Reinstecken, und dann sind wir runter, holten das Fuchsfeuer und steckten das auch rein. Ich hab's Borgen genannt, weil Pap auch immer so dazu sagte; aber Tom meinte, Borgen sei das nicht, das sei Stehlen. Wir würden nämlich Gefangne darstellen; und Gefangne scheren sich nicht drum, wie sie an was rankommen, Hauptsache sie kriegen's, und niemand macht ihnen je einen Vorwurf daraus. Bei einem Gefangnen ist's kein Verbrechen, zu stehlen, was er zur Flucht braucht, sagte Tom; das sei sein gutes Recht; und deswegen seien wir, solang wir Gefangne darstellen, absolut im Recht, hier am Ort alles zu stehlen, was uns auch nur im mindesten nützlich sein könnte, um aus dem Gefängnis rauszukommen. Wenn wir keine Gefangnen wären, sei's nämlich was völlig andres, und nur ein hundsgemeiner Kerl würd stehlen, wenn er kein Gefangner ist. So haben wir also beschlossen, alles zu stehlen, was uns nützlich erschien. Und trotzdem hat er am Tag drauf einen Mordszinnober gemacht, als ich mir ne Wassermelone von dem Niggeracker gestohlen habe und die gleich eß; er wollt unbedingt, daß ich hingeh, und den Niggern einen Zehner gebe, ohne zu sagen, für was. Tom sagte, er hätt nämlich gemeint, wir könnten alles stehlen, was wir *brauchen*. Na schön, sag ich, ich hab die Wassermelone gebraucht. Ich hätt sie aber nicht gebraucht, sagte er, um aus dem Gefängnis rauszukommen – das sei der Unterschied. Wenn ich sie nämlich hätte haben müssen, um ein Messer drin zu verstecken und es zu Jim reinzuschmuggeln, damit er den Seneschall erdolchen kann, wär alles in Ordnung gewesen. So hab ich's auf sich beruhn lassen, obwohl es sich für mich nicht lohnte, ein Gefangner zu sein, wenn ich jedesmal, wo ich ne Wassermelone stibitzte, mich hinsetzen und über ne Masse solcher spitzfindigen Unterscheidungen brüten mußte.

Wie ich schon sagte, haben wir an dem Morgen gewartet, bis alle mitten in der Arbeit steckten und auf dem Hof keiner mehr in Sicht war; Tom, der hat den Sack in den Anbau getragen, während ich ein Stück weiter weg Schmiere stand. Bald kam er wieder raus, und wir sind zum Holzstoß und setzten uns hin, um zu beraten. Da sagt er:

»Jetzt ist alles geritzt – bis aufs Werkzeug; und das kriegen wir leicht.«

»Werkzeug?« frag ich ihn.

»Klar.«

»Zu was denn Werkzeug?«

»Zum Graben natürlich. Wir wollen ihn doch nicht *rausnagen*, oder?«

»Aber sind denn die altersschwachen Pickel und das andre Zeugs da drin nicht gut genug, um nen Nigger rauszubuddeln?« frag ich.

Mit einem ganz mitleidigen Blick, daß man's Heulen kriegen konnte, dreht er sich zu mir um und sagt:

»Huck Finn, hast du *jemals* von einem Gefangnen gehört, der Pickeln und Schaufeln und die ganzen modernen Instrumente im Schrank hängen hat, um sich damit rauszugraben? Also, das frag ich dich – wenn du überhaupt noch nen Funken Verstand im Leib hast – was für ne Chance hätt der *da* noch, sich als Held zu erweisen? Da könnten sie ihm ja gleich den Schlüssel leihen und fertig. Pickeln und Schaufeln – also nicht mal 'n König würden se damit ausrüsten.«

»Gut«, sag ich, »wenn's Pickel und Schaufeln nicht tun, was nehmen wir dann?«

»Zwei Hirschfänger.«

»Um mit denen 's Fundament unter der Hütte da wegzubuddeln?«

»Klar.«

»Himmel, ... und Zwirn – das ist doch hirnrissig, Tom!«

»Ich pfeif drauf, ob's hirnrissig ist – das ist die einzig wahre Methode, und auch die korrekte. Und von ner andern Methode hab *ich* noch nie was gehört, und ich hab alle Bücher gelesen, die über solche Sachen Auskunft geben. Immer graben sie sich mit einem Hirschfänger raus – und nicht durch Erde, denkste; in der Regel geht's durch massiven Fels. Und Woche um Woche um Woche brauchen sie dazu, ne halbe Ewigkeit. Nimm bloß mal einen von diesen Gefangnen im untersten Verlies von Schloß Diff[6] im Hafen von Marseille, der sich auf die Weise rausgegraben hat; wie lang, glaubste, war der dran?«

»Ich weiß nicht.«

»Rat mal.«

»Hab keine Ahnung. Anderthalb Monate?«

»*Siebenunddreißig Jahre* – und raus kam er in China. *Das* ist ne Wucht! Hätt doch bloß die Festung hier auch nen Untergrund aus massivem Fels!«

»Aber Jim kennt doch überhaupt niemand in China!«

»Was hat *das* denn damit zu tun? Der andre Kerl doch auch nicht. Aber am laufenden Band schweifst du zu was Nebensächlichem ab. Warum kannst du nicht bei der Sache bleiben?«

»Einverstanden – ist mir schnuppe, wo er rauskommt, wenn er nur rauskommt; und Jim auch, schätz ich. Aber

6 Das berühmte Chateau d'If liegt vor Marseille und spielt eine große Rolle im Roman *Der Graf von Monte Christo* (1845) von Alexandre Dumas (père).

an einem kannst du nicht rütteln – Jim ist zu alt, als daß wir ihn mit nem Hirschfänger rausbuddeln können. So lang macht der's nimmer.«

»Aber sicher macht er's noch so lang. Du glaubst doch nicht, es dauert siebenunddreißig Jahre, durch ein *Erd*fundament zu graben, oder?«

»Und wie lang dauert's dann, Tom?«

»Also, riskieren können wir's nicht, so lang dranzubleiben, wie wir eigentlich müßten, weil es wohl nicht mehr sehr lang dauert, bis Onkel Silas was von da unten bei New Orleans spitzkriegt. Dann erfährt er, daß Jim nicht von dort ist. Und sein nächster Schritt wird sein, daß er Jim ausschreiben läßt oder irgend so was. Deswegen können wir's nicht riskieren, so lang zu graben, wie wir eigentlich müßten. Von Rechts wegen, glaub ich, müßten wir zwei Jahre dazu brauchen; aber das können wir uns nicht leisten. Wo alles so unsicher ist, schlag ich vor, daß wir wirklich, so schnell wie möglich, durchgraben; und nachher können wir vor uns selber so tun, wie wenn wir siebenunddreißig Jahre dran gewesen wären. Dann können wir ihn rauszerren und beim ersten Alarmzeichen ruck-zuck fortschaffen. Ja, ich schätze, so ist's am besten.«

»Ja, so hat das Ganze Hand und Fuß«, sag ich. »So-tun-wie-wenn kostet nichts; So-tun-wie-wenn strengt nicht an; und wenn's ne Rolle spielt, macht's mir nichts aus, so zu tun, wie wenn wir hundertfünfzig Jahre dran gewesen wären. Nicht die Bohne würd mich das anstrengen, wenn ich mal Übung drin habe. Also, ich latsch jetzt mal los und schnapp mir zwei Hirschfänger.«

»Schnapp dir drei«, sagt er; »einen brauchen wir, um ne Säge draus zu machen.«

»Tom, wenn's nicht regelwidrig ist und gotteslästerlich, so 'n Vorschlag zu machen«, sag ich, »aber 'n rostiges altes Sägblatt steckt unter der Verschalung hinter der Räucherkammer da drüben.«

Richtig gequält und entmutigt sieht er mich da an und sagt:

»Hat kein Zweck, dir was beibringen zu wollen, Huck. Zieh Leine und schnapp dir die Hirschfänger – drei insgesamt.« Was ich getan habe.

Kapitel 36

Wir kommen Jim zu Hilfe

Als wir dachten, alle schliefen, sind wir am Abend den Blitzableiter runter und schlossen uns im Anbau ein, holten unsern Fuchsfeuerhaufen raus und sind an die Arbeit. So vier, fünf Fuß um die Mitte vom untersten Balken rum haben wir alles freigeräumt. Tom sagte, wir seien jetzt direkt hinter Jims Bett, und unter dem sollten wir uns reingraben, und wenn wir durch wären, würd nie einer in der Hütte ahnen, daß da ein Loch ist, weil Jims Bettdecke fast bis auf den Boden runterhing, und die müßt erst einer hochheben und druntergucken, um das Loch zu entdecken. Und so haben wir mit den Hirschfängern bis fast um Mitternacht gebuddelt und gebuddelt; dann waren wir hundemüde, und unsre Hände waren voller Blasen – und trotzdem konnte man kaum sehn, daß wir irgendwas geschafft hatten. Schließlich sag ich:

»Tom Sawyer, das ist keine Siebenunddreißigjahresarbeit, das ist ne Achtunddreißigjahresarbeit.«

Er sagte keinen Ton. Aber er seufzte, und bald hat er

mit Graben aufgehört, und da wußte ich, daß er ne ganze Weile nachdachte. Dann sagt er:

»Hat kein Sinn, Huck, so kommen wir nicht durch. Wenn wir Gefangne wärn, dann ja – weil wir dann soviel Jahre Zeit hätten, wie wir brauchen, und nicht pressieren müßten; und jeden Tag kriegten wir bloß ein paar Minuten zum Graben, so lang wie sie die Wachen ablösen, deswegen kriegten wir auch keine Blasen an die Hände; und so könnten wir weitermachen, jahraus, jahrein – und zwar richtig, wie sich's gehört. Aber *wir* dürfen uns keine Zeit lassen, wir müssen Tempo machen; wir haben keine Zeit zu verschenken. Und wenn wir noch so ne Nacht dranhängen, müssen wir's ne Woche stecken, damit unsre Hände wieder abheilen – früher können wir keinen Hirschfänger mehr anfassen.«

»Hm – und was solln wir dann machen, Tom?«

»Ich verrat's dir. Richtig ist's nicht, und moralisch auch nicht, und es wär mir auch nicht recht, wenn's rauskäme – aber 's gibt bloß noch den einen Weg: wir müssen ihn mit unsern Pickeln rausgraben und halt *so tun*, wie wenn's Hirschfänger wärn.«

»*Das* ist ein Wort, Tom Sawyer!« sag ich; »du nimmst mehr und mehr Verstand an – Pickel sind das einzig Wahre, Moral hin, Moral her; und von mir aus kannste mir mit der Moral den Buckel runterrutschen. Wenn ich mir vornehm, nen Nigger zu stehlen oder ne Wassermelone oder auch 'n Sonntagsschulbuch, bin ich keine Spur penibel, wie das vor sich geht, Hauptsache es klappt. Was ich will, ist mein Nigger; und was ich will, ist meine Wassermelone; und was ich will, ist mein Sonntagsschulbuch. Und wenn 'n Pickel am praktischsten dazu ist, buddle ich eben damit den Nigger oder die Wassermelone oder auch das Sonntagsschulbuch raus; und auch nicht eine tote Ratte geb ich drauf, wie die Kapazitäten drüber denken.«

»Na schön«, sagt er, »in so einem Fall sind Pickel und So-tun-wie-wenn entschuldigt; wenn es nämlich nicht so wäre, würd ich's nicht billigen und auch nie danebenstehn und zusehn, wie die Regeln gebrochen werden – weil, Recht bleibt Recht, und Unrecht bleibt Unrecht, und wer nicht ganz unbeleckt ist und es besser weiß, hat die verdammte Pflicht, *nicht* unrecht zu handeln. Für *dich* reicht's vielleicht, Jim mit einem Pickel auszugraben, *ohne* So-tun-wie-wenn, weil du's nicht besser weißt; aber für mich nicht – ich weiß es besser. Gimmir mal 'n Hirschfänger.«

Er hatte seinen eignen bei sich, trotzdem hab ich ihm meinen gegeben. Und er schmeißt den hin und sagt:

»Gimmir mal 'n *Hirschfänger*!«

Ich hab erst nicht gewußt, was tun – aber dann hat's mir gedämmert. Ich hab unter dem alten Werkzeug gescharrt, fand da ne Hacke und gab sie ihm; und er nahm sie und ging wortlos an die Arbeit.

Er war immer so pingelig. Voller Prinzipien.

Und so hab ich mir ne Schaufel geschnappt. Dann haben wir abwechselnd gehackt und geschaufelt, daß die Fetzen nur so flogen. Ungefähr ne halbe Stunde blieben wir dran – länger haben wir nicht durchgehalten; aber da konnten wir ein ganz schön großes Loch vorweisen. Als ich die Treppe oben war, hab ich zum Fenster rausgeschaut und seh, wie Tom sich am Blitzableiter einen abbricht, aber er hat es nicht gepackt – seine Hände waren zu wund. Endlich sagt er:

»Hat doch kein Zweck, ich schaff's nicht. Was meinste, soll ich tun? Fällt dir nicht was ein?«

»Doch«, sag ich, »aber vermutlich ist's gegen die Vorschrift. Komm die Treppe rauf und tu so, wie wenn's der Blitzableiter wäre.«

Und das hat er auch getan.

Am nächsten Tag hat Tom aus dem Haus einen Zinnlöffel und einen messingnen Kerzenhalter gestohlen, um Jim ein paar Federn draus zu machen, und noch sechs Talgkerzen; und ich bin um die Niggerhütten rumgeschlichen, lauerte auf ne Gelegenheit und stahl drei Blechteller. Tom meinte, das seien nicht genug; aber ich sagte, keiner sieht doch je die Teller, die Jim rausschmeißt, weil die im Sauerampfer und Kümmel unter dem Fensterloch landen – wir könnten sie dann zurückschleppen, und Jim kann sie nochmal benutzen. Damit war Tom zufrieden. Dann sagt er:

»Was wir uns jetzt überlegen müssen, ist, wie wir die Sachen zu Jim reinschmuggeln.«

»Nimm sie doch durch unser Loch mit rein, wenn wir's fertig haben«, sag ich.

Er sah mich bloß verächtlich an und sagte irgendwas von, wie einer bloß auf so ne idiotische Idee kommen kann, und dann hat er sich ans Nachdenken gemacht. Nach ner Weile sagte er, er hätt zwei, drei Möglichkeiten ausgetüftelt, aber es sei nicht notwendig, uns schon jetzt für eine zu entscheiden. Erst müßten wir Jim einweihen.

Kurz nach zehn sind wir an dem Abend den Blitzableiter runter, nahmen eine von den Kerzen mit, haben unterm Fensterloch gelauscht und hörten Jim schnarchen; und da haben wir ihm die Kerze reingeworfen, und er ist nicht davon aufgewacht. Dann haben wir auf Teufel komm raus gehackt und geschaufelt, und nach zweieinhalb Stunden haben wir's dann geschafft. Wir sind unter Jims Bett gekrochen und dann in die Hütte hoch, haben rumgetastet und die Kerze gefunden und dann angezündet, standen ne Weile vor Jim und fanden, daß er kräftig und gesund aussah, und dann haben wir ihn ganz sanft und sachte geweckt. Er war so froh, uns zu sehn, daß er bald geheult hätte; er nannte uns Kinder und gab uns alle möglichen Kosenamen, und er war dafür, daß wir gleich einen Schrotmeißel organisierten, um die Kette von seinem Bein wegzusprengen, und dann alle, ohne noch eine Sekunde zu verlieren, abhauten. Aber Tom, der hat ihm erklärt, wieso das gegen die Vorschrift wäre, hat sich hingesetzt und ihm haarklein unsre Pläne erzählt und daß wir sie jederzeit ändern könnten, wenn Gefahr im Verzug sei; und er sollt bloß keine Angst haben, weil wir dafür sorgen würden, daß er freikäme, *ganz sicher*. Jim, der hat gesagt, er sei einverstanden, und wir saßen ne Weile da und redeten über alte Zeiten, und dann hat Tom Jim ne Menge Fragen gestellt, und wie der ihm erzählte, Onkel Silas käm alle ein, zwei Tage zu ihm rein, um mit ihm zu beten, und Tante Sally auch, um nachzusehn, ob's ihm gut ging und er genug zu essen bekam, und beide seien unglaublich freundlich zu ihm, da sagt Tom:

»*Jetzt* weiß ich, wie wir's hinkriegen. Wir schicken dir durch sie ein paar Sachen.«

Ich hab gesagt: »Mach das bloß nicht; was Idiotischeres ist mir noch selten begegnet«; aber er hat mich gar nimmer beachtet; redete einfach weiter. Das war so seine Art, wenn er sich mal auf einen Plan versteift hatte.

Und da erzählte er Jim, wieso wir durch Nat, den Nigger, der ihm zu essen brachte, die Strickleiterpastete und andre große Sachen reinschmuggeln mußten, und er sollt sich wappnen und nicht überrascht sein und Nat nicht sehn lassen, wie er sie aufmachte; kleine Sachen würden wir dem Onkel in die Rocktaschen stecken, und er müßt sie da rausstehlen; und wenn wir dazu kämen, würden wir auch der Tante Sachen an die Schürzenbänder binden oder ihr in die Schürzentasche reintun; und er erzählte ihm, was für welche 's wärn und zu was die gut wärn. Und erzählte ihm, wieso er auf dem Hemd mit seinem Blut Tagebuch führen mußte und so weiter. Alles hat er ihm erzählt. Jim, der hat in dem meisten davon gar kein Sinn sehn können, aber er meinte, wir seien Weiße und verstünden mehr davon wie er; deswegen gab er sich zufrieden und sagte, er wollt alles genauso machen, wie's Tom ihm gesagt hatte.

Jim hatte jede Menge Maiskolbenpfeifen und Tabak; so haben wir richtig gemütlich zusammengesessen; dann sind wir durch unser Loch wieder rausgekrochen – und so heim ins Bett, mit Händen, die aussahn, wie wenn sie einer angeknabbert hätte. Tom war in Hochstimmung. Noch nie in seinem Leben hätt er so 'n tollen Spaß gehabt, und dazu noch so nen intelletuwellen; und wenn er bloß ne Methode wüßt, wie, könnten wir unser ganzes Leben lang damit weitermachen und unsern Kindern überlassen, Jim rauszuholen; mit der Zeit nämlich würd es Jim bestimmt immer besser gefallen, je mehr er sich dran gewöhnte. Und auf die Weise ließe sich's auf mindestens achtzig Jahre ausdehnen, und das sei Rekord in der Geschichte. Und es würd uns alle, die wir ne Rolle drin spielten, berühmt machen.

Am Morgen sind wir raus zum Holzstoß und zerhackten den messingnen Kerzenhalter in handliche Brocken, und Tom steckte sie samt dem Zinnlöffel in seine Tasche. Dann sind wir zu den Niggerhütten, und solang ich Nat ablenken konnte, hat Tom ein Stück vom Kerzenhalter in die Mitte von einem Maisbrot gestopft, das in Jims Napf lag, und dann sind wir mit Nat zu ihm rein, um zu sehn, wie's funktionierte, und es hat wirklich toll funktioniert; wie Jim reinbeißt, hat's ihm bald alle Zähne rausgeschlagen; besser hätt es gar nicht funktionieren können. Tom hat das selber gesagt. Jim, der ließ sich gar nicht anmerken, daß es nicht bloß ein Steinchen war oder so was Ähnliches, was ja immer mal ins Brot reinkommt; aber nachher hat er nie mehr in was reingebissen, ohne daß er erst mit der Gabel an drei, vier Stellen rumgestochert hat.

Und während wir so im schummrigen Licht dastehn, kommen zwei Hunde unter Jims Bett vorgeschossen; und immer mehr haben sich reingezwängt, bis es auf einmal elf Viecher waren und man kaum noch Platz zum Atmen hatte. Verdammter Mist! wir hatten vergessen, die Tür zum Anbau zuzumachen. Der Nigger Nat, der hat bloß nochmal »Hexen!« gebrüllt, dann ist er umgekippt, mitten zwischen die Hunde auf den Boden, und hat losgestöhnt, wie wenn er am Sterben wäre. Tom riß die Tür auf und hat nen Brocken von Jims Fleisch rausgeschmissen, und die Hunde sind drauf los, und im Nu war er selber draußen und wieder zurück und hat die Tür geschlossen, und ich wußte, daß er die andre Tür auch gut zugemacht hat. Dann hat er sich gleich um den Nigger gekümmert, hat ihm gut zugeredet, ihn gestreichelt und dann gefragt, ob er sich wieder mal eingebildet hatte, was zu sehn. Der Nigger stand auf und blinzelte in der Gegend rum und sagt dann:

»Master Sid, Se wern sagen, ich bin en Depp, aber wenn ich nich glaub, daß ich bald ne Million Hund oder Teufel oder sonst ein gesehn hab, will ich auf de Stell hier tot umfalln. Ich hab's, ungelogen! Master Sid, ich hab ein *gespürt* – ich hab ein *gespürt*, Sir; alle sin se über mir gewesn. De gottverfluchtn Bestien, wenn ich bloß eimal eine von de Hexen da mit mein Händ pakken könnt – bloß eimal –, *mehr* will ich gar nich. Aber noch viel lieber wär's mir, sie lammich in Ruh, jawoll!«

Tom hat ihm erklärt:

»Also, ich sag dir, was *ich* denke. Warum kommen die denn grade her zu der Zeit, wo dieser weggelaufne Nigger frühstückt? Weil sie hungrig sind; das ist der Grund. Du machst ihnen ne Hexenpastete, das ist ’s einzige, was *du* machen kannst.«

»Aber lieber Himmel, Master Sid, wie soll ich für die ne Hexenpastet machn? Ich weiß nich, wie man so was macht. Hab von so was nie gehört.«

»Ja, dann muß ich sie halt selber machen.«

»Das wolln Se tun, Jungchen – wirklich? Den Bodn unter Ihrn Füß will ich küssn, jawoll!«

»Schon gut, ich mach’s, weil du’s bist, und weil du gut zu uns gewesen bist und uns den weggelaufnen Nigger gezeigt hast. Aber du mußt dich höllisch in acht nehmen. Wenn wir herkommen, mußt du dich umdrehn; und egal was wir in den Napf reingetan haben, du mußt so tun, wie wenn du überhaupt nichts siehst. Und guck ja nicht hin, wenn Jim den Napf leert – sonst könnt was passieren, ich weiß nicht was. Und vor allem, rühr ja die Hexensachen nicht an!«

»Die *anrührn*, Master Sid? *Was* reden Se da bloß? Nichmal mit mein klein Finger tipp ich da dran, nich für zehnhunnerttausn Billion Dollar, niemals!«

Kapitel 37

Jim kriegt seine Hexenpastete

Das war also geritzt. Dann sind wir weg und sind zum Abfallhaufen im Garten hinterm Haus, wo sie die alten Stiefel und Lumpen und Flaschenscherben und ausgedientes Blechzeug und all den Krempel hintun, haben dort rumgewühlt und ne alte blecherne Waschschüssel gefunden und an der, so gut’s ging, die Löcher geflickt, um ne

Pastete drin backen zu können, haben dann die Schüssel mit in den Keller runtergenommen, sie voll Mehl gestohlen und uns dann auf den Weg zum Frühstück gemacht, haben unterwegs noch zwei Schindelnägel gefunden, die, so meinte Tom, sehr praktisch seien für nen Gefangnen, um damit seinen Namen und seinen Kummer in die Verliesmauern zu kratzen, haben den einen in der Tasche von Tante Sallys Schürze, die über nem Stuhl hing, verschwinden lassen, und den andern unters Band von Onkel Silas' Hut, der im Büro lag, gesteckt, weil wir von den Kindern gehört hatten, ihr Papa und ihre Mama wollten heut morgen ins Haus von dem weggelaufnen Nigger gehn, sind dann zum Frühstück, und Tom hat noch den Zinnlöffel in Onkel Silas' Rocktasche verschwinden lassen, und Tante Sally war noch nicht da, deswegen mußten wir noch ein Weilchen warten.

Und als sie kam, war sie wütend und hochrot und stinksauer und konnt kaum den Segen abwarten; dann hat sie mit der einen Hand Kaffee ausgeschenkt und mit der andern dem am nächsten sitzenden Kind den Fingerhut auf den Kopf geknallt und sagt dann:

»Das ist doch die Höhe! Das ganze Haus hab ich auf den Kopf gestellt – wo *ist* bloß dein zweites Hemd hingekommen?«

Das Herz ist mir durch sämtliche Eingeweide in die Hosen gerutscht, und gleich hinterdrein durch die Kehle runter ne harte Brotkruste, und die ist unterwegs einem Husten begegnet und wurde quer übern Tisch geschossen und traf eins von den Kindern am Auge, daß es sich wand wie ein Angelwurm und nen Schrei losließ, so laut wie Kriegsgeheul, und Tom, der wurd ein bißchen käsig im Gesicht, und dann hat's ne Viertelminute, wenn nicht länger, so 'n mittleres Chaos gegeben, und ich hätt mich zum halben Preis verkauft, wenn ein Bieter da gewesen wäre.

Aber danach war alles wieder friedlich – es war bloß die plötzliche Überraschung gewesen, die uns so kalt erwischt hat. Onkel Silas, der sagt:

»Seltsam, seltsam, das versteh ich nicht. Ich weiß doch ganz sicher, daß ich's *ausgezogen* habe, weil –«

»Weil du bloß noch eins *anhast*! *Hör* sich einer diesen Mann an! *Ich* weiß, daß du's ausgezogen hast, und weiß es auch besser als du mit deinem verträumten Gedächtnis, weil's noch gestern auf der Wäscheleine hing – ich hab's mit eignen Augen gesehn. Aber, was gibt's da noch zu reden, es ist weg, und du mußt jetzt halt dein rotes Flanellhemd anziehn, bis ich Zeit finde, dir ein neues zu nähen. Und das ist schon das dritte in zwei Jahren; man hat alle Hände voll zu tun, dich in Hemden zu stecken; und was *du* mit denen allen anstellst, ist *mir* schlichtweg unbegreiflich. Man sollt doch meinen, daß du *endlich* lernst, ein bißchen auf se achtzugeben – in deinem Alter!«

»Ich weiß ja, Sally, und ich geb mir auch alle Mühe. Aber trotzdem ist's wohl nicht allein meine Schuld, weil ich sie ja nicht seh und auch gar nichts damit zu tun habe, außer wenn ich sie grad anhab; und ich glaube nicht, daß ich schon eins *direkt* vom Leib weg verloren habe.«

»Na, das ist nicht *deine* Schuld, wenn du's noch nicht hast, Silas; bestimmt hättest du das auch schon geschafft, wenn du wüßtest, wie. Und das Hemd ist auch nicht alles, was weg ist. Ein Löffel ist noch weg; und *das* ist noch nicht alles. Vermutlich hat das Kalb das Hemd erwischt, aber daß es den Löffel genommen hat, nee, *das* macht mir keiner weis.«

»Nanu – was ist denn noch weg, Sally?«

»Sechs *Kerzen* noch – weg sind sie. Die Ratten könnten sie erwischt haben, und die sind's wohl auch gewesen. Daß die noch nicht mit dem ganzen Haus wegspaziert sind, ist ja auch alles, wo du andauernd bloß ihre Löcher zustopfen willst und's dann doch nicht tust; und wenn sie nicht so blöd wären, könnten sie in deinem Haar schlafen, und du würdest es nicht mal merken, Silas; nur, auf die Ratten kannst du den verschwundnen *Löffel* nicht schieben, das weiß ich.«

»Schon gut, Sally, ist ja meine Schuld, ich geb es zu; bin nachlässig gewesen; aber noch vor morgen abend sind die Löcher gestopft!«

»Oh, ich würd mich nicht so beeilen, nächstes Jahr ist noch früh genug. Matilda Angelina Araminta *Phelps*!«

Schwupp! saust der Fingerhut runter, und das Kind reißt die Pfote aus der Zuckerdose, ohne nochmal drin rumzumantschen. Grad da taucht auf dem Flur die Niggerfrau auf und sagt:

»Missus, 'n Bettuch is weg.«

»Ein *Bettuch* weg! Um Gottes willen!«

»Ich stopf die Löcher noch *heute*«, sagt Onkel Silas mit kummervollem Blick.

»Ach, sei *du* still! – meinste, die *Ratten* haben das Bettuch? *Wo* ist es hin, Lisi?«

»Gott is mein Zeuge, ich hab kein Ahnung nich, Miss' Sally. Gessern war's noch aufer Wäschelein, aber nu isses weg; 's hängt nich mehr da jetz.«

»Ich glaub bald wirklich, die Welt geht unter. So was ist mir meiner Lebtag nicht vorgekommen. Erst ein Hemd, dann ein Bettuch und ein Löffel und sechs Ker – «

»Missus«, kommt ein junges Mulattending angerannt, »'n messingner Kerzenhalter fehlt.«

»Raus mit dir, du Fratz, oder es setzt was mit der Bratpfanne!«

Also, sie war richtig am Kochen. Und ich lauerte von jetzt ab auf ne Gelegenheit zum Verduften; schätze, ich wollt mich in Richtung Wald verkrümeln und warten, bis der Sturm sich etwas gelegt hatte. Sie tobte in einem fort weiter und machte ne Rebellion ganz für sich allein, und alle andern haben sich stumm geduckt; und zu guter Letzt fischt Onkel Silas ziemlich doof guckend diesen Löffel aus der Tasche. Da ist sie verstummt, mit offnem Mund und die Hände ringend; und ich, ich wär am liebsten in Jerusalem oder sonstwo gewesen. Aber nicht lange, sie sagt nämlich:

»Hab ich mir's doch *gedacht*! Du hast ihn also die ganze Zeit in der Hosentasche gehabt; und so gut wie sicher hast du die andern Sachen auch da. Wie ist er da reingekommen?«

»Ich weiß wirklich nicht, Sally«, stammelt er irgendwie entschuldigend, »sonst würd ich dir's bestimmt sagen. Ich habe vorm Frühstück über meiner Losung, Apostelgeschichte siebzehn, meditiert, und vermutlich hab ich ihn da, ohne's zu merken, eingesteckt und wohl gedacht, es wär mein Testament; so muß es gewesen sein, weil mein Testament nicht mehr drin ist, aber ich seh gleich mal nach, und wenn das Testament noch da liegt, wo ich's hatte, ist's klar, daß ich's nicht eingesteckt habe, und das wär dann Beweis genug, daß ich das Testament hingelegt und den Löffel genommen hab und –«

»O Heimatland, hör bloß auf damit! Mir aus den Augen jetzt, die ganze Bagage; und kommt mir ja nicht wieder zu nah, bis ich meinen Seelenfrieden wiederhabe!«

Das hätt ich gehört, wenn sie's bloß gedacht und nicht vielmehr ausgesprochen hätte; und noch vom Totenbett wär ich aufgestanden und hätt ihr gehorcht. Wie wir durchs Wohnzimmer kamen, hat der Alte seinen Hut genommen, und der Schindelnagel fiel auf den Boden, und er hat ihn bloß aufgehoben und auf den Kaminsims gelegt und keinen Ton gesagt, und wir sind raus. Tom sieht es und denkt an den Löffel und sagt:

»Hm, es hat keinen Zweck, durch *ihn* noch irgendwas

zu schicken, auf den ist kein Verlaß.« Dann sagt er: »Aber trotzdem hat er uns einen guten Dienst erwiesen, ohne daß er's weiß, und drum erweisen wir ihm auch einen, ohne daß *er's* weiß – stopfen ihm seine Rattenlöcher zu.«

Von denen gab's unten im Keller jede Menge, und wir brauchten ne ganze Stunde, aber wir haben ganze Arbeit geleistet. Dann haben wir Schritte auf der Treppe gehört, haben unser Licht ausgeblasen und uns versteckt; und rein kommt der Alte mit ner Kerze in der einen Hand und nem Packen Zeug in der andern und sieht so geistesabwesend aus, wie wenn er noch im vorletzten Jahr wäre. Er ist von einem Rattenloch zum nächsten geirrt, bis er bei allen durch war. Dann stand er gut fünf Minuten da, zupfte den runtergetropften Talg von seiner Kerze und dachte nach. Und auf einmal dreht er sich langsam und träumerisch zur Treppe um und murmelt:

»Also, ich kann mich beim besten Willen nicht mehr erinnern, wann ich das gemacht habe. Jetzt könnt ich ihr beweisen, daß sie mir das mit den Ratten zu Unrecht vorgeworfen hat. Aber sei's drum – ich laß es lieber. Vermutlich hätt es doch keinen Wert.«

Und so ist er vor sich hin murmelnd die Treppe wieder rauf, und dann sind wir verschwunden. Er war ein unheimlich lieber alter Mann. Und ist's noch immer.

Tom hat sich ziemlich Sorgen gemacht, wie er wieder zu einem Löffel kommt, aber er sagte, wir müßten unbedingt einen haben; und so hat er mal scharf nachgedacht. Als er's ausgetüftelt hatte, erzählte er mir, was wir tun müssen; dann sind wir rein und haben in der Nähe vom Besteckkorb gewartet, bis wir Tante Sally kommen sehn, und da fängt Tom an die Löffel zu zählen und legt sie alle auf eine Seite, ich laß einen im Ärmel verschwinden, und Tom sagt:

»Nanu, Tante Sally, es sind ja *immer noch* bloß neun Löffel.«

Da sagt sie:

»Geht raus spielen und laßt mich in Ruh. Ich bin nicht so dumm, ich hab sie selber gezählt.«

»Aber Tantchen, ich hab sie jetzt zweimal gezählt, und *ich* komm jedesmal auf neun.«

Sie war am Ende von ihrer Geduld, trotzdem kam sie nachzählen – jeder hätt das gemacht!

»Lieber Himmel, es sind tatsächlich bloß neun!« sagt sie. »Aber was in aller Welt – hol's die Pest, ich zähl se nochmal.«

Da ließ ich den einen, den ich hatte, wieder reinrutschen, und als sie mit Zählen fertig ist, ruft sie:

»Zum Henker mit dem ganzen Plunder, jetzt sind's *zehn*!« und sie war richtig eingeschnappt und auch besorgt. Aber Tom sagt:

»Du, Tantchen, ich glaub nicht, daß es zehn sind.«

»Du Esel, hast du nicht gesehn, wie ich se grad gezählt hab?«

»Schon, aber –«

»Na gut, ich zähl se nochmal.«

Wieder hab ich einen stibitzt, und es kamen neun raus wie vorhin. Also, sie hätt alles in der Luft zerreißen können – sie zitterte am ganzen Leib, so wütend war sie. Aber sie hat gezählt und gezählt, bis sie so konfus war, daß sie schon manchmal den *Korb* als Löffel mitzählte; und dreimal kam's richtig raus, und dreimal falsch. Da hat sie den Korb gepackt und an die Wand geknallt, daß der Katze Hören und Sehn verging; und sie schrie, raus und laßt mich in Frieden, und wenn wir ihr nochmal vorm Mittagessen auf der Nase rumtanzten, zieht sie uns das Fell ab. Wir hatten also den fehlenden Löffel; und den ließen wir in ihrer Schürzentasche verschwinden, während sie uns das Kommando zum Auslaufen gab, und Jim kriegte ihn einwandfrei mitsamt ihrem Schindelnagel noch vor Mittag. Wir waren sehr zufrieden mit dieser Sache, und Tom meinte, er sei die Mühe doppelt wert gewesen, weil sie *jetzt* beim Zählen von den Löffeln nie mehr das gleiche rausbekäme, und wenn's um ihren Kopf ging; und sie würde nicht glauben, daß sie richtig gezählt hätte, auch wenn es stimmte; und nachdem sie sich drei Tage lang schwindlig gezählt hätte, würd sie's aufgeben und bestimmt jedem den Tod androhn, der von ihr verlangt, daß sie die Löffel nochmal zählt.

In der Nacht hängten wir das Bettuch wieder an die Leine und haben eins aus ihrem Schrank gestohlen; und zwei Tage lang haben wir's immer wieder zurückgetan und wiedergestohlen, bis sie nicht mehr wußte, wie viele Leintücher sie hatte, und irgendwann sagte, es sei ihr jetzt *egal*, und sie hätt keine Lust, sich das letzte Quentchen Seele aus dem Leib zu schimpfen, und nie wieder, und wenn's um ihren Kopf ging, zähle sie die, lieber wollt sie vorher sterben.

Mit dem Hemd und dem Bettuch und den Kerzen ging jetzt alles klar, dank der Hilfe von dem Kalb und den Ratten und dem Chaos beim Zählen; und das mit dem Kerzenhalter war unwichtig, über den würd bald Gras wachsen.

Aber die Pastete hatte es in sich; ewig hatten wir Probleme mit der. Wir haben sie im Wald draußen angerührt und da auch gebacken; und zu guter Letzt haben wir sie auch hingekriegt, sogar sehr gut; aber nicht alles an einem Tag; drei Waschschüsseln voll Mehl haben wir verbraucht, bis wir fertig waren, und überall, an allen Ecken und Enden haben wir uns verbrannt und vom Rauch gereizte Augen bekommen; wir wollten nämlich nichts als ne Kruste hinkriegen, und wir schafften's nicht, daß sie zusammenhielt, immer wieder ist die uns eingekracht. Aber natürlich sind wir am Ende doch auf die richtige Methode gekommen, nämlich, auch die Leiter mit in die Pastete reinzubacken. Und in der folgenden Nacht haben wir uns mit Jim zusammengetan und das Bettuch in lauter dünne Streifen gerissen und die verknotet, und noch vor Morgengrauen hatten wir ne prima Strickleiter, mit der man jemand hätte hängen können. Wir taten so, wie wenn wir neun Monate dazu gebraucht hätten.

Und am Vormittag nahmen wir sie mit raus in den Wald, aber sie wollte nicht in die Pastete reingehn. Weil wir sie aus einem ganzen Leintuch gemacht hatten, war's natürlich Strickleiter genug für vierzig Pasteten, wenn wir die gewollt hätten, und jede Menge war noch übrig für Suppe oder Wurst oder was immer. Ein ganzes Essen hätten wir davon machen können.

Aber so viel brauchten wir nicht. Wir brauchten bloß genug für die Pastete, drum haben wir den Rest weggeschmissen. Natürlich haben wir die Pastete nicht in der Waschschüssel gebacken, aus Angst, die Lötstellen könnten schmelzen; aber Onkel Silas hatte ne prächtige messingne Wärmpfanne mit einem langen Holzstiel, die er in hohem Ansehn hielt, weil sie einem von seinen Vorfahren gehört hatte und aus England mit Wilhelm dem Eroberer auf der »Mayflower« oder einem von den ersten Schiffen rübergekommen war; sie lag mit nem Haufen alter Töpfe und andern wertvollen Sachen oben auf dem Dachboden, nicht weil die irgendeinen Wert gehabt hätten – den hatten sie nämlich nicht –, sondern weil's Reliquien waren; die haben wir also heimlich rausgeschmuggelt und mit in den Wald genommen, aber bei den ersten Pasteten hat sie versagt, weil wir's noch nicht raushatten, aber bei der letzten schaffte sie's spielend. Und die nahmen wir also und haben sie mit Teig ausgelegt, auf die Kohlen gestellt, mit Strickleiter gefüllt, ein Teigdach gebaut, den Deckel zugemacht, heiße Glut drauf gelegt und uns mit dem langen Stiel kühl und bequem fünf Fuß weit weg aufgestellt, und in ner Viertelstunde hat sie ne Pastete hervorgebracht, die anzusehn ein Genuß war. Aber wer die essen wollte, mußte schon zwei Ranzen voll Zahnstocher mitbringen, weil, wenn er von der Strickleiter keine Krämpfe bekam, die sich gewaschen hatten, dann weiß ich nicht, von was ich rede, und außerdem mußte der Bauchweh kriegen, daß es noch bis zum nächsten Mal vorhielt.

Nat hat nicht hingeschaut, als wir die Hexenpastete in Jims Napf legten; und die drei Zinnteller legten wir auf den Napfboden unter die Eßsachen; und so hat Jim alles einwandfrei bekommen. Und sobald er allein war, hat er die Pastete aufgeknackt, die Strickleiter in seinem Strohsack versteckt, ein paar Krakel auf nen Zinnteller gekratzt, und den dann zum Fenster rausgeworfen.

Kapitel 38

»Hier ging ein gefangnes Herz kaputt«

Diese Federn zu machen war ne brutal harte Arbeit; und Jim war der Meinung, die Inschrift würd bestimmt noch härter als alles andre. Das ist die, welche der Gefangne in die Mauer ritzen muß. Aber wir mußten die haben; *unbedingt*, meinte Tom; es gebe nicht einen Fall von einem Staatsgefangnen, der nicht seine eingeritzte Inschrift hinterlassen hat und dazu noch sein Wappenschild.

»Nimm doch mal Lady Jane Grey«, sagt er; »oder

nimm Gilford Dudley, oder nimm den alten Northumberland[1]! Also, Huck, auch *wenn* es ne schweißtreibende Sache ist – was willst du sonst machen? – wie willste dran vorbeikommen? Jim *muß* seine Inschrift und sein Wappenschild machen! Alle machen das.«

Worauf Jim sagt:

»Also, Master Tom, ich hab aber doch gar kein Wappenschild; ich hab doch bloß des alte Hemd da, un du weißt, ich muß des Tagbuch da drauf führn.«

»Ach, das verstehst du nicht, Jim; ein Wappenschild ist was ganz andres.«

»Aber trotzdem«, sag ich, »Jim hat recht, wenn er sagt, daß er kein Wappenschild hat, er hat nämlich ja auch keins.«

»Schätze, daß *ich* das weiß«, sagt Tom, »aber wetten, daß er eins hat, bevor er hier rauskommt – er soll nämlich *korrekt* hier rauskommen, und es soll auch kein Makel in den Berichten über seine Flucht geben.«

Und während ich und Jim die Federn jeder an nem Ziegel rausgefeilt haben – Jim machte seine aus dem Messing und ich meine aus dem Löffel – machte sich Tom an den Entwurf von dem Wappenschild. Nach ner Weile sagte er, es seien ihm so viele gute eingefallen, daß er kaum noch wüßte, welchen nehmen, aber einer sei drunter, für den er sich wohl entscheiden würde. Er sagt:

»Auf dem Wappenschild werden wir also haben: einen Schrägbalken in *Gold* in dem rechten[2] unteren Feld, ein *braunrotes* Andreaskreuz im Querbalken, mit einem liegenden Hund als Wappenbild und einer mit Zinnen

1 Der Herzog von Northumberland ließ 1553 seine Schwiegertochter, Lady Jane Grey (1537–54), auf den englischen Thron setzen, um die Katholikin Mary Tudor auszuschließen. Jane Grey, ihr Mann Lord Guildford Dudley und Northumberland wurden enthauptet.

2 In der Heraldik: vom Betrachter aus gesehen links.

besetzten Kette unter seinem Fuß als Zeichen der Sklaverei; mit einem Sparren in *Grün* im ausgezackten Schildhaupt und mit drei gekerbten Linien im *blauen* Feld, deren Nabelpunkte sich zu einer Zickzacklinie aufrichten; oben als Verzierung ein weggelaufner Nigger in *Schwarz* mit einem Bündel über der Schulter, links an einem Querbalken; und zwei Wappenhalter in *Rot* – das sind du und ich; und das Motto: ›Maggiore fretta, minore atto.‹ Hab das aus nem Buch – heißt: ›Je größer die Hast, umso geringer das Tempo.‹«

»Fantastisch«, sag ich, »aber was bedeutet denn das andre alles?«

»Wir haben doch keine Zeit, uns damit abzugeben«, sagt er, »wir müssen jetzt wie die Verrückten losgraben.«

»Trotzdem«, sag ich, »erklär mir doch 'n paar Sachen. Was ist denn ein Querbalken?«

»Ein Querbalken – ein Querbalken ist – ach, *du* brauchst nicht zu wissen, was ein Querbalken ist. Ich zeig ihm, wie er ihn machen muß, wenn es soweit ist.«

»So 'n Quatsch, Tom«, sag ich, »das könntest du mir doch sagen. Was ist denn ein Querbalken links?«

»Ach, ich weiß nicht. Aber er muß ihn haben. Die ganzen Adligen haben ihn.«

Das war so seine Art. Wenn's ihm nicht gepaßt hat, einem was zu erklären, hat er's auch nicht getan. Man hätt ihn ne Woche lang ausquetschen können, es wär alles beim gleichen geblieben.

Die ganze Sache mit dem Wappenschild war jetzt für ihn geritzt, und so ging er dran, den Rest von diesem Teil der Arbeit zu vollenden, nämlich ne trauervolle Inschrift zu entwerfen – er sagte, Jim müßt eine haben wie alle. Er hat sich ne ganze Anzahl ausgedacht und die auf ein Papier geschrieben und dann vorgelesen:

1. *Hier ging ein gefangnes Herz kaputt.*

2. *Hier hat ein armer Gefangner, von der Welt und den Freunden verlassen, sein kummervolles Leben aufgerieben.*

3. *Hier ist ein einsames Herz zerbrochen, und ein erschöpfter Geist ist nach siebenunddreißig Jahren trostloser Gefangenschaft in die ewige Ruhe eingegangen.*

4. *Hier ging nach siebenunddreißig Jahren bitterer Gefangenschaft ein edler Fremdling, der natürliche Sohn Ludwigs XIV., heimat- und freundlos zugrunde.*

Toms Stimme hat gezittert, während er sie vorlas, und er wär bald zusammengebrochen. Als er fertig war, konnte er sich überhaupt nicht entscheiden, welche Jim in die Wand ritzen sollte, so gut seien die alle; aber dann meinte er endlich, er wollt Jim die alle einritzen lassen. Jim meinte, das koste ihn ein Jahr, so einen Haufen Zeug mit nem Nagel in die Holzbalken zu ritzen, außerdem wüßt er gar nicht, wie man Buchstaben macht; aber Tom sagte, er würd sie ihm vorzeichnen, und dann bräucht er bloß die Linien nachmalen. Doch kurz danach sagt er:

»Wo ich grade bei den Holzbalken bin, die gehn gar nicht; sie haben nämlich gar keine Holzbalken in einem Verlies: wir müssen also die Inschriften in Stein graben. Holen wir uns also nen großen Stein!«

Jim sagte, Stein wär noch schlimmer als Holz; er würd elend lange brauchen, bis er die Inschriften in Stein gegraben hätte, da käm er gar nie mehr hier raus. Aber Tom sagte, ich dürfe ihm dabei helfen. Dann hat er mal nachgesehn, wie ich und Jim mit den Federn vorankamen. Es war ne tierisch langweilige, harte Arbeit und langwierig, die meinen Händen gar keine Chance gegeben hat, sich von den Blasen zu erholen, und wir haben scheinbar auch so gut wie keine Fortschritte dabei gemacht. Da sagt Tom:

»Ich weiß, wie wir das hinkriegen. Für das Wappenschild und die trauervollen Inschriften brauchen wir sowieso nen Stein, da können wir gleich zwei Fliegen mit einer Klappe schlagen. Bei der Mühle unten liegt ein mordsgroßer Schleifstein, den schnappen wir uns, ritzen die Inschriften rein und feilen daran auch die Federn und die Säge raus.«

Die Idee war nicht ohne, und der Schleifstein war auch nicht ohne; aber wir meinten, das packen wir. Es war noch nicht ganz Mitternacht, und so sind wir ab zur Mühle und ließen Jim bei seiner Arbeit zurück. Wir schnappten uns den Schleifstein und gingen dran, ihn zur Hütte zu rollen, aber es war ne ganz brutal harte Arbeit. Manchmal konnten wir beim besten Willen nicht verhindern, daß er umfiel, und jedesmal wärn wir um ein Haar erschlagen worden. Tom meinte, einer von uns müßt sicher dran glauben, eh wir damit fertig wären. Wir schafften es den halben Weg; dann waren wir restlos ausgelaugt und sind bald im Schweiß ersoffen. Klar, es war sinnlos, wir mußten Jim holen. Er hob sein Bett an, zog die Kette unterm Bettpfosten vor und wickelte die ein paarmal um den Hals, dann sind wir zu unserm Loch rausgekrochen und zu dem Schleifstein runter, und Jim und ich haben uns hinter ihn gestemmt und wie nichts zur Hütte gerollt, und Tom hat alles überwacht. Als Aufseher hat er jeden Jungen abgehängt, den ich kenne. Er hat einfach alles hingekriegt.

Unser Loch war ziemlich groß, aber doch nicht groß genug, um den Schleifstein reinzurollen; aber Jim, der hat den Pickel genommen und hatte es bald groß genug. Dann hat Tom mit dem Nagel die Inschriften drauf vorgezeichnet und Jim an die Arbeit geschickt – den Nagel sollte er als Meißel nehmen und nen Eisenbolzen aus dem Schrott im Anbau als Hammer, und er sollte solang dran arbeiten, bis seine Kerze abgebrannt sei, und dann könnt er ins Bett gehn, den Schleifstein unter seinem Strohsack verstecken und drauf schlafen. Dann haben wir ihm geholfen, seine Kette wieder an dem Bettpfosten zu befestigen, und waren dann selber bettreif. Aber Tom fiel noch was ein, er sagt:

»Hast du Spinnen hier drin, Jim?«

»Nee, Gott sei Dank net, Mars Tom.«

»Gut, dann holen wir dir 'n paar.«

»Aber, ums Himmels willen, ich *will* keine von den. Ich fürcht mich schon vor ein. Und dann hab ich auch gleich Klapperschlangen da.«

Tom hat ein, zwei Minuten nachgedacht und sagt dann:

»Das ist ne gute Idee. Schätze, das ist schon vorgekommen. Das *muß* schon vorgekommen sein; ist doch sonnenklar. Doch, das ist ne erstklassige Idee. Wo kannst du die unterbringen, Jim?«

»Was denn, Mars Tom?«

»Na, ne Klapperschlange.«

»Beim Allmächtgen, Mars Tom! Also, wenn da ne Klapperschlang hier reinkommt, hau ich ab, un zwar durch die Holzwand, jawoll, un mit 'm Kopf voraus.«

»Hör mal, Jim, nach ner kurzen Zeit hast du bestimmt keine Angst mehr vor der. Dann kannste die zähmen.«

»Die *zähmen*!«

»Ja – ganz leicht. Jedes Tier ist doch dankbar, wenn man lieb und zärtlich zu ihm ist, und die *denken* dann gar nimmer dran, einem was zuleid zu tun. In jedem Buch kannste das lesen. Probier's mal – mehr verlang ich gar nicht von dir; probier's halt mal zwei oder drei Tage. Also, du kannst die nach ner ganz kurzen Zeit dahin bringen, daß sie dich richtig liebt und bei dir schläft und keine Sekunde mehr von dir weg sein will und sich von dir um deinen Hals ringeln läßt und ihren Kopf in deinen Mund steckt.«

»*Bitte*, Mars Tom – *sag* net so was! Ich kann's net vertragn. Die läßt mich ihrn Kopf in mein Mund steckn – mir zum Gfalln, was? Ich wett, da kann se lang wartn, bis ich se um des bitt. Un außerdem *will* ich net, daß se bei mir schläft.«

»Jim, benimm dich doch nicht so doof! Ein Gefangner *muß* irgendso nen stummen Liebling haben, und wenn's noch nie einer mit ner Klapperschlange probiert hat, echt, dann kannst um so mehr Ruhm damit verdienen, wenn du der erste bist, der jemals auf die Art versucht hat, sich das Leben zu retten – und nicht sonstwie.«

»Hör mal, Mars Tom, ich *will* kein so Ruhm! Die Klapperschlang beißt 'm Jim 's Kinn weg – wo is dann der Ruhm? Nee, solche Gschichtn will ich net!«

»Verdammt! Kannst du's nicht *probieren*! Ich *will* doch bloß, daß du's mal probierst – du brauchst nicht damit weitermachen, wenn's nicht funktioniert.«

»Aber des Übel is schon passiert, wenn mich die Schlang beißt, solang ich's mit der probier. Mars Tom, ich bin bereit, bald alles anzupackn, was net ganz unvnümftig is, aber wenn du un Huck mir ne Klapperschlang zum Zähmen da reinbringt, dann weiß ich, daß ich *verschwind*, soviel steht fest.«

»Also, dann laß es nur, laß es, wenn du so nen Dickkopf hast. Wir können dir 'n paar Ringelnattern herbringen, denen kannste dann 'n paar Knöpfe an den Schwanz binden und so tun, wie wenn's Klapperschlangen sind, und ich schätze, so wird's auch gehn.«

»Ich kann se nu mal net leiden, Mars Tom, aber vdammt, wenn ich net ohne se auskomm, sag ich dir's. Ich hab gar net gwußt, daß man so viel Ärger un Kummer hat als 'n Gfangner.«

»Also, das ist *immer* so, wenn's richtig gemacht wird. Hast du Ratten hier?«

»Nee, ich hab hier kein ausgesetzt.«

»Gut, dann holen wir dir ein paar.«

»Hör mal, Mars Tom, ich *will* kein Ratten. Des sin die gottvfluchsten Biester, wo's gibt, die ein immer so aufregn un um ein rumhuschen un ein innen Fuß beißn, wenn man schlafn will. Nee, gimmir Ringlnattern, wenn ich se ham muß, aber gimmir keine Ratten, von wegen weil ich mit den kaum was anfangn kann.«

»Aber Jim, du *mußt* die haben – alle haben welche. Mach jetzt also kein Stunk deswegen. Gefangne sind nie ohne Ratten. Mir ist nicht ein Fall bekannt. Und sie dressieren und streicheln die auch und bringen denen Kunststückchen bei, und davon werden die so zutraulich wie Fliegen. Aber du mußt ihnen Musik vorspielen. Hast du irgendwas zum Musikmachen?«

»Ich hab bloß nen grobn Kamm un 'n Stück Papier un dann noch ne Maultrommel; aber die intressiern sich, schätz ich, net für ne Maultrommel.«

»Doch! *Denen* ist das egal, was für ne Musik es ist. Eine Maultrommel ist allemal gut genug für ne Ratte. Alle Tiere haben Musik gern – in nem Gefängnis sind die richtig vernarrt drauf. Besonders auf Leidensmusik; und aus ner Maultrommel kriegst du auch gar keine andre raus. Die sind nämlich immer neugierig drauf; und dann kommen sie raus, weil sie sehn wollen, was mit dir los ist. Und dir geht's gut, und es fehlt dir nichts. Abends vorm Einschlafen, und auch morgens mußt du dich dann aufs Bett setzen und ihnen auf der Maultrommel vorspielen; spiel ihnen doch ›Das letzte Glied ist zerbrochen‹ – das ist genau das, was ne Ratte schneller als wie alles andre zum Schmelzen bringt; und wenn du so zwei Minuten ungefähr gespielt hast, wirste alle Ratten und Schlangen und Spinnen vor dir sehn, und das ganze Getier kommt zu dir, um deinen Kummer mit dir zu teilen. Und die werden regelrecht um dich rumschwärmen und wunderbar gelaunt sein.«

»Ja, *die* schon, schätz ich, Mars Tom; aber in was für ner Laun wird Jim dann sein? Vflucht! Ich kann einfach 'n Witz von all dem net begreifn. Aber ich mach's, wenn's sein muß. Besser halt ich wohl die Tier bei Laune, als daß se mir Ärger im Haus machn.«

Tom ließ sich Zeit, um zu überlegen, ob's nicht sonst noch was zu tun gab; und nach ner Weile sagt er dann:

»Ach – da ist noch etwas, was ich vergessen habe. Meinst du, du kannst hier ne Blume ziehn?«

»Ich weiß net, aber vleicht schon, Mars Tom; bloß isses anständig dunkel hier drin, un ich kann mit ner Blum nix anfangn, wirklich, ich hätt bloß nen Haufn Müh mit der.«

»Also, probier's trotzdem. Einige andre Gefangne haben das auch gemacht.«

»Eine von den großn katzenschwänzigen Königskerzen könnt hier drin wachsen, schätz ich, Mars Tom, aber die is net halb die Müh wert, die se eim macht.«

»Glaub das ja nicht! Wir holen dir ne kleine, und du setzt die da drüben in der Ecke ein und ziehst die auf. Und sag nicht Königskerze zu der, die heißt Pitschiola[3] – das ist nämlich ihr richtiger Name, wenn sie in nem Gefängnis wächst. Und du mußt die mit deinen Tränen gießen.«

»Hör mal, ich hab doch jede Menge Quellwasser, Mars Tom!«

»Du *brauchst* kein Quellwasser! Du mußt sie mit deinen Tränen gießen. So machen's nämlich alle.«

»Na, Mars Tom, ich wett, ich kann ein von den Königskerzn zweimal mit Quellwasser aufziehn, solang en andrer mit sein Tränen grad ers *anfängt*.«

3 In dem Roman *Picciola* (1836) von J. X. Boniface ernährt sich ein Gefangener von einer Blume, die in seiner Zelle wächst.

»Aber darauf kommt's doch gar nicht an. Du *mußt* das mit deinen Tränen machen.«

»Die welkt mir unner die Händ, Mars Tom, ganz bestimmt, von wege weil ich bald nie heul.«

Da war Tom ratlos. Aber er ließ sich's durch den Kopf gehn und sagte dann, Jim soll sich halt mit ner Zwiebel weitergrämen, so gut er kann. Er versprach ihm, am Morgen zu den Niggerhütten zu gehn und da heimlich eine in seinen Kaffeetopf fallen zu lassen. Jim meinte, ebensogut könnt er doch auch Tabak in seinem Kaffee haben; und er hat nur an allem was auszusetzen gehabt: an der Arbeit und dem Geplage beim Aufziehn von der Königskerze, am Maultrommelspiel für die Ratten, am Streicheln und Geschmeichel für die Schlangen und Spinnen und dem ganzen, und das auch noch bei all der andern Arbeit, die er mit den Federn und Inschriften und Tagebüchern und dem ganzen Zeug hatte, daß er mehr Ärger und Verdruß und Pflichten in seinem Gefangnendasein hätt als bei allem, was er jemals sonst unternommen hatte, so daß Tom fast alle Geduld mit ihm verlor; und er sagte zu Jim, er sei geradezu voll beladen mit den herrlichsten Chancen, sich nen Namen zu machen, wie sie noch kein Gefangner in der ganzen Welt hatte, und trotzdem wüßt er das nicht richtig zu schätzen, und so wären die regelrecht verschwendet an ihn. Da tat es Jim leid, und er sagte, er wollt sich nicht mehr so benehmen; und dann schoben ich und Tom ab ins Bett.

Kapitel 39

Tom schreibt amonyme Briefe

Am nächsten Morgen sind wir rauf in den Ort und kauften eine Rattenfalle aus Draht, nahmen die mit in den Keller runter, machten das beste Rattenloch wieder auf, und nach rund einer Stunde hatten wir fünfzehn erstklassige Viecher; dann nahmen wir die Falle samt Ratten und versteckten sie an einem sichern Platz unter Tante Sallys Bett. Aber solang wir auf Spinnenjagd waren, fand sie da der kleine Thomas Franklin Benjamin Jefferson Alexander Phelps und machte die Tür auf, weil er sehn wollt, ob sie rauskommen, und das haben sie auch getan; Tante Sally, die kam dazu, und als wir wieder zurückwaren, stand sie auf ihrem Bett und machte nen Riesenlärm, und die Ratten taten ihr möglichstes, daß es ihr nicht langweilig wurde. Da hat sie uns mit dem Hickorystock den Staub abgeschüttelt, und wir hatten dann wenigstens zwei Stunden zu tun, zehn, zwölf neue einzufangen, und das bloß wegen diesem kleinen Naseweis, und die waren auch nicht mehr so vielversprechend, der erste Fang war nämlich die Auslese von dem Rattenvolk hier. So eine wahre Rattenpracht wie diesen ersten Fang hab ich noch nicht erlebt.

Wir haben uns ein prächtiges und gutsortiertes Lager von Spinnen und Käfern und Fröschen und Raupen angelegt und auch noch dies und das dazugetan; und nur zu gern hätten wir auch ein Hornissennest gehabt, aber ließen's dann doch sein. Die Sippschaft war zu Haus. Wir haben nicht gleich aufgegeben, sondern sie vielmehr solang belagert, wie wir konnten; wir sagten uns nämlich, daß entweder wir ihnen oder sie uns die Lust verleiden mußten, und geschafft haben sie's. Dann holten wir uns ein Linderungsmittel und rieben die Stellen ein und waren fast ganz wiederhergestellt, bloß so richtig bequem konnten wir noch nicht sitzen. Und deshalb sind wir auf Schlangenjagd, haben ein Dutzend Nattern und Hausschlangen gefangen, die in nen Sack gesteckt und in unserm Zimmer versteckt, und da war's auch schon Zeit zum Abendessen, und ne wahrhaft ehrliche Tagesarbeit lag hinter uns; und waren wir hungrig? – Nee, wie kämen wir auch dazu! Und als wir wieder nach oben kamen, war keine verflixte Schlange mehr da – wir hatten den Sack nicht bloß halb zugebunden, aber irgendwie haben sie sich rausgewunden und sind verschwunden. Aber das machte nicht viel aus, weil sie sich ja noch in nächster Nähe aufhalten mußten. So haben wir gedacht, daß wir ein paar von denen wiederkriegten. Wirklich, es hat für ne geraume Zeit echt kein Schlangenmangel im und ums Haus geherrscht. Ab und zu haben sie vom Gebälk oder auch von andern Stellen runtergehangen; und im allgemeinen sind sie vor einem im Teller gelandet oder hinten im Genick, und meistens da, wo man sie nicht haben wollte. Also, sie waren hübsch und auch geringelt, und ne ganze Million von denen hätt einem nichts zuleid getan; bloß hat das Tante Sally nicht im geringsten für sie eingenommen, sie verachtete Schlangen, egal von welcher Sorte, und sie konnte die nicht ausstehen, wie man's auch anstellte; und jedesmal, wenn sich eine an ihr runterschlängelte, hat sie, egal was sie grade tat, ihre Arbeit einfach liegenlassen und ist auf und davon. So eine Frau ist mir noch nicht begegnet. Und man hat sie bis nach Jericho brüllen hören. Man konnte sie nicht mal dazu bringen, eine mit der Zange anzufassen. Und wenn sie sich im Bett umgedreht und eine dabei gefunden hat, ist sie rausgesprungen und hat ein Geheul angestimmt, daß man meinte, das ganze Haus steht in Flammen. Sie hat den alten Mann so aufgeregt, daß der mal sagte, er wollt bald, die Schlangen wärn gar nie erschaffen worden. Sogar als der letzte Schlangenschwanz schon mindestens eine Woche aus dem Haus verschwunden war, war Tante Sally noch immer nicht drüber weg, sie war nicht mal annähernd drüber weg; wenn sie dasaß und über was nachdachte und man hat sie mit ner Feder im Genick berührt, ist sie regelrecht aus ihren Strümpfen gesprungen. Es war sehr komisch. Aber Tom sagte, alle Frauen seien so; die seien halt so gemacht aus irgendnem Grund.

Wir kriegten jedesmal ne Abreibung, wenn eine von unsern Schlangen ihr übern Weg lief; und sie meinte, diese Abreibungen wärn gar nichts gegen das, was sie mit uns anstellte, wenn wir ihr nochmal das Haus mit denen vollstopften. Ich hab mir aus den Abreibungen nichts gemacht, weil die nicht der Rede wert waren; aber ich hab mir was draus gemacht, daß wir uns mühselig mit ner neuen Schlangensippe eindecken mußten. Aber wir haben sie gefangen, und auch noch manches andre Getier; und so vergnügt ging's nicht so schnell in einer andern Hütte zu wie in Jim seiner, als die alle scharenweise zur Musik geschwärmt und auf Jim los sind. Jim konnte die Spinnen nicht leiden, und die ihn auch nicht; und deswegen haben sie ihm immer aufgelauert und mächtig eingeheizt. Und er meinte, daß zwischen den Ratten und den Schlangen und dem Schleifstein für ihn kein Platz mehr im Bett blieb, kaum jedenfalls; und wenn's doch mal welchen gab, konnte man nicht schlafen, weil's so lebhaft zuging, und es ging immer so lebhaft zu, sagte er, weil die Viecher nie alle auf einmal schliefen, sondern sich vielmehr abgewechselt haben, so daß, wenn die Schlangen grad schliefen, die Ratten an Deck waren, und wenn die sich mal hingehauen haben, die Schlangen auf Wache kamen, so daß er immer eine Horde unter sich hatte, während die andre Zirkus auf ihm machte, und wenn er dann aufstand, sich nen neuen Schlafplatz suchen, haben's ihm die Spinnen gezeigt, wenn er über die gestiegen ist. Er sagte, wenn er diesmal je wieder hier rauskäme, wollt er nie mehr Gefangner sein, auch nicht für Geld.

Ja, und am Ende von drei Wochen hatten wir alles ziemlich gut organisiert. Das Hemd war Jim schon bald in ner Pastete reingeschickt worden, und jedesmal, wenn ne Ratte ihn gebissen hat, ist er aufgestanden und hat ein bißchen was in sein Tagebuch geschrieben, solang die Tinte noch feucht war; die Federn waren gemacht, die Inschriften und so weiter waren alle in den Schleifstein geritzt; der Bettpfosten war durchgesägt, und wir hatten auch das Sägmehl aufgegessen und das tollste Bauchweh davon gekriegt. Wir haben beide schon mit dem Tod gerechnet, aber es ging vorbei. So ein unverdauliches Sägmehl ist mir jedenfalls noch nicht vorgekommen, und Tom sagte das auch. Aber wie gesagt, wir hatten die ganze Arbeit jetzt endlich hinter uns, und wir waren auch alle ziemlich fix und fertig, hauptsächlich aber Jim. Der alte Mann hat zweimal an die Plantage unterhalb von Orleans geschrieben, sie sollen kommen und ihren weggelaufnen Nigger holen, aber keine Antwort erhalten, weil's die Plantage gar nicht gab; und so hat er beschlossen, Jim in den Zeitungen von St. Louis und New Orleans auszuschreiben; und als er St. Louis erwähnte, lief's mir kalt übern Rücken, logisch, wir hatten jetzt keine Zeit mehr zu verlieren. Und da sagte Tom, jetzt müßten die amonymen Briefe kommen.

»Was ist denn das?« frag ich ihn.

»Warnungen an die Leute, daß was im Anzug ist. Manchmal wird es so, und manchmal auch anders gemacht. Aber immer spioniert irgend jemand rum und macht dem Schloßkommandant Meldung davon. Als Ludwig XVI. aus den Tülerien abhauen wollte, hat das ein Dienstmädchen gemacht. Das ist eine sehr gute Methode, genau wie die amonymen Briefe auch. Wir werden alle zwei benutzen. Und es ist so üblich, daß die Mutter von dem Gefangnen ihre Kleider mit ihm tauscht, und sie bleibt dann da, während er in ihren Kleidern rausschleicht. Das machen wir auch.«

»Aber hör mal, Tom, zu was müssen wir jemand *warnen*, daß was im Anzug ist? Sollen die's doch selber rausfinden – das ist doch ihre Sache!«

»Ja, ich weiß; aber auf die ist kein Verlaß. Die haben sich doch von Anfang so benommen – haben *alles* uns aufgehalst. Die sind so vertrauensselig und vernagelt, daß sie überhaupt gar nichts merken. Wenn *wir* ihnen also nicht Meldung machen, gibt es nichts und niemand mehr, der uns noch in die Quere kommen kann, und nach all unsern Mühen und Plagen geht diese Flucht sang- und klanglos unter: ist so viel wie nichts wert – wie wenn nichts dabei gewesen wär.«

»Also, wenn du mich fragst, Tom, so ist's mir am liebsten.«

»So 'n Quatsch!« sagt er, und er sah richtig entrüstet aus. Da sag ich:

»Aber ich will mich ja gar nicht beklagen. Alles, was dir recht ist, soll mir auch recht sein. Wie willste das mit dem Dienstmädchen machen?«

»Die machst du. Du schleichst dich mitten in der Nacht rein und klaust das Kleid von dem Mulattenmädchen.«

»Hör mal, Tom, das gibt Ärger am andern Morgen; die hat ja vermutlich nur das eine.«

»Weiß ich; aber du brauchst es ja bloß fünfzehn Minuten, um den amonymen Brief zu befördern und unter die Haustür zu schieben.«

»Gut, einverstanden, ich mach's; aber ich könnt den doch genauso praktisch in meinen eignen Klamotten befördern!«

»*Dann* siehst du aber nicht wie 'n Dienstmädchen aus, verstehste!«

»Ja, aber es ist doch gar niemand da, der sieht, wie ich ausseh – soll ja auch keiner!«

»Das hat damit überhaupt nichts zu tun. Für uns gibt's nur eins: unsre *Pflicht* tun und uns nicht drum kümmern, ob uns einer *sieht* oder nicht. Haste denn gar keine Grundsätze?«

»Gut, ich will ja nichts gesagt haben. Ich mach das Dienstmädchen. Und wer macht Jims Mutter?«

»Die bin ich. Ich klau mir ein Kleid von Tante Sally.«

»Dann mußt du aber in der Hütte bleiben, wenn ich und Jim weggehn.«

»Nicht lange. Ich stopf nämlich Jims Sachen mit Stroh aus und leg die auf sein Bett als seine verkleidete Mutter, und dann nimmt mir Jim Tante Sallys Kleid ab und zieht's an, und wir fliehen alle zusammen. Wenn nämlich ein Gefangner von Rang verduftet, nennt man das fliehen. So sagt man immer dazu, wenn zum Beispiel ein König verduftet. Und genauso bei einem Königssohn; es ist ganz egal, ob's ein natürlicher ist oder ein unnatürlicher.«

Tom hat dann den amonymen Brief geschrieben, und ich hab in der Nacht das Kleid von dem Mulattenmädchen geklaut, angezogen und den Brief unter die Tür geschoben – so wie's Tom mir gesagt hatte. Drauf stand:

Nehmt euch in acht! Unheil braut sich zusammen. Seid auf der Hut!

Ein unbekannter Freund

In der nächsten Nacht haben wir ein Bild mit einem Totenkopf und zwei gekreuzten Knochen, das Tom mit Blut gemalt hatte, an die Haustür geklebt; und in der Nacht drauf eins mit einem Sarg auf die Hintertür. Ich hab noch nie eine Familie so vor Angst schwitzen sehn. Und die hätt auch nicht größer sein können, wenn das ganze Haus voller Geister gewesen wäre, die ihnen hinter allem und unter jedem Bett aufgelauert und in der Luft rumort hätten. Wenn mal ne Tür zuschlug, ist Tante Sally zusammengezuckt und hat »autsch!« geschrien; wenn irgendwas runterfiel, ist Tante Sally zusamengezuckt und hat »autsch!« geschrien, und genauso wenn jemand sie zufällig berührt und sie's nicht bemerkt hat; sie konnte nirgendwo mehr hinsehn und ruhig bleiben, weil sie ständig meinte, irgendwas sei hinter ihr – und so ist sie dauernd urplötzlich rumgewirbelt und hat »autsch!« geschrien, und sie war noch nicht mal zu zwei Dritteln rum, da ist sie auch schon wieder zurückgewirbelt und hat wieder geschrien; und sie hatte Angst, ins Bett zu gehn, aber aufzubleiben hat sie sich auch nicht getraut. Die Idee funktionierte also glänzend, meinte Tom; noch nie hätt er eine so zufriedenstellend funktionieren sehn; und das zeige, daß wir's richtig gemacht hätten.

Und jetzt auf zum entscheidenden Schlag! sagte er triumphierend. Und schon am andern Morgen, es fing grade an zu dämmern, hatten wir nen zweiten Brief fertig und überlegten uns, wie wir den am besten einsetzen sollten; beim Abendessen hatten wir sie nämlich sagen hören, sie wollten an beiden Türen die ganze Nacht nen Nigger als Wache postieren. Tom, der ist dann am Blitzableiter runter, um rumzuspionieren; und der Nigger an der Hintertür war eingeschlafen, so hat er dem den Brief ins Genick gesteckt und kam dann wieder hoch. In diesem Brief stand:

Verratet mich nicht, ich will nämlich Euer Freund sein! Eine blutrünstige Bande von Halsabschneidern aus dem Injanerterritorium[1] drüben will Euch heut nacht Euern weggelaufnen Nigger stehlen, und die waren's auch, die versucht haben, Euch Angst einzujagen, damit Ihr im Haus bleibt und sie nicht stört. Ich bin einer von dieser Bande, aber ich hab Reljon angenommen und will mit der Bande Schluß machen und wieder ein ehrliches Leben führen und verrat Euch jetzt hier den teuflischen Plan. Die wollen sich von Norden her, am Zaun entlang, ranschleichen, genau um Mitternacht, mit einem falschen Schlüssel, dann in die Hütte von dem Nigger reingehn und sich den schnappen. Ich soll ein Stück weit von der Hütte weg aufpassen und bei Gefahr in ein Blechhorn blasen; aber statt dessen blök ich wie ein Schaf und werd gar nicht blasen; und solang die seine Kette losmachen, schleicht Ihr Euch hin und schließt sie ein und dann könnt Ihr sie in aller Ruhe töten. Haltet Euch genau an meine Worte, sonst schöpfen die nämlich Verdacht und hauen auf den Putz. Ich will wirklich keine andre Belohnung als die, zu wissen, daß ich recht gehandelt habe.

EIN UNBEKANNTER FREUND

Kapitel 40

Eine chaotische, aber glorreiche Befreiung

Wir waren richtig gut gelaunt nach dem Frühstück, haben mein Kanu genommen und sind übern Fluß zum Angeln gerudert, das Mittagessen hatten wir dabei, haben den Tag genossen, mal kurz nen Blick aufs Floß geworfen und alles

1 Dieses Gebiet, ursprünglich ein Teil der Louisiana Purchase und später der Staat Oklahoma, wurde 1834 den Indianern als »Schutzgebiet« zugeteilt; bis zur Aufnahme in die Union (1890) war es Zufluchtsort flüchtiger Rechtsbrecher.

in Ordnung gefunden, sind zu spät zum Abendessen nach Haus gekommen, haben sie so in Angst und Sorge angetroffen, daß sie nicht mehr aus und ein wußten, uns gleich ins Bett geschickt haben, kaum daß wir mit dem Abendessen fertig waren, uns auch nicht erzählen wollten, was sie plagte, und kein Wort über den neuen Brief fallen ließen, aber das auch nicht brauchten, weil wir so viel wie nur irgendeiner davon wußten, und sobald wir die Treppe halb oben waren und Tante Sally uns den Rücken zugedreht hat, sind wir zum Kellerschrank runtergeschlichen, haben uns mit nem anständigen Mittagessen beladen und in unser Zimmer raufgebracht, sind dann ins Bett und um halb zwölf wieder aufgestanden, und Tom hat das Tante Sally gestohlene Kleid angezogen und wollt schon mit dem Essen losgehn, aber sagt dann:

»Wo ist denn die Butter?«

»Ich hab nen Mocken rausgelegt«, sag ich, »auf ne Scheibe Maisbrot.«

»Also, dann hast du die da *liegenlassen* – die ist nämlich nicht dabei.«

»Wir können doch auch ohne auskommen«, sag ich.

»Wir können doch auch *mit* auskommen«, sagt er; »schleich ruhig runter in den Keller und hol sie. Und dann flitzt du den Blitzableiter runter und kommst nach. Ich geh schon mal Jims Klamotten, die seine verkleidete Mutter darstellen sollen, mit Stroh ausstopfen, und du hältst dich zum Blöken bereit und verschwindest, sobald du hinkommst.«

Und ab war er zum Fenster raus und ich in den Keller runter. Der Mocken Butter, so groß wie ne ausgewachsene Faust, lag noch da, wo ich ihn hab liegenlassen, und so nahm ich die Maisbrotscheibe samt dem Mocken drauf mit, hab mein Licht ausgeblasen und bin auf leisen Sohlen die Treppe rauf, kam auch heil ins Erdgeschoß, aber da kommt mir Tante Sally mit ner Kerze entgegen, und ich klatsch das Zeug in mein Hut und klatsch mir den Hut auf den Kopf, und im nächsten Augenblick sieht sie mich auch schon und sagt:

»Du bist im Keller unten gewesen?«

»M-hm.«

»Was haste denn da unten gemacht?«

»Garnix.«

»*Garnix*!«

»M-hm.«

»Aber, was ist denn in dich gefahren, um die Nachtzeit noch da runter zu gehn?«

»Ich hab keine Ahnung.«

»Du hast keine *Ahnung*! Gib mir nicht so eine Antwort, Tom, ich möchte wissen, was du da unten getrieben hast!«

»Ich hab gar nichts da unten gemacht, Tante Sally, ich schwör's bei Gott.«

Ich dachte, sie ließ mich jetzt ziehn, und sie hätt das sonst auch getan; aber ich schätze, wegen all den vielen seltsamen Dingen, die passiert waren, ist ihr wegen jeder Winzigkeit, die nicht absolut astrein war, der Angstschweiß ausgebrochen; und so sagt sie ganz entschlossen:

»Ab jetzt ins Wohnzimmer mit dir, und du wartest da, bis ich komme. Du hast irgendwas ausgeheckt, was du nicht tun sollst, und jede Wette, daß ich das rauskriege, bevor ich mit dir fertig bin.«

Und da ist sie weg, und ich hab die Tür aufgemacht und bin ins Wohnzimmer marschiert. Oje! waren da ein Haufen Leute! Fünfzehn Farmer, und jeder hatte ne Flinte dabei. Mir war entsetzlich elend, und ich bin zu nem Stuhl geschlichen und hab mich hingesetzt. Sie saßen rum, einige haben sich mit leiser Stimme ein bißchen unterhalten, und alle waren zapplig und nervös, haben aber versucht, so auszusehn, wie wenn sie's nicht wärn; aber ich merkte, daß sie's waren, weil sie ständig ihre Hüte runtergenommen und wieder aufgesetzt, sich am Kopf gekratzt, die Plätze getauscht und an ihren Knöpfen rumgefingert haben. Mir war's selber nicht grade wohl, aber trotzdem hab ich mein Hut aufbehalten.

Ich hätt mir jetzt doch gewünscht, Tante Sally wär gekommen, hätt mich ausgeschimpft und mich auch verprügelt, wenn sie wollte, und mich dann ziehn lassen, damit ich Tom erzählen konnte, daß wir die Sache zu weit getrieben und uns in ein Riesenwespennest gesetzt hatten, damit wir mit der Rumspielerei jetzt aufhören und mit Jim verschwinden konnten, bevor diese Strolche die Geduld verloren und uns auf den Pelz rückten.

Endlich kam sie dann und hat mich gleich mit Fragen bombardiert, aber ich konnte die nicht richtig beantworten, weil ich wie auf Kohlen saß; diese Männer waren jetzt nämlich so zapplig, daß einige auf der Stelle losgehn und diesen Desperados auflauern wollten und sagten, es seien doch bloß noch ein paar Minuten bis Mitternacht; und die andern haben versucht, sie zurückzuhalten, sie sollten doch auf das Blöken warten; und hier stand Tantchen, die mit ihren Fragen auf mir rumhackte, wo ich schon am ganzen Leib zitterte und bald vor Angst im Erdboden versunken wäre; und in dem Raum wurd es heißer und heißer, so daß die Butter losgeschmolzen und mir am Hals und hinter den Ohren runtergelaufen ist; und als kurz danach einer sagte: »*Ich* bin dafür, daß wir jetzt auf der Stelle losgehn, und zwar *gleich* in die Hütte rein, und dort fangen wir die ab, wenn sie kommen«, da hätt's mich bald umgehauen; und ein Butterbächlein tröpfelt mir über die Stirn runter, und Tante Sally, die sieht's und wird weiß wie ein Leintuch und ruft:

»Um Himmels willen, was ist bloß los mit dem Kind! –

Er hat 's Hirnfieber, so wahr ich hier steh, und 's Hirn sickert ihm schon raus.«

Und alle rennen her, um's zu sehn, und sie reißt mir den Hut vom Kopf, und raus kommt das Brot und was von der Butter noch übrig war, und sie packt mich und umarmt mich und ruft:

»Ach, was hast du mir für 'n Schreck eingejagt! Und wie froh und dankbar bin ich, daß es nichts Schlimmeres ist; das Glück ist nämlich grad gegen uns, und ein Unglück kommt selten allein, und wie ich das Zeugs da seh, hab ich mir schon gedacht, du wärst verlorn, weil ich kenn das von der Farbe her und allem, es hat grad so ausgesehn, wie wenn dir 's Hirn raus – – –. O Gott, o Gott, warum hast du mir nicht *gesagt*, daß du deswegen da unten gewesen bist, das hätt mir nichts ausgemacht. Jetzt aber ab ins Bett und lammich dich ja nimmer sehn vor morgen früh!«

In einer Sekunde war ich oben und in der nächsten den Blitzableiter runter und durchs Dunkel zum Anbau gerannt. Ich hab kaum noch ein Wort rausgebracht, so hat mir das Herz geklopft; aber ich hab Tom, so schnell ich konnte, erzählt, wir müßten jetzt nichts wie weg, hätten keine Sekunde zu verlieren – das Haus drüben voller Männer, mit Gewehren!«

Seine Augen haben nur so geleuchtet, und er sagt:

»Nee! – stimmt das? *Das* ist ja toll! Also, Huck, wenn wir's nochmal machen, wetten, daß ich dann zweihundert herkriege! Wenn wir's noch rausschieben könnten bis –«

»Tempo! *Tempo*!« sag ich. »Wo ist Jim?«

»Direkt vor deiner Nase. Wenn du den Arm ausstreckst, kannst du ihn anfassen. Er ist schon angezogen, und alles ist fertig. Wir schleichen jetzt raus und geben das Blöksignal.«

Aber da hörten wir schwere Männerschritte auf die Tür

zukommen, hörten, wie sie an dem Vorhängeschloß rumgefummelt haben; und wir hörten, wie ein Mann sagt:

»Ich hab euch doch *gesagt*, wir sind zu früh dran; die sind noch nicht da – die Tür ist geschlossen. So, ich schließ ein paar von euch in die Hütte ein, und ihr lauert denen im Dunkel auf und erschießt se, wenn se kommen; und der Rest verstreut sich in der Gegend und lauscht, ob ihr se kommen hört.«

Und da kamen sie auch schon rein, konnten uns aber im Dunkeln nicht sehn und wärn bald auf uns getappt, während wir machten, daß wir unters Bett kamen. Aber wir sind heil runtergekommen und raus durch unser Loch, schnell aber leise – zuerst Jim, dann ich und zuletzt Tom, so wie's Tom uns befohlen hatte. Wir waren jetzt im Anbau und hörten ganz nah draußen Schritte. Da sind wir zur Tür geschlichen, und Tom ließ uns da warten und hat sein Auge an den Türspalt gelegt, konnte aber nichts sehn, es war so dunkel; und er hat uns zugeflüstert, er wollt jetzt lauschen, bis sich die Schritte entfernten, und wenn er uns stupste, solle Jim als erster rausschleichen und er als letzter. Dann hat er sein Ohr an den Türspalt gelegt und gelauscht und gelauscht und gelauscht, während die Schritte die ganze Zeit da draußen rumgestapft sind; und endlich hat er uns angestupst, und wir sind rausgeschlüpft, geduckt, ohne zu atmen und ohne das winzigste Geräusch zu machen, sind ganz heimlich, einer hinterm andern, zum Zaun geschlichen, kamen auch unversehrt hin, und ich und Jim sind drüber; aber Toms Kniebundhose ist an einem Splitter vom oberen Querbalken hängengeblieben, und da hörte er Schritte kommen, und so mußte er sich losreißen, wobei der Splitter abgebrochen ist und ein Geräusch gemacht hat; und wie er hinter uns runterspringt und losrennt, ruft einer:

»Wer da? Antwort, oder ich schieße!«

Aber wir haben nicht geantwortet; wir haben bloß noch die Beine untern Arm genommen und sind auf und davon. Dann ging ein Stürmen los und peng! peng! peng! sind uns die Kugeln regelrecht um die Ohren gezischt! Wir hörten sie noch rufen:

»Da sind sie! Sie verschwinden zum Fluß runter! Ihnen nach, Männer! Und laßt die Hunde frei!«

Und da kamen sie in vollem Lauf. Wir konnten sie hören, weil sie Stiefel anhatten und johlten, aber wir hatten keine Stiefel an und johlten auch nicht. Wir waren jetzt auf dem Mühlenpfad; und als sie ganz dicht hinter uns waren, sind wir ins Gebüsch gesprungen, ließen sie vorbei und sind ihnen dann auf den Fersen gefolgt. Sie hatten alle Hunde eingeschlossen gehabt, damit sie die Räuber nicht verjagen, aber inzwischen hatte sie einer freigelassen, und da kamen sie jetzt und bellten wie tausend Kojoten, aber es waren ja unsre Hunde; und so blieben wir plötzlich stehn, bis sie uns eingeholt hatten; und wie die sehn, daß bloß wir es waren und sich ihnen gar nichts Aufregendes bot, haben sie uns grade mal begrüßt und sind gleich weitergejagt, immer dem Gebrüll und dem Getrampel nach; dann sind wir wieder stromauf und ihnen nachgerannt, bis wir nah bei der Mühle waren, haben uns da durchs Gebüsch zu meinem Kanuversteck geschlagen, sind reingesprungen und um unser Leben auf den Fluß rausgerudert, haben dabei aber nicht mehr Geräusch gemacht, als wir unbedingt mußten. Dann sind wir seelenruhig zur Insel gerudert, wo mein Floß lag; und dann hörten wir, wie sie sich gegenseitig den ganzen Fluß rauf und runter angebrüllt und angekläfft haben, bis wir so weit weg waren, daß die Laute immer schwächer wurden und sich verloren. Und als wir aufs Floß steigen, sag ich:

»*Jetzt*, alter Jim, bist du wieder ein freier Mann, und wetten, daß du nie, nie wieder ein Sklave sein wirst.«

»Un was isses auch noch für 'n tolles Abenteuer gwesn, Huck. Wundervoll plant un wundervoll ausgführt! Un 's gibt gar niemand, der 'n Plan erfindn könnt, der noch verzwickter un herrlicher is wie der.«

Wir waren alle unsagbar froh, aber Tom war's am meisten, weil er ne Kugel in der Wade stecken hatte.

Als ich und Jim das hörten, war's uns nicht mehr so nach Bäume ausreißen wie vorher. Es tat ihm allerhand weh, und 's hat auch geblutet; so haben wir ihn in den Wigwam gelegt und eins von den Hemden vom Herzog zerrissen, um ihn zu verbinden, aber er sagt:

»Gimmir die Hemdfetzen da, ich kann's selber. Haltet euch jetzt nicht auf und verschwendet keine Zeit, wo die Flucht so prächtig im Schwung ist; bemannt die Ruder und macht das Floß flott! Jungs, das haben wir bravourös gemacht – ja wirklich! Hätt sich doch bloß dieser Ludwig XVI. damals in *unsre* Hand begeben können, dann stünd jetzt nicht in seiner Biografie: »Sohn des Heiligen Ludwig, aufgefahren zum Himmel!« Nee, wir hätten den über die Grenze gesungen – das hätten wir mit dem gemacht, und wie elegant! An die Ruder – an die Ruder!«

Aber ich und Jim haben uns beraten – und nachgedacht. Und nach ner Minute Überlegen sag ich:

»Sag du's, Jim.«

»Also, in mein Augen sieht des so aus, Huck. Wenn *er*'s gwesn wär, der befreit worn is, un einer von de Jungs wär vonner Kugel troffn, tät er dann sagn: ›Fahrt weiter un rettet mich un kümmert euch net um 'n Doktor, um den hier zu retten.‹ Sieht des nach Mars Tom Sawyer aus? Tät er des sagn? *Wetten*, net! Na, un kommt Jim auf die Idee, des zu sagn? Nee, nie un nimmer – ich mach kein Schritt vom Fleck ohne 'n *Doktor*; auch in hunnert Jahr net!«

Ich wußte ja, er war innen weiß, und ich hatte damit gerechnet, daß er das sagte, was er sagte – so war jetzt alles in Ordnung, und ich hab Tom erklärt, ich wollt nen Doktor holen. Er machte deswegen ganz schön Stunk, aber ich und Jim blieben hart und wollten uns nicht vom Fleck rühren; so wollt er schon selber rauskriechen und das Floß losmachen; aber wir ließen ihn nicht. Da hat er uns gründlich seine Meinung gesagt – aber es hat nichts genützt.

Und als er mich das Kanu fertigmachen sieht, sagt er:

»Gut, also, wenn du absolut fahren mußt, will ich's dir sagen, wie du's machen mußt, wenn du in das Kaff kommst. Du schließt die Tür, verbindest dem Doktor schnell und fest die Augen, läßt ihn schwören, stumm wie ein Grab zu sein, drückst ihm ne Börse mit Gold in die Hand, dann nimmst du ihn und führst ihn im Dunkel durch alle Hintergäßchen und in alle Himmelsrichtungen, bringst ihn dann im Kanu auf Umwegen zwischen den Inseln hierher, aber durchsuch ihn nach Kreide und nimm sie ihm ab, und gib sie ihm erst wieder, wenn du ihn ins Kaff zurückgebracht hast, sonst markiert er dieses Floß mit Kreide, damit er's wiederfinden kann. So machen's nämlich alle.«

Da hab ich ihm versprochen, alles zu tun, und bin abgefahren; und Jim sollte sich, wenn er den Doktor kommen sah, so lange im Wald verstecken, bis der wieder fort war.

Kapitel 41

»Das müssen Geister gewesen sein«

Der Doktor war ein alter Mann, ein sehr netter, freundlich aussehender alter Mann, als ich ihn rausgeschüttelt habe. Ich hab ihm erzählt, ich und mein Bruder seien gestern nachmittag auf der Spanischen Insel drüben jagen gegangen, hätten da auf nem gefundnen Floß kampiert, und so gegen Mitternacht müßt mein Bruder im Traum an seine Flinte gestoßen sein, die sei nämlich losgegangen und hätt ihn ins Bein geschossen, und er möcht doch rüberkommen und 's in Ordnung bringen und kein Wort drüber reden und auch niemand was wissen lassen, weil wir heut abend nach Haus kommen und unsre Leute überraschen wollten.

»Wer sind denn eure Leute?« fragt er mich.

»Die Phelps' da unten.«

»Aha«, sagt er. Und nach ner Minute fragt er:

»Wie kam das nochmal, daß er angeschossen wurde?«

»Er hat ein Traum gehabt«, sag ich, »und der hat ihn angeschossen.«

»Seltsamer Traum«, sagt er.

Da hat er seine Laterne angezündet und seine Satteltaschen geholt, und dann sind wir los. Aber wie er das Kanu sah, war er gar nicht davon angetan – er sagte, es sei groß genug für einen, aber für zwei schein's ihm nicht grad sicher. Da sag ich:

»Ach, Sie brauchen sich nicht fürchten, Sir, es hat uns alle drei getragen – ganz bequem.«

»Welche drei?«

»Hm, mich und Sid und – und – und *die Flinten*; die hab ich gemeint.«

»Aha«, sagt er.

Trotzdem hat er seinen Fuß auf das Dollbord gesetzt und das Kanu geschaukelt, aber dann den Kopf geschüttelt und gesagt, er wollt sich doch lieber nach einem größern umsehn. Aber die waren alle gesichert und angekettet; so hat er mein Kanu genommen und sagte, ich soll warten, bis er zurückkommt, oder noch weiter rumsuchen oder vielleicht doch am besten nach Haus gehn und meine Leute auf die Überraschung vorbereiten, wenn ich Lust hätte. Aber ich sagte, das hätt ich nicht; und so hab ich ihm einfach noch erklärt, wie er das Floß finden würde, und dann ist er abgefahren.

Auf einmal kam mir ne Idee. Ich sag zu mir, was, wenn er das Bein nicht auf die schnelle wieder hinkriegt? – Was, wenn er drei oder vier Tage braucht? Was machen wir dann? – Dort rumliegen, bis er die Katze aus dem Sack läßt? Nee, sag ich zu mir, ich weiß, was ich jetzt tu. Ich warte, bis er zurückkommt, und wenn er sagt, er muß nochmal hin, geh ich auch hin, und wenn ich hinschwimmen muß; und dann schnappen wir ihn uns und fesseln ihn, halten ihn fest und fahren den Fluß runter; und wenn Tom mit ihm fertig ist, geben wir ihm, was er verdient hat, oder auch alles, was wir haben, und lassen ihn dann an Land.

Und dann bin ich in nen Holzstoß gekrochen, um ein bißchen zu schlafen; und als ich wieder aufgewacht bin, stand die Sonne schon hoch über mir! Ich bin rausgeschossen und zum Haus von dem Doktor, aber die sagten mir dort, er sei irgendwann in der Nacht weg und noch nicht zurück. Also, denk ich mir, das sieht verdammt miserabel für Tom aus, und ich flitze mal gleich zu der Insel rüber. Und so bin ich los und um die Ecke gebogen und hätt fast mein Kopf in Onkel Silas' Bauch gerammt! Da ruft er:

»Nanu, *Tom*! Wo hast denn du die ganze Zeit gesteckt, du Bengel?«

»Ich? Ich bin nirgends gewesen«, sag ich, »bloß grade mal Jagd gemacht auf den weggelaufnen Nigger – ich und Sid.«

»Aber wo seid ihr bloß hin?« fragt er. »Deine Tante hat sich fürchterliche Sorgen gemacht.«

»Das braucht sie nicht«, sag ich, »weil's uns gut gegangen ist. Wir sind den Männern und den Hunden nach, aber die waren schneller als wir, und so haben wir sie verloren; aber wir haben gedacht, wir hören sie auf dem Wasser, und so haben wir uns ein Kanu geschnappt und sind ihnen nach und über den Fluß rüber, haben aber keine Spur von ihnen gefunden; da sind wir flußauf am Ufer rumgekreuzt, bis wir ziemlich müde und erschöpft waren; haben dann das Kanu festgebunden und uns schlafen gelegt und sind erst ungefähr vor ner Stunde wieder aufgewacht; da sind wir wieder rübergerudert, um zu hören, was es Neues gibt, und Sid ist aufs Postamt, um mal die Ohren zu spitzen, und ich hab mich abgeseilt, um was Eßbares für uns aufzutreiben, und danach wollten wir nach Haus.«

Wir sind auf die Post, um »Sid« zu holen; aber wie ich befürchtet habe, war er nicht da; dann hat der alte Mann einen Brief von der Post geholt, und wir haben noch ne Weile gewartet, aber Sid ist nicht erschienen; da sagte der alte Mann, komm mit, soll Sid zu Fuß oder mit dem Kanu nach Haus, wenn er sich genug rumgetrieben hat – aber wir reiten. Ich konnt ihn nicht überreden, mich dableiben und auf Sid warten zu lassen; er sagte, das hätt kein Sinn mehr, und ich müßt jetzt mitkommen und Tante Sally zeigen, daß wir gesund und wohlauf seien.

Als wir heimkamen, war Tante Sally dermaßen froh,

mich wiederzusehn, daß sie gleichzeitig gelacht und geweint, mich umarmt und mir ein paar von ihren Prügeln verpaßt hat, die man glatt vergessen kann, und dann hat sie gesagt, sie wollt Sid das gleiche verpassen, wenn der heimkommt.

Und das Haus war zum Mittagessen gerammelt voll von Farmern und Farmersfrauen; und was die für ein Geplapper vollführt haben, so was hat man noch nicht gleich gehört! Die alte Mrs. Hotchkiss war die schlimmste; ihr Mundwerk war die ganze Zeit am Laufen. Sie sagt:

»Also, Schwester Phelps, ich hab selbige Hütt auf 'n Kopf gstellt, und ich glaub, der Nigger war übergschnappt. Ich sag zu Schwester Damrell – net wahr, Schwester Damrell? – der is übergschnappt, sag ich – des sin meine Wort gwese, genau. Ihr habt's alle ghört: der is übergschnappt, sag ich; des sieht man an allem, sag ich. Seht euch bloß den Schleifstein da an, sag ich; soll *mir* bloß keiner erzähle, daß 'n Gschöpf, das noch bei Verstand is, lauter so verrückts Zeugs auf 'n Schleifstein kratzt, sag ich! Hier is dem und dem sein Herz kaputt gange; un hier hat einer siebenunddreißig Jahr gschuftet und so weiter – der natürlich Sohn von Ludwig 'm soundsovielte un endlos weiter so 'n Mist. Der is total übergschnappt, sag ich; des hab ich am Anfang, mittedrin und die ganz Zeit scho gsagt – der Nigger ist verrückt, so verrückt wie Nebokudnezar, sag ich.«

»Un sieh dir bloß selbige Leiter aus Lumpe an, Schwester Hotchkiss«, sagt die alte Mrs. Damrell, »was, in Gotts Name, hat er mit der bloß anstelln wolle –«

»Genau des sin meine Wort gwesn, grad eben hab ich des zu Schwester Utterback gsagt, sie kann's selber bezeugn. Sieh dir bloß selbige Lumpeleiter an, sagt se; ja, sag ich, *sieh* se dir bloß an – was hat er bloß mit der anstelln wolle, sag ich. Se sagt, Schwester Hotchkiss, sagt se –«

»Heimatland! Wie haben die bloß den Schleifstein *da rein*kriegt? – Un wer hat selbiges *Loch* graben? Un wer –«

»Genau des sin meine *Wort* gwesn, Bruder Penrod! Ich hab des gsagt – ach, reicht mir doch bitte die Sirupsoß – ich hab des zu Schwester Dunlap gsagt, grad eben – wie *haben* die bloß den Schleifstein da reinkriegt, sag ich. Ohne *Hilfe*, wohlgmerkt – ohne *Hilfe*! *Das* is der Witz! Sag *mir* bloß keiner, der hat keine Hilf ghabt; jede Menge Hilfe sogar hat der ghabt, sag ich; 'n ganzes *Dutzend* hat dem Nigger gholfe, un wetten, daß ich jedem, aber auch jedem Nigger hier die Haut abziehn tät, bis ich rausfänd, wer's getan hat; un außerdem, sag ich –«

»Ein *Dutzend* sagst du! – *Vierzig* hätten des net alles schaffen können, was die gmacht ham. Sieh dir bloß die Hirschfängersägen an un all des Zeugs, wie lang die braucht haben, um des zu machen; oder den Bettpfosten, den se damit abgesägt haben, ne Arbeit von ner Woche für sechs Mann; oder den Nigger da aus Stroh auf dem Bett; oder sieh dir –«

»Des kann man woll sagn, Bruder Hightower! Genau des hab ich grad zu Bruder Phelps selber gsagt. Sagt er, was hältste denn davon, Schwester Hotchkiss? sagt er. Von was, Bruder Phelps? sag ich. Davon, wie der Bettpfosten abgesägt worden ist, sagt er. Was ich davon *halt*? sag ich. Jede Wette, der hat sich nicht von selber abgesägt, sag ich; des is meine Meinung, du kannst des glaubn oder auch net, un wenn die auch gar nix gilt; aber jedenfalls is des meine Meinung, sag ich, un wenn einer ne beßre vorbringen kann, soll er nur, sag ich, von mir aus. Ich sag dann zu Schwester Dunlap, sag ich –«

»Donner und Doria! – Die Hütte muß vier Wochen lang jede Nacht voller Nigger gwesen sein, um all des zu schaffen, Schwester Phelps. Sieh dir bloß des Hemd an! – Noch der letzte Zoll ist mit afrikanischer Geheimschrift übersät, und alles mit Blut geschrieben! Da muß ständig, die ganze Zeit, fast ne ganze Floßmannschaft am Werk gwesen sein. Also, ich gäb zwei Dollar drum, daß mir die einer entziffert; un diese Nigger, die des gschrieben ham, ich glaub, die tät ich mir vornehmn un auspeitschn, bis –«

»Leut, die ihm *geholfen* haben, wahr gesprochen, Bruder Marples! Also, davon wärst du garantiert überzeugt, wenn du die letzte Zeit in diesem Haus zugebracht hättest. Die haben doch alles gestohlen, was ihnen unter die Finger kam – und dabei haben wir ständig aufgepaßt, wohlgemerkt. Haben die doch das Hemd direkt von der Leine gestohlen! Und das Leintuch erst, aus dem sie die Strickleiter gemacht haben, ich weiß nicht, wie oft die das gestohlen haben; und Mehl und Kerzen und Kerzenhalter und Löffel und die alte Wärmpfanne und tausenderlei Sachen, die mir schon wieder entfallen sind, und mein neues Kattunkleid; und wie gesagt, ich und Silas und mein Sid und Tom ständig auf der Lauer, Tag *und* Nacht, und nicht einer von uns hat was gesehn oder gehört von denen, kein Lufthauch und nichts; und zu guter Letzt, siehe da!, schleichen die sich doch direkt vor unsern Nasen rein und halten nicht nur *uns* zum Narren, sondern vielmehr auch die Räuber aus dem Injanerterritorium, und *entkommen* doch tatsächlich ungeschoren mit diesem Nigger, und das bei sechzehn Mann und zweiundzwanzig Hunden direkt auf ihren Fersen, just im selben Moment! Ich sag euch, das ist das Tollste, was ich je gehört habe. Wirklich, *Geister* hätten das nicht besser fertiggebracht und wären nicht schlauer gewesen. Und ich glaub auch, das *müssen* Geister gewesen sein – weil, ihr kennt ja unsre Hunde, 's gibt keine beßren; ja, und die haben nicht mal *Spur* von denen aufgenommen, nicht mal das! Soll mir *das* einer erklären, wenn er kann – da bin ich gespannt!«

»Also, das is uner–«

»Herrschaft Sechser, so was hab ich noch nie –«

»Bei Gott, ich möcht nicht –«

»*Haus*diebe auch noch –«

»Um Himmelsgottes willen, hätt's mir gegruselt, in so einem Haus zu wohnen!«

»Gegraust, hier zu wohnen, sagst du! – Also, ich hab solche Angst ausgestanden, daß ich kaum mehr gewagt hab, ins Bett zu gehn oder aufzustehn oder mich hinzulegen oder mich hinzusetzen, Schwester Ridgeway. Wirklich, die hätten einem 's Kissen unterm Kopf weggestohlen – du lieber Himmel, ihr könnt euch nicht vorstellen, wie's in *mir* ausgesehn hat, als es gestern auf Mitternacht zugegangen ist. Bei Gott! Ich hab solche Angst gehabt, die würden einen von der Familie entführen! Es war schon so weit mit mir gekommen, daß ich all mein Verstand verloren hab. *Jetzt*, am Tag, sieht's albern genug aus; aber, sag ich zu mir, da oben schlafen meine zwei armen Buben in dem einsamen Zimmer, und weiß der Himmel, ich bin so besorgt gewesen, daß ich raufgeschlichen bin und die beiden eingeschlossen habe. Ja, das *hab* ich. Jeder hätt das getan. Weil, ihr wißt ja, wenn einem die Angst im Nacken sitzt und nicht aufhört, und statt dessen die ganze Zeit immer noch schlimmer wird, und man im Kopf ganz konfus wird und anfängt, alle möglichen verrückten Dinge zu tun, und irgendwann fragt man sich dann selber, was, wenn *ich* ein Bub wär, da oben im Bett, und die Tür ist nicht abgeschlossen, und man –«. Sie hat sich unterbrochen und sah ein bißchen verdutzt aus, dann hat sie den Kopf langsam rumwandern lassen, und als ihr Blick auf mich fiel – ich bin aufgestanden und erst mal spazieren.

Ich sag zu mir, wenn ich mal kurz nach draußen geh und drüber nachdenke, kann ich besser erklären, wieso wir heut morgen nicht in dem Zimmer da oben waren. Und das hab ich dann auch getan. Aber ich hab mich nicht getraut, weit weg zu gehn, sonst hätt sie mich holen lassen. Als es Abend wurde, sind die Leute alle gegangen, und da kam ich wieder rein und hab ihr erzählt, der Lärm und das Flintenknallen hätten mich und »Sid« aufgeweckt, die Tür sei aber abgeschlossen gewesen, und wir hätten doch den Spaß auch sehn wollen, und da seien wir den Blitzableiter runter; dabei hätten wir uns beide ein bißchen verletzt und wollten *das* auch nie wieder tun. Und dann hab ich weitererzählt und ihr all das gesagt, was ich Onkel Silas schon vorher erzählt hatte; und da sagte sie, sie wollt uns nochmal verzeihen, und vielleicht sei auch so alles in Ordnung, und was man von Jungen schon anders erwarten könnt, die seien doch allesamt ne ziemlich leichtsinnige Bande, soweit sie gemerkt hätte; und solang weiter keiner zu Schaden gekommen sei, wollt sie ihre Zeit lieber damit zubringen, dankbar zu sein, daß wir noch leben und gesund sind, statt sich zu grämen über was, das vergangen und vorbei ist. Sie hat mich geküßt und auf den Kopf getätschelt und ist dann in tiefes Nachdenken versunken; aber auf einmal springt sie auf und sagt:

»Herrjemine! es ist bald Nacht, und Sid ist noch immer nicht da! Was ist bloß mit dem Jungen los?«

Ich seh meine Chance; so bin ich hochgehüpft und sag:

»Ich lauf mal in den Ort und hol ihn.«

»Nein, das machst du nicht«, sagt sie. »Du bleibst da, wo du bist, es reicht, wenn *einer* verschwunden ist. Wenn er zum Abendessen noch nicht da ist, geht dein Onkel Silas.«

Und er war zum Abendessen noch nicht da; so ist gleich danach der Onkel los.

So gegen zehn kam er schon ein bißchen besorgt zurück; er hatte von Tom keine Spur gefunden. Tante Sally war mächtig besorgt; aber Onkel Silas sagte, dazu sei kein Anlaß – Jungen seien halt Jungen, und sie würd schon sehn, daß der da am Morgen heil und gesund auftaucht. Da mußte sie sich zufriedengeben. Aber sie sagte, sie wollt trotzdem noch ne Weile für ihn aufbleiben und ein Licht brennen lassen, damit er's sehn könnte.

Und dann, als ich ins Bett bin, ist sie mit mir rauf, hat ihre Kerze geholt, hat mich verpackt und so lieb bemuttert, daß ich mir gemein vorkam und ihr nicht mehr ins Gesicht sehn konnte; und sie hat sich aufs Bett gesetzt und lang mit mir gesprochen und sagte, was Sid für ein prächtiger Junge sei, und wollt anscheinend gar nicht mehr aufhören, über ihn zu reden; und immer wieder hat sie mich gefragt, ob ich glaube, daß er sich verirrt hat oder verletzt ist oder gar ertrunken und vielleicht jetzt irgendwo liegt und Schmerzen leidet oder sogar tot ist, und sie könnt nicht bei ihm sein und ihm helfen; und da sind ihr leise die Tränen runtergetropft, und ich hab ihr erzählt, daß es Sid gut geht und er vorm andern Morgen wieder zu Haus wär, ganz sicher; und sie hat mir die Hand gedrückt oder mich vielleicht geküßt und gebeten, das nochmal und immer nochmal zu sagen, weil's ihr gut täte und sie so bekümmert sei. Und im Weggehn hat sie mir tief in die Augen geschaut, ganz fest und sanft, und sagt dann:

»Die Tür ist bestimmt nicht abgeschlossen, Tom; und da ist das Fenster und der Blitzableiter; aber du bist brav, ja? Und gehst nicht weg? *Mir* zuliebe, ja?«

Der Himmel weiß, daß mich's brutal wegzog, um nach Tom zu sehn, und ich drauf und dran war, abzuhauen; aber danach wär ich nicht für ein Königreich weg.

Aber sie lag mir auf der Seele, und Tom auch; so hab ich sehr unruhig geschlafen. Und zweimal bin ich den Blitzableiter runter, in die Nacht raus, und vor der Haustür rumgeschlichen und hab sie am Fenster bei ihrer Kerze sitzen sehn, die Augen auf den Weg gerichtet und Tränen darin; ich wollt, ich hätt was für sie tun können, aber ich konnte nicht – außer schwören, daß ich ihr nie, nie wieder Kummer bereiten wollte. Und in der Morgendämmerung bin ich zum dritten Mal aufgewacht und leise den Blitzableiter runter, und sie saß noch immer da, die Kerze war bald aus; ihren grauen Kopf hatte sie auf die Hand gestützt und schlief.

Kapitel 42

Warum sie Jim nicht gehängt haben

Der alte Mann war vorm Frühstück wieder im Ort oben gewesen, aber er hat keine Spur von Tom finden können; und beide saßen nachdenklich am Tisch, sagten kein Ton und machten ein trauriges Gesicht; ihr Kaffee wurde kalt, und essen taten sie auch nichts. Nach ner Weile fragt der Alte:

»Hab ich dir den Brief gegeben?«

»Was für 'n Brief denn?«

»Den, den ich gestern von der Post geholt habe.«

»Nein, du hast mir gar keinen Brief gegeben.«

»Dann muß ich's wohl vergessen haben.«

Er hat in seinen Taschen rumgesucht, ist dann irgendwohin weg, wo er ihn hingelegt hatte, hat ihn gebracht und ihr gegeben. Sie sagt:

»Ach, der ist ja von St. Petersburg – von meiner Schwester.«

Ich dachte, noch ein Spaziergang würd mir gut tun; aber ich konnt mich nicht vom Fleck rühren. Aber sie hatte den Brief noch nicht geöffnet, da ließ sie ihn fallen und ist gerannt – weil sie was gesehen hat. Und ich auch. Es war Tom Sawyer auf einer Matratze; und dieser alte Doktor; und Jim in *ihrem* Kattunkleid, die Hände hinten zusammengebunden; und ein Haufen Leute. Ich hab den Brief hinter dem erstbesten Gegenstand versteckt und bin rausgerannt. Und sie hat sich weinend auf Tom gestürzt und sagt:

»Oh, er ist tot – tot, ich weiß, er ist tot.«

Und Tom, der hat den Kopf ein bißchen gedreht und irgendwas gemurmelt, was zeigte, daß er nicht bei vollem Verstand war; dann hat sie die Hände hochgerissen und ruft:

»Er lebt noch, Gott sei Dank! Mehr will ich gar nicht!«, und sie hat ihm schnell nen Kuß aufgedrückt, ist ins Haus geflogen, um das Bett zu richten, und hat alle Naslang Befehle an die Nigger und alle andern verstreut.

Ich bin den Männern nach, weil ich sehen wollt, was sie mit Jim vorhatten; und der alte Doktor und Onkel Silas kamen nach Tom ins Haus. Die Männer waren sehr erbost, und einige wollten Jim hängen, als abschreckendes Beispiel für alle andern Nigger in der Gegend, damit keiner mehr wagen würd wegzulaufen wie Jim und so nen Riesenwirbel zu machen und ne ganze Familie tage- und nächtelang bald zu Tode zu ängstigen. Aber die andern sagten, macht das ja nicht, damit erreicht ihr gar nichts; er ist nicht unser Nigger und sein Besitzer wird hier auftauchen und uns für ihn berappen lassen, bestimmt. Das hat sie wieder ein bißchen abgekühlt, weil diejenigen, die am schärfsten drauf sind, nen Nigger, der nicht ganz richtig gehandelt hat, zu hängen, auch immer diejenigen sind, die am wenigsten scharf drauf sind, für ihn zu zahlen, wenn sie erst mal ihren Zorn an ihm ausgelassen haben.

Trotzdem haben sie Jim mordsmäßig ausgeschimpft

und ihm immer wieder mal ein, zwei Schläge an den Kopf gehauen, aber Jim hat kein Ton gesagt und auch nicht verraten, daß er mich kennt. Und sie haben ihn in die alte Hütte zurückgebracht, ihm seine eignen Kleider angezogen, ihn wieder angekettet, und zwar diesmal nicht an einen Bettpfosten, sondern an eine große, in den untersten Balken getriebne Krampe, haben ihm auch die Hände und beide Beine gefesselt und gesagt, er sollt nach alldem nichts als Brot und Wasser bekommen, bis sein Besitzer käme oder er bei einer Auktion verkauft würde, weil der ja in der ganzen Zeit noch nicht erschienen sei, haben unser Loch wieder aufgefüllt und gesagt, zwei Farmer mit Flinten müßten jede Nacht um die Hütte rum Wache stehn, und bei Tag müßt ne Bulldogge an die Tür gebunden werden; und irgendwann waren sie mit ihrer Arbeit fertig und wollten sich grad mit so nem Generalfluch verabschieden, als der alte Doktor kommt und reinschaut und sagt:

»Seien Sie nicht härter zu ihm als unbedingt nötig, er ist nämlich kein schlechter Nigger. Als ich hinkam, wo ich den Jungen fand, war mir klar, daß ich ohne Hilfe die Kugel nicht würd herausschneiden können, aber er war nicht in der Verfassung, daß ich weggehn und Hilfe holen konnte; und allmählich wurd es immer schlimmer mit ihm, und nach einiger Zeit hat er den Verstand verloren und mir gedroht, wenn ich sein Floß mit Kreide markierte, wollt er mich umbringen, und lauter solche Verrücktheiten, und mir war klar, daß ich gar nichts bei ihm ausrichten konnte; da sag ich laut, ich muß irgendwie *Hilfe* holen; und im selben Augenblick kriecht auch schon dieser Nigger von irgendwo raus und sagt, er will mir helfen und hat das auch getan und sogar sehr gut. Natürlich hab ich mir gedacht, er muß ein weggelaufner Nigger sein, und da saß ich nun fest! Und mußte da bleiben, den ganzen geschlagnen Tag und auch noch die Nacht dazu. Es war zum Verzweifeln, sag ich Ihnen! Im Ort hatte ich zwei Patienten mit Schüttelfrost und natürlich wär ich gern zu denen rübergeeilt, um nach ihnen zu sehn, aber ich hab es nicht gewagt, weil der Nigger ja leicht entkommen konnte und ich dann dran schuld wäre; und es kam nicht ein einziges Mal ein Boot nah genug zum Anrufen vorbei. Ich mußte also rund um die Uhr dableiben bis heute zum Morgengrauen; und ich hab noch keinen Nigger erlebt, der ein besserer Krankenpfleger oder treuer gewesen wäre, und dabei hat er seine Freiheit aufs Spiel gesetzt und war auch restlos erschöpft, und es war deutlich zu sehn, daß er in letzter Zeit ganz hart rangenommen worden war. Ich hab den Nigger deswegen richtig gemocht; ich sag Ihnen, meine Herren, ein Nigger wie der ist seine tausend Dollar wert – und auch eine freundliche Behandlung. Ich hatte alles, was ich brauchte, und dem Jungen ging es dort so gut wie zu Haus – vielleicht sogar besser, weil es so ruhig war; aber ich saß da fest und hatte beide auf dem Hals; und ich mußte dableiben, bis zur Morgendämmerung; da kamen ein paar Männer in einem Boot vorbei, und zum guten Glück saß der Nigger neben dem Strohsack, den Kopf auf den Knien, und hat tief geschlafen; so hab ich sie leise hergewunken, und sie sind zu ihm hingeschlichen, haben ihn gepackt und gefesselt, bevor er wußte, wie ihm geschah, und wir hatten überhaupt keine Probleme. Und da inzwischen auch der Junge in so einem leichten Schlaf lag, haben wir die Ruder umwickelt, das Floß angehängt, und es schön sachte rüberbugsiert, und es gab nicht den geringsten Anstand mit dem Nigger, und er hat keinen Ton gesagt, von Anfang an. Er ist gewiß kein schlechter Nigger, meine Herren; das ist meine Meinung von ihm.«

Da sagt einer:

»Also, das hört sich sehr gut an, Doktor, muß ich schon sagen.«

Da haben sich die andern auch wieder ein bißchen abgeregt, und ich war diesem alten Doktor unheimlich dankbar, daß er Jim einen so guten Dienst erwiesen hatte; und ich war auch froh, daß meine Meinung von ihm richtig war; gleich beim ersten Mal nämlich, wo ich ihn sah, hab ich mir gedacht, daß er ein gutes Herz hat und auch ein guter Mensch ist. Und jetzt waren sich alle einig, daß Jim sehr anständig gehandelt hatte und es verdiente, daß sie sich ihm irgendwie erkenntlich zeigten und ihn belohnten. So hat jeder von ihnen gleich und aufrichtig versprochen, daß er ihn nicht mehr ausschimpfen wollte.

Dann kamen sie raus und schlossen ihn ein. Ich hab gehofft, sie würden noch sagen, daß sie ihm eine oder zwei Ketten erlassen wollen, weil die höllisch schwer waren, oder daß er Fleisch und Gemüse zu seinem Brot und Wasser bekommen kann, aber sie haben nicht dran gedacht, und ich hielt's fürs beste, wenn ich mich nicht einmische; aber ich hab beschlossen, Tante Sally die Geschichte von dem Doktor irgendwie beizubringen, wenn ich erst mal die Hürden, die vor mir lagen, hinter mir hatte. Die Erklärungen, meine ich, wieso ich Sids Schußverletzung vergessen hatte zu erwähnen, als ich ihr erzählte, wie er und ich uns diese verflixte Nacht um die Ohren schlugen, in der wir rumrudernd Jagd auf den weggelaufnen Nigger machten.

Aber es war noch massig Zeit. Tante Sally, die hat jetzt Tag und Nacht im Krankenzimmer gesteckt; und jedesmal, wo ich Onkel Silas rumwandeln sah, bin ich ihm ausgewichen.

Am nächsten Morgen hab ich gehört, daß es Tom viel besser geht, und sie sagten, Tante Sally sei weg, um ein Nickerchen zu machen. So bin ich leise ins Krankenzimmer rein in der Hoffnung, wenn ich ihn wach antreffe, könnten wir zusammen für die Familie ein maschendichtes Garn spinnen. Aber er schlief grade, und noch dazu ganz friedlich; und er war blaß, und nicht mehr so feuergesichtig, als wie er ausgesehn hatte, wo er kam. Da hab ich mich hingesetzt und drauf gelauert, daß er aufwacht. Nach ungefähr ner halben Stunde kam Tante Sally auf leisen Sohlen rein, und da saß ich, schon wieder aufgeschmissen! Sie hat mir ein Zeichen gemacht, still zu sein, sich neben mich gesetzt und gleich losgeflüstert, wir könnten jetzt alle froh sein, seine Symptome seien nämlich alle erstklassig, und er hätte so schon ne halbe Ewigkeit geschlafen und säh auch immer besser und friedlicher aus, und es ständ jetzt zehn zu eins, daß er bei vollem Verstand aufwachte.

So haben wir dagesessen und ihn angeschaut, und nach ner Weile hat er sich ein bißchen bewegt, die Augen ganz normal aufgemacht, sich umgesehn und sagt dann:

»Hallo, ich bin ja zu *Hause*! Wie kommt denn das? Wo ist das Floß?«

»Es ist alles in Ordnung«, sag ich.

»Und *Jim*?«

»Auch«, sag ich, aber es war nicht viel Mumm dahinter. Aber er hat es gar nicht bemerkt und sagt:

»Gut! Großartig! *Jetzt* haben wir's geschafft und sind in Sicherheit! Hast du's Tantchen schon erzählt?«

Ich wollt schon ja sagen; aber sie hat sich reingehängt und fragt ihn:

»Was denn, Sid?«

»Na, wie wir die ganze Sache geschafft haben!«

»Was für ne Sache denn?«

»*Die* ganze Sache. Da gibt's doch bloß eine, wie wir den weggelaufnen Nigger befreit haben – ich und Tom.«

»Großer Gott! Den weggelauf–. Von was redet das

Kind bloß? Barmherziger Himmel, hat er schon wieder den Verstand verloren?«

»*Nein*, ich hab nicht den V e r s t a n d verloren! Ich weiß genau, von was ich rede. *Wir* haben ihn befreit – ich und Tom. Wir haben den Plan entwickelt und auch *ausgeführt*. Und wie elegant erst!« Er hatte jetzt einen Anfang erwischt, und sie hat ihn nicht mehr unterbrochen, hat bloß noch dagesessen und ihn nur so angestarrt und alles runterrasseln lassen; klar, es war zwecklos, daß *ich* mich noch einmischte. »Echt, Tantchen, das war ne Mordsarbeit – ganze Wochen warn wir dran, Stunde um Stunde, jede Nacht, als ihr alle geschlafen habt. Und wir mußten Kerzen stehlen, und das Leintuch und das Hemd und dein Kleid und Löffel und Zinnteller und Hirschfänger und die Wärmpfanne und den Schleifstein und Mehl und endlos viele Sachen, und du kannst dir gar nicht vorstellen, was für ne Arbeit das war, die Sägen und Federn und Inschriften und noch dies und jenes zu machen, und nicht mal *halb* kannst du dir unsern Spaß dabei vorstellen. Und wir mußten uns die Bilder von den Särgen und den andern Dingen ausdenken, und auch die amonymen Briefe von den Räubern, mußten den Blitzableiter rauf und runter, das Loch unter der Hütte reingraben, die Strickleiter herstellen und die eingebacken in ner Pastete reinschicken, Löffel und andre Gegenstände zum Arbeiten in deiner Schürzentasche reinschmuggeln –«

»Barmherziger Himmel!«

» – und die Hütte mit Ratten und Schlangen und dem ganzen Getier vollstopfen, als Gesellschaft für Jim; und dann hast du Tom mit der Butter im Hut hier so lang festgehalten, daß du beinah das ganze Abenteuer ruiniert hast, weil die Männer gekommen sind, bevor wir aus der Hütte raus waren, und wir mußten losrennen, und sie haben uns gehört und auf uns gefeuert, und ich hab mein

Teil abbekommen, und dann sind wir vom Weg runter und haben sie vorbeigelassen, und als die Hunde kamen, waren die gar nicht interessiert an uns, sondern sind dem größten Lärm nach, und wir haben unser Kanu geholt und sind zum Floß gesteuert und waren alle in Sicherheit, und Jim war ein freier Mann, und wir haben das alles alleine geschafft – ist das nicht toll, Tantchen!«

»Also, so was hab ich meiner Lebtag noch nicht gehört! *Ihr* seid das also gewesen, ihr kleinen Halunken, ihr habt diesen ganzen Schlamassel verursacht und hier jeden glatt um den Verstand gebracht und uns alle zu Tode geängstigt! Ich hab gute Lust wie noch nie, euch meinen Zorn auf der Stelle spüren zu lassen. Nicht zu denken, daß ich Nacht für Nacht hier zugebracht habe und – werd *du* erst mal wieder gesund, du Lausbub, wetten, daß ich dann euch beiden das Fell gerbe, bis ihr –!«

Aber Tom, der war so stolz und ausgelassen, er konnte sich nicht mehr bremsen, und seine Zunge lief richtig heiß – während sie ihm immer wieder dazwischengefahren ist und Gift und Galle gespuckt hat, und beide haben zusammen aufgedreht wie bei ner Katzenversammlung; und irgendwann sagt sie:

»Na schön, freu du dich *jetzt* nur, so viel du kannst, aber paß auf, wenn ich dich nochmal erwische, wie du dich mit ihm einläßt –«

»Mit *wem* einläßt?« fragt Tom und lächelt nicht mehr und macht ein erstauntes Gesicht.

»Mit *wem*, fragst du? Na, mit dem weggelaufnen Nigger natürlich! Mit wem hast du denn geglaubt?«

Tom schaut mich ganz ernst an und sagt:

»Tom, hast du mir nicht grad eben erzählt, es geht ihm gut? Ist er nicht weggekommen?«

»*Der?*« sagt Tante Sally; »der weggelaufne Nigger? Aber garantiert nicht. Sie haben ihn zurückgebracht, heil und gesund, und jetzt ist er wieder in seiner Hütte, bei Brot und Wasser und mit Ketten beladen, bis er zurückgefordert oder verkauft wird.«

Tom hat sich kerzengrade im Bett aufgesetzt, seine Augen glühten, seine Nasenlöcher sind wie Kiemen auf und zugegangen, und er schreit mich an:

»Die haben überhaupt kein *Recht*, ihn einzusperren! Schieb ab! – Verlier keine Sekunde! Mach ihn frei! Er ist kein Sklave mehr; er ist so frei wie jedes Geschöpf, das über diese Erde wandelt.«

»Was *meint* denn das Kind bloß?«

»Ich meine genau das, was ich *sage*, Tante Sally, und wenn niemand hingeht, geh ich. Ich kenn ihn schon mein ganzes Leben und Tom hier auch. Die alte Miss Watson ist vor zwei Monaten gestorben, und sie hat sich geschämt, daß sie ihn jemals den Fluß runter verkaufen wollte und hat das auch *gesagt*; und sie hat ihn in ihrem Testament freigelassen.«

»Aber warum in aller Welt hast *du* ihn dann befreien wollen, wo er doch schon frei gewesen ist?«

»Also, *das* ist ne Frage, muß ich schon sagen, die kann *bloß* ne Frau stellen! Hör mal, ich wollt ein *Abenteuer* erleben; und ich wär knietief im Blut gewatet, um – Himmelherrgott, Tante Polly!«

Und wenn die nicht da gestanden hat, mitten in der Tür, und so sanft und zufrieden ausgesehn hat wie ein Engel halb voll Kuchen, soll mich der Blitz treffen!

Tante Sally ist auf sie zu gesprungen und hat ihr bald den Kopf abgedrückt, hat geweint vor Freude, und ich hab nen einigermaßen sichern Platz für mich unterm Bett entdeckt, weil's jetzt nämlich, so schien's mir, ziemlich brenzlig für *uns* wurde. Und ich hab rausgespäht, und nach ner Weile hat sich Toms Tante Polly losgeschüttelt und stand da und hat über ihre Brillengläser zu Tom rübergeschaut – wie wenn sie ihn in den Erdboden stampfen wollte. Und dann sagt sie:

»Ja, dreh nur den Kopf weg – das tät ich auch, wenn ich du wär, Tom!«

»Ach, du mein Gott!« ruft Tante Sally; »hat er sich denn so verändert? Das ist doch nicht *Tom*, das ist Sid; Tom ist – Tom ist – na, wo ist denn Tom? Der war doch vor ner Minute noch hier.«

»Du meinst, wo Huck *Finn* ist – das meinst du! Ich denke doch, daß ich nicht all die Jahre so nen Lausbub wie meinen Tom großgezogen habe, um ihn nicht wiederzuerkennen, wenn ich ihn *sehe*. Das wär ja noch schöner. Komm unterm Bett vor, Huck Finn!«

Und das hab ich auch getan. Aber es war mir nicht kühn zumut.

Tante Sally, die hat so ein verwirrtes Gesicht gemacht, wie ich's noch bei keinem Menschen gesehn habe; außer noch bei einem, und das war Onkel Silas, als er reinkam und sie ihm alles erzählt haben. Es hat ihn regelrecht betrunken gemacht, sozusagen, und er hat für den Rest des Tages nicht mehr gewußt, wo ihm der Kopf stand, und am Abend zur Gebetsversammlung ne Predigt gehalten, die ihm einen sagenhaften Ruf eingetragen hat, weil auch der älteste Mensch auf der Welt nichts davon verstanden hätte. Und Toms Tante Polly, die hat haarklein erzählt, wer und was ich war; und ich mußte sofort erzählen, warum ich so in der Klemme steckte, daß ich, als mich Mrs. Phelps für Tom Sawyer hielt – da ist sie mir ins Wort gefallen und sagt: »Ach, nenn mich nur weiter Tante Sally, ich hab mich jetzt dran gewöhnt, zu was also sollst du's ändern?« –, daß ich also, als mich Tante Sally für Tom Sawyer hielt, das ertragen mußte – es gab keinen andern Ausweg, und ich wußte, ihm wär's egal, er wär vielmehr ganz scharf drauf, weil's ein Geheimnis war, und er würd ein Abenteuer draus machen und vollkommen zufrieden sein. Und so kam's dann auch, und er tat so, wie wenn er Sid wäre, und hat mir alles so leicht wie nur möglich gemacht.

Und seine Tante Polly, die hat gesagt, daß Tom mit der alten Miss Watson recht hatte und die wirklich Jim in ihrem Testament freigelassen hatte; und so hat doch Tom Sawyer tatsächlich die ganze Plackerei auf sich genommen, um einen freien Nigger zu befreien! Und ich konnt mir vorher unmöglich erklären, bis zu dem Augenblick, wo diese Unterhaltung stattfand, wieso er jemand helfen konnte, nen Nigger befreien – bei seiner Erziehung.

Tante Polly, die hat dann weitererzählt, als ihr Tante Sally geschrieben hat, Tom und *Sid* seien hier angekommen, gesund und munter, habe sie sich gleich gesagt:

»Sieh mal an! Das hätt ich mir denken können, als ich ihn so allein fortgelassen habe ohne jemand, der auf ihn aufpaßt. Jetzt hab ich also den ganzen Weg den Fluß runterlatschen müssen, elfhundert Meilen, bloß um rauszufinden, was dieser Lümmel *dies*mal angestellt hat; zumal wo ich, scheint's, keine Antwort kriegen konnte.«

»Aber ich hab nie was von dir gehört!« sagt Tante Sally.

»Also, ich frag mich – ich hab dir doch zweimal geschrieben, um zu erfahren, was du damit meinst, daß Sid hier ist.«

»Aber ich hab se nie bekommen, Schwester.«

Tante Polly, die hat sich ganz langsam und streng umgedreht und sagt dann:

»Du also, Tom!«

»Ja – *was* denn?« sagt er ziemlich mürrisch.

»Du sollst mich nicht immer ›was denn‹ fragen, du unverschämter Kerl – gib die Briefe her!«

»Was für Briefe denn?«

»*Diese* Briefe. Ich versprech dir, wenn ich dich erst packen muß, dann –«

»Die sind in dem Koffer. Da! Und sie sind noch genauso, wie sie waren, als ich sie von der Post abgeholt habe. Ich hab nicht reingeschaut, ich hab sie nicht angerührt. Aber ich hab gewußt, wegen denen würd's Ärger geben, und da hab ich mir gedacht, wenn du's nicht eilig hast, könnt ich –«

»Also, du *brauchst* ne Abreibung, da gibt's nichts. Und ich hab übrigens noch einen geschrieben, um dir zu sagen, daß ich komme; und vermutlich hat er –«

»Nein, der ist gestern gekommen; ich hab ihn noch nicht gelesen, aber mit *dem* stimmt alles, den hab ich gekriegt.«

Ich hätt ihr gern ne Wette um zwei Dollar angeboten, daß sie ihn nicht hatte, aber ich dacht mir, vielleicht ist's doch sichrer, es seinzulassen. So hab ich kein Ton gesagt.

Letztes Kapitel

Es gibt nichts mehr zu schreiben

Das erste Mal, wo ich Tom wieder ungestört erwischt habe, fragte ich ihn, wie er sich's denn bei der Flucht damals weiter vorgestellt hatte – was er geplant hatte, wenn die Flucht richtig funktionierte und er's geschafft hatte, nen Nigger zu befreien, der schon vorher frei war. Und er sagte, von Anfang an habe ihm vorgeschwebt, wenn wir Jim heil rausbekämen, daß wir ihn auf dem Floß den Fluß runterfahren, Abenteuer erleben, bis ganz runter zur Mündung, ihm dann sagen, daß er frei sei, und ihn in großem Stil auf einem Dampfschiff nach Haus zurückbringen, ihm die verlorne Zeit bezahlen, aber eine Nachricht vorausschicken, um alle Nigger in der Gegend aus ihren Löchern zu holen, damit sie ihn mit Fackelzug und Blechkapelle in den Ort geleiten, und dann wär er ein Held, und wir auch. Aber ich dachte mir, so wie's gekommen war, sei's fast genausogut.

Wir hatten Jim in Nullkommanix aus den Ketten raus, und als Tante Polly und Onkel Silas und Tante Sally erfahren haben, wie gut er dem Doktor Tom pflegen geholfen hatte, haben sie allerhand Umstände wegen ihm gemacht, ihn mit allem erstklassig versorgt, ihm alles zu essen gegeben, was er wollte, es ihm angenehm gemacht und nichts zu tun gegeben. Und wir ließen ihn ins Krankenzimmer raufkommen und führten ein wichtiges Gespräch; und Tom gab Jim vierzig Dollar, weil er so geduldig unser Gefangner gewesen war und seine Sache so gut machte, und Jim war ganz weg vor Freude und ist rausgeplatzt:

»Siehste, Huck, was hab ich dir gsagt – da oben auf Jackson's Island? Ich hab dir doch *gsagt*, daß ich ne haarige Brust hab, un für was des 'n Zeichen is; un ich hab dir doch *gsagt*, daß ich mal reich gwesn bin un bestimmt *widder* reich werd; un so isses auch kommn; un hier is des Geld! Siehste! Erzähl *mir* bloß nix mehr – Zeichen sin *Zeichen*, laß dir das gsagt sein; un ich hab ganz genau gwußt, daß ich bestimmt widder reich werd, so wahr ich hier steh!«

Und dann hat Tom wieder weiter und weiter geschwafelt und sagt, verschwinden wir doch in einer der nächsten Nächte von hier, besorgen wir uns ne Ausrüstung und ziehn auf tolle Abenteuer aus bei den Injanern im Territorium drüben, so zwei, drei Wochen lang; und ich sag, einverstanden, gefällt mir, aber ich hab kein Geld mehr, um ne Ausrüstung zu kaufen, und von zu Haus, schätze, kann ich keins kriegen, weil Pap wahrscheinlich längst wieder zurück ist und dem Richter Thatcher alles rausgezogen und versoffen hat.

»Nee«, sagt Tom; »es ist noch alles da – sechstausend Dollar und mehr; und dein Pap ist seit damals nicht mehr zurückgekommen. Jedenfalls nicht, bis ich weg bin.«

Jim sagt ganz feierlich:

»Er kommt auch nimmer zurück, Huck.«

Ich frag ihn:

»Wieso nicht, Jim?«

»Frag net, wieso, Huck – aber er kommt bestimmt nimmer zurück.«

Aber ich hab nachgebohrt; und so sagt er endlich doch noch:

»Erinnerst du dich an das Haus, wo 'n Fluß runtertriebn is, da is 'n Mann drin gwesn, zudeckt, un ich hab ihn aufdeckt un hab dich net reinkommn lassen. Na, du kannst dein Geld also holn, wenn du willst; das war nämlich er.«

Tom ist jetzt beinah wieder gesund und trägt seine Kugel wie ne Uhr an einer Uhrkette um den Hals und guckt ständig nach, wie spät es ist; und so gibt's jetzt nichts mehr zu schreiben, und ich bin höllisch froh deswegen, weil wenn ich gewußt hätte, was für ne Mühe das macht, ein Buch zu schreiben, hätt ich das gar nicht angepackt, und nochmal mach ich das nicht mehr. Aber ich schätze, ich muß noch vor den andern zum Injanerterritorium abhauen, weil Tante Sally, die will mich adoptiern und tsiwilisiern, und das halt ich nicht aus. Ich kenn das!

Herzlich Euer Huck Finn

Kurze Anleitung zum Lesen dieser Übersetzung

Eine Anleitung? Braucht man so was? – Eigentlich nicht. Eine gute Übersetzung sollte für sich selber sprechen. Trotzdem, es gibt Gründe:

Stellt euch also vor, dieser Huck Finn sitzt vor euch und erzählt seine ganze Geschichte von A bis Z, natürlich nicht in einer einzigen Sitzung! Sitzt da, höchstselbst, und erzählt laut und begeistert; oft fährt ihm ein Fluch raus. Und was er gesehen und gehört hat – seine ganzen Abenteuer –, taucht oft so lebhaft in seiner Erinnerung auf, daß er beim Erzählen hin- und herpendelt zwischen den Zeiten in fliegendem Wechsel, nach Lust und Laune. Wechselt oft in einem einzigen Satz zwischen der Zeit, wo seine Geschichte spielt (wo alles passiert ist), und dem Zeitpunkt, wo er sie erzählt. Oft *sieht* er jetzt, vor seinem geistigen Auge, so lebhaft wie damals, daß seine Chance gekommen *war*, abzuhauen oder auch was abzustauben. So mitgerissen ist er immer wieder von seinem Erzählen.

So ganz beliebig ist dieser Zeitenwechsel freilich nicht. Das ganze hat System – fast! Aber es kommt erst. Und das ist ein bißchen ungewohnt zwischen Buchdeckeln. Immer mehr benutzen und hören wir in der heutigen Umgangssprache das Perfekt als Erzählzeit: ich, du, er, sie, es ist gerannt, hat gesungen oder ist versohlt worden (Huck!). Und wir benutzen oft diese undefinierbare Vergangenheitsform: Er ist die Treppe rauf, sie ist einfach weg, ohne was zu sagen. – Nur, die vielen »haben« und »sein« wirken in einer langen Geschichte, vor allem beim schlichten Erzählen, auf die Dauer »ätzend«; und am Ende würde womöglich doch wieder vieles künstlich wirken. Auch deswegen also der fliegende Zeitenwechsel.

Das ganze Buch *ist* Umgangssprache und lebt vor allem von den Ausdrucksmöglichkeiten der *gesprochenen* Sprache. Huck erzählt alles selber (in Ichform), auch wenn er die anderen Helden seiner Abenteuer oft lange wörtlich reden läßt – nicht selten sogar gepflegter als er selber. Er redet, wie ihm der Schnabel gewachsen ist, nimmt meistens kein Blatt vor den Mund. Vielleicht sind seine Flüche zu zahm für einen Vierzehnjährigen. Mark Twain wußte das: Seine *geliebte* Frau hat ihm viele Arbeiten (auch den *Huck Finn*) für den Druck fertiggemacht, »redigiert«; nein, sie hat nichts verpfuscht, sagen Twains Töchter nach Jahren, im Gegenteil. Manchmal allerdings wird man als Leser das Gefühl nicht los, daß Huck etwas mit »angezogener Handbremse« sagt. Er hält sich im Zaum (besonders am Anfang und Schluß gegenüber Tom Sawyer), wo man mehr, etwas Deftigeres, von ihm erwarten würde, einen Fluch zum Beispiel, der sich gewaschen hat.

*

Zu Hucks Sprache und den verschiedenen Dialekten noch so viel. Huck spricht den »Jargon« eines Jugendlichen, Sohn eines »asozialen« Trunkenbolds und dorfbekannten Taugenichts. Aber er spricht nicht wie ein Pennäler, und schon gar nicht wie ein vierzehnjähriger Gymnasiast (darauf besteht der Übersetzer dieses!). Er ist gewieft, ja gerissen, lügt, daß sich die Balken biegen; aber er ist auch sehr gefühlvoll, sensibel, mit einem Gespür für die Bedürfnisse der anderen. Und was hat er für ein Gewissen: »Wenn ich nen Köter hätt, der nicht mehr Ahnung hat wie ein menschliches Gewissen, würd ich ihn glatt vergiften. Das nimmt mehr Platz ein als alle übrigen Eingeweide zusammen und taugt doch nichts, wirklich« (Kap. 33, S. 314). Nietzsche soll den *Huckleberry Finn* – die erste deutsche Übersetzung erschien 1890 – sehr gemocht haben, kein Wunder.

Für die Dialekte der anderen Helden bleibt im Deutschen leider nur eine mehr oder weniger synthetische Umgangssprache, mit ein paar Abwandlungen je nach Person. Das Kriterium war immer: kann man sich vorstellen, daß jemand so redet? Im Original sprechen die Menschen teils hinterwäldlerisch, teils sollen sie Denkart und Lebenshaltung der Menschen, die an der offenen Grenze zum amerikanischen Westen leben, wiedergeben. Teils sind es sehr fromme – oder fromm sein wollende – Leute, teils sind es vielseitige, hochtalentierte Vagabunden, die leider an ihrer allzugroßen Schläue zugrunde gehen, teils sind es vornehme Leute, die in Fehden sich bekriegen, teils »Nigger«, manchmal einfältig und abergläubisch, manchmal mit einem weiten, tiefen Herzen. Die Sprache der Schwarzen hat zweifellos im Lauf der Zeit auf die der Weißen in den Südstaaten abgefärbt (auch in *Huck Finn* wird das erkennbar). Sie »reden« also kein »Ausländer-« oder »Kinderdeutsch«, niemals. Sie reden wie Analphabeten, die ihre Sprache vom Hören gelernt und über Generationen ihr eigenes Idiom ausgebildet haben.

Hinterwäldlerisch in einer deutschen Übersetzung? – Wären da nur nicht die vielen Ausdrücke aus der Seemannssprache! Und Grenzlanderfahrung? – Wann hatten wir hier zum letztenmal Ostritter?

In Frage kommt also eine Gratwanderung zwischen Kompromiß und Experiment, was hier versucht wurde.

*

Zum Schluß noch ein Wort des Dankes an frühere ÜbersetzerInnen. Ohne ihre Hilfe wäre einiges noch viel schwieriger gewesen. Trotzdem: es gibt im ganzen Buch nicht viele Sätze, die in dieser Übersetzung mit einer früheren identisch sind. Das meiste läßt sich anders sagen, ja muß anders gesagt werden.

*

Wer mehr über die Schwierigkeiten, Probleme und Prinzipien des literarischen Übersetzens erfahren möchte, dem sei empfohlen:

Dieter E. Zimmer, »Wettbewerb der Übersetzer«, in: *Redens Arten*, Zürich 1986, S. 165–194; Gisbert Haefs, *Kipling Companion*, Zürich 1987: »Übersetzungsbeispiele«, S. 69–81, sowie die Anmerkungen desselben Autors zu seiner Neuübersetzung von Kiplings *Dschungelbuch*, ebd. 1987; schließlich das Kapitel »Wege zu einer neuen Poetik« aus dem Buch *Tragödie und Philosophie* des amerikanischen Philosophen Walter Kaufmann, Tübingen 1980, S. 86–115, und die »Bemerkung zu Übersetzungen« im selben Buch (S. 404–406). Kaufmann hat selbst Goethes *Faust*, die wichtigen Werke von Nietzsche und einiges von Hegel ins Amerikanische übersetzt. (Ihm ist auch eine wundervolle Übersetzung von Goethes »Wer nie sein Brot mit Tränen aß ...« gelungen, die etwas von der »tieferen« Verwandtschaft aller menschlichen Sprache ahnen läßt.)

Editorische Notiz

Der Übersetzung liegt folgende Ausgabe zugrunde:

> Mark Twain: The Adventures of Huckleberry Finn. Edited with an Introduction by Peter Coveney. Harmondsworth: Penguin Books, 1966.

Die Fußnoten zum Text stammen vom Übersetzer; sie stützen sich zum Teil auf die Ausgabe von Coveney.

Das Nachwort von Douglas W. Jefferson erschien erstmals in: Der amerikanische Roman. Von den Anfängen bis zur Gegenwart. Herausgegeben von Hans-Joachim Lang. Düsseldorf: Bagel, 1972. S. 142–167. Der Text wird mit freundlicher Genehmigung des Autors abgedruckt.

Nachwort

Hemingway sagte einmal: »All modern American literature comes from one book by Mark Twain called *Huckleberry Finn* ... It's the best book we've had. All American writing comes from that. There was nothing before. There has been nothing as good since.«[1] Diese Bemerkung, so ausgefallen parteilich und ungerecht gegen andere amerikanische Autoren sie ist, bedeutet für uns eine Herausforderung und einen Ausgangspunkt. Sie wirft die Frage nach der ›amerikanischen‹ Qualität der Vorgänger von Mark Twain auf. ›Amerikanisch‹ in bezug auf amerikanische Literatur ist ein Wort mit einer Reihe von Bedeutungen. Wenn die Werke von Cooper, Hawthorne und Melville echt amerikanisch sind, und das trifft sicher zu, in welchem Sinn ist dann Mark Twains Amerikanertum verschieden? Nach Peter Coveney, der Hemingways Worte zitiert, ohne sich ihnen gänzlich anzuschließen, ist *Adventures of Huckleberry Finn* »›American‹ in a sense and to a degree that no major work had been previously«. Er verweist nachdrücklich auf die Sprache, »the spoken warmth and vitality of the American vernacular«, seine Verwandtschaft mit einem »eingeborenen« Humor des amerikanischen Südwestens. »Twain revoltierte«, fährt er fort, »bewußt gegen die europäisierende ›genteel tradition‹ des alten Neu-England.«[2] Ist aber das Adjektiv ›genteel‹ das richtige, um Melville zu beschreiben, und gibt es etwas sehr ›Europäisches‹ im Thema oder der Sprache von Hawthornes Erzählung »Young Goodman Brown«? Coveneys Bemerkung enthält ein gut Teil Wahrheit, aber vereinfacht Mark Twains Platz in der Literaturgeschichte allzusehr.

1 *Green Hills of Africa*, New York 1935, S. 22. Fairerweise sollte angemerkt werden, daß diese Worte in einem keineswegs akademisch angelegten Dialog fallen, so daß ein gewisses Maß von Vereinfachung und Übertreibung uns weniger zu stören braucht als in einem kritischen Essay.

2 Einleitung zu *The Adventures of Huckleberry Finn*, London 1966, S. 38.

In mancher Beziehung steht Mark Twain in der Tradition von Cooper, Hawthorne und Melville. Jeder der großen Begründer des amerikanischen Romans im 19. Jahrhundert ist auch ein großer Historiograph einiger besonders bedeutsamer Bereiche der amerikanischen Erfahrung, so daß sich uns nach und nach durch jeden neuen Romancier bislang unbeschriebene Welten eröffnen oder wenigstens solche, die von der literarischen Phantasie noch nicht voll erschlossen waren. Diesen Autoren war es gegeben, die Möglichkeiten ihres gewählten Territoriums zu erkennen – wobei Territorium im geographischen wie auch im weiteren übertragenen Sinn zu verstehen ist – und es für immer als Thema dem amerikanischen Bewußtsein zuzuführen. Obwohl der einzelne Autor eine gesamtgeschichtliche Entwicklung der Literatur selten plant und die jeweiligen Beiträge sehr stark von zufälligen persönlichen Umständen abhängen, finden wir doch einen Anschein von Logik und Zusammenhang in der Folge bedeutender Werke, als ob der frühere Autor erkannt habe, es sei seine Rolle, anderen den Weg zu bahnen, und als ob der spätere Autor seine Chance aufgrund der von seinen Vorgängern gesetzten Akzente und Begrenzungen gesehen habe.

Die frühen großen amerikanischen Romanciers ergänzen einander. Indem zum Beispiel Cooper und Hawthorne über gleich wichtige, aber völlig verschiedene Aspekte der nationalen Vergangenheit schrieben, ermöglichen sie es uns, das Ethos ihrer eigenen Welt – wenn auch wiederum sehr verschieden – zu bestimmen. In einigen Literaturen wird eine ähnliche Funktion von der heroischen Dichtung ausgefüllt, aber in der amerikanischen Literatur ist das Medium eine besondere Art des historischen Romans. Hawthornes Leistung in der Verwandlung – um Henry James zu zitieren – des »heavy moral burden« des Puritanismus Neu-Englands »into the very substance of the imagination«[3] ist nicht zu unter-

3 *Hawthorne*, London 1879, S. 58.

schätzen. Sie zu erkennen, heißt zugleich, die Angemessenheit, die amerikanische Qualität seines Stils anerkennen. Der Puritanismus Neu-Englands glich nicht dem britischen Puritanismus, und Hawthornes Sprache erinnert uns nicht an die Prosa eines Engländers. Coopers Leistung sollte in ähnlicher Perspektive beurteilt werden. So unbefriedigend seine Prosa von verschiedenen Gesichtspunkten aus auch sein mag, drückt sie doch völlig adäquat den Standpunkt eines zivilisierten Amerikaners des 19. Jahrhunderts aus, der auf die Kämpfe in der Wildnis zurückblickt, aus denen die zeitgenössische Ordnung erwachsen ist. Bei allen seinen Begrenzungen war Cooper doch darin erfolgreich, bestimmte Aspekte der amerikanischen Tradition mit beträchtlicher imaginativer Sicherheit festzulegen. Melvilles Sphäre wiederum ist eine andere als die Coopers und Hawthornes. Melville macht uns nachdrücklich klar, daß die phantastische und heroische Welt des Walfangs ein amerikanisches Phänomen ist: ». . . we whalemen of America now outnumber all the rest of the banded whalemen in the world.«[4] Geschichten über den Wal werden aus jeder historischen und mythischen Quelle bezogen – »This Leviathan comes floundering down upon us from the head-waters of the Eternities«[5] –, aber im Wettstreit um die Führung unter den Walfängern kommt den Leuten aus Nantucket die größte Ehre zu. Vielleicht ist es auch nicht ganz zufällig, daß sich Melville zunächst für dieses intensive Seemannsleben entschieden hat, ehe er es im Roman poetisch auslotete: so, als ob der Fortschritt des amerikanischen Romans, seine Aneignung neuer thematischer Bereiche, zuweilen davon abgehangen habe, daß die Autoren in ihrem eigenen Leben wagemutig genug waren, diese Bereiche aufzusuchen.

4 *The Works of Herman Melville*, London 1922, Bd. 8, S. 135 (*Moby Dick*, Kap. 24).

5 *The Works of Herman Melville*, London 1922, Bd. 8, S. 224 (*Moby Dick*, Kap. 105).

Leben auf dem Mississippi

Mark Twain war ähnlich unternehmungslustig. Obwohl er nicht geradezu einen Roman über die Silbersuche in Nevada oder über das Leben der Mississippi-Lotsen geschrieben hat, ist doch seine autobiographische Behandlung dieser Erfahrungen in *Roughing It* und *Life on the Mississippi* in ihrer Verbindung des Dokumentarischen und des Phantasievollen dem Grundton von *Moby Dick* verwandt. Man könnte sagen, Mark Twain habe für die Städte Nevadas während der Zeit ihres Booms geleistet, was Melville für New Bedford und Nantucket geleistet hatte. Mark Twains Beschreibung der Quarzmühle ist unbedeutend im Vergleich mit Melvilles gewaltigen und überaus vielseitigen Schilderungen des Walfangs, aber in beiden sehen wir einen energischen Geist in ständiger Auseinandersetzung mit den technischen Details eines Berufes, der seinen Platz im Epos des amerikanischen Lebens hat.[6] Mark Twains Motive bei der Entscheidung, sich zuerst als Mississippi-Lotse ausbilden zu lassen und später nach Nevada zu gehen, waren höchst unliterarisch. Er hatte nicht eine bestimmte Lebensart erwählt, um eine weitere entscheidende Erfahrung denen hinzuzufügen, die bereits für die amerikanische Literatur gewonnen waren. Aber was könnte dem Literarhistoriker besser passen, als daß dieser Mann, der nach Herkunft und Begabung zum Exponenten des Südens bestimmt war, die zusätzliche Qualifikation einer Lotsenkenntnis des großen Stromes erworben hat? Das war keine geringe Leistung, wie sein glänzender Bericht beweist. Sie verlangte Konzentration auf eine scheinbar unmögliche Fülle von Details. Die bewußte Dokumentation all dessen in *Life on the Mississippi* (1883), dem Buch, in dem er seine fachmännische Erfahrung niederlegte und dadurch sozusagen aus seinem System ausschied, versetzte ihn in die Lage, ein weiteres Buch zu schreiben, in dem seine profunde Kenntnis subtiler

6 *The Works of Mark Twain*, hrsg. von A. B. Paine, New York 1922, Bd. 3, S. 245 ff. (*Roughing It*, Kap. 36).

und poetischer zum Ausdruck kommen konnte. Liest man *Adventures of Huckleberry Finn*, erfährt man mit Befriedigung, wie der Fluß immer mehr an Realität gewinnt. Er führt dicht am Ort vorbei, »a whole mile broad, and awful still and grand« (Kap. 2, dt. S. 14), wie Huck ihn in Kapitel 2 beschreibt. Huck ist noch dabei, von der Witwe Douglas »tsiwilisiert« zu werden. Er lebt in einem Haus, trägt konventionelle Kleidung, die er haßt, und geht in die Schule. Nachdem sein Vater ihn in Verwahrung genommen hat und sie in einer Blockhütte weit weg vom Ort leben, verschafft der Fluß ihnen ihren Unterhalt. Die Junifluten schwemmen Stücke von Flößen flußabwärts, die eingeholt und verkauft werden können. Vater und Sohn fangen Fische mit der Leine. Verglichen mit einer ehrbaren bürgerlichen Existenz ist diese Lebensweise für Huck recht erfreulich, abgesehen davon, daß er unter Einsamkeit leidet, wenn der Vater ihn einschließt und allein läßt, und noch mehr unter väterlicher Brutalität, die ihn endlich zur Flucht treibt. Aber gerade dieses Abenteuer verbindet ihn mehr und mehr mit dem Fluß. Seine sympathische Art der Untertreibung und sein philosophischer Humor überlassen es dem Leser, die verzweifelte Isolierung, zu der ihn die Umstände verdammen, ganz zu erfassen. Er muß sich daran gewöhnen, auf sich gestellt zu sein, und ohne jede Wordsworthsche Attitüde entwickelt er seine ganz eigene Art, auf seine Umwelt zu reagieren. Im siebten Kapitel finden wir einen Augenblick der Verzauberung, als er kurz vor seiner Abfahrt im Kanu aufwacht:

> The river looked miles and miles across. The moon was so bright I could a counted the drift logs that went a slipping along, black and still, hundreds of yards out from shore. Everything was dead quiet, and it looked late, and *smelt* late. You know what I mean – I don't know the words to put it in. (Kap. 7, dt. S. 51)

Auf Jacksons Insel (Jackson's Island), auf der seine Freundschaft mit dem entlaufenen Negersklaven Jim beginnt, wird er Zeuge eines gewaltigen Gewitters, das er in allen Einzelheiten, mit jungenhafter Erregung und mit Humor beschreibt. Melvilles Naturschilderungen vereinen Humor mit Erhabenheit, aber sein Humor ist nicht von der anheimelnden Art, die, wie in *Adventures of Huckleberry Finn*, alle an der Erfahrung des Erhabenen teilnehmen läßt. An Tagen mit Hochwasser paddeln Huck und Jim im Kanu über die Insel und sehen Kaninchen und andere Tiere, wie sie durch Hunger gezähmt Zuflucht auf Bäumen suchen. Ein ganzes Holzhaus treibt den Strom herab; im Innern eine Leiche. (Erst am Ende des Buches wird deutlich, daß es sich um Hucks Vater handelte.) Aber die besten Schilderungen des Flusses finden sich in den Episoden, in denen Huck und Jim auf dem Floß sind, von Kapitel 12 an. Selige Tage und Nächte des Treibenlassens werden durch den Schock eines neuen Gewitters und durch das Schauspiel eines gescheiterten Dampfschiffes unterbrochen, das im hellen Licht der Blitze auftaucht; es folgt das kurze Drama der Verbrecher, denen das Wrack zur Todesfalle wird. Bei der Schilderung des Nebels (Kap. 15) kommen wir den Berichten über die Schwierigkeiten für den Lotsen aus *Life on the Mississippi* sehr nahe. Huck ist von dem auf dem Floß gebliebenen Jim getrennt und versucht, ihm im Kanu zu folgen, von den unwirklichen und irreführenden Erscheinungen und Geräuschen des vernebelten Flusses verwirrt. Nichts könnte im Detail wirklichkeitsnäher und echter empfunden sein. Der Nebel steigt, Huck findet Jim und sein Floß, aber im nächsten Kapitel wird das Floß durch ein flußaufwärts fahrendes Dampfschiff zerstört: eine lebendige Szene, die ein düsteres Licht auf die Verhaltensweisen der Schiffer fallen läßt, obwohl Huck ihre Fühllosigkeit mit wenigen Worten abtut. Er ist noch einmal davongekommen, aber wieder von Jim getrennt. Die schreckliche Episode der Grangerford-Shepherdson-Fehde bringt eine neue Unterbrechung, aber als er Jim wiederfindet und sie mehrere friedliche Tage auf dem Floß miteinander verbringen, folgt eine Stelle von rund drei Seiten (der Anfang des Kap. 19), in der sich Mark Twains

Kunst selbst übertrifft. Die Erfahrungen, die der Fluß vermittelt, werden voll ausgekostet. So wenig man auf ein Zitat verzichten möchte, kann doch keines die verzauberte Atmosphäre der ganzen Passage mit ihrer lässigen Bewegung und Fülle des sinnlichen Lebens voll wiedergeben:

> Not a sound, anywheres – perfectly still – just like the whole world was asleep, only sometimes the bull-frogs a-cluttering, maybe. The first thing to see, looking away over the water, was a kind of dull line – that was the woods on t'other side – you couldn't make nothing else out; then a pale place in the sky; then more paleness, spreading around; then the river softened up, away off, and warn't black any more, but gray; you could see little dark spots drifting along, ever so far away – trading scows, and such things; and long black streaks – rafts; sometimes you could hear a sweep screaking; or jumbled up voices, it was so still, and sounds some so far; and by-and-by you could see a streak on the water which you know by the look of the streak that there's a snag there in a swift current which breaks on it and makes that streak look that way; and you see the mist curl up off of the water, and the east reddens up, and the river, and you make out a log cabin in the edge of the woods, away on the bank on t'other side of the river, being a wood-yard, likely, and piled by them cheats so you can throw a dog through it anywheres; then the nice breeze springs up, and comes fanning you from over there, so cool and fresh, and sweet to smell, on account of the woods and the flowers; but sometimes not that way, because they've left dead fish laying around, gars, and such, and they do get pretty rank; and next you've got the full day, and everything smiling in the sun, and the song-birds just going it!
>
> (Kap. 19, dt. S. 161 f.)

Es ist erstaunlich, wie hier ein Gefühl des Wohlbefindens durchgehalten wird. Nach dem Trauma der vergangenen Kapitel spüren wir die heilkräftige Wirkung auf den Helden. Mark Twains Fähigkeit, das Leben auf dem Mississippi auszumalen, stellt ihn nicht nur in die Tradition der anderen amerikanischen Romanciers, die ihren Teil der amerikanischen Szene für die Einbildungskraft festhielten, sondern ließ ihn hier einen ihrer Höhepunkte erreichen.

Mit dem Bürgerkrieg, und damit auch für Mark Twain, der seine literarische Laufbahn noch nicht recht begonnen hatte, wandelte sich das alte Leben im Süden mit seinem Mittelpunkt der Sklaverei und mit dem besonderen Zug der Dampfschiffahrt auf dem Mississippi drastisch. So wie Mark Twain in den beiden genannten Büchern und auch in *Pudd'nhead Wilson* den Süden behandelte, folgte er Cooper und Hawthorne, indem er einen Bezirk der Vergangenheit für die Phantasie erschloß; er unterscheidet sich von ihnen jedoch dadurch, daß diese Vergangenheit seine eigene Erfahrung und Erinnerung nicht überschritt. Wie in ihren Werken war es zugleich eine Vergangenheit, die noch immer große Bedeutung für die Gegenwart hatte.

Lionel Trilling meint, *Huckleberry Finn* habe »a particular moral reference to the United States in the period after the Civil War«. *Huckleberry Finn* sei »a hymn to an old America forever gone, an America which had its great national faults, which was full of violence and even cruelty, but which still maintained its sense of reality, for it was not yet enthralled by money, the father of ultimate illusion and lies. Against the money-god stands the river-god, whose comments are silent – sunlight, space, uncrowded time, stillness, and danger.«[7] Spätere Mark-Twain-Forscher haben noch mehr in dem Buch gefunden, was sich direkt auf das Leben im Süden während der Entstehungszeit bezieht. So legt z. B. Kenneth Lynn besonderes Gewicht auf Twains 1881 beginnende Freundschaft mit einem Mann, dessen Kenntnis des Südens unübertroffen war, George Washington Cable. Die ersten sechzehn Kapitel von *Huckleberry Finn* waren schon 1876 geschrieben worden, und die nächsten beiden, wie Walter Blair nachgewiesen hat[8], 1879–1880, die folgenden drei irgendwann vor

7 »Huckleberry Finn«, in: Lionel Trilling, *The Liberal Imagination*, New York 1950, S. 113 ff.

8 »When was *Huckleberry Finn* Written?« in: *American Literature* 30 (1958) S. 1–25.

dem Juni 1883 und der Rest während des Sommers 1883. Nach Lynn hatte die Freundschaft mit Cable, der im Süden wegen seines Kampfes für die Farbigen gegen traditionelle Vorurteile und Ungerechtigkeiten äußerst unpopulär war, einen bedeutenden Einfluß auf Twains eigene Kritik an der Kultur des Südens in *Life on the Mississippi* und in einigen der beißenderen Kapitel in *Adventures of Huckleberry Finn*, die in den achtziger Jahren entstanden. Die Freundschaft war am engsten zu der Zeit, als Mark Twain die Schauplätze seiner Jugend besuchte, und ohne Zweifel vertiefte dieser Besuch Mark Twains Wissen um die unerfreulichen Seiten des Südens, wie sie sich in Vergangenheit und Gegenwart darstellten. Nach Kenneth Lynn ist Bricksville, die scheußliche Kleinstadt, in der Boggs erschossen wird und sein Mörder Sherburn seine Verachtung für die Menge zeigt, die einen schwächlichen Versuch macht, ihn zu lynchen, die Version von Hannibal A. D. 1883, also des Ortes, in dem Samuel Clemens seine Jugend verbracht hatte. Allerdings liegt Bricksville weiter flußabwärts im Süden als Hannibal, das einige Jahre zuvor als »St. Petersburg«, Tom Sawyers und Huckleberry Finns Ort, von Mark Twain in relativ angenehmen Farben geschildert worden war.[9] Walter Blair hat nachgewiesen, daß die Presse in den siebziger und achtziger Jahren voll war von Geschichten über Gewaltanwendung im Süden – Fehden, Lynchjustiz und manches andere –, obwohl viel davon Propaganda der Republikanischen Partei war.[10] Für die Leser der achtziger Jahre waren die Situation des entlaufenen Sklaven und Hucks moralischer Konflikt ein Stück Vergangenheit; aber die menschliche Beziehung, die im Mittelpunkt steht, die Beziehung von Huck und Jim, hat noch die Sensibilität viel späterer Zeiten herausgefordert.

9 K. S. Lynn, *Mark Twain & Southwestern Humor*, New York 1959, S. 231–237.

10 W. Blair, *Mark Twain and Huck Finn*, Berkeley / Los Angeles 1960, S. 200–224.

Traditionen des Südens

Adventures of Huckleberry Finn unterscheidet sich von früheren amerikanischen Romanen dadurch, daß es zugleich ein volkstümliches und ein literarisch anspruchsvolles Meisterwerk ist. Die Lebensweise der neuen Demokratie hätte eigentlich einen großen Schriftsteller erfordert mit der Breitenwirkung, wie Dickens sie gefunden hatte. Eine Paradoxie der Kulturgeschichte wollte es, daß die amerikanische Erzählkunst (über die Lyrik ließe sich das gleiche sagen) schwierig und dadurch exklusiv wurde, bevor ihr die britische hierin folgte. Werke wie Melvilles *Pierre; or, The Ambiguities* und *The Confidence-Man* und einige Erzählungen Hawthornes sind rätselhaft in einer Weise, der man anderswo erst in viel späteren literarhistorischen Perioden begegnet. Die Spiritualität und das Wissen um moralische Zweideutigkeit, die zum amerikanischen Genius gehören, erreichten viele Jahre vor Mark Twain schon einen oft sehr subtilen, herben Ausdruck. Vielleicht war es für Amerika schwieriger als für England, einen bedeutenden komischen Romancier hervorzubringen. Mark Twain war ein langsamer Starter; er war stets sehr unsicher, welche Richtung er einschlagen solle. Auch ihm waren moralische Zweideutigkeit und Frustration keineswegs unbekannt. Vieles aus seinem komischen Werk ist trivial, vieles unfertig und unbefriedigend. Als Hintergrund für einen großen Schriftsteller war die Tradition des Südens, so lebendig sie war und auch sui generis, doch sehr beschränkt. Ein wahrhaft amerikanischer und populärer Roman mußte sich an einheimisches Material halten; aber um groß zu sein, mußte er dieses auch hinter sich lassen. Mark Twain leistet das nicht immer. Einige der Beschränkungen der südlichen Tradition waren moralischer Natur. Es überrascht kaum, daß eine sklavenhaltende Gesellschaft keine komische, satirische Literatur hervorbrachte von der Art, die Unmenschlichkeit und Ungerechtigkeit bloßstellt und ein ehrliches, großherziges Bild vom Menschen zeichnet. Was den Humor der Siedlungsgrenze (»frontier«) betrifft, so haben Forscher wie Lynn Mark Twains Tendenz zu phantastischer Übertreibung und Aggressivität festgestellt und diese Eigenschaften mit dem Gefühlsdruck in Verbindung gebracht, der durch ein ungewöhnlich gefährliches und hartes Leben verursacht wurde. So litt diese südliche Tradition unter Schwächen und Hemmungen, die sehr wohl eine Literatur daran hindern konnten, sich zu verwirklichen, Bedeutung zu entfalten.

Für Mark Twain wäre es von Vorteil gewesen, gleich Dickens in einer älteren und besseren Tradition zu leben. So sehr Dickens im humoristischen Cockneytum seines eigenen Jahrhunderts zu Hause war, hatte er doch erhabenere Vorläufer. Er befand sich in einer Linie mit so bedeutenden Vertretern der Komik wie Shakespeare, Ben Jonson, Fielding, Smollett und Scott. Trotz ihrer ausgesprochen neuen Züge nährte sich seine Kunst von dieser Tradition. Da sich der amerikanische Humor vom englischen radikal unterscheidet, konnte dieses Erbe Mark Twain wenig helfen, es sei denn in der allgemeinsten Weise.

In einem Sinne gehörte Mark Twain ganz und gar zu der Gesellschaft, in der er sein frühes Leben verbracht hatte. Er hatte in seiner Jugend nicht gegen ihre Normen revoltiert; sein Geschmack war in diesem Milieu geformt worden. Doch war die Tatsache, daß er nie den Sinn für seine Zugehörigkeit verlor, Voraussetzung für die Integrität seiner Einbildungskraft. Durch die Person Hucks ließen sich all seine verwickelten Bezüge zum Süden ausdrücken. Es traf sich dabei gut, daß Huck noch ein Jugendlicher war, ein Charakter in einer ›Jungengeschichte‹, deren Konventionen nicht immer moralisch fundierte Entscheidungen erforderten. So konnte Mark Twain die Erwartungen der Verbraucher populärer Romane befriedigen und zugleich viele moralische Probleme unausgesprochen lassen. Seine eigene moralische Bewußtheit ist jedoch stets gegenwärtig und aktualisiert sich im rechten Augenblick, durchweg indirekt und immer so, daß er nicht aus dem Umkreis der Person Huck Finns heraustritt. Es werden tiefere Schichten von Hucks Wesen eröffnet; generöse und freudige Züge fließen in seine Geschichte ein auf Wegen, die er selbst nicht wahrnimmt, da er sich ja für einen ›bösen Buben‹ hält.

Was *Adventures of Huckleberry Finn* von früheren klassischen amerikanischen Romanen besonders unterscheidet, ist die Sprache, die Erzählerstimme des ungebildeten Helden. Wenn behauptet wird, dies sei der erste echt amerikanische Roman, dann wohl unter der Voraussetzung, daß die amerikanische Erzählkunst erst geboren werden konnte, als die amerikanische Umgangssprache Grundlage ihrer Sprachform wurde. Es besteht kein Anlaß, eine so extreme Position zu beziehen. Der Roman hat in anderen Literaturen geblüht, in denen geringer oder gar kein Bezug auf die Umgangssprache genommen wurde; und die Meinung, das ›zivilisiertere‹ Idiom der Vorgänger Mark Twains (oder Mark Twains selber in einem großen Teil seines Gesamtwerkes) sei nicht amerikanisch, zeugt von einer besonders negativen Auffassung von amerikanischer Kultur. All das soll jedoch nicht die Bedeutung der Leistung leugnen, die Mark Twain mit der Schöpfung Hucks und seines Idioms vollbracht hat. Die Rhythmen und Ausdrücke der Umgangssprache sind grundlegende Offenbarungen des Charakters und der Weltsicht, und etliche Aspekte des amerikanischen Temperamentes wären ohne dieses sprachliche Medium stumm geblieben. In einem guten Teil amerikanischer Erzählkunst nach Mark Twain hat die Erzählerstimme, wiewohl oft die eines Individuums, das sich seiner moralischen Isolierung und der Verwickeltheit des Lebens schmerzlich bewußt ist, in einer Sprache gesprochen, die Menschen in alltäglichem Umgang miteinander verbindet und die sich von den korrekteren Wendungen des Schreibstils unterscheidet. Diese Werke sind Nachkommen von *Huckleberry Finn*, obwohl auf keines von ihnen sein unvergleichlicher Reichtum vererbt wurde.

Aufschlußreich ist ein Vergleich mit zeitgenössischen und

früheren Werken der Erzählkunst des Südens, die die Umgangssprache verwenden, wie Joel Chandler Harris' Geschichten des Uncle Remus und George Washington Harris' *Yarns of Sut Lovingood.* In beiden Beispielen ist das volkssprachliche Element zwar ausgiebig vorhanden, aber in einen Erzählrahmen gespannt, der einen normalen literarischen Stil aufweist, so daß der Autor sich von der volkstümlichen Erzählung etwas distanziert. Eine noch wichtigere Grenze ist der enge und statische Charakter dieses speziell erfundenen Erzählidioms, das nur für eine sehr begrenzte Zahl von Effekten taugt und durch den ständigen Gebrauch ungewöhnlicher Rechtschreibung zum Zwecke der Nachahmung besonderer Aussprache die Aufmerksamkeit immer auf sich selber lenkt. In seiner erklärenden Vorbemerkung weist Mark Twain scherzhaft darauf hin, daß er sieben verschiedene Dialekte verwendet und sie alle sorgfältig voneinander unterschieden habe, und es ist besonders typisch für ihn, daß er auf solche philologische Gewissenhaftigkeit überaus stolz war. Aber sein erstaunlicher künstlerischer Erfolg beruht auf mehr als auf bloßer Genauigkeit in den Einzelheiten eines regionalen Dialekts. Was Hucks eigenes Idiom angeht, so spiegelt nur ein Teil seines Vokabulars und seiner Aussprache eine Region oder den Mangel an Schulbildung; und diese Züge werden dazu verwendet, der Volkssprache gerade so viel Beigeschmack mitzugeben, wie für die Zwecke des Autors nützlich ist. Indem er nicht zu oft von der ›zivilisierten‹ Umgangssprache abwich, gab Mark Twain Huck ein Medium, in dem sein eigener Geist frei atmen konnte, und das Buch ist ihm ein Werkzeug geworden, das seinen Kräften die weiteste Entfaltung ermöglichte. Die Grenzen, die Hucks Einsicht und seiner Ausdrucksfähigkeit gesteckt sind, wurden vom Autor gesetzt. Der Umkreis der Effekte wird auf das eingeschränkt, was man als Maß des Interesses eines Jungen an den Ereignissen ansehen kann, und das Resultat ist eine feine Ökonomie, in der sich die ausgereiften Absichten des erwachsenen Künstlers in Verkleidung verwirklichen. Er kann schweigen, wo Schweigen am Platz ist.

Der Erzählton ist so vielschichtig, daß er sich genauer Analyse widersetzt. Der Erzähler wirkt humoristisch, aber der Humor scheint oft unbewußt zu sein: Hucks Gesichtspunkte und die Mark Twains sind nicht identisch. Manchmal liegt der Humor im Aroma des volkstümlichen Vokabulars, dessen Verwendung selektiv ist, eine Frage der Entscheidung und des Geschmacks des Autors. Wollte man jedoch behaupten, daß dem Schöpfer Hucks das größte Verdienst für die komischen Effekte zukommt, verletzte man das Band zwischen dem Leser und der überzeugenden, liebgewordenen Figur, deren Stimme das Buch selber ist. Zuweilen taucht der Humor bestimmte Passagen in eine gelöste Atmosphäre, in der Hucks Situation in mancher Hinsicht zum Lachen reizt, in anderer jedoch wieder als recht unglücklich erscheint. Das Unglücklichsein verfällt dem ›understatement‹; wenn es einmal offener zutage tritt, ist es nicht mit einem absichtsvollen Versuch verbunden, Mitleid zu erregen, und bei erstem Lesen könnte man leicht die Schärfe übersehen. Ein Beispiel findet sich gleich in Kapitel 1. Nachdem Huck sein leichtes Vagabundenleben aufgegeben hat und zur Witwe Douglas zurückgekehrt ist, wird sein Unbehagen in drolliger Weise beschrieben:

> Well, then, the old thing commenced again. The widow rung a bell for supper, and you had to come to time. When you got to the table you couldn't go right to eating, but you had to wait for the widow to tuck down her head and grumble a little over the victuals, though there warn't really anything the matter with them.
>
> (Kap. 1, dt. S. 8)

Miss Watsons dürre Christlichkeit und saure Laune erscheinen in einer Aura komischer Karikatur:

> Then for an hour it was deadly dull, and I was fidgety. Miss Watson would say, ›Don't put your feet up there, Huckleberry;‹ and ›dont scrunch up like that, Huckleberry – set up straight;‹ and pretty

soon she would say, ›Don't gap and stretch like that, Huckleberry – why don't you try to behave?‹ Then she told me all about the bad place, and I said I wished I was there. She got mad, then, but I didn't mean no harm. All I wanted was to go somewheres; all I wanted was a change, I warn't particular. (Kap. 1, dt. S. 9)

Das Bild des zappeligen Jungen, der etwas Ungehöriges sagt, kommt als erstes beim Leser an, aber zugleich hören wir auch eine echte Note der – um Thoreau zu zitieren – ›stillen Verzweiflung‹. Beim Vortrag der Miss Watson über den ›guten Ort‹ denkt Huck sogleich daran, daß dorthin zu gehen, wohin sie geht, keine Verbesserung bedeuten würde, aber er sagt nichts, »because it would only make trouble, and wouldn't do no good« (Kap. 1, dt. S. 9). Er ist wirklich eine sehr friedliebende Seele, obwohl aus diesen Zusammenstößen mit Miss Watson Komödie entsteht. Nach der Familienandacht, an der die Neger teilnehmen, geht jeder zu Bett, und Huck ist allein mit seinen Ängsten und Nöten. Für den Leser, der sich mehr den amüsanten Zügen der Erzählung hingegeben hat, folgt eine überraschend bewegende Passage, aus der die humoristische Note freilich noch nicht gewichen ist:

It felt so lonesome I most wished I was dead. The stars was shining, and the leaves rustled in the woods ever so mournful; and I heard an owl, away off, who-whooing about somebody that was dead, and a whippowill and a dog crying about somebody that was going to die; and the wind was trying to whisper something to me and I couldn't make out what it was, and so it made the cold shivers run over me. Then away out in the woods I heard that kind of a sound that a ghost makes when it wants so tell about something that's on its mind and can't make itself understood, and so can't rest easy in its grave and has to go about that way every night grieving. I got so down-hearted and scared, I did wish I had some company.
(Kap. 1, dt. S. 10)

In den folgenden Sätzen, in denen Huck von seiner Furcht nach dem Töten der Spinne und von seinem Abwehrzauber gegen Unglück berichtet, erscheinen seine Nöte als absurd, und der Leser ist amüsiert; aber Hucks Furcht ist deshalb nicht weniger echt: »I set down again, a shaking all over, and got out my pipe for a smoke...« (Kap. 1, dt. S. 11).

Eine Komödie der Tugend

Die frühen Episoden des Buches sind voll von Beispielen der moralischen Unvernunft der Welt, die Huck bewohnt, obwohl sie ganz beiläufig behandelt werden. Das Absurde präsentiert sich auf der allerersten Seite mit Tom Sawyers Mitteilung, Huck dürfe der Räuberbande beitreten, wenn er zur Witwe zurückkehrte und »respectable« bliebe. Wir finden hier in einem einzigen Satz das gesamte Ethos des früheren Buches, *The Adventures of Tom Sawyer*. Tom ist ungezogen und wird ständig für seine Ungezogenheit bestraft, aber sie bleibt im Rahmen einer akzeptierten romantischen Tradition vom Schulschwänzen, Räuber- und Piratenspielen und von Streichen gegen die autoritären Erwachsenen. Tom wird durch die moralischen Zweideutigkeiten der Gesellschaft nie verstört werden. Hucks Haltung zu Tom ist gemischt. Manchmal ist es die des Skeptikers und Humoristen. Er hat seine schweren Zweifel an Toms Geschichte von den Geistern, die liegen lassen, womit sie gerade beschäftigt sind, und gehorsam antanzen, wenn eine alte Zinnlampe oder ein eiserner Ring gerieben werden; aber Tom hat nicht unbeträchtlichen Einfluß auf Huck. Erst nachdem er in den Wald gegangen ist und ernsthafte Versuche angestellt hat, kommt er zu dem Schluß, daß er nur wieder einer von Toms Lügen aufgesessen war. Und darauf folgt die unerwartete Wendung: »It had all the marks of a Sunday School« (Kap. 3, dt. S. 25). Tatsächlich liegt es auf einer Ebene mit Miss Watsons religiöser Unterweisung, die nicht nur an sich schwer annehmbar ist, sondern auch noch im Widerspruch zu der der Witwe Douglas steht: »Sometimes the widow would take me one side and talk about Providence in a way to make a body's mouth water; but maybe next day Miss Watson would take hold and knock it all down again« (Kap. 3, dt. S. 20 f.). Es gibt offenbar zwei Vorsehungen, unter denen die der Witwe deutlich den Vorzug verdient. Miss Watson lehrt Huck beten; und er versucht es auch, aber »nothing come of it« (Kap. 3, dt. S. 20). Er beobachtet, daß die Leute die Dinge nicht bekommen, um die sie beten. Er wird von der Witwe belehrt, daß er um geistliche Güter zu beten habe und immer an andere Menschen denken müsse, aber nach einiger Überlegung kann er hierin keinen Vorteil erblicken. Ob nun im Gebet oder beim Lampenreiben oder bei seiner ersten Einführung in die Geschichte von Moses und den »Bulrushers« (»Schilfern«), Huck ist von den Einflüssen anderer abhängiger, als man sich klarzumachen geneigt ist. So wie er sich auf der ersten Seite als kleiner Vagabund darstellt, der nur in seinen Lumpen glücklich ist, und durch den satirischen Humor der Episoden, die sein Leben mit der Witwe beschreiben, wird die nonkonformistische Seite an ihm stark überschätzt. Auch wird seine Skepsis gegen die Gesellschaft durch ein sympathisches Wissen um seine eigenen Beschränkungen gemäßigt. Er sieht sich also »so ignorant and so kind of low-down and ornery« (Kap. 3, dt. S. 21).

Die moralischen Ungereimtheiten setzen sich fort mit Hucks zwangsweiser Rückkehr zu seinem Vater. Niemand hat entschiedenere Überzeugungen über die Rechtmäßigkeit der Sklaverei als »Pap« Finn, und wahrscheinlich hat Huck von seinem Vater Ausdrücke wie »low down Ablitionist« (Kap. 8, dt. S. 62) gelernt, die er ohne Zögern in Gesprächen mit Jim anbringt. Huck hat auch andere Teile seiner Philosophie von Pap aufgegriffen; das Stehlen ist ein Beispiel. Während der Zeit auf dem Floß, die im zwölften Kapitel beschrieben wird, erweist es sich als nötig, auch in den Nachtstunden ›einzukaufen‹, um die Speisekammer aufzufüllen, und Huck gibt bei dieser Gelegenheit zu, er habe schon manchmal »lifted a chicken that warn't roosting comfortable« (Kap. 12, dt. S. 92). Er zitiert Paps Rat, man solle stets ein Huhn mitnehmen, wenn dazu die Gelegenheit besteht, »because if you don't want him yourself you can easy find somebody that does, and a good deed ain't ever forgot«. Was das ›Ausborgen‹ von Wassermelonen und so weiter angeht, »Pap always said it warn't no harm to borrow things, if you was meaning to pay them back, sometime; but the widow said it warn't anything but a soft name for stealing . . .« (Kap. 12, dt. S. 92). Jim meint, beide Ansichten hätten etwas für sich, und Huck und er versuchen sich an der Ausarbeitung eines Systems, das ihre Diebstähle regulieren soll, um ja jedem Gesichtspunkt Rechnung zu tragen. Einige ausgewählte Gegenstände werden von der Liste gestrichen und sollen in Zukunft nicht mehr ›geborgt‹ werden. Die Frage, ob ein Diebstahl ›Borgen‹ oder ›Stehlen‹ genannt werden solle, wird noch in einer viel späteren Episode, in Kapitel 35, von Huck und Tom debattiert. Huck ›borgt‹ sich eine Reihe von Dingen, die für Jims Rettung gebraucht werden, doch Tom zieht es vor, von Stehlen zu sprechen. Dagegen ist nach Toms romantischem Ehrenkodex für einen Gefangenen Stehlen kein Vergehen. Huck stolperte jedoch über Toms Skrupel in einem andern Fall von Diebstahl:

> And yet he made a mighty fuss, one day, after that, when I stole a watermelon out of the nigger patch and eat it; and he made me go and give the niggers a dime, without telling them what it was for. Tom said that what he meant was, we could steal anything we *needed*. Well, I says, I needed the watermelon. But he said I didn't need it to get out of prison with, there's where the difference was.
>
> (Kap. 35, dt. S. 329)

Der Diebstahl eines Messers zu dem Zweck, daß Jim den »Seneschall« töten könne, wäre in Ordnung gewesen. Für Huck sind diese Unterscheidungen zu subtil. In einer weiteren Auseinandersetzung mit Tom im folgenden Kapitel geht es darum, ob man ein so unromantisches, wenn auch praktisches Instrument wie eine Spitzhacke bei der Rettung von Jim gebrauchen dürfe. Tom gibt die Notwendigkeit zu, vorausgesetzt, daß sie so tun müssen, als ob sie Hirschfänger gebraucht hätten. Hucks begeisterte Zustimmung gerät ungemein rhetorisch und gibt dem moralisch Absurden einen glänzenden Schnörkel:

> When I start in to steal a nigger, or a watermelon, or a Sunday-school book, I ain't no ways particular how it's done so it's done. What I want is my nigger; or what I want is my watermelon; or what I want is my Sunday-school book; and if a pick's the handiest thing, that's the thing I'm agoing to dig that nigger or that watermelon or that Sunday-school book out with ... (Kap. 36, dt. S. 334)

Jim retten ist also ›Diebstahl‹. Huck hat die Moral schließlich an den Nagel gehängt, was diesen Punkt angeht. Dabei greift er nicht einmal zurück auf seines Vaters zynische Zweideutigkeiten über das ›Borgen‹. Eine Wassermelone stehlen ist auch Diebstahl. Zunächst fand Huck es unmöglich, Toms Enthusiasmus für die Rettung Jims zu begreifen, wo doch Tom so wohlerzogen war; und die Sache wird ihm auch erst am Ende klar, als er erfährt, daß Jim bereits nach dem Tode der Miss Watson durch testamentarische Verfügung freigelassen worden war, so daß die Rettung von Anfang an nichts weiter war als romantisches So-tun-als-ob.

Dieser leichte Ton wird nicht an allen Stellen durchgehalten. Nach dem Plan des Autors soll Huck die vorherrschenden Meinungen des sklavenhaltenden Südens auf tieferer Ebene widerspiegeln und trotz des scheinbaren Mißerfolgs der Witwe Douglas und der Miss Watson beim Religionsunterricht sich doch als ihren Anschauungen zugänglich erweisen. Dieser Umstand mag der soziologischen Wahrscheinlichkeit entsprechen; aber deutlich ist es auch Mark Twains Strategie, das Netz enger zu zurren, in dem Huck, das Lieblingskind seiner moralischen Einbildungskraft, sich seinem Dilemma ausgesetzt sieht. So muß die Stimme des ›Gewissens‹ – das heißt hier, des ›verformten Gewissens‹[11], wie es durch die Gesellschaft geschaffen ist – in diesen Augenblicken

11 Im Notizbuch 28a [1], TS, S. 35 (1895), *Mark Twain Papers*, Berkeley 1969, findet sich ein Hinweis auf *Huckleberry Finn* als »a book of mine in which a sound heart and a deformed conscience come into collision and conscience suffers defeat«.

sehr orthodox sein. Die Komödie der Tugend Hucks besteht darin, daß sie so gar nichts mit dem zu tun hat, was man ihm beigebracht hat, so daß er sich in eben dem Augenblick, da er sich am moralischsten verhält, als Versager abschreibt. Das Wort ›Komödie‹ ist mit Bedacht gewählt, weil viele Leser in ihrem modernen Eifer, ›moralische Entwicklung‹ in Romanfiguren konstatieren zu wollen, Hucks Konflikte zu sehr in den Kategorien des nüchternen Realismus betrachten. Mark Twain übt sich hierbei in einer typisch unnachgiebigen Art von Komödie. Wenn Huck sich an Miss Watsons Erziehungsversuche erinnert und sich Gewissensbisse macht, weil er ihrem entlaufenen Neger auf seiner Flucht hilft und ihr damit schadet, übertreibt Mark Twain gewiß die Wirkung der »mind-forged manacles«. Als er durch die Erinnerung an Jims unwandelbare Generosität und ihre Kameradschaft auf dem Floß überwältigt wird, kann er, nachdem er den verräterischen Brief zerrissen hat, sagen:

> I shoved the whole thing out of my head; and said I would take up wickedness again, which was in my line, being brung up to it, and the other warn't. And for a starter, I would go to work and steal Jim out of slavery again; and if I could think up anything worse, I would do that, too . . . (Kap. 31, dt. S. 291)

Es ist eine Reductio ad absurdum subtilster Art. Mark Twain spannt den Bogen zwischen herkömmlicher Moral und natürlicher Güte bis zum Zerreißen, so daß Güte nur überleben kann, indem sie sich den schlimmsten Namen gibt. Es ist Kennzeichen eines sehr großen Schriftstellers, daß er solche Risiken auf sich nimmt und seine Charaktere nicht schont. Damit wird die moralische Unmöglichkeit des südlichen »way of life« mit absoluter Endgültigkeit dargestellt und zugleich einer der Höhepunkte der amerikanischen Literatur erreicht. Aber wenn der Autor Huck dazu bringt zu sagen, »All right, then, I'll *go* to hell«, macht er eine rhetorische Tour de force, ohne Zusammenhang. Huck verschwendet danach an die Theologie keinen Gedanken mehr. Später wundert er sich, daß ein so ehrbarer Junge wie Tom Sawyer, der »einen Ruf zu verlieren hat«, sich für eine so schmutzige Sache wie die Befreiung eines Sklaven hergibt. Aber es geht dabei um gesellschaftliche Achtung, nicht um die Hölle.

Nachdrücklich, fast etwas maliziös, verweigert Mark Twain seinem Helden selbst die Rudimente sozialer Aufgeklärtheit. Als Huck die Phelps-Farm erreicht und für Tom Sawyer gehalten wird, erfindet er Toms Tante Sally gegenüber eine Reihe von Lügen, die einen Dampfschiffsunfall betreffen:

»Good gracious! Anybody hurt?«
»No'm. Killed a nigger.«
»Well, it's lucky; because sometimes people do get hurt ...«
(Kap. 32, dt. S. 300)

Und sie spinnt das aus zu einer grausligen Geschichte, die dartun soll, was alles ›Leuten‹ zustoßen kann. (»He turned blue all over, and died in the hope of a glorious resurrection. They say he was a sight to look at.«) Huck läßt nicht nur Mrs. Phelps' Unterscheidung zwischen ›Nigger‹ und ›Leuten‹ unkommentiert; er führt sie vielmehr selber ein. Dadurch erweckt er den Eindruck, als sei diese Unterscheidung überall am Mississippi völlig normal. Für Mr. Phelps (Onkel Silas) wäre sie vermutlich normal, der in Jims Hütte geht und mit ihm betet und der von Huck als »a mighty nice old man« (Kap. 37, dt. S. 345) anerkannt wird; ebenso für Toms Tante Polly, die am Ende des Buches angereist kommt, »looking as sweet and contented as an angel half-full of pie« (Kap. 42, dt. S. 392). Dieses liebevolle Familientreffen führt zur Entdekkung der Täuschung über Hucks Identität; aber es wird alles vergeben, und Mrs. Phelps fordert Huck auf, sie weiterhin Tante Sally zu nennen, da sie nun schon daran gewöhnt sei. Auf diesen abschließenden Seiten wird alles getan, um eine Atmosphäre von allgemeiner Freundlichkeit und gutem Willen herzustellen, die durch nichts gestört wird, da Jim ja frei ist. Aber das Buch endet damit nicht. Das wahre Ende liegt in den beiden letzten Sätzen, in denen Huck zwar an diesen guten Leuten nichts auszusetzen hat, aber dennoch beschließt, sich ihrer Lebensweise zu entziehen. Tante Sally hat ihre Absicht bekundet, ihn zu adoptieren und zu ›tsiwilisieren‹: ». . . I can't stand it. I been there before.«

Es ist künstlerisch ungemein befriedigend, daß die Welt der Tante Sally, Tante Polly und des Onkel Silas ungerupft bleibt, aber Hucks Geist sich ihr entwindet und das Weite sucht. Seine Gründe sind natürlich die alten und nicht von tieferer moralischer Bedeutung. Er hat keine Lust, anständige Kleider anzuziehen, in einem Bett zu schlafen, zur Schule zu gehen und so weiter. In der ›wirklichen‹ Welt hätte eine solche Zurückweisung der Zivilisation im Endeffekt unerfreuliche Weiterungen. Aber hier sind sie dem Leser nicht gegenwärtig. Hucks jungenhafte Grimasse ist ein guter Abschluß für eine Geschichte, in der er so viele Rollen spielt und in der er sich allen Versuchen entzieht, ihn auf einen Platz in der sozialen Ordnung festzunageln, ob sie nun vom Leser kommen oder von den anderen Figuren des Buches.

Die Erzählillusion

Hucks Rolle in der künstlerischen Ökonomie des Romans wandelt sich. Manchmal ist er vor allem Erzähler, Beobachter merkwürdiger Begebenheiten oder Adressat unglaublicher Erklärungen; nicht ein Mitspieler, nicht einmal ein Zeuge der Art, daß er zu irgendeiner aktiven Antwort verpflichtet gewesen wäre. Wir haben seinem Bericht der Ereignisse zu folgen und nicht zu fragen, was er denn gerade getan oder gedacht hat. An anderen Stellen, wie in der Episode des Wilks-Begräbnisses, ist er einer der wichtigeren Handlungsträger. Er schreitet ein, um die Intrige des Königs und des Herzogs zu vereiteln, aber nicht, weil irgendeine bedeutende moralische Wandlung in ihm vorgegangen ist, sondern weil die Story ihn in dieser Rolle braucht. Sein Dazwischentreten wird etwas künstlich motiviert. Bis dahin hatte er sogar seine Rolle als Diener des Königs akzeptiert und sich in einen Knäuel unwahrscheinlicher Unwahrheiten über sein Vorleben verwickelt, aber all das wohl nur, um sich ein bißchen Spaß zu gönnen; denn sonst zeigt Hucks Bericht über die Gauner beim Begräbnis nur einen großartigen Ekel. Mark Twain gelingt es dennoch hervorragend, die Kontinuität in einer Erzählung zu wahren, in der Funktion und Haltung des Helden solchen Veränderungen unterworfen sind. Wir lassen uns das alles gefallen, ohne uns immer bewußt zu machen, wie viel von Hucks Ton ihm als Persönlichkeit in seiner eigenen Erzählung, wie viel ihm als Erzähler zukommt, von den Veränderungen in ihm selber zu schweigen, die freilich nie so gründlich sind, daß sie seine Identität gefährden.

Es läßt sich nicht leicht sagen, um welche Art von Roman es sich bei *Huckleberry Finn* handelt. Jedenfalls ist das Werk kein Entwicklungsroman, keine Geschichte moralischer Entdeckungen, wie wir sie etwa von Mark Twains großer Zeitgenossin George Eliot her kennen. Tom Sawyers Befreiungsspiele auf der Phelps-Farm bringen eine Veränderung der Rollen für Huck und Jim mit sich; die Konventionen ändern sich, die früheren Rollen sind vergessen. Natürlich ist die Minderwertigkeit der Phelps-Farm-Episode ein Gemeinplatz der Kritik, und für Leser, die darauf bestehen, in den Kategorien moralischer Entwicklung zu denken, stellt sie einen unverzeihlichen und unerklärlichen Verrat dar. Aber es gehört durchaus zu den allgemeinen Vorzügen von Hucks Erzählweise, daß sie sehr wenig von Situation zu Situation durchgehaltene Reflexion enthält, so daß sehr wichtige Vorkommnisse nie wieder erwähnt werden, wenn sie einmal Vergangenheit sind. Huck stellt sich Szenen der Gewaltsamkeit und des Unglücks, aber nach einer Seite finden wir uns in einer Welt wieder, die von all dem nichts weiß. Dies ist nicht in erster Linie mit Hucks Charakter zu erklären. Ein ›wirklicher‹ Huck würde mindestens einen Tag lang von der Erinnerung an den Tod Buck Grangerfords und an die anderen

Greuel der Fehde verfolgt worden sein. Es handelt sich um eine Sache der Erzählillusion und weniger um psychologischen oder moralischen Realismus. Wir akzeptieren mit Erleichterung den völligen Szenenwandel nach diesen Ereignissen; der Übergang von den Tötungen zu der folgenden Passage, die uns vom seligen faulen Leben auf dem Floß berichtet, stellt uns völlig zufrieden. Ebenso annehmbar ist, daß Huck in den Zirkus geht und so viel Freude daran hat, ohne einen weiteren Gedanken an den erschossenen Boggs und den überwältigenden Schmerz seiner jungen Tochter zu verschwenden.

Mark Twains Technik erinnert hier an frühere Traditionen episodischer Erzählkunst, in der die Figuren ihr Gedächtnis nicht mit abgeschlossenen Erfahrungen belasten. Ein Vorteil dabei liegt in der Ökonomie der Erzählung, der Gediegenheit des Ineinanderfügens und der Schärfe der Gegenüberstellung, auch in der abwechslungsreichen Fülle der Ereignisse, die auf so engem Raum erreicht werden kann. Doch mag der Erzählillusion ein wenig dadurch aufgeholfen werden, daß wir uns die Unreife und auch die Widerstandskraft von Huck klarmachen, der einer solchen phantasmagorischen Folge von Szenen der Gewalt ausgesetzt ist.

Natürlich ist *Huckleberry Finn* eine Jungengeschichte oder erwächst zumindest daraus, und solche Erzählungen lassen manches hingehen, was sich dem erwachsenen Leser etwas anders darstellt. Hucks Entzücken über sein Leben auf dem Floß wendet sich an den jungen Leser: »Other places do seem so cramped up and smothery, but a raft don't. You feel mighty free and easy and comfortable on a raft« (Kap. 18, dt. S. 160). So läßt sich gut das Lebensgefühl eines Jungen vorstellen, aber was Mark Twain daraus macht, ist ein Bild der Glückseligkeit, das bloße Jugenderinnerungen übersteigt. Es ist nicht ganz von dieser Welt. Seine anderen Bücher sind nicht reich an Darstellungen des Glückes, nicht einmal an längeren Passagen, in denen die für den Menschen Mark Twain so charakteristischen Züge der Güte und des Humors hervortreten. Große Teile seines Werkes leiden an seiner Unfähigkeit, eine Perspektive zu finden, in der diese Elemente mit seinem ebenfalls starken Sinn für das Böse und Törichte im Menschen zusammenleben können. Auch in *Adventures of Huckleberry Finn* entgehen wir nicht Widersprüchen. Im Gegenteil: das enge, dem kritischen Leserblick offenliegende und elastische Bewußtsein Hucks gibt eine Bühne ab, auf der die verschiedensten und gegensätzlichsten Szenen des Lebens in enggeknüpfter Folge erscheinen können. Hier haben wir also die vereinheitlichende Perspektive.

Diese Beschreibung trifft freilich nicht auf das ganze Buch zu, aber wenn wir die ersten Kapitel als Einleitung auffassen und die Phelps-Farm-Episode ignorieren, können wir in dem großen Mittelteil eine beispielhafte erzählerische Struktur erkennen. Aber selbst dieser Teil enthält einige wenige Passagen, die einer durchschnittlichen Jungengeschichte näher stehen als großer Literatur. Widersprüchliches läßt sich in der Darstellung von Jim entdecken, der manchmal konventionell als sympathische, wenn auch etwas komische Figur der südlichen Vorbürgerkriegs-Tradition erscheint.

Nigger Jim, der König und der Herzog

Über Mark Twains Behandlung von Jim ist viel geschrieben worden. Ralph Ellison hat beklagt, daß Jim der Tradition der ›minstrel show‹ zu nahe stehe, obwohl er zugibt: »behind this stereotype mask we see Jim's dignity and human capacity – and Twain's complexity – emerge«. Er findet in Jim statt einen Mann eher einen weiteren Jungen; seine Beziehung zu Huck beinhalte nicht nur »a violation of the manners sanctioned by society for relations between Negroes and whites, there is a violation of our conception of adult maleness«.[12]

12 »The Negro Writer in America: An Exchange«, in: *Partisan Review* 25 (1958) S. 215 f. Zit. von D. Hoffman in: *Form and Fable in American Fiction*, New York 1961.

Das ist zu sehr aus heutiger Sicht gesprochen. Die Neger sind nicht die einzigen Figuren in der Erzählkunst des 19. Jahrhunderts, denen voll erwachsene Männlichkeit vorenthalten wird. Daniel Hoffman hat in seiner Studie[13] des Aberglaubens und des Volksglaubens, von denen Mark Twain in diesem Roman so reichlich Gebrauch macht, klargestellt, daß die Jim zugeschriebenen Vorstellungen authentisch sind. Er nimmt für Jim echte Volksweisheit in Anspruch, die ihm in seiner Rolle als Hucks Beschützer zustatten kommt. Diese Seiten Jims stehen in Verbindung mit den Passagen, in denen seine moralische Würde und sein Verantwortungsgefühl zutage treten, zum Beispiel in Kapitel 9, in dem er Huck die häßlichen Tatsachen um den Tod seines Vaters vorenthält; ebenso in Kapitel 15, in dem seine Zurechtweisung des Jungen eine Entschuldigung Hucks hervorruft. Jim wird zwar etwas idealisiert, aber auch das steht im Einklang mit den Regeln des Jugendbuches. Gerade das Hin- und Herspielen zwischen den beiden Ebenen der Erzählung, der kindlichen und der erwachsenen, ermöglicht es Mark Twain, in den besten Passagen über das Leben auf dem Floß etwas darzustellen, das soziale Wirklichkeit überschreitet.

Kenneth S. Lynn gibt uns eine wichtige Perspektive für Jim; er sieht ihn im Zusammenhang mit seinem Prototyp aus der Kindheit von Clemens, dem Uncle Dan'l, in dessen Küche der Junge Wärme und Geselligkeit fand und der ihm Geschichten und Fabeln erzählte von der Art, wie Joel Chandler Harris sie seinem Uncle Remus in den Mund legte. Weder der junge Sam Clemens noch der kleine Knabe in den Uncle-Remus-Büchern machte sich irgendwelche Kopfschmerzen über die Moral der Sklavenhaltung, und letzterer scherzt ungezwungen mit dem alten Mann über dessen Lage. Daß diese Jungen unter den Sklaven etwas gefunden haben, was ihre weißen Elternhäuser nicht mitbrachten, scheint sich gut mit der im Rückblick so deutlichen Tatsache zu vertra-

13 *Form and Fable in American Fiction*, S. 317 ff.

gen, daß in einer solchen Gesellschaft nur ihre Opfer, die Sklaven, wirklich gut sein konnten. So wird diese Figur des Sklaven zum Archetyp: »He was a mythical figure, this Negro of Twain's and Harris's, a figure out of a dream, passionate, loyal, immensely dignified – a Black Christ, in sum, but with a very human sense of humour ... In Uncle Remus's cabin, or spinning down the big river at night with Nigger Jim, there was beauty and mystery and laughter.«[14] Eine Idealisierung, die so mit Bedeutung aufgeladen ist und die der umgebenden Kultur zu ihrer Schande den Spiegel vorhält, widersteht der Kritik.

Die Episoden, in denen Huck und Jim auf dem Floß leben, vereinigen mehrere mächtige Themen. Das Thema des weißen Jungen und des Negers ist durch die Fürsorge Jims für Huck und Hucks Anerkennung dafür in seiner Demütigung vor Jim ebenso verwandelt wie durch ihre Kameradschaft. Ihre Beziehung gipfelt in einem gemeinsam genossenen Wohlgefühl, und der Fluß, der sie von der Zivilisation und ihren Zwängen isoliert, wird die dominierende Macht. Sie sind für die Welt verloren. Die ersten Absätze von Kapitel 19 beschreiben ein Leben völlig befriedigenden Nichtstuns in einer Umgebung, die fast alles hergibt, was gebraucht wird. Die Verbindung dieser beiden Themen war eine geniale Leistung.

Das Wohlbefinden der beiden wird jedoch unterbrochen. Zwei Männer kommen in großer Hast auf Huck zugerannt. Er hilft ihnen, sich ihren Verfolgern zu entziehen, und sehr bald übernimmt dieses famose Gaunerpaar die Herrschaft über das Floß. Später, flußabwärts, wiederholen sie ihre Gaunereien, während Jim und Huck nur geduldet werden und unfähig sind, für sich selber zu planen. Ein solcher oder ein ähnlicher Wandel des Geschehens war jedoch strukturell notwendig. Wie man allgemein annimmt, legte Mark Twain 1876 die Arbeit an dem Buch deswegen nieder, weil er sich dem

14 Lynn, *Mark Twain & Southwestern Humor*, S. 242.

folgenden Problem gegenübergestellt sah: Wenn das Floß über Cairo hinaus weiter nach Süden abtrieb, verlor Jim seine Chance, dem Kurs der Freiheit zu folgen. Bei Cairo mündet der Ohio in den Mississippi. Dort mußte das Floß verkauft werden; die beiden hatten ein Dampfschiff zu besteigen und den Ohio flußaufwärts in die Nordstaaten zu fahren. Aus sehr persönlichen Gründen, zu denen sein Mangel an Bekanntschaft mit dem Ohiofluß und die überwältigende Bedeutung des Mississippi für ihn gehörten, verfolgte Mark Twain diesen nach der Anlage des ersten Teils des Romans konsequenten, aber ihm nicht genehmen Plan nicht weiter. Er ließ Huck und Jim Cairo im Nebel verfehlen. Sie erwägen die Möglichkeit, ein Kanu zu kaufen, um zurückrudern zu können, aber der Zusammenstoß mit dem Dampfschiff und die Trennung Hucks von Jim bringen das Kapitel 16 und mit ihm die Arbeit am Manuskript 1876 zum Erliegen.

Bei der Wiederaufnahme der Fahrt auf dem Floß in Kapitel 19 ist von einer Flucht nach Norden keine Rede mehr, und die besondere Eigenheit dieser Seiten besteht zum Teil darin, daß sie eine Art Zwischenspiel darstellen, in dem Huck und Jim nichts weiter tun, als ihr Leben zu genießen. Gewiß soll der Leser nicht auf unbegrenzte Zeit aus dem Auge verlieren, was es heißt, sich nach Süden treiben zu lassen, in eine Richtung, die von der Hoffnung auf Freiheit immer weiter abführt; aber für diese kurze Zeit dürfen wir vergessen. Die Erfindung, das Floß von den zwei Scharlatanen übernehmen zu lassen, beseitigt das Problem und eröffnet darüber hinaus Möglichkeiten, andere Aspekte des Lebens am Mississippi auf brillante Weise einzubeziehen. Das Interesse verlagert sich jetzt vom Fluß weg. Der Zeitpunkt – gerade wenn der Zauber am unwiderstehlichsten ist – ist gut gewählt. Die Aufmerksamkeit des Lesers wendet sich nun den elenden kleinen Siedlungen am Ufer zu, in denen der König und der Herzog ihre vielen Künste an den Mann bringen. Damit beginnt eine neue Phase der Handlung.

Die beiden Phasen überschneiden sich in gewisser Weise,

weil die Fehde zwischen den Grangerfords und den Shepherdsons auch schon Teil dieser Folge kurzer beißender Illustrationen der Sitten des alten Südens ist. Die ersten Seiten von Kapitel 19 mit dem Höhepunkt der Schilderung der Kameradschaft von Huck und Jim auf dem Floß kommen an diesem Drehpunkt der Erzählung zu höchster Wirkung. Ein späteres und ebenfalls eindrucksvolles Beispiel der Phasenüberschneidung findet sich am Ende von Kapitel 33. Huck, nun auf sich angewiesen, hat sich auf der Phelps-Farm gemeldet; das Treffen mit Tom Sawyer hat stattgefunden; der Schluß des Buches kündigt sich bereits an. Plötzlich steht Huck, ohne Vorwarnung, vor seiner letzten Begegnung mit dem König und dem Herzog, die zur Strafe rittlings auf einer Stange aus der Siedlung hinaus- und weiterbefördert werden; eine Szene grellen Entsetzens, die in ihm Gefühle des Elends und des Mitleids erweckt. Und das ist das Ende der beiden. Mit dem nächsten Kapitel übernimmt Tom die Führung; die komplizierte Absurdität der Rettung Jims beginnt, und der Wandel der Stimmung ist vollkommen. Wie bei früheren traumatischen Ereignissen – der Tötung von Buck, dem Niederstrecken von Boggs – wird das ganze Gefühlserleben scharf in der Episode konzentriert; der Erzähler kommt nicht darauf zurück.

Der Mittelteil des Buches ist ›pikaresk‹ genannt worden, und diese sehr lockere Bezeichnung ist jedenfalls dazu angetan, auf einige Charakteristika aufmerksam zu machen. Der König und der Herzog sind vielseitige Gauner, und der Umfang ihrer Umtriebe paßt zu dem vielfältig bunten, komischen und satirischen Erzählen, das wir mit dem Genre assoziieren. Der Herzog ist auf Patentmedizin, Mesmerismus, Phrenologie, Abwehr von Verhexung, Wünschelruten, vor allem aber auf Theatervorstellungen spezialisiert. Er annonciert sich als Garrick der Jüngere. Er bringt dem König den Schwertkampf in *Richard der Dritte* bei, läßt ihn zu seinem Romeo die Julia spielen und den lächerlichen *Hamlet*-Monolog aufsagen, der aus zusammengewürfelten Shakespearefetzen besteht. Der König heilt durch Handauflegen Krebs und Lähmung, hält Reden wider den Alkohol und predigt im Erweckungszelt. Beide, besonders der König, haben ihre helle Freude am Betrug, was sich in einer ungemeinen Keckheit der Sprache und der Gestik ausdrückt. Dies wird durch Hucks Erzählweise noch unterstrichen, die seinem Abscheu ungestümen Ausdruck gibt. Es dürfte schwerfallen, in der Weltliteratur eine ausgelassenere Szene mit einem Schwindler zu finden als die des Wilks-Begräbnisses. In ihr spielt der König den trauernden Verwandten:

> Sudden as winking, the ornery old cretur went all to smash, and fell up against the man, and put his chin on his shoulder, and cried down his back, and says: »Alas, alas, our poor brother – gone...« (Kap. 24, dt. S. 221)

> Well, by and by the king he gets up and comes forward a little, and works himself up and slobbers out a speech, all full of tears and flapdoodle about its being a sore trial for him and his poor brother to lose the diseased, and to miss seeing diseased alive, after the long journey of four thousand mile, but its a trial that's sweetened and sanctified to us by this dear sympathy and these holy tears, and so he thanks them out of his heart and out of his brother's heart, because out of their mouths they can't, words being too weak and cold, and all that kind of rot and slush, till it was just sickening; and then he blubbers out a pious goody-goody Amen, and turns himself loose and goes to crying fit to bust. (Kap. 25, dt. S. 224)

Das zweite Zitat erinnert einen daran, daß Hucks Sprechweise manchmal in indirekter Rede Eigenheiten anderer Sprecher wiedergibt. Dadurch wird sein Erzählstil wesentlich bereichert.

Diese grotesken Betrugsszenen werden von den Episoden der Gewaltsamkeit ausbalanciert; mit der Weiterfahrt von Ort zu Ort tauchen immer schlimmere Beispiele für die Barbarei des Südens auf. Die törichte Leichtgläubigkeit der Menge im Zeltlager, die über achtzig Dollar für die gute Sache der Bekehrung von Piraten beisteuert, nachdem der König sie mit seinem Gewinsel gerührt hat, kontrastiert mit der

Niedrigkeit und lässigen Grausamkeit der Müßiggänger in Bricksville. Diese armen Weißen aus Bricksville unterscheiden sich wieder von den ansehnlichen und vornehmen Grangerfords mit ihrem engstirnigen Familienstolz und ihrer Fehdelust.

Man könnte sagen, daß der König und der Herzog ganz natürlich in eine solche Welt hineinpassen, weil die Leute dieser kleinen Siedlungen in ihrer gesellschaftlichen und kulturellen Armut von jedem hergelaufenen Quacksalber hereingelegt werden können und kein Schmierentheater für sie zu albern ist. Aber sie reagieren bösartig, wenn sie merken, daß man sie hinters Licht geführt hat. Aber nicht nur der Pöbel fordert sogleich zur Lynchjustiz und zum Teeren und Federn auf. Nachdem Huck ihr die Augen geöffnet hat, ruft Mary Jane, die älteste der drei lieben Mädchen aus der Wilks-Familie, spontan aus: »Come – don't waste a minute – not a *second* – we'll have them tarred and feathered, and flung in the river!« (Kap. 28, dt. S. 255). Auf allen gesellschaftlichen Ebenen, im hohen und im vulgären Stil, herrscht Gesetzlosigkeit.

Walter Blair[15] hat eindrucksvoll dargetan, daß es für jede Einzelheit der Handlung einen reichen Hintergrund an Fakten und an Erzähltradition gibt. Er beschreibt das Grangerford-Haus mit seinem eindrucksvollen Herrn und seinem Familienritual, wie es mit den Augen Hucks gesehen wird[16], als »almost a comic paraphrase« dessen, was man in Dutzenden von Romanen findet, die vom herrschaftlichen Leben im Süden handeln. Auch die Details der kleinstädtischen Schäbigkeit von Bricksville waren keineswegs neu. Blairs wertvolle Dokumentation läßt einen die bemerkenswerte Dichte dieses Romanteils noch stärker empfinden; so viele Züge des südlichen Lebens sind in diesen wenigen Seiten eingefangen. Der Umstand, daß die Grangerfords bereits einer Welt des Klischees angehörten, schlägt hier gar nicht zum Nachteil aus, weil, wie Blair meint, Hucks Perspektive eine neue

15 Blair, *Mark Twain and Huck Finn*, pass.
16 Ebd., S. 217.

Dimension eröffnet. Wenn sich der Junge auch von den üblichen Merkmalen beeindrucken läßt, etwa Colonel Grangerfords Leinenanzug, »so white it hurt your eyes to look at it« (Kap. 18, dt. S. 145), so sind doch anderseits seine Beobachtungen gelegentlich scharfsichtig, etwa wenn der Oberst auf Bucks Bericht von der Begegnung mit Harney Shepherdson reagiert. »The old gentleman's eyes blazed a minute – 'twas pleasure, mainly, I judged – then his face sort of smoothed down, and he says, kind of gentle: ›I don't like that shooting from behind a bush ...‹« (Kap. 18, dt. S. 148). Die Dichte übersättigt nicht. Mit humoristischer Beiläufigkeit und zugleich mit wenigen tödlichen Strichen skizziert der Autor Bricksville und seine Typen, alles auf zwei oder drei Seiten. Der Roman berichtet wenig über die grausameren Seiten der Sklaverei, aber auf einer knappen halben Seite in Kapitel 27 findet sich eine eindringliche kleine Beschreibung des Elends von Sklavenfamilien, die plötzlich vor der Aussicht stehen, »den Fluß hinunter« verkauft und damit getrennt zu werden. Diese Szene unterscheidet sich in nichts von zahllosen ähnlichen Begebenheiten im sklavenhaltenden Süden, außer daß der Verkauf glücklicherweise ungültig ist, die Sklaven in Sicherheit sind. Aber Huck, der das weiß, spricht trotzdem von diesem Anblick als einem, den er nie aus dem Gedächtnis verlieren könne.

Während Hucks Erzählung einigen Gemeinplätzen der südlichen Tradition, ob es sich nun um Fakten oder um Fiktionen handelt, eine frische Note gibt, überrascht sie uns darüber hinaus ständig mit weiteren Entwicklungen, die in der Tradition schwerlich hätten untergebracht werden können. So besteht die Grangerford-Episode zwar weitgehend aus Details, die der Legende des südlichen Kodex entnommen sind, wobei die ganze pseudo-ritterliche Würde des Lebensstils mit einer gewissen Ironie und kaltblütigen Distanz dargestellt wird – bis das Schießen beginnt. Dann aber wirkt die brutale Realität wie eine Offenbarung:

> The boys jumped for the river – both of them hurt – and as they swum down the current the men run along the bank shooting at them and singing out, »Kill them, kill them!« It made me so sick I most fell out of the tree . . . (Kap. 18, dt. S. 158)

Auf Gemeinplätze des Lebens in Bricksville folgen schokkierende Ereignisse. Die Boggs-Episode verspricht einen komischen Ausgang, und die Tötung wirkt dann um so mehr wie ein Scherz, der unerklärlicherweise eine böse Wendung genommen hat. Sherburn, der Killer, besitzt mit seiner satirischen Klarsicht die moralische Autorität, den Mob im Zaum zu halten, so daß die Müßiggänger, die zuvor nur verächtlich waren, sich nun abgründig verachtet fühlen, und das von einem Mann, der selbst ein Scheusal ist.

Wenn all das pikaresk ist, dann übertrifft es gewiß sämtliche früheren Beispiele des Genres an Kraft und Komplexität. Man täte Mark Twain Unrecht, wollte man von wichtigen Bindegliedern zwischen der alten pikaresken Tradition und *Adventures of Huckleberry Finn* sprechen. Zwar sind einige sehr allgemeine Ähnlichkeiten mit den älteren episodischen Formen der Erzählkunst in Twains Roman erkennbar. Jede Literatur ist bis zu einem gewissen Grade von anderer Literatur abgeleitet, und selbst die bedeutendsten Werke wie Shakespeares Dramen haben gewöhnlich eine lange und bunte Ahnenreihe. Mark Twain zeichnet sich dadurch aus, daß er ein subtiles Meisterwerk zum größten Teil aus Materialien geschaffen hat, die ihm in dem Teil der Welt und ihrer sehr beschränkten Literatur zugänglich waren, den er am besten kannte. Eine solche Behauptung bedarf immer der Einschränkung, daß man an die Verwandtschaft jedes großen Schriftstellers mit anderen sehr großen Schriftstellern früherer Perioden erinnern muß, selbst wenn es müßig ist, von spezifischen Einflüssen zu reden. Mark Twain ist mit Shakespeare verwandt, auch wenn diese Verwandtschaft nicht leicht zu bestimmen sein dürfte. Wir tun daher besser daran, seine Beziehung zu seinem eigenen Land und zu seiner Zeit herauszustellen. Das Leben des amerikanischen Südens vor dem Bürgerkrieg bot ein gewaltiges Thema für ein literarisches Meisterwerk, eine Aufgabe für ein wahres Genie. Aber es war auch ein schwieriges Thema, voller moralischer und künstlerischer Fallstricke, mit Versuchungen zu falscher Gefühlsseligkeit oder einer falschen Art von Humor. Es hätte sicher nicht genügt, dieses Thema von außen anzugehen, aus sicherer moralischer Distanz. Vielmehr war es nötig, in einem sehr intimen Sinn Teil des Dargestellten zu sein; ebenso nötig war es freilich, es als Ganzes, und das heißt eben wiederum von außen, betrachten zu können. Erst durch Mark Twains künstlerische Leistung in *Adventures of Huckleberry Finn* sind wir in der Lage, die merkwürdigen Schwierigkeiten des Themas überhaupt erst zu erkennen. Sein Erfolg macht das Buch zu einem sehr ungewöhnlichen Meisterwerk, denn in dem Rohmaterial, das ihm zur Verfügung stand, gab es keinen Hinweis, daß solche Konzentration und Verwandlung möglich waren.

Selbst wenn man zustimmt, daß die Phelps-Farm-Episode weniger gut ist als der Rest des Buches, muß man doch gleichzeitig erkennen, daß ein moralischer und sentimentaler Schluß, aufgebaut auf Hucks dauernder Anerkenntnis seines Freundschaftsbandes mit Jim und seiner Bekehrung zu einer Art abolitionistischer Position, viel schlimmer gewesen wäre. Vielleicht hätte Toms Befreiungskomödie eine sehr vernünftige Lösung des Problems hergegeben, als Antiklimax, wäre sie nicht so gräßlich übertrieben worden. Die moralische Diskontinuität steht zu dem Geist des Werkes nicht allzu sehr im Widerspruch. Es war wichtig, daß die Jungen und daß gewisse Einstellungen zu den Negern unverändert blieben. Die Kameradschaft von Huck und Jim auf dem Floß mag Werte herausstellen, an denen alles andere gemessen wird, aber sie ereignet sich unter Umständen der Isolierung von der Welt, in der die Gesellschaft vorherrscht, und die episodische Konvention der Erzählkunst gibt ihr eine noch größere Selbstgenügsamkeit.

Leser haben sich über eine Fühllosigkeit Jim gegenüber

beschwert, aber man könnte auch von einer solchen Tom gegenüber sprechen, der am Schluß ein Fanatiker und monströses Wesen wird. Um Mark Twain Gerechtigkeit widerfahren zu lassen, muß man zugeben, daß einige Teile dieser Folge hinreißend komisch sind. Das 37. Kapitel, das mit Tante Sallys Ausbruch über das fehlende Hemd von Onkel Silas beginnt (nachdem schon andere Gegenstände verschwunden waren) und in dem Onkel Silas' Unbehagen über diese mysteriösen Zwischenfälle gesteigert wird dadurch, daß er einen Löffel in seiner Hosentasche entdeckt und einen Schindelnagel, der aus seinem Hut fällt, glänzt nicht nur in farcenhaften Zwischenfällen, sondern auch in einer Kunst der Charakterisierung, die zugleich warmherzig und komisch ist.

Douglas W. Jefferson

Inhalt

Englische und amerikanische Erzählungen zweisprachig

IN RECLAMS UNIVERSAL-BIBLIOTHEK

Arthur Conan Doyle: A Case of Identity / Ein Fall von Identität. 8228 – The Red-Headed League / Die Liga der Rothaarigen. 7917 – A Scandal in Bohemia / Skandal in Böhmen. 7763

Experimentelle amerikanische Prosa. 9849

Thomas Hardy: The Three Strangers / Die drei Fremden. 7928

Bret Harte: Drei Short Stories. 9715

Washington Irving: Rip van Winkle. 9368

James Joyce: Grace / Gnade. 9753

Jack London: To Build a Fire / Feuermachen. Told in the Drooling Ward / Bei den Sabberern. 9802

Joyce Carol Oates: The Tryst / Der Treff. Drei Erzählungen. 7877

Edgar Allan Poe: The Black Cat / Die schwarze Katze. The Purloined Letter / Der entwendete Brief. 1703 – Ligeia, Eleonora, Morella. 2257 – The Murders in the Rue Morgue / Die Morde in der Rue Morgue. 2176 – The Mystery of Marie Rogêt / Das Geheimnis der Marie Rogêt. 9887

Walter Scott: Schottische Erzählungen. 7675

Patrick White: Down at the Dump / Drunten auf der Müllkippe. 9808

Philipp Reclam jun. Stuttgart

Fremdsprachentexte

IN RECLAMS UNIVERSAL-BIBLIOTHEK

Amerikanische Literatur

Truman Capote: Breakfast at Tiffany's. 9241
Raymond Chandler: Killer in the Rain. 9198
Contemporary American Short Stories (Vonnegut, Merwin, Barth, Barthelme, Updike, Godwin, Pynchon, Oates, Graham). 9206
F. Scott Fitzgerald: The Great Gatsby. 9242
Charlotte Perkins Gilman: The Yellow Wallpaper. 9224
Horror Stories of the Twentieth Century (Blackwood, Spark, Langley, Highsmith, King.) 9255
Henry James: Daisy Miller. 9251
Jack London: Three Stories. 9225
Herman Melville: Bartleby. 9190
Arthur Miller: Death of a Salesman. 9172 – The Crucible. 9257
Modern American Short Stories (Anderson, Hemingway, Fitzgerald, Steinbeck, Faulkner, Porter). 9216
Eugene O'Neill: Long Day's Journey into Night. 9252
Edgar Allan Poe: The Gold-Bug and Other Tales. 9173
Science Fiction Stories I (Asimov, Dick, Bester, Ballard, De Graw). 9156
Science Fiction Stories II (Russell, Wyndham, Heinlein, Harrison, Ellison). 9210
John Steinbeck: Of Mice and Men. 9253
Mark Twain: Western Stories. 9158
Jean Webster: Daddy-Long-Legs. 9205
West Side Story. A Musical. (Conception Jerome Robbins, Book Arthur Laurents, Music Leonard Bernstein, Lyrics Stephen Sondheim.) 9212
Edith Wharton: Souls Belated. Roman Fever. 9259
Thornton Wilder: The Bridge of San Luis Rey. 9195 – Our Town. 9168
Tennessee Williams: The Glass Menagerie. 9178 – A Streetcar Named Desire. 9240

Philipp Reclam jun. Stuttgart

Die englische Literatur in Text und Darstellung

Gesamtherausgeber: Raimund Borgmeier

Band 1: Mittelalter. Hrsg. Heinz Bergner. 7764
Band 2: 16. Jahrhundert. Hrsg. Horst Weinstock. 7765
Band 3: 17. Jahrhundert I. Hrsg. Rainer Lengeler. 7766
Band 4: 17. Jahrhundert II. Hrsg. Elmar Lehmann. 7767
Band 5: 18. Jahrhundert I. Hrsg. Dietrich Rolle. 7768
Band 6: 18. Jahrhundert II. Hrsg. Walter Pache. 7769
Band 7: 19. Jahrhundert I. Hrsg. Raimund Borgmeier. 7770
Band 8: 19. Jahrhundert II. Hrsg. Bernhard Reitz. 7771
Band 9: 20. Jahrhundert I. Hrsg. Hans Ulrich Seeber. 7772
Band 10: 20. Jahrhundert II. Hrsg. Raimund Borgmeier und Bernhard Reitz. 7773

Auch in Kassette lieferbar.

Einen hervorragenden Weg zur englischen Literatur eröffnet die Reclam-Reihe *Die englische Literatur in Text und Darstellung*. Zehn Bände führen vom Mittelalter bis in die Gegenwart. Die bisher erschienenen Bände sind überzeugend in der Auswahl der Texte und der Konzeption. Allgemeine Einleitungen und Einführungen zu den Werken wecken das Verständnis. Da alle Texte englisch und deutsch gebracht werden, kann man immer der originalen Gestalt begegnen. Alle Gattungen sind vertreten, und bibliographische Anhänge geben weiterführende Hinweise und Hilfen. *Bayerischer Rundfunk*

Philipp Reclam jun. Stuttgart